KB187318

영남 내방가사와 여성 이야기

이정옥

책머리에

전통시대 여성은 구조적으로 강요된 여성적 질곡의 희생에서 피할 수 없는 자리에 위치하고 있었다. 그럼에도 불구하고 여성들 스스로 제도적 구속, 성별적 차별 속에서 자신들이 희생자라는 사실도 인지하지 못했다. 자신의 삶을 가장 표준적인 삶이었던 것으로 오인하고 자식과 그리고 그들의 후손들에게 자신의 길을 권유해 왔다. 유교적 이데올로기에 기반을 둔 삼종지도와 칠거지악이라는 굴레를 변형한 도덕이라는 이름으로 자식조차 자기모순적 이념 속으로 몰아넣기 위해서 〈계녀가〉와 〈도덕가〉를 통해 역사적 모순을 누대에 걸쳐 계승하도록 만든 비극의 흔적들이 내방가사 곳곳에서 실루엣처럼 피어올랐다 사라지기도 한다. 독성이 마치 신성처럼 미화되고 전도된 굴레였다. 이것은 분명 비극이었다.

이러한 한국 여성의 삶은 형식과 방식의 차이가 있을 뿐 세계 모든 여성들의 삶에 두루 해당되는 근원적인 비극일 수 있다. 결혼과 임신, 자식의 교육과 혼인, 그리고 자신의 죽음으로 이어지는 가사 노동과 희생적 삶은 여성에게 부여된 근원적인 굴레였던 것이다. 한국의 여성, 조금 앞선 시기의 조선 후기의 여성으로부터 현재까지의 여성들은 자유교육이 시행되기 이전까지는 가정내 모든 생산의 주체였다. 인구 생산자인 동시에 농경 생활의 생산에서 소비에 이르는 모든 과정을 담당하는 가정경제의 주체이면서 자신이 살아온 방식을 다시 자식들에게 계승시키는 교육의 주체로서 역할했다.

필자도 영남 여성의 한 사람으로서 전통적 여성의 삶을 일단 부정적인 시각으로 보고 내방가사를 연구하기 시작하였다. 순종적이고 또 교화의 대상자로서의 영남 여성의 삶 그 자체를 역사적 모순으로 계승해 온 것이라는 불평등적 시각에서 공부를 시작한 지 30여년이라는 세월이 흘렀다. 그러는 동안 나의 시각이 무디어진 것인지 아니면 다시 순종의 편한 길을 선택했는지는 모르지만 전통 사회의 한국 여성들이 가진 장점들이 더욱더 크게 느껴지기 시작하였다. 학자로서의 날선 눈이 아닌 한 가정의 자식을 키우는 어미로서의 눈을 뜨기 시작했다. 양성평등적이지는 않지만 전근대적 선조들이 살아온 삶에 온기를 느끼기 시작한 것 같다.

내방가사는 "구조적으로 강요당한 여성의 희생"에 대해 차별적 시각으로만 바라볼 일이 아니라 "스스로 희생적인 여성의 삶, 그 자체가 하나의 표준이 되도록 후손들에게 권유한 조선 후기의 여성들의 삶"을 노래하고 있었다. 누대에 걸쳐 계승해온 모순의 삶의 기록이 아니라 오히려 전 세계 유일무이한 기록문학적 행위로 전승해온 매우 가치 있는 여성 문학임을 발견할 수 있었다.

내방가사는 대체로 〈부녀교훈류〉, 〈송경축원류〉, 〈부녀탄식류〉, 〈풍류기행류〉, 〈도덕・수신가류〉, 〈놀이・유희류〉, 〈역사・종교경전류〉 등의 유형으로 구분된다. 이 속에서 여성의 행신과 심성 그리고 직분을 어떻게 갈고 닦아야 하는지 때로는 환희로 때로는 고통과 절망으로 또 때로는 슬픔으로 그들의 목소리를 생생하게 들을 수 있다.

이제 우리는 오랜 시간동안 계승해온 여성들의 목소리에 귀를 기울여야 할 때이다. "자신이 희생자인 것이라는 사실도 모른 채 자신의 삶을 표준으로 알고 후손들에게 자신이 걸었던 길을 권유하는" 선택이 그 나름 대로 가치 있고 유의미한 전통임에 대해 새로운 평가를 내릴 시점이다.

이 책은 전 3부로 구성되어 있다. 〈제1부〉는 내방가사의 향유자 의식과 그 표출 양식으로 문학작품 속의 여성에 대한 사회학적 시각을 넓히고, 내방가사의 정체성을 확립코자 하는 논문들이다. 〈제2부〉는 현대 내방가사의 작자와 향유자에 관한 글들이며 〈제3부〉는 내방가사 중 유형별 우수한 작품을 가려내어 실은 것이다.

이 책을 통해 영남내방 가사가 어떤 내용이며 어떤 사람들이 즐겨 쓴 것인지 이해할 수 있기를 바란다. 현재도 내방가사의 전승과 보존을 위해 노력하시는 경북 안동의 전국내방가사보존회 이선자 회장님을 비롯한 여러 어르신 회원들에게 이 책을 바친다.

2017년

위덕대 연구실에서

이정옥

차례

제1부

내방가사의 향유자 의식과 그 표출 양식

제1장

내방가사의 언술구조와 향유층의 의식 표출양상

1. 내방가사의 텍스트 분석의 가능성

지금까지 내방가사의 향유층 의식에 대한 연구는 시대적 배경과 관련한 사회역사학적 연구에 힘입은 바 크다. 여성 향유자들의 사회계층적 위상이나 신분이 내방가사에 반영될 것이라는 전제 하에서 그것은 가장 쉽고도 편리한 접근 방식이었기 때문이다. 그러나 최근 내방가사에 대한 문학 양식적 특징에 대한 접근이 시도되어 그 업적이 괄목할 만하다.[1)]

본고는 내방가사 향유층의 의식이라는 가사의 내용적 특징은 문학 양식적 특성과 무관하지 않으리라는 전제를 논의의 출발점으로 삼고자 한다. 이것은 곧 내방가사의 내용과 형식의 상관성 문제에 대한 해명의 일환으로, 텍스트를 중심으로 작품의 담화 구조적 특성과 언술 형식 등의

1) 서영숙(1996), 『한국 여성가사 연구』, 국학자료원.

문학 형식과 내방가사 향유층의 의식과의 상관성에 대한 검증을 시도하는 것이다.

먼저 내방가사의 서사에서 상용적으로 실행되는 화자의 청자에 대한 부름말 형식을 담화 형식의 구조로 파악한다. 작자가 독자에게 전달하거나 표현하고자 하는 이야기의 주동적인 행위자가 누구인가에 따라 이것을 일인칭, 이인칭, 삼인칭 형식으로 다시 구분한다. 이에 따라 작자가 의도하는 주제의 표출에 가장 적합한 서사의 결구 방식의 담화 구조를 면밀히 검토해 보면 작품에 따라 작중 화자와 실제 작품 내용상의 주동적 행위자의 위상이 발견될 것이다.

작자가 작자 자신의 이야기를 상대에게 고백하거나, 자기 자신에게 독백하는 경우라면 작자가 주동적 행위자가 되어 일인칭 독백체의 형식이라 할 것이다. 그러나 작자가 자기의 이야기를 하는 것이 아닌 객관화된 지식이나 규범을 가르치기 위하여 상대에게 지시하거나 명령한다면 그 행위의 주동자, 혹은 작자가 의식하고 있는 가공의 행위자 후보는 청자, 즉 독자가 될 것이다. 또는 화자가 '나'도 '너'도 아닌 제삼자인 '남'의 이야기를 전달해 주는 경우라면 삼인칭 객관화 형식이 될 것이다. 그러므로 '나'와 '너' 사이의 언술방식도 누구의 이야기인가에 따라 일인칭과 삼인칭으로 다시 하위분류가 가능하다.

이처럼 문학의 담화양식의 측면에서 내방가사 서사의 결구 구조의 특징을 규명하고 이와 관련하여 화자 독백체 형식을 통한 사적 경험의 표출을 나타내기에 가장 적합한 결구구조의 양식을 취하고 있음을 입증해내고자 한다. 또한 명령형 화법을 통한 규범의식의 표출양식과 삼인칭 객관화 형식을 통한 현실 의식의 표출 양식과 결구구조의 상관성을 밝혀내고자 한다. 연구 대상 작품은 권영철(1979) 편 「규방가사」(1)에 실린 작품으로 한정한다.

2. 내방가사의 언술 구조

가사 장르의 특성은 다면적이고도 가변적이기 때문에 그 구조의 통일성을 찾기가 어렵다. 뿐만 아니라 완성을 지향하는 배타적 장르가 아니라 다른 장르와 교섭이 많은 개방적 장르이기 때문에[2] 구조의 독자성이 약하다. 그러나 가사가 가진 장르적 복합성이 시대와 작자층에 따라서 적절하게 수용되는 생명력으로 작용한다면 구조의 다양성도 문학 내외적 조건에 따라서 효과를 발휘하는 경향성으로 발전할 수 있다.[3]

지금까지 가사 연구에서 개별 작품의 특징적 구조는 자세하게 논의되어 왔으나 그것을 일반화시킨 논의는 거의 없었다. 그런 중에서도 여러 층위에서의 형식적 유형과 함께 결구 방식을 한 모양으로 제시한 홍재휴(1984)의 견해는 이 방면에 대한 가장 정면적인 접근으로 보인다. 홍재휴는 "가사가 구의 연첩이라고 하나 내용의 결구상으로 보면 사의에 의한 의미단락이 층절을 이루게 된다"고 하여 결구방식의 상하위 단위를 설정하여 가사의 구조에 대한 접근의 단서를 제공하였다.[4] 우선 가사가 몇 개의 단락구조로 구성되어 있으며, 서사・본사・결사나 기・승・전・결과 같이 뚜렷한 결구 원리를 가진다는 점을 그 특성으로 들 수 있다. 또 큰 단락의

---

2) 최원식(1982), 「가사의 소설화 경향과 봉건주의의 해체」, 『민족 문학의 이론』, 창작과 비평사.
3) 장성진(1993), 「개화가사의 서술구조와 현실인식」, 경북대학교 박사논문, p.93.
4) 홍재휴(1984), 「가사문학론」, 『국문학연구』 8, 효성여자대학교 국어국문학과, p.30.

하위구조를 이루는 작은 단락도 나름대로의 결구 원리를 가진다. 작은 단락 구조가 서사와 결사에서는 매우 제약되어 있으나, 본사에서는 제약 없이 길어진다는 것이 이 논의의 핵심이다. 이 논의는 가사의 결구 원리에 대한 기본적인 것만 제시하고 가사 일반에 대한 적용성의 한계를 가지고 있다고 할 수 있다.

가사가 모든 작품에 걸쳐서 일관된 구조적 통일성을 드러내지 않는다는 사실은 또 다른 새로운 접근 방식이 필요하다는 뜻이다. 전통적으로 가사는 전체 구조로서 서사, 본사, 결사의 구분과 그 결구 방식을 충실히 지킨다. 가사가 형식과 내용의 자유로움 속에서도 양식적 통일성을 확보하는 특성은 이 서사・본사・결사의 결구 방식에 크게 의존하였으며 내방가사의 경우도 이에서 예외가 될 수 없다.

본고는 그 중에서도 서사의 결구방식에 주목하고자 한다. 서사의 결구는 내용으로는 작품을 향수할 대상을 설정하는 것이고, 그 형식은 작자가 전면에 나서서 대상을 불러내는 것이다. 이렇게 가사의 서사가 돈호법 호소형으로 시작되는 것은 이전부터 빈번히 쓰이던 방식이다.[5] 이는 대상을 설정하려는 의도보다 내방가사의 향수 방식에 따른 자연스러운 서사의 결구방식으로 보인다.

그러나 이것이 내방가사에 이르러서는 독자인 대상을 제한적으로 설정하거나, 혹은 대상을 포괄적으로 설정하고자 하는 작자의 의도적인 결구방식으로 유형화되어 나타난다. 이러한 작자의 의도는 주제의식을 드러내 보이거나 작자의 절실한 체험을 토로하거나, 이미 확보된 절대적 가치나

---

5) 〈고공답주인가〉, "어와 져양반아 도라안자 내말듯소." 나 〈상춘곡〉, "홍진에 뭇친분네 이내생애 엇더한고"와 같은 예가 있다.

사실을 제시하는 등의 내용으로 이어진다. 예를 들면 삼강오륜 같은 유교적 가치 기준이나 우리 역사의 유구함과 같은 객관적 사실을 제시하는 것과 같은 것인데 이것은 객관성을 바탕으로 한 주제 의식의 강화라는 점에서 작자의 전달 의도를 극대화한 한 방식이라고 할 수 있다.[6] 또는 서사를 마무리하면서 동시에 작품 전체의 내용에 대한 예고의 기능을 지니기도 하면서 형식상 작품의 첫머리가 부름말로 시작되거나 동일한 어구를 반복하여 쓰는 것이 일반화된 경향으로 유지됨으로써, 작품의 시작을 알려주는 표지 기능을 하고 있다. 이와 같이 가사의 서사는 부름말로 시작하여 전체의 취지를 논리적으로 제시하는 장르적 관습으로서 내방가사에서는 이것이 유형화되어 나타난다.

본고는 내방가사의 구조를 이 서사에서 드러나는 작자의 의도를 작품 창작 계기와 관련지어 보고자 한다. 이것은 작자(혹은 화자)와 독자(혹은 청자)와의 관계와 유관한 담화 구조 형식이라고 볼 수 있으며, 담화의 상대에 대한 작자의 언술방식에 따른 유형 구분이 가능하다.[7] 가사는 다양한 장르적 속성을 매우 포괄적으로 허용하는 양식이라는 앞에서의 언급을 상기한다면 담화 구조의 문학양식적 방법에 의한 내방가사의 작가의식의 표출 의도를 추출하는 작업은 매우 유의미하다 할 것이다.[8]

---

6) 장성진(1993:95)은 서사를 그 내부에 발의사, 게의사, 수렴사에 해당하는 결구 방식을 갖추고 작품 전체의 방향을 제시하는 기능이 있는 결구 방식으로 분석한다. 특히 전통가사에서도 그 특성화가 드러난다고 하였다.

7) 폴 헤르나디, 김준오 옮김(1983), 『장르론』, 문장사, p.185. "담화(discorse)란 시적 화자의 기준을 양식에 적용시킨 개념으로 소크라테스가 플라톤의 〈공화국〉 제3권에서 담화의 세 가지 양식으로서 직접적 제시, 모방적 재현, 시인과 등장인물이 번갈아 화자가 되는 혼합된 형으로 구분한 이래, 어떤 주어진 한 양식이 작품 전체의 특징을 이룰 수도 있으나 반드시 그렇지는 않다고 생각되어 왔다."

8) T. S. Eliot, 최창호역(1975), 『On Poetry and Poets』, 서문당, pp.143-145.

또한 내방가사는 필사와 낭송이라는 내방가사 특유의 복합적 기능에 의해 전승・향수되어 왔다. 이것은 바로 내방가사의 양적 확대에 결정적으로 기여한 전승 방법이다.[9] 즉 필사는 문학 행위의 한 유형으로서 문자를 매개로 한 기록문학적 작업이다. 그러나 내방가사에서 필사는 내방가사 전승의 기능적 역할을 수행하는 방법인 동시에 낭송과 함께 작품의 재창작에 적극적으로 기여하는 방법이 되고 있다. 따라서 내방가사의 문학적 양식과 향유층의 의식의 표출 양상은 상당한 유기성을 가질 수밖에 없는 것이다.

먼저 내방가사의 서사에서 상용적으로 실행되는 화자의 청자에 대한 부름말 형식을 담화 형식의 구조로 파악, 분석한다. 그리고 이것은 작자가 독자에게 전달 또는 표현하고자 하는 이야기의 주동적인 행위자가 누구인가에 따라 일인칭, 이인칭, 삼인칭 형식으로 다시 구분하면 작자가 의도하는 주제의 표출에 가장 적합한 결구 방식이 채택되어 유형화된다.[10]

장르 구분의 초문예적 기준으로 제시형식이 있으며, 제시형식에 따라 다음과 같은 구분이 가능하다. 서정시는 '엿들어지는 고백'으로서 작품 속의 가상의 인물에게 고백하는 식이므로 청중은 단지 엿들을 뿐 무시되는 것으로 다른 사람이 아닌 자기 자신에게 말하는 시인의 음성이며, 곧 직접 시인 자신의 사상과 감정을 표현하는 시이다. 서사시는 시인이 널리 청중을 모아 놓고 내용을 낭송하는 제시형식으로 즉 다른 사람에게 말하는 시인의 음성, 극을 위한 것이 아닌 시에서 가장 흔히 들을 수 있는 음성이다. 그 중 풍자시는 의식적인 사회적인 목적을 가지고 있는 모든 시, 곧 사람들에게 교훈이나 오락을 주려는 시, 이야기를 말하는 시, 도덕을 설교하거나 지시하고 있는 시, 설교의 한 형태라고 할 수 있는 시이다.

9) 이정옥(1992), 「내방가사의 전승 과정과 향유층의 의식 연구」, 계명대학교 박사학위논문, p.8.

10) 장성진(1993:132-145)에서 "의미단락 간의 결구 방식은 개화가사의 서술 구조의 유형"을 참고하였으며, 본고의 논의의 일부는 이 논문의 논지에 근거를 두고 있음을 밝혀둔다.

3. 화자 독백체 형식을 통한 자기 경험의 표출

시에서 화자는 그에 어울리는 목소리를 가지며, 그에 어울리는 역할을 한다. 이 목소리와 역할은 시적 화자의 개성을 육화한다. 뿐만 아니라 시인의 시적 의도의 효과를 극대화하는데 기여한다. 시에서 일인칭 화자가 사용되는 경우, 시적 화자와 시인을 동일시하는 경향은 자연스러운 것이며 그런 경우에 시는 수필과 마찬가지로 가장 주관적이고 고백적인 장르가 되고 내용은 고백적이고 자전적이 된다.[11] 즉 청중 혹은 독자는 극의 독자나 관객과 같이 언제나 말들을 화자의 의식과 결합시키기 때문에 사람들이 그들 담화의 표현론적 요소 안에서와 이 요소들을 통하여 자신들을 드러내는 그대로 지각한다.[12]

내방가사의 경우 일인칭 화자인 '내'가 상대하여 말하고자 하는 대상으로서의 청자의 범위는 매우 다양하다.

아ᄒᆡ야 드러바라 〈계녀가〉
어와 세상 사람들아 이ᄂᆡ말삼 들어보소 〈복선화음가〉
딸아딸아 아기딸아 복션화음하난 법이 이를 본니 분명하다 〈복선화음가〉
아ᄒᆡ야 ᄂᆡᆺ달ᄋᆞᄒᆡ 부ᄃᆡ부ᄃᆡ 명념ᄒᆞ야 〈신ᄒᆡᆼ가〉
어화 청츈 동유들아 이내 회포 뉘 알손가 〈망월사친가〉
어와 우리 ᄯᆞᆯᄂᆡ들아 이ᄂᆡ 소회 드러보소 〈열친가〉
어화 세상 사람들아 이ᄂᆡ 말삼 드러보소 〈과부청산가〉
츈규에 미인들아 이ᄂᆡ 말삼 들어보소
셕등에 여자들은 ᄂᆡ 회포 들어보소 〈상사곡〉

11) 김준오(1982), 『시론』, 문장사, p.199.
12) 송정숙(1983), 「치가사고」, 『국어국문학』 21집, 부산대 국어국문학과, p.5.

어와 우리 동유들아 화전놀이 하여보세 〈권본화전가〉
무심하신 남자들아 우리 말좀 들어보소 〈권본화전가〉
어와 우리 벗님네야 이 가사를 들어보소 〈계묘년여행기〉
어와 달산 노인ᄂᆡ들 슈곡가 들어보소 〈슈곡가라〉
ᄎᆞ호ᄎᆞ호 ᄌᆡ부들아 부ᄃᆡ부ᄃᆡ 효도ᄒᆞ라 〈권효가〉
여보시오 친구임ᄂᆡ 이ᄂᆡ 말ᄉᆞᆷ 드러보소 〈ᄉᆞ국가ᄉᆞ〉

상대의 범위가 딸, 아희, 아기딸, 우리 딸네, 미인, 여자, 남자, 동유, 벗님네, 친구임내, 달산 노인내들, 세상 사람들 등 매우 다양하고 넓다. 그런데 청자의 범위가 한정적이고 작자와의 친밀도가 강할수록 작자의 언사에 지시성이 강하고, 그 반대의 경우 즉 벗님, 친구, 동유에서 혹은 세상 사람으로 범위가 확대될수록 자기 고백성이 강하게 나타남을 볼 수 있다. 바꾸어 말하면 작자와의 친밀도에 반비례하여 주체적 표현이 사용된다는 것이다.

그런데, 일인칭 화자인 '내'가 이와 같은 여러 청자들을 상대하여 고백적이고도 자전적인 이야기를 하되 '내'가 바로 작중 인물과 동일인일 때 일인칭 독백체라 할 수 있으며, '나'는 앞서 검토한 바의 유형별 작품구조 분석에서 가장 중심적인 내용의 작중인물이다. 이 경우에는 때로 일인칭 표현으로 서술되어 있으되 객관자로 범칭화된 예가 훨씬 더 많다.

슬푸다 우리 부모 날 난느라 수고ᄒᆞ니
이 보덕을 ᄉᆡᆼ각ᄒᆞ면 호천이 망극ᄒᆞ다
써질ᄉᆡ라 돌아보고 다시 보아 추운가
ᄇᆡ 고푼가 말 못ᄒᆡ도 못다이기 우난 소리
듯ᄌᆞᆫ아도 절로 아라 마른 ᄌᆞ리 진 ᄌᆞ리ᄋᆡ

업고 안고 지러하니 이러훈 어룬 득택
어이훈야 갑흘 손고 이 보득 못훈오면
짐셩만 못홀지라 〈권효가〉

남즈의 몸이 되면 할 일이 만큰이와
인간의 여즈 몸은 규중의 즈양훈야
입신양명 두 가지난 이닉일 안이로다
이십의 출가훈 후 효도밧게 또 잇난가
숨일 입주 훈온 후의 감지봉양 미일이라
갓갓이 효도키도 부인에게 달려잇고
〈중략〉
동이의 효도키도 이닉 몸의 달려잇다 〈권효가〉

위의 예에서 '우리', '날', '이닉몸'은 작중 화자로서의 작자와 동일시되는 '나'가 아니라 객관화된 여성의 범칭어로서 인식되어야 할 것이다.13) 실로 내방가사의 작자와 독자는 그들 스스로 여성성의 동질성을 인식하고 있기 때문에 '나'와 '너'의 구분이나, 나와 우리의 경계를 짓지 않고자 하는 유동성의 허용이 설득력을 가진다.14) 이와 같은 경우는 고소설이나 판소리에서 시점(point of view)의 혼란이 일어나는 예와도 같다고 할 수 있다.

---

13) 서영숙(1996:25-26)은 서술자의 목소리를 각기 개인 발화와 집단 발화로 나누어 분류하고, 독자도 각기 내포독자에 따라 4가지로 분석하고 있다.

14) 이 같은 유동성을 반영하는 하나의 예로 여성 저작물들이 때때로 남성적 규범에서 생성된 규정에 따르지 않는다는 점을 들 수 있다. 최근 학자들은 여성들의 자서전이 남성들에 비해 덜 선형적이고 덜 통일적이며 또한 연대기적인 성격을 덜 지니고 있다고 결론짓는다.(Heilbrun, "Reinventing Womanhood", p.134 및 Estelle C. Jelinek(1980), "Woman's Autobiographies", Bloomington, Ind.)
"…자아와 타자와의 교차가 끊임없이 계속되기 때문에 이들 여성 저작물들은 공과 사가 희미해지기도 하고 완성된 틀을 거부하기도 한다." (쥬디스 키건 가디너, 신은경 역(1993), 「여성의 정체성과 여성의 글」, 『페미니즘과 문학』, 문예출판사, pp.228-229 재인용)

일인칭 독백체 형식은 작자의 서정적 정서를 표출하기보다는 자기의 경험을 사실적으로 서술하고자 할 때 더 유효한 형식이다. 이 경우 화자는 자기가 과거나 현재에 경험한 이야기나 혹은 자기를 포함한 집단 행위자들의 이야기를 전달하고자 하며, 이야기는 시간의 경과나 장소의 이동에 따른 순차적 구조에 의해 진행된다.

내방가사 중에서 현실 체험을 작품화한 "탄식류"나 "풍류소영류" 가사는 시간적 순차나 지리적 이동 등의 문학외적 사실의 원리를 많이 따르고 있다. "탄식류"는 대개 작자가 생애를 통하여 겪은 일을 사건별로 정리하여 삶의 시간적 순차로 나열하였으며, "풍류소영류"는 여정과 놀이의 절차, 놀이에 참가한 일행의 개별적 행동을 파노라마식으로 엮어서 보여준다.

이 공간적 시간적 진행은 물론 각 부분들이 정연하게 연속되지만 서사적 인과관계와는 성격을 달리하는 것이다.[15] 실제 역사의 흐름이나 지리적 장소는 객관적 사실로 존재하는 것이고, 이것을 작품화한다는 것은 여성 작자들이 그들의 일상적 체험을 누군가에게 호소하려는 의식이 작용할 때에 가능한 일이다. 이리하여 일인칭 독백체의 결구 구조는 전대의 양반가사에 나타나는 서사구조적 인과관계가 아니라 의미단락의 각 부분들의 순차적 연결이라는 단순성을 지니게 된 것이다.

서사에서 화자는 "어와셰상#사람들이#이내말삼#드러보소"와 같은 일반적인 허두로 청자를 부르는 경우가 가장 흔하다. 그러나 구체적으로 청자의 범위를 한정하기도 한다. 그 범위가 '형제'나 '붕우'〈모녀형제붕우소회

15) 그런 점에서 이야기 구성으로 된 가사를 서사성 있는 가사로 단정한 논의는 무리가 있다고 할 수 있다.

가라〉와 같은 지극히 친밀한 근친관계일 수도 있고, '춘규의 미인'이나 '셕등에 여자'〈상사곡〉와 같이 비특정의 독자로 설정되기도 한다. 또 때로는 부름말이 생략되고 바로 본사로 시작되는 작품도 발견된다.

이렇게 서사의 허두는 부름말로써 청자의 범위를 한정하거나 청자 혹은 독자의 주의를 환기시키는 기능뿐만 아니라 본사에서 화자는 자신을 주인물로 한 자신의 이야기를 주로 하게 될 것을 제시하는 기능을 겸한다. 곧 이어지게 될 이야기는 '이내말삼'이며, 이것은 주인물의 행위와 경험이 바로 화자 자신의 것임을 제시하는 것이다. 더 구체적으로는 말하자면 개별적으로는 '이내소회' 〈창회곡〉일 수도 있고, 일반화한다면 '여자탄식'〈여자탄식가〉이 되기도 한다.

작자 혹은 화자의 지나간 이야기는 자연히 시간의 경과에 따라 독백체 형식으로 표출되는 언술 구조를 택하는 것이 가장 효율적이라는 판단을 할 수 있으며 "부녀탄식류"의 가사에서 가장 많이 사용된다. 이 경우 대부분의 화자들은 현재 상황, 곧 가사를 집필하는 시간적・공간적 시점에서 과거를 회상하는데, 현재 불행의 상황이면 과거의 행복했던 과거를 더욱 절실하게 회상한다. 이렇게 시간 경과에 따른 시간 순차적 구조를 지닌 대표적인 작품의 예로는 〈과부청산가〉, 〈상사곡〉, 〈망부가〉 등을 들 수 있다.

〈과부청산가〉[16]는 작자명이 밝혀진 몇 안 되는 내방가사 중의 하나이다. 16세에 시집와서 백년가약을 맺은 남편은 유복자를 남겨 둔 채 그만 세상을 떠나 버린다. 죽은 남편을 잊지 못하는 청춘과부 신세인 작자가

16) 권영철(1979:214-219) 편 「규방가사」 (1), 한국정신문화연구원, 37에 수록된 작품으로 작자는 '도춘서'이고 출처는 '대구시 태평로 6가'이다.

남편에 대한 절절한 사모의 정을 토로하고 있다. 문장이 매끄럽고 정감있는 표현력으로 "상사소회류" 가사의 수작이다.

이 〈과부청산가〉는 부름말로 시작되는 서사가 생략된 특이한 구조의 가사이다. 귀한 인간의 몸으로 태어나 곱고 귀히 자란 자신의 어린 시절과 현재의 청춘과부 신세를 대비적으로 설정, 극적으로 제시하는 방법으로 현재의 비극적 상황을 극대화하여 표현한다. 이어서 남편과의 사이좋던 시절을 회상하고 그리워하며, 그럴수록 원망스러운 님에게 자신의 가련한 신세를 절규하듯 토로한다. 이때 "님아 님아 우리님아", 혹은 "님아님아 낭군님아"하는 부름말과 "보고지라 보고지라"를 본사 부분에서 여러 번 반복함으로써 님에 대한 사무치는 정한을 분출하는 직접적인 언술이 사용되고 있다.

〈과부청산가〉가 일찍 사별한 남편을 향한 사부곡이라면 〈상사곡〉과 〈망부가〉는 각기 다른 이유로 남편과 생이별한 경험을 토로한 가사이다. 〈상사곡〉은 남편이 국사로 원행을 하게 되고, 그 이유로 이별한 후 남편을 기다리며 그리워하는 생활을 곡진히 그린 가사이다.

창창한 하날님요
용해예 계신낭군 한 번보게 하여주소
상졔님요 상졔님요
호지예 계신 낭군 한 번보게 하여주소
일월이 삼년같고 일시가 삼추같다 〈과부청산가〉

그러나 "오날올가 내일올가 인제올가 전제올가… 바래기도 염증나고 생각끼도 지리"한 님에 대한 기다림도 남편이 돌아오자 일시에 사그러지고, 기쁘고 반가움의 정서로 전환되며, 행복한 결말을 맺게 된다. 그리하여 "우리이리 만나시니 생산작업 하여보세"라고 규중의 부인으로서는 부끄러움직한 제안도 거침없이 하게 되는 것이다.

〈망부가〉는 남편이 말없이 떠나 버렸다는 점에서 그 처지가 〈상사곡〉보다 더욱 애절한 가사이다. 결혼 후 금슬 좋던 시기가 잠시이며 살아서 생이별을 하게 된 사연과 독수공방의 서러움과 슬픔을 눈물로써 기록하고 있다. 생사조차 알 수 없는 남편의 소식을 기러기와 비에 의탁하여 묻고자 하고, 행마다 연마다 한숨과 눈물의 세월이다. 화전도 하여 보고 시모님의 위로도 들으면서 울음을 달래 보지만 슬픔과 한숨은 더해 원망으로 변하게 된다.

부부낭기　허사되니　한심코　분한 마음
절절이　원통하고　이날 올까　저날 올까
손을 꼽아　바랫드니　초한정강　동지장에
팔년 이별　무삼튼고　가련하다　이내 팔자　〈망부가〉

결국 이 모든 시름을 한심한 여자로서의 운명으로 인식한 작가는 "어서 빨리 드는칼로 우리연분 끊어주"기를 절규한다. 〈과부청산가〉나 〈상사곡〉에 견줄 바 없는 슬픔의 절규이다. 그러나 이 죽음을 넘나들 정도의 절망적 상황도 8, 9년을 지나 10년 만에 편지가 오고 편지 온 후 두 달 만에 출세하여 나타난 남편의 호화로운 행차로 인해 일시에 행복한 상황으로 바뀌게 된다.

작자는 결사에서

세상 사람　들어보소　부귀영화　사랑인예
누가 여기　더하리요　여자절행　장하옵고
부귀영화　한이 없내 〈망부가〉

라면서 자신의 절행에 대한 자화자찬도 아끼지 않는다. 서사의 "어와세상 사람들아 이내말삼 드러보소"로 시작하여 본사 내내 긴장 속에서 지속된 비탄한 감정과는 자못 다른 흥분되고 상승된 어조에서 행복의 감정은 극대화되어 표출된다.

이상의 논의에서 보았듯이 독백체 형식의 언술 방식을 취한 작가들의 의도는 불행의 원인에 대한 객관적인 자기 성찰의 노력이 부족하다. 그리고 다른 식으로 살아 보겠다는 결행과 변화에 대한 적절한 고통을 감수할 준비가 채 성숙치 못한 상황에서 닥친 불행에 대하여 적절한 대응 방안을 마련하기보다는 여성적 삶의 운명에 의지하게 된다. 따라서 자연히 수동적인 삶의 정체성을 극복할 의지는 결여되고, 고행을 감수하면 후에 행복의 결말이 기다릴 것이라는 절망적 기대 상황에서 행복을 맞이하게 됨으로써 적극적이고 개척적인 삶의 방식은 택하지 못하는 한계를 보일 수밖에 없다.

장소의 이동에 따른 순차적 방식의 가사는 "풍류기행류"에서 가장 쉽게 발견된다.[17] "풍류기행류" 가사의 제재와 작가의 성격에 기인한 것으로 보인다. 미리 마련한 상황으로서의 제재, 이를테면 화전놀이나 여행의 경

---

17) 신은경(1991), 「조선조 여성 텍스트에 대한 페미니즘적 조명 시고(1)-내방가사를 중심으로-」, 『석정 이승욱선생 회갑기념논총』, 원일사.
"화전가류의 시적 공간인 화전놀이 장소가 계녀가류의 시적 공간인 내방의 확대 개방된 공간이기는하나 그러한 공간적 개방성이 의식의 외면화로 나아가지 못했다는 점에서 내방의 침윤된 공간일 수밖에 없다."

험은 인과적 구성 개념을 확보하기가 어렵기 때문이다.

장소 이동에 따른 순차적 구성을 가진 작품으로는 〈권본 화전가〉, 〈계묘년 여행기〉, 〈화전가라〉, 〈화전가〉, 〈병암정화전가〉, 〈친목유희가〉 등이 있다.

〈권본 화전가〉[18]는 서사 → 신변탄식 → 춘일찬미 → 놀이공론 → 택일 → 통문 → 구고승락 → 대기 → 출발준비 → 승지찬미 → 화전 → 음식만들기 → 식사광경 → 여흥 → 파연감회 → 이별과 재기약 → 귀가광경 → 결사의 차례로 구조화되어 있다.

〈권본 화전가〉

1. 서사-봄을 맞아 화전놀음을 하자는 제의
2. 팔자좋은 남자 놀음을 흠선하고 비교하여 가소로운 여자 유행을 예거하고 놀음의 합리화를 도모함
3. 통문
4. 집안 어른의 허락을 받고 손꼽아 그 날을 기다림
5. 음식 준비 과정
6. 정성들여 단장함
7. 집 가까운 곳에 장소를 정함
8. 참석인원을 점검하여 반가워 함
9. 놀음 장소에 도착
10. 화전을 구우며 노는 장면 묘사
11. 화조타령 삽입
12. 시회를 열어 놀음
13. 해저물어 파연

18) 〈권본 화전가〉는 창작된 것이 아니고 권영철이 여러 이본의 화전가를 통계적으로 교합, 재구성하여 전형화한 것임.

14. 헤어지며 아쉬움의 감회

장소 이동에 따른 순차적 형식을 취한 작품의 작자는 자신의 개인적 경험이나 여성들의 공동의 의식을 문학적으로 형상화하려는 의도를 가지고 있거나 그런 역량을 갖춘 사람이라고 보기는 어렵다. 오히려 현실적 경험을 기록해 두기 위한 관습적 방편으로 가사라는 문학 형식을 차용하였다 할 수 있겠다.

4. 명령법 화법에 의한 규범의식의 표출

명령법은 독자 또는 작중 독자에게 직접적으로 주제를 제시하는 언술 방식이다. 내방가사 중에 많은 경우의 작품이 "…야 …를 …들어보소" 라는 메시지 전달의 태도로 시작되고 있어 자칫 일인칭 독백체 형식과 구분하기가 어렵고 애매한 듯이 생각되나, 작품의 구조를 면밀히 분석하면 이인칭 작중 인물의 설정이 가능함을 알 수 있다. 이 경우 지시의 주체는 작자이며 행위의 주체는 이인칭자이다.

담화의 양식 중 직접적 제시는 주석적, 또는 주제적 제시라고도 하는데 이것은 입증될 수 있는 것으로 보이는 사실들을 비예술적 언어로 제시하는 단정적 담화와 가장 가까운 글로서 상상적 진리의 격언적 공식 표현들이다. 이 주제적 제시는 어떤 관념을 한 사건이나 말하고 있는 한 목소리에 관련시키지 않고서도 관념을 표상한다.

이인칭 형식은 교훈 목적의 가사에서 가장 쉽게 발견된다. 〈계녀가〉는 거의 대부분의 작품이 '아ᄒᆡ야 드러바라 ᄂᆡ일이 신힝이라'라는 허두로 시작하여 작품 중의 지시 내용의 단락이 시작되는 부분에서 다시 '아ᄒᆡ야 드러바라 ᄯᅩ한말 이르리라'를 반복하고 있다. 이는 작자가 독자, 곧 작중 행동의 주체자인 딸에게 팽팽한 긴장의 고삐를 늦추지 않음으로써 경계하고 교훈하고자 하는 내용을 보다 효과있게 전달하고자 하는 의도적이고 전형화된 계녀가 특유의 문법이다.

그 때문에 작자는 주로 명령과 금지의 언어를 채택하고 있다. "하여서라", "입어서라", "먹어서라"의 명령법과 "하지말며", "밥비마라", "쥬지말고", "일지마라" 등의 금지의 어법은 교술적 목적에 가장 합당한 어법이며, 그 행위의 주동자는 명령과 금지 행위의 대상이자 가사의 주독자인 딸이나 자녀일 수밖에 없는 것이다. 교술적 내용을 효과적으로 주지시키고자 하는 작자의 의도성에서 비롯된 이 언술 방식은 교술성이 강한 다른 가사 장르에서도 빈번히 사용되는 화법이다.[19)]

이런 가사의 경우 교훈의 내용은 주로 유교적 실천 덕목인데, 이것을 정확히 전달해 주려는 의도가 작용하였기 때문에 작품의 구조는 덕목을 단위로 단락별 독립성을 강화하는 방향으로 발전하게 되고 자연히 병렬적 구조 방식을 채택하게 된다. 곧 작자가 독자에게 지시 또는 당부하고자 하는 훈계의 내용은 각각 독립적으로 존재하며, 각 단락은 하나의 주제를 지양하기 위한 강화의 언술로, 또 각 단락을 연결시켜 주는 표지의 기능으로 부름말의 언사를 각각의 의미 단락 사이에 개입시키고 있다.

김대행 교수는 "〈계녀가〉가 '아해야 들어봐라'로 작품을 이어가고 있는 점이라든가 〈김대비 훈민가〉가 '어와 백성들아 이내교훈 들어서라'로 시

19) 민현기(1996), 「〈농가월령가〉에 대한 텍스트 언어학적 고찰」, 『문학과 언어의 만남』, 김완진 외, 신구문화사, p.348.

작하는 것은 이 작품들이 '나'와 '너'의 관계에서 오가는 언술을 기본 구조로 하고 있다는 증거라고 하면서 그것은 서간과 같은 기능을 가지는 것이고 그래서 수필적인 것이"라 하였다.[20] 일인칭 시점의 채용은 자전적 기록의 형식으로 되어 있어서 그 뒤의 명령의 어법으로 된 훈계를 담고 있는 〈귀녀가〉나 〈여자유행가〉는 기행문이나 일기와 같은 장르의 이완된 작품 구조라 볼 수 있다.

그렇기는 하지만 '나'와 '너'의 관계 설정으로 그 표현이 이루어지고 있는 작품은 작자와 독자 사이의 긴밀성이 강화되는 강점이 있다. 실로 이 경우에 가사 작품은 하나의 작품으로서 완성할 성질의 것이 아니고 독자가 그 전언을 적극적으로 수용해야 할 의무감까지 조성하기도 한다. 그것은 하나의 강제력이지만 또 다른 관점에서 보면 작자와 독자 사이에 형성되는 직접적인 관계인 것이고 따라서 친밀감의 형성이라는 효과를 거둘 수 있는 것이다. 말하자면 작자와 독자와의 거리가 제로에 가까운 상태인 것이다.

그러나 한편으로는 명령형 즉 주제적 제시의 표현 방식은 경직된 사회에서의 표현이라는 이해도 가능하다는 면에서 이인칭 지시 형식은 문학성보다는 문학의 효용적 가치가 더 높다고 하겠다.

대표적으로 〈계녀가〉를 들 수 있는데 이 작품은 다음과 같이 구조화되어 있다.

〈계녀가〉

1. 서사─내일 신행을 앞두고 경계할 말이 있다.

---

20) 김대행(1979), 『가사의 표현방식과 휴머니즘』, pp.598-599.

2. 시부모 모시는 도리—삼일사관, 혼인신성 실천, 병구완의 방법, 언어생활
3. 가장 공경하는 도리—언어, 행동, 학업권면, 화순의 도리
4. 동기와 지친간의 도리—재물로 인한 불화 경계
5. 제사 받드는 도리—제수 장만함에 있어서 정성과 태도
6. 손님 맞는 도리—음식 대접에 소홀하지 말 것
7. 자식 보양의 도리—수태시의 태교, 의식주에 있어 검소한 육아법
8. 하인 거느리는 도리—혈육과 같이 대하여 심복을 삼으라
9. 치산의 도리—절약하고 청결히 하라
10. 행신 범절의 도리—조심하며, 이웃의 흉을 말라
11. 변함없는 마음 당부
12. 결사—이 가사를 행신과 처사에 유익함이 있도록 사용하기 당부

이 이인칭 언술방식은 각각의 의미 단락이 평면적으로 나열되는 병렬적 구조로 나타난다. 병렬적 구조란 각 단락이 대상이나 주제의 유사성을 공유하면서 독립적으로 이루어지는 것을 말한다.[21] 여기서 병렬이 되기 위해서는 각각의 의미 단락에 유사성이 있어야 한다. 〈계녀가〉는 이미 확립되어 있는 실천 덕목을 가사 형식으로 표출하는 과정에서 가사의 구조가 「계녀서」의 절목을 따라 평면적인 병렬을 지향한 것이다. 〈계녀가〉의 가사 중 전범적 성격의 가사는 대부분이 서사와 결사를 포함해서 본사 전체가 순서의 교착도 없이 최고 13개 항의 실천덕목을 나열하고 있어 각 단락이 병렬로 이루어지는 전형을 보이고 있다.[22]

21) 장성진, 앞의 논문, p.135.
22) 권영철(1979)은 계녀가의 전형화를 서사 → 사구고 → 사군자 → 목친척 → 봉제사 → 접빈객 → 태교 → 육아 → 어노비 → 치산 → 출입 → 항심 → 결사 등의 13개 항으로 구조화하였다.(권영철, 앞의 자료, p.7)

이처럼 교훈류의 가사가 병렬적 구조로 이루어지는 근거는 그 내용이 창작되거나 표현되기보다는 전달되는 데 목적을 둔 작자의도에 있다. 이미 사회적으로 규범화되어 지향하고자 하는 삶의 목표와 방향이 설정되어 있으니 작자는 단지 이것을 확인하고 다짐하여 알려주는데 그 의의가 가장 크다는 인식을 한 것이다. 그리고 작자 경험의 축적 과정에서 획득된 교훈적 진실도 대단히 중요한 훈계의 내용이 되기도 하는데 따라서 작자는 결사에서 "옛글에 이른말과 셰사에 당한일을 되강으로 긔록"한다고 밝히고 있는 것이다.[23]

그러나 전거에 의한 것이든 체험에 의한 것이든 간에 작가에 의해 진술된 모든 교훈성의 덕목은 당대 여성 일반에게 당연히 요구되는 사회적 규범이었으며 달리 일탈의 여지가 전무하다는 점에서 교훈적 가사는 그 생명력과 전파성이 무한히 팽창, 확대되었으며, 따라서 가문마다 전래되고 애독되는 교훈류의 가사도 상당하였다.

명령적 화법을 통한 병렬적 구조는 언술 주체의 일방적이고 단정적인 교훈 의도를 작품의 표면에 드러냄으로써 문학화의 한계를 보이는 형식이기도 하다.

5. 3인칭 객관화 형식을 통한 현실 인식의 표출

내방가사에서 작자와 독자, 화자와 청자, 혹은 나와 너의 관계에서 전달되는 말이나 이야기에는 객관자가 낄 틈이 없다. 남의 이야기를 하기 보다

23) 계녀가의 전범성과 체험성에 대한 논의는 졸고(1981) 참조.

는 나의 절실한 사연이 더욱 감동적일 수가 있으며, 또는 무엇인가를 가르쳐야 할 처지에서 남의 이야기를 한다는 것은 공허하다고 여겨지거나, 한가한 잡담이 될 수도 있다고 인식되었기 때문이다. 그래서 삼인칭 객관자의 개입은 그렇게 흔치 않다.

일인칭의 범칭화의 예가 더러 있으나 이 경우는 문학적 소양이 부족한 작자의 미숙성의 결과라고 생각된다. 삼인칭 객관화 형식의 가장 흔한 사례는 "부녀교훈류" 가사 중에서 불특정 대상을 상대로 교훈하고자 내용의 "훈계가"형이다. 그리고 또 "부녀교훈류" 가사에 삽입된 비이상적인 인물의 사적을 예거하는 경우이다. 이러한 경우를 장성진(1993)은 통합화구조라 설명하고 있다.24)

통합화 구조란 앞 항의 제구조가 한 작품 안에서 결합하여 나타나는 것을 말한다. 가사는 장르적 복합성을 가졌을 뿐만 아니라. 한 작품 안에서도 부분에 따라서 서로 다른 여러 가지 장르적 특성이 교직되어 있고, 그에 따라 구조의 다양성도 드러난다고 한다면 이 논의는 설득력을 가진다.

앞서 전범적 "계녀가류"가 병렬적 구조로 나타남을 보았다. 그러나 "부녀교훈류"의 가사 중에는 전범보다 작자의 체험이 주제재가 되는 가사가 있는데, 이런 체험적 〈계녀가〉는 대상을 항목화하여 나열하는 병렬적 구조를 적극적으로 수용하면서 부분적으로 시점을 변환하여 객관화한 '나'와 '너' 외의 다른 사람의 이야기를 개입시켜 작자의 전달 의도를 극대화시킨다. 대표적인 작품으로 〈복선화음가〉가 있다.25)

---

24) 장성진, 앞의 논문, pp.138-139.
25) 〈복선화음가〉에 대한 개별적인 연구 업적은 아래의 논문 참조.

〈복선화음가〉

1. 여자로 태어남
2. 성장함
3. 십오세에 결혼하여 신행함
4. 가난한 시집가세에 속음을 알게 됨
5. 배행한 오라비가 도로 가자 하나 달래며 돌려보냄
6. 눈물겨운 가난 생활
   ㄱ. 이웃에 식량 구하려 보냄- 거절당함
   ㄴ. 혼수 등을 전당잡히고 친지의 도움을 받음
   ㄷ. 접빈을 위해 인두 가위까지 전당함
7. 치산에 눈뜸
   ㄱ. 개간하여 소채를 심어 생활
   ㄴ. 베짜기
   ㄷ. 삯바느질
   ㄹ. 검소 절약 생활
8. 재산을 이룸
9. 남편이 장원급제 함
10. 평양감사에 이름
11. 자녀 자라 딸을 출가시키게 됨
12. 작자자신의 신행때를 생각하면서 개똥어미 사적을 이야기함
13. 딸의 신행을 맞아 딸과 헤어지면서 딸에게 복선화음을 당부함

〈복선화음가〉에서 작자는 1-10항까지는 자신의 행적을 독백체로 이야

이선애(1980), 「〈복선화음가〉 연구」, 『여성문제』 11, 효성여대.
서영숙(1994), 「복선화음가류 가사의 서술구조와 의미; 〈김씨계녀사〉를 중심으로」, 『고전문학연구』 9, 한국고전문학연구회.
장정수(1995), 「〈복선화음가〉연구; 여성형상과 치산의 의미를 중심으로」, 『19세기 시가문학의 연구』, 고려대 고한연 편, 집문당.
류해춘(1995), 『장편서사가사의 연구』, 국학자료원.

기하다가 11항에서 딸에게 당부하는 이인칭의 언술 형식으로 바꾸고, 다시 12항에서는 개똥어미의 행적을 원용, 개입시킴으로써, 작자의 전달 의도를 극대화하고 있다. 이렇게 언술 방식을 독백체 → 명령형 → 삼인칭 객관화로 다양하게 변주시키는 방식은 내방가사 창작 시기로 보면 비교적 후기에 채택된 방식이다. 작자가 작자 자신의 체험이나 일반적 규범의 교훈적 주지뿐 아니라 교훈을 위한 것이라면 남의 행적에도 관심을 가질 수 있다는 현실 인식을 가지게 된 것이다.

이 가사에서 두드러지게 주목 받는 덕목은 두 가지이다. 그 중 하나는 결혼한 여자로서 시집 식구의 일원으로서의 자신의 처지를 자발적으로 수용한 점이다. 오라비도 만류할 정도로 철빈지가임을 알면서도 오라비를 도리어 훈계하며 시집 식구로서의 자기 신분에 맞는 역할을 하고자 함은 조선조 남성중심주의 유교사회에서 여성이 지켜야 할 마땅한 의무였다. 그것이 이 작자의 경우에는 '자발적 선택'이라는 점에서 그 가치가 더욱 돋보일 수 있었다.

뿐만 아니라 조선조 후기는 여성의 덕목 중에서 치산의 덕목이 그 어떤 덕목보다도 중요하게 인식되던 때였다. 여성의 정치적 영역에서의 활동은 절대적으로 금지되었던 조선조에 여성의 경제적 영역에서의 활동은 크게 장려되었고 이와 같은 경향은 조선조 후기로 오면서는 신분계층 간에도 큰 차이가 없게 된다.[26] 오히려 노동을 천시하고 일반적 경제 활동과 특히 가정 경제에는 차라리 무력했던 양반 남성 대신에 여성의 치산 능력과 경제적 활동에 의한 부의 축적은 대단히 중요한 덕목이었다.

---

26) 조혜정(1990), 『한국의 여성과 남성』, 문학과 지성사, 서울, p.83.

〈복선화음가〉에서 작자의 치산 능력이 특히 강조가 되고, 남편의 출세도 이에서 비롯되었다는 자기 과시적인 암시는 삽입된 민담 주인공인 개똥어미의 낭비적이고 무분별한 행위와 선명한 대비를 이루며 실감나고 감동적인 교훈을 하기에 더없이 효과적인 방식이 아닐 수 없다. 그런 점에서 이같은 입체적 언술 방식은 앞에서 논의된 화자 독백체 방식이나 명령법 화법보다 작자의 의도적 표현과 독자의 인식 효과 면에서 탁월한 구조임을 알 수가 있다. 그러나 실은 교훈적 덕목의 주지에 타인의 행적을 인용한 예는 교훈서에서는 거의 관용화되어 있다[27]는 점에서 전범서와의 비교적 고찰을 필요로 한다.

가사의 향유자 의식은 담화 구조 형식으로 표출된다. 전통적으로 내방가사는 전체 구조로서 서사, 본사, 결사의 구분과 그 결구 방식을 충실히 지키는 양식적 통일성을 확보하고 있는데, 본고는 그 중에서 서사의 결구 방식에 유의하였으며, 서사에서 상용적으로 실행되는 화자의 청자에 대한 부름말 형식에 의한 구조를 '나'와 '너'의 언술 구조로 파악하고자 했다.

그리고 이것을 작자가 독자에게 전달 또는 표현하고자 하는 이야기의 주동적인 행위자에 따라 다시, 일인칭 행위자, 이인칭 행위자, 삼인칭 행위자로 구분하고, 그 각각의 행위자가 작품 속에서 작자의 의도와 어떻게 합목적적으로 부합되는가 하는 문제를 각 작품의 의미 단락 간의 구조적 결구의 방법으로 유형화시켰다.

일인칭 행위자는 화자의 독백체 형식으로 시간의 경과나 장소의 이동에

27) 대부분의 여성 계녀서는 중국이나 조선 역사상에 부덕이 뛰어난 여성을 예로 들어서 부녀자에 대한 훈계를 하고 있다. 참고적으로 「규문궤범」(1992, 민창문화사)은 개성의 한 양반가의 규문 계녀서인데 주로 중국 여성의 행실을 예로 들고, 논평을 하는 형식의 교훈서이다.

따르는 순차적 구조로 결구되며, 내방가사 작품 중에서 "탄식류"나 "풍류소영류"의 가사가 이 구조 양식을 택하고 있다. 이인칭 형식은 화자의 상대가 직접 본사의 주동적 행위자가 되는 것인데, 이는 교훈적 덕목을 주시시키고자 하는 화자의 의도에 가장 합목적적이나 문학적 형상화에는 한계를 드러내는 언술 방식이다. 내방가사는 이와 같이 화자와 청자의 언술방식의 담화구조로서 객관자의 개입을 원칙적으로 허용하지 않으나, 교훈적이거나 자기 신세에 대한 탄식적 토로에 유효하다고 판단되면 더러 삼인칭 객관자의 개입이 이루어지기도 하는데, 이 경우의 결구 방식은 통합화의 구조로 설명된다.

이상으로 내방가사의 문학 양식과 작자의 주제 의식의 표출 양상과의 관계를 거칠게 접목시켜 보았다. 문학의 형식과 내용이 별개의 것이 아니라는 가설에서 출발한 논의가 지나치게 도식적으로 흐른 감이 없지 않으나 훗날의 보완을 과제로 남겨 두고자 한다.

제2장

내방가사에 나타난 여성적 삶의 원리와 체득 방식

1. 연구 방향과 목적

내방가사는 조선시대 여성에 의해 쓰인 여성 문학이다. 여성 자신들의 체험적 생활사나 이념과 정서를 여성 스스로가 문학적 모색을 통하여 기록하였다는 것은 참으로 의의 있는 작업이다. 그런데다 주로 영남지방의 양반 부녀자들에 의해 창작되었다.[1] 계층과 지역적 한계를 안고 있긴 하지만 명실공히 후기 조선시대 우리 문학사에 있어서 여성의 문학 창작 참여라는 획기적 전기를 확립한 국문학사적인 의의[2]는 인정치 않을 수가 없다.

본고는 내방가사는 "조선조 영남 반가의 부녀자에 의해 향수된 가사

1) 김문기 외(1992), 『한국문학개론』, 새문사, pp.148-149.
2) 김문기(1977), 「한국 고전시가의 사적 전개」, 『제 31회 전국어문학연구발표대회발표요지』, p.38.

작품"이라는 개념의 범주 안에서 논의의 방향과 범위를 설정한다. 그 범주 속에서 조선시대 여성에 대한 사회적, 시대적 현실은 어떠했는가, 내방가사 속에서 조선시대 양반가 여성들은 그들이 처한 사회적 시대적 현실을 어떻게 수용하였는가에 대한 논의가 수행될 것이다. 아울러 그러한 현실 속에서 그들은 그들 나름대로의 삶의 방식을 어떻게 채택하고 거기에 적응하였을까 라는 의문에 대한 모색도 동시에 수행된다. 특히 경주 양동지역의 내방가사 작품으로 작품의 범위를 구체적으로 제한한 것은 이 지역이 조선시대 대표적인 양반가문으로 꼽히는 양동 이씨와 양동 손씨의 집성촌[3]이어서 내방가사의 작가의 계층에 대한 새로운 논란 없이도 접근이 가능할 것이기 때문이다. 또한 논자가 이 지역의 현존 가사작품 향수자들과 사적으로 친분관계를 유지하는 여성연구자로서 접근이 용이한 점도 작가와 작품 분석에 도움이 되었음을 더불어 밝힌다.[4]

작가들이 처한 시대적 사회적 상황에 대한 인식은 먼저 사회학적 모색이 수행되어야 가능할 것이다. 그러나 본고는 내방가사라는 문학 작품에 대한 분석을 통한 여성들의 삶의 방식에 주목하고자 하는 것이지 그들의 사회적 지위나 계층 문제 등의 사회학적 성과를 목적으로 하는 연구가 아니다. 그러므로 이미 상당한 정도로 축적된 사회학적 연구 업적의 힘을 비는 것이 논의를 진행하는데 도움이 되리라 판단된다. 따라서 본고의 논의의 진행과 사회학적 관심 부분은 거의 사회학적 성과에 따른 것임을

3) 이광규(1995), 『한국전통문화의 구조적 이해』, 서울대학교 출판부, pp.52-60.

4) 조혜정(1990), 『한국의 여성과 남성』, 문학과 지성사, 서울, p.41. "여성은 관계 위주의 삶을 살아온 만큼 연구 상황을 지배하기보다 상황에 몰입해 들어가서 연구대상자의 입장에서 연구를 할 능력을 갖추고 있을 가능성이 높다. 즉 감정이입적 이해력, 연구대상 집단에의 깊은 관심과 평등주의적 자세는 새로운 사회과학적 연구에 있어 여성이 살려나갈 중요한 자산인 것이다."

미리 밝힌다. 그 중에서도 조혜정(1990)[5]에 도움 받은 바 크다. 조혜정은 한국 사회의 남성과 여성이 이루어내는 삶 중에서도 경제나 국가기구 등 엄격히 제도화된 차원보다 이념과 감성 등 생활세계의 차원에 초점을 맞추어 주로 문화적 분석 내지 해석을 통하여 현상에 대한 시도를 하고 있는데 그러한 성과가 본고의 논의에 가장 합목적적이라고 판단되었기 때문이다.

논의는 먼저 조선시대의 여성에 대한 삶의 기제에 대한 분석이 이루어진 후에 그러한 삶의 기제에 어떤 방법으로든 적응하려고 하고, 그 과정에서 획득되는 여성의 삶의 방식에 대한 분석이 작품을 통해서 이루어질 것이다.

본 논의의 대상 작품은 원칙적으로 경주 양동 지역에 거주하는 이들이 소장한 가사, 즉 출처지가 경주 양동인 것으로 한정하되, 간혹 출처지가 막연히 경주라고만 밝혀진 작품도 포함된다.[6] 그 외 논의에 소용된다고 판단되는 다수의 타지역 출처의 내방가사도 인용되었음을 밝힌다.[7]

---

5) 조혜정(1990), 위의 책, pp.65-90.
6) 〈과부가〉, 권영철 편(1979), 『가사문학대계 규방가사1』, 한국정신문화연구원, pp.367-371.
〈싀골색씨 설은 타령〉, 권영철편(1979), 위의 책, pp.112-117.
〈화전가〉, 권영철 편(1979), 위의 책, pp.314-322.
〈상사곡〉, 권영철 편(1979), 위의 책, pp.220-229.
〈회혼참견가〉, 권영철 편(1979), 위의 책, pp.462-464.
〈여자소회가라〉, 권영철 편(1985), 『규방가사 신변탄식류』, 효성여대출판부, pp.126-132.
〈붕우소회가〉, 권영철 편(1985), 위의 책, pp.205-209.
〈츈규탄별곡〉, 권영철 편(1985), 위의 책, pp.257-262.
〈이부가〉, 권영철 편(1985), 위의 책, pp.387-392.
〈사친가〉, 권영철 편(1985), 위의 책, pp.502-505.
〈붕우사모가〉, 권영철 편(1985), 위의 책, pp.510-522.
7) 권영철 편(1975), 『규방가사』 1, 한국정신문화연구원.
______(1985), 『규방가사 신변탄식류』, 효성여자대학교출판부.

2. 조선시대 여성적 삶의 기제

조선시대 사회는 예외 없이 성에 따른 분업을 최대한 활용하며 주로 부계 중심의 조직화와 남녀유별의 관습을 통해 남성지배적인 체제를 구축해왔다. 인간관계는 근본적으로 친족 중심적이며 수직적인 성격으로 규정된다. 특히 유교적 통치 원리는 백성을 법으로 다스리는 것이 아니라 지배엘리트층에 의한 교화로 다스리는데 있었으므로 지방에 머무는 전직 또는 잠재관료층과 그 후손들이 갖는 사회질서 유지상의 역할은 어느 정도 공식적 인정을 받아왔던 것이며, 이런 특성은 관료적 지배와 지방의 씨족적 지배간의 결탁을 가속화시켰다. 지방양반들의 중앙관료로의 진출이 어려워지는 것을 느낀 양반들은 유교 윤리를 절대화하고 문중중심의 조직화와 기존의 득세 가문들끼리의 배타적 결성을 통하여 신분확보를 꾀하게 된다.

이러한 양반관료제를 중심으로 한 조선조의 가부장제는 다음과 같은 의미부여를 가능케 한다. 첫째로 조선조는 원칙적으로 사적(혈연적) 영역과 공적(혈연을 초월하는 차원에서의) 영역의 구분을 엄격히 하여 왔다는 점에 주목하여야 할 것이다. 곧 공사의 구분이 분명하였으며 여성은 공적인 영역에서 철저히 배제되어 있었다.

아희야　드러바라　또 혼말　이르리라
가장은　하놀이라　하놀갓치　즁혹여라
언어를　조심혹고　슨슨이　공경혹고

홍영숙(1996), 『내방교훈』, 개인소장 가사자료집.

미덥다고 방심말고 친타고 아당말라
음식을 먹더라도 ᄒᆞᆫ반에 먹지말고
의복을 둘지라도 ᄒᆞᆫ홰에 걸지말라
ᄂᆡ외란 구별ᄒᆞ여 힐난케 마라스라
져구난 금슈로ᄃᆡ 갓가이 아니ᄒᆞ고
연지ᄂᆞᆫ 남기로ᄃᆡ 나지면 풀리나니
ᄒᆞ물며 ᄉᆞᄅᆞᆷ이야 분별이 업슬손가
학업을 권면ᄒᆞ여 현져키 ᄒᆞ야셔라
ᄂᆡ외란 구별ᄒᆞ여 음난케 마라스라
투긔를 과이ᄒᆞ면 난가가 되ᄂᆞ이라
〈중략〉
밧그로 맛튼 일을 안에서 간여말고

그러나 두 번째로 주목될 점은 이 공사의 구분이 후대로 내려갈수록 실행의 면에서 상당히 불분명해져 갔다는 점이다. 즉 공적인 영역의 자율성이 표방된 대로 지켜지지 않았으며 혈연적인 사적 요소가 개입되어 왔던 것이다.

요약하면 조선조의 가부장제[8]는 신분제와 혈연 체계와의 교묘한 결탁이라는 사회구성적 맥락에서 이해되어야 하며, 구체적으로 유교이념의 교

8) 한국의 가부장제에 대한 토의석상에서는 항상 두 가지의 상반된 의견이 대립되어 주목을 끌어 왔다. 하나는 "한국 여성들의 권한은 이미 너무 세어서 여권 신장은 할 필요가 없다."는 주장인데, 이런 주장을 하는 이들은 전통적으로 모권이 강했다는 점, 여성이 결혼 후에 성을 남편의 성으로 갈지 않았다는 점, 그리고 현대에 와서도 여성이 경제권(소비권)을 쥐고 있다는 점을 강조하고 있다. 이와 반대로 "한국 여성들은 극히 억압적인 가부장 사회에서 비인간적인 대우를 받아왔다."는 주장을 하는 이들은 전통적인 칠거지악, 재가금지법, 정절의 규범과 유교 문화권에서도 유일하게 아직까지 법적인 보장을 받고 있는 호주제의 존속을 강조해왔다. 이 두 입장은 나름대로의 실제 현상을 토대로 한 주장으로서 어느 정도의 타당성을 지닌 것으로 받아들여야 할 것이다.

조주의적인 해석과 실행, 문중 조직과 부계 혈연적 대가족의 권위 체계를 중심으로 분석되어야 한다는 것이다.

1) 음양 원리

조선조의 지배 이념의 핵심인 유교와 특히 우주의 원리를 설명한 주역은 종교적 성격을 띤 철학 사상으로서 그 근본을 음양의 원리에 두고 있다. 원칙적으로 음양은 상대적이면서 동등한 것이다. 주역의 음양 논리가 유교적 가족 제도 형성에 어떠한 영향을 미쳤는지를 박용옥은 다음과 같이 분석하고 있다.[9)]

> "우주만물은 음양의 적절한 배합과 유전에 따라 형성되며 이는 남녀의 교합이 새 생명을 탄생시키는 것과 동일한 원리이다. 여성과 남성은 각각 음과 양의 원리를 드러내는 것과 동일한 원리이다. 여성과 남성은 각각 음과 양의 원리를 드러내는 상징이며 이 양자는 결코 뒤섞일 수 없다. 그러면서도 이 둘은 하나만으로는 성립될 수 없는 상호 보완적 성격을 갖기 때문에 동등하게 중요한 것으로 인지된다. 주역의 남녀관에 따르면, 남성은 우주 창조의 근원이며, 천상적인 것, 움직임, 강한 것을 나타내는 데에 반해 여성은 창조된 것을 유지하는 지상적인 것이며 고요하고 부드러운 것으로 상징화된다."

그러나 내방가사의 작자들은 이와 같은 음양사상에 대한 원리적 이해가 되지 않은 채 그것을 교묘히 남녀구분의 남성가부장적 원리로 단순화한

---

9) 박용옥(1976), 「이조여성사」, 『춘추문고』 108, 한국일보사.
_____(1985), 「유교적 여성관의 재조명」, 『한국여성학』 1집, 한국여성학회.

가부장 세계관에 대한 인식도 없었다. 그저 남녀의 생물학적 차이와 마찬가지로 남녀 간의 구별적 차이 정도로 인식하고 있어 많은 가사의 서사부분에서 첫머리에 음양원리에 대한 언급이 있을 뿐이다.

이러한 단순한 남녀 구별은 권력이 집중화되고 지배 피지배의 관계로 사회가 조직화됨에 따라 위계 서열적인 남존여비의 이념으로 굳혀진다. 이 원리는 "생물학적 성은 운명적이다."는 숙명론과 "여성은 남성의 보조적 역할 수행에 만족해야 한다."는 규범으로 체계화되어 조선 사회의 남녀 관계를 지배하게 된다.[10)]

1) 어와 셰상　사람들아　이ᄂᆡ 말삼　더러보소
천지 만물　싱겨날제　사람이　제일이요
〈중략〉
음은 싱겨　여자되고　양은 싱겨　남ᄌᆞ되고
복록을　애련ᄒᆞᆯ제　수북이　다남ᄌᆞ라
녀ᄌᆞ가　되오며난　요조숙녀　브디되고
남ᄌᆞ가　되요며는　군자 호결　매잣스니

2) 어와　붕우들아　이ᄂᆡ 말숨　들어보소
건곤이　초판 후에　음양이　갈엿슨이
임임총총　만물 즁의　영한 거시　ᄉᆞ람이라

3) 지좌 ᄐᆡ국　초판ᄒᆞ야　음양 ᄉᆞ시　분정할 졔
만물 싱싱　츈삼월은　ᄉᆞ시즁의　읏뜸이라

---

10) 조혜정, 위의 책, p.74. "비록 가난하여 초가삼간에서 산다고 할지라도 한 칸은 부엌으로, 나머지 두 칸은 각각 내실과 사랑으로 분리시켜 돌아 앉혀 놓는 가옥 구조에서 볼 수 있듯이 엄격한 안/바깥채라는 공간적 구분과 내외 관습의 배경은 이 근원적 우주관과 연결되어져왔던 것이다.

오힝에　목을 갓고　ᄉ덕이　원이되야
성화 일지　나는 쏫천　쥬문왕의　쥬역이오

2) 유교 원리

애초에 유교경전이 쓰인 당시는 가부장적 사회였다. 문자가 사용되기 시작했다는 것은 이미 사회가 상당히 조직화된 상태를 의미하며, 경전이 쓰인 당시 체제에서 국가구성원은 남성을 지칭하며 여성은 그가 이룬 가족의 종속적 구성원일 뿐이다.

1) 어화 새상　사람들아　이내 말삼　들어보소
천지가　개벽후에　사람이　생겻도다
남녀를　분간하니　부부간　이섯도다

2) 천지가　개벽후에　유물 유측　되엿서라
일만물　중구 가운대 사람이　귀중하다
엇지하여　귀중한고　삼강오륜　잇습이라
남녀를　막논하고　저으 일신　생겨날 제
아바으게　배를 타고　어마으게　살을 비러
어마복중　십삭만에　이 세상에　나왓도다

3) 어와 세상　사람드라　이닉 말삼　드려보소
천지간　만물 중에　귀할 손　사람이라
삼강으로　벗을 삼고　오륜으로　금을 매자
상하로　명분짓고　남녀로　내외갈나
인의예지　마음삼고　효자충신　뽄을 바다
부자군신　친이 이후　부부유별　조흘시고

특히 유교 경전은 치자가 될 집단을 위해 씌어졌던 만큼 그 내용은 치자 또는 당시의 이상적 인간형인 교양인이 될 남성의 도리를 주로 담고 있으며, 여성의 역할은 보조적 차원으로 인식된다. 따라서 음양의 원리는 상호 보완성을 나타내는 철학적 이상이었으나 실제 생활의 원리로서는 여성의 남성에 대한 종속성으로 강조되어온 것을 알 수 있다. 이러한 유교적 가부장제의 핵심적 이데올로기는 삼종지도[11]로 집약된다. 이는 여성이 남성과 관계를 맺지 못하면 사회적 존재가 될 수 없음을 명백히 한 것이며, 여성 교육에서도 음양에 대한 원리적 논의는 없이 남성의 보조자로서의 역할적 차원만 강조될 수밖에 없었다.

3) 혈연과 신분제

조혜정(1990)에 의하면 부계 혈통 체제의 경직화와 가문중시의 현상에 따라 여성적 삶의 통제는 강화되며, 그 통제의 성격은 비인간적으로 흐르게 된다. 열녀관과 재가금지 그리고 출가외인 이데올로기가 가장 대표적인 예가 될 것이다. 여성의 성관계는 철저히 통제되었고 더 나아가 여성은 남편을 위하여 수절을 하고 그를 따라 죽기까지 하도록 장려되었다. 또한 여성은 '혈통'이 다른 후손을 낳기 때문에 친정에서 '출가외인'으로 철저히 배제되어 점차 여성은 남편 가문의 혈통을 잇는 것을 지상의 과제로 삼고 시집에 충성하는 것 외에 다른 어떤 가능성도 없는 삶을 살게 된다.[12]

---

11) "여성에게는 세 가지 좇아야 할 도가 있으니 집에서는 아버지를 좇고, 시집가서는 남편을 좇고, 남편이 죽거든 아들을 좇아 잠깐도 스스로 감히 이룰 수는 없느니라."

12) 일본의 경우를 보면 도꾸가와 시대에 남편이 처의 동의 없이 처의 물건을 전당잡혔을 경우 친정쪽의 요청에 의해 이혼이 가능하였으며, 또한 여성이 남편과 헤어지고자

그러나 혈통의 정통성을 중시하는 방향으로의 변화는 특히 양반층의 경우에 여성의 지위를 확고히 하는 일면을 보인다. 여성이 결혼하여도 성을 바꾸지 않는 것은 제도적으로 본처를 보호하는 것과 관련된다. 그러나 여성이 성을 갈지 않는다고 해서 여성의 자율적 개체가 존중된 것은 아니다. 이것은 혈연이 그만큼 절대시되었다는 표시일 뿐이며, 오히려 시집에서 타성을 지켜야 함으로써 여성은 더 적대시되곤 하였다. 조선조 사회의 가부장제는 이렇게 신분제 및 친족 집단적 차원에서의 여성 통제가 중심을 이루며, 배타적 혈통 원리에 따라 움직이는 부계 가족 속에 어떻게 다른 혈통을 가진 여성을 위치시키느냐는 점이 주요 과제가 되어왔다. 내방가사에서 이러한 시집에 대한 순조로운 적응을 위하여 만들어진 가사가 많은 것도 이 때문이다.[13)]

사회가 여성을 배제한 상태에서 제도화된 만큼 여성이 갖게 되는 갈등은 자연히 간과되고 무시되었다. 예를 들어 효의 가치가 지상 최대의 가치로 숭상되는 사회에서 여성은 자신을 낳고 키워준 부모가 아니라 남편의 부모에게 효도할 것이 요구되었다. 이는 분명 모순적인 원리이며, 당시의 가부장제의 본질적 원리가 안고 있는 이 모순이 제도 차원에서 어떻게 해결되고 또 해결되지 않았는지를 살펴볼 때 여실히 드러난다. 이미 조선

할 때면 치외법권 지역인 절로 피신하여 3년을 지내면 절의 종명을 갖고 재혼할 수 있었다. 즉 극한의 상황에서는 종교 공동체나 친정이 여성들을 보호해온 것이다. 그러나 조선조의 경우, 씨족적 지배가 강화되는 후대로 가면서 여성에게는 시집 외에 의탁할 곳이 전혀 없게 된다.

13) 권영철 편(1975), 『규방가사』 1, 한국정신문화연구원.
"계녀가란 시집가는 딸에게 시기살이의 방법을 교훈하여 써 준 가사"로 곧 시집살이의 시급한 적응을 그 당시의 여성에게 요구하고 있다는 증거가 된다. 편자가 소장하고 있는 계녀가가 700여 편이라고 밝히고 있다.

왕조의 사회 구성론에서 언급하였듯이, 당시의 통치 이념이 유교를 통한 교화에 있었으며, 후기에 넘어오면서 유교 윤리가 민풍화되었다는 현상에 주목할 때, 주통제 기제는 규범적인 세뇌에 있었던 것을 알게 된다. 이렇게 당시 여성의 결혼은 일차적으로 시부모에 효도를 하기 위함임이 내방가사의 규범적 언어로 거듭 강조되고 있다.[14)]

옛성인	하신 법이	개개히	올치만은
여자의	원부모는	매몰하기	그지업네
원근을	혜지 안코	동서남북	흐터지니
부엽과	일반이라		
다시 가기	어렵도다	이향한	여자임네
소회는	한가지나	서로야	갓흘손가

그러나 친정에 대한 효도나 고부간의 갈등 등이 이런 식으로 해결되었다고 보기는 힘들 것이다. '효', '일부종사'와 이와 관련된 '출가외인' 의식이 여성 자신들에 의하여 어떻게 재해석되어 왔는지와 정절이데올로기에 대한 여성 통제기제에 대한 구체적인 논의는 후일로 미루고자 한다.

3. 모권의 원리

이 장에서는 남성 중심의 공식적 정치 체제와 부계혈통 중심의 가족제도 아래에서, 또한 조선 중기 이후에 강화된 문중적 지배 아래에서 '다른

14) 대부분의 "계녀가"는 "시부모 모시는 도리(事舅姑)"부터 가르치고, 그 부분의 양이 가장 많고 구체적임은 시부모에 대한 효도를 가장 중시한다는 증거가 된다.

핏줄'을 가진 여성들이 그 지배를 어떻게 받아들이고 변화시켜보려 하였는지를 살펴보고자 한다. 박용옥(1985)의 지적대로 "조선 시대의 여성의 지위는 우선 유교적인 명분론에서 이해해야 함은 물론 당시 명분의 안쪽에 숨겨져 있는 실제의 지위를 파악해야" 하는 것이다. 조선조의 여성들이 자신을 철저하게 제외시킨 남편의 가족에 그토록 충실해왔던 또 다른 차원의 현상을 당시 여성들 자신의 욕구, 희망과 가치 체계에 근거하여 살펴볼 때 자궁 가족과 모권, 그리고 여성들만의 하위문화의 형성이 중요한 논제로 제기된다.

1) 자궁 가족과 모권

당시 여성이 '자발적'으로 부권 사회에 충성을 한 현상을 이해하기 위해서는 여성이 나이를 먹어가면서 자식을 통해 자신이 원하는 바를 성취해갈 수 있었고, 행신범절을 통해 또는 집안 살림을 일구어 놓음으로써 사회적 인정을 받을 수 있었다는 점에 주목할 필요가 있다. 당시의 여성들의 삶, 특히 결혼 이후의 시집살이는 극단적인 시련의 삶이라 할 것이다.[15] 그러나 여기서 중요한 것은 여성의 시집살이가 인생 주기를 통하여 변화되어간다는 점이다.

울프(Wolf, 1972)[16]는 중국 여성의 삶에 성취적 · 획득적인 성격이 두드러진다는 점을 강조하면서 '자궁 가족(uterine family)'의 개념을 소개하였다. 남

15) 한국과 비슷한 유교적 전통을 가진 중국 전통 사회의 연구에서 결혼 초기 여성들이 유난히 높은 자살률을 기록하고 있다고 지적한 점은 시사하는 바가 크다.

16) Wolf, M.(1972), "Women and the Family in Rural Taiwan", Stanford: Stanford University Press.

편의 집에 편입된 가장 낮은 지위에 있던 젊은 여성은 점차 자신이 낳은 '핏줄'을 이 집안에 더해감으로써 자신의 세력권을 구축해간다. 자궁 가족 내에는 자신이 낳은 자녀들과 며느리가 포함되며 남편은 별로 중요한 자리를 차지하지 못한다. 이 가족은 먼 조상까지를 포함하여 연속성이 중시되는 남성들의 가문과는 별 관계가 없는 사적인 가족으로 어떤 뚜렷한 이데올로기나 형식적인 구조도 갖고 있지 않다. 가족 유대는 주로 감성과 충성심에 기초한 것이나, 주목할 점은 그것이 구성원에게 공식적 가족 못지않은 구속성을 갖는다는 점이다. 울프는 여성을 철저히 배제시킨 것으로 보이는 유교적 가부장제가 여성을 상당히 성공적으로 흡수할 수 있었던 근거는 바로 자궁 가족과 공식적 가족의 목표가 '다행스럽게도' 잘 맞아떨어졌기 때문이라는 표현을 쓰고 있다. 여성에게는 일정 기간 어려움을 이겨나가기만 하면 자신의 권력의 기반인 '자궁 가족'을 이룰 수 있으며 그를 통하여 응분의 보상을 누릴 수 있는 가능성의 차원이 열려 있었다는 것이다. 귀소(Guisso, 1982)[17] 역시 전통적인 중국 사회에서는 여성 해방 운동이 절대 일어날 수 없었다고 주장하면서 그 이유를 바로 여기서 찾고 있다. 노후의 보상은 여성으로 하여금 억압을 자발적으로 받아들이게 만들었으며, 세대 간의 차별이 성적 차별을 상쇄시킬 수 있었다는 것이다.

조선 시대도 '효'를 절대 가치화하였으며 이 조항에 있어서는 여성도 남성과 평등하였다. 실제로 조선조 사회가 중국보다 더욱 '효'의 가치를 절대화시켰던 점에 착안한다면 자궁 가족의 형성을 통한 여성의 사회적

---

17) Guisso, R. W.(1982), "Thunder over the Lake: the Fire Classics and the Perception of Woman in Early China," Women in China, ed. R.W. Guisso and S. Johnnesen, New York: Philo Press.

지위 상승의 폭은 중국의 경우보다 더욱 컸을 것으로 짐작된다. 상층에서는 과거 급제자 아들을 길러내는 어머니로서의 명예와 보상이 있었고, 그러한 출세를 기대하지 못하는 대다수의 집에서도 아들이 장성할수록 존장자로서 효도를 받고 며느리를 지배하며 손주를 품안에 거느리는 여가장으로서의 권위를 확보할 수 있었던 것이다. 즉, 대다수의 여성들은 열심히 일하고 참기만 하면 언젠가는 어머니로서 보상을 받게 되며 남편 집안의 당당한 조상이 된다는 확신을 갖고 있었으며 따라서 가부장적 체계에 자발적으로 충성을 하여온 것이다.

가소롭다 가소롭다 여자 일신 가소롭다
규중에 깊이 묻힌 여자 유행 같을소냐
우리 동류 서로 만나 한번 놀기 어렵거던
무심하신 남자들아 우리말 좀 들어보소
팔자 좋은 남자들이 부럽고도 애닯으다
소년 공명 기남아로 문장 명필 포부 배워
혈기방장 젊은 때에 한양 서울 올라가서
국가태평 문무과에 입신 양명 하실 적에

남아 선호는 이러한 현실의 생존과 성취와 직결된 자궁 가족적 계산의 산물일 가능성이 높다. 딸은 자신의 삶에 아무 소용이 없으며 아들만이 생전의 행복과 사후의 평안을 약속하는 자식이므로 여성 스스로가 적극적으로 아들을 존귀하게 여기는 태도를 강화시켰을 가능성이 높다는 것이다.

입향하신 오봉선조 단묘의 유신으로
…… …… …… ……
초년절의 장하시고 자손지계 거룩하다

대은선조 덕업 행이 백행지원 깊이 알아
환해에 뜻이 없고 임하에 숨어 살아
지성으로 부모효양 장진후학 일삼았다
자자한 그 덕망은 조야가 다름없이
효행으로 지평증직 임금까지 알았구나
송천가 구대조부 당신이 참봉이요
아드님 칠형제에 삼형제분 층육하야

생존과 지위 확보의 수단으로 아들에게 절대적으로 의존해온 전통적 여성의 삶의 일면을 엿볼 수 있다. 이 시기를 통하여 모자 관계가 단순한 정의적 가족 관계를 넘어서 극단적으로 수단적 성격을 띠게 되는 것을 쉽게 유추해 볼 수 있다.

2) 경제적 역할에 의해 획득된 지위

한편, 조선조 후기 사회는 더 많은 수의 남성들이 양반의 후예임을 자칭하며 공적 세계에서 활약할 꿈을 키우며 노동을 천시하고 일반적 경제 활동에는 관심이 없는 선비를 이상형으로 삼아온 사회였던 만큼 그를 보완하기 위한 여성의 활동, 특히 경제적 활동의 폭은 더 넓어질 수밖에 없었던 것으로 보인다. 생계유지에서부터 봉제사, 접빈객을 위한 철저한 준비, 그리고 아들을 훌륭한 공인으로 길러내는 것까지 이 모두 여성의 역할이었으며 여성은 이런 활동을 통하여 공식적·비공식적 인정을 받아왔던 것이다.

열녀가 남편의 가문을 위하고 남편을 절대적으로 따름으로써 공적 포상을 받은 인위적인 이상형이라면 이러한 극단적 방향으로 가지 않더라도 봉제사, 접빈객을 극진히 수행하고 시집의 살림을 일으켜가는 지혜롭고 근면한 아내상은 일반 여성들이 쉽게 긍정하고 수용할 수 있는 여성상이었다 하겠다.

1) 침선 방즉 하든 일도 분여ᄋᆡᄀᆡ 소임이요
ᄉᆡᆼ남성여 키운 일도 분여ᄋᆡᄀᆡ ᄎᆡᆨ임이요

일가친척 우ᄋᆡ함도 분여ᄋᆡᄀᆡ 관ᄀᆡ로다
…… ……
노비고용 거느림도 분여ᄋᆡᄌᆡ 치산이요
수신ᄌᆡ가 모든 것이 ᄇᆡᆨ짜구리 걸여스니
어난 ᄯᆡ가 ᄂᆡ ᄉᆡᆨ상고 골몰잇자 원수로다
진신갈역 ᄒᆞ든바람 칭찬 듣기 가망없고
여궁범ᄇᆡᆨ 말을 마ᄉᆡ 허물되기 십상팔구
외당ᄋᆡ 랑군들은 무신 ᄉᆡᆨ도 그리조하
약간 실수 보기되면 눈불시기 무신일고
ᄒᆡ육한심 쉬고나니 여자 권일 엿축없다

2) 추운들 그 뉘 알며 배고푼들 뉘 알손가
추워도 더운 듯이 고파도 부른 듯이
옷끈만 잘나 매고 그렁저렁 세월일네
어지도다 어지도다 후덕하신 시모님은
구구상포 낙을 삼아 저 물내에 목을 매여

…… …… …… …… ……

한필 두필 내여 파니 한양 두양 이문 일네

…… …… …… ……

이렁저렁 장만하여 논도 사고 밭도 사내

이로 미루어 당시의 사회는 여성이 정치적 영역에 들어가는 것은 절대적으로 금지되었지만 경제적 영역에서는 활동이 크게 장려되었었음을 알게 된다. 엄격한 신분제 사회에서 노동하는 계층은 천시되었지만 노비가 없는 많은 수의 양반과 양민층에서는 여성이 노동을 담당할 수밖에 없었고 생계 담당자로서 여성의 사회적 중요성은 크게 인정을 받았을 것으로 보인다. 생산에 참여함으로써 얻는 심리적인 만족과 불분명하나마 주어진 사회적 인정은 분명히 여성들의 적극적인 참여를 촉진하는 요소로 작용하였음에 틀림없다.

여성 노동상의 이 같은 경향은 후대로 오면서 다음과 같은 작품에서 시사되고 있듯이 계층 간에 크게 차이가 없었던 것으로 생각된다.

어와 남ᄌᆞ들아 여ᄌᆞ들 웃지마소

여ᄌᆞᄂᆞᆫ 무식ᄒᆞ니 보빈운데 업거니와

남ᄌᆞᄂᆞᆫ 유식ᄒᆞ니 그른 일이 이슬손가

칠팔셰예 글을 ᄇᆡ와 소연등과 하온 후의

슈령방ᄇᆡᆨ 흘니사라 부모효양 바릿더니

…… …… …… ……

어이하여 지금 남ᄌᆞ 이전 일을 모르난고

…… …… …… ……

학업을난 고ᄉᆞᄒᆞ고 가사에도 쓼ᄃᆡ업다

게으르기 짝이 업고 능중키도 그지업서

압집 초당　뒷집 초당　투젼이야　바둑이야
나가면　탁쥬산양　드러오면　낫잠일다
그렁저렁　지내다가　무산글을　하잔말고

빈한한 조선조 말기를 통하여 극소수의 여성들을 제외하면 여성의 존재 가치는 노동의 면에서 강조되었다는 것을 내방가사 작품에서 발견하는 것은 어렵지 않다.

4. 여성들의 하위문화

1) 삶의 단절성

자신의 신분과 혈통 집단 내의 위치가 탄생과 더불어 이미 상당히 결정되어버리는 남성들의 귀속적 특성의 삶의 연속성과 달리 여성들의 삶은 획득적 단절성이란 점에 주목할 필요가 있다.

우선 남성은 자신이 태어난 가족에서 자라고 활동하다 죽으며 죽은 후에도 그 집안의 조상이 되어 제사를 받게 된다. 그는 항상 자신의 성격을 이해하는 친숙한 사람들과 상호 작용하고 그 영구적인 집단 내에서 보호를 받고 살아간다. 자신에게 문제가 생기면 도움을 줄 사람이 늘 가까이 있으며 자신이 보지는 못했으나 피를 나누어 준 조상들의 은덕 속에 안주한다. 반면 여성은 결혼과 함께 자신이 태어나고 성장한 집을 떠나야 한다. 그는 자신을 이해하거나 감싸줄 사람이 하나도 없는 시집에 들어가서 사는 단절적 경험을 하게 된다. 그럼으로 인해 여성은 오해와 불신 속에 불안정한 삶을 살아야 하는 상황적 조건 때문에 심리적으로 남성에 비하여 일찍 독립적이며 강해지고 성취 지향적으로 된다. 조선조 가부장제가 지닌 또 다른 특성, 즉 극단적 명분 위주의 남성적 삶을 보완해야 하였던 점을 고려할 때 여성들이 남성들보다 더욱 진취적이며 성취적 기질을 살려왔을 가능성은 쉽게 유추할 수 있다. 이러한 기질적 특성은 딸들에게 이어지며, 여성을 심리적으로 강하게 만들어온 것이다.

2) 안채문화

당시의 엄격한 남녀 유별적인 내외 관습에 의하여 안채의 여성들은 그들 나름의 자율적인 세계를 구축할 수 있었다. 그 세계는 여느 공동체와 마찬가지로 권위와 권력, 사랑과 미움, 존경과 자존이 있는 무대였다. 이러한 '여성들만의' 생활의 장과 '여성들만에 의한' 문화가 존재할 수 있었다는 사실은 매우 중요한 시사점을 갖는다. 여성들은 공식적으로 남성 세계의 보조자로 엄하게 규정되어 있으며 자신들 또한 그러한 규정을 주어진 그대로 받아들인 것이 아니라 적극적으로 재해석하여 자신의 권력을 확보하고 한정되나마 자신들의 공동체적 생활 무대를 창조해갔던 것이다.

람피어(Lamphere, 1974)[18]는 진화론적인 사회 유형에 따라 여성들이 가족의 테두리 안에서 자기의 목표를 달성하기 위하여 어떤 적극적이고 전략적 활동을 펴왔는지를 밝히는 논문에서 특히 농경 사회에서는 혈연관계와

18) Lamphere, L.(1974), "Strategies, Cooperation, and Conflict among Women in Domestic Groups," Woman, Culture and Society, ed. M. Rosaldo and L. Lamphere, Stanford: Stanford University Press.

여성들 간의 유대가 중요함을 지적한 바 있다.

조선조 사회는 내외 관습이라든가 동족 집단의 통제가 더 엄격하였고 또한 중국적 확대 가족에 비하여 한국의 직계가족적 통제는 더욱 수직적 관계를 우선시하는 방향으로 발전되어갔다는 점에서 찾을 수 있을 것이다. 더욱이 지역 공동체적 여론이 친족적 여론을 능가하기 어려웠을 것이며, "집안 문제는 집안에서 처리해야 된다"는 관념이 강하게 존재하여 여성의 시집에의 종속은 보다 철저했을 것으로 보인다. 상류층으로 갈수록 씨족적 지배가 강화되고 여성의 출입이 규제되었을 것이므로 지역 공동체적인 연대망을 발전시키기는 어려웠을 것이나 대신 시집 가문 내에서 여성들만의 세계를 구축해갔을 가능성은 높다.

그러나 조선조의 경우, 후대로 오면서 시집 내 여성 간의 유대는 여성들의 자율성을 확보하는 기제로서보다는 지배 이데올로기가 제시한 역할을 잘 수행해나가기 위하여 상호 경쟁하는 기제로 작용한 경향을 보인다. 일단, 자신이 시집온 집안과 그 가문이 잘되는 것이 곧 자신의 이익이라는 사실을 확인하면서, 여성들은 적극적으로 지배 이데올로기를 수용하기 시작한 것이다. 특히 '조강지처'로서의 자부심은 여성들이 적극적으로 수용해간 지배 이데올로기의 핵심인 것으로 보인다. 당시의 여성들은 틀에 들지 않는 소수를 희생시킨 채 다수는 본처로서, 어머니로서, 근면한 주부로서 존경을 획득하고 지배권을 강화해갈 수 있는 입장을 구축하였던 것이다.[19)]

---

19) 시게마스는 한국의 굿의 분석을 통해 '우리'의 변두리에 선 여성들이 자신들의 불안정한 위치를 지탱하여 가는데 동서나 동세대의 친척 여성들로부터 상당한 도움과 정신적인 원조를 받아 온 것을 밝혀내고 있다. 즉 남성들의 직접적인 지배가 침투하지 못하는 안채의 세계를 갖고 있었던 것이데, 문제는 그 세계가 얼마나 그 나름대로의 독자적인 이념 체계를 발전시켜 나갔는지에 있다.

여성들에 의해 형성된 하위문화는 크게 두 가지 특징을 갖고 있다. 하나는 여성이 삶에서 느끼는 모순을 설명해준다는 점에서 나름대로의 독자적인 설명의 틀과 표현 방식을 갖는다는 것이다. 두 번째로 여성의 갈등과 억압을 해소시켜준다는 점에서 현실 적응을 돕는 기능을 한다.

무속에서는 이러한 모순이 상당히 체계적으로 다루어지고 있는데 우선 조상을 분류하는 방식에서 그러하다. 켄달(Kendall, 1981)[20]의 연구에 따르면 무당굿에서 인지되는 조상은 친정과 시집 모두를 포함하고 있어 '출가외인' 이데올로기가 강화되어도 여성에게 있어 친정은 여전히 삶의 중심이 되고 있음을 보게 된다. 그러나 가사의 경우 향유자에 따라 이야기의 기본 메시지는 달라질 것이며 조선조 여성들에게 이 삶의 단절성의 문제가 시사하는 메시지는 다분히 여자로 태어났기 때문에 자신의 부모에게 효도하지 못하는 심리적 갈등을 다루는 이야기로 받아들여졌을 소지가 높다. 이와 비슷한 맥락에서 이해될 수 있는 친정에 대한 사무친 그리움은 많은 작품에서 표현되고 있다.

여ᄌᆞ 유ᄒᆡᆼ 가소롭다 부려워라 부려워라
남자 일신 부려워라 점고 늙고 일평싱이
부모 슬하 뫼서 잇네 우리도 남ᄌᆞ되면
남과 갓치 ᄒᆞ올 거살 자로에 효성갓치
…… …… …… ……
ᄇᆡᆨ리에 부ᄋᆡᆨᄒᆞ여 부모 봉양 ᄒᆞ여볼가
우리는 어찌하여 남자로 못삼기고

20) Kendall, L.(1981), "Korean Shamanism: Women's Rites and a Chinese Comparison", Relogion and Family in East Asia, ed. G. Devos and T. Sofue, Osaka: National Museum of Enthnology.

여자의　　졸한 몸이　심규에　　자라나서
……　……　……　……
십육세　　약한나에　원부모　　무스일고
……　……　……　……
숌빅리　　타향 길에　꿈이런가　춤이런가

"친정을 하직하고 시가로 돌아갈 제 너의 마음 어떠하며 나의 마음 어떠하냐", "출가 여식 소용없다. 사모한들 무엇하리, 십팔 년간 키울 적에 아들딸이 다를소냐", "여자는 출가하면 부모 형제 떨어지고 외인이라 하였는데 이런 말씀 다시 마오."에서는 정과 역할 사이의 갈등은 해결되지 않은 채 그대로 표현되고 있다.

그러나 여성들에게 주는 또 다른 메시지는 고난을 극복하고 생활에 적극성을 가지는 억척스러운, 가히 영웅적 성공을 이룬 여성의 모습이다. 그리고 그 끝은 항상 행복하게 끝난다. 다른 많은 여성 주인공의 소설에서와 같이 가사작품 속의 여성들에게서도 공통적으로 나타나는 것은 끝없는 고행을 견디어 영광을 차지하게 되는 포용력 있는 인간의 모습이다. 이 모습은 동시대 다른 나라의 문학에서 남성 주인공에게 구원을 받는 수동적인 여성의 모습과는 대비적이라는 점은 매우 흥미로운 사실이다. 여성은 강하며 끝내 승리한다는 주제가 일관되게 나타나는 것이다. 이렇게 모두가 행복해지는 식으로 결말이 난다는 점은 당시 조선시대 여성 정체성의 재정립이 요구된다는 시사점을 던져준다. 여성들은 한정적이나마 자신들이 주체가 되는 문학적 행위를 통해 자신들 삶의 모순을 정리하고 긴장과 갈등을 풀며 동시대 남성들과의 공존의 의미를 되새겨나간 것이다.

많은 인식상의 차이에도 불구하고 여성들만의 세계가 종국적으로 가부장권을 붕괴시킬 요소를 갖고 있지 못한 미약한 하위문화를 형성해온 데 불과하였음은 이러한 철저한 상호 의존과 보완적 특성에 기인하는 것으로 보인다. 그러나 내방가사의 기능적 효용성이 여성들의 자율적 세계의 구축에 있었다기보다는 여성들의 심리적 갈등을 무마하고 해소하는 데 있었으며 동시에 상당 부분 남성 우위의 지배 이데올로기를 수용 보완하는 데에 있었음을 간과해서는 안 될 것이다. 이런 면에서 기존 체제를 초극하려는 측면이 부재하며, 이 때문에 대안적 문화체계로 보기는 어렵다.

내방가사라는 조선시대 여성적 문학축적을 통하여 당시 여성에 대한 사회적, 시대적 현실은 어떠했는가, 내방가사 속에서 조선시대 양반가 여성들은 그들이 처한 사회적 시대적 현실을 어떻게 수용하였는가에 대한 논의가 거칠게 다루어졌다. 아울러 그러한 현실 속에서 그들은 어떻게 그들 나름대로의 삶의 방식을 채택하여 적응하였을까라는 의문에 대한 모색도 해보았다.

조선조 가부장제를 이해하기 위해서는 조선 중기 이후의 역사적 진행 과정이 일반적 사회 진화 과정에서 예상되는 것과는 달리 상당히 특이한 형태로 이루어져왔음을 분명히 할 필요가 있다. 하나는 교조화된 유교적 지배의 강화와 또 하나는 혈연적 통제의 강화이다. 교조화된 유교적 지배란 상호 보완적 음양 개념에 토대를 둔 남녀유별 의식과, 후대로 가면서 더욱 철저해진 상하 개념의 남존여비 이데올로기적 지배였다. 이것은 일상생활에서 실질적 씨족적 통제를 통해 크게 가능해졌다.

여성이 당시 사회의 주요 통치 단위인 국가 공동체 차원과 혈연 공동체 차원에서 공적 정체성을 갖지 못한 백성이었음은 분명한 사실이며, 공식

영역에서 '남성 지배'는 엄격한 성 역할 분담과 삼종지도의 이념으로 철칙화되어 있었고, 점차 정절 규범 등의 비인간적 형태로 발전되어 나아갔음을 알게 된다.

반면에 혈통과 가족이 크게 부각되는 과정에서 여성이 스스로 확보할 수 있는 권한과 지위가 또한 증가한 면이 없지 않다. '효'를 최상의 가치로 삼는 가족주의 사회였기 때문에 여성이 존장자로 존재하는 한 상당한 지위와 인정을 받을 수 있었고 또한 아들을 통하여 권력을 확보할 수 있었다. 즉 공식적인 부자 관계에 대비된 가족적 모자 관계를 통해 여성은 상당한 권한을 가질 수 있었다. 또한 '선비상'을 이상으로 하는 사회에서 '세정'을 모르는 남성의 보완자로서 생산적 경제 활동을 포함하여 일상생활을 꾸려가는 데 있어서 여성 역할의 비중은 매우 컸다. 여성은 어려운 단절적인 시집살이를 이겨나가야 했던 만큼 성취적이고 강한 인성을 지니게 되었으며 여성만의 안채 문화는 그들 나름의 갈등과 불만을 해소하는 기능을 수행하여왔다.

궁극적으로 혈통을 극도로 중시한 당시의 체제에서는 대가족내의 연장자이자 혈통 계승자의 어머니로서 여성의 지위와 활동에 상당한 권한을 부여한 셈이며 여성들은 이 여지를 십분 활용하여 가부장제의 유지를 적극적으로 도와왔던 것이다. 여성이 인격으로서가 아니라 어머니로서만 인정되었다는 점은 한계로 지적될 수 있지만 여성 자신들이 조선 중기 이후의 붕괴하여가는 체제를 강한 생활력으로 보완하며 적극적인 지탱자가 되어왔다는 점을 이해해야 한다.

이러한 점은 여성의 사회적 지위의 현대적 변형을 이해하는 데 매우 중요하다는 점에서 관련 학문의 활발한 논의를 기대하는 바이다.

제3장

내방가사의 작가 의식과 '탄(歎)'

1. 작가 의식과 표출 방식

내방가사의 자료는 실로 방대하다. 그러나 자료의 방대함에 비하여 그 국문학사적 위상은 오히려 미미한 듯이 보인다. 이는 종래 내방가사에 대한 연구가 자료의 수집, 정리, 분류의 단계에서 크게 벗어나지 못해 그 문학적 가치에 대한 논의가 활발하지 못했던 탓일 것이다. 또한 내방가사의 내용과 그 문학성 규명을 위한 연구라 하더라도 도덕교훈적인 내용이 압도적이라는 선입견으로 말미암아 문학성이 결여되었다는 단정 탓도 있다.

본고는 내방가사의 문학성 내지 미적 가치를 부여하기 위한 작업의 일환으로 내용 고찰에 역점을 두었다. 따라서 기존 내방가사의 내용 연구의 업적과 제목 등의 내방가사 분류 근거 또한 무시하고, 새롭고 밀도 있게 내용을 분석 검토해 보고자 한다. 또한 문학은 체험의 재구성이라는 명제에 입각해서 구체적인 작가 체험이 어떻게 시대적 환경에 굴절하여 작가의식으로 표출되었는가, 또한 그 표출방법의 기조는 무엇인가를 알아보고자 한다.

분석대상 가사 작품은 정신문화연구원 편 『규방가사』 소재 113편으로 한정한다.

내방가사의 작가는 조선시대 양반가문의 부녀자가 대부분이다. 그러므로 내방가사의 작가의식에 관한 논의는 첫째, 조선시대 둘째, 양반가문 셋째, 부녀자라는 세 가지 관점에서 차례로 살펴져야 될 것이다.

가사는 그 향유층에 따라 분류할 때에 일반적으로 양반가사, 평민가사, 내방가사 등 3가지로 대등하게 구분되고 있다. 그런데 이러한 분류는 그 분류의 기준이 통일된 기준이 아니기 때문에 교차 분류의 오류를 범할 수 있다. 양반가사와 평민가사로 나누는 것은 그 기준이 사회계층이지만 내방가사라는 가사군은 성에 기준을 두고 있기 때문이다. 그러나 내방가사에는 서민적 의식에 바탕을 둔 가사가 수없이 많다. 초기에는 영남지방의 양반 부녀자들이 주로 짓고 향유했다고 볼 수 있고, 후대에 내려 올수록 서민 부녀자들도 향유자층에 가담했다고 볼 수 있다. 이는 조선 후기로 내려올수록 계층의 혼효와 이동이 심했기 때문이라 할 수도 있으며, 더욱 중요한 것은 양반 부녀자들의 의식구조의 이원성에 기인하다고도 볼 수 있다. 고관대작의 부녀자가 아닌 뭇 양반가 부녀자들의 생활은 가사를 꾸려나가는 점과 남존여비라는 불평등으로 인한 피압박의 질곡에서 생활하는 점은 서민과 거의 같기 때문에, 이들은 양반의 가풍과 남편이나 시아버지의 영향으로 양반적 사고를 가졌으면서 또한 서민적 생활로부터 얻은 서민적 사고도 가졌던 것이다.

문학에서 작가체험의 재구성이라는 명제는 혼동을 내포하고 있다. 즉 체험의 고유성과 특이성을 문학 작품 그 자체의 가치와 혼동하기 쉽다는 이야기다. 아무리 고유하고 특이한 체험의 기록이라 하더라도 그것의 문학적 가치는 종국에 있어 작가 개인의 능력에 속하는 문제다. 여러 사람이 동일한 체험을 했다고 하더라도 그것이 문학적으로 표현될 때에는 그 양상이 결코 동일할 수가 없기 때문이다. 그러나 일반적으로 어떤 작가에 있어서 특이한 체험은 그의 문학에 특이한 소재를 제공해 주며 따라서 그것의 참신성을 인정하지 않을 수 없을 것이다. 그러나 작가로서의 구체적인 체험이란 그리 흔한 것은 아니다. 왜냐하면 대부분의 작가는 일반적으로 비슷한 체험을 강요받을 수밖에 없는 사회적 통제 안에 있기 때문이다.

조선시대 양반여성의 생활문학인 내방가사도 결국 조선시대라는 사회적 시대적 배경 내에서 생성된 것이다. 즉 남존여비사상과 삼종지도의 예법으로 봉제사, 사구고, 사군자, 어노비하여야 했고 교육의 불평등으로 무학반시덕이라는 미명 아래 교육기회마저 박탈당하였다. 뿐만 아니라 열녀숭상과 재혼금지의 관습은 가장 인간적인 생활 욕구마저 유린해 버렸으며, 다처주의는 남성본위의 사회체제를 단적으로 증명하는 것이라 하겠다. 뿐만 아니라 기생제도는 뭇 양반가 부녀자를 독수공방, 생이별의 슬픔 속으로 몰아넣기에 족한 모순된 사회제도의 한 단면이라 할 수 있겠다.

그러나 이러한 사회체제에 항거하고자 할 때 양반가문의 부녀자라는 신분은 바로 그 행위를 제약하는 또 하나의 요인이 된다. 결국 사회체제에 적극적, 직접적으로 반항하고자 하는 의식이 굴절, 약화되고 대립의 기회마저 상실하게 되니 그 표출양상이 여기서 복합적으로 수렴된다 하겠다.

양반가의 여성은 성적 억압 기제인 남성위주의 사회체제에 저항하고자 하나 신분적으로 양반계층에 속해 있기에 완전한 항거, 완전한 이탈은 감행할 수 없게 된다. 그러므로 내면적으로의 대립요소를 표면적으로 융합되는 듯이 보이는 상반된 모순을 수렴하는 방법으로 작가의식이 표출될 것이고 그 방법으로 채택된 것이 바로 '탄'이다.

그러므로 전 내방가사에 이 '탄'적 요소는 기조로서 깔리게 되고, 분출적으로 곳곳에서 나타나게 되는 것이다. 이는 곧 적극적인 항거를 하지 못하여 택하여진 소극적인 저항방법이요, 이것이 곧 내방가사의 문학성의 결여요인이라 인식된 것이라 할 수 있는 것이다. 그런 면에서 내방가사의 표현은 여성의 운명론에 귀착하여 현실에 안주하나, 그 의식은 이상론에 있는 상반된 모순의 문학이라 할 수 있겠다.

내방가사의 내용은 각양각색이기는 하나 그 주제와 소재는 거의 생활체험과 생활주변적인 것이고 이것이 결국 그들 작가의식 표출의 방법인 탄의 대상이 될 것이다. 이 '탄'적 요소를 보편성과 특수성으로 이분화해 고찰해 보고자 한다. 보편성이란 시대, 작가에게 일반화된 체험의 범주를 말하는 것이고, 특수성이란 주로 모순된 사회제도에서 기인되는 것으로 작가의 생활환경, 가문, 운명 등의 조건에 따라 특수한 양상을 보이는 것이다.

2. '탄(歎)'의 보편성

조선시대 유교이념은 특히 부녀자들에게는 질곡이었다. 규중생활에 있어서 알아 두어야 할 일로 〈삼강오륜〉을 비롯하여 〈소학〉, 〈내훈〉, 〈여사서〉 등의 정신 교육의 내용과 항목으로서 삼불법, 사불출, 사행, 오불취, 항산지도 등등과 더불어 친가, 시가의 가문세덕이 있었다. 그리고 행하여야 할 일로서는 위에 든 알아야 할 일을 익혀 실천하는 것인데, 그 실천 방법이란, 시가의 학대, 빈한의 고통, 사군의 방탕, 친척의 무시, 친정에의 비탄, 자신의 병고 등을 초월적으로 극복하여야 했다. 극한점을 오히려 넘는 인욕과, 자녀의 출산, 가사에의 헌신과, 아울러 정절에 목숨을, 수절에도 목숨을, 가문염치를 위해서도 오직 하나밖에 없는 목숨을 바쳐야 했다.

이와 같은 부녀자들에게서 공통적인 실천적 계율에서 야기된 '탄'을 '탄'의 보편성이라고 하였다. 이를 수용하는 태도는 다음의 두 가지가 있다.

1) 긍정적인 태도

부녀자들에게 규중생활에 있어서의 몸가짐과, 딸의 출가 전후에 있어서의 법도를 가르치는 것을 봉건적 체제 하에 엄하기만 한 시가살이에 임할 당연한 의무라고 여기는 신부의 어머니에 의해 지어지는 계녀가류가 여기에 속한다. 그러므로 작품표면에 〈존재〉와 〈사유〉의 긴장관계가 나타나지 않은 것 같아 '탄'적인 요소가 거의 거세되어 있다. 자기가문의 자랑이나 선조의 위덕을 과시함으로써 여성의 근원적인 슬픔이 표면에는 감추어져 있다.

> 건근곤슉　남녀성질　부챵부슈　배필되야
> 젹인종부　오날이라

쥬옥갓치 너를길러 이팔방년 조흔시졀
명문세족 효우ᄌᆞ애 명망잇고 놉흔문호
순못ᄋᆞᆫ 구시댁을 앙망ᄒᆞ야
백니산천 먼먼길애 옥인군ᄌᆞ 택셔ᄒᆞ니
흔흔장부 일등가장 풍채조흔 두목지요
탄복동샹 왕희지라
원부모 원형데난 녀ᄌᆞ유행 옛법이라
예로부터 잇는예절 녀ᄌᆞ의계 영화로다 〈신행가〉

신행가는 딸의 모습과 어머니의 심정을 읊으면서 시가에서의 행실을 교훈하는 계녀가의 일종이다. 여자로서 좋은 가문에 시집가며 좋은 신랑을 만나는 것이 가장 큰 영화이며 부모형제와의 이별은 '녀ᄌᆞ유행'으로 당연한 것으로 받아들이고 있다.

밧그로 맛튼일을 안으로 간여말고
안으로 맛튼일을 밧그로 멋지마라
가장이 규죵커던 우스면 대답ᄒᆞ면
공경은 부죡ᄒᆞ나 화순키난 ᄒᆞ나니라
금실우지 의가졔절 화순밧게 또잇나냐
부모님이 안락ᄒᆞ야 만실춘풍 화긔즁의
영영부조 살진겹의 쳔셰구련 올이시면
그아니 즐거오며 그아니 조흘쏘냐 〈훈민가〉

사군자 조에 있어서 여자로서 지켜야 할 도리다. 금슬 좋고 화순하여 여자가 공경을 하고 또, 공경하게 되면 집안이 안락하게 되니 곧 여자의 도리를 행함으로서 즐거움을 구할 수 있다는 긍정적 태도로 받아들이고 있다.

또한 〈회혼가〉, 〈회혼찬경가〉 등에서 친정과 시댁의 가문의 훌륭함을 자랑함으로써 여자로서의 공통적인 실천 계율이나, 여자유행에 대한 '탄'이 거의 가리워져 있음을 볼 수 있다.

어와　친척들아　이내셰덕　드러보소
그아니　쾌장한가　후죠당　우리선조
도덕군ᄌᆞ　몃분니며　도산문하　석경이니
본지백세　내연ᄒᆞ다
내몸으로　말힐졔면　동방부ᄌᆞ　퇴도댁은
우리싀댁　아니신가　명가셰족　이러ᄒᆞ니
사남매　우리들이　금쪽갓흔　기맥이라　〈슈신 동경가〉

훌륭한 시가에 출가한 자기를 자랑함으로 시작하여 조부모의 회갑연을 묘사하여 문득문득 시가와 친정의 훌륭한 가문세덕을 자랑하고 있다.

축하하자　축하하자　권씨문에　축하하자
경사로다　경사로다　우리자손　경사로다
어와세상　사람들아　우리경사　들어보소
경진섯달　초파일은　우리부모　회혼일세
실하된　우리로난　짝없난　경사로다
우리집　오날경사　원인없이　될것인가
입향하신　오봉선조　단묘의　유신으로
초년절의　장하시고　자손지계　거룩하다
대은선조　덕업행이　백행지원　깊이알아
환해에　뜻이없고　임하에　숨어살아
지성으로　부모효양　장진후학　일삼앗다

자자한　그덕망은　조야가　다름없이
효행으로　지평증직　임금까지　알았구나
송천가　구대조부　당신이　참봉이요
아드님　칠형제에　삼형제분　층육하야
정성봉양　하엿건만　만족으로　생각잔고
승하하신　전날까지　자손불러　하신말씀
선인유훈　잊지마라
극진금심　힘을써서　빈한한　우리문호
훗일창대　바란다는　엄숙한　그유훈을
자손이　가치없네
일으하신　유훈지계　증현손에　삼백이라
자손만대　언제까지　그여음이　잇으리라
칠우전　팔대할바　역전삼읍　고을마다
선정시화　구비되여　지금까지　전하였네　〈수경가〉

경진년 섣달 초파일에 부모님의 회갑을 맞아 음식을 차리고 원근 친척들과 이웃 사람들을 모셔 즐겁게 노는 기쁨과 부모님의 장수를 축원하는 자식의 마음이 잘 나타나 있는 작품인데 시종 권씨문중의 가문자랑으로 일관되어 있으니 여성으로 태어난 운명에 대한 '탄'은 완전히 거세되어 있는 대표적인 작품이다.

2) 부정적인 태도

위에서 본 바와 같이 〈계녀가〉, 〈교훈가〉, 〈도덕가〉, 〈회혼가〉 등에서는 여성으로서의 근원적인 슬픔이나, 부녀자들에게 공통적인 실천적 계율을 긍정적인 태도로만 수용되는 것 같아 보인다. 그러나 부정적인 태도로 〈계녀가〉, 〈교훈가〉, 〈도덕가〉에 탄의 근원성이 노출되는 것도 상당히 많이 있다. 부정적인 태도란 여자 공통의 실천적인 계율을 거부 내지 부정하는 입장에서 '탄'이 노출되는 것을 말한다. 봉건적 체제하에 국한된 존재로서, 이런 것에 대한 부정적 입장 즉, 반항적 입장에서 읊조린 자탄적인 가사는 대부분 신세한탄에서 비롯된다.

(1) 여자 태생에 대한 '탄'

어와세상　사람들아　이ᄂᆡ말삼　들어보소
불ᄒᆡᆼ한　이ᄂᆡ몸이　여자몸이　ᄃᆡ얏스니　〈복선화음가〉

어화녀자　아해들아　이한말　들어보자
서럽고　원통하다　여자된몸　더욱설따
남날 때　낫것만은　남자몸이　못되고서
여자몸이　ᄃᆡ엿난고　분하고도　원통하다
한탄한들　무엇하며　서러운들　엇지하랴　〈경계사라〉

이리저리　생각한니　녀자인몸　분하도다
차세에는　녀자이나　후세에　다시나서
녀화위남　하여보세　평생원한　물어보자
한지무궁　한탄한들　쓸때업고　허사로다　〈경계사라〉

계녀교훈류의 가사 중에 나타난 〈여자태생〉에 대한 '탄'이 위와 같이 절실하여 여자로 태어남이 분하고 원통하니 후생에서라도 남자로 태어나 원한을 풀어 보자고 원할 만큼이나 여자로 태어남은 비탄스러웠던 것이다.

〈여자탄식가〉는 내용을 살펴 보면 여자로 태어남을 한탄하고 남자들의 세계를 동경한 것으로 전편에 여자태생에 대한 '탄'이 분출되고 있다.

어와우리 동무들아 여자ᄐᆞᆫ식 드러보소
무용한 우리여ᄌᆞ ᄋᆡ달ᄒᆞ고 가련ᄒᆞ다
여자된 우리팔ᄌᆞ 원통ᄒᆞ고 ᄋᆡ달ᄒᆞ다
통분ᄒᆞ다 우리여ᄌᆞ 시시이 ᄉᆡᆼ각ᄒᆞ니
여ᄌᆞ몸이 되어나서 긴들안이 원통한가
여자몸이 죄가되여 유구무언 말못ᄒᆞ고
슬푸다 우리여ᄌᆞ 젼셩의 무슨회포
난부싱 이세상에 불ᄒᆡᆼ이도 여자로서 〈여자탄식가〉

제몸부디 천타마오 만물중에 귀한이라
남자로 못되이고 여자행실 극분하다 〈여자자탄가〉

천지간 만물 중에 오직 사람만이 가장 귀하나 그 사람 중에는 남자만이 귀할 뿐 여자에게는 귀함이 없다고 자탄한다.

(2) 차별교육에 대한 '탄'

(1)에서와 같이 여자로 태어남에 대한 차별과 이에 대한 한탄은 자람에 따라 더욱 현저하게 되니 곧 차별교육을 받는 데 대한 '탄'이 나오게 된다.

전생ᄎᆞ생 무숨죄로 심심ᄒᆞ온 규합중의
요요적적 갓치여서 녀ᄌᆞ소임 ᄇᆡ화날제
ᄒᆞ올일도 허다ᄒᆞ다 삼강ᄒᆡᆼ실 녈녀전과

소학에　갓초일러　호우돈독　ᄒᆞ였스라
삼종지의　명심ᄒᆞ니　칠거지악　두렵도다　〈여자자탄가〉

십세가　넘은후에　여자행실　배워보자
밥짓고　빨래하기　여자의　할일이요
부모앞에　효양하고　동기간에　우애있고
늙은사람　공경하고　이웃사람　화목하고
이팔광음　다쳤으니　그무엇을　못할손가
규중심처　파묻히여　언어행실　잘배우고
범백사가　구비하라　침선방적　못할쏘냐　〈여자자탄가〉

규수의 교육은 일생을 좌우하는 인격수련에 중요한 것으로 칠팔 세때 침선 방적을 배우고, 혼기를 앞둔 15세 되어서는 어머니로부터, 출가하여 시가에서 준수할 행실, 곧 사구고, 사군자, 접빈객, 기타 세세한 훈계를 받으니 여성으로서 반드시 배워야 할 교육이다. 그러므로 남자와 동등한 교육을 받지 못함에 대한 '탄'이 자연히 나오게 되는 것이다.

가련한　여ᄌᆞ들은　규중의　생장하여
이십서　거이도록　선경현전　보라근이
삼강오륜　발근줄과　사단칠정　인난쥴을
뉘기드려　알아서며　어ᄃᆡ보아　들어서리
아득히　보라숨을　ᄂᆡ혼자　기탄하여
열녀전과　ᄂᆡ측편　가언편과　선행편의
들은ᄃᆡ로　보온ᄃᆡ로　대강만　기록하ᄂᆡ　〈규문전회록〉

아모리　여ᄌᆞ라도　죠흔줄　알건마는
알고도　못ᄒᆞ오니　ᄉᆞ람갑세　가둔말ᄀ

보고도　못ᄒᆞ오니　눈뜬소경　안닐년가
무용한　우리여ᄌᆞ　ᄋᆡ달ᄒᆞ고　가련하다　〈여자자탄가〉

여ᄌᆞ된　이ᄂᆡ마음　암담ᄉᆞ지　ᄉᆡᆼ각ᄒᆞ니
남ᄌᆞ의　죠흔팔자　ᄋᆡ달코도　부럽드라
칠팔세　비운글을　십오세　통달ᄒᆞ며
낙슈상　쳥운교에　단계화을　꺽거쥐고
문무관　쵸입ᄉᆞ로　입신양명　ᄒᆞ올젹에
교리슈찬　승지당상　참의참관　영들령을
계계보고　활유보아　환북ᄃᆡ로　ᄃᆞ흔후에
졀나감ᄉᆞ　츙쳥감ᄉᆞ　남북병ᄉᆞ　통졔ᄉᆞ을
외임으로　흘이ᄉᆞ라　호ᄉᆞᄉᆞ치　극진ᄒᆞ니
남ᄌᆞ몸이　되엿드면　긴들안이　죠흘손가　〈여자탄식가〉

여자로서는 받을 수 없는 남자만의 교육을 나열하였다. 즉 마음껏 공부하고 벼슬하여 고관대작되고 입신양명하여 부귀영화를 누릴 수 있는 남자를 부러워함으로서 여자와의 차별교육을 한탄함이니 '변죽을 쳐서 북판을 울리는 식'의 간접적 서술방식의 '탄'의 표출이다.

(3) 운명적인 별리에 대한 '탄'

여자이기에 나이가 차면 시집을 가는 것은 당연한 일이다. 여기서부터 진정한 '탄'이 시작된다고 해도 지나친 말이 아니다. 그리하여 이재수(1976)는 〈여자자탄가 연구〉에서 이 부분을 혼례-신행-석별의 3부분으로 나누고 '혼례'만은 결코 저주의 대상이 되지 않고 여인의 좋은 꿈이 수줍게 나타나며 '신행'부터가 여인의 곡진한 마음이 자세히 나타나며 부모의 깊은 은혜를 보답 못하고 여자 몸이라 떠나지 않을 수 없는 심정이 간곡하게 나타나는 부분으로 '여자자탄가'의 절정은 결혼해서 시집살이 하는 것이니 신행은 그 출발이라 하였다. '석별'부분의 설명에 있어 정든 집과 그리운 얼굴들을 다 떨치고 석별하는 장면에서 여인의 회포는 간장을 녹일 듯하고 가장 감격에 넘치는 부분이라 하였으니 친정과의 운명적인 이별은 석별부분에서 절정에 달한다 할 것이다. 권영철 교수는 자탄적인 창작 모티브 중 이별의 정한을 읊조린 것으로, 특히 생이별의 주된 요인이 여자가 출가할 때, 부모이별을 위시해서 형제동기 이별, 붕우이별, 고향이별 등등이 있다고 하였다.

운명적인 별리에 대한 '탄'으로는 부녀탄식가 중 특히 여자자탄가에 나타나는 혼인, 출가로 인한 친정부모, 형제 친척, 붕우, 고향과의 이별에 대한 탄이 있으며 이는 〈귀령가〉, 〈사친가〉 또는 〈화전가〉 등에서 〈만남〉이라는 방법으로 극복된다고 볼 수 있다.

① 신행시의 별리

놉고놉은　부모은혜　깁고깁은　동거졍을
할 일업시　다때치고　척연종부　의를좃ᄎᆞ
빅양어지　ᄒᆞ올떡의　부모은졍　말할진데　〈여자자탄가〉

작작도화　피난떡에　우귀ᄒᆞ여　신힝가니
옛법이　고이ᄒᆞ다　여필종부　무삼일고
만복지원　혼인되ᄉᆞ　출가외인　되든말고
싱부모의　양육은혜　버린ᄃᆞ시　떨쳐주고
동싱삼촌　오륙촌을　남본ᄃᆞ시　이별하고　〈여자탄식가〉

② 부모, 형제와의 별리

삼종지도라 하는 것은 세가지 쫓침인데
친가에 있을때는 친정부모 따르는법
출가를 한 후에는 가장을 따르는법
이것이 삼종지도니 삼종지도 알아두라
옛말삼에 일넛스대 녀자라 하는몸이
원부모형제라 하였슨니 녀자된몸 서럽더라 〈경계사라〉

원부모 원형제난 옛법의 새겼는이
뉘기라 면할손고
부모임계 하직하고 문박꾀 떠나와서
눈물딱고 엿ᄌᆞ보ᄃᆡ
부믄임요 불초막심 이여식을 지령ᄒᆞ와
슬전의서 뫼실이라
다정ᄒᆞ신 움마움 형님이여
제의말숨 잇지말고 동기형제 잘거두어
부모임 슬전의서 제업손일 위로ᄒᆞ고
부ᄃᆡ부ᄃᆡ 잘잇스면 슈이보기 언약하고
전후좌우 둘러본이 인ᄌᆞ하신 슉부모임
살들하신 ᄉᆞ촌들과 호유칠촌 무슈하ᄃᆡ
면면이 살펴본이 화목갓튼 의정들도
마으을 긋치거던 하물며 나의심신
엇지안이 슈탄할가 떠날회포 무궁ᄒᆞ다
흉듕이 억역하여 한말도 할슈업서
할 일업시 이별ᄒᆞ고 슈령을 닥고보고
이짓척이 철리로다 〈형제소회가〉

옛법인 삼종지도를 따르자니 친정부모와 헤어져야 함은 분명 여자이기 때문이다. 막상 신행시에 부모 형제와 작별을 하면서도 부모님 걱정이 떠나지를 않아 남아있는 형제에게 부모님 모시는 정성을 제 몫까지 하여 달라고 울며 당부하는 정경은 진정 여자가 아니면 겪을 수 없는 슬픔일 것이다.

③ 붕우와의 별리

ᄃᆡ츄쥬ᄌᆞ　발을츄쟈　입안에질　세로먹고
가갸거겨　국문ᄇᆡ와　셔ᄉᆞ왕ᄂᆡ　편지ᄒᆞ고
아영불너　히롱ᄒᆞ고　작ᄃᆞᆫ하여　노든동유
남인북인　상ᄒᆞ촌에　노기노기　모여들고
동작마에　이셔방셕　셧작마에　강셔방떡
면면이　ᄃᆞ정ᄒᆞ여　죠모상봉　만ᄂᆡ안직
치마귀를　훌혀쥐고　셤셤옥슈　마죠잡고
가는묵셩　겨우여러　울며짜며　이별할제
토일가고　계남가고　맛낄가고　쥴포가니
낙낙ᄒᆞᆫ　ᄇᆡᆨ여길에　언ᄌᆞᄃᆞ시　함깃불고
오류명월　달뜨거든　상ᄉᆞ불견　ᄉᆡᆼ각할ᄀᆞ
츄풍구월　알ᄂᆡ시예　만지정찰　편지ᄒᆞ리
쳘들고　뫼든마음　암암ᄉᆞ지　ᄉᆡᆼ각ᄒᆞ니
여자된　우리팔ᄌᆞ　원통ᄒᆞ고　ᄋᆡ달ᄒᆞ다　〈여자탄식가〉

부모동생　하직하고　삼사촌　작별하고
주야로　놀던동무　손잡고　하는말이
명춘으로　만나볼까　호천의　샛별같이
지남지북　흩어져서　시댁문전　들어가니　〈여자자탄가〉

부모, 형제, 친척과의 이별과는 달리 붕우와의 이별은 더욱 각별하다. 같이 놀며 공부하며 뜻이 화합되어 헤어지기도 서럽거니와 비록 후에 근친을 오더라도 다시 만날 수 있기를 기약하기는 어렵다. 자신의 신행을 보아주던 친구는 또 어디 다른 곳으로 출가해야 할 여자이기 때문이다.

(4) 시집살이에 대한 '탄'

내방가사에서는 결혼생활의 행복이나 결혼에 대한 희망, 이상을 노래한 밝고 명랑한 노래는 거의 없고 결혼에 대한 두려움과 탄식의 노래가 대부분이다. 그들이 시집가기 전부터 귀 아프게 들었던 시집살이에 대한 이야기는 나이 어린 그들로 하여금 시집이란 두렵고 무서운 공간이라는 인식을 하게 되고 결혼생활의 첫 출발은 시집살이에 대한 공포의 분위기에서 여지없이 위축되고 마는 것이었다. 위에서 살펴 본 부모, 형제, 친척, 붕우, 고향산천과 이별한 후 생면부지의 남의 집에 가서 살아야 할 여인의 운명은 괴로움뿐이라 하겠다. 애초에 그들은 친정에서 간직하여 온 계녀가를 명념하여 시집에서 하나하나 실행해 가야하며 잘못하여 친정과 시가 양가의 체면이 손상되는 일이 있어서는 안 된다. 이러한 시집살이의 어려움에 대한 '탄'은 대체로 그 표현이 간접적이다. 즉 사구고, 사군자 등의 범절의 어려움, 여자유행에 관하여 직접적으로 불만으로 나타내지 않고 그보다는 여자된 자기 자신을 한탄하고 단지 여자를 얽어매는 옛법을 원망할 따름이다.

① 예법, 윤리규범

통분ᄒᆞ다　우리여ᄌᆞ　시시이　싱각ᄒᆞ니
열가지에　ᄒᆞᆫ가지로　흔ᄒᆞᆫ세계　못볼너라
깁고깁흔　이규중에　여ᄌᆞ들이　딱자ᄒᆞ니
빙옥갓흔　ᄋᆡ절을　유순키만　쥬장ᄒᆞ고
션당에　늘근부모　지셩으로　효도ᄒᆞ고
동기간　모든형제　우ᄋᆡ하고　화슌ᄒᆞ여
이러면　흉날세라　져러면　말날세라
ᄉᆞ랑에　오난손임　문틈으로　잠관보고
이웃집에　가난양반　든장우에　옛보라고
눈맛치며　뭇참할제　츈분쥬니　쏘겨오니
이목구비　바로쓰고　오장육보　갓치삼겨
ᄃᆞ갓치　ᄉᆞ람으로　무삼져가　지즁ᄒᆞ와
고양압히　쥐가되고　ᄆᆡ계또긴　꿩이되여
운빈화용　고운티로　팔ᄌᆞ아미　슈구리고
ᄉᆞ창을　구지닷고　슈물중질　못차는다　〈여자자탄가〉

예법과 윤리규범을 준수하자니 행동거지에 대한 제약이 너무나 많다. 〈유순〉, 〈지성〉, 〈효도〉, 〈우ᄋᆡ〉, 〈화순〉 하여야 하며 항상 머리를 수그리고 다소곳하여야 한다. 여자로 태어남에 대하여 또다시 한탄할 수밖에 없다. 그 뿐이 아니다. 여자로서 할 일은 또한 얼마나 산적해 있는가?

② 과다소임

누ᄃᆡ죵가　죵부로셔　봉제ᄉᆞ도　조심이오

통지즁문　호가亽에　졉빈객고　어렵드라
모시낫키　삼비낫키　명주ᄭᅳ기　무명ᄭᅳ기
다담이러　뵈을보니　직임방젹　괴롭더라
용정ᄒᆞ여　물여ᄃᆞ가　졍구지임　귀촌터라
밥잘짓고　슐잘비져　쥬亽시예　어렵드라
함담을　맛시ᄒᆞ여　반감분기　어렵드라
세목즁목　골라닉며　푸직따듬　괴롭더라
ᄌᆞ쥬비둔　잉물치마　염석ᄒᆞ기　어렵드라
츈복짓고　ᄒᆞ복지여　빨릭하기　어렵드라
동지장야　ᄒᆞ지일에　ᄒᆞ고마는　져셰월에
쳡쳡히　쓰인일을　ᄒᆞ고훈들　ᄃᆞ할숀가
납분잠　다못자고　놀고져와　어이할고　〈여자탄식가〉

과다소임에 대한 '탄'이다. 해도 해도 끊임없이 쏟아져 나오는 일거리는 할수록 더욱 스스로를 절망의 구렁텅이로 몰아넣는 것이 되어 자연 탄식이 터져 나오지 않을 수 없다. 그러하니 자연 출입도 마음대로 할 수 없으며 놀기도 제대로 즐기지도 못한 채 한 평생을 마치게 되는 것이다.

③ 출입제한

상육쳑亽　뜨던지고　녁동닉기　윷철노니
여자의　빈운노름　그밧긔　ᄃᆞ시업다
열노름에　ᄒᆞᆫ그름도　임의ᄃᆡ로　다못놀고
십리츄립　오리츄립　임의ᄃᆡ로　어이가니
지옥갓흔　이규즁에　등잔을　비겨안자
인도가위　차ᄌᆞ놋코　즁침쳬침　골나닉야
시체보고　쳑슈보아　아쥬ᄒᆞ기　어렵드라

장단보고　쳑슈보아　졔도범절　어렵드라
쥴저고리　상천박아　도포짓고　보선기여
셔울츌립　향즁츌립　ᄂᆡ일같지　모ᄅᆡ같지
부지불각　춍망즁에　션문업시　찬난의복
ᄉᆞ랑에　져양반은　셰정물정　어이알리 〈여자자탄가〉

여자로서 할 수 있는 놀이도 제한되어 있거니와 그나마도 마음대로 하지 못한다. 멀거나 가까우나 출입조차 제한되어 있으니 어찌 한탄스럽지 않으랴? 그저 규방에 갇혀서, 자유분방하게 돌아다니는 남편의 옷 지어 대기에 오히려 바쁠 지경이니 더욱 한탄스럽기만 하여 자연히 남편에 대한 원망이 분출된다.

여자몸이　되엿스니　목화길삼　삼베길삼
하자한이　골몰이라　이런걱정　하노라니
어느녀가　노단말가 〈화전가〉

쉽지않는　우리모듬　가는해가　아깝도다
양유청자　가는실에　가는해　매여볼까
양사부유　여자의몸　골몰에　담북싸여
어른앞에　영을빌고　허다한일　재처노니
이와같이　모여놀기　피차간에　어렵도다
재미있는　오늘노름　서산락일　젖어드니
촌락가에　저녁연기　동궁에　떠오른다
돌아가기　늦어지면　어른꾸중　두려워라
돌아가자　약속하고　행장을　수습하야
길을서로　노눌적에　섭섭하기　그지없다 〈화전가라〉

천지만물 생겨날 때 비록 남녀가 유별하나 인생이 가장 귀하나 춘삼월 호시절 놀기 좋은 때에 마음 놓고 놀 수 없는 여자의 신세를 한탄하고 남자됨을 부러워하다가 우리 부녀자들도 규방에만 묻혀있지 말고 화전놀음으로 하루를 보내자고 하면서 가까운 산으로 놀러 갔다 지은 가사이다. 그러나 하루 해는 짧기만 하다. 여자의 몸으로 마음 놓고 늦게까지 놀 수가 없으니 후일을 기약하고 바삐 귀가하여야 함은 시집살이를 하는 여성들에겐 다시 괴로움의 일상을 체념적으로 받아들여야 한다는 규범이다.

(5) 세월의 흐름에 대한 '탄'

어렵고 고된 시집살이에서 여도의 교훈을 받아 그를 실천함에 있어, 일거일동을 조심하고 오로지 인종과 온용으로 이겨내야 하고 육체적, 물질적 고통 뿐 아니라 정신적 고통도 감수하며 생활하다 보면 세월이 어느새 흘러가 버렸는지 불현듯 생각하고 깨달으면 이미 백발된 자신을 발견하게 된다. 이에서 세월의 흐름, 자신의 늙음에 대한 탄이 절로 나오게 된다.

천연인가　인연인가　차문듐의　입승하여
봉구고ᄋᆡ　득죄할까　사군자의　득죄할가
ᄌᆞ고서고　동동촉촉　집옥봉영　조심타가
홀연히　ᄉᆡᆼ각하니　세월도　무정하다　〈여자자탄가〉

타향객지　늙었도다　원수로다　원수로다
고법이　원수로다　〈여자자탄가〉

자신의 청춘시절 좋은 때를 모두 타향에서 시집살이로서 늙음을 깨달으니 새삼 옛법이 원수와 같이 원망스럽다는 것을 불평, 탄식하고 있음을 본다.

이십청춘　벗님ᄂᆡ야　피오르는　이청춘이
ᄆᆡ진청츈　이안일서　봄이오면　여름오고
여름가면　가을오고　가을가니　겨울ᄃᆡ여
꼿갓튼　우리청춘　ᄉᆡ월됴처　ᄌᆡ촉ᄒᆞ니
슬프다　ᄋᆡ통ᄒᆞᆯ사　우리청츈　간다한들
ᄂᆡ가능히　붓들손가　안간다고　맹세ᄒᆞ든
우리청츈　가기되니　무정ᄒᆞᆫ　뜬셰ᄉᆞᆼ의
이소식을　들으오니　청츈마즌　우리동유
슬허ᄒᆞᆫ들　어이하라　이천지의　그모두가
ᄉᆞ정은　일반이라　ᄒᆞᆫ번오면　ᄒᆞᆫ건오고
한 번가니　그뿐이라　〈청년자탄가〉

청춘이 매양 청춘인 줄 알았더니 동산에 솟은 해가 서산으로 지듯이, 우리의 청춘도 늙게 되니 애통하고 슬퍼한들 소용없다고 탄식하고 있다. 좀 더 구체적으로 세월의 흐름을 한탄한 가사로 백발가가 있다.

이 가사는 작자가 늙어가면서 머리가 희어짐을 탄식한 작품으로 나이가 많아지는 것을 싫어하는 인간의 본능을 백발에 실어서 표현한 것이다. 그리고 오는 백발을 막아보려는 인간의 본능을 여러가지 예를 들어가면서 비유로써 잘 나타내고 있다. 또한 화전가에도 무정한 세월을 원망하고 좋은 시절 가기 전에 한 번 놀아보자고 붕우들에게 권유하고 있다.

이팔청춘　곱던모양　귀령으로　변햇으니
아영을　잊으면은　안될번　하엿고나

새화갓튼 우리얼굴 도화양엽 간듸업고
허무하고 덧업셔라 〈신희년 화수가〉

세월은 무정훈사 인생은 유훈이라
유재관 움튼넉 희로애락 그순간의
육칠십이 잠관되면 못부반선 곱던몸이
쥬름살만 잡혀노코 청춘녹발 서리우의
빅설이 헛날리니 시호시호 부재래라
그리운 청춘시절 다시보기 기약없다
이좌셕에 친우분닉 몸은비록 늘것스나
마음만큼 다시절며 문연놀이 시켜슬가
춘든세에 알지마소 부상의 돗는히가
동방국을 비쳐여니 우리도 떡를딸라
활발훈게 노사이다 〈화수답가〉

(6) 죽음의 두려움에 대한 '탄'

흐르는 세월을 막을 수 없으니 곧 죽음이 닥쳐옴을 예고하는 것이다. 죽음에 대한 두려움은 인간에게 공통적인 것이어서 동서고금의 허다한 문학작품의 주제가 되었을 것이나 내방가사에는 대단히 부분적으로 다루어져 있다. 그러나 죽음에 대한 두려움도 역시는 인간 부녀자의 공동적인 것이며 '탄'의 대상이다.

애고답답 설원지고 이를어이 하잔말가
불쌍한 이내일신 인간하직 망극하다
명사십리 해당화야 꼿진다고 설워마라
명년삼월 봄이오면 너는다시 피년만은

우리인싱 한번가면 다시오기 어려워라
북망산 돌아갈제 엇지갈고 심산험로
한정업시 갈리로다 언제다시 돌아오리
이세상을 하직하니 불상하고 가련하다
처자의 손을잡고 만단 설화 다못하여
정신차려 살펴보니 약탕관 내려놓고
지성구호 극진한들 죽을목숨 살릴소다
옛늘근이 말들어니 지성같이 멀다드니
오날내게 당하여선 대문박이 저싱이라 〈사친가〉

회심곡계 가사로서 부모의 은덕으로 세상에 태어나 가난하고 헐벗은 사람들을 동정하고 죄를 짓지 말고 인간의 도리를 지켜 공덕을 이루자는 내용이다. 비록 가상적이긴 하나마 죽음의 순간에 비로소 인생을 돌이켜 보고 깨닫는다는 것이니 죽음의 두려움을 전제한 것이라 할 것이다.

이상 '탄'의 보편성에 대하여 시간적 경과에 따른 유형분류를 해 보았거니와 이들은 모두 〈여자유행〉으로서 조선시대 유교 봉건사회에서 여성이면 누구나 공통적으로 겪어야 할 요소들이라는 것을 알 수 있다. 유교사상의 지배하에 남존여비가 엄격했던 과거엔 여인이 자기 운명에 대하여 불행을 절실히는 느끼지 못했을 것이다. 그리고 한 여인으로서 출생해서 여공과 부덕을 닦고, 출가하여 시집살이를 하며, 나이들어 늙는 것은 당연하다고 받아들이는 긍정적인 태도에서 지어진 가사에는 '탄'적 요소의 긴장관계가 감추어져 있음을 볼 수 있다.

그러나 여기에서 일단계 발전하면 여인이 비로소 자기 운명을 자각하고 억압된 자기 운명을 호소, 자탄하고, 동류의식으로 미리 세상의 여인들을 위무해 주려는 태도에까지 이르게 된다. 이와 같은 여성 공통의 유교적 도덕계율에 대한 부정적 태도로서 지어진 가사는 대표적으로 〈여자자탄가〉이나 부녀교훈류나 화전가를 위시한 거의 모든 내방가사에서도 부정적 태도는 발견된다.

3. '탄(歎)'의 특수성

앞에서 본 '탄'의 보편성은 조선조 사회 여성 일반에게 공통적인 것일 수 있다. 그러나 개별적으로 몇몇 여성들에게는 더욱 비극적 운명이 있으니 곧 부부간의 이별이나, 독수공방의 비통, 과부의 뼈저린 슬픔이 그것으로 부녀탄식류의 작품 중 〈한별가〉, 〈회고가〉 형의 주된 형성요인이 되어 탄의 근간을 이루고 있다 하겠다. 이재수(1976)는 탄식류의 여탄가 중 내용분류로서 여자유행(A), 여자유행(B), 석별, 사친(A), 사친(B), 사형제, 사우, 부부이별, 여자일생 등으로 분류하고 있으나 그 중 부부이별과 여자일생에 해당하는 가사류가 본장의 '탄'의 특수성에 속한다고 본다. 권영철(1980)은 규방가사 창작의 여러 모티브 분류 중 자탄적인 창작 모티브에는 이별의 정한을 읊조인 것, 사상적인 것을 노래한 것, 신변의 제반사를 호소한 것 등의 세 가지 유형이 있다고 하였다.

그러나 '탄'의 유형적 분류를 여성공통의 보편성과 개별적인 특수성으로 분류함에 있어서는 이 세 가지 유형을 다시 세밀히 분석해 볼 필요가 있다. 이를테면 여자가 출가할 때 친정과의 이별이 보편적인 '탄'에 속한다면 출가하여 살던 중 불행히도 남편과 생이별을 하여 독수공방을 지켜야 한다는 운명적인 별리는 특수성에 속하는 것이다. '탄'의 특수성에 속하는 유형은 다음과 같이 분류해 볼 수 있다.

1) 개별적인 특수한 '탄'

(1) 남편과의 생이별

세상천지　무년인정　이갓치　또인난가
천지도　벗을삼아　ᄐᆡ산갓치　밋엇드니
천ᄉᆡᆼ연분　안니든가　호인날이　불길른가
이ᄂᆡ신세　기박ᄒᆞ야　이ᄂᆡ팔자　가련ᄒᆞ다
ᄯᅩ조흔　단오날에　봉접ᄇᆡᆨ화　만발ᄒᆞᆫᄃᆡ
나의신수　불길ᄒᆞ야　ᄉᆡᆼ이별이　되엿구나
여ᄌᆞ행실　보라ᄒᆞ면　언어범절　극건ᄒᆞ고
침선방적　극진ᄒᆞ며　절ᄒᆡᆼ좃차　극진ᄒᆞ다
무엇이　보족ᄒᆞ야　ᄉᆡᆼ이별을　하엿는고
나의용모　보기실허　ᄉᆡᆼ이별을　ᄒᆞ난가얏
눈물이　내가되어　붓는불은　끄렷마는
창대ᄒᆞᆫ　천지간에　유람ᄒᆞ로　가싯난가
명산대천　조흔곳에　풍월ᄒᆞ로　가신난가
동남동여　다리시고　신선ᄒᆞ로　가신난가　〈여탄가〉

과부 아닌 생과부로 남편 없는 시집살이의 쓰라림과 독수공방의 슬픔을 엮어본 것이다. 알지 못하는 곳으로 떠나버린 남편을 그리워하면서 혼인일이 불길했는지, 자기의 팔자가 잘못되었는지 한탄하며 기약없는 생이별에 몸부림치고 있다.

후원초당 봄이드니 마른닙에 속닙나고
꼿피우난 따슨바람 ᄉᆞ림마음 ᄒᆞᆺ터내ᄂᆡ
반쯤ᄎᆞᆼ을 의지ᄒᆞ고 하욤업시 안ᄌᆞ스니
일편간ᄌᆞᆼ 밋친서름 서울낭군 그리워라
무정하다 우리낭군 그연여름 ᄒᆞᆫ번간후
온산천이 멀니막혀 편지ᄒᆞᆫ장 전혀업ᄂᆡ
삼월삼진 강나으로 일년일도 오는제비
옛집을 찻건마는 임은어찌 안오는고
ᄒᆡᆼ여나 그리운임 꿈에나 볼가ᄒᆞ고
탯마루에 누웟스니 잠인들 십게오나
야속하다 저꾀꼬리 너도춘풍 벗부리기
괴롭거든 허다한곳 다바리고 나의창압
외우ᄂᆞ냐 〈싀골색씨 설은타령〉

위의 가사는 시골 색시의 슬픈 사연을 읊은 것이다. 시골에서 시집살이를 하며 서울에서 공부하는 남편이 지난 여름 방학 때 다녀간 후 내내 독수공방을 지키며 꿈에나마 님을 보고자 한다고 한탄하고 있다.

옥항님은 무삼일로 우리인정 깊으기로
무삼일에 관계있어 생이별을 씨기시니
원수로다 원수로다
후리처 생각하니 이름조차 고이하다
두리이름 합처보면 이별운수 그안인가
할길없고 속절없어 옥난간에 베를놓고
비단이나 짜고지고 〈직녀가〉

금슬좋던 남편과 생이별을 하고 슬프게 사는 자신의 신세를 직녀에 비유하여 지은 가사이다. 가사 전체가 거의 은유로 되어 있는 품격 높은 작품이라 할 수 있겠다. 이종숙(1971)은 이를 사모 내방가사라 하여 생이별을 원인으로 한 남편을 대상으로 지은 것이라고 하고 있으나 사모의 원인도 남편과 생이별한 자신의 신세탄이라 하겠다.

(2) 남편과의 사별

남편과 생이별로 인한 신세탄은 언젠가는 만날 수 있으리란 기대감이나마 가지고 위안이 될 수 있으나 젊어서 남편과 사별한 공백의 한은 정말 허전할 수밖에 없으니 이를 주제로 지은 가사도 허다하다. 〈청년자탄가〉, 〈청춘과부가〉, 〈과부청산가〉, 〈과부가〉 등에서 가사 전편에 남편과의 사별에 대한 자신의 신세탄, 남편에 대한 그리움의 정이 철철 넘치고 있음을 본다.

다음의 〈청춘과부가〉는 17세에 과부가 되어 오만가지 사실을 풀어놓은 수작이다. 내용구성이 다만 자신의 신세를 넋두리함에 그치기만 하는 평면적인 것이 아니라 서사적인 요소가 있어 특이하다.

천지지간　만물중에　무상할손　이내사정
못할배라　목할레라　공방살림　못할레라
얼것으나　뀌엿으나　부부박에　또잇는가
견우직녀　성이라도　둘이서로　마주섯고
용천검　태아검도　둘이서로　짝이되고
날짐승과　길버어지　다각각짝　잇건마는
(중략)
다정하든　정리낭군　사랑하든　우리낭군
무슨나이　그리만ᄒ　청산초혼　되단말가

세상 모든 만물이 모두 짝이 있는데, 우리 부부는 '백년해로'하며 살자고 언약하였건만 '조물이 시기'한지, 귀신이 데려갔는지 훌륭한 낭군을 잃음을 한탄하고 있다.

부질없는 이내심사 어느누가 위로하리
심회로다 심회로다 하해같이 깊은수심
태산같이 높은심회 상사로다 상사로다
상사하는 우리낭군 어이그리 못오는가
(중략)
어이그리 못오는가 무슨일도 못오는가
가슴속에 봄이나니 생초목이 타다간다
한숨이 바람된다
구곡간장 썩는물이 눈으로 솟아날제
구년지수 되었구나 한강지수 되엿고나
첩첩사랑 영이별을 두말업는 내일이야
구중청산 깊은곳에 잠자노라 못노는가
자네일생 못오거든 이내몸을 다려가소

이다지도 그리워하건마는 한번 가신 낭군은 다시 돌아올 줄을 모르니 하염없이 기다리는 나는 눈물 흘려 강을 이루고 한숨이 바람되어 있다. 그리하여 임이 오시기를 기원함을 포기하고 임께서 나를 데려다 주시기를 기원하고 있다. 임이 계시지 않은 세상은 모두가 삭막하다. 1년 365일 눈물로 지새우며 그저 방정맞은 자신의 신세를 한탄하며 1년에 한 번이나마 임을 만날 수 있는 견우직녀를 부러워하며 지내다가 이제는 하나님께서 얼른 나를 데려다가 천국에서 다시 세상인연을 맺어 백년해로하게 해 주기를 기원하니 '탄'의 절정에 달하였다고 할 수 있다.

아서라 다버리고 유실구경 하고보자
죽장망해 드러가니 산은첩첩 천봉되어
만학에 버더잇고 물은출렁 구비되여
폭포창파 흘렸는데 행선을경 빗긴질로
가만가만 드러가니

세상사 모든 시름 잊고자 산으로 들어가게 되어 작자의 '탄'은 새로운 반전을 갖게 된다. 곧 산속 깊이 들어가 종소리가 들려 절로 인도되어 여승을 만나게 되는 것이다.

남승인가 자세보니 여승이 분명하다
그제야 반가와서 대강문안 한연후에
중을따라 들어가니 광채도 찬란하고
경개도 절승하여 별유천지 여기로다
불전에 베혜하고 불당에 창혜하니
여러중이 반겨하네
노승이 뭇는말이 그대전사 아르시요
염염대답 하는말이 소첩팔짜 박명하여
가군을 영별하고 수회에 골물하다
전사를 모르리다
그의노승 하는말이 전생에 부인께서
이절법승 되엇을때 부처님께 두죄하여
인간에 내치시매 청용사 부처님이
불상이 여겨시사 이곳을 인도하니
청춘에 죄받음을 조금도 설버마소
어화 내일이야 이제사 아리로다

전생에 부처님께 죄를 지어 인간세상으로 내려가 벌을 받는 것이니 너무 슬퍼말라는 얘기를 듣고 마음을 잡았다는 내용이다. 자신의 슬픈 운명을 종교적으로 해명하여 승화하려는 가련한 양반가 과부의 심정을 잘 나타낸 작품이다.

(3) 남편의 방탕

이는 앞의 두 가지와는 달리 자기 원인에 의한 '탄'이 아니라 다분히 남편에게 원인이 있음이요 따라서 남편을 원망하는 투로 '탄'이 분출되어 있다.

푸른수양 목단촘에 오련만에 그리던임
만나기는 만나스나 어이그리 쓸쓸ᄒᆞ뇨
쓸은지 반가온지 눈물만 쏘다질듯
여름하늘 야ᄉᆞᆷ경의 달빗조ᄎᆞ ᄒᆞ릿ᄂᆡ
연천월로 오시노ᄅᆞ 얼마ᄂᆞ 피로한지
이부ᄌᆞ리 누운치로 그랑고만 ᄌᆞᆷ이드ᄂᆡ
구곡간장 깁흔ᄒᆞᆫ을 말ᄒᆞᆫ마디 목아뢰고
어설픈ᄒᆞᆫ 서벽빗이 어느듯 ᄎᆞᆼ에비쳐
꿈인양 ᄎᆞᆷ인양청 청천벽녁 나리는듯
이혼이란 무슨변고 이혼이란 무슨일고
ᄉᆡ집온후 칠팔연간 ᄒᆞᆫᄒᆡ두ᄒᆡ 허다세월
씨나다나 ᄒᆞᆫ말업시 누를위ᄒᆡ 기ᄃᆞ렷소
춘풍도리 꼿필ᄄᆡ라 추우음풍 입걸ᄄᆡᄋᆡ
눈물로 벗즐ᄉᆞ마 압흔가슴 ᄉᆡᆨ여왓ᄂᆡ
어서어서 세월가서 ᄉᆞᆷ연이란 세월가면
우리집 졸업맛고 따슨가졍 ᄒᆞ렷더니

ᄂᆡ가슴ᄋᆡ　그리든꿈　아픔풀ᄋᆡ　이슬ᄂᆡ고
뜻아니지　오월비ᄉᆼ　연화꼿의　이원일고　〈싀골색씨 설은타령〉

서울에서 공부하는 남편만 믿고 어려운 시집살이를 하며 참아왔는데 오랜만에 내려온 남편은 자기의 반가운 마음과는 달리 쌀쌀하기만 하다. 오랜 여행으로 피로해서 그러려니 생각하고 자신의 깊은 한을 말 못하고 있는데 이튿날 새벽에 남편은 청천벽력과도 같이 이혼하기를 제의한다. 남편만을 믿었는데 젊은 청춘을 다 보내고 이혼이 웬 말이냐고 하면서 자신의 신세를 탄식하고 있다.

조달공명　못하거든　호걸남자　대장부로
오입객의　거동보소　시주를　벗을삼아
춘삼월　추구월에　단풍놀음　꽃구경
곳곳마다　명승지에　거어디로　가자던고
(중략)
평양기생　경주기생　색향으로　놀아있고
명월누대　높이올라　화류강산　경치좋아　〈여자탄식가〉

이러한 남자행락에 여자는 의복장만 음식장만에 골몰한 일이 되니 자연 남자에 대한 부러움이 지나서 남편을 원망하지 않을 수 없게 된다.

(4) 소박맞은 아내의 '탄'

대부분의 가사는 물론이요 여자자탄가에서도 첫날밤의 즐거움은 모두 일생의 한 때뿐이라고 회상하고 있다.

금침의　누엇스니　이성지합　분명ᄒᆞ다
부끄럼은　멀어지고　인정은　기퍼온다　〈여자자탄가〉

백옥같은　그실랑이　월로홍승　불근실로
천생배필　연분이라　서동부서　하온후에
화촉동방　기픈밤에　녹수원앙　극한재미
일평생에　처음이라　〈여자탄식가〉

그러나 아무런 이유도 없이 첫날밤 남편으로부터 소박을 받은 여인의 탄이 있다.

조물이　시기던가　귀신의　장난인가
혼연날이　불길텬가　이너팔자　기박한가
님의팔자　그러한가　〈망부가〉

(5) 신병에 대한 '탄'

노년기에 접어들어 뜻밖의 병을 얻어 반신불수의 몸이 됨을 한탄한 내용의 가사이다. 현재 자기에게 처해진 처지를 생각하고 옛날의 자기 모습을 회상하면서 일신의 불운을 개탄한다.

사창을　반개ᄒᆞ고　츈석을　완젹ᄒᆞ니
홀연히　병셕시름　억져할길　어렵도다
슬프다　이소회를　뉘를잡고　ᄒᆞ존말고
(중략)
인간사젹　아힛스니　셥셥할것　업것마는
어젠날　초월청츈　얼풋빅발　왼일인고

심중자탄 헛부구나 유슈광음 뉘붓드리
어엿븐 여러손증 어라만져 벗을삼아
동서각집 단니면서 셰석왕닉 이젓드니
조물이 시기한지 경진연 츄구월에
내용익회 왼일인고
중병악질 몸이실어 고항의 침익하니
인간만ᄉ 부운이라 불철주야 위급ᄒ니
효자현부 천정귀효 오날까지 부지ᄒ나
골슈의 믯친근원 은금칠식 되엿스니
천의안약 유익ᄒ나 기거운동 극난ᄒ니
쥬ᄉ의탁 싱각히도 신병들죄 무어신고
경경일심 밀인탄식 구곡이 긋쳐걸듯
동방의 릭좌ᄒ야 즁문을 굿이닷고
일평싱 지난경역 벽상의 취몽인듯
분명한 젼싱ᄉ라 만사만염 헛부도다 〈슈심탄〉

명문세가에 출가하여 남녀를 기르며 봉제사, 접빈객하며 지내다 어느덧 친외손자, 손녀를 보아 아무 걱정 근심 없이 일신이 편하게 되니 조물이 시기하여선가 경진년 추구월에 중한 병을 얻었다. 효자현부의 덕으로 이 때까지 부지하나 오직 죽기를 바랄 뿐이라고 탄식하고 있다.

(6) 가난의 고통에 대한 '탄'

비록 명문가에 출가하긴 하였으나 가세가 너무나 빈한하고 남편은 글공부만 하고 있다. 〈계녀가〉류에도 많이 나타나는 '탄'으로 이를 극복하여 이겨내야 함을 강조하는 것으로 끝맺는다.

삼일을　견ᄂᆡᆫ후ᄋᆡ　세수작ᄀᆡ　예법으로
부엌으로　니러가니　소슬한　ᄒᆞᆫ부억ᄋᆡ
탕관하나　뿐이로다
감지ᄋᆡ　부도봉양　무엇으로　하잔말고
진황시　서방님은　아난거시　글뿐이요
시정모른　늙은구고　다만망영　뿐이로다
하인을　급히불러　이웃집의　보ᄂᆡᆺ뜨니
도라와　하난말이　전의꾼쌀　아니주고
염치업이　또왔나니　두말말고　밧비가라
그령그령　하노라니　떡가님ᄋᆡ　오시로다
자ᄀᆡ함농　여러놋코　약간전양　ᄃᆡ여ᄂᆡ여
쌀팔고　반찬사니　기식이　장식이라　〈복선화음가〉

(7) 노처녀 신세에 대한 '탄'

노처녀가 출가하지 못한 자신의 신세를 한탄하면서 출가하고 싶은 심정을 읊은 가사이다. 밤이면 적막한 빈 방에서 홀로 잠 못 이루며 자신을 출가시키지 못한 부모의 무능함을 원망하고, 낮이면 행여 중매라도 들어올까 기다리는 마음을 해학적으로 묘사했다. 가사의 내용으로 보아 문벌 좋은 양가에서 좋은 신랑감을 구하려다 그만 혼기를 놓쳐 사십 세가 되도록 출가하지 못하였으니 이는 곧 문벌, 가문을 따지는 조선 봉건사회의 계급적인 모순에 대한 항거라고도 볼 수 있다.

답답한　우리부모　가난한　좀양반이
양반인체　도를차려　처사가　불민하여
죄망을　일사므며　다만한땀　늘거간다
적막한　빈방안에　적료하게　홀로안자

전전반칙　잠못이뤄　혼자사설　드러보소
노망한　우리부모　딸길러　무엇하리
죽도록　날길러서　자바쓸까　구워쓸까
인황씨적　생긴남녀　복히씨적　지은가취
인간베필　혼취함은　예로부터　잇건마는
어떤처녀　팔자조하　이십전에　시집간다
남녀자손　시집장가　떳떳한　일이것만
이네팔자　기업하야　사십까지　처녀로다
이럴줄을　아랏스면　처음아니　나올것을
월명사창　긴긴밤에　침붐안석　잠못드러
적막한　빈방안에　오락가락　다니면서
장래사　생각하니　더욱답답　민망하다　〈노처녀가〉

(8) 자신의 용모에 대한 '탄'

여자가 너무 아름다운 얼굴을 가져도 슬픈 운명의 물레 속에 감기게 되니 미인박명인가? 왕소군의 내력에 기탁하여 자기가 첩이 된 신세를 한탄하며 자신의 아름다운 용모가 오히려 원망스럽다는 내용의 가사가 있다.

천지도판　ᄒᆞ온후의　숙여가인　몃몃치뇨
젼싱의　무순죄로　졀ᄃᆡ가인　되단말가
ᄒᆞᆫ궁녀　숨천즁의　제일석　ᄂᆡ로구나
(중략)
남의일을　모르고서　고은석　미덧더니
일졈　흑운이　일광을　가리윗다
ᄌᆞ고로　농안박명　날을두고　이르미라
(중략)

탄식탄식 부탄식의 쳡의근심 뿐이로다 〈소군원가〉

(9) 망국에 대한 '탄'

만주로 망명한 독립투사의 손녀가 지은 가사인 〈답사친가〉는 나라의 패망에 대한 탄과 나라를 어쩔 수 없이 떠나는 여장부의 슬픔이 감회 깊게 그려진 수작이다.

오흡다 차세월은 천운이 진함이냐
국운이 단함인가 홍망이 무수하니
인력으로 어찌하랴 국파군망 이웨일고
(중략)
수백년 전래저택 임자업시 다든지고
고국산천 하직하니 속절없는 이별이라
이길이 무삼길고 여취여광 이내심회
눈물이 하직이라 〈답사친가〉

(10) 무교육에 대한 '탄'

여기서의 무교육이란 전혀 배움이 없음의 뜻이 아니고 개화한 남편이 서울로 유학하여 학교를 다니매 그 남편이 아내의 무지함을 이유로 이혼을 제의하므로 자기가 '학교 교육을 받지 못함'을 뜻한다.

나도어려 남과가치 학교가여 배왓스면
이런변고 업슬거슬 후회흔들 슬곳잇나
떠가고 님버리니 나의팔즈 어이할고 〈싀골색씨 설은 타령〉

비록 남성작이긴 하나 부모 형제를 떠나 여러 해를 어렵게 지낸 자신의 처지와 부모형제에 대한 그리움을 감동깊게 쓴 작품에도 학교공부를 많이 하지 못한 '탄'이 분출되어 있다.

나의팔ᄌᆞ　못되여서　즁학까지　못하난것
쥬야로　원이되여　일일이　ᄉᆡᆼ각일ᄉᆡ
엇던ᄉᆞ람　팔자ᄌᆞ화　즁학대학　마친후의
외국유학　하련마는　나의몸은　엇지하여
소학교　겨우마쳐　나나리　모든고생
면치를　못하나고　생각ᄉᆞ록　눈물일ᄉᆡ　〈망월 사친가〉

(11) 자식과의 사별에 대한 '탄'

자식을 앞서 보내는 부모의 한은 차라리 자식이 없음보다 못하다고 절규하고 있다.

삼십륙의　져을어더　삼십ᄉᆞ년　부ᄌᆞ되야
셕화갓치　밋븐세상　지화여초　잠간일다
젼졍이　가득지도　못슈지　아이ᄒᆞ며
동동촉촉　ᄒᆞ는모양　열부럽지　아이러니
내복기　과ᄒᆞ던가　졔명이　가지던가
ᄉᆡᆼ젼ᄉᆞ후　밋던일리　일조유　되단말가　〈북국가〉

남성작으로서 아내와 자식을 자기 앞서 보내고 자신의 슬픈 신세를 한탄하고 있다. 불효한 자식을 원망도 해보고 자기의 불행한 운명도 원망해 보지만 부질없는 것이다. 그리하여 결미에 가서는

우와　셰상ᄉᆞ람　금슈도　그러ᄒᆞ니

연ᄒᆞᆫ거시　사람이ᄅᆞ　서짐승의　비ᄒᆞᆯ손가
ᄌᆞ식은　나올진ᄃᆡ　단단ᄒᆞ게　나온겨요
안ᄒᆡ랄　듕히알고　부ᄃᆡ상쳐　말게ᄒᆞ소　〈북국가〉

라고 끝맺고 있다. 즉 자식은 튼튼하게 낳고 아내는 중하게 여겨야 한다고 당부하고 있는 것이다.

내방가사의 문학성 내지 미적 가치를 규명하기 위한 작업의 일환으로 작가의식과 그 표출양식으로 택한 '탄'에 대하여 분석고찰한 결과 다음의 몇 가지 사실을 요약할 수 있겠다.

첫째, '탄'이라는 작가의식의 표출방식은 작가가 신분적으로, 성적으로 택한 이원성의 갈등을 인지하고 의식적으로 채택한 것으로 이는 소극적 저항의식의 표현방식이다. 그러므로 문제해결을 위한 적극적 시도는 결여되고 결국 현실에 안주하고자 하는 여성의 운명론에 귀착하고 만다.

둘째, 그러나 자칫 없다고 생각되거나, 있어도 소극적이므로 무시되었으므로 내방가사는 저항의식의 결여, 즉 문학성의 결여로 자칫 오인되기도 하였고, 완전한 비극이 되지 못한다고 여겨졌으나 전 내방가사에 분출되는 탄적 요소를 드러내 보임으로써 문학성의 기조를 밝혀내 보았다.

제4장

자각하는 여성과 그들에 대한 종교적 관심

1. 변혁기의 여성인식

19세기 후반으로 접어들면서 이제까지 정치이념이나 교화원리로서 조선왕조의 상층구조를 지배했던 유교적 통치원리가 설득력을 상실하게 되면서 조선후기사회는 해체과정을 겪게 된다.[1] 설득력을 잃은 유교적 정통성에 서학이라는 이질질서의 도전으로 인해 봉건체제가 붕괴되고 민족적 위기를 맞게 되는 조건 속에서 새로운 질서를 기다리는 민중의 요구로 동학이 형성되었다. 동학의 태동은 이러한 시대적 여건과 민중의 여망에 부응한 종교사상인 셈이다.[2]

1) 김운태(1971), 「조선 후기사회의 해체과정과 정치·행정문화의 변천」, 『민족문화연구』 5호, 고대민족문화연구소, p.27.

2) 한국사연구회편(1981), 『한국사연구입문』, 지식산업사, p.444.
"지배계층과 피지배계층의 관계가 성립되어 있는 봉건적 사회에서는 피지배계층의 希願을 반영하는 종교가 성립될 수 있으나, 전자의 지배질서를 지탱하는 종교에 의한 일정한 굴절을 받지 않을 수 없다. 동학의 경우에도 儒教的 색채와 농민층의 사회적 그런데 동학사상의 반봉건 체제적 성격의 가장 중요한 지적 배경인 유교사상은 동학의 사상성에 모순되어 보인다.[3] 이것은 곧 동학이 유교에 정면적인 저항을 한 신생종교가 아니라 유교의 인륜사상을 발전적으로 계승한 절충적 합일을 시도한 종교사상임을 말해준다.

그러나 여성에 대한 인식 체계는 사뭇 다르다. 본고에서는 동학사상의 여성에 대한 남다른 인식과 종교적 관심에 주목하고자 한다. 봉건체제의 가장 큰 희생양이었던 여성에 대한 동학의 인식은 일대 혁신이라 할 수 있다. 그것은 그전부터 여성 스스로에 의해서 인식된 여성 자의식의 발견과 성장에 기여한 내방가사와 무관하지 않다. 남녀평등사상에 대한 동학의 여성관과 내방가사와의 비교를 통한 검증은 흥미로운 작업이 될 것이다.

2. 내방가사에 나타난 가부장제 사회와 여성의 존재형태

1) 가부장제 이데올로기와 유교

願望의 반영이 錯綜하고 있다. 따라서 우선 동학은 하나의 종교로서 어떤 구조-錯綜을 내부적으로 통일하고 있는 구조-의 것인지가 밝혀져야 할 것이다. 귀신 신앙을 매개체로 한 초세속적 윤리와 현세 利福祈願의 샤머니즘의 결합이라는 해명은 이미 이루어졌으나, 종교 그 자체가 하나의 사회적인 형태의 이상 사회의식 형태로서의 내부구조까지 해명되어야 할 것이다."

3) "우리 도는 원래 유가 아니고, 불이 아니고, 또한 선도 아니다. 그러나 우리 도는 '유불선의 합일'이다. 즉 천도는 유불선이 아니지만, 유불선은 천도의 일부이다. 유의 윤리와 불과 선의 윤리는 사람의 '성'의 자연인 품시로서 고유한 부분이므로 우리 도는 그 무극대경을 파악한 것이다."
또 다음과 같이 쓰고 있다.
"유불선이 비록 문호는 따로 세워서 서로 배척하지만, 그러나 그 근원을 추구하면 함께 뿌리박은 도이다. 내가 이 3도에 대하여 그 잘못을 덜고 그 부족을 보충하고, 그 단점을 버리고 그 장점을 취한다면 유의 인륜대강과 선의청정자수와 불의 무청중생이 우리 도의 3과로 되는데 조한 것이다."

조선시대는 강력한 가부장제 사회였다. 가부장제 이데올로기의 기원은 남성과 여성의 생물학적 불평등한 역할에 있다. 즉 여성은 종의 존속을 위해 선천적으로 보다 무거운 부담을 지고 있고, 이러한 불평등이 여성에 대한 억압을 유지, 발전시키는 제도상의 기초를 제공한 것이라고 본다.[4)]

가부장제는 바로 이러한 맥락에서 역사적으로 전개된 가장 기본적인 성적 권력체계이며, 그 체계 내에서는 필연적으로 가부장적인 남성이 우월한 권력과 경제적 특권을 소유한다. 뿐만 아니라 가부장제는 가족체계의 범주에만 국한되지 않고, 자율적인 사회, 역사, 정치적 힘 등으로 확대되어 그 속에서 하나의 이데올로기적 역할을 수행한다. 즉 여성을 남성중심의 세계 안에 존재하도록 강압하는 사회조직 및 신화를 창출하면서 남성유대감을 만들어내는 사회체계를 이루어 나가는 것이다. 중요한 것은 이러한 관점으로부터 비로소 가부장적 관계가 견제적 계급과 무관하게 독립적으로 존재한다는 사실이 드러나게 되었으며, 이와 아울러 여성의 여성다움과 재생산을 통어하기 위해 고안된 여러 문화적 관행마저 충분히 설명할 수 있게 되었다는 점이다. 그런데 이때 문화 속의 종교는 그것이 인간에 대한 의미부여의 상징체계로 이해되면서 적어도 종교현상 내에서는 성차별 이데올로기가 지양되는 계기를 찾을 수 있으리라 기대되기도 한다. 종교의 궁극적 목표가 진정한 의미에서의 인간구제라면, 그것은 적어도 남녀의 차별이 개재된 구제를 의미하지는 않을 것이기 때문이다.

그러나 역사적 과정을 통해 전개되어 온 종교적 사실의 현장을 들여다볼 때 그러한 기대는 한낱 허상에 불과하다는 느낌을 배제할 수 없다. 종

4) 박영례(1985), 「성차별의 정당화 장치로서의 종교제의에 관한 연구-우리나라 제의를 중심으로-」, 『종교학연구』 5, 서울대학교 종교학연구회, p.8.

교마저도 그것이 처한 문화적 상황 속에서 당대의 문화적 이념인 성차별 이데올로기를 결과적으로 정당화시키는 기제들로 작용하고 있을 뿐만 아니라 그 이념을 강화, 전승시키는 전통이 되고 있음을 주목하게 된다.

그 가장 극명한 증좌가 조선시대의 지배적 통치윤리인 유교였으며 초기 내방가사에 나타난 덕목 조항들은 대부분 이러한 유교윤리적 강화에 이바지한다고 할 수 있다.

봉졔ᄉᆞ 졉빈ᄀᆡᆨ은 부녀의 큰이리라
졔ᄉᆞ를 당ᄒᆞ거든 의복을 갈아입고
방당을 쇄소ᄒᆞ고 헌화를 절금ᄒᆞ고
졔미을 씨슬져긔 틔업시 조키씻고
우슴을 과이ᄒᆞ고 헌화를 절금ᄒᆞ고
비질을 밧바마라 티끌이 나ᄂᆞ니라
검불나무 때지마라 불틔가 나ᄂᆞ니라
아희들이 봇치나마 먼저떼여 쥬지말고
죵들이 죄이셔도 ᄆᆡ바람 ᄂᆡ지마라
졔쥬를 정케뜨고 졔편을 정케괴와
정신을 ᄎᆞ려가며 ᄎᆞ례를 잇지마라
둥촉을 끄지말고 웃끈을 푸지말고
달울기를 고ᄃᆡᄒᆞ야 고즉히 안ᄌᆞ따가
힘ᄉᆞ를 일즉ᄒᆞ고 음복을 존흘젹에
음복을 고로논와 원망업시 ᄒᆞ여셔라

유교적 통치이념인 충효의 윤리와 지배복종의 신분사회의 이념적 형태는 조선조 후기에 이르러 더욱 철저하게 구현되었다. 여성의 정절을 절대시하였고, 따라서 재가금지의 극단적 윤리로까지 발전하였다. 삼종지도와 칠거지악의 윤리법을 통해 보면 아내는 남편에게 복종해야만 하는 존재였다. 조선 후기의 이러한 가부장제의 강화는 일반적으로 성리학의 토착화에 관련시켜 유교윤리가 제도적으로 기능하게 되었다. 여성은 이렇게 가장권이 절대화된 가족제도에 예속된 한편, 신분질서의 유지존속을 꾀하는 국가 이데올로기에 구속된 지위에 놓여 있었다.[5]

2) 내방가사 속의 여성의 존재방식

조선조 가부장제를 이해하기 위하여서는 조선중기 이후의 역사적 진행과정에서 예상되는 것과는 달리 상당히 특이한 형태로 이루어져왔음을 분명히 할 필요가 있다.[6] 그 하나는 교조화된 유교적 지배의 강화와 또 하나는 혈연적 통제의 강화이다. 교조화된 유교적 지배란 상호보완적 음양 개념에 토대를 둔 남녀 유별의식과, 후대를 가면서 더욱 철저해진 상하개념의 남존여비 이데올로기적 지배는 일상생활에서 실질적 씨족적 통제를 통해 크게 가능해졌다.

어화새상　사람들아　이내말삼　들어보소
천지가　개벽후에　사람이　생겻도다
남녀를　분간하니　부부간　이셧도다

어와세상　사람드라　이닉말삼　드려보소
천지간　만물중에　귀할손　사람이라

---

5) 이효재(1989),『한국의 여성운동-어제와 오늘』, 정우사, pp.30~33.
6) 조혜정(1990),『한국의 여성과 남성』, 문학과 지성사, 서울, pp.65~90.

삼강으로 벗을삼고 오륜으로 금을매자
상하로 명분짓고 남여로 내외갈나
인의예지 마음삼고 효자충신 뻔을바다
부자군신 친이이후 부부유별 조흘시고
어와 친척들아 이내세덕 드러보소
그아니 쾌청한가 후죠당 우리선조
도덕군ᄌᆞ 멋분니며 도산문하 석정이니
본지빅셰 버연ᄒᆞ다
내몸으로 말할졔면 동방부ᄌᆞ 퇴도댁은
우리ᄉᆡ덕 아니신가 명가셰족 이러ᄒᆞ니

혈통과 가족이 크게 부각되는 이러한 과정에서 여성이 스스로 확보할 수 있는 권한과 지위가 또한 증가한 면이 없지 않다. '효'를 최상의 가치로 삼는 가족주의 사회였기 때문에 여성이 본처, 그리고 어머니로 존재하는 한 상당한 지위와 인정을 받을 수 있었고 또한 아들을 통하여 권력을 확보할 수 있었다. 즉 공식적인 부자 관계에 대비된 가족적 모자 관계 내지 '자궁가족'을 통해 여성은 상당한 권한을 가질 수 있었다.

또한 '선비상'을 이상으로 하는 사회에서 '세정'을 모르는 남성의 보완자로서 경제 생산적 활동을 포함하여 일상생활을 꾸려야하는데 있어서 여성 역할의 비중은 매우 컸다. 여성은 이전의 삶과는 그 환경적인 면에서나 노동의 질과 양적인 면에 확연히 차별화된 고된 시집살이를 이겨나가야 했던 만큼 성취적이고 강한 인성을 지니게 되었으며 여성만의 안채문화는 그들 나름의 갈등과 불만을 해소하는 기능을 수행하여왔다.

궁극적으로 혈통을 극도로 중시한 당시의 체제에서는 대가족내의 연장자이자 혈통 계승자의 어머니로서 여성의 지위와 활동에 상당한 권한을 부여한 셈이며 여성들은 이 여지를 십분 활용하여 가부장제의 유지를 적극적으로 도와왔던 것이다. 여성이 인격적으로서가 아니라 어머니로서만 인정되었다는 점은 한계로 지적될 수도 있지만 여성자신이 조선 중기 이후의 붕괴하여가는 체제를 강한 생활력으로 보완하며 적극적인 지탱자가 되어왔다.7)

어와세상　사람드라　이ᄂᆡ말삼　드려보소
천지간　만물중에　귀할손　사람이라
삼강으로　벗을삼고　오륜으로　금을매자
상하로　명분짓고　남여로　내외갈나
인의예지　마음삼고　효자충신　뼌을바다
부자군신　친이이후　부부유별　조흘시고

그러나 그들의 삶의 영역은 자녀출산, 양육, 봉제사, 시부모봉양 등의 가사노동에 한정되지 않았다. 직포 생산 등의 생산노동은 시집살이와 가족 재생산을 위한 가사노동과 함께 이루어진 것이다. 이러한 과중한 가사노동과 경제적 활동에 대하여 부담스러워하며 부당한 남녀의 역할에 대한 분노가 표출되기 시작하였다.

침선방즉　하든일도　분여ᄋᆡᄀᆡ　소임이요
ᄉᆡᆼ남성여　키운일도　분여ᄋᆡᄀᆡ　ᄎᆡᆨ임이요
일가친척　우ᄋᆡ함도　분여ᄋᆡᄀᆡ　관ᄀᆡ로다
노비고용　거느림도　분여ᄋᆡᄌᆡ　치산이요

---

7) 이정옥(1997), 「내방가사에 나타난 여성적 삶의 원리와 체득 방식」, 『경주사학』 제16집, 경주사학회, p.467.

수신ᄌᆡ가　모든 것이　ᄇᆡᆨ짜구리　결여스니
어난쎡가　ᄂᆡᄉᆡᆨ상고　골몰잇자　원수로다
진신갈역　ᄒᆞ든바람　칭찬듣기　가망없고
여궁범ᄇᆡᆨ　말을마ᄉᆡ　허물되기　십상팔구
외당ᄋᆡ　랑군들은　무신ᄉᆡᆨ도　그리조하
약간실수　보기되면　눈불시기　무신일고
ᄒᆡ육한심　쉬고나니　여자권일　엿축없다

위 가사의 '외당'에 거처하는 남성과 '내당'의 여성에 대한 공간적 구분이나 역할의 분담은 남녀에 의한 구분이 대응적 의미의 구분이 아니라 남녀의 수직적 관계를 나타내는 것으로 작용하고 있다.[8] 내방가사의 여성작가들은 이쯤에서 이러한 남녀의 구분과 차별이 부당하다는 인식을 충분히 한 상황이었다. 그것은 대부분의 경우 여성으로서의 성적 열등감이라는 운명론으로 침잠하고 있으나 남성에 대한 직접적인 적대감이나 노골적인 부러움으로 표출하기도 한다.

1) 여ᄌᆞ유ᄒᆡᆼ　가소롭다　부려워라　부려워라
남자일신　부려워라　점고늙고　일평ᄉᆡᆼ이
부모슬하　뫼서잇네　우리도　남ᄌᆞ되면
남과갓치　ᄒᆞ올거살　자로에　효성갓치
ᄇᆡᆨ리에　부ᄋᆡᆨᄒᆞ여　부모봉양　ᄒᆞ여볼가

2) 우리는　어찌하여　남자로　못삼기고

---

8) 박영례, 앞의 논문, p.103.
"즉 울밖/울안, 聖所/俗所, 東/西, 左/右(享祭者中心), 중심/주변, 公事/家事 등의 구분雙들은 남존여비, 내외법의 구체적 표현들로서, 한결같이 남성의 권위를 상징하는 기호들로 나타나고 있다."

여자의　졸한몸이　심규에　자라나서
십육세　약한나에　원부모　무ᄉᆞ일고
슴복리　타향길에　꿈이런가　ᄎᆞᆷ이런가

3. 동학가사와 여성에 대한 인식의 제고

인간 스스로의 득도에 의해서 새로운 종교를 창건한 것은 우리 역사에서는 동학 이외에는 전례가 없고, 최제우에게서 처음으로 시작된 일이다. 그러니 내세울 만한 기존의 경전이 있을 수 없었고 전혀 새로운 경전을 마련해야만 되었다. 그래서 국문을 택해서 지체나 학식을 가리지 않고 누구나 외고 익히기 좋도록 여러 편의 가사를 지었다. 국문가사는 이미 널리 퍼져 있고, 불교나 서학에서도 교리를 나타내는 데 썼으니 이용하기 편리했다.9)

〈용담유사〉라고 총칭되는 최제우의 가사는 모두 아홉 편이다. 1860년에 〈용담가(龍潭歌)〉·〈안심가(安心歌)〉·〈교훈가(敎訓歌)〉를, 1861년에 〈도수사(道修詞)〉·〈몽중노소문답가(夢中老少問答歌)〉·〈검결(劍訣)〉을10), 1862년에 〈권학가〉를, 1863년에 〈도덕가〉·〈흥비가(興比歌)〉를 지었다.

동학사상에서 여성에 대한 인식의 제고는 전시대적 사고인 유교에 대한 반발과 절충, 현실에 대한 민중적 개안이라는 단계적인 방법으로 전개된다.

종교로서의 동학은 그 사상적 구성요소로 보아 유교, 불교, 도교를 중심

---

9) 조동일(1994), 『한국문학통사』 4, 지식산업사, p.12.
10) 나중에 가사를 모아 간행할 때 아홉 편 가운데 〈검결〉은 최제우재판에서 크게 문제가 되었던 것이므로 〈용담유사〉에 수록되지 않아 따로 전한다.

으로 풍수지리설, 음양설 등 민간 신앙의 잡다한 제요소가 혼합되어 있다. 그것을 다음과 같은 5대 중심사상으로 정리할 수 있다.

먼저, 인내천 사상이다. 인내천이란 '사람이 곧 한울'이란 의미로, 이는 자기의 마음을 깨달으면 그 몸이 곧 하늘이고 그 마음이 곧 하늘이라는 것이다. 따라서 하늘을 모시는 것이 곧 내 마음을 모시는 것이라는 시천주 사상을 중요시하고 있다. 동학의 세계관은 지기론에 근거한다. 지기는 무한한 대립상극성과 무한한 조화 생생력을 속성으로 하는 우주의 근원인 실재로서 '한울님'과 2위 1체로 보는 것이다. 성경신을 실천방도로 삼고 있는 동학의 윤리관은 사람을 한울님과 같이 섬긴다는 사인여천사상에 근거한다. 그 외에 지상천국건설, 후천개벽운동을 실천 운동의 제일 사명으로 삼는다.

동학의 이와 같은 절충주의적인 구성내용은 그 태도와 사상적 구실에 있어서 당시의 지배 이데올로기였던 유교에 대해서 절충적이었던 것을 의미하는 것은 결코 아니었다. 동학사상의 등장은 '기성의 주자학적 이데올로기의 권위에 대하여 벌써 순교를 각오한 도전'이라고 해야 할 것이다.

동학이 유교가 지배하는 조선의 현실을 정면으로 부정하는 것은 천운순환론에 바탕한 강한 운명론을 매개로 하고 있다. 그 동학의 운명론을 가장 정돈된 형태로 나타낸 것은 '후천개벽사상'이다. 이것은 시운에 의하여 시대를 구분하여, 동학 창교까지를 선천의 세상으로 하고, 동학 창교 이후를 후천의 세상이라 했다. 즉 동학 창교에 의하여 후천의 신시대, 신세계가 개벽한다는 것으로 유교적 상고주의, 불교의 내세사상에 통하는 내세적 역사관이 보인다. 마치 그것은 당시의 암담한 세상을 반영하여 현실적 설득력을 얻었다고 생각된다.

동학의 천운순환론은 현실 부정의 논리이다. 이것은 "유도, 불도 누천년에 운이 다했던가."라며 동학 이전의 현실과 지배사상을 부정하고, 그 대신 "현인 군자 모여 들어 명명기덕 하여내니 '성운성덕' 분명하다"며 동학을 후천개벽의 성운의 원리로 규정하며 '지상천국'을 건설할 수 있다고 한다. 이것은 '지상신선'사상을 내세워 체제 내에 있어서의 '인간의 존재 양식'을 문제 삼아, 계층적 신분질서를 거부하는 것이다.

'천인여일'이라든지, '인내천'이라는 말에서 알 수 있듯이 동학의 평등사상이 평등을 말하는 테두리는 하늘과 사람의 관계를 매개로 하고 있다.

동학에 있어서는 인간은 천령의 직접강림을 받아 '하늘'에 감응하여 내면적 일체화가 됨으로써 천심이 곧 인심이다. 즉 '천인여일'이 된다는 것이다. 그러면 무엇을 매개로 하여 그것을 가능하게 하는가. 동학의 주문 중 '시천주'에 관한 최제우의 주성에 의하면 '시천주'를 "모시는 자의 안에 신령이 있고, 밖으로 기화가 있어서, 한 세상 사람들이 각각 옮기지 아니하는 자임을 안다"고 했다. 즉 인간이 '하늘'과 내면적 일체화가 될 수 있는 것은 인간이 자기 자신 속에 신령을 가지고 있음으로 해서이다.

동학의 이 '천인여일'의 사상이 인간평등사상이 되는 것은 다음과 같은 의미에서이다. 즉 '천인여일'이라고 하는 것은 그 형식에 있어서는 '하늘'과의 관계를 말하고 있으나, 그것은 '하늘'과 인간이 평등하다는 의미의 내용이 아니고, 동학에 있어서의 인간관의 관계라는 논리를 빌려서 사람과 사람과의 관계나 존재방식에 관한 논리를 제시한 것이었다. 그것이 인간 평등의 원리인 것은 사람은 어떤 사람이건 '하늘'과 내면적 일체화를 이룰 수 있다는 의미이다. 동학의 교조 최제우 자신에 대하여 보더라도 천령의 직접 강림을 받은 것은 교조 한 사람에 관한 것이 아니고, 그는 그러한 일체화를 최초로 이루었다고 하는데 불과하다.

기독교적 평등과 대비함으로써 동학의 평등사상의 논리를 부각시켜 보면 기독교에 있어서 인간평등사상의 논리가 신 또는 신의 의지를 매개로 하는 점은 동학과 같다. 그러나 기독교의 경우는 만물의 창조주인 절대적 신 또는 신의 의지에 대하여 만인이 피조물이라는 의미에서 평등을 내세운다.

티리히(Paul Tillich)의 표현을 빌려 말하면, "신은 존재 그 자체로서 한 개의 존재자는 아니다"라는 입장, 즉 무한의 창조주와 유한의 피조물과를 완전하게 구별하고 만인은 서로 유한의 피조물이라는 입장에서 '하늘'의 매개가 위치를 규정지워 주고 있다. 즉 '하늘'과 인간과의 완전한 구별에 있어서가 아니라, '하늘'과 인간과의 사이에 하늘을 대신하는 대천자를 배제하고, '하늘'이 직접 인간의 내적 세계에 해소되는 것이므로 "하늘과 인간과의 합일 가능성에 있어서 만인이 평등"한 것이 된다.

이와 같은 동학의 평등사상을 "사람이 곧 하늘이라"는 표현으로 정착시킨 사람은 제3세 교조 손병희지만, 그것은 지금까지 살펴본 바 최제우가 말한 '시천주', "내 마음이 곧 네 마음이다", "하늘의 마음이 곧 사람의 마음이다", "하늘과 사람이 똑 같다", 또 제 2세 교조 최시형의 "사람을 섬기되 하늘 같이 하라"등의 의미 내용을 파악하여 전승한 것이었다. 이 '인내천' 사상의 측면에서가 아니라, 이렇게 형성된 동학의 평등 원리가 봉건적 신분의 계급성을 부정하는 것은 당연한 결과였다.

사실 최제우 자신도 "천심즉인심"에 의하여 봉건적 신분제도를 거부하고 있다. 여기서 분명히 동학의 '인내천' 사상은 양반, 중서, 상민, 천민과 같은 봉건적 신분의 계급성과 적서의 차별 등 봉건적 귀천을 모두 하늘

뜻에 위배되는 인위로서 부정하는 것이다. 그것은 '하늘'과의 합일 가능성에 있어서 전적으로 평등의 관념이었음이 틀림없다. 동학은 이것을 가지고 '함께 일체에 돌아온다'라고 생각했는지도 모른다.

ᄃᆡ져 ᄉᆡᆼ령　초목군ᄉᆡᆼ　ᄉᆞᄉᆡᆼ지쳔　안일넌가
ᄒᆞ물며　만물지간　유인이　최령일네

이러한 우리민족의 경천사상은 근세 말기에서 현대 초기에 이르러 동학이라는 새로운 민족종교의 형태로 나타났다. 그 근본 교리는 하늘과 땅 그리고 인간의 조화였다. 하늘·땅·인간이 서로 구별되면서도 조화롭게 어울리는 경천사상은 살아있는 모든 것을 귀하게 여기고 모든 생명에 가치를 부여하는 생명존중사상과 맥을 같이하는 것이다.

그래서 수운은 '유인(唯人)이 최령(最靈)'이라고 노래한 것이다. '사람이 곧 하늘'이라 함은 인간 속성에 영원한 존귀성이 있음과 동시에 사람의 마음속에 하늘과 같은 고귀한 것이 있다는 것을 의미한다. '사람 섬기기를 한울같이 하라 하니 이는 사람을 한울과 같이 공경하고 사람을 평등으로 알게 함에 있다.' 인간존엄과 평등주의는 불가분의 관계이다. 동학의 여성에 대한 관심은 바로 여기에 근거한다.

그럭져럭　ᄒᆞ다가셔　탕픠산업　도야쓰니
원망도　쓸ᄃᆡ업고　ᄒᆞᆫ탄도　쓸ᄃᆡ업고
여필종부　안일넌ᄀᆞ
ᄌᆞᄂᆡ 역시　ᄌᆞ아시로　호의호식　ᄒᆞ던 말을
일시도　아니말면　부화부슌　무어시며
강보의　어린ᄌᆞ식　불인지ᄉᆞ　안일넌ᄀᆞ

그말져말 다 던지고 ᄎᆞᄎᆞᄎᆞᄎᆞ 지ᄂᆡ 보세

〈교훈가〉 첫째 마디 일부이다. 수운 자신이 수도에만 힘쓰다 부모로부터 물려받은 살림을 다 없애고 난 뒤 여필종부하고 부화부순하는 부부의 이치를 들어 부인을 위로하고 있다. 원망하고 탄식하는 부인을 위로하는 남편된 태도에서 가정과 부부간의 화락이 부부 공동에게 있음을 시사하고 있다. 수운은 일찍이 부인 박씨에게 도를 권유하였고 또한 부리던 여비 둘을 해방시켜 한 사람은 며느리로 삼고 또 한 사람은 양딸로 삼았다고 한다.

〈안심가〉에서는 동학의 여성관을 알 수 있는 부분이 많다. 지금까지 천대받던 부녀자를 현숙하고 거룩하다고 떠받들면서 남존여비의 인습을 타파하고 새로운 여성관을 피력하고 있다.

거룩ᄒᆞᆫ ᄂᆡ집부녀 이글보고 안심ᄒᆞ소
소위셔ᄒᆞᆨ ᄒᆞ는ᄉᆞ람 암만봐도 명인업ᄃᆡ
셔ᄒᆞᆨ이라 이름ᄒᆞ고 ᄂᆡ몸발쳔 ᄒᆞ렷던가

그말져말 듯지 말고 거룩ᄒᆞᆫ ᄂᆡ집부녀
근심말고 안심ᄒᆞ소 이가ᄉᆞ 외와ᄂᆡ셔
춘ᄉᆞᆷ월 호시절의 ᄐᆡ평ᄀᆞ 불너보세

이런고ᄉᆡᆼ 다시업다 세상음ᄒᆡ 다ᄒᆞ더라
긔장ᄒᆞ다 긔장ᄒᆞ다 ᄂᆡ집부녀 긔장ᄒᆞ다
ᄂᆡᄂᆞ라 무슨운수 그ᄃᆞ지 긔험ᄒᆞᆯ고
거룩ᄒᆞᆫ ᄂᆡ집부녀 ᄌᆞ세 보고 안심ᄒᆞ소

도를 얻기 위하여는 가화(家和)가 중요하며, 이를 위해 남편의 도리를 강조한 것이다. 나아가 인간은 평등하므로 여성에 대해서도 지극해야 함을 도인들에게 유효함을 알리려고 〈도수사〉에서는 다음과 같이 강조하고 있다.

이ᄂᆞᆫ역시　그러ᄒᆡ도　수신제가　아니ᄒᆞ고
도성입덕　무시하며　삼강오륜　다바리고
현인군ᄌᆞ　무어시며　가도화순　ᄒᆞᄂᆞᆫ법은
부인의게　간계ᄒᆞ니　가장이　엄숙ᄒᆞ면
이런비치　왜잇스며　절통코　ᄋᆡ달ᄒᆞ다
유시부유　시쳐라　ᄒᆞᄂᆞᆫ 도리　없다마는
현슉ᄒᆞᆫ　모든버ᄌᆞᆫ　ᄎᆞᄎᆞᄎᆞᄎᆞ　경계ᄒᆡ셔
안심안도　ᄒᆞ여주소

‘가화(家和)’가 필수적으로 도에 이르는 기본덕목이며 가정을 떠나서는 덕을 이룰 수 없다는 가화론으로, 종교적인 사상으로까지 발전한다.

수운의 개벽사상 속에는 남녀평등의 인간성 회복의 주장이 주목을 받아 성리학적인 지배질서 의식에 묶여있던 여성의 해방 곧, 근대화가 우리 역사 발전 법칙에 따라 이룩되었다고 보는 것이다. 이는 종전의 여필종부나 외치며 반상・주종・남녀 구별의 명분만을 일삼던 가부장제와 비교하면 근대적인 여성관 내지는 가족관의 반영으로 볼 수 있다.

한편 수운은 여자들도 교육을 통해 의식을 가져야 함을 강조하여 근대적인 여성의식을 깨닫게 했다. 그리하여 유교의 질곡에서 헤매는 당시 여성들에게 그들 자신이 가족 구성원인 한 인격체로서 새로운 삶을 살아갈

수 있다는 신념을 불어넣었다. 이는 곧 남녀평등사상을 구현하는 기틀을 마련했다는데 참뜻이 있다.

이러한 수운의 가화지순(家和之順)의 여성관은 해월의 부화부순(夫和婦順)의 사상으로 동학의 근대적 여성관을 확립케 했다. 무엇보다도 동학의 여성관은 인내천을 근원으로 한 평등사상에서 우리의 주체적인 의식성장을 통해 구현된 데 의의를 찾을 수 있다.

한편 근대적 여성관은 갑오동학운동시에 구체적인 방안으로 나타난다. 즉 동학군의 '폐정개혁안' 속에는 사회개혁사상과 인간평등사상・민본사상 그리고 민족주의의 보국안민사상으로 요약할 수 있겠다. 그 중 5항의 '노비문서는 소거할 사' 와 6항의 '칠반천인의 대우는 개선하고 백정두상의 탈거할 사'는 계급의식의 타파를 주장한 것이며, 7항의 '청춘과부는 개가를 허할 사'는 여성들이 신분적인 굴레에서 벗어날 수 있는 기반을 형성케 하였다. 이는 수운의 동학사상에서 싹튼 인간평등사상이 해월에 이르러 심화되고 동학혁명에서 그 결실을 보게 된 것이다. 실로 고종 31년, 조선왕조 개국 503년 만에 '재가금지'의 질곡은 종말을 보게 된 것이다.

인내천의 인간평등사상에 연원을 둔 동학의 여성관은 서구의 사상적 영향이 아닌 우리의 의식성장을 통해 나타난 근대적 여성관이라는 데 의의를 찾을 수 있다. 해월의 여성에 대한 인식은 평등사상을 기반으로 형성되었다. 즉 인간의 평등사상과 그 인식의 실천 속에는 여성에 대한 인식도 내포되어 있었던 것이다.

따라서 해월의 여성관은 당시 여성에 대한 내재적인 의식의 성장으로 이룩한 근대적 여성관이란 의미에서 높이 평가할 수 있는 것이다.

4. 실천적 생활불교에서 확보된 여성지위

한국불교에서의 여성의 지위는 보살이라는 명칭의 한국적 변형에서도 나타난다. 원래 보살이라는 용어는 남성형만 있는, 여성을 포함하지 않는 용어였다. 그런데 대승불교에 있어 가장 중요한 개념인 보살이 우리나라에서는 여성신도를 통칭하는 말로 쓰이고 있는 것이다.

우리나라에서 불교는 이와 같이 승가・재가 모두에게 여성의 활약이 단연 돋보였던 것이다. 이러한 경향은 현재에도 계속되고 있다. 예컨대 조계종의 경우, 성직자 구성이 남성 일변도인 기독교와는 달리 비구・비구니의 수가 비슷하다. 사실 성직 진출의 남녀평등이 불교처럼 균형을 이룬 종교교단도 없을 것이다.

특히 진각종의 경우는 남녀평등이 조계종보다도 훨씬 완벽하다고 할 수 있다. 진각종은 다른 종단과는 달리 재가중심・실천중심・깨달음중심・현세중심의 불교임을 내세운다. 이는 생활불교를 기치로 하는 진각종의 특징에서 연유하며[11] 그 속에서 여성에 대한 배려를 발견할 수 있다.

---

11) 진각종단이 밝히는 현대화・생활화가 어떠한가는 다음과 같다.

① 생활의 대상을 法身理佛로 하고 우주를 불격화하여, 삼라만상의 모든 활동・변천을 법신불의 당체설법, 즉 활동하는 경전, 사실적 경전의 법문으로 각오하고 대처하여 수행실천함으로써 생활불교의 본령으로 한다.

② 경전은 누구라도 다 볼 수 있도록 한글로 역경하여 배포한다.

③ 심인당 및 포교소는 도시와 농촌을 막론하고 교도가 많은 곳에 우선적으로 개설하고, 교도가 없는 곳이라도 필요한 곳에 교역자를 파견하여 교화를 일으킨다.

④ 내세극락에만 치우치지 않고 즉신성불의 교리를 증득케 하고, 현실생활과 현세정화에 필요한 법을 세워 정신생활과 물질생활을 아울러 잘하게 하여 事敎二相의 교리를 개발한다.

⑤ 과거와 같이 불상 앞에서 음식을 공양하고 예배하는 것만 불공이 아니라, 자기의 허물을 고쳐서 부처님 말씀대로 실천하는 것이 큰 불공이요, 소모적인 음식공양보

즉 한글경전의 배포라든가, 불공의식·관혼상제의 간소화 등은 모두 여성의 교육과 가사노동에 대한 세심한 배려가 깔려 있다고 보아야 할 것이다.

교단 내에서의 여성의 지위도 선진적이다. 진각종에서는 여성성직자를 '전수(傳授)'라고 한다. 선종에서는 비구니의 위치는 비구의 아래다. 지켜야 할 계율도 더 많다. 그러나 진각종은 남녀의 차별을 두지 않고 있다. 같은 인간인데 성불의 차이가 있을 수 없다는 교리에서 연유된다. 개교 당시부터 남녀의 차별을 두지 않았다. 이런 점으로 보아서 시대를 앞선 포교행정을 폈다고 볼 수 있을 것이다.

그렇다면 이러한 여성관을 제시한 회당의 사상은 어떠한가를 「진각교전」을 통해 살펴보자.

다음은 「진각교전」에서 발췌한 회당의 여성관 내지 가정관이다.

〈아내종지〉

인도시대 과거에는 열녀문에 효자났고 효자문에 충신났다. 때로 방법 다르지만 나라 위해 충성하고 부모위해 효순함은 우리 동방 불국사에는 고금전후 변역없다. 專制時는 一元이라 유교로써 세워간다. 忠孝貞烈 쓰는 것은 예와 이제 다름없되, 일어나게 하는 법은 때에 따라 달라진다.

현시대는 物道로써 평등하게 발전하니, 물의 主는 남성이요 심의 주는

다 일체중생의 복지를 위하여 헌금으로 자진·무상희사를 하여 건설적으로 사용하도록 불공의식을 혁신하여 현대화한다.

⑥ 불상만이 부처인 줄 알고, 사찰만이 불교인 줄 알던 과거의 불교인식을 고쳐, 우주에 충만하여 없는 곳이 없는 법신부처님이 계신 것을 가르친다. 대중적이고 활동적이며 현대생활에 맞는 시시불공·처처불공법을 크게 실행한다.

⑦ 네 가지 은혜인 불은·부모은·국가은·중생은에 항상 감사하고 보은행을 실천케 함으로써, 현세극락을 성취한다.

⑧ 일체의 행사를 양력으로 실시한다.

⑨ 관혼상제를 간략하게 간소화한다.

여성이라. 한맘 한뜻 한교 믿고 아내 宗旨 굳게 서면, 그 종지가 貞烈되어 남편 자연 지조 서고, 아들 딸은 孝烈되어 큰 인물을 이루운다. 그종지 곧 마니주라. 사업하면 성공되고, 애국하면 열사되고, 수도하면 선약되네.

문 부군에게 유순함은 무슨 복덕 있습니까?

답 자녀들이 수순하고 창성하게 되나이다.

문 삼보에게 단시함은 무슨 복덕 있습니까?

답 가정 안에 진애없고 빈곤없게 되나이다.

〈귀명삼보와 婦道〉

심인은 곧 부처님이 인증하신 마음이니, 심인깨쳐 경을 믿고, 그 스승의 말을 믿고, 인 지어서 과 받음을 굳게 믿고 행하는데, 모든 고통 물러가고 서원대로 되느니라. 죽고 삶은 명에 있고, 가난하고 천하거나 부하고 귀한 것은 인지음에 있느니라. 부처님이 우리들의 가정도를 설하시되, 안을 닦지 아니하고 밖을 보호하려 함은 원래 그릇된 것이라. 복이 안에 솟아남을 깨쳐 알지 못하고서, 동쪽이나 서쪽에서 옴과 같이 생각함은 어리석은 것이니라. 지혜있는 부인은 곧 남편에게 복이 되니, 닦고 깨친 착한 부인 그 남편을 귀케 하고, 약한 이는 그 남편을 하천하게 하느니라.

〈부인은 가정화순 인류평화의 근본〉

가정화순과 인류평화의 근본이 되어 있는 부인은 순금과 같은 마음이 되어서 그 종지가 편함이 없어야 할 것인데, 가족과 이웃 사회 사람을 대할 때, 아침에 부처같고 저녁에 중생으로 변하며, 利할 때는 心肝으로 사귀다가, 나쁠 때는 凶劍으로 바꾸어, 심공할 때 성인같고 돌아가면 외도되며, 넓은 길에 보살 되고 승차할 때 중생 되며, 무사할 때 실천하고, 길흉간에 크고 급한 일에 다달아서 남의 눈을 爲하고, 부처님의 뜻을 잘 어기며, 추어주면 화합하고 경계하면 難間되어, 엷은 얼음 밟는 같은 위태한 성질로써 스스로 참화하여 이해할 줄 모르고, 도리어 위안을 받아야만 되는 사람이 어찌 그 가정을 화도하는 스승이 되겠는냐.

불하면 복이 되고 불하면 화가 된다. 교와 스승을 비방하는데 교는 없어지지 않고, 교와 스승을 비방하는 사람만 복이 없느니라.

문 현세의 정화를 행복케 하는 교를 비방하고 스승을 질투하는 결과는 어떠합니까?

답 현세를 정화하고 해복케 하는 교를 비방하면, 현세부터 곧 그 비방하는 과보를 받게 되므로, 첫째 질병이 끊어지지 않으며, 사업은 뜻대로 되지 않고, 재물은 흩어지며, 가족은 불량하며, 스스로 가난하고 고통 가운데 살면서도 지혜없는 사람은 깨닫지 못하니라.

이상을 통해 보았을 때, 회당은 무엇보다도 가정도를 중시했으며, 그 가정도의 핵심으로서 여성의 역할을 강조했음을 알 수 있다. 실제로 진각종의 승려법 제 5조에 교직자가 될 수 없는 결격조건을 참조해 보면, ①前夫前妻의 자녀를 두고 재혼한 자 및 後夫後妻가 있는 자 ②부부가 서로 이혼한 자 및 다른 남자와 재혼 또는 동거하다가 다시 본래 상대와 동거하는 자 ③소실 및 소실이 있는 부부, 서자녀와 서사생자가 있는 자 ④부모, 시부모, 처부모가 소실을 두었거나, 자녀를 데리고 재가한 자가 있는 자 ⑤적모 및 생모가 생존 중인 서자녀 및 사생자녀인 자, 또는 이러한 이를 처나 남편으로 삼는 자 ⑥자녀 중 소실을 두었거나 소실이 된 자의 부모된 자 등 14개 항목을 두고 있다. 이는 가정의 화목과 안정을 그야말로 인류평화의 근본으로 회당 대종조의 사상이 그대로 사상이 그대로 반영된 예라고 할 수 있다. 이러한 여성관 내지 가정관은 전통적인 불교교단이 출가향적인 경향이 강한데 비해, 진각종은 현실생활의 수행을 강조하는 생활불교라는 차이점에 기인하는 것이다.

회당의 여성관을 밝히기 위해서는 대종교와 회당의 근본사상을 살펴보지 않을 수 없다. 회당의 청년기는 국권을 상실한 채 이민족의 지배를 받은 암울했던 시대를 관통하고 있으며, 진각종을 창교하여 가장 왕성한 활동을 했던 시기 또한 사회적으로 극심한 혼란기였다. 따라서 회당의 민족 자주성에 대한 자각과 사회 개혁 의지는 시대상황 하에서 필연적인 귀결이었는지도 모른다.

단 이러한 회당의 자각이 그 시대를 살아간 범부와는 무릇 다른 양상으로 실현된 데 그 의의가 있는 것이다. 회당은 그러한 사회인식을 그대로 종교적으로 승화시켰던 것이다.

회당 대종사는 "불교는 교리 그 자체가 자기반성과 자기비판으로 실천이 주목적이기 때문이"라고 하였으며, 또 "불교는 구경에 자성이 청정하여 일체 사리에 자심이 통달하게 되니, 이것이 곧 자주력이 된다"고 하여, 불교가 우리의 자주성을 함양하고 이 시대를 개혁하는데 가장 적합한 자력 종교임을 밝히고 있다.

회당사상은 이원자주사상으로 집약된다. 여기서 이원이란 '연기적 상호관계'를 말하는 것이며, 자주사상을 강조하는 수식어에 지나지 않는다. 따라서 회당사상은 보다 간결히 말하자면 '자주사상'인 것이다.

이러한 회당의 자주사상을 우리는 그의 여성관에 자연스럽게 대입시켜 볼 수 있다. 즉 회당은 위에 인용된 「진각교전」의 내용을 통해 볼 때, 여성을 주로 가정이라는 범주 속에서 그 가치를 인정한 것처럼 보이지만, 그것은 오히려 아내로서의 역할을 강조함으로써 가정이나 사회 속에서의 여성의 중요성을 재인식시킨 것으로 보아야 할 것이다.

위에서 언급했던 바와 같이 회당은 여성에게는 전통적 여성상을 강조하고 고무한 반면, 제도적으로는 여성의 권익을 보장하고 이제까지 무시되었던 여성의 사회적 능력을 계발시키는데 앞장섰던 것이다.

회당의 선구적 여성관의 배경은 그의 '자주사상'에서 찾을 수 있다. 그는 불교는 교리 자체가 자기반성과 자기비판으로 실천에 그 주목적이 있다고 천명하였다. 이러한 그의 자주사상을 그대로 여성문제에 대입시키면, 그의 여성에 대한 궁극적인 시각을 알 수 있다. 이러한 관점은 단순히 회당 내지 진각종에만 국한된 것이 아니라, 불교계 더 넓게는 사회 전반으로 확대되어야 바람직하다.

불교가 궁극적으로는 자신의 자성, 즉 불성을 찾는 종교이기에 회당의 자주적 여성관은 부처님 본래의 가르침과도 다르지 않을 것이다.

내방가사에서 여성들은 현실에서는 성적 불평등을 음양원리에 의한 우주의 법칙으로 받아들여 마치 불평등한 체제에 순응하고 있는 것처럼 보인다. 그러나 문학적 작업을 통해서 끊임없이 자유롭고 평등한 세상을 갈망한다. 때로는 남성을 부러워하기도 하고, 때로는 원망하며 자신들의 자리와 지위를 조금씩 확장해나간다. 그러는 사이 여성에게만은 예외인 듯 보였던 유교적 가부장제 이데올로기도 도도한 역사적 요청에 그 견고한 성역을 조금씩 내어 줄 수밖에 없었다.

동학가사에서는 이러한 여성의 내부적 갈망과 수운의 평등주의사상이 맞아떨어지면서 여성은 남성과 수직적인 관계에서 벗어나 수평적인 대등한 관계로 변화한다. 남성에 의해서 거룩하고 현숙한 부녀로 최소한의 인격을 인정받게 된다.

불교 진각종에서는 이렇게 발전된 여성의 지위가 실천적으로 확보되고 있다. 생활 속에서 여성 역할의 중요성을 깨달은 선각자는 단지 구호만으로 인정하는 것이 아니라 종교적 실천 방법을 통해서 구현하고 있는 것이다. 따라서 진각종에서는 남성 교직자와 동등한 여성 교직자의 지위, 오히려 뛰어난 여성 교직자는 대종사의 지위에도 차별 없이 오를 수 있는 진정한 의미의 여성지위가 확신될 수 있는 파격적인 실천력을 보이고 있는 것이다.

제5장

내방가사의 위상에 대한 새로운 조명

1. 내방가사 논의의 새로운 시각의 필요성

내방가사에 대한 근 50여 년간의 연구업적은 자료수집과 정리, 텍스트 분석과 국문학적 특성 연구, 그리고 문학담당자와 전승경로에 대한 관심 등의 세 부분으로 크게 요약될 수 있으며(서영숙:1996)[1] 이에 대한 나름대로의 성과는 어느 정도 인정된다. 그러나 영남지역에 집중적으로 편재된 원인에 대한 해명은 아직 완전하지 않으며, 작가의 성별과 향유층에 대한

---

1) 서영숙(1996), 「여성가사 연구의 문제와 방향」, 『한국여성가사연구』, 국학자료원, pp.385-405.
서영숙 위의 논문에서 아래와 같이 10년 단위로 나누어 시기별 개관을 하고 있다.
1. 1960년대 이전: 자료의 발견 및 의의 확인
2. 1960년대: 자료의 포괄적 정리와 연구기초 마련
3. 1970년대: 논쟁의 지속과 민속적, 문학적 특성 연구
4. 1908년대: 다양한 연구 방법의 모색
5. 1990년대: 작품내적 분석과 다른 장르와의 관계 고찰

논란[2])과 내방가사의 창작 목적이 효용성이냐 예술성이냐에 대한 논란 등도 여전히 내방가사 논의의 중요한 쟁점으로 존재하고 있다.

이러한 논란에 대한 명확한 해명이 아직도 이루어지지 않고 있는 것은 내방가사에 대한 그 숱한 논의들이 역사적 사회적으로 다양하고 복합적인 작품외적 상황을 간과했음에 기인한다고 볼 수 있다. 그 문학적 성과물이 5,000편에 달하며, 공중성과 집단성의 여성작자군에 의한 문학인 내방가사에 대한 제대로 된 평가는 여성문학적 관점에서 논의되어야 마땅하다는 관점을 견지한다면 논란의 실마리는 쉽게 그 가닥을 잡을 수 있을 것이다.

본고의 논의는 이상의 전제를 바탕으로 내방가사의 위상에 대한 새로운 정립을 하고자 한데서 비롯될 것이다.[3])

"19세기 이후에 규방가사가 널리 창작되고 필수적인 교양물로 읽히자 국문문학의 저변이 크게 확대되었다."(조동일:1996, 165)거나 "사대부 부녀자들이 가사를 짓고, 베끼고, 읽고 하는데 대단한 열의를 가지는 풍조가 영남지역을 중심으로 해서 18세기 이후에 형성되었으며, 그렇게 해서 유통된 작품이 이본까지 합쳐서 수천 편에 이르렀기에 규방가사라는 개념을 따로 설정할 필요가 있다."(조동일:1996, 375)는 가장 최근의 국문학개론적 정리는 다음과 같은 몇 가지 문제점을 제기하게 한다.

---

2) 문학담당층은 작자층과 수용자층을 아우르는 개념으로서 내방가사의 경우 수용자층에 무게중심을 두어야 한다는 논의도 있다.(조동일(1996), 『한국문학통사』 3, p.198)

3) 신은경(1991), 「조선조 여성텍스트에 대한 페미니즘적 조명 시고(1)」, 『석정 이승욱선생 회갑기념논총』 2, 동 간행위원회. 위의 논문에서 시도되었다. 그러나 논제가 시사하듯이 페미니즘 비평의 시론적 적용이며, 양반/서민, 남성/여성, 복종/지배 등의 페미니즘의 이중구조적 등식을 내방가사에 그대로 적용한 것에 대한 반성적 논의는 필요하다.

첫째, 편년의 작성이나 그 의미는 중요치 않다 하더라도 내방가사의 발생학적 논의를 국문 문학의 저변 확대, 혹은 서민가사의 작자와 동일시되는 의미의 문학담당자의 확대, 그것도 '소극적인 기여'라는 단선적 문화 진화 논리로만 논단하는 것은 옳지 않다. 이 점은 여성 작자층의 대거참여라는 국문학사상 매우 중요한 문학사적 현상을 간과하려 한다는 점에서 재론되어야 마땅하다.

둘째, 내방가사 개념 설정의 의미를 단지 작품의 양적 성과에서 찾는다는 것은 그 문학사적 위상을 축소 폄하할 위험성이 있다는 점에서 온당치 못하다. 자료적 가치 외에 역사적 해석이 제대로 되어야만이 내방가사의 위상은 정립된다.

셋째, 내방가사를 교양물로 이해, "가사를 통해 마땅한 행실에 대한 교양을 얻고 한글을 익히는 공식적 기능과 대용풍류를 누리고 사회적 지위에 대한 불만이나 내심의 번민을 나타내는 비공식적 기능의 확충"이라는 단순 기능으로 폄하함은 잘못된 것이다. 이는 문학의 목적성이라는 본질적인 문제에 대한 재론을 요구하는 문제이다.

따라서 내방가사에 대한 논의는 새로운 시각의 정립을 필요로 한다. 본고에서는 여성문학적 관점과 문학사회학적 시각에서 내방가사와 내방가사담당층의 위상에 대한 재조명을 시도하고자 한다. 그리하여 남성 전유물인 문학의 영역에 적극적으로 참여한 여성의 문학으로서, 특히 영남의 여성문학은 내방가사에서 그 원류적 의의를 가지고 있음을 확인하게 될 것이다.

2. 선택과 참여의 여성문학

본 장에서는 남성중심적 문화 속에서 전개된 여성문학의 위상을 알아보고자 한다.

어떤 문화권 내에서 소외집단을 파생시키는 요인으로서 가장 결정적인 것을 지적한다면 가부장제와 신분제일 것이다. 가부장제는 남성문화에 의한 여성의 예속을, 신분제는 상층계급에 의한 하층계급의 열등성을 표면화한다. 한국의 역사상 조선조는 가부장제와 신분제의 강한 결속으로 이루어진 문화의 전형을 보여준다.[4] 양자의 결속은 당대의 지배문화를 형성하고, 이 문화를 든든한 배경으로 삼아 남성들은 지배집단의 구성원으로서 위치를 차지한다. 또한 그들은 한자라는 지배글을 표기수단으로 하여 불가침의 문학적 영역을 구축하고 서민과 여성을 그들의 문화에 종속시켜 하부문화화하거나 혹은 아예 접근을 불허한다. 한자문화권인 지배문화에 의해 소외된 여성은 오랜 동안 침묵을 강요당하는 무언집단으로 존재할 수밖에 없었다.[5] '말 많은 것'이 칠거지악 중의 하나로 버티고 있는 사회에서 침묵하는 여성이야말로 그들에게는 바람직한 여성상으로 비쳐졌을 것이다.

그러나 조선조 후기 영남의 양반가의 여성에 의해 촉발된 내방가사에서부터 더 이상 여성들은 침묵하는 무언의 집단이기를 거부하기 시작했다. 가부장제와 신분제의 결속에 의해 이루어진 조선조의 지배문화 속에서, 침묵이 미덕으로 강요되는 여성들이 "입을 열기 시작"했다는 것, 그것도 한글로 그들의 경험을 표현하기 시작했다는 것은, 지배문화의 핵심에 위치한 양반남성 작가가 절필을 한 것 만큼이나 중요한 의미를 지닌다. 한글

4) 신은경, 앞의 논문, p.607.

5) 삼종지도, 삼강오륜, 칠거지악 등의 관습은 여성을 침묵시키는 일종의 제도적 장치로 큰 위력을 발휘해 왔다.

을 표기수단으로 한 여성의 언술은 곧 남성의 언어로, 남성의 경험으로 번역해서 표현하는 것에 대한 거부인 동시에 침묵당하는 것에 대한 거부의 의미를 내포하고 있다고 보아야 할 것이다.[6)]

신은경은 문화적 행위란 시인이 바라보는 현실이나 경험을 문학텍스트로 형상화하는 과정이라는 보편적 전제를 바탕으로 하여, 여성이라고 하는 '성'의 특수성이 어떻게 문학텍스트적 차이로 전환되는지에 주목하여, 내방가사라고 하는 여성텍스트 속에서 여성경험의 특수성과 여성원리를 읽어 내고자 했다.

그는 먼저 남성언술과 비교하면서 여성언술의 텍스트적 특성을 찾아보고 그 차이의 근원으로서 문학적 경험의 특수성을 조명해 보았다.

이 글에서 논의된 내용을 몇 가지로 간추려 보면 다음과 같다.

> 첫째, 조선조의 지배이념이자 지배문화였던 유교적 기반은 양반여성의 독특한 체험을 가능케 했지만, 그 체험은 지배적인 소통모델 즉 남성모델로 전달되기에는 부적합했다.
>
> 둘째, 이 같은 텍스트 소통모델은 여러 가지 문체적 특성을 야기한다. 자신과의 내적 대화, 자아중심적 발화의 특징을 지니는 '나-나' 형태는 언술을 공적인 것으로 만들고 경험의 허구화, 경험의 객관적 전환이 자연스럽게 이루어지지 않는 양상으로 드러난다. 그리하여 독백적인 양상이 두드러지고 텍스트 밖 실제 작자와 텍스트 내적 화자의 목소리가 미분리되어 수시로 시점이 변한다는 문체적 특징을 드러내 보인다.

---

6) 신은경, 앞의 논문, p.607. 그러나 신은경은 "조선조 여성들의 글쓰기 경험은 지배문화적 질서로의 편입을 의미하는 것이지만, 한편으로 그것은 지배문화 구성원들에 의해 공인된 것으로 받아들여지지 않음에 따라 여전히 무언의 문화 언저리에서 맴돌고 있는 것을 의미하기도 한다."면서 여전히 내방가사의 위상을 남성작가 작품의 주변에 위치시켜 비공식적인 발화로 규정하고 있다.

셋째, 내방가사의 실질적인 텍스트적 특성은 일반가사와의 차이 속에서 드러난다. 그리고 양반여성들이 자신의 경험을 표현하기 위해 새로운 장르를 개발하기보다는 기존의 장르인 가사라는 틀에 의존했다는 점에서, 이 차이는 변이라는 관점에서 이해되어야 한다는 점을 지적했다. 변이란 말은 기존체계에의 지속성과 차이를 동시적으로 내포하기 때문이다. 즉, 일반가사로부터의 변이적 징표들이 바로 내방가사의 언술적 특성이 되는 것이다. 변이란 말이 내포하는 체계의 구축과 해체의 이중적 속성은, 페미니즘적 비평이 해체주의 혹은 탈구조주의와 맞물리는 지점에 위치한다는 것을 말해 준다. 이때 화자는 더 이상 '여성'으로 존재하지 않으며 여성원리에 구속받거나 지배당하지 않는 의식상태를 보여 준다. 바깥에 대한 안, 위에 대한 아래의 위치가 아니라 안방으로서의 입성을 끝낸 내당 웃어른의 목소리가 울려 나온다. 차별의식에 소외되어 온 존재가 아니라 '중심에 선 어머니'로서 서 있으며 이때에 이르러 시적 화자는 권위, 지배의식과 같은 남성경험에 근접한 의식의 소유자로 서게 되는 것이다.

신은경은 페미니즘적 비평의 관점에서 내방가사의 문체적 특성과 텍스트적 특성을 조명하였다. 그리고 그 결과로서 내방가사의 작가적 위치를 주변에서 중심으로 옮겨 놓았다. 그러나 내방가사의 위상은 일반가사의 '변이'라는 징표로서 여전히 기존 남성작가 가사의 변두리에 위치시키고 있다.

한편 여성의 정체성 이론과 내방가사의 여성문학적 본질의 상관성에 대한 고구도 필요하다. 여성과 관계된 문학은 사회가 인정하는 여성적 가치, 여성적 미덕을 내세우는 문학인 여류문학(feminine literature), 여성작가문학(female literature), 저자의 남녀에 무관하게 여성해방적 의식을 내세우는 여성해방문학(feminist literature) 등의 세 부류로 나누어 보는 편이다.[7]

본서에서의 여성문학은 '사회학적 성의 개념으로서의 여성이 쓴 작품'을 지칭하는 개념으로 앞의 세 유형의 개념을 포괄한다.8) 즉 여성이 창작하고 향유하며 여성적 경험과 사상을 그 문학적 소재로 채택하여 독특한 여성적 언술을 지향한 모든 여성의 작품이 이에 해당된다. 그러나 남성이 여성적 언술로 여성의 경험인 양 창작된 작품은 이에 포함될 수 없다는 점에서 고정희의 논의와는 그 관점을 달리한다. 남성작가의 여성적 화자 작품은 그 작품적 성격과 문학적 취향이라는 점에서 별도의 논의를 필요로 한다.9)

여기에서 내방가사의 위상을 여성문학의 중심으로 옮기기 위한 선행작업으로 여성과 여성문학의 정체성 이론에 대해 논급할 필요가 있다.

① 사회는 개개인의 안정된 정체성(正體性, identity)에 기반을 둔다고 한다. 유효한 역할들의 문화적 저장체가 많은 사람들의 정체성 문제와 조화를 이루지 못했을 때 조화되지 못한 개개인들은 정체성의 위기를 경험할 수도 있고 문화는 대격변을 겪을 수도 있다. 이렇게 모든 사람들은 어릴 때 형성된 정체성을 恒數로 가지고 있기는 하지만 그것은 잠재적으로 부서지기 쉬운 속성을 지니고 있다.10) "정체성의 상실은 인간의 위기이

---

7) 조혜정 외 좌담(1993) 「페미니즘과 여성운동」, 『여성해방의 문학』, 또 하나의 문화 3호, p.15.

8) 이러한 개념화는 여성문학에 대한 가장 보편적이고 가치중립적인 개념이다. 이외에 "페미니즘 문학이란 가부장제 사회에서의 여성의 현실을 인식시키고, 태어날 때의 생물학적 특성이 아무런 의미를 갖지 않는 사회 및 남녀관계를 지향하는 문학"이라는 논의를 확장하면 "여성문학이란 넓게는 한국문학사에 등장하는 여성작가군을 지칭하는 말이며, 좁게는 그 문학이 궁극적으로 도달해야 될 문화양식의 얼개를 상징하는 말"로도 정의된다.(고정희(1994))

9) 이정자(1996), 「한국 시가의 아니마 연구」(백문사)는 여성 편향의 남성작가 작품에 대한 본격적인 논의를 하였다는 점에서 주목을 요하는 연구업적이다.

10) Judith Kegan Gardiner, 김열규 외 공역편(1988), 신은경 역 "여성의 정체성과 여성의

고 그것의 보존은 인간의 필수 요건이다."(하인츠 리히텐슈타인:1977, 78)[11)]

② "정체성이란 인간의 삶이라고 하는 변화 안에 내재해 있는 동일한 전체 패턴을 의미한다. 거기에는 모든 변화 안에 스며있는 독특한 양식으로서의 '나'가 있다."(노만 홀랜드:1978, 451)[12)]

③ 정체성 위기(identity crisis)라는 개념은 에릭슨에 의해 일반화되었는데(에릭 에릭슨:1959)[13)] 에릭슨이 생각하고 있는 정체성은 사회적 관계들을 통해서 형성되고 또 명시되는 것이다.

위의 정체성 이론을 종합해보면 성(性)은 정체성 이론의 근본적인 변수로는 보이지 않는다. 대신 초도로우의 "생물학이나 의도적인 역할 훈련보다는 사회구조에서 귀납된 심리적 과정"에 초점을 맞추는 사회학적 분석이 여성정체성 이론에 유용한 단초가 된다.(낸시 초도로우:1978)[14)] 초도로

글", 『페미니즘과 문학』, 문예출판사, pp.221-229.

11) Heinz Lichtenstein, 「The Dilemma of Human Identity」(New York. 1977), p.78. 이 문제에 대한 자세한 논의는 위 텍스트를 참조할 것. 리히텐슈타인의 개념에 대하여 다음과 같은 몇 사람이 언급을 하고 있다. D.W. Winnicott, 「Playing & Reality」, (New York, 1971), pp.79~80. Sander Abend, "Problems of Identity", 「Psychoanalytic Quarterly」 (1974), p.613. /김열규외 공역(1993) p.222 재인용.

12) Norman N. Holland, "Human Identity", 「Critical Inquiry」 4(Spring 1978), p.451. 이 문제에 대한 자세한 논의는 위 텍스트를 참조할 것. 또한 그의 「Poems in Persons」(New York. 1973)를 보라. 「Five Readers Reading」, (New Haven, Conn: 1975), "Unity Identity Text Self", 『PMLA』90(1975), pp.813~22; "Literary Interpretation and Three Phases of Psychoanalysis", 「Critical Inquiry」 3, (Winter 1976), pp.221~33; "Indentity", 「Language and Society」 10 (1977), pp.199~209; "Why Ellen Laughed", 「critical Inquiry」 7 (Winter 1980), pp.345~71 참조할 것./ 김열규외 공역(1993), p.223 재인용.

13) Erik Erikson(1959), 「Identity & the Life Cycle」, New York. 이 문제에 대한 자세한 논의는 위 텍스트를 참조할 것. 또한 그의 「Childhood and Society」(New York, 1950)를 보라. "Inner and Outer space", 「Daedalus」93 (1964), pp.582~606; 「Identity, Youth, and Crisis」(New York, 1968). 그리고 「Dimensions of a New Identity」(New York, 1974)./ 김열규 외 공역(1993) p.221 재인용.

14) Nancy Chodorow(1978), 「The Reproduction of Mothering」, Berkeley. pp.6~7; 〈Feminist

우에 따르면 여성의 정체성은 관계적, 유동적, 순환적이며, 남성의 경우처럼 단계별 예정적 발전을 하는 것이 아니고 과정적이므로 덜 고착되고 덜 획일적이며 완성된 형태를 지향하는 것이 아니다.(가디너:1993)[15)]

여성의 정체성은 하나의 과정이며 여성에게 있어 기본 정체성은 남성들보다 더 융통성이 있고 더 상관적이며 여성의 성 정체성은 남성들보다 더 안정되어 있다. 여성의 유아적 동일시는 남성들의 경우에 비해 덜 예정적이다. 여성의 사회적 역할은 남성들보다 더 엄격한 대신에 다양하지는 않으며 사회적인 역할은 거의 없었다고 볼 수 있다.

그러므로 남성의 정체성 위기에 대응되는 여성의 정체성 위기는 산발적으로 일어나거나 아니면 전혀 일어나지 않을 수도 있다. 정체성에 대한 여성의 경험과 인간의 경험에 대한 남성적 모범형 사이의 복합적 상호작용도 보인다. 어린 시기에 이미 형성된 한 개인의 기본 정체성은 유아적 동일시 및 적절한 사회적 역할을 통해 활성화되고 또한 확고해진다고 남성 정체성 이론가들은 믿고 있다. 이같은 남성 모범형 안에서 어린 남자는 그의 아버지와 같은 독립적이고 자율적인 한 사람의 성인이 되는 것이다.

초도로우의 이론에 의하면 여성 인격이 지니는 유동적이고 과정적인 성질은 특히 딸과 어머니의 관계로부터 야기된다. 딸은 어머니에 대한 유아적 동일시를 통해 감정이입과 이성적 융합을 위한 능력을 획득한다. 따라서 여성 정체성에 대한 논의는 어쩔 수 없이 모녀의 유대관계의 특수성으로 환원될 수밖에 없다. 최근에 급증하고 있는 모성을 다룬 작품에서는 어머니에 대한 딸의 동일시 및 어머니로부터의 분리가 딸의 성숙한 여성

Studies〉 6 (Summer 1980), pp.342~67 참조./ 김열규 외 공역(1993), p.224. 재인용

15) Judith Kegan Gardiner(1988), 앞의 논문.

정체성 획득에 중요한 요소라는 것을 강조한다. 때때로 어머니의 바람직한 면에 대한 '개인적 동일시'와 희생자로서의 어머니에 대한 '신분적 동일시' 사이에 갈등이 생기기도 한다. 이 갈등은 역할들에 의해서 강화된다. 즉 개인적으로 경험된 어머니는 이상적으로 사랑하는 어머니와도 구분되고 어머니라고 하는 평가절하된 직업과도 구분된다. 대부분의 내방가사는 이같은 모녀관계에 대한 관심을 반영하는 데서 저작이 시작되고 있다.

그러나 서양의 여성 저작물의 경우는 자아개념의 범위가 여성에게는 특히 혼란되어 있으며 당대 여성의 글들이 이러한 불협화음을 반영하고 있다고 한다. 20세기 여성 작가들은 무엇을 어떻게 쓸 것인가에 대하여 흥분과 절박감을 가지고 그들 자신의 정체성에 관한 경험을 표현하고 있다. 때로 그들은 동질성과 차이점-다른 여성과의 특히 그들의 어머니와의 동질성과 차이점, 그리고 남성들과의 동질성과 차이점 및 문학적 규범에 함축된 것을 포함하여 여성들이 해야만 하는 것에 대한 사회적 요구와의 동질성과 차이점-의 역설을 통해 그들의 정체성 의식을 전달한다.

'여성 정체성은 하나의 과정'이라는 공식은 여성들의 기본 정체성이 지니는 유동적이고 탄력적인 측면들을 강조한다. 이같은 유동성을 반영하는 하나의 예로, 여성 저작물들이 때때로 남성적 규범에서 생성된 규정에 따르지 않는다는 점을 들 수 있다. 최근 학자들은 여성들의 자서전이 남성들에 비해 덜 선형적이고 덜 통일적이며 또한 연대기적인 성격을 덜 지니고 있다고 결론짓는다.[16] 곧 '여성의 정체성은 하나의 과정'이라는 명제와 '작자와 독자 간의 긴밀한 사적 유대감'이라는 명제가 여성문학의 정체성을

16) Judith Kegan Gardiner(1988), 앞의 논문, pp.228-229.

확인시킨다. 많은 여성 비평가들은, 여성 독자들에게는 여성 작가들의 글을 어떻게 읽을 것인가에 대하여 그리고 여성 작가들에게는 여성 독자들을 위해 어떠한 글을 쓸 것인가에 대하여 각각 이야기한다. 자아와 누군가가 읽고 쓴 것 사이에는 개인적이고 강렬한 관계가 함축되어 있다.

이상에서 논의된 여성 정체성 이론과 여성문학의 정체성을 내방가사에 적용시켜 보면 내방가사의 여성문학으로서의 위상은 보다 분명하여질 것이다.

먼저 주목하여야 할 명제는 '여성의 정체성은 하나의 과정'이라는 공식이다. 여기에서 '과정'이라는 기호는 유동적이고 비고찰적이라는 의미로 해석되는 것으로 내방가사의 다양한 작가적 시점과 동일한 점으로 파악될 수 있다. 즉 내방가사의 작가는 결혼한 모든 여성이 될 수 있으며 따라서 작품의 현재적 시점도 그만큼 다양하다.

또 '과정'은 순환적이라는 의미로도 해석되는데 이 역시 내방가사의 작가적 성향과 일치한다. 내방가사의 작품을 유형별로 대별해 보면 '계녀가류', '탄식가류', '화전가류', '송경가류' 등이다. 그런데 이들 유형의 제작 및 향유 순위가 작가의 연령과 가정 내 지위와 대략적으로 일치한다는 것이다.

'계녀가류'는 신행을 앞둔 딸에게 그 친정모친이나 친정의 연장자 되는 어른이 훈계하는 유형의 가사로 작가층으로 봐서는 혼인시킬 나이 정도의 딸을 둔 어머니이며, 이 경우가 가사창작자의 최초의 경우에 해당한다. 독자의 경우는 상대적으로 그보다 어린, 갓 혼인한 여성의 경우에 해당되는 것이니 이 유형의 가사 작품에서 내방가사의 순환성이 시작된다고 하겠다.

'탄식가류', '화전가류', '사친가류'의 가사 유형들은 모두 결혼한 여성이 결혼 생활의 특수한 경험에서 그 작품의 동기가 유발된 가사들이다. '탄식가류'는 비일상적인 결혼생활로 인한 작가의 신세탄이, '화전가류'는 여성의 공식적인 외출과 풍류가 허용된 흔치않은 경험이, '사친가류'는 출가외인으로서 친정나들이가 쉽지 않은 결혼한 여성의 아픔과 친정식구들에 대한 그리움의 가사들이다. 그런데 이런 유형의 가사들은 작품내적 시점에 상관없이 대부분 여성들이 가정내 연장자로서의 연령적 신분이 어느 정도 확보된 후에라야 지어질 수 있다는 점에서 '계녀가류' 제작시기보다는 과정적으로 그 후가 될 가능성이 많다.

순환성, 과정성과 더불어 유동성이라는 여성 정체성의 특징적 징후도 내방가사에서 확인된다. 내방가사는 남성작의 양반가사와는 달리 필사되고 낭송되는 이원적인 전승 방법을 채택하고 있는데 이는 여성들이 문학이 글로 쓰이는 것일 뿐이라는 남성적인 경직성에서 벗어나 읽고 쓰고 베끼고 욀 수도 있는 문화라고 인식한데서 그 근거를 찾을 수 있다.

그러면 우리 국문학사에서 내방가사의 여성문학적 위상을 어떻게 볼 것인가.

여성문학의 위상을 운위하기 앞서 문학을 언어예술로 볼 것인가 아니면 문학행위로 이해할 것인가에 대한 전제에 대한 논의가 선행되어야 할 것이다. 문학을 문학행위로 이해하는 경우는 문학담당층에 대한 고려로 확장되면서 구비문학과 타문학간의 역사적 관계 조명의 관점이 되었다.

'문학은 언어예술'이라는 간명한 정의 속에 언어행위라는 인간의 삶의 방식이 내포되어 있다고 본다면 위 두 가지 전제는 상치적인 범주화라기보다 후자가 전자를 내포화하는 관점으로 이해된다. '문학의 범주에 대한 기존의 이해가 문학적 허구와 문학의 양식적 틀이란 개념에 지나치게 얽매여서 오히려 문학의 범위를 지나치게 축소시키는 것'이라는 비판과 '비록 양식적 틀을 갖추지 못한 사적이고 비정형적인 것이라 하더라도 어떤 언어행위가 미적 형상의 창조를 통해 삶에 대한 인식을 성취하고 있다면 문학으로서의 의의를 지닌다'는 구비문학의 영역에 대한 논의[17)]는 내방가사의 대부분의 작자층이 부녀자들이면서 비전문적 문학인이라는 점에서 유효한 관점이 된다. 요컨대 문학은 삶의 과정에서 인간의 삶의 행위의 문화적 축적물이라는 거시적인 관점에서 조명되어야 한다.

내방가사의 성격을 규정하면서 유교가사(조동일:1995)니 혹은 종교가사(고정희:1994)[18)]로 논의의 폭을 좁히는 것은 그런 점에서 또 하나의 편견이다. 조동일은 내방가사는 일단 사대부 부녀자들의 가사로서, 소설보다 격이 높고 보수적이면서 풍류를 즐기는 시조와 대비된다는 점에서 유교가사의 영역으로 이해한다. 고정희는 유교 가부장적 교리를 종교라고 이해하면서 규방문학의 주종이 종교적 색채를 띠고 있다고 단정한다.

'여성텍스트는 남성의 것과는 다르며, 문화적 특수성은 경험의 차이를 낳고 경험의 차이는 언술의 차이를 낳는다.'(신은경:1991)[19)]는 명제에 주

17) 신동흔(1994), 「삶, 구비문학, 구비문학 연구」, 『구비문학연구』 제1집.
_____(1996), 「현대구비문학과 전파매체」, 『구비문학연구』 제3집.
천혜숙(1997), 「한국 구비문학의 흐름─구비문학사 이해의 몇 가지 문제」, 『제31회 한국어문학회 전국발표대회 발표요지』에서 재인용.

18) 고정희(1994), 「한국여성문학의 흐름」, 『또 하나의 문화』, pp.102-103.

19) 여성의 자기 진술은 남성과 차이가 있다. 말하는 동기가 다르고 말하는 맥락이 다르고 표현 방식도 다르다. 말하는 내용도 다르다. 말을 통하여 삶의 진실성이 전달되는 방식도 다르다. 그래서 이야기의 효과도 다르다. 이러한 차이는 자기 생애의 경험이 다르고 그 경험에 의미를 부여하는 방식이 다른 데서 기인한다. 같은 여성의 이야기라고 해서 늘 똑같은 방식으로 진실한 것은 아니다. (The Personal Narrative Group(1989), Interpreting Women, s Lives, Bloomington: Indiana Univ. Press).

목해보면 문학적 축적물로서의 내방가사는 오직 여성적 가치와 규범과 경험에 의한 문학적 진술이라는 진실성을 부인하지도 부정하지도 않아야만이 내방가사에 대한 위상 정립이 제대로 될 것이라고 본다.

따라서 내방가사는 여성문학으로의 위상에서 논의되어야 한다. 가사가 확장적이고 개방적인 장르적 특성을 가진다는 국문학적인 시야에서만 내방가사를 운위하는 것은 그 많고 다양한 내방가사 작품에 대한 일도양단적 처사에 다름 아니다.

3. 성취지향적 영남 지방문학

앞에서 제기한 내방가사의 문학담당층의 문제를 다시 짚어 본다. 이 문학사적 현상을 '담당층의 확대'라고 보느냐, 혹은 '여성작자층의 참여'라고 보느냐의 문제는 이후에 논의할 몇 가지 쟁점의 전제라는 면에서 중요하다. 전자라면 여성작자들은 단지 우리 문학사에 그만큼의 '소극적 기여'를 한 것에 불과하나 후자라면 여성 스스로가 적극적으로 사회적 역할을 선택했다는 점에서 종래 중세여성에 대한 편견을 불식시킬 만한 것이기 때문이다.

문학적 행위는 남성의 것에 속했다. 문학이라는 관점에서 사회를 논한다면 여성은 오랫동안 소외되었다. 더구나 기록문학적 행위에서는 그 소외의 심각성은 신분적 계층적 불평등을 웃돌았다. 여성에게 있어 이러한 비정치적, 비사회적 역할론이 당연시되던 시대적 상황을 고려한다면 내방

김경수 외 지음, (1994), 김성례 「여성의 자기 진술의 양식과 문체의 발견을 위하여」, 『페미니즘과 문학비평』, 고려원 비평신서 9, 고려원.

가사 담당층의 표층문학에 대한 참여는 가히 혁명적이다.

그러면 그러한 여성에 의한 문학적 혁명은 왜 영남지방에서 일어났는가. 흔히 영남을 보수적 유교전통의 고장이라고 하는데도 불구하고 여성의 문학에 대한 대중적인 호응을 어떻게 설명해야 하는가.[20)]

조선 중기에 들어서면서 양반의 지배가 지방의 구석구석까지 미치게 되고 일반 백성에까지 유교 윤리가 확산되어 명실공히 유교적 명분사회를 이루게 되는 사회적 배경에는 통치권을 둘러싼 내부 갈등과 낙향 관료들의 이익 유지가 중요하게 작용하였다. 이 과정은 구체적으로 조선 건국 초기 개국 공신을 중심으로 한 훈구파 세력이 내부 분쟁으로 쇠퇴하고 그 와중에 재야에 은거하여 유교적 학덕을 쌓는데 몰두하였던 사림파가 득세하는 것과 관련된다. 훈구파에 비해 지적, 도덕적 우월성을 가지고 있었던 사림파는 유교 원리를 주무기로 세력권에 영입하였고, 따라서 이들은 유교의 이념을 절대적으로 신봉하였으며 유교적 질서를 뿌리내리는데 전념하였다. 즉 유교이념의 실천은 사회 질서유지의 기제이자 사림파의 권력의 기반이었던 셈인데 지방에 기반을 가진 사림파 및 그 후손들은 집권시에는 중앙으로 나아가고 진출이 좌절될 때에는 향촌의 지배층으로 남아 유교적 교화를 명분 삼아 향권을 장악해 왔던 것이다.

지방 양반들의 중앙 관료로의 진출이 어려워지고 양반층이 비대해지는 조선 후기로 가면서 향촌 내의 특권 유지가 어려워지고 양반들은 더욱 유교윤리를 절대화하고 문중 중심의 조직화와 기존의 득세 가문들끼리의 결성을 통하여 신분 확보를 꾀하게 된다. 17세기 이후에 일반화되기 시작

---

20) 내방가사 형성 동인에 대한 상론은, 이정옥(1992), 「내방가사의 전승과정과 향유층의 의식 연구」, 계명대학교 박사논문, pp.18-30.

한 족보 간행, 서원과 향안 중심으로 한 배타적 결사체의 활성화, 그리고 동족 부락의 형성은 이러한 향촌의 지배 질서의 재편성과 깊은 관련성을 갖는다. 이러한 사회는 원칙적으로 사적, 혈연적 영역과 혈연을 초월하는 차원에서의 공적 영역의 구분을 엄격히 하여 왔다는 점에 주목하여야 할 것인데, 여기서 여성은 공적인 영역에서 철저히 배제되어 있었고 여성의 주요 역할은 남성의 출세를 돕는 내조자에 국한한다.

이러한 남녀의 불평등 관계는 그 장구한 억압에도 불구하고 최근까지도 단순히 자연적이고 기능적 분담이 현상으로 인지되어 왔을 뿐, 권력 구조의 문제로 인식되지는 못하였다. 남녀 관계는 노예제・계급 갈등 및 인종차별 현상과는 달리 매우 친밀한 일상적 상호 작용을 통해 지속되는 관계이므로 그것을 대립적 집단 간에 일어나는 구조적 문제로 보기에 어려움이 따랐던 것이다. 공적 영역으로 진출이 가능해진 상황에서 비로소 여성들은 자신이 완전한 사회 성원이 되는 것을 방해하는 거대한 보이지 않는 압력을 느끼기 시작한 것이며, 새로운 사회 질서를 추구하게 된 것이다.

이미 간략히 언급했듯이 여성 억압은 크게 두 가지 차원으로 나누어 볼 수 있다. 하나는 상당히 구체적인 물적 토대를 다루는 노동력 및 출산력 차원이고, 다른 하나는 사회의 중심적 커뮤니케이션 과정에서 배제되는 문화적 차원이다.

아드너(E. Ardener)(1975:21)는 억압 집단이 갖는 하나의 주요 특성을 그들이 지배 집단에 비해 자신의 입장을 제대로 표현할 수 있는 구사력을 갖지 못한 점(inarticulateness), 즉, 벙어리됨(mutedness)에서 찾고 있다. 그는 이것을 계급적 억압이든 인종적 억압이든 여성 억압이든 관계없이 모든 불평등 관계에서 발견되는 공통적 특성으로, 지배적 커뮤니케이션 체제에서 소외되어왔음을 드러내는 증거로 보고 있다. 억압적 상황에 놓인 집단은 한결같이 자신을 표현하는 데 있어 어려움을 겪는데, 그것은 자신들이 지배집단의 언어를 빌어서 표현해야 하기 때문이라는 것이다.

조선조 영남 사대부가의 부녀들은 일찍부터 삼종지도와 열녀효부의 도덕적 규범의 굴레 속에서 순종무위의 행동거지로 일체의 문밖 출입이 어려운 자유와 인권을 박탈당한 삶을 강요당해야 했지만 동족집단의 향촌사회의 지배 기반위에서 사대부가의 부녀로서의 신분적 대우는 충분히 누릴 수 있었다. 아직까지도 영남지방의 명문대가의 종부는 신분적으로 가문을 대표하고 대소가의 대소사를 진두지휘하는 상징적인 대우를 누리고 있다.

전통사회에서 우리나라 가족은 생산의 단위이고 소비의 단위였다. 부유한 가정에서나 가난한 가정에서나 생산의 일차적 목적은 가내소비를 위한 것이다. 주식인 쌀만이 아니라 부식까지 가내에서 조달하고, 생산에서 조리, 저장 등 전 과정을 가내에서 관장하였다. 식생활만이 아니라 주생활은 물론 의생활도 원료의 생산에서 의류의 제작까지 전적으로 가내노동에 의존하였던 것이다. 가족이 생활의 단위이기 때문에 가족에 속하지 않는 사람은 의식주를 해결할 수 없었다. 한편 가족은 가족원의 노동력에 의존하였기 때문에 자녀가 많은 것은 그 집이 장차 노동력이 많아지는 징조로 자녀는 부유를 상징하는 것이었고, 자녀가 없으면 현재 아무리 부자라도 그 집의 장래는 어두운 것이다.

전통사회에서 가족은 경제의 단위만이 아니라 생활의 단위였다. 의식주의 모든 생활을 원만하게 운영하기 위하여 가족원은 가사를 분담하였던 것이다. 전통가족에서는 성별원리에 따라 가사분담을 하였으니 이를테면 가장인 남자는 집밖의 일, 어렵고 힘든 일을 담당하고 주부인 여자는 집안일, 쉽고 편한 일을 담당한 것이다.

이러한 가사 분담을 법적으로 설명하면 이러하다. 가장인 남자는 가족원의 의사를 외부에 대표하는 대표권을 갖고, 가족원을 통솔하는 가족권을 가지며, 가족의 재산을 관리하는 재산권을 갖는다. 이러한 가장권에 비하여 주부가 갖는 권한은 예컨대 재산의 관리에서 보는 것과 같이 가장은 재산을 관리하고 상속하는 권한인 데 비하면 주부는 재산을 운영하고 소비하는 것이니 주부의 권한을 가사의 운영권과 가사의 집행권이라 하겠다. 이에 따라 가장권이 주부권을 통솔하지만 실제 가사의 운영에서는 가장권이 도구적 권한 또는 형식적 권한인데 비하여 주부권은 실제적 권한이라 하겠다. 가사의 운영과 역할의 분담에서는 가장권이 주부권을 지도하고 주부권이 가장권을 보필하여 가장권과 주부권은 상호 보완적 관계에 있고 이들이 자동적으로 운영되고 이들 사이에 조화를 이루어 가사가 운영된다.[21] 열쇠로 상징되는 이 주부권은 찬광, 쌀뒤주 등의 열쇠꾸러미를 주부가 관장하는 것으로 한 집안의 경제의 소비 권한을 가지는 것으로 주부의 고유 권한이었다.

이 주부권이 영남지방에서는 '안방물림'이라는 가장권의 계승에 중요한 단서가 되며, 여타 지역과 구별되는 영남 지역 가족제도의 한 특성으로서, 가정 경영과 가정 경제에 있어서 주부인 부녀자의 권한이 타 지역에 비하여 상대적으로 강하였다고 할 수 있겠다.

다음으로 여성의 가정 내의 역할과 구성원 간의 관계의 중요성이 인식되었다. 곧 여성의 입지가 주변에서 중심으로 이동하게 되었으며 이것이

---

21) 이광규(1993), 『한국전통문화의 구조적 이해』, 서울대학교출판부, pp.13-14.

점차 지지를 얻어 확산하게 되었다. 처음에는 조심스럽게 딸이나 자녀 일반을 대상으로 한 교육자적 역할부터 시작하였다.[22] 그리하여 점차 여성의 교육자적 역할을 가정과 사회가 인정하게 되면서 전범적이고 규범적인 교육론에서 경험적인 교육론까지도 가사의 작자층은 자유자재하게 피력할 수 있었고, 이러한 가정 내의 입지는 당시 여성의 사회적 역할의 가능성을 제시한다는 점에서 매우 중요한 역사적 의미를 가진다. 그러나 그것이 근대화, 현대화 과정에서 실질적인 기여가 지속되었는가에 대한 검증은 사회학적 논의의 몫이다.

18세기 이후 경제적 가치의 중요성이 인식적으로 확산되면서 그에 상당하는 역할이 여성에게 주어졌다. 유교적 선비상을 이상으로 하는 세정 모르는 남성들에 비해서 생산 경제적 활동을 포함한 일상적인 가계운영에 있어서 여성 역할의 비중은 상당히 컸다.[23] 실지로 치산 잘하는 여성들은 가문 내에서 공적 인정을 받아 대대로 후손에게 칭송받는 예도 가사 작품에서 흔히 발견된다.[24] 내방가사에서는 실제 유교윤리의 적극적 실천 방법인 열녀행이나 효녀행보다 이러한 가정 경제의 부흥이 더욱 존경받고 공적 인정의 변수가 되었다. 곧 억척스러운 주부상은 이러한 과정에서 자연스럽게 형성되었으며, 그 역사적 진행은 산업화 과정에서 그 힘을 더 한층 발휘하게 된다.

교육자적 지위와 가정 경제권의 확보는 가정 내에서 연장자로서의 지위

---

22) 이정옥(1990), 「계녀가에 나타난 조선시대 여성 교육관」, 『여성문제연구소』 제18집, 효성여자대학교 여성문제연구소.

23) 조혜정(1990), 『한국의 남성과 여성』, 문학과지성사, 서울.

24) 최근 입수하게 된 인쇄물의 형식의 경주 최씨댁 개인 가사집에 수록된 〈능주구시경자록〉은 가문 내에서 가문전범으로 전하는 가사인데 빈한했던 집안을 일으켜 세운 여장부에 대한 자랑을 야단스럽게 하고 있다.

획득과 함께 남녀초월적 가정운영권을 공고히 확보하게 된다. 공적인 표층문화권에 대하여는 음양원리, 유교적 원리에 부분적으로 순응하는 적응의 방식을 취하면서 여성들만의 독특한 하위문화, 곧 자궁가족, 안채문화, 가정경제권, 모권을 형성 계승하면서 성취적이고 강인한 인성을 지니게 된 것이다.[25]

정치 사회적 지위가 불평등한 시대적 상황에서 자신의 지위를 최대한 확보하고자 하는 여성적 행위로 영남의 여성들이 선택한 것이 바로 글쓰기였다. 따라서 내방가사는 여성이 적극적으로 참여하여 확보한 여성의 사회적 역할인 셈이다. 그것이 영남 여성에 의해 시작되어 가히 폭발적이라 할 정도의 지지를 얻는 독자층을 확보하고, 낭송과 필사라는 대단히 유동적이면서도 효과적인 양면적 전승 방법을 통하여 확대되었다는 것은 조선시대 여성에 대한 보편적 인식을 바꿀만한 충분한 논거가 된다. 또한 내방가사 담당자들은 문학적 재생산의 방법으로 필사와 낭송이라는 양가적 전승방법을 선택하는 유연성을 가지는데 이것은 남성적 문학의 인식틀로 보면 획기적이라 할 만하다.

영남 여성문학으로서의 가사는 가사라는 문학양식적 틀이기만 한 것이 아니다. 오히려 여성작가들의 문학을 통칭하는 개념이다. 문학담당자들이 말하는 소위 '글' 또는 '가사'의 의미범주에는 가사 포함, 제문, 일기, 편지, 상장, 사돈지, 위장, (유문<유서<재산분배와 상속에 관한 문서) 등등의 글이 포괄된다.[26]

---

25) 조혜정(1990), 위의 책.

26) 최근 필자가 입수한 가사자료에는 이와 같은 다양한 자료들이 혼재해 있으며, 이에 대하여 자료 보관자들은 변별적인 문학양식으로 이해하지 않고 있다.

내방가사는 과거의 문학이 아니라 현재성의 문학이다. 지금도 경상북도의 많은 양반가의 여성들에 의해서 가사, 또는 그와 유사한 형태의 글짓기는 계속되고 있으며 가사 아닌 다른 형태의 글쓰기-정식 문단에서 인정받는 경우이거나, 또는 그 이외의 경우이더라도-가 계속되고 있으며 이는 조선 시대와는 신변 잡기적이거나 개인적인 차원의 내용이라는 면에서 유사한 부분이 있으면서도 사뭇 다른 모색을 하기도 한다.

제6장

내방가사의 전승과정과 향유층의 의식 연구

1. 내방가사 연구를 위한 기초적 이해

1) 연구 방향과 목적

내방가사는 조선조 후기 이후 주로 영남지방 양반 규문의 부녀자들을 주된 향유층으로 하여 창작되어 온 문학 양식으로[1)] 전대의 가사문학 중 오늘날까지도 전통적인 방법으로 창작과 향유의 맥을 유지하고 있는 유일한 장르[2)]라고 일반적으로 알려져 있다. 그런데 지금까지 내방가사에 대한

1) 내방가사의 개념 규정에 "영남 지방"이라는 지역을 명시한 경우와 그렇지 않은 경우가 있는데, 전자가 일반화된 내방가사의 개념으로서 권영철(1980:9)과 이재수(1976:10)가 대표적이며, 후자는 김선풍(1977:529-551), 사재동(1964:139), 박요순(1970:.67), 정익섭(1976:83-84) 등이 있다.
또한 작자의 성별을 고려하여 내방가사라는 명칭 대신 정병욱은 '여류가사'라는 명칭을 사용하기도 하며 서영숙(1996)은 "여성가사"로 부르고 있다.

2) 이원주(1977), "가사의 독자-경북 북부지역을 중심으로-", 조선 후기의 언어와 문학,

개념 규정에 드러나 있는 창작시대, 분포지역, 창작자 및 향유자층에 대한 규정은 이제 구체적으로, 또 체계적으로 새롭게 검증되어야 할 필요가 있다.

'조선조 후기'라는 내방가사의 출현 시기에 대한 문제는 내방가사 형성 시기와 관련지어 검토해야 할 것이고, '영남지방'이라는 지리적 분포에 대한 명시적 규정은 자칫 내방가사가 전국적인 범위에서는 창작되지 않은, 그래서 영남지방에서만 제한적으로 창작, 향수된 '지방문학'일 뿐이라는 오류를 범할 수 있으니 신중한 검증을 필요로 한다.[3]

또한 내방가사에 대한 올바른 이해를 위해서는 내방가사의 창작자층과 향유자층을 구분하여 상호관련성에 대한 면밀한 검토가 필요로 한다. 개념 규정과 관련된 이와 같은 세부적인 논의는 본고의 관심의 일부이기도 하므로 다음 장에서 기술하고자 하나, 내방가사의 통용 범위에 대하여는, 본고에서는 일단 내방가사의 성격을 다소 포괄적으로 설정하여 조선의 '범여성문학'이라고 잠정적으로 규정하는 입장에서 논지를 전개하고자 한다.

논지의 효과적인 전개를 위해 먼저 지금까지 이루어진 내방가사에 대한 연구의 성과를 개괄해 볼 필요가 있다.

내방가사에 대한 초창기 연구는 자료의 발굴 수집과 정리, 그리고 개념

형설출판사, p.166.

3) 최정락(1988), 「영・호남 문학의 특성 고찰」, 『어문학』 50집, 한국어문학회, pp.316-318)에서 "부녀자가 처음으로 가사를 제작한 전통이 영남에서 비롯되었고, 작자를 알 수 있는 현존 작품이 영남에서 생산되었으며, 대다수의 작품이 영남 지역에서 발굴된 점들을 고려해 볼 때 내방가사는 영남지역에서 생겨났거나 적어도 크게 성행 발전하여 다른 지역으로도 전파된 영남의 특징적인 문학으로서 퇴계와 노계가 보여 준 영남 사대부의 문학정신이 안방의 여성에게로 이어진 현실긍정의 문학"이라 하였다.

의 정립에서 비롯되었다. 이는 내방가사에 대한 자료적 관심에서부터 출발하였으며 결과적으로 현재까지 그 성과는 상당히 축적되었고, 이후의 연구는 거의 이 시기의 업적을 토대로 이루어진 것이라 할 수 있다. 처음 내방가사의 자료적 관심은 〈두루마리〉, 혹은 〈가ᄉᆞ〉라는 이름으로 전하는 한글흘림체 형식의 필사자료에 대한 음미에서 비롯되었고, 그것은 프린트판 형식의 자료집으로 간행되었다.

이재수(1970)는 그가 수집한 자료 600여 편을 토대로 한 『내방가사연구』[4]에서 내방가사에 대한 종합적인 연구의 틀을 마련하였다. 곧 내방가사의 명칭과 개념, 형성의 배경, 분류와 내용의 고찰은 물론이고, 다른 장르와의 비교 고찰까지 상당한 연구 업적을 이루었으며 〈誡女歌〉, 〈亡夫歌〉, 〈女子誡女歌〉, 〈花煎歌〉, 〈恨別歌〉 등 유형적으로 대표성이 인정되거나 혹은 문학적인 작품성이 있다고 판단되는 작품에 대한 명칭 연구에도 상당한 업적이 인정된다.

권영철(1980)은 일찍이 자료의 발굴과 수집에 지속적인 관심을 가진 결과를 집대성한 내방가사 자료집의 편찬과 아울러 관계 연구의 업적도 두드러져 연구 논저에 있어서도 가히 독보적인 성과를 이루었다. 權寧徹(1980)은 그가 수집한 약 5,000수에 달하는 방대한 가사 자료를 토대로 한 그의 저서 『규방가사연구』에서 규방가사를 "영남지방 양반 규중 부녀자들의 향유물로서 창작, 계승, 향유되는 가사문학"으로 내방가사의 성격을 규정, 그 명칭을 "규방가사(閨房歌辭)"라 명명하고, 그 형성과 역사와 분포상을 계통적이고 종합적으로 연구하였다. 그는 내방가사의 향유 지역과 향유

4) 이재수(1970)의 『내방가사연구』는 원래 프린트판이었으나 그의 제자인 尹星根에 의해 일주기에 유고집 형식으로 간행되었다.

계층을 고정하여 개념을 설정하였으며, 이 개념과 명칭은 이후의 대부분의 관계 논문에도 별 이의 없이 수용되었다.

또한 그는 창작의 모티브별로 방대한 자료의 유형을 분류하였으며, 같은 유형의 다양한 작품을 비교하여, 그 유형의 전형을 복원하는 작업을 하기도 하였다. 이를테면 부녀교훈류의 작품 중 계녀가의 원형을 설정하여, 〈권본계녀가〉를 재구성하고, 이를 기준으로 하여 전형계녀가와 변형계녀가로 나누거나, 같은 방법으로 〈권본화전가〉를 복원 제작하기도 하였다. 그러나 이러한 유형화의 작업은 그 학문적 성과에 대한 평가와는 별도로 많은 문제점을 포함하고 있다. 자료 수집의 성과와 그 공은 높이 인정되지만 자료 출처에 대한 상세한 정보가 미흡하여 가문 출처의 배경과 밀접한 관련성이 있는 가사작품에 대한 분석의 한계를 가져 오도록 한 책임 또한 비켜설 수 없을 것이다.

이 외에 최태호(1968)의 『교주내방가사』도 이후의 연구에 대한 기여도로서는 주목할 만한 자료집이다. 최태호에서는 내방가사의 문학성과 관련하여 문예미학적 연구 방법이 적용되기도 하는 등 각편연구에 대한 다양한 접근 방법도 시도되었다.

이어서 우수한 개별작품에 대한 정밀한 연구 보고서가 속속 나타나게 되었다. 강전섭(1967, 1970, 1973, 1978, 1982, 1983), 권영철(1972, 1973), 김동규(1979), 김문기(1982), 김선풍(1975, 1977), 김인구(1980), 김주곤(1993), 김태용(1986), 노태조(1983), 박요순(1977), 박혜숙(1992), 서영숙(1985), 소진률(1980), 송정숙(1980, 1983), 신정숙(1984), 유재영(1985), 유탁일(1988), 유해춘(1990), 윤영옥(1985), 이규춘(1997), 이동영(1978), 이명보(1970, 1975), 이상보(1975), 이선애(1982), 이원주(1970), 이재수(1972, 1975), 이정옥(1990),

임선묵(1970), 임헌도(1968), 정재호(1971, 1992), 정흥모(1987), 진경환(1987), 진동혁(1984), 최강현(1975, 1982, 1976, 1979, 1982), 하동호(1974), 홍재휴(1973), 황영심(1990)등의 성과가 있다.

내방가사를 문학작품으로서의 그 본질적인 가치를 본격적으로 검토한 경우로는 이상택(1979), 서영숙(1996), 김학성(1980), 이정옥(1981)의 연구 성과가 있다.

특히 김학성(1980)은 내방가사의 미의식을 M.Dessoir의 원환적 도식을 채용하여 이상적인 것(the real)의 대립과 융합의 상관관계에 의해 4가지 미적 범주를 설정하여 체계화하고 있다. 여기서 "이상적인 것이란 이념적, 관념적, 이성적, 정신적인 것으로서, 윤리적, 도덕적, 규범적, 당위적, 보편타당적인 것을 지향하며 질서, 원리, 통일, 완전을 본질로 하고, 현실적인 것은 이상, 이념, 규범, 당위, 윤리, 도덕에 구속되지 않는 것이니, 실제적, 감성적, 자연적, 본능적, 감정적, 감각적, 생활적인 것이며, 무질서, 잡다화, 정열적, 쾌락적, 특수적, 욕망적인 것을 본질로 한다"고 하였다.[5] 金學成(1980)은 이와 같은 기준에 따라 내방가사의 미적 범주를 설정하고 미의식 세계를 4원화하여 도식적으로 제시하였다.[6]

최근 들어 내방가사 작품의 개별적 문학성을 전제로 한 각편 연구작업이 활발히 축적되고 있으나,[7] 내방가사의 전승 체계와 관련한 향유자 의

5) 김학성(1980), 『한국고전시가의 연구』, 원광대학교출판부, pp.47-58.

6) 김학성(1980), 『한국고전시가의 연구』, 원광대학교출판국, p.47의 〈도표 6〉, p.48의 〈도표 7〉, p.51의 〈도표 8〉, p.227의 〈도표 18〉 참조.

7) 김대행(1979), 「가사의 표현 방식과 휴머니즘-규범류 가사를 중심으로-」, 『서의필 선생 회갑 기념논문집』.
김명희(1979), 「내방가사의 현대적 고찰」, 『새국어교육』 29-30호, 한국국어교육학회.
박노덕(1981), 「내방가사에 나타난 문학성의 본질-현실성과 초월성을 중심으로-」, 『비

식에 대하여서는 아직 집중적인 논의는 이루어지지 않았다.

따라서 조선조 후기 이후 정치·사회·문화적으로 격심하게 변화한 역사의 한 모퉁이에서 문학 외적 변화와 결코 무관하지 않은 삶을 살아온 내방가사의 여성 향유자 의식에 대한 연구는 무엇보다도 내방가사의 문학성에 대한 문제를 선명하게 해명할 수 있는 새로운 각도의 작업이 될 것이며 이것이 본 연구의 첫 번째 목적이 될 것이다.

조선 시대 여성들의 의식과 생활 체험이 농도 짙게 배어 있는 내방가사에 대한 종래 연구는 지극히 평면적이고 단선적인 접근으로 이루어져 왔다고 판단된다. 발생 초기에는 여성교육을 위한 家家禮文의 전범적 한문문적[8]이나 한글 교훈서들[9]이 한글 가사체로 옮겨지면서 교훈적인 내용의 가사가 형성되었고, 이것이 양반가의 문중이나, 혹은 규문의 경로를 통해 전승, 전파되다가 사대부가의 사회적 신분위상 변화와 더불어 여성의 신분 변동이 이루어지고, 그러자 교훈 일변도의 내방가사의 내용에 체험적

사논집』 4집, 계명대학교.

승정숙(1983), 「치가사고」, 『국어국문학』 21집, 부산대 국어국문학과.

신태수(1989), 「조선 후기 개가긍정문학의 대두와 〈화전가〉」, 『영남어문학』 16집, 영남어문학회.

이현숙(1986), 「조선조 계녀서에 나타난 여인상에 대하여」, 『국어교육』 6집, 부산대 국어교육과.

이정옥(1990), 「계녀가에 나타난 조선시대 여성교육관」, 『여성문제연구』 18집, 효성여자대학교 여성문제연구원.

황영심(1990), 「〈합천 화양동 파평윤씨가 규방가사〉에 대하여」, 『국어과교육』 10, 부산교육대학 국어교육연구회.

서영숙(1996), 『한국 여성가사 연구』, 국학자료원.

8) 한문으로 된 여성 교훈서의 전적으로는 〈內訓〉, 〈女訓〉, 〈童蒙先習〉, 〈退溪言行錄〉, 〈愚伏訓子帖〉, 〈明心寶鑑〉, 〈婦女篇〉 등이 있다.

9) 언해로 된 전적으로는 〈三綱行實圖〉, 소혜왕후 찬 〈內訓〉 등이 있고, 한글로 된 전적으로는 〈尤菴先生戒女書〉, 〈屛谷先祖內政篇〉과 〈言行錄〉, 〈閨範〉, 〈閨坤儀則〉, 〈女子戒女篇〉, 〈閨房必讀〉 등이 있다.

요소가 첨가되어 여성들만의 비애와 탄식, 울분이 표출되면서 향유층의 확대가 이루어졌고, 그 후 사회의 변화와 더불어 여성의 출입이 자유로워지고 원거리 여행이 가능해지면서 기행가사류가 창작되었다는 것이 종래 내방가사에 대한 일반적인 논의였다.

이와 같은 내방가사의 장르적 변천에 대한 단선적인 접근 태도는 마치 내방가사가 단계적이고도 순차적인 장르 확대를 하여 왔다는 문학사적 진화론의 입장에 기인한 것으로, 다각적인 연구 방법이 모색되어서 마땅히 극복되어져야 할 관점이다.

마찬가지로 지금까지 내방가사에 대한 관련 분야의 연구는 많은 업적에도 불구하고, 내용의 문제에 대해서는 주제나 유형 분류의 임의성 내지는 단편성, 또는 피상적인 기록문학적 접근 등에 한정되었기 때문에 문학 장르로서의 체계화가 미흡하다고 할 수 있다. 따라서 문학성과 관련한 평가가 제대로 이루어지지 못한 실정이다. 또한 그동안 방대한 자료의 수집과 그에 대한 연구 성과에도 불구하고 내방가사의 개념도 제대로 확립되어 있지 않을 뿐만 아니라 내방가사의 본질도 제대로 드러나지 않았다고 본다.

때로는 '여성의 문학'이라는 인식에서 비롯된 연구 시각은 내방가사를 단지 여성 참여 문학이라는 작가적 특수성으로서만 그 국문학사적 가치를 인정하거나, 혹은 도덕적이고 교훈적인 내용의 가사가 주류를 이룬다는 편협된 인식과 함께 내용적으로 다양성이 결여되었다는 인식 때문에 문학성을 부여하는데 인색하였고, 따라서 자연 국문학상 주변 문학으로 인식된 바가 없지 않았다.

내방가사는 최소한 가사문학 발달사적 측면에서의 기여도만으로도 충분히 문학사적 가치가 있다고 볼 수 있다. 이 점은 결국 가사문학의 전반적인 변천과 관련한 내방가사의 위상이 정립됨으로써 구체화될 것이기에 본고는 우선 내방가사의 향유층에 관련된 제반사항을 고찰, 연구하고자 한다. 왜냐하면 내방가사의 문학 양식에 대한 접근도 내방가사의 향유층에 대한 다각적이고도 면밀한 관찰이 전제되지 않으면 불가능하다고 보기 때문이다.

따라서 본고에서는 우선 내방가사 향유층의 의식 연구를 위하여 내방가사의 시대적 배경과 관련한 향유자 의식의 변화를 여성 향유층의 사회계층적 위상과 향유층 내의 신분 변동 문제에 대한 구체적인 검토가 이루어질 것이다. 그 다음에야 비로소 "전승되고 있는 기록문학"[10]으로서의 내방가사의 문학양식 곧, 장르적 성격과 형식적 특성에 대한 접근이 가능하리라고 판단되기 때문이다.

다음으로 본고는 내방가사의 자료적 성과와 무관하지 않은 장르적 다양성에 주목하고자 한다. 내방가사의 내용은 작품 형성과 전승적 구조양식의 특이성 등과 아울러 그 시대의 다양하고 복합적인 사회 변화와 무관하지 않으리라고 본다. 이런 관점에서 볼 때 내방가사 형성 및 발달과 전승과정뿐만 아니라 향유층의 의식과 그 표출 양상과 주제까지도 시대적 특성과 관련하여 사회학적 연구와의 결합이 불가피하게 된다.

특히 조선조 후기 신분사회의 변동과 개편 과정에서 상승되고 확장된

---

10) 유기룡(1977:195), 「기록문학 작품군의 형성적 요건」, 『조선 후기의 언어와 문학』, 형설출판사 참조.
"여기에서 기록문학의 의미는 문자를 매개로 한 모든 문학, 곧 구비문학(oral literature)에 상대되는 개념의 문학이기도 하면서, non-imagenative literature 혹은 non-fiction을 유개념으로 보는, 문학작품의 소재를 실제적 사실성(factuality)에 입각하여, 일회적인 특수한 체험 그대로를 독자에게 전달하고자 의도하는 문학작품군을 가리키는 의미이기도 하다."

여성의 사회적, 가정적 지위가 내방가사 창작과 전승에 어떠한 영향을 미쳤는가에 대한 검증이 명료해야만 비로소 내방가사의 문학사적 위상이 제대로 정립될 수 있으리라는 인식에 도달하게 되며, 이렇게 되면 자연스럽게 종래의 평면적이거나 혹은 형식적이었던 기존의 내방가사에 대한 연구 방법이 지양되면서 좀더 구체적인 검증의 경로를 밟게 된다. 그리하여 본고는 내방가사에 대한 기존의 연구 특히 모티프 중심의 자료 분류와 해석, 또는 소재 중심 분류의 오류를 시정하고자 하며, 자료에 대한 평면적인 유형 분류나 그에 따른 내용 소개에서 한걸음 더 나아가서 문화인류학적, 사회학적 접근을 시도해 보고자 한다.

이러한 연구 목적과 관련해서 본고에서 다룰 문제는 구체적으로 다음과 같으며 이 문제의 항목들이 차례로 본론을 구성하게 될 것이다.

첫째, 내방가사의 형성 시기의 문제이다. 내방가사의 형성사적 측면에서 볼 때, 내방가사의 작자층이 왜 조선조 후기에 집중적으로 형성되었는가? 최소한 조선조에 들어서는 문학이라는 예술 행위의 전면에는 거의 등장한 적이 없는 양반 계층 부녀자들에 의해 가히 폭발적이라고 할 정도로 방대한 양의 작품이 무엇 때문에 제작되었을까 하는 문제에 대한 해명이야말로 내방가사 연구에서 가장 기본적이고도 핵심적인 문제라고 생각된다.

내방가사 형성의 시대적 배경과 여성 작자층의 관계가 조선조 후기 사회계층 구조의 변화, 여성의 사회 경제적 역할과 그 지위의 변화, 그리고 친족제도의 변화와 무관하지 않으리라는 인식에서 그 당시 여성의 사회계층적 위상을 알아보고자 한다. 아울러 양반 계층내의 신분 변동이 여성의 사회적 지위에 어떠한 변화를 가져왔으며 이것이 내방가사와 어떤 긴밀성을 가지며, 그로 인해 내방가사 향유층내의 신분변동은 없었는지, 만약 있었다면 그것이 어떤 양상으로 작품 속에 표출되고 있는가에 대한 고찰도 가능해질 것이다.

둘째, 내방가사 작품의 향유 지역 내지는 분포 지역 편중성의 문제와 이와 관련한 여성 향유층의 문학관에 대한 문제이다. 조선조 후기 여성의 사회적 신분과 관련하여, 특히 영남 지방 사대부가 여성의 대사회적 신분의식에 대한 고찰에 문제 해결의 실마리가 있으리라고 보고 자세히 논급하고자 한다. 또한 내방가사가 영남지역에 다량 분포되어 있는 요인을 전승 경로와 전승 방법의 특이성에 초점을 맞추어 관찰하고자 한다.

내방가사 전승경로 문제는 영남 양반가의 신분내혼과 상관관계가 있으리라는 가정 하에 영남지역 명문 양반가의 혼반에 대한 문화인류학적 연구를 원용하여 내방가사의 전승 경로 추적의 가능성을 모색해 봄으로써 내방가사 형성과 향유자 의식 연구의 새로운 방향을 제시하고자 한다.

전승방법의 문제는 '필사'와 '낭송'이라는 전승 방법적 기능이 내방가사의 다량적 생산에 기여한 주요한 원인이 되리라는 인식 아래 '필사'에 대한 전승자 의식 및 통혼권에 따른 내방가사의 전승과 관련된 인식에 대한 고찰도 아울러 하고자 한다. '필사'는 문학 행위의 한 유형으로서 분명히 문자를 사용한 기록문학적 작업이다. 그러나 내방가사에서의 '필사'는 내방가사 전승의 기능적 역할을 수행하는 방법인 동시에 '낭송'과 함께 작품의 재창작에 적극적으로 기여하는 방법이 되고 있다. 또한 육성이 좋은 낭송자의 구연을 통해 공동의 향유층이 함께 공감하고 감상하며 동류의식을 더욱 공공히 하게 되는 매우 독특한 기능을 갖고 있었다. 따라서 필사와 낭송을 통해 다량의 개작과 창작이 가능해졌다.

이와 같은 전승 방법에 대한 해명을 구비문학적인 방법으로 접근해 보고자 한다. 이것은 곧 내방가사 향유층의 의식과 문체적 특성과의 상관성 문제에 대한 해명의 일환으로서 내방가사 발생 연원과 관련하여서뿐만 아니라, 작품에 사용된 각종 공식적 표현구와 같은 문체적 특성이 내방가사 향유층의 의식과 전승 방법적 특성 연구에 중요한 단서가 될 수 있으리라는 인식 아래 이에 대한 검증을 시도해 보고자 한다.

셋째, 본고에서는 내방가사의 문학성의 문제에 대한 천착의 한 방법으로 내방가사의 형식과 내용 및 담당층의 현실인식의 표출양상이 상호 유기적인 관련성이 있다고 보고 이에 대한 고찰을 하고자 한다. 그러기 위해서는 내방가사의 유형 분류 작업이 먼저 이루어져야 할 것이며, 아울러 작품 각편의 구조 분석의 성과를 토대로 다양한 담화 구조 형식으로 표출되는 향유층의 의식 연구가 수행될 것이다.

2) 내방가사의 명칭, 분포, 창작 및 향유층

앞에서 지적한 바와 같이 내방가사는 일반적으로 조선조 영남지역 양반계층의 부녀자들에 의해 향유되고 전승되어 온 가사 문학장르로 규정되고 있다. 이러한 개념 규정에 대한 검토를 보다 명확하게 하기 위해 내방가사의 발생과정과 변모과정을 고려한 구체적이고 세밀한 하위 기준을 설정하여 설명할 필요가 있다.

내방가사라는 명칭은 향유층의 사회 계층과 성별을 기준하여 명명된 것으로 '규방가사', '한국규방가사', '여류가사' 등으로 불리기도 하며, 내방가사의 전승, 전파 수단에 의해 '두루마리', '가ᄉᆞ'라 명명되기도 한다.[11] 내방가사의 분포 지역의 문제도 개념 정의의 중요한 기준이 되어 있다.

내방가사는 영남 안동지역을 방사핵으로 하여 학통이나 연원, 통혼권[12] 및 파당과 관련, 접목되어서 대성집단촌을 중심으로 확산된 영남지방문학이며, 다만 기호지방이나 강원 등지에서 발견되는 내방가사는 가문세전이라는 경로에 의한 전파라기보다 원거리 혼인에 의한 부차적 확산 경로를 밟은 것이라는 것이 기존 연구의 입장이었다.[13]

그러나 본고는 내방가사가 영남지방에서 집중적으로 발굴되는 편중성의 문제를 해명하고자 하는 것이 연구의 한 과제이기는 하나 여타 지역에서 발굴된 작품의 성과를 전혀 무시하거나 인정치 않고자 하는 입장은 아니다. 왜냐하면 가사는 조선조 전후기에 걸쳐 시대와 계층을 초월한 보편적이면서도 대중적인 문학장르의 하나였던 만큼 그 시대에 한글을 읽을 수 있는 양반가의 모든 여성들에게도 친숙하게 접근할 수 있었던 문학 양식이었다. 단지 영남 양반 가문의 여성들이 그 문학적 효용성을 인정하여 창작과 전승에 적극적이었던 사실의 결과로서 지역적 편중성의 문제가 해명되어야 한다고 본다. 곧 내방가사의 형성 배경은 여성들이 기존 문학장르 중에서 가장 친숙하게 향수할 수 있었던 가사를 일단 수용하고 그 계승적 차원에서 창조적인 문학 행위가 이루어진 것이지 전혀 새로운 양

---

11) 권영철(1980), 앞의 책, pp.9-32 참조. 필자가 현장 조사 과정에서 만나 면담한 가사 작자들도 한결같이 '가사'라고 말하였으며, '내방가사', 또는 '규방가사'라는 명칭에는 낯설어 하는 반응을 보였다.

12) 김택규 외(1991), 『촌락 실태 조사 소편람』, 한국향토사연구전국협회, p.77 참조. "배우자의 거주 지역의 분포 혹은 범위를 이르는 말로 연비연사혼이나 중매혼이 선호되었던 전통사회의 부계 집단이나 자연공동체 성원들의 통혼권을 일정한 지역의 범위에 국한되는 경향이었다."

13) 권영철(1980), 앞의 책 p.51. 내방가사의 분포지역에 대해 "내방가사가 영남지방에서 발생하여 이 중에서도 경상북도가 그 주축이 되어 발전하여선 기호, 호남지방에까지 파급한 것이었으니……"라고 설명하면서 내방가사가 영남지역에서 발생 발전한 地方文學의 한 장르로 인식하고 있다.

식의 문학 장르가 창조된 것이 아니라는 것이 논자의 입장이다. 뿐만 아니라 내방가사의 창작 범위를 지나치게 지역적으로 제한한다면 내방가사에 한하여서는 자칫 지방문학으로 그 문학사적 위상을 제한하는 우를 범할 수도 있는 것이다.

내방가사 분포지역에 대해서는 다음의 몇 가지 기준을 전제하여 해석할 필요가 있다. 첫째, 발생기의 내방가사는 작자나 향유자는 신분적으로나 인식적으로 양반 계층이었던 영남지역 반가의 여성들이었다. 둘째, 조선 후기 사회로 옮겨오면서 양반 계층의 신분이나 인식에 대한 변동이 생겨남으로써 양반이 아닌 서민부녀자들도 신분적 상승을 위해 내방가사를 향유하려는 노력이 확대되었으며, 실제로 창작 및 향유자 층이 늘어나게 된다. 이를 입증하는 근거로는 민요와 내방가사가 상보적인 분포(complemantary distribution)를 보이고 있다는 점이다. 곧 양반 여성들에 의해 창작 향유되던 내방가사가 일반 서민부녀자들에게도 정서적 신분상승의 도구로서 민요보다 내방가사를 향유하려는 의도가 커졌다. 내방가사가 널리 분포된 영남지역에서는 상대적으로 민요의 발굴이 힘들며, 민요의 발굴이 용이한 다른 지역에서는 상대적으로 내방가사의 발견이 어렵다. 셋째, 연사연비에 의한 통혼권이 지역적 한계를 뛰어넘고 있었기 때문에 내방가사는 가문세전이라는 경로에 의한 전파라기보다 원거리 혼인에 의한 부차적 확산 경로를 밟은 것이라는 가설이 가능하다.

결국 영남지역을 제외한 다른 지역에서 발굴된 작품의 성과를 전혀 무시하거나 인정치 않을 수 없다.[14] 왜냐하면 가사는 조선조 전후기에 걸쳐

14) 내방가사가 영남지역에서 발생되어 이 지역에서만 유포되었던 지방문학이 아니라 강원, 충청, 경기 등 기호지역에까지 널리 확산된 문학양식이라는 주장은 김선풍

시대와 계층을 초월한 보편적이면서도 대중적인 문학장르의 하나였던 만큼 그 시대에 한글을 읽을 수 있는 양반가의 모든 여성들에게도 친숙하게 접근할 수 있었던 문학 양식이었기 때문이다.

다음으로 내방가사의 개념을 규정하는데 가장 문제가 되는 것은 내방가사 향유층의 사회 계층적 실체가 무엇인가 하는 점이다. 지금까지 내방가사의 명칭을 '규중', '규방'이라는 용어를 취하는 경향은 내방가사의 발생 초기의 향유층이 사대부가의 부녀자들이라는 사실을 근거한 고정관념 때문이라고 판단된다. 이는 내방가사의 향유층의 사회 신분적 변동을 전혀 고려하지 않은 입장의 견해라 할 수 있다.

조선조 갑오경장 이전까지 신분적으로나 의식적으로 사대부녀들의 사회 계층적 지위는 유교에 바탕을 둔 철저한 신분제에 근거하고 있다. 이들은 상이한 계층간에는 서로 혼인이 금지되어 있었고, 심지어 거주지역에까지 제한을 받았으며, 농경 활동 등의 생산 활동에는 일체 참여하지 않는 출생과 혈통에 따른 귀속적 요인에 의해 결정되었다. 갑오경장 이후 도덕적 규범이나 정신적 가치보다 물질적 가치가 존중됨에 따라 양반계층이 붕괴되고 양반부녀자들도 일부 농경 생산 활동에 참여해야 하는 신분적 몰락 단계에 들어서면서 오히려 내방가사는 부녀들이 주동적이지만 그들만의 전유물이 아니라 서민부녀자들에 이르기까지 그 향유층이 확산되었다는 것이 보편적인 견해이다.[15] 또한 내방가사의 향유층의 성별도 내방가사의 유형별 발달 과정과 깊은 관련을 맺고 있다. 곧 내방가사의 발생 초기 단계에는 도덕, 경계류 가사의 작가로 남성인 경우가 많으며, 양반들

(1977), 강전섭(1967), 사재동(1963)을 참고.

15) 그러나 본고의 향유자의 계층적 범위는 일단 양반 사대부가의 부녀자로 한정한다.

의 사회 계층변동 이후 화전놀이에서 문중 딸네들과 더불어 화전답가를 짓는 예들도 많다. 그러나 내방가사의 향유층을 여성으로 한정할 수밖에 없는 이유는 비록 남성작이라 하더라도 여성들이 향유할 것을 전제로 하여 제작되었다는 면에서 '내방가사'라 불러도 무방하다.16) 곧 '내방가사'란 명칭은 '內(안) + 房(방)'의 의미로 '內(女)'는 '外(男)'에 대립되는 개념이다.17)

본고는 위와 같은 내방가사의 명칭의 범주를 본고의 연구 대상 자료의 범주의 기준으로 삼고자 한다. 그러므로 위 개념의 범주에 드는 내방가사 작품이 실려 있는 모든 내방가사집18)의 자료와 관련 연구서의 자료와 인용작품까지도 포함한다. 새로운 자료의 발굴19)도 물론 의의있는 일이기는 하나, 본고는 내방가사에 관한 한 가치있는 새로운 자료의 발굴은 크게 기대하기 어려울 정도로 자료 노출이 거의 완료된 상태라는 인식에서 연구의 출발을 삼고자 한다. 또한 새로이 발굴되는 자료가 있다 할지라도

16) 남성이 여성의 입장에서 대행으로 지어진 작품의 예는 매우 많다.
이렇게 남성이 여성을 대신하여 내방가사를 창작한 이유는 여성들이 부족한 한자고사나 성어에 대한 폭넓은 지식을 자랑하거나 또는 남성의 입장에서 자식들의 행동거지에 대한 교육관 또는 부탁꺼리를 표현할 수 있기 때문으로 풀이된다. 이러한 측면에서 내방가사의 일부 작품들은 "서민가사"와 혼효되기도 한다.

17) 이재수, 앞의 책, p.10. "'閨房'이나 '內房'이나 비슷한 의미이겠으나 '閨'라 하면 深閨, 閨中, 宮閨 등의 어휘에서 느낄 수 있는 바와 같이 너무 일반사회와는 절연적이고 고답적이며, 고립, 유폐 또는 증세이전적인 시대감을 준다. '內'는 거기에 비하여 훨씬 폭이 넓고 내외 또는 남녀의 대립감으로서의 여성을 가리키는 일반적인 명칭이며 근대적인 시대감을 준다."

18) 영천시(1988), 『규방가사집』, 영천시 문화공보실.
조애영(1971), 『회갑기념 은촌내방가사집』, 한림문화사.
최태호(1980), 『교주내방가사』, 형설출판사 어문총서 025.
권영철(1985), 『규방가사』〈신변탄식류〉, 효성여자대학교출판부.
한국정신문화연구원(1979), 『규방가사』 1.
이대준편(1995), 『안동의 가사, 안동문화원.』

19) 필자가 수집, 보관하고 있는 가사 자료도 본고의 연구 자료로 활용될 것이며, 자료에 대한 개관은 후에 이루어질 것이다.

기존 자료의 범주에서 크게 벗어나지는 않으리라고 본다.[20] 그러므로 최근에 제작되어 작자가 분명히 밝혀질 수 있는 작품도 연구 대상에 포함되며, 그 작품의 자료적 가치에 대한 가치 해명은 필요에 따라 적절히 취해질 것이다.

〈표1〉

작품번호	작품명	구수	필자/소장자/출처지	출전
1-1	권본계녀가	142	미상 / 미상 / 안동	한국정신문화연구원간 〈규방가사1〉
1-2	계여가	136	미상 / 미상 / 영주	
1-3	훈시가		이씨부인 / 미상 / 안동	
1-4	복선화음가	129	채명소(남) / 미상 / 달성	
1-5	신힝가	185	미상 / 미상 / 예천	
1-6	행실교훈ᄀᆡ라	94	거동댁 / 거동댁 / 영천	
1-7	훈민가	70	미상 / 광산 김씨 / 문경	
1-8	규방정훈	233	미상 / 미상 / 밀양	
1-9	회인가	183	미상 / 미상 / 영덕	
1-10	규문전회록	185	동래 정씨 / 동래 정씨 / 선산	
1-11	경계사라	176	미상 / 대수댁 / 예천	
1-12	여아슬펴라	115	미상 / 미상 / 영덕	
1-13	권실보아라	153	미상 / 안씨 부인 / 경산	
1-14	부여교훈가	42	미상 / 유시홍 / 안동	
1-15	백발가	100	미상 / 미상 / 선산	
1-16	청년자탄가	166	김순자 / 김순자 / 금릉	
1-17	여자탄식가	142	남씨부인 / 영해댁 / 월성	
1-18	ᄉᆡ골ᄉᆡᆨ씨셜은타령	164	미상 / 미상 / 상주	
1-19	청춘과부가	63	미상 / 미상 / 안동	
1-20	노처녀가	117	미상 / 미상 / 안동	
1-21	슈심탄	48	미상 / 미상 / 영천	
1-22	소지라	221	미상 / 미상 / 안동	
1-23	형제소회가	67	미상 / 미상 / 안동	
1-24	별ᄉᆡ시셰탄	34	미상 / 유형문 / 안동	
1-25	소순원가		미상 / 미상 / 봉화	
1-26	망월사친가	176	미상 / 토골댁 / 영천	

20) 그런 의미에서 국내에서 최고 많은 분량의 작품을 수집 소장하고 있는 권영철 교수의 자료가 하루 빨리 정확한 자료조사 경위와 자료 수집의 배경이 밝혀진 상태로 학계에 공개되어 이 방면의 연구가 진작될 수 있기를 기대한다.

1-27	열친가	174	미상 / 산격댁 / 의성	
1-28	사친곡	108	미상 / 우포댁 / 문경	
1-29	사친가	152	미상 / 양동댁 / 달성	
1-30	사친가	70	미상 / 선산댁 / 경남 거창	
1-31	사친가	60	미상 / 인동 장씨 / 성주	
1-32	귀령가	181	미상 / 고성 이씨 / 안동	
1-33	답사친가	159	미상 / 미상 / 달성	
1-34	창회가	167	한양 조씨 / 이종석 / 청도	
1-35	추풍감별곡	86	미상 / 사일댁 / 영덕	
1-36	빅쳐가라	157	미상 / 도춘석 / 대구	
1-37	과부쳥산가			
1-38	상사곡	250	미상 / 미상 / 경주	
1-39	망부가	189	미상 / 미상 / 경산	
1-40	모녀형제붕우소회가	211	미상 / 미상 / 상주	
1-41	직여가	311	미상 / 녹문댁 / 봉화	
1-42	권본화전가			
1-43	화전가라	135	미상 / 남씨 종가 / 영양	
1-44	화전가	89	신승덕 / 신승덕 / 봉화	
1-45	화전가	192	거동댁 / 거동댁 / 영천	
1-46	화전가라	132	미상 / 유용수 / 상주	
1-47	병암전화전가	138	미상 / 미상 / 문경	
1-48	친목유희가	150	미상 / 권대오 / 예천	
1-49	휘춘곡	150	미상 / 미상 / 구미	
1-50	화전가	227	미상 / 미상 / 봉화	
1-51	화전가	114	손종록씨 부인 / 손종록 / 월성	
1-52	화전가라	195	미상 / 미상 / 의성	
1-53	화전가라	85	군종태씨 / 권종태 / 안동	
1-54	천등산화전가	243	미상 / 유순희 / 안동	
1-55	화전조롱가	91	권기섭(남) / 권기섭 / 안동	
1-56	신히년화수가	224	미상 / 미상 / 문경	
1-57	화전가	87	해저 춘양댁 / 미상 / 안동	
1-58	화츈가라	89	미상 / 미상 / 선산	
1-59	화전가	259	미상 / 미상 / 대구	
1-60	평암산화전가	182	미상 / 미상 / 안동	
1-61	화전가	150	공동작 / 미상 / 영양	
1-62	화전답가	110	김윤덕 / 김윤덕 / 봉화	
1-63	화전답가	100	숙부인 / 김준 / 의성	
1-64	틱평화젼가	78	미상 / 이윤정 / 예천	
1-65	화수답가	108	미상 / 미상 / 문경	
1-66	화수답가	116	미상 / 매당댁 / 영주	
1-67	화유가	87	김세양 / 김세양 / 안동	
1-68	승리가	170	미상 / 미상 / 경남 거창	

1-69	상춘곡	83	미상 / 홍종현 / 상주 우산정씨	
1-70	선유가	83	미상 / 이승미 / 안동	
1-71	춘풍가	133	미상 / 미상 / 의성	
1-72	쌍벽가	163	이씨 부인 / 하회댁 / 안동	
1-73	회혼가	99	미상 / 미상 / 안동	
1-74	수경가	190	미상 / 남차규 / 영덕	
1-75	회혼참견가	63	미상 / 김정순 / 월성	
1-76	회혼앙축가	118	미상 / 농문댁 / 의성	
1-77	슈신동경가	100	미상 / 외내댁 / 대구	
1-78	회혼츤경사	56	미상 / 무실댁 / 봉화	
1-79	형주씨수연경축가	134	우씨부인자매 / 구씨부인 / 대구	
1-80	즁시회경가	64	미상 / 화산댁 / 울산	
1-81	회혼치하가	71	미상 / 무실댁 / 봉화	
1-82	농장농아가	86	미상 / 미상 / 울산	
1-83	원별탄	75	미상 / 미상 / 안동	
1-84	경상도칠십일주가	34	미상 / 미상 / 달성	
1-85	주왕류람가	147	미상 / 미상 / 청송	
1-86	운산구곡지로가	31	미상 / 미상 / 봉화	
1-87	영남루가	42	미상 / 미상 / 경남 밀양	
1-88	금광유람가	79	미상 / 미상 / 영천	
1-89	부여노정긔	112	이씨 부인 / 하회댁 / 안동	
1-90	계묘년여행기	184	미상 / 미상 / 문경	
1-91	사형제완유가	151	미상 / 미상 / 봉화	
1-92	청양산수가	148	미상 / 미상 / 봉화	
1-93	슈곡가라	69	미상 / 사일댁 / 영덕	
1-94	유람기록가	213	미상 / 미상 / 예천	
1-95	여행기	67	도곡댁 / 미상 / 영덕	
1-96	경주유람가	172	미상 / 미상 / 영주	
1-97	노경기라	208	미상 / 미상 / 영덕	
1-98	금오산칙미경유람가	114	미상 / 미상 / 선산	
1-99	청양산유람가	143	미상 / 미상 / 영덕	
1-100	유람가	183	미상 / 미상 / 예천	
1-101	권효가	57	대수댁 / 북각댁 / 예천권씨종가	
1-102	봉은가	27	미상 / 미상 / 의성	
1-103	효람가라	73	미상 / 원골댁 / 대구	
1-104	어머니	47	미상 / 김명수 / 영천	
1-105	천수경(참선곡)	32	미상 / 미상 / 안동	
1-106	전도가라	186	미상 / 미상 / 영덕	
1-107	학지가	129	미상 / 미상 / 영천	
1-108	권독가	59	미상 / 미상 / 청도	
1-109	슈국가슈	221	미상 / 미상 / 청도	
1-110	경세가	261	미상 / 미상 / 울진	

1-111	동뉴상봉가	120	미상 / 미상 / 달성	
1-112	부인경유사	102	미상 / 미상 / 안동	
1-113	말세풍운가	103	미상 / 미상 / 예천	
2-1	계녀가	153		최태호편-교주 내방가사
2-2	경부록	254	미상 / 송상호 / 충남 연산	
2-3	복션화음가	250		
2-4	김ᄃᆡ비훈민가	141	김ᄃᆡ비 / 권세기 / 봉화	
2-5	귀녀가	187	미상 / 안병사자부 / 서울	
2-6	쌍벽가	162		
2-7	화전가	312		
2-8	화전답가	99	미상(숙부인) / 광산김씨 / 의성	
2-9	척사가	142	미상 / 미상 / 안동	
2-10	회향가	244	진성이씨부인 / 이호응 / 안동	
2-11	만수가	164	여강이씨부인 / 미상 / 영천	
2-12	사친가	280	미상 / 미상 / 영천	
2-13	여자유힝가	152	미상 / 미상 / 안동	
2-14	녀ᄌᆞ자탄셔	119	미상 / 미상 / 경북대도서관	
2-15	리씨회심곡	182	진성이씨부인 / 권세기 / 봉화	
3-1	고향써난회심곡	45	미상 / 운산댁 / 영천	영천시편-규방가사집
3-2	곽시ᄌᆡ문	132	미상 / 윤자골댁 / 영천	
3-3	기쳔힝가	337	미상 / 도산댁 / 영천	
3-4	깃천별장가	149	미상 / 청도댁 / 영천	
3-5	남ᄆᆡ상봉원별가	102	미상 / 후동댁 / 영천	
3-6	낭군님젼상서	41	미상 / 운산댁 / 영천	
3-7	노처녀소회가	62	미상 / 우황댁 / 영천	
3-8	단ᄌᆞᆼ인탄인모회	359	미상 / 삼매댁 / 영천	
3-9	동뎨ᄆᆡ유희가	108	인동댁 / 인동댁 / 영천	
3-10	리회가	81	미상 / 입암댁 / 영천	
3-11	별곡답가	25	미상 / 입암댁 / 영천	
3-12	붕우사모가	38	미상 / 운산댁 / 영천	
3-13	사모가1	182	미상 / 운산댁 / 영천	
3-14	사모가2	94	미상 / 이선이 / 영천	
3-15	사모가3	95	미상 / 원호댁 / 영천	
3-16	신슈탄	67	미상 / 후동댁 / 영천	
3-17	심중소회	238	미상 / 후동댁 / 영천	
3-18	여자한가	180	미상 / 운산댁 / 영천	
3-19	원망가	147	미상 / 입암댁 / 영천	
3-20	이별가	289	미상 / 새미댁 / 영천	
3-21	이별한탄가	161	권씨부인 / 권씨부인 / 영천	
3-22	자탄가	241	정씨부인 / 정씨부인 / 영천	
3-23	자탄회심곡	155	미상 / 고천댁 / 영천	
3-24	졍부인기천가	227	미상 / 원자골댁 / 영천	

3-25	진정소회가	68	미상 / 고천댁 / 영천	
3-26	탄소ᄉᆞ라	193	미상 / 후동댁 / 영천	
3-27	탄식가1	114	미상 / 운산댁 / 영천	
3-28	탄식가2	163	미상 / 청도댁 / 영천	
3-29	회심가	57	미상 / 후동댁 / 영천	
3-30	회심ᄉᆞ	78	미상 / 후동댁 / 영천	
3-31	경여가	131	미상 / 세미댁 / 영천	
3-32	계여가	139	미상 / 삼매댁 / 영천	
3-33	사친가	46	미상 / 고천댁 / 영천	
3-34	오륜가1	458	미상 / 청도댁 / 영천	
3-35	오륜가2	589	미상 / 운산댁 / 영천	
3-36	행신가	91	미상 / 이선이 / 영천	
3-37	효힝가	187	미상 / 오동댁 / 영천	
3-38	효덕가	308	미상 / 우황댁 / 영천	
3-39	효성가	88	미상 / 이선이 / 영천	
3-40	사사경긔가	97	미상 / 영천 문화원 / 영천	
3-41	사사풍경가	93	미상 / 원호댁 / 영천	
3-42	손수화조가	78	미상 / 후동댁 / 영천	
3-43	춘풍사	111	미상 / 청도댁 / 영천	
3-44	춘풍사답	85	미상 / 청도댁 / 영천	
3-45	화전가1	141	미상 / 원호댁 / 영천	
3-46	화전가2	167	미상 / 고천댁 / 영천	
3-47	화전가3	98	미상 / 삼매댁 / 영천	
3-48	화전가4	76	미상 / 영천 문화원 / 영천	
3-49	금강유산가	972	미상 / 후동댁 / 영천	
3-50	주왕손유룸기	115	미상 / 영천 문화원 / 영천	
3-51	한양가	142	미상 / 영천 문화원 / 영천	
4-1	화전가	96	조애영 / 조애영 / 서울	조애영저- 은촌 내방가사집 (인쇄본)
4-2	직녀가	76	〃	
4-3	애연가	100	〃	
4-4	산촌향가	174	〃	
4-5	일월산가	136	〃	
4-6	울분가	200	〃	
4-7	금강산기행가	135	〃	
4-8	신혼가	207	〃	
4-9	한양비가	374	〃	
4-10	학생의거혁명가	152	〃	
4-11	육여사환영가	200	〃	
4-12	사우가	272	〃	
4-13	한국남녀토론회가	215	〃	
4-14	소비층지도가	103	〃	
4-15	귀향가	282	〃	

4-16	귀거래가	181	〃	
4-17	골동애무가	66	〃	
4-18	고서화찬미가	58	〃	
4-19	축수연가	65	〃	
5-1	추풍감별곡		미상 / 미역골댁 / 영일	필자 소장본
5-2	유람감상		차당실댁 / 차당실댁 / 대구	(필사본)
5-3	탄소가라		미상 / 차당실댁 / 대구	
5-4	회재선생재문		이황 / 차당실댁 / 대구	
5-5	붕우이별가		미상 / 소리못댁 / 영일	
5-6	해외애가는 밀사		미상 / 소리못댁 / 영일	
5-7	칠셕가		〃	
5-8	완월사향가		〃	
5-9	도산별곡		〃	
5-10	양귀비가		〃	
5-11	비탄곡		〃	
5-12	자치가		〃	
5-13	현부를맞애오면서		〃	
5-14	추월가		〃	
5-15	동남아 유람가		미역골댁 / 소리못댁 / 영일	
5-16	남해유람별곡		〃	
5-17	육여사를위해지은글		〃	
5-18	자녀교훈			
5-19	유회가라		/ 소리못댁 / 영일	
5-20	백발가		미상 / 소리못댁 / 영일	
5-21	술회감회		소리못댁 / 소리못댁 / 영일	
5-22	이회가		〃	
5-23	회포셔		〃	
5-24	효행가		〃	
5-25	대몽가		〃	
5-26	매쳐가		〃	
5-27	소회라		미역골댁 / 미역골댁 / 영일	
5-28	화슈가		〃	
5-29	완월가		원촌댁 / 자천댁 / 영천	
5-30	비탄곡		미상 / 자양댁 / 하양	
5-31	남해관광기행문		임하댁 / 임하댁 / 구미	

계 229 편

2. 내방가사 향유층 형성의 시대적 배경

본 장에서는 먼저 내방가사의 발생 시기에 대한 기존 제설을 검토한 다음에 내방가사의 향유층이 어떠한 사회·문화적 배경에서 여태까지 문학창작 및 향유에 수동적이었던 상태에서 벗어나서 적극적으로 가사 창작의 대열에 참여하게 되었는가에 대한 논의가 진행될 것이다. 그리하여 조선조 사대부가 여성의 사회적, 법적 지위, 경제적 역할, 가정에서의 지위에 대한 사회학적 연구 성과와 내방가사와의 관계를 규명하게 될 것이다.

김사엽(1956)은 내방가사 개념을 양반가사의 대척적인 개념으로 파악, 여자가 작자인 가사로 규정하여, "농암 이현보의 자당인 권씨가 지은 〈선비가〉와 허난설헌의 〈규원가〉 및 〈봉선화가〉를 들어 조선조 중종때부터 일부 상류 규중에서 유행되었다"고 하였다.[21]

권영철(1980)은 그가 발굴한 불교계가사인 〈인과문〉과 〈회심가곡〉의 작자와 창작 시대가 확실한 두 편의 가사, 곧 〈쌍벽가〉와 〈부여노정기〉를 증거로 제시하면서,[22] 18세기 영조조를 발생 시기로 잡고 있다. 권영철은 내방가사의 개념과 명칭의 규정에서 지역적 특성과 사회계층적 특성을 구체적으로 제한하고 있으며, 지역문화적 배경과 사회교육적 배경을 상세히 고찰하였다. "지역적으로 영남인의 상문숭유적(尙文崇儒的)이고, 퇴영고식적(退嬰姑息的)인 기질적 특성이 규방에까지 젖어들어 이룩, 향수된 것이 규방가사이며, 남성 위주의 사회적 환경에서 여성은 상대적으로 지위가 저하되었고, 여성에게는 교육이 전혀 필요치 않다"[23]는 당시대의 보편적

21) 김사엽(1956), 『이조시대가요연구』, 대양출판사, pp.328-334.
22) 권영철, 앞의 책, pp.66-74.

인식의 상황에서 "유교문화가 형성 유지되어 온 영남학파, 그 중 퇴계학파의 유교적 성향이 국문 해득 정도의 교육적 혜택을 받은 양반 사대부가의 규방에까지 침투한 것"이라 하며, 교훈류의 가사를 초기장르형으로 규정하였다.

이재수(1976)는 내방가사 형성의 사회적 배경을 여성의 사회적 지위와 지역적 특성에 맞추어 설명한 것은 권영철과 거의 일치하나, 가사 형성의 배경을 교육적인 환경론으로 설명한데 비하여, 내방가사의 성격을 "유교의 압제 밑에서 신음하던 여성들의 생활고백"이라고 규정, 조선의 유교적 성향이 강한 명문세족이 많고 유교의 기풍이 성하며, 지역적으로 보수적, 봉건적, 근검 후박한 유풍이 강한 영남이 내방가사의 본고장이 될 수밖에 없다고 하여 여성들이 "그들이 불행을 카타르시스"하는 문학으로 가사의 형성배경을 설명하였다. 또한 그는 내방가사의 기원에 대한 결정적 단서를 주는 문헌의 출현이 없는 한 추측의 한계를 벗어나지 못한다는 전제하에 고종조의 작품인 〈경북대본 계녀가〉와 영천 이씨댁에서 입수한 〈여자탄〉을 최고형(最古型)으로 제시하였다.[24]

이와 같이 내방가사의 발생 시기와 형성설이 최고 성종조에서부터 고종조까지 구구하고 시대적 배경의 설정도 다양하여 발생시기에 대한 학설은 통일되지 못하고 있는 실정이다.

우선 위 여러 논자들이 발생초기 작품으로 제시한 가사 작품과 작자에 대하여 살펴 볼 필요가 있다. 〈선반가〉는 농암 이현보가 중종 22년(1547

---

23) 이 익, 『성호사설』, "부인은 근과 검과 남녀유별의 삼계를 알면 족하니, 독서와 강의는 여자의 일이라, 부인이 이를 힘쓰면 폐해가 무궁하다."

24) 이재수(1976), 앞의 책, pp.10-12.

년) 동부승지가 되어 자당을 뵈러 올 때, 자당인 권씨부인이 지어, 여자 하인에게 부르게 했다는 환영의 노래이다. 글자 수가 모두 37자밖에 되지 않는 단형의 시로서, 내방가사와는 형식적으로 거리가 먼 시형이다. 허난설헌의 작품으로 알려진 〈봉선화가〉, 〈규원가〉의 경우는 우선 실제 작가가 누구인가 하는 문제부터가 해결되어야 할 것이며, 만약 그녀의 작품이 분명하다면, 그녀는 작가적 능력이 탁월한 여류 시인으로서 내방가사의 문학성을 한 차원 끌어올린 여성으로 평가될 수 있다. 그녀는 선조조의 여성으로, 그녀의 작품 두 편은 우리나라 여성문학의 백미로 평가되고 있다. 그러나 허난설헌은 영남인이 아니라는 이유와, 그녀의 작품들이 필사체 〈두루마리〉 형식이 아닌 문집의 형식으로 현전되고 있어 내방가사의 범주에 포함시키지 않은 경우가 많았다. 권영철(1980)은 "〈규원가〉와 〈봉선화가〉는 모두 영남 지방 특유의 형식, 가락, 내용 등과는 먼 거리에 있고, 또 양가의 서두구 자체나 결사 형식 또한 그 조사이며, 음수율이 3.4조가 우세한 것과 선조 때의 가사라면 마땅히 당시의 것은 교술적인 계녀가 계통에서 머물러 있어야 할 것인데 그렇지 않다는 점에서 규방가사가 아닌 양반가사에 준한 것으로 볼 수 있다"고 하였다.[25] 그러나 내방가사의 장르적 성격을 조선조 범여성 문학이라고 규정짓는다면 그녀의 작품은 가장 먼저 창작된 작품으로 규정될 마땅할 가치를 지닌다.[26]

---

25) 권영철(1980), 앞의 책, pp.66-67.

26) 서원섭(1900)은 『가사문학연구』, pp.78-81에서 허난설헌의 〈규원가〉를 내방가사의 효시작으로 규정하고 있으며, 이 점은 필자의 논지와 일치한다.
참고로 허난설헌과 그녀의 작품에 대한 축적된 연구 성과를 간추려 제시하면 다음과 같다.
이해순(1983), 「규원가, 봉선화가의 작가고」, 『한국시가문학연구』, 신구문화사.
김지용(1975), 「규원의식과 규원가」, 『군자어문학』 2, 수도여사대.

〈인과문〉, 〈회심가곡〉은 내방가사라기보다는 불교가사라 해야 바람직한 것으로서, 혹 내방가사에도 회심곡 형식의 가사가 있기는 하나, 종교적인 교훈의 수용 차원에서 논의되어야 할 경우라도 판단된다. 〈쌍벽가〉, 〈부여노정긔〉는 내방가사의 성격에 가장 근사한 작품이다.[27] 그러나 이 두 작품의 작자인 연안 이씨는 시댁은 영남이나 친가는 영남이 아니다. 또한 〈쌍벽가〉는 송경축원류의 가문세덕가이고, 〈부여노정긔〉는 기행가사로서, 권영철이 주장한 초기 내방가사는 교훈류의 가사가 그 원류가 된다는 발생설과 부합되지 않는다. 경대본 〈계녀가〉와 영천 이씨댁의 〈여자탄〉은 정확한 연대의 고증의 불가능한 작품이다.[28]

이상 살펴 본 바를 정리해 보면, 내방가사의 이른 시기의 작품들은 영남지방의 문학만도 아니고, 도덕교훈류이나 계녀가계의 작품이 그 원류를 이루는 것도 아닌, 오로지 작가의 순수하고 절실한 창작 동기나 현실 체험이 작가의식으로 표출된 것으로 보아야 마땅하다. 이 때 양반사대부가의

정연주(1974), 「봉선화가 연구」, 『한국어문학연구』 14, 이화여대.
서재남(1984), 「허난설헌과 그의 시연구」, 숭전대석사논문.
장 진(1980), 「허난설헌론」, 동국대석사논문.
김명희(1987), 「허난설헌 시문학 연구」, 동국대박사논문.
서정혜(1980), 「허난설헌 연구」, 동국대교육대학원석사논문.
김영수(1980), 「허난설헌 연구-작품에 나타난 심상분석을 중심으로-」, 단국대석사논문.
김용숙(1958), 「허난설헌의 꿈과 눈물」, 『숙대학보』 2, 숙명 여대.
이숙희(1987), 「허난설헌의 시연구」, 고려대박사논문.
위의 여러 논문 중에서 허난설헌의 가사 작품을 영남의 내방가사의 관련지워 논의된 논문은 없다.

27) 단, 내방가사가 영남지방의 문학이라는 개념을 채택할 경우에 한해서이다. 〈쌍벽가〉에 대하여서는 권영철(1972), 「쌍벽가연구」, 『상산이재수박사환력기념논문집』, 형설출판사, 참조. 〈부여노정긔〉에 대하여서는 권영철(1975), 「부여노정기연구」, 『효대국문논문집』 제4집.

28) 이재수(1978), 앞의 책, pp.12-13에서 고종연간의 작품이라 추정하고 있다.

부녀자라는 작가의 신분적 공통성은 어느 작품에나 일치되는 것이기에 이의 해명을 향유자 의식의 문제와 관련지어 고구할 필요성을 느낀다.

우선 양반가 여성에게 문학에의 참여를 가능하게 한 시대적 배경을 조선조 전기와 후기의 사회적 제반 여건의 변화를 중심에 두고 살펴보고자 한다.

조선의 사회 계층구조는 고려 이래의 전통적인 사회적 기반에 입각한 것이다. 그리하여 고려와 조선의 왕권교체에 따라서 정치적 지배층은 바뀌었으나 계층 구조 자체는 크게 바뀐 것이 아니다. 이를테면 고려의 귀족은 대체로 조선의 정상 계층인 양반으로 재편되었으며, 종래의 양인, 천민의 지위와 역할에도 큰 변동은 없었다. 조선의 계층 구조는 네 가지 주요 신분층으로 이루어져 있었으며,[29] 이러한 계층원리는 유교에 바탕을 둔 철저한 신분제적인 것이었다. 거기에는 무엇보다도 치자와 피치자, 또는 양반과 상민이 철저히 구분된다. 나아가서는 각각의 사회범주 내에서도 또한 세밀한 계층적 분화가 있었는데 신분에 따라서 권리와 의무에 커다란 차대를 받았다.

신분에 따르는 법률적 제도적 차대는 토지 소유, 관직에의 진출 기회와 승진의 한계, 그리고 군역과 납세, 형벌 등 모든 생활 기회에 이르기까지 실로 생활의 전 영역에 걸치는 것이었다. 또 각 신분층은 서로 상하, 우열의 차등적 평가를 받는 일정 직업을 세습하였다. 상이한 신분계층간의 통혼은 있을 수 없고, 심지어는 주거지역까지도 신분에 따라서 달랐다. 계층이동은 극히 제한되어, 이를테면 상민이 양반으로 상승하는 일은 지극히

29) 양반이 계층 구조의 정상을 차지하고 그 밑에 중인, 상민, 천민의 순으로 놓여 있다.

어려운 것이었다. 그리하여 아무리 잘 나도 상민은 양반의 밑에 있고 아무리 못나도 양반은 상민의 위에 서는 것이었다. 조선의 계층원리는 이와 같은 극단적인 신분제로서 거기에서는 개인의 지위는 출생, 혈통과 같은 귀속적 요인에 의해서 규정되고 개인의 능력과 업적 등, 이른바 획득적 요인은 그리 큰 의미를 지니지 않았다.

조선 후기에 이르러서는 전통적인 계층원리와 신분질서에 마침내 일대 변동이 일어났다. 이를테면 1690년에 8.3%에 불과하던 양반이 1858년에는 65.5%로 급증하고 반면에 상민은 51.1%에서 32.8%로 감소되었다. 또한 같은 기간에 천민은 40.6%에서 1.7%로 격감되었다. 이러한 계층구조의 변이상은 일단 그 간에 일어난 계층구조의 격심한 변동을 의미하는 것으로도 볼 수 있을 것이다. 그러나 좀더 따지고 보면 그러한 변이는 사람들의 사회이동에 의한 실질적인 계층구조의 변동이라고 하기는 어려울 것이다. 차라리 그것은 그 간에 일어난 신분제도의 혼란 내지는 해체를 말하는 것이라고 보아야만 할 것이다. 또한 그것은 사람들의 명분상의 사회 이동 또는 신분제도 자체에 대한 개념의 변이를 의미하는 것이라고 할 수 있을 것이다.

그러면 조선시대에 지배계급인 양반은 무엇인가? 그 중에서 지배층이라 할 때 어떠한 계층을 가리키는 것인가? 조선시대에 있어서 양반의 개념을 규정한다는 것은 매우 어려운 일이다. 양반의 법제상 개념은 『經國大典』의 편찬시에는 문반, 무반을 통칭한 개념으로 보이고 『續大典』의 편찬 이후에는 문, 무반이외에 생원, 진사, 유학까지를 말하고 있다. 또한 제법전에서 동반, 서반, 토족, 사대부라는 개념이 자주 사용되고 있는데 이것을 양반으로 간주할 수 있지 않을까 생각한다. 한편, 양반의 사회적 통념은

토족 또는 사대부라고 말하므로 법제상의 양반개념과 동일한 것으로 간주할 수 있다. 이것을 본다면, 양반은 반드시 문・무반만을 의미하는 것이 아니라, 문・무반에 임용될 수 있는 자격이 있는 가문이라고 말할 수 있다. 따라서 양반은 벼슬과 혈연과의 불가분의 관계가 있으니,[30] 이들은 실질적으로 유학을 업으로 하고 아무 제한도 없이 관료로 등용될 수 있는 신분으로서 중요한 관직과 특권을 모두 독점하였다. 이들은 실질적으로 국가에 대한 생산과 부역 등에 아무런 의무도 지지 않았다.[31]

그러다가 18, 19세기에 이르러 중세의 신분 사회에 체제적 동요를 알리는 사회경제적 변동들이 나타나기 시작하였다. 상품 화폐 경제의 발달, 신분제의 동요, 반주자학적인 서민 문화의 발흥, 삼정 문란과 농민항쟁 등등이 그러한 변동이었다. 이러한 변동들은 기본적으로 생산력 발전, 상품 생산, 농민층 분화 등등 이른바 농업변동에서 연유되었고[32] 사회 경제 구조의 변화가 동시에 수행되었으며, 따라서 다수의 양반들이 몰락하여 직접 생업에 종사하면서 사회 경제적 처지가 평민과 다름없는 계층으로 바뀌게 된다.

전대에는 생산의 직접적인 담당자가 아니었던 양반이 이러한 사회 경제 구조의 변화 과정에서 농업의 노동력을 직접 지휘하고 감독하는 농업생산의 현장에 나서지 않을 수 없게 되었다.[33] 그럼에도 불구하고 양반 남성들

---

30) 김채윤, 앞의 책, pp.117~118.
양반의 개념과 신분적 특권에 대한 상술은 양재인(1985), "조선조 양반의 사회적 지위와 정치 참여," 헌암 신국주박사회갑기념 한국학논총, 동간행위원회, 동국대출판부, pp.219-223 참조(김용섭, 19-20인용)

31) 김문기(1900), 『서민가사연구』, 형설출판사 p.15.

32) 이윤갑(1986), 「18, 19세기 경북지방의 농업 변동」, 『한국사연구』 53집, 한국사연구회간 p.6, p.61.

은 양반의 후예임을 자칭하며 중앙 또는 지방의 정치권에서 활약할 꿈을 키우며, 노동을 천시하고 일반적 경제활동에는 경험이 없는 선비를 이상으로 하여 살고 있는 만큼 그를 보완하기 위한 여성의 활동의 영역은 더 넓어질 수밖에 없었다.

노비가 없는 가난한 양반가에서는 여성이 노동을 담당할 수밖에 없었으며, 생계 담당자로서 여성의 사회적 중요성은 크게 인정을 받게 된다. 생산에 직접 참여함으로써 얻는 심리적인 만족과 사회적 인정은 분명히 여성들의 적극적인 참여를 촉진하는 요소로 작용하였음에 틀림없다. 생계유지를 위한 경제적 활동뿐만 아니라 봉제사, 접빈객을 위한 철저한 준비, 그리고 아이들을 훌륭한 공인으로 길러 내는 것까지 이 모두 여성의 몫이었으며, 여성은 이런 활동을 통하여 공식적 비공식적 인정을 받아왔고 여성 스스로 만족해하기도 하였던 것이다.[34)]

가족 및 친족 제도와 여성의 성역할과의 관계를 알기 위해서는 먼저 조선조 가부장제에 대한 이해를 필요로 한다. 조선조 후기 친족제도 개념의 변화는 내방가사 향유층의 신분 변동에도 큰 영향을 미쳤다. 이 문제에 대한 해명은 조선 중기 이후에 형성되기 시작한 것으로 짐작되는 친족제도인 '문중'이라는 조직의 기본적 특성으로 간단히 설명하고자 한다.

'문중'은 부계혈연자의 집단 내지 조직으로, 이 집단은 부계의 공동 조상에 제사드리기 위하여 조직되어 있으며, 부계의 친자계, 구체적으로 예를 들어 사대조의 입장에서 말하면 자손, 증손, 현손으로 이루어진 집단이며,

---

33) 김용섭(1989), 「조선후기 양반층의 농업생산－자작경영의 사례를 중심으로－」, 『동방학지』 64집, 연세대국학연구원, p.4.

34) 조혜정(1990), 『한국의 여성과 남성』, 문학과지성사, pp.81-83.

사대부의 입장에서 보면, 형제, 4촌, 6촌, 8촌, 백숙부, 당숙, 재당숙, 종조부, 재당숙, 종조부, 재종조부, 종증부로 이루어진 집단으로서, 단 서와 외손은 여기서 제외된다. 이 집단에서는 아들과 딸이 모두 없는 경우는 물론이거니와, 설혹 딸이 있더라도 아들이 없으면 동성동본의 자를 입양시켜 그로 하여금 봉사하게 하는데, 이 입양은 곧 씨족집단의 충원이라고 할 수 있다.[35] 그런데 이와 같은 '문중' 의 형성은 주자가례가 보편화된 때와 시기적으로 비슷한 16-7세기경이라 할 수 있다. 이렇게 말할 수 있는 근거로 다음과 같은 사실들을 열거할 수 있다.

1) 17세기 중엽 이전까지는 재산상속에 자녀의 차별이 없었다.
2) 17세기까지는 친족용어인 '족'이 부친계만을 지칭하는 것은 아니었다.
3) 16세기 후반까지의 족보에서는 친손과 외손을 차별없이 모두 기재하였다. 그런데 이 체계를 바꾸어 외손기재의 범위를 제한 축소한 것은 17세기경이었다.
4) 족보의 자녀의 기재 순위를 출생순위에서 '선남후녀'로 바꾸게 된 시기도 외손 범위 축소의 시대와 동일하다.
5) 아들이 없는 경우 양자의 비율이 증가한 것도 17세기 경이다.
6) 입양의 경우 양부와 생부의 관계가 6촌 범위 정도 이내로 되기 시작한 것도 16-17세기경이다.
7) 남편의 친족과 똑같이 입양협의의 친족이었던 처족이 그 협의에서 제외된 시기도 17세기경이다.
8) 양자에 있어서 동생의 2남이 아닌 장남을 형의 집(종가)에 입양시킨 시기도 대체로 17세기경이다.
9) 자녀 간의 수행, 분담의 제사가 없어지고, 완전히 장남단독봉행으로 옮겨간 시기도 17-8세기이다.[36]

35) 최재석(1983), 「조선시대의 문중의 형성」, 『한국학보』 32, 일지사, p.32.

이러한 사실들에 근거하여 추론해 보면 문중의 초기 형태는 대체로 16세기에 출현하여 17세기에 이르면서 좀더 정교하게 조직화되었다. 이 무렵 여성에 대한 차별화 제도가 법적으로는 더욱 공고해지게 된다.

그러면 여성의 법적 지위를 가족제도와 관련하여 고찰해 보자.

지금까지 가족생활의 습속 내지 윤리와 여성의 법적 지위에 대하여 큰 영향을 준 것은 종법제도이다. 종법제도란 중국에 있어 은대의 모계사회에서 주대의 부계사회로 전환된 후에 성립되고 한족의 한, 당, 송 및 명대 등의 역대의 왕조를 거치는 동안에 완성된 부계적 가족제도로서 우리나라에서는 고려 중엽부터 시작하여 조선시대에 확립되었다. 이 종법의 특징은 첫째, 혈족에 의하여 친족을 계산하는데 부계만을 계산하고, 둘째, 부의 신분과 권리가 자에 전하며 셋째, 일족의 권력이 부에게 있으며 자녀는 부의 지배를 받고(부계적) 넷째, 족외혼을 원칙으로 하고, 다섯째, 장자상속제도를 택한다.[37]

이와 같은 종법제도는 우리의 고유의 것이 아니라 중국에서 전래한 것으로 고려 중엽에 유교가 이입되고 조선에 이르러 배불숭유정책으로 주자학을 국학으로 정함에 따라 예로서 받아들여졌고 법제화까지 되어, 장구한 동안 준행되어 윤리적, 습속화됨에 이르렀다.

종법제도를 이어 받은 조선시대에 있어서의 여성의 법적 지위는 부계적 가족 제도로서의 남계혈통 계속주의와 족외혼의 이대 원칙을 철저화하여 여자는 친족에 있어 가계를 계승할 수 없으므로 남자와 구별되어 소홀한

---

36) 박영례(1985), 「성차별의 정당화 장치로서의 종교 제의에 대한 연구」, 『종교학연구』 5, 종교학연구회, pp.90-91.
37) 지두환(1984), 「조선 전기의 종법제도 이해과정」, 『태동고전연구』 1, pp.59-103.

대접을 받고, 출가하면 출가외인으로 친가와 절연할 뿐 아니라 부계사회에 있어서의 남계혈족의 유지 확대의 요청과 종족의 평화 등을 위한 일부다처로 인한 질곡에 얽매이고, 또한 칠거지악을 빙자한 시가의 전횡적인 출거의 횡포 때문에 고통을 받아야 했고 개가의 금교에 의하여 청상의 비운을 감내해야 하는 등의 인격적 억압을 받았다. 여자에 대한 이같은 가정 안에서의 가혹한 대우는 여자천대의 사회적 풍습을 만들었을 뿐만 아니라, 재산관계에 있어서도 여러가지 법적인 불이익을 감내하여야 했다.[38] 위에서 살펴 본 대로 조선조 여성은 국가 통치 이념의 유교적 이데올로기와 중기 이후 강화된 혈통 집단인 문중의 통제를 강하게 받게 된다.[39]

조혜정(1990)은 남성 중심의 사회에서 남성에 의한 일방적인 지배만이 강요되었던 가부장제 하에서 "여성들이 그나마도 남성과는 다른 독자적인 하위문화를 형성할 수 있었던 것은 엄격한 음양 원리와 내외 관습 때문"[40] 이라고 하면서 여성에 대한 통제 기제를 고찰하고 있는데, 그 가운데 하나는 교조화된 유교적 지배의 강화에 의한 상호보완적인 음양 개념에 토대를 둔 남녀유별 의식과 철저한 상하 개념의 남존여비 이데올로기적 지배이다. 또 하나는 혈통을 극도로 중시한 당시의 체제 하에서 대가족 내의

38) 이태영(1972), 「한국 여성의 법적 지위」, 『한국여성사』 2, 이화여대출판부, pp.115-116.
39) 이러한 조선조 사회의 구조적 특징은 '유교 가치의 사회적 용해성'이라는 용어로 표현되기도 하는데(박영신(1983), 「한국사회발전론 서설」, 『한국사회 어디로 가고 있나?』, 현대사회연구소) 즉 조선 왕조는 유교 이념을 극도로 신성시하고 교조화하게 되어 사회, 정치, 문화의 제 영역의 자율성의 부재를 초래하여 기존 질서를 변화시키려는 어떠한 새로운 세력도 포용될 수 없게 하였다. 이러한 유고 윤리의 절대화와 이에 따른 명분론이 조선조의 가부장제를 이해하는데 필수적인 부분을 이룬다.
40) 조혜정(1990), 「한국의 가부장제에 관한 해석적 분석」, 『한국의 여성과 남성』, 문학과 지성사, p.70.

연장자이자 혈통 계승자의 어머니로서 여성의 지위와 활동에 상당한 권한을 부여한 셈이며 여성들은 이것을 활용하여 가부장제의 유지를 적극적으로 도와왔다고 할 수 있다는 점이다. 여기서 여성은 인격으로서가 아니라 어머니로서 인정되었다는 점에서 한계를 지니기는 하나 여성 자신들이 조선 중기 이후 붕괴되어 가는 체제를 그들의 강한 생활력으로 가부장제를 보완하며 오히려 적극적인 지탱자가 되었다는 점은 그들이 내방가사의 문학적 효용성을 십분 활용하여 이 시기 가사문학의 주동자 역할을 충분히 수행할 능력이 있음을 시사해 주고 남음이 있다.

조선 중기에 들어서면 양반의 지배가 지방의 구석구석까지 미치게 되고 일반 백성에까지 유교 윤리가 확산되어 명실공히 유교적 명분사회를 이루게 되는 사회적 배경에는 통치권을 둘러싼 내부 갈등과 낙향 관료들의 이익 유지가 중요하게 작용하였다. 이 과정은 구체적으로 조선 건국 초기 개국 공신을 중심으로 한 훈구파 세력이 내부 분쟁으로 쇠퇴하고 그 와중에 재야에 은거하여 유교적 학덕을 쌓는데 몰두하였던 사림파가 득세하는 것과 관련된다. 훈구파에 비해 지적, 도덕적 우월성을 가지고 있었던 사림파는 유교 원리를 주무기로 세력권에 영입하였고, 따라서 이들은 유교의 이념을 절대적으로 신봉하였으며 유교적 질서를 뿌리내리는데 전념하였다. 즉 유교이념의 실천은 사회 질서유지의 기제이자 사림파의 권력의 기반이었던 셈인데 지방에 기반을 가진 사림파 및 그 후예들은 집권시에는 중앙으로 나아가고 진출이 좌절될 때에는 향촌의 지배층으로 남아 유교적 교화를 명분 삼아 향권을 장악해 왔던 것이다. 지방 양반들의 중앙 관료로의 진출이 어려워지고 양반층이 비대해지는 조선 후기로 가면서 향촌 형태의 특권 유지가 어려워지고 양반들은 더욱 유교윤리를 절대화하고 문중

중심의 조직화와 기존의 득세 가문들끼리의 결성을 통하여 신분 확보를 꾀하게 된다. 17세기 이후에 일반화되기 시작한 족보 간행, 서원과 향안 중심으로 한 배타적 결사체의 활성화, 그리고 동족 부락의 형성은 이러한 향촌의 지배 질서의 재편성과 깊은 관련성을 갖는다.[41] 이러한 사회는 원칙적으로 사적, 혈연적 영역과 혈연을 초월하는 차원에서의 공적 영역의 구분을 엄격히 하여 왔다는 점에 주목하여야 할 것인데, 여기서 여성은 공적인 영역에서 철저히 배제되어 있었다. 이 경우 여성의 주요 역할은 남성의 출세를 돕는 내조자에 국한한다.

조선조 영남 사대부가의 부녀들은 일찍부터 삼종지도와 열녀효부의 도덕적 규범의 굴레 속에서 순종무위의 행동거지로 일체의 문밖출입이 어려운 자유와 인권을 박탈당한 삶을 강요당해야 했지만 동족집단의 향촌사회의 지배 기반 위에서 사대부가의 부녀로서의 신분적 대우는 충분히 누릴 수 있었다. 아직까지 영남지방의 명문대가의 종부는 신분적으로 가문을 대표하고 대소가의 대소사를 진두지휘하는 상징적인 대우를 받는 사대부가의 부녀자의 위치를 누리고 있다.

뿐만 아니라 한 집안의 가장인 부가 갖는 권한인 가장권에 대하여 주부가 갖는 권한인 주부권이 부녀자에게 있었다.[42] 열쇠로 상징되는 이 주부권은 찬광, 쌀뒤주 등의 열쇠꾸러미를 주부가 관장하는 것으로 한 집안의 경제의 소비 권한을 가지는 것으로 주부의 고유 권한이었다. 이 주부권이

41) 송준호(1980), 「한국에 있어서의 가계 기록의 역사와 그 해석」, 『역사학보』 87.
김주희(1983), 「한국 전통사회에 있어서의 이차집단의 성격」, 『한국문화인류학』 15.
가와사마(1978), 「이조 중기에 있어서 향안의 구조와 역할」, 『한국학연구논문집』, 한국정신문화연구원.

42) 이광규(1980), 「전통적 가족 구조와 변화」, 『한국사회론』 p.138.

영남지방에서는 '안방물림'이라는 가장권의 계승에 중요한 단서가 되며, 여타 지역과 구별되는 영남 지역 가족제도의 한 특성으로서,[43] 가정 경영과 가정 경제에 있어서 주부인 부녀자의 권한이 타 지역에 비하여 상대적으로 강하였다고 할 수 있겠다.

3. 내방가사의 전승과정

1) 전승경로

(1) 전승 경로와 혼인의 관계

내방가사의 분포 지역에 대한 견해는 크게 2대별 된다. 곧, 영남권을 중심으로 하여 그 중에서도 안동문화권을 발생추정권으로 보는 경우와 경상도를 중심으로 하나, 충청도와 경기도의 분포상을 수용하는 경우이다. 문제는 내방가사 발생의 초기 단계는 충청, 경기, 경상도 중의 어느

43) 우리나라에서 가장권의 계승에는 지역에 따라 서남형, 동남형, 제주형 세 가지 유형이 있다.
서남형은 부와 모의 사망과 동시에 가장권과 주부권이 계승되는 종신형으로 전라, 충청, 경기지방에 분포되어 있다.
동남형은 경북지방에서만 볼 수 있는 유형으로, 며느리가 일정한 연령에 도달하고 시어머니가 살림살이의 일선에서 물러서기를 원하면 시어머니가 며느리에게 고방열쇠를 넘겨 줄 뿐만 아니라 자기가 살던 안방을 며느리에게 물려주고 건너방으로 은퇴한다. 이러한 제도를 경북지방에서는 "안방물림"이라 하는데 이 때 시어머니 뿐만 아니라 시아버지도 사랑채를 아들에게 물려주고 건너방으로 은퇴한다. 즉 시어머니는 안방에 아버지는 사랑방에 아들 내외는 건너방에 거처하다가 안방을 며느리에게 물려주고 시어머니가 건너방으로 가게 되면 아버지는 아들에게 사랑방을 주고 건너방으로 옮아가는 변화를 겪게 된다.
제주형은 결혼 직후부터 한 울타리 안에서 시어머니와 며느리가 함께 살아도 각기 독립 취사를 하는 유형이다.

지역의 편중성을 특별히 지적하기 어려운 반면[44], 그것이 확산되는 과정에서는 영남권에 집중적으로 편중되는 현상을 발견할 수 있는데 이러한 현상의 이유는 무엇인가 하는 점이다.

이러한 해명은 내방가사의 전승이 내방가사 형성의 초기뿐만 아니라 최근까지도 혼인이라는 사회 관습에 전적으로 의지하고 있다는 사실에서 찾을 수 있다고 본다. 영남 북부의 양반가에서는 요즈음도 신부가 신행갈 때에 평균 10편 내외의 작품을 가지고 가며, 근친을 가거나, 친정과 시가에 왕래가 있을 때마다 가사를 베껴 온다고 한다.[45]

본고는 이러한 발굴 가사의 영남 편중 현상과 최근까지 남아 있는 가사 전승의 전통에 근거하여 내방가사 창작과 전파의 단계에서 가사전승경로와 영남 지역 양반가의 혼반 연구와의 접맥을 시도해 보고자 한다. 조선시대 양반들은 배우자 선택에 있어서 상대편의 가문을 따질 때 선조의 혈통과 문작, 재지기반과 경제력 등을 기준으로 대개 연줄에 따라 '걸맞은 집안'끼리 통혼관계를 맺었다. 지체가 대등한 집안 간의 빈번한 혼인은 자연스럽게 같은 문중끼리의 결속력을 강화시켜, 향촌사회에서의 지배기반을 구축하는 데 간과할 수 없는 사회적 작용을 하였던 것이다.

이렇게 대등한 지체를 가진 조선시대 양반층에서 연줄에 의한 잦은 혼인을 통해 맺어지는 집단 간의 관계를 '혼반'이라 명명한다.[46] 신분내혼(身分內婚: class endogamy)의 규제가 엄격했던 조선시대 양반의 혼인은 통혼의

---

44) 김선풍(1977), 「규방가사 전파고」, 『성봉 김성배박사 회갑기념논문집』.

45) 1992년 9월 28일 경북 영일군 죽장면 입암리에 거주하는 제보자 이규성(71세)은 가사의 전승과정에 대한 현지조사에서 다음과 같이 진술하고 있다. 커다란 책고리짝에 가득 담긴 많은 양의 가사 보관 경위에 대해 "친정을 드나들 적마다 글 잘하는 사람의 가사를 베껴왔고 어떤 것은 후에 돌려주기로 하고 빌려온 것들이라."

46) 조강희(1988), 「영남지방의 혼반 연구」, 『민족과 문화』 2, 정음사, p.327.

대상이 어느 정도 일정 문중으로 편향하는 선호의 경향을 보일 것이며, 문중끼리 통혼 관계가 중첩되는 가운데 폭넓은 연대관계가 형성되고, 이른바 '연줄혼인'으로서도 얽히는 혼반은 향촌사회의 지배계층으로서 지위를 유지해 온 기반이 되었을 것이라는 가정이 가능하다.

영남지역은 조선조 후기사회의 양반층이 근린집단인 촌락단위의 문화권을 형성하여 촌락단위의 유대감이 특히 긴밀하였다. 근린집단의 강화와 향촌사회에서의 지배 기반을 굳히기 위한 조건으로 혈통, 문벌, 관작, 경제력 등이 있을 수 있다. 영남의 대성 동족집단은 대부분 양반이거나, 또는 그에 준하는 신분이었으며 상민들보다 어느 정도 경제적인 우월성도 가지며, 가문 내에 큰 벼슬을 했거나 학덕이 높은 조상을 받들고, 그를 중심으로 가문의 위세를 과시하는 혈족집단이다. 이러한 혈족집단의 결속강화의 역사적 배경에 이 지역의 혼반관계가 큰 작용을 함을 알 수 있다. 곧 신분내혼에 의한 혼인관계에서 대등한 지체의 양반들끼리 '연줄혼인'이라는 방법은 향촌사회 지배계층의 지위를 공고히 하는데 더없이 안전한 장치였을 것이다. 영남 양반들의 통혼관계의 특징이 특정 명문 양반가문에 집중적으로 중복되는 현상을 보이는 것은 이들이 조상의 학통과 가세를 동격으로 인식하고 있다는 한 증거이다.

영남지역에서 내방가사가 집중적으로 전승되는 중요한 단서 중의 하나가 바로 이와 같은 촌락단위의 문화권이 존중되고 통혼권이 제한된 데에 있는 것이 아닌가 추정된다. 유교적인 관습의 사대부가에서 가장 중시하는 가문 내의 관습이 조상에 대한 제례이고 이를 소홀히 하지 않음으로써 가문의 영광을 대대로 전승, 보존하는 것이라는 인식도 아울러 동족집단의 결속을 유지하고 향촌사회의 지배기반을 강화하는 방편이 되었기에 신분이 거의 동등한 한정된 집단 내에서만 통혼이 성립되고 교류가 가능하였다. 그러므로 내방가사에는 이들 통혼권 내에 실존하는 혼인에 대한 확고한 가치관이나 조건이 다양하게 드러날 수밖에 없다.

영남 양반가의 통혼의 조건으로는 혈연, 학통, 지연 등이 선호되었는데, 내방가사 중 가문세덕가형의 가사에는 작가가 친가와 시가의 가문내력을 자랑하는 부분에서 확인이 가능하다.

우리 문중　볼죡시면　ᄃᆡ구 입향　언지런고
광정공의　즁ᄒᆞ오신　음덕으로
ᄆᆡᆼᄉᆞᆫ공이　계술ᄒᆞᄉᆞ　팔공산ᄒᆞ　명기 ᄌᆞᆸ아
문호ᄇᆡ치　괴글ᄒᆞ니　슈동파이　종파되고
ᄌᆞᄂᆡ집이　종ᄐᆡᆨ이라
오ᄇᆡᆨ여연　젼슈ᄒᆞ니　방두지부귀요　낙양지번화하다
ᄃᆡᄃᆡ로　션비ᄉᆞ옵　은덕불ᄉᆞ　ᄒᆞ여시니
고관ᄃᆡ쟉　업셔시ᄂᆞ　효ᄌᆞ츙신　문즁명필
계계승승　유명ᄒᆞ니　두와공이　즁흥이요
쥬셔공의　명망이라　혼부범절　조흘시고
집집마다　ᄌᆞ고로　만흔 ᄯᆞᆯ님　간 곳마다
유명ᄒᆞ니　산운ᄒᆞ회　초밧치며　ᄂᆡ압소호
예안이며　샹쥬 선산　법풍이며　돌밧셔원
양동이라　〈1-5, 신행가〉

위 가사를 보면 영남 양반가에서 좋은 혼반으로 꼽는 조건이 무엇인가를 알 수 있다. '고관ᄃᆡ쟉'을 지낸 큰 벼슬한 가문보다는 대대로 '효ᄌᆞ츙신'과 '문즁명필'로 유명한 가문을 더 좋은 조건으로 쳤으며, 그것은 '산운, ᄒᆞ회, 초밧, ᄂᆡ압, 소호, 예안, 샹쥬, 선산, 돌밧, 셔원, 양동' 등지의 큰 양반과 혼인한 딸들의 통혼 내력으로 그 가문의 가세를 평가하고 있다.

이런 점들을 아래 항에서 좀더 구체적으로 밝히고자 한다.

(2) 작품을 통해 본 내방가사의 전승

조선시대 성리학의 발전과정에서 15세기 전반까지는 성균관 중심의 관학이 국가적인 숭유억불 정책과 병행하여 관료양성을 주도해 오다가, 김종직 일파의 등장과 함께 길재의 학통을 계승한 사학이 그 뿌리를 내리게 된다. 이 두 흐름은 현실정치에 적극적으로 참여한 훈구파와 명분과 절의를 고수한 사림파로 이어졌으며, 김굉필, 정여창, 조광조 같은 인재가 당시 중앙정계를 장악하고 있던 훈구파의 온갖 박해를 받으면서도 성리학의 기반을 다지고 문풍을 진작시켰다.

그 후 율곡 이이와 퇴계 이황 사이에 벌어진 성리학에 관한 사단칠정과 이기논쟁을 계기로 이른바 기호학파와 영남학파로 양분되었으며, 이 논쟁에 전 유림이 가담하게 되고 사색당쟁과 결부되면서부터 전자는 주로 서인계열의 사람들에 의해, 후자는 남인계열의 인사들에 의해 그 맥이 계승되었다. 또한 15세기의 영남사림파가 16세기의 영남학파로 발전하면서, 강좌의 퇴계학파와 강우의 남명학파로 분기되어 이황과 조식이 각기 경상좌도와 우도를 대표하여 영남학파의 양대산맥을 형성하기에 이르렀다.[47]

장하도다　송당선싱　삼도슌문　하실 적에
희당화　그를 알시　쥬쇼공에　공적이라
치민치정　엇드신고　숑덕비에　나타난내

47) 이수건(1982), 「남명 조식과 남명학파」, 『민족문화논집』 2, 3집, pp.187-232.

ᄂᆡ직으로　오르시사　이충상위　계셧도다
제평이라　시호난이　제가치국　이미로다
거룩할사　졸직션싱　쇼연ᄃᆡ과　ᄒᆞ싯도다
ᄇᆡᆨ즁공과　연시된　난형난제　안이신가
무오사화　연좌로셔　호남으로　정ᄇᆡ타가
만연에　복규된이　쳔은이　망극ᄒᆞ다
탁월할사　슈헌션싱　졈필ᄌᆡ에　고제로다
이십세에　등과ᄒᆞ사　교리옥당　ᄒᆞ싯도다
문장도학　엇드신고　중원에도　찬양일ᄉᆡ

〈병암정 화전가〉

예천 권씨 수헌파 가문의 〈병암정화전가〉에 나타난 가문세덕 찬송가사의 일부분이다. 수헌선생인 권오복과 점필재 김굉필의 교유를 자랑하고, 영남 사림파의 거유인 수헌의 가문내력과 조상의 학통과 연원, 혼반을 자랑하는 가문가사의 성격을 지닌 화전가류이다. 실제로 수헌의 장남은 초계 변씨에서, 차남은 풍양 조씨 문중에서, 삼남은 고령 박씨 문중과 혼인을 맺었으며, 장녀는 영양남씨 이계파에 차녀는 서흥 김씨 한훤당(점필재)파의 문중으로 출가하였다. 수헌 자녀의 혼인 관계를 도표로 나타내면 아래 〈표2〉와 같다. 이 가사를 통해 양가 가문의 혼인의 조건으로 학통이 중요시되었다는 것을 알 수 있다.

〈표2〉

예천권씨
(수헌파)
▲=○

영양남씨 (이계파) ○=▲	초계변씨 (?) △=○	풍양조씨 (긍윤파) △=○	고령박씨 (?) △=○	서흥김씨 (한헌당파) ○=△	△=○

축하하자　축하하자　권씨문에　축하하자
경사로다　경사로다　우리 자손　경사로다
어와 세상　사람들아　우리 경사　들어보소
…… 중략 ……
우리집　오날 경사　원인없이　될 것인가
입향하신　오봉선조　단묘의　유신으로
초년절의　장하시고　자손지계　거룩하다
대은선조　덕업행이　백행지원　깊이 알아
환해에　뜻이없고　임하에　숨어살아
지성으로　부모봉양　장진후학　일삼앗다
자자한　그 덕망은　조야가　다름없이
효행으로　지평중직　임금까지　알앗구나　〈1-74 수경가〉

오홉다　우리 선조　도덕이　노파서라
동방의　부ᄌᆞ시고　안혜가　츄쵸로다
무이게ᄉᆞᆫ　구곡이요　절리가법　십세로다
유풍이　완연ᄒᆞ고　여힝도　슌미ᄒᆞ다　〈1-8 규방정훈〉

어와 세상　사람들아　이ᄂᆡ 말삼　들어보소

불ᄒᆡᆼ한 이ᄂᆡ몸이 여자몸이 되얏스니
리한림ᄋᆡ 중손여요 정학사의 외손여라
소학호경 열여젼을 십여시ᄋᆡ 에와 ᄂᆡ고
처신범절 ᄒᆡᆼ동거지 침선방젹 슈노키도
십사세에 통달ᄒᆞ니 누가 아니 칭찬ᄒᆞ랴
악한 ᄒᆡᆼ실 경계ᄒᆞ고 착한 사람 ᄲᅩᆫ을 바다
일동일정 션히 하니 남녀노소 하난 말이
천상적강 이소저난 부기공명 누리리라
그 얼골 그 ᄐᆡ도난 천만고ᄋᆡ 처음이라
이러하기 충찬받고 금옥으로 귀히 길너
십오세가 그ᄋᆡ되니 녀ᄌᆞ유ᄒᆡᆼ 중손부라 〈1-4 복선화음가〉

어와 벗님네야 이내 말삼 드러보소
어와 조코 조을시고 일천연 실라국에
명산대천 긔운바다 양자촌 삼겨시니
셜창산이 주산되고 무창주가 역주로다
지령이 여인걸이라 황하수 다시 말가
문원선조 하강하사 동방도학 발켜스니 〈3-11 만수가〉

〈표3〉 파조의 학문적 사우관계

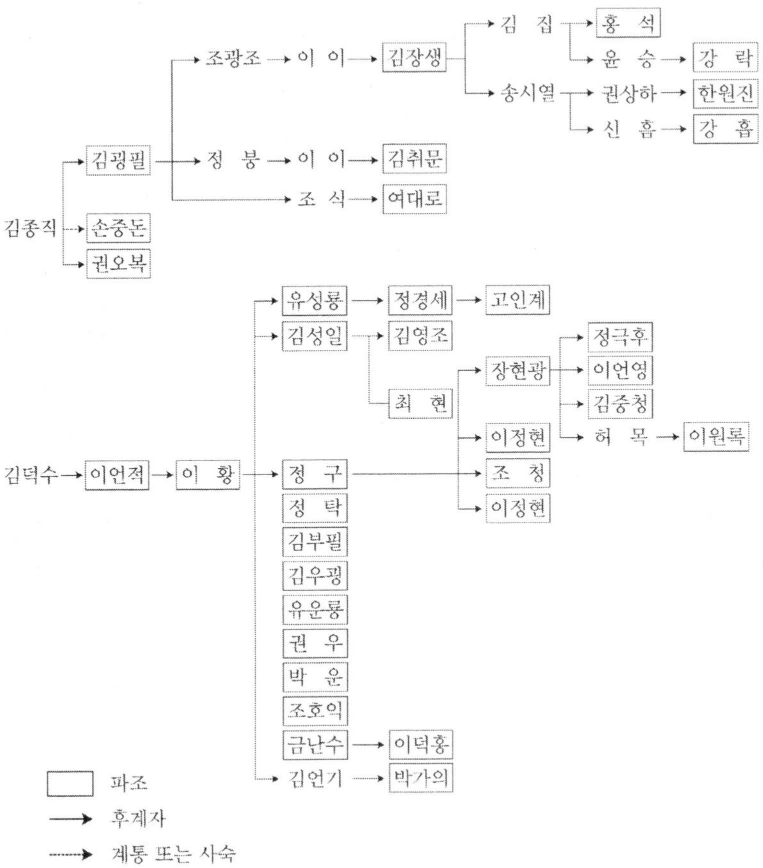

〈표3〉은 조선후기 65문중의 파조 중에서 학문적 계보가 분명한 37명을 대상으로 그들의 사우관계를 정리해 본 것이다. 율곡의 학설을 따르는 서인계열이 5명인 데 비해 퇴계의 학맥을 계승한 남인계열은 25명으로, 다분히 퇴계의 학통을 선호하는 경향을 보인다. 영남의 양반들은 자기 선조의

학맥이 퇴계학파에 연결되어야만 그들의 사회적 지위가 올라간다고 믿고 있었고, 또 실제로 퇴계의 연원에 닿지 못하면 영남지방에서는 '큰 양반'으로 대접받거나 행세하기가 어려웠다.[48] 영남지방 혼반의 범위인 30문중을 중심으로 살펴보았을 때도 이 같은 모습은 선명히 드러나, 학통의 계보화가 가능한 16명 가운데 15명이 퇴계학파에 연결되고 있는 실정이다.

(3) 연줄혼인과 가사 전승과의 관계

개인주의가 허용되지 않고 집단화를 강조하던 조선시대에는 통혼에 있어서도 개인보다는 집단간의 관계가 우선시되었다. 즉, 혼인당사자는 집단과 집단을 이어주는 중개인물에 불과했으며, 배우자 선택의 방식도 자연히 연줄에 의한 중매혼일 수밖에 없었다. 중매인으로는 '중신애비' 혹은 '중매쟁이'로 불리는 직업적인 매파 이외에도 양쪽 가문을 소상히 알고 있는 인척, 과객, 혼주의 친구 등이 포함되지만, 그 중에서 특히 인척관계에 있는 사람이 중매를 하여 성사되는 혼인을 촌락사회에서는 '연줄혼인'이라고 한다. 연줄혼인의 유형으로는 문중 상호간에 통혼을 계속하는 유형과, 세대간에 인척관계가 계속되는 유형과, 3 이상의 문중이 서로 중첩되는 인척관계를 맺는 등의 유형이 있다. 또한 결혼과 밀접한 관련을 가지면서 '누이바꿈'과 같은 거의 근친에 가까운 연줄혼인은 전통사회에서 같은 문중끼리의 연비관계를 누적시켜 "따지고 보면 남이 없다"고 할 정도로 친족관계의 중복을 의미하고 있다.[49]

48) 이수건(1990), 「퇴계 이황 가문의 재산 유래와 그 소유 형태」, 『역사교육논집』 13・14, 역사교육학회.

49) 여중철(1975), 「동족부락의 통혼권에 관한 연구」, 『인류학논문집』 1. pp.71-117.
______, 「한국 농촌의 지역적 통혼권」, 『신라가야문화』 9・10, pp.191-210.

〈표4〉

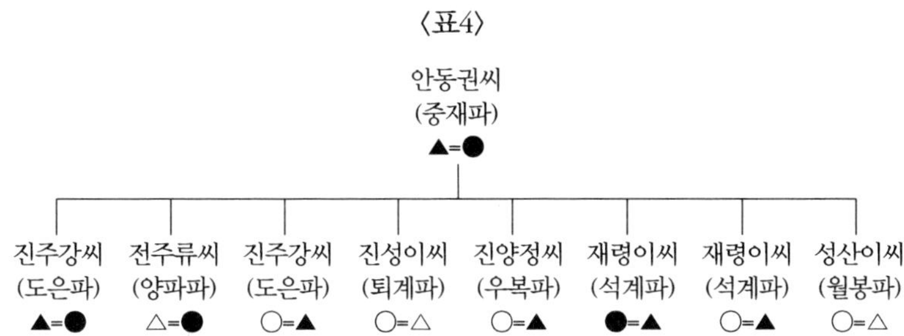

위 도표는 진성 이씨 퇴계파 현 종손의 외가의 혼인관계를 나타낸 것이다. 모두 8남매의 통혼권 중에 두 자손이 중첩되는 혼인을 하고 있음을 보여 주고 있다. 장남과 장녀가 봉화군 춘양면 의양리의 진주 강씨 문중에서 서로 배우자를 취해, 누이바꿈을 하고 있고, 4녀와 5녀가 같이 재령 이씨 석계파의 문중으로 출가하고 있다.

〈표5〉

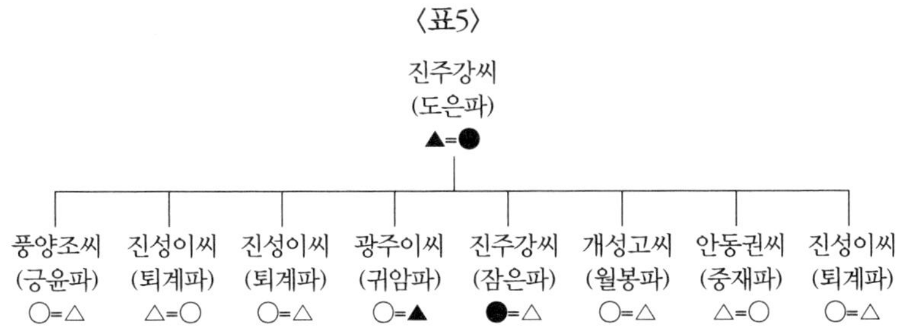

위 도표에서는 장남과 장녀와 6녀가 진성 이씨가에서 배우자를 택하고 있고, 4녀는 외가의 집안으로 출가하고 있음을 알 수 있다.

______, 「취락구조와 신분구조」, 『한국 사회와 문화』 9, pp.97-151.

어와　친척들아　이내 셰덕　드러보소

…………

그 아니　쾌청한가　후죠당　우리 선조
도덕군ᄌ　몃분니며　도산문하　석경이니
본지빅셰　버연ᄒ다

…………

내몸으로　말할 졔면　동방부ᄌ　퇴도댁은
우리셔뎍　아니신가　명가 셰족　이러ᄒ니
사남매　우리들이　금쪽갓흔　기맥이라
어와　즐거울ᄉ　조부모님　탄신후의
육십일연　도라오니　임ᄌ계동　청경일세　〈슈신 동경가〉

동산에　소는 달은　뉘를 위히　발것스며
셔산의　지는 해난　무산 길이　밧부던고
……중 략……
나난 본대　션아로셔　상졔계　즉죄하고
젹강 인간　하올젹의　예안싸　ᄀ남촌내
……
동방부ᄌ　퇴조션조　계계승승　뒤를이어
참판판서　중조부임　명문화벌　귀동녀로
시름업시　ᄌ랏드니　슈빅이밧　낙낙원지
계발무러　썬지다시　이몸이　여기왓노
시집사리　왓다하니　가장업는　시집이오
귀향ᄉ리　왓다하니　죄명업는　귀향인가
ᄉ고뭇친　고독단신　이너길이　어인일고
……중 략……
니칠당년　우리 빅씨　군ᄌ호구　짝이되어
봉화군　츄양면너　부귀겸젼　슈복가에

오복겸젼　누리시고　경ᄌᆞ년　　상원가졀
이내 몸이　십육세라　명문화열　가려내니
……
선산 ᄒᆡ평　화려강산　상한갑족　젼쥬최씨
인재션싱　후에로셔　셩덕여천　우리 구고
태산갓치　놉흔 은택　가리고　　ᄯᅩ가리여
명문화열　가려내야　독ᄌᆞ부가　되여셔라
따뜻하신　ᄌᆞ모 압흘　실은 다시　물어셔셔
ᄉᆡ댁사리　ᄒᆞ여보니　셩덕구고　ᄉᆡ댁이나
조심이야　업실손가　　　　　　　　〈리씨회심곡〉

앞의 가사의 작자는 친정이 광산 김씨 후조당파이고, 시댁이 진성 이씨 퇴계파이라는 것을 인용 부분의 내용으로 알 수 있다.

뒤의 가사의 작자는 선산군 해평 전주 최씨가에 독자부로 출가한 진성 이씨이다. 출가한 지 일년도 되지 않아 남편 상을 당하고, 연이어 수년씩을 격하여 친정의 모친상과 시부모상을 연달아 당한 불행한 삶을 살았던 여성이다.

그런데 위의 두 가사는 그 내용과는 관계없이 작자들이 서로 친족의 관계에 있다. 〈슈신동경가〉의 작자는 광산 김씨가에서 진성 이씨가로 시집을 오고, 〈리씨회심곡〉의 작자는 진성 이씨 퇴계파가에서 전주 최씨가로 출가하였으니 이들은 서로 시누이와 올케의 관계인 것이다. 이들의 가계도를 진성 이씨가를 중심으로 그려 보면 아래 도표와 같다.

〈표6〉 진성이씨 가계의 통혼 관례의 일례

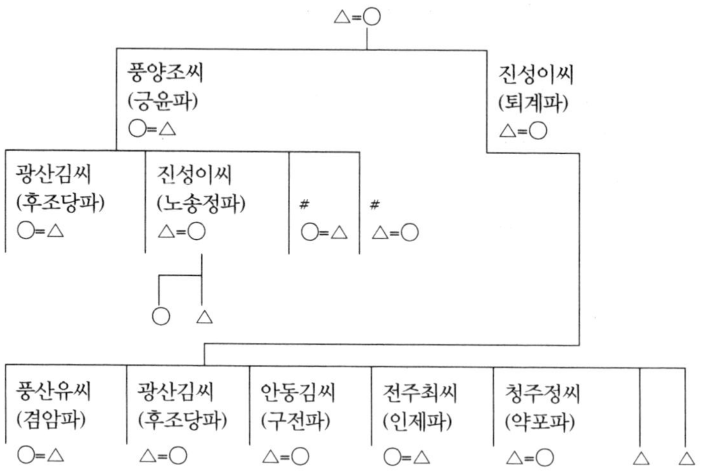

상기와 같은 통혼의 중복성과 집중도 현상은 앞서 언급한 길혼 및 가문의 족세와도 밀접한 관련을 가질 것이지만, 대체로 조선 전통 사회에서 양반의 혼인은 상대편 선조의 혈통을 절대적으로 중시하였다는 것을 의미한다. 또 통혼의 대상이 어느 정도 일정 문중으로 편향하는 선호의 경향을 보일 것이라는 이 연구의 가설을 입증해 주는 것이기도 하다.

자식사랑　우리 부모　어린사위　가릴라고
좌우로　구혼하니　청도 잇는　밀양박씨
반벌도　조커니와　가세도　풍족하다
부모도　가지롭다　낭자도　준수하다
가내도　흉성하고　백사가　구비하다
청혼허혼　왕래하여　모월모일　택일하니　〈3-11 사친가〉

이 가사에서와 같이 혼인의 조건이 '반벌', '가세', 부모구존, 신랑의 인물됨, '가산'의 차례로 든 것을 보아서도 영남 반가에서 가문의 혼인 관계를 얼마나 중요시하는지를 다시 한 번 확인할 수 있다.

(4) 지연과 내방가사의 분포상과의 관계

전통사회의 혼인에 있어서 선조의 혈연과 학통은 대체로 겹쳐지고 있으며, 그것은 통혼지역의 원근과도 밀접히 얽혀 있다. 우리 전통사회에서 원혼에 의한 가문의 사회적, 경제적 위세를 잘 반영해 주는 것으로 "양반혼인 700리" 라는 말이 있지만, 적어도 영남지방, 특히 안동을 중심으로 하는 북부지방 양반들의 경우는 가급적 가까운 지방에서 배우자를 구해 온 경향이 있다. 풍습이 다르다는 이유로 하도에로의 혼인을 기피하는 성향을 보이는데, 이것도 하도로 내려갈수록 소위 '큰 양반'의 수가 적기 때문이라 생각된다. 도를 달리하는 충남이 비록 거리는 멀다고 하더라도 지체가 대단히 높은 명문양반이라는 사실은 같은 맥락에서 이해할 수 있을 것 같다. 한마디로, 영남지방 양반들은 통혼지역에 대한 고려보다는 가문을 중시하여 선조의 혈통을 기준으로 동격의 타문중을 찾아 혼인을 지내다 보니 지역이 겹쳐졌을 뿐이지, 지역을 우선적으로 고려한 것은 아니었다. 다시 말해 도계를 벗어나지 않는 한 '누구의 자손이냐'가 중요했지 '지역이 어디냐'는 크게 문제되지 않았던 것이다.

그런데 이와 같은 혼인에서의 지연의 선호문제는 내방가사의 분포도와 거의 일치하는 흥미로운 사실을 발견할 수 있는데, 그런 점에서 영남의 내방가사의 편중 지역을 안동문화권으로 잡는데 큰 이의가 없다.[50]

〈내방가사 분포도〉

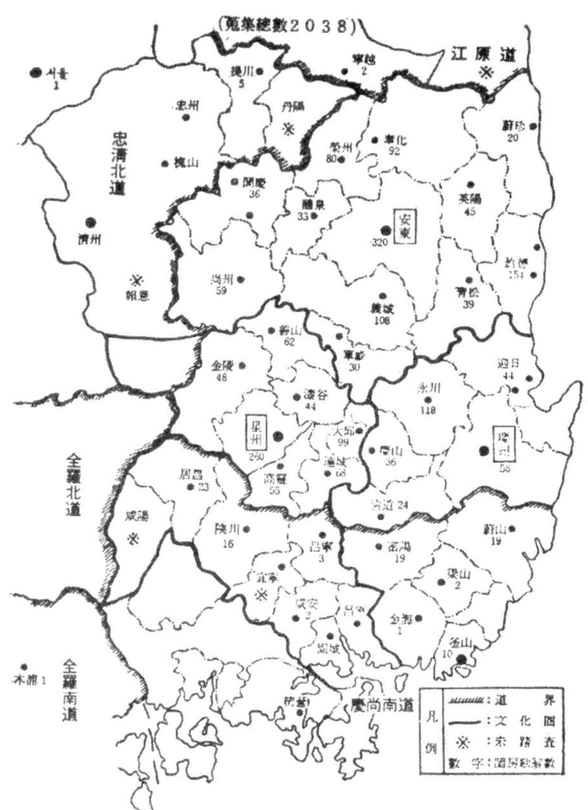

50) 이원주, 앞의 논문, p.133.
권영철(1980), 앞의 책, p.76, 〈규방가사 분포도〉, p.77 재인용.
조강희(1988), 앞의 논문, p.364의 〈배우자의 혼전 거주 지역〉 재인용.

〈영남 양반가의 통혼권역〉

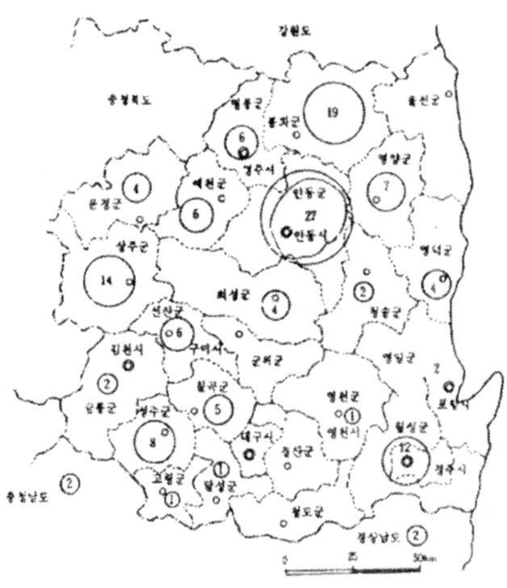

2) 전승 방법

내방가사는 그 방대한 자료로 볼 때 조선조 후기 범여성문학이라 할 만하다. 내방가사는 작가명을 동반하지 않은 작품이 대부분이나 분명히 '필사'라는 기록의 작업을 통하여 전하여지는 창작물이다. 이런 작품들을 향수된 시대와 향수자, 향수 방법들에 대한 구체적 검토없이 성격 규정을 하는 것은 무리가 아닐 수 없다. 다수의 형성자가 참여하여 개별적 소망이 일반적인 사고로 확대되면서 전승의 자료로서의 근거를 획득하고, '필사'의 개별적인 작업을 거치면서 조절, 재창작, 재평가되는 단계를 밟게 된다.

게다가 가사문학의 여성 향유자들은 '낭송'이라는 또 하나의 향수 방식을 채택하였다. 그리하여 창작이라는 문학 행위의 본질에다가 쓰고 베끼면서 수행되는 전달의 과정을 융합한 후에 또다시 '낭송'을 통한 읽고 듣는 향수 방식을 취하기도 하고, 더러는 공동작업을 통하여 가사가 제작된 경우[51]도 있으니 적층문학적인 전승방법을 효과적으로 차용하였다고 할 수 있겠다. 따라서 이들 향유층에 대한 새로운 정의가 필요할 것이며, 전승양식과 관련한 '필사'와 이에 부가된 '낭송'의 개별적 기능에 대한 추적은 반드시 필요한 작업이라고 생각된다.

(1) 향유층의 성격과 기능

내방가사의 향유자는 향수 방식과 전승과정상 둘로 구분되는 성격을 지닌다. 즉 특정한 독자(피전달자)를 전제로 하여 창작 또는 개작이 이루어지는 경우와 독자층이 비특정인인 집단적으로 이루어지는 경우로 구분이 된다. 그러므로 내방가사의 향유자층의 성격을 구체적으로 규명하고 그들이 내방가사의 전승적 기능을 어떻게 담당하고 있는가에 대한 연구의 당위성이 도출된다.

우선 내방가사의 작자층은 순수 창작자층과 전승 과정의 개작자층으로 구분할 수 있고 독자는 개인적인 경우와 집단적인 경우의 피전달자 역할을 동시에 수행한다. 개인적인 피전달자의 경우에는 주로 필사의 전승 방법을 수행하게 되고, 집단적인 독자의 구성은 보통 한 사람의 낭송자를 대표적인 전달자의 위치에 두고 이루어지는데, 이 경우는 단순히 낭송의 청자 역할만 소극적으로 수행하는 경우와 낭송된 가사를 개인적으로 다시

51) 〈화전가〉류는 놀이에 참가한 여러 부녀자들에 의해 윤작된 것도 있으며, 심지어는 윤작 담당자가 직접 필사하여 동일한 작품인데도 여러 사람의 글씨체로 된 것도 있다.(필자 소장본, 「가야산유람가」)

읽거나 필사를 하는 경우의 독자로 다시 구분될 수 있다.52)

전승자는 개작자의 역할에서부터 독자까지의 역할을 수행한다. 그러나 내방가사의 경우 명시적으로 작가가 드러나지 않는 작품이 많으므로 순수하게 개별작품의 창작자를 밝혀내기가 힘들다. 그러므로 향유자층 모두가 실제적으로는 전승자라고 할 수 있다. 그 중에서 낭송자보다 필사자가 더 적극적 전승자라 할 수 있다.

내방가사의 향유자층 가운데 먼저 작가층은 순수 창작자와 전파와 전승과정에서 형성된 개작자층으로 구분할 수 있다. 내방가사 발생 초기의 순수 창작자 계층은 주로 사대부가의 남성 또는 여성으로 교훈, 경계류의 내용의 가사를 위주로 이들의 특징은 주로 한문어투를 많이 사용하고 있다는 점이다. 이들의 작품들이 전승, 전파과정에 부정확한 한문어투로 변형이 이루어지고 개인적 신변 자탄류가 개입되면서 개작이 이루어지게 된다. 대개 내방가사의 작자층은 유식함을 자랑삼아 고사성어나 사서류의 한문원전 인용을 많이 하고 있다. 그러나 내방가사가 내방문학으로 정착되는 과정에서 주제나 소재로 여성의 체험적 요소가 확대되고 탄식, 기행류 가사가 창작됨으로써 작가층이 확대되게 되었다.

필사자층은 대개 영남의 동족혈연집단 가운데 가문을 중심으로 연결된 집안 여성들 간에 전사(translation)의 경로를 거쳐 형성된다. 필사의 과정에서 글씨체를 받기 위해서 또는 작품의 보관을 위해 필사가 되며 필사의 동기를 결사 부분에 기록해 두고 있다.

---

52) 보통 한 집안의 부녀자 가운데 초성이 좋고 글을 좋아하는 사람이 고정적으로 낭송자의 역할을 수행한다. 1992년 9월 18일 필자가 만난 포항의 최순식 할머니는 인근 동족부락과 집안 대소가에서 인정받는 낭송자인 동시에 가사창작자이며 실제로 〈추풍감별곡〉과 〈회재선생 제문〉을 암송하는 기량을 지니고 있었다.

마암이 오소하고 글도 쏘한 단문지여
말은 비록 무식하나 진정으로 기록하니
그리알아 눌러보소 〈회인가〉

고귀히 명심하여 옛말삼 칙취하여
지상의 기록하여 규문의 부치노라 〈규문전회록〉

기미연 상월시무 잇틀날로 비쪄압고
남이보면 비소할말 만습니다 필적이 고약ᄒᆞ다 〈화전답가〉

내방가사는 가창형식이라기보다 낭송형식이라 할 만하다. 낭송이 이루어지는 경우 피전달자를 전제하지 않고 혼자 낭송하는 경우와 집단적 피전달자 앞에서 낭송하는 경우가 있다. 이 경우 초성이 좋고 감성이 풍부한 자가 낭송하게 되며 낭송의 용이성을 위한 일정한 반복적 리듬을 갖게 된다.[53)]

독자층은 작자의 창작 의도에 따라서 개인적 피전달자를 대상으로 한 경우와 집단적 피전달자를 전제로 한 경우로 구분할 수 있다. 전자의 경우는 주로 동족집단 내에서 직계 여성에게 전달되는 경우이고 후자는 동족집단 내에서 공동체의식의 하나로 향촌사회의 문중 권위를 고양하기 위한 목적에서 이루어지는 경우가 많다.

---

53) 내방가사의 낭송의 특징을 권영철(1900:16-18)은 1. 가곡이 아니고 일종의 즉흥적 낭송이고, 2. 음절의 리듬구조는 전연 불규칙하며, 서양음악의 리듬, 또는 그레고리안 성가와 일맥상통하고 있으며, 3. Melisa(장식음형)도 매우 다양하나 이것은 낭송자의 기교나 가창시의 심정에 따라 더욱 다양하게 변모되어 갈 가능성이 다분히 있고, 4. glissando(끌어내리는 음)로 매우 자유롭게 취급되고 있으며, 5. 동일시 율형의 반복은 지문에 따라 다양한 변화를 요구하고 있다고 하였다.

내방가사의 향유층의 상호 관련성을 도표로 나타내면 다음과 같다.

〈표7〉

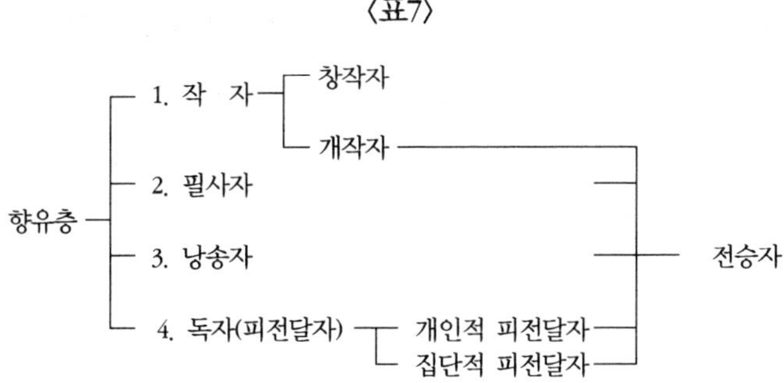

(2) 전승 방법과 표현 양식과의 관계

내방가사는 양반가사나 서민가사와 달리 표현형식에 있어서나 전달형식에 있어서 독특한 형식을 가지고 있다. 이재수는 내방가사의 형식적 특징을 "국문전용이며, 길이가 비교적 길고, 서두, 종결형식이 특유하며, 민요적 반복리듬이 기본 운율을 이루고 있으며 지나친 나열과 인용으로 과장과 수식이 심하다."라고 요약하고 있다. 이에 대해 권영철은 표현형식상 특징을 "규방가사 본래의 성격이 부녀자들의 향유물이기 때문에, 표현에는 점잖고, 우아하며, 내용에는 간혹 반항적인 것, 자포자기의 것이 있기는 하여도, 이것을 완곡하게 표현하여, 간접적인 서술방법을 잃지 않고 있다."라고 규정하면서 서두구 형식은 전형적인 유형으로 되어 있으며, 종결형식은 시조의 종장형식인 결사법을 사용하고 있지 않는다는 특징을 들고 있다. 아울러 전달형식상의 특징은 "4.4조 음수율에 4음보격 형식으로 길게 이어 나간다."라고 규정하고 있다.

이러한 형식상의 특질이 단순한 특징으로 제시될 것이 아니라 시의 형식을 통해 드러낼 수 있는 향유층의 의식과의 상관관계에 대한 보다 면밀한 규명이 이루어져야 할 것이다. 서두가 한문식 상투구를 이용하는 방법이라든가 한문고사를 인용 반복하는 표현 방식의 내면에는 명문세가 부녀자로서 유식함을 자랑하고자 하는 표현방식상의 반휴머니즘을 발견할 수 있는 것이다. 그리고 권영철이 "호소청유형"으로 분류했던 "—하소", "—해라" 또는 "—말라"와 같은 표현형식의 이면에는 김대행이 규정한 집단을 대상으로 한 전체성과 획일성을 강요하는 "반인간적 방법의 형태"적 의미가 있기도 하다.54)

본고에서는 내방가사의 전승 방법적 특성과 표현 형식적 특징을 구비서사시의 전승 원리를 체계화한 구전 공식론 이론55)을 원용하여 고찰해 보고자 한다. 공식적 표현구는 일반적으로 대립과 반복의 원리를 가지고 있으며, 이러한 원리가 표현상의 공식을 이루기에 이를 다시 대립의 공식과 반복의 공식으로 나눌 수 있다.

① 대립의 공식적 표현구

대립의 공식은 현실을 대립적으로 인식하려는 객관적 사고의 반영이며, 이를 예술적으로 효과있게 표현하려는 수단이라고 할 수 있는데, 인물의 대립, 구조적 대립, 어법적 대립의 세 가지의 형태로 파악되나, 여기서는 내방가사의 낭송의 원리로 차용된 어법적 대립을 살펴보기로 한다.

---

54) 김대행(1979), 앞의 논문, pp.576-617.

55) 이 이론은 서사무가, 서사민요, 판소리 등의 각종 구비문학의 전승론적 연구에 적용되고 있다. 공식적 표현구(fomula)는 "반복구", "상투적 수식구", "서사적 수식구", "상투구구절" 등의 용어를 포함하는 개념이다.

① 귓타고　안을 바다　버릇업게　ᄒᆞ지마라
밉다고　과쟝ᄒᆞ여　정신일케　ᄒᆞ지마라　〈1-2 계녀가〉
② 더위예　농ᄉᆞ지어　샹전을　봉양ᄒᆞ고
치위예　물을 들어　샹전을　공양ᄒᆞ니　〈1-1 권본계녀가〉
③ 아희야　드러바라　ᄯᅩ ᄒᆞᆫ말　이르리라
싀가의　드러갈제　조심이　만턴마ᄂᆞᆫ
세월이　오리되면　ᄐᆞ만키　쉬우니라
쳐음에　가진 ᄆᆞ음　늘도록　변치마라
옛글의　이른 말과　세ᄉᆞ의　당ᄒᆞᆫ 일을
ᄃᆡ강을　긔록ᄒᆞ여　가ᄉᆞ지어　경계ᄒᆞ니　〈1-1 권본계녀가〉
④ 홍등홍등　ᄒᆞ지말고　ᄌᆞ즉ᄌᆞ즉　ᄒᆞ엿스라
⑤ 덥다고　방심말고　친타고　아당말라
⑥ 못ᄒᆞ난 일　긔유ᄒᆞ고　잘ᄒᆞ난 일　칭찬ᄒᆞᄃᆡ

위의 예들은 모두 계녀가의 가사의 일부인데, 부정의 명령형과 긍정의 명령형을 서로 대립적으로 배치하거나, 또는 상대되는 개념의 어휘를 대립시킴으로써 지시의 억양이 효과적으로 표현된 것들이다.

② 반복의 공식적 표현구

반복의 공식은 현실의 율동적 인식에서 생겨난다 할 수 있으며 모든 예술적 표현에 두루 나타나는 것이다. 우리 시가에 대한 반복의 문제에 대한 관심은 조동일(1979), 최미정(1983), 김대행(1980)와 강등학(1985)에게서 찾아 볼 수 있다.[56)]

---

56) 조동일(1979), 『서사민요연구』, 계명대출판부.
최미정(1983), 「별곡에 나타난 병행체에 대하여」, 『한국시가문학연구』, 신구문화사.
김대행(1980), 『한국시의 전통연구』, 개문사.

반복에는 인물의 반복, 구조적 반복, 어법적인 반복이 있는데, 여기서는 어법적인 반복만 보기로 한다. 내방가사에서 반복의 공식구는 구비전승의 민요나 서사무가의 반복어구와 유사한 형태를 보이고 있다. 이들은 주로 의성어나 의태어를 댓구에 배치시키거나 동일어두를 반복적으로 배치함으로써 낭송에 유효한 리듬감을 확보하고 있다.

① 못할래라　못할래라　고방 살림　못할래라
얼것으나　쒸엇으나　부부박에　ᄯᅩ 잇는가
견우직녀　성이라도　둘이 서로　마조 섯고
용천검　태아검도　둘이 서로　짝이 되고
날짐승과　길어버지　다각각　짝잇건마는
전생차생　무선 죄로　우리 둘이　부부되여
거믄 머리　백발되고　희든 몸이　황금되고
자손만당　영화되고　백년회로　살자드니
하나님도　무심하고　가운이　불행하여
조물이　시기하여　귀신조차　사정업다
말잘하고　인물좋고　활 잘 쏘고　키도크고
다정하고　정리낭군　사랑하든　우리 낭군
무슨나이　그리만ᄒᆞ　청산초혼　되단말가
삼생연분　아니런가　사주팔짜　그러한가
기위부부　뒤엇거던　죽지말고　살앗으면
부질업는　이내심사　어느누가　위로하리
심회로다　심회로다　하해같이　깊은수심
태산같이　높은심회　상사로다　상사로다
상사하든　우리낭군　어이그리　못오는가

강등학(1985), 「서사민요와 반복기능」, 『논문집』 8, 강릉대.

와병외인 사절하니 병이들어 못오는가
약수삼천리 둘러서 못오는가
만리장성 가리워서 못오는가
춘추는 만사택하니 물이 깊어 못오는가
하운이 다기봉하니 산이 높아 못오는가
물깁거든 배를 타고 뫼놉거든 기어넘지
추월이 양명휘할제 달이떠서 오시려나
동영에 수고송한데 백설나려 못오시나
동창에 돋는 달이 서창에지면 오려는가
병풍에 그린황세 사경에 날새라고
꼬꼬울면 오시려나 그 강산 산상봉이
평지되어 물밀려서 배뜨거든 오려는가
어이그리 못 오는가 무슨 일로 못오는가 〈1-19 청춘과부가〉

② 가소롭다 가소롭다 여자유행 가소롭다
못할레라 못할레라 부모생각 못할레라 〈3-12 사친가〉

③ ᄇᆡᆨ이슉졔 절계로셔 슈양산을 차자왓ᄂᆞ
리ᄐᆡᄇᆡᆨ에 문쟝으로 강남풍월 ᄎᆞ자왓나
왕상의 효심으로 빙상구어 ᄒᆞ로왓나
ᄌᆞ로의 효심으로 ᄇᆡᆨ이부미 하로왓나
아니로ᄉᆡ 아니로ᄉᆡ 그런거시 아니로셰 〈3-15 리씨회심곡〉

④ 서울가신 과거선배 돌아온다 소문나네
이제까지 바랏더니 어이 그리 반갑던고
어서 바삐 고운 낯에 분단장을 약간하고
좋고 좋은 검은 머리 얼런 빗질 약간하고
동반기름 약간 발라 비녀반지 아름답게
고이고이 질러내어 연옥색 치마에
다분홍색 저고리을 경게좋게 바처 입고
삼선보선 고운 발에 끄문까신 내어신고

보기좋게 차린체로 큰길에 나가서서
임오심을 기다린다 보는사람
가는사람 오는사람 수말캐 보아도
나선사람 뿐이로다 서울갓던 서부님네
우리선비 안오신가요 길가는 선비
하신말씀 오기사 오대마는
칠성판에 실어오대 여보시오 선비임네
그말삼이 정말이요 거짓말을 외하오릿가
넋을일코 우뚝서서 미친사람 모양으로
두주먹을 우뚝쥐고 큰길로 쫓아가니
이모돌고 저모돌고 한머레기 돌아가니
설흔돌이 행상군이 발마추어 덜어오내
영정대을 높이들고 어화넘차 소레처서
일산대을 바랫더니 영정대가 왼일이고
원통하고 불상하다 고생고생 하여가며
징영 도장만하다 이렀캐도 참혹할가
나이정희 누가할고 가슴타고 애가탄다
아고지고 원통하니 죽은낭군 살아올가
하나님요 이왼일고 감태같이 거문머리
끗만풀가 반말풀가 비단댕기 드린머리
힌댕기가 왼일인고 비단치마 입든몸에
상포치마 가당한가 은가락지 찌든손에
상장메대 왼일인고 검은까신 신든발에
집신이 왼일인고 이팔청춘 젊은몸이
어린것 다리고서 독수공반 빈방안에
홀로 우뚝 앟앗스니 슯품이 태산이라
원앙침 저비게는 누구하고 비고잘고
징녕도포 좋은이복 어느누가 주간할고

청춘모자 불상하다 샛별같은 은요강은
밧침만 서로하고 못할레라 못할레라 〈3-16 베틀가〉
⑤ 가세가세 어서가세 화전썩을 이고가세
⑥ 뉘집부여 유힝잇고 뉘집부여 열힝잇고
엇든부여 유순ᄒᆞ고 엇든부여 현철ᄒᆞ고 〈1-14 부여 교훈가〉

이상의 예들은 단어가 형태적으로 반복되거나(②, ⑤) 또는 어구가 반복되거나 (①, ③, ⑥) 간에 민요에 흔히 나타나는 반복적 공식의 표현구를 사용하고 있는 예들이다. 특히 예 ④는 베틀가에 삽입된 서사민요의 일부로서, 낭송의 전승적 방법이 민요와의 장르적 교접을 가능케 한 실례이다.

4. 작품에 나타난 향유층 의식의 표출 양상

1) 향유층의 현실 인식과 내방가사의 주제

(1) 주제의 양면성

내방가사의 작자들이 창작과 필사에 비상하게 관심을 기울였던 것은 실제 그 시대의 인간 경험의 다양성에 대한 관심에서 비롯된다고 할 수 있다. 이것은 한편으로는 작자들의 개인적인 성향이나 재능에 기인한 것이기도 하지만, 또 한편으로는 사회적, 역사적 조건에 기인하는 것이었다. 즉 사회적 계층 변화에 따라 이들 내방가사의 작자와 독자의 대중적인 확대가 이루어졌던 것이다. 따라서 향유층의 증가는 양적 확대뿐만 아니라 근본적으로 문학 생산의 사회적 조건에 의해 이루어진 획기적인 변화에 기인하였다고 할 수 있겠다.

그러나 문학 생산조건의 변화나 사회적 생존 방식의 전체적인 변화에 수반하는 위기와 갈등 그 자체가 바로 문학의 창조적 활력을 낳는 것은 아니다. 오히려 요긴한 조건 중의 하나는 리얼리즘의 본질을 구성하는 것으로 보이는 관점, 즉 삶의 역사적 성격에 대한 분명한 인식이다.[57] 작가들은 자기들의 개인적인 생애와 체험 속에서 다양하고도 이질적인 생활방식의 교체가 이루어지는 것을 보았고, 사회적 인간관계의 구조에 커다란 변화가 이루어지는 것을 실지로 경험하였다. 이러한 경험을 통해서 그들은 개인의 운명은 전체로서의 사회 변화에 의해 결정된다는 것, 또 사회변화는 관념뿐만이 아닌 물질적 이해관계에 의해서도 좌우된다는 것, 그리고 무엇보다도 삶의 조건은 인간 자신에 의해 이루어진다는 것, 따라서 그것은 가변적인 것이라는 인간 및 사회에 대한 역사적 이해를 가지게 된다. 따지고 보면 내방가사 작자들의 이러한 역사적 삶의 이해는 우선 작자들 자신의 체험이나 사회적 교육으로부터 나온 것이기도 하지만 전 시대의 역사적 기본적 관점을 계승하는 것이기도 한 것이지, 전혀 새로운 비약 내지는 단절의 결과라고만은 할 수가 없다.

이와 같은 작자의식이 작품 속에서 어떠한 양상으로 표출되고 있는가를 본 장에서 검토해 보고자 한다. 그러기 위해서는 먼저 내방가사의 장르적 성격과 작자의식과의 관계를 규명하고, 내방가사 작품에 대한 유형분류가 선행되어야 할 것이다.

조선조 후기 들어서 유례없이 크게 불어난 여성 작자와 여성 독자 대중의 지적 정서적 욕구를 충족시키는데 가사는 더없이 친근하게 접근할 수

57) 김종철(1984), 「어려운 시절의 민중성」, 『서구 리얼리즘 소설 연구』, 창비신서 43, 창작과비평사, p.105.

있는 장르였다.[58] 가사는 복합성의 문학이다. 형식상으로는 시적 성격이 더 풍부하며 내용상으로는 한 작품 내에 서정성, 서경성, 서사성, 교훈성 중에서 적어도 어느 하나 이상이 복합적으로 관계를 가진다.[59] 그러므로 가사의 장르적 속성에 대한 단선적인 이론의 적용은 무의미하다. 이 경우 내방가사 역시 마찬가지다.

가사는 이와 같이 장르 특성이 다면적이고 가변적이기 때문에 그 구조의 통일성을 찾기 어렵다. 뿐만 아니라 완성을 지향하는 배타적 장르가 아니라 다른 장르와의 교섭이 많은 개방적 장르이기 때문에 구조의 독자성이 약하다. 그러나 가사가 가진 장르적 복합성은 시대와 작자층에 따라서 적절하게 수용되는 생명력[60]을 발휘하는 장르적 성격을 가지고 있다. 가사의 장르적 성격은 가사가 변천해 온 경향과 관계가 있어 통시적인 고찰의 필요성이 있다. 가사 형성 초기에 가사가 지니고 있던 특징인 개인적 체험의 표출과 소재에 대한 정서적 접근은 후대에 이르면 양반가사 내부에서도 상당히 지양되고, 작품외적 세계에 근거하는 경향이 강해진다. 조선조 후기에 양반가사의 주류가 현실 체험의 작품화, 곧 기행가사나 영사류로 기울어지면서 작가적 관심과 작품의 표현형식도 지리적 경과나 시간적 순차 등 문학 외적 사실의 원리를 많이 따르게 되었다. 이 공간적

---

58) 장성진(1992),「개화가사의 서술구조와 현실인식」. 경북대 박사학위논문, pp.47-51 재인용.

59) 김학성(1982),「가사의 장르 성격 재론」,『정병옥선생 환갑기념논총』, 동논총간행위원회, p.328.
윤석창(1983),「가사의 장르시론」,『비교문학』 8집, 한국비교문학회, pp.167-187. 그 외에 가사의 장르적 성격에 대한 종합적인 검토는 서원섭(1978), 앞의 책과 이동영(1985),「가사의 장르규정」 참조.

60) 장성진(1992), 앞의 논문, p.93.

시간적 진행은 물론 각 부분들이 정연하게 연속되게 하지만, 그것이 서사적 인과관계와는 성격을 달리 하는 것이다. 이러한 성격 변화는 소재의 선택에 기인한 것으로도 파악할 수 있지만 보다 중요한 것은 작자의 의식이 소재 선택에 작용했다는 점이다. 실제 역사의 흐름이나 지리적 장소는 객관적 사실로 존재하는 것이고, 이것을 작품화했다는 것은 민중의 일상적 체험과 지식에 호소하려는 의식이 작용할 때 가능한 일이다.

내방가사는 가사를 향유층에 따라 분류할 때에 일반적으로 양반가사, 서민가사와 대등하게 구분되는데, 이러한 분류는 분류기준의 교차적 오류를 범하고 있다고 할 수 있다.[61] 만일 작가의 계층적 신분에 따른 기준으로 분류를 한다면 내방가사에 관한 한은 내방가사 내의 하위장르 설정이 필요하며, 양반적 내방가사, 서민적 내방가사라는 식의 장르종 분류도 가능할 것이다.[62]

그러나 내방가사는 작가가 명시적으로 드러나 있지 않은 작품이 대부분이며[63] 따라서 정확한 작품 형성시기도 알아내기가 쉽지 않다. 때문에 양반가사와 서민가사의 경우와 같이 명확한 작품세계의 구분 내지 작가의

---

61) 김문기(1992), 앞의 책, pp.39-40.

62) 가사 장르 구분에 장르종의 개념을 설정한 예로는 장성진, 앞의 논문, p.55의 경우가 있다. 장성진은 "개화기 시가 장르를 체계화함에 있어서, 그 시대정신이 전반적으로 전통의 유지와 한계내적 변용을 중시함으로써 시 양식도 전통적 그것에 깊이 뿌리박고 있다는 관점과, 그렇기 때문에 일견 상이한 여러 양식이 실제로는 큰 장르의 하위장르로 포괄될 수 있다는 두 가지 관점을 인식하고, 그러한 관점에서 개화기 시가는 가사, 시조, 창가, 신체시의 네 가지 상위 장르로 분류되고, 다시 가사의 하위 장르로 전통가사, 가창가사, 신가사, 시조의 하위 장르로 평시조, 변격시조, 변형시조 신체시의 하위 양식으로 정형 지향의 신체시와 자유시 지향의 신체시를 선정"하였다.

63) 내방가사의 작자의 익명성이 내방가사의 작가의식과 작품세계에 대한 연구의 한 장애요인이 된다고 할 수 있겠다. 그러나 적층문학적 방법을 원용하여 그것을 극복하는 방법적 모색도 가능하리라 본다.

식을 비교해 내기는 어렵다.

내방가사는 우리나라 전통 율격 양식인 4음보격 연속체의 율문이지만 가창되지는 않았으며 실제로 가사의 향유층들도 가사를 음악이나 노래로 인식하지 않았다. 가창을 할 경우는 민요조가 될 것이나 사대부가 여성들은 민요에는 관심이 없으며 오히려 그런 곡조를 상스럽게 여겼다.[64] 또한 낭송을 하되 특유의 리듬감이 있는데 그것이 4.4조의 음수 율격 양식과 어느 정도 관련이 있다.[65]

내용적으로 내방가사는 일상적이고 현실적인 내용이나 사건을 평범하고 평면적으로 전개하는 단편적인 장르이다. 일상적이라고 한 것은 일상생활에서 흔히 있을 수 있는 사건이며, 초현실적인 요소의 개입이 극히 드물다는 말이다.[66]

따라서 내방가사는 여성에 의해 창작되고 여성이 향유하는 여성 스스로의 문학이며, 여성생활, 특히 여성의 속박된 생활의 고민을 내용으로 하는 4음보격 연속체의 율문이라고 정의할 수 있다. 주지하듯이 내방가사의 대부분은 한글흘림체로 필사된 두루마리 형식의 전승 형태를 지닌다. 따라서 형식적 단락 구분의 표지는 없다. 가사가 시대와 작자층을 달리하면서

---

64) 이원주(1978), 앞의 책, p.166.
실지로 필자가 만난 현존 가사 향유자들도 한결같이 가사를 '글'이라고 인식하고 있었으며, '노래'가 아니라고 하였다. "우리는 가사는 해도 노래같은 것은 하지도 않고 할 줄도 몰라. 그런 거는 아랫것들이나 했제." (면담자: 최순식(69세), 경북 포항시 죽장면 입암리 안골 거주, 구술자료)

65) 이능우(1974)는 앞의 책, pp.14-42.에서 가사는 가창물로서의 가사, 음영물로서의 가사, 완독물로서의 가사와 같은 세 가지 형태로 존재한다고 하면서, 그 중 내방가사는 완독물로서의 가사에 소속시키고 있다.

66) 조동일(1979), 『서사민요연구증보판』, 계명대학교출판부, pp.48-59참조. 조선조 후기 동시대에 여성문학의 형태로 존재하는 평민여성의 문학인 서사민요와 양반여성의 문학인 내방가사와의 공통 상이점에 대한 논의가 흥미롭다.

발전해 오는 동안 그 기사방식은 다양하게 시도되었다고 할 수 있는데 가사의 단락 구성은 4음보 1구 단위로 병렬식 연결 형태이다. 4음보 1구 단위는 시조와 가사 등 조선조 시가의 보편적 율격 현상이다. 대부분의 양반가사와 서민가사에서는 이것이 인과관계에 의해 시의를 진행시키는 연결 방식을 주로 취했다. 그것은 가사가 일정한 줄거리를 갖추는 서사적 구성이 많았던 때문이다. 가사가 사회 현실을 소재로 택하고, 이미 결정되어 있는 주제를 강조하기 위해 많은 사례를 나열하는 방법으로서 작은 단위가 병렬되는 특징을 나타낸다. 뿐만 아니라 가사는 의미 단락 구분의 외적 표지도 가지고 있지 않다. 그러나 가사는 그 장르적 복합성에도 불구하고 내용이 일정한 줄거리를 가지거나, 있었던 일을 확장적 문체로 보여주려고 하기[67] 때문에 의미 단락의 구분이 비교적 선명하게 이루어지기도 한다.

이상과 같이 구조에 대한 연구가 국문학계에서 이미 진행된 바가 있으나 이를 작품에 적용한 경우는 많지 않은 듯하다. 본고는 위에서 지적한 바와 같이 한 작품 내에서 외적 표지가 전혀 되어 있지 않은 경우라도 나름대로의 결구 방식과 의미구조가 있다고 본다.

본 장에서는 실제 내방가사 작품 속에서 향유자의 의식이 어떻게 나타나고 있는가를 검토하기 위한 초기화 작업으로 연구 대상 작품의 내용의 구조를 분석하고, 그것이 작품 내에서 중심적이고도 주체적 내용의 표출을 위해서 어떠한 작가 의식을 가지고 있는가를 진단해 보고자 한다.

내방가사에 대한 유형 분류는 내방가사 연구 초기부터 시도된 바 있다.

---

67) 조동일(1969), 「가사의 장르 규정」, 『어문학』 21집, 한국어문학회, pp.65-88.

내방가사 자료 597 편을 가지고 내용 분류를 시도한 이재수의 분류 양상은 첫째, 내용을 위주로 일관성을 갖도록 중점을 두었으며 둘째, 창작의 동기가 여성을 대상으로 한 것은 창작류, 남자의 작품이나 기타 설화 등을 번안한 것은 남요 번안류로 나누고, 한 작품에 제요소가 혼류하여 한 작품에 한 주제를 판가름하기 곤란한 것은 그 제목에 따라 결정한다고 하였다. 셋째. 내용이 상통하면서 제목이 다른 것은 그 제목을 전부 열거하되, 제목이 같고 내용이 상통하면서도 동일작이라고 간주하기 곤란한 차이점이 있거나, 그 반대의 경우에 해당되는 작품들에 이르기까지 비교 분류하여 분류표를 작성하고, 유형별 편수와 그 비율까지 제시하였다. 그러나, 내방가사의 전승에 대한 고려를 하지 않았고, 분류항목이 지나치게 단순화되어 자칫 견강부회한 감도 배제할 수 없다.

권영철은 자료 2038 편을 정리한 결과 21유형을 얻고, 각 유형에 다시 세분화된 형이 있다고 하였다.[68] 그러나 유형의 설정만 되어 있을 뿐 분류는 전혀 되어 있지 않은데 같은 책에서 창작의 모티브별로 12개항을 아래와 같이 분류설정하고, 그 예문을 들어가면서 비교적 상세히 고찰하였다.[69]

1) 교훈적인 모티브- 교술적인 것, 전기적인 것, 계몽적인 것
2) 자탄적인 모티브- 이별적인 것, 상사적인 것, 신변적인 것
3) 풍류적인 모티브- 취유적인 것,탐승 기행적인 것, 감흥우성적인 것, 관

---

68) 권영철(1980), 앞의 책, pp.31-32. 제유형은 다음과 같다. 계녀교훈류, 신변탄식류, 사친연모류, 상사소회류, 풍류소영류, 가문세덕류, 축원송수류, 제전애도류, 승지찬마류, 보은사덕류, 의인우화류, 노정기행류, 신앙권선류, 월령계절류, 노동서사류, 언어유희류, 소설내간류, 개화계몽류, 번안영사류, 남요완상류, 기타.
69) 권영철(1980), 앞의 책, pp.95-165.

념 추상적인 것

4) 자괴적인 모티브
5) 송경적인 모티브- 부모송경적인 것, 자기송경적인 것, 슬하송경적인 것
6) 애도적인 모티브
7) 노동적인 모티브
8) 상고적인 모티브
9) 개세적인 모티브- 우굴적인 것, 경세적인 것, 계몽적인 것
10) 문답적인 모티브
11) 풍자적인 모티브- 남녀상호풍자적인 것, 자조적인 것, 의인적인 것
12) 종교적인 모티브- 유교적인 것, 불교적인 것, 기독교적인 것

그런데 동일 작품 중에서 여러 개의 모티브가 나타난다는 옳은 지적에도 불구하고, 작품의 서두 부분에 작품동기가 가장 잘 나타난다는 관점은 잘못된 것이며, 뿐만 아니라 분류 기준도 일관성을 결여, 내용별 분류 항목도 있으며(1-6, 8, 9, 12), 기능성의 여부나(7), 형식성의 문제(10), 또는 문체적인 기준이 (11)과 함께 혼동되어 있다.

이외에도 현실성과 초월성을 내방가사가 지니는 문학성의 큰 특질로 설정하여 분류한 경우도 있는데, 여기서 현실성이란 유교적인 윤리와 관계있는 이념적 현실성과 결혼이나 세시풍습과 관계 있는 세속적 현실성으로 구분된다고 하여, 그 문학적 특성을 현실에의 수동적인 긍정에서 오는 현실과 자아의 모순으로 파악하였다. 한편 초월성은 내면적인 자유의식에 의한 자아의 현실 극복을 문학적 특성으로 하는 작품류들로 풍류나 사랑 또는 인생에 대한 것으로 구분하였다.[70]

---

70) 박노덕(1981), 「내방가사에 나타난 문학성의 특질 – 현실성과 초월성을 중심으로 –」, 『비사논집』 4집, 계명대학교, pp.3-9.

이러한 내방가사의 내용별 유형 분류를 종합하여, 향유층 의식의 반영을 기준으로 다시 체계화해 보면 교훈적 덕목을 주지시키고자 하는 규범적인 내용과 여성적 현실의 생활 체험이 생생하게 그려진 생활체험적인 내용의 두 가지로 크게 나눠질 수 있고,[71] 그 주제의 표출은 실제 작품의 내용을 통해 다시 아래의 네 가지 항목으로 구체화된다.

① 교훈적 덕목의 주지

내방가사에서 교훈적인 요소는 내방가사 형성 초기의 작품들로서 내방가사의 원류로 인식되고 있는 부녀교훈류의 가사에 집중적으로 나타난다. 내방가사에서 교훈의 내용은 주로 유교적 실천 덕목이며, 교훈의 대상은 좁게는 딸에서부터 넓게는 세상 사람에 이르기까지 다양하다. 내방가사의 주체적인 내용 중에서 유달리 교훈적인 요소가 많은 것은 대부분의 내방가사의 작자들이 가사에 대하여 문학적인 관심보다는 교육이라고 하는 문학효용적 측면에 더욱 관심을 가지고 있었기 때문이다. 즉 이미 각종 계녀서에 전범적으로 확립되어 있는 유교적 실천 덕목을 가사 형식이라는 문학 양식을 빌어 표현하였을 뿐인 것이다.[72] 내방가사의 교훈적 요소는 부녀교훈류로 분류되는 가사에 집중되어 있으며, 시절탄식류나 사회계몽류 가사에도 합목적적인 요소로서, 불특정인에 대한 훈계의 형식으로 표출되고, 송경축원류나 풍류기행류에서도 어렵잖게 발견된다. 그러니 부녀탄식류 제외한 거의 모든 유형의 가사에서 두루 나타난다 하겠다.

---

71) 김문기 외(1992), 『한국문학개론』, pp.148-152.

72) 계녀가의 전거가 되는 각종 전적과 계녀가의 관계에 대한 상세한 논의는 권영철, 앞의 책, pp.188-261.

내방가사의 교훈적 요소는 크게 훈계의 대상에 따라 〈계녀가〉형과 〈훈계가〉형으로 나뉘어지고, 〈계녀가〉형은 다시 전거 기준에 따라 '전범적 계녀가'와 '체험적 계녀가'로 나눌 수가 있다.[73] 전거 기준이란 계녀가 결미 부분에 밝혀져 있는 "옛글에 이른 말"과 "세사에 당한 일"을 이른다. 앞의 것은 책으로 된 각종 교훈서를, 뒤의 것은 가사의 작자의 경험을 이르는 것이다. 각각의 유형은 훈계 내용 및 표현 방식에 차이가 있다. 그러나 조선조 여성에 대한 유교적 실천 덕목은 훈계의 대상자가 다르다고 해서 크게 달라지지 않을 것이므로[74] 우선 부녀교훈류 가사에 나타난 교훈의 내용을 알아보기 위하여 한편의 구조를 분석해 보면 다음과 같다.

1. 서시-내일 신행을 앞두고 경계할 말이 있다.
2. 시부모 모시는 도리- 삼일사관, 혼정신성 실천, 병구완의 방법, 언어생활
3. 가장 공경하는 도리- 언어, 행동, 학업권면, 화순의 도리
4. 동기와 지친 간의 도리- 재물로 인한 불화 경계
5. 제사 받드는 도리- 제수 장만함에 있어서 정성과 태도
6. 손님 맞는 도리- 음식 대접에 소홀하지 말 것
7. 자식 보양의 도리- 수태시의 태교, 의식주에 있어 검소한 육아법
8. 하인 거느리는 도리- 혈육과 같이 대하여 심복을 삼아라.
9. 치산의 도리- 절약하고 청결히 하라.
10. 행신 범절의 도리- 조심하며, 이웃의 흉을 말라.

---

73) 전거 기준이란 계녀가 결미 부분에 밝혀져 있는 "옛글에 이른 말"과 "세사에 당한일"이라 할 수 있다. 앞의 것은 책으로 된 각종 교훈서를, 뒤의 것은 가사의 작자의 경험을 이르는 것으로 생각할 수 있다.

74) 이하의 5개 교육 내용은 손직수(1980), 『조선시대 여성교육연구』, 성균관대학교출판부, pp.7-8과 졸고(1990), 「계녀가에 나타난 조선시대 여성교육관」, 『여성문제연구』 18집, 효성여자대학교 여성문제연구소, pp.8-18 재인용.

11. 변함없는 마음 당부.
12. 결사-이 가사를 행신과 처사에 유익함이 있도록 사용하기 당부.

이상 모두 9가지의 교육 항목(2-10)으로 나뉘어졌는데, 이것을 조선시대 여성 교육의 다섯 가지 덕목인 효양 교육, 인륜 교육, 자녀 교육, 가사 교육, 예절 교육의 요목으로 재편하여 살펴보고자 한다.

ㄱ) **효양교육**(孝養敎育)

계녀가에서 가장 중시되고 따라서 가장 상세히 언급되고 있는 것이 바로 효양교육부문이다. 이에 해당되는 항목은 시부모 모시는 도리, 제사 받드는 도리, 손님 맞는 도리 등 3개항이다. 제사 받드는 도리와 손님 맞는 도리조를 효양의 교육 내용으로 분류하는 근거는 이것들은 조상과 어른에 대한 효의 발현이라는 점에서이다. 봉제사가 조상에 대한 효라면, 어른을 찾아온 손님을 잘 대접하는 것이 또한 부모의 마음을 즐겁게 해 주는 것이라는 당시대 보편적인 여성의 교육자적 의식이었다.

첫째, 시부모 모시는 도리조는 다시 삼일사관, 혼정신성, 병구완, 언행의 소항목으로 나누어 볼 수 있으니 시집살이에서 처음 당하는 가장 중요한 역할이라는 작가의식을 엿볼 수 있다. 삼일사관이라 함은 시집간 지 3일만에 부엌에 들어 음식을 장만하고, 3개월 동안 남편과 따로 살며 시부모 시중드는 일을 말하는 것으로 이 시기의 신부의 범절로서 시가에서의 시집살이의 강도가 결정되다시피 하였으므로 참으로 중요한 교육내용이 아닐 수 없다. 사관할 때의 하루 일과를 보면 다음과 같다.

ᄉᆡ부모께 사관ᄒᆞᆯ제 쇼세를 일즉ᄒᆞ고
문밧긔 절을 ᄒᆞ고 갓가이 나아안자
방이나 덥ᄉᆞ온가 침셕이나 편ᄒᆞ신가
술드리 ᄉᆞ른후에 져근 듯 안자다가
단정히 도라나와 진지를 ᄎᆞ릴적에
식셩을 무러가며 구미에 맛게ᄒᆞ여
극진히 진지ᄒᆞ고 식상을 물린후에
ᄒᆞᆯ일을 품ᄒᆞ여 다른일 업다거든
일손을 빨리드러 네방에 도라가셔
홍둥홍둥 ᄒᆞ지말고 ᄌᆞ즉ᄌᆞ즉 하엿스라 〈1-2, 권본계녀가〉

계명초의 잠을 깨여 일즉이러 소쇄ᄒᆞ고
구고쳐소 드러가셔 이불밋헤 손을 엿코
낫빗철 화순ᄒᆞ고 말소리 나즉ᄒᆞ여 〈계부가〉

앞의 내용은 전범적 계녀가로서 소학(小學), 내편(內篇), 명륜(明倫)의 내용과 부분적으로 일치한다. 신부로서의 몸가짐은 '단정하고', '빨리', '자즉자즉'(행동이 얌전하고 소리없이)하여야 하고, 시부모에 대한 공경의 처신은 '술드리'하고 '단졍'하고 극진하여야 한다. 뒤의 내용은 체험적 계녀가의 한 예인데 전자와 마찬가지로 시부모에게 극진히 조심하고 공경하는 효성스러운 신부로서의 바람직한 행신범절을 교육하고 있다.

저녁을 당ᄒᆞ거든 ᄉᆡ비와 갓치ᄒᆞ되
어듸로 누의실고 자셰히 살펴보아
이불을 졍케펴고 ᄌᆞ리를 편케ᄒᆞ되
부모의 글력보고 부모의 말숨바다
구틔야 말리시면 가만이 안자따가

절ᄒᆞ고　돌아나와　등촉을　도도오고
ᄒᆞᆯ일을　싱각ᄒᆞ여　칙을 보나　일을 ᄒᆞ나
이윽히　안자따가　밤들거든　ᄌᆞ거셔라.　〈권본 계녀가〉

혼정신성하는 자식의 예를 가르치는 내용으로 삼일 동안이 아닌 평생 하여야 할 며느리로서의 도리이다. 다음으로는 병구환에 대한 교육을 하고 있으니 각별히 조심하고, 약을 다리되 종에게 맡기지 말고 친히 하며, 식음을 자주 권하고 대소변을 받을 때도 정성을 다하며, 음식을 때 맞추어 추운 때도 없게 하여 더욱 극진히 봉양할 것을 가르치고 있다.

다음에는 시부모에 대한 언행 교육이다. 앞의 항에서도 간간이 일렀으나 가장 중요한 덕목이니 따로 당부하여야 할 것으로 인식되었다.

부모님　꾸중커든　업드려　감슈ᄒᆞ고
아모리　올흐나마　발명은　밧비마라
발명을　밧비ᄒᆞ면　도분만　나ᄂᆞ니라
안식을　보아가며　노기가　발명ᄒᆞ면
부모님네　우스시고　용서를　ᄒᆞ시리라　〈권본 계녀가〉

언어를 공순할 것, 명령을 거역 말며, 꾸중은 무조건 감수하며, 비록 옳은 일에 대한 꾸중이라도 현장에서 발명하지 말고, 나중에 발명한 것을 가르치고 있으니 일방적인 부모에의 복종이 곧 효행이라고 인식하고 있다.

둘째, 제사 받드는 도리에 대한 교육은 어떻게 수행되는가 살펴보자.

봉제ᄉᆞ　졉빈ᄀᆡᆨ은　부녀의　큰이리라

졔ᄉᆞ를 당ᄒᆞ거든 의복을 갈아입고
방당을 쇄소ᄒᆞ고 헌화를 절금ᄒᆞ고
졔미을 씨슬져긔 틔업시 조키씻고
우슴을 과이ᄒᆞ고 헌화를 절금ᄒᆞ고
비질을 밧바마라 티끌이 나ᄂᆞ니라
검불나무 때지마라 불틔가 나ᄂᆞ니라
아희들이 봇치나마 먼저떼여 쥬지말고
죵들이 죄이셔도 ᄆᆡ바람 ᄂᆡ지마라
졔쥬를 정케뜨고 졔편을 정케괴와
졍신을 ᄎᆞ려가며 ᄎᆞ례를 잇지마라
둥촉을 끄지말고 웃끈을 푸지말고
달울기를 고ᄃᆡᄒᆞ야 고즉히 안ᄌᆞ따가
힘ᄉᆞ를 일즉ᄒᆞ고 음복을 존흘젹에
음복을 고로논와 원망업시 ᄒᆞ여셔라 〈권본 계녀가〉

유교중심의 전통사회는 효의 확대개념으로 조상을 섬기는 풍속을 계승하고 이를 대가족사회의 일가로서의 단합과 화합을 기조하는 계기로 삼음으로써 제사 행사를 대단히 중시하였다. 따라서 한 가정의 살림을 주관하는 주부에게는 평소에 이를 위한 제수의 준비와 제찬의 경영에 있어 대단한 책임이 부여되었다. 제사일을 당하여 제수를 장만하는 데서부터 음복을 할 때까지의 역할을 함에 모름지기 정성과 역할만 강조할 뿐 조상신을 모시는 근본 목적이나 제사의 절차에 대한 설명은 일체 없으니 제사 수행에 있어서의 남녀 간의 구별이 엄격했음을 알 수 있다. 이 때문에 자칫 제사 받드는 도리는 효양교육의 목적보다 가사 교육의 내용으로 인식될 수도 있을 법하다. 제사음식의 조리 역할만을 그 내용으로 하고 있기 때문이다.

셋째, 손님 맞는 도리에 대하여서는,

봉제ᄉᆞ도　하련니와　접빈ᄀᆡᆨ을　잘ᄒᆞ여라
손님이　오시거든　청렴더울　ᄒᆞ여셔라
이웃제　꾸어오나　업다고　핑계말고
소리를　노피ᄒᆞ여　외당에　듯게마라
반감을　ᄉᆞᆫ쇼ᄒᆞ고　종만막겨　두지말고
반샹을　ᄆᆡ오딱고　ᄀᆡ명을　씻고씻어
밥그릇　골게말고　국그릇　씩게마라
반찬을　노흘젹긔　제ᄌᆞ리　아라노코
음식이　불결ᄒᆞ여　손님이　안ᄌᆞ시면
주인이　무안ᄒᆞ고　안흉이나ᄂᆞᆫ이라　〈권본 계녀가〉

손님이　오시거든　잇난ᄃᆡ로　ᄃᆡ졉ᄒᆞ되
잇다고　유셰말고　업다고　핑계말고
쇼릐를　크게하야　초당의　듯게말라
손으귀가　기다더라　그아니　두러울가
……〈중 략〉……
손님이　어시거든　노소를　분간ᄒᆞ야
노인손님　오시거든　무른반찬　제이리라　〈훈시가〉

머리파라　술밧기난　겨록할사　뉘집분녀
쥬인업시　차자와도　그가장　낫흘보아
아헤불너　외당씰고　흔연영졉　ᄒᆞ여시니
부덕에　음젼하야　쳔츄이름　자자ᄒᆞ니　〈규중교훈가〉

전통사회에 있어 부녀자의 가사경영 가운데 제사 다음으로 중요시한 것이 손님접대였다. 접빈을 중시한 이유는, 그것이 이른바 남편의 사회적 체면과 행세에 관계가 있을 뿐만 아니라, 자식의 장래 사회적 활동과의 깊은 상관이 있으며, 또한 한 가정의 주부의 솜씨에 대한 평가를 비롯한, 한 가정의 예의범절의 평가와도 깊은 관계가 있다고 보았기 때문이다. 따라서 결혼한 여자에게 있어서 현실적으로 가장 힘겨운 것이 손님맞이였다. 전범적 계녀가에서는 손님이 오시면 청결을 더욱 잘하고, 이웃에서 꾸어오나마 없다고 핑계말며, 음식 장만하는 소리를 사랑에 들리게 하지 말며, 반찬 장만도 손수하여 정성을 다하라고 주의하였으니 그렇지 않으면 주인이 무안하고 결국 그 흉이 자신에게 돌아올 것이라고 경계하였다.

그러나 이웃에서 꾸어오거나, 머리카락을 팔아야 할 정도로 곤궁한 집안 살림의 처지를 외당에 알리지 않음을 경계함은 곤핍함의 책임이 전혀 남편이나 남자에게는 알 바가 아니라는 인식, 또는 집안의 체면을 위해서는 경제의 규모를 무시하여도 좋다는 그릇된 사고가 바탕으로 깔려 있다. 가난도 견디기 어려운 고통인데, 손님접대를 위해서도 무리를 하여서라도 체면치레를 해야 하였으니 '손님은 범같이 무서운 존재'로 인식된 여성의 이중의 고통을 짐작할 수 있다.

ㄴ) 인륜교육(人倫敎育)

인륜이란 가족을 중심으로 한 인간관계의 질서를 유지하기 위해 사람이 지켜야 할 떳떳한 도리이다. 곧 가족 구성원들의 역할 수행상의 도리를 이르는 것이다. 계녀가에서는 결혼을 하여 새로운 가문의 새로운 역할을 수행하여야 할 딸의 도리를 가르치고 있다. 새로운 역할의 내용은 시부모의 며느리 역할, 남편의 아내 역할, 자녀를 두었을 경우의 어머니 역할과 원근친척과의 관계 등이다.

시부모에 대한 도리에 대하여는 전항에서 고찰된 바이고, 자녀교육에 대하여는 별항이 마련될 것이므로 본 항에서는 부부관계와 친척관계에 한정하여 논의할 것이다.

가장은　하늘이라　하늘갓치　즁ᄒᆞ여라
언어를　조심ᄒᆞ고　ᄉᆞᄉᆞ이　공경ᄒᆞ고
미뎝다고　방심말고　친타고　아당말라
음식을　먹더라고　ᄒᆞᆫ반에　먹지말고
의복을　둘지라도　ᄒᆞᆫ홰에　걸지마라
ᄂᆡ외란　구별ᄒᆞ여　힐난케　마라스라
져구난　금슈로ᄃᆡ　갓가이　아니ᄒᆞ고
연지ᄂᆞᆫ　남기로ᄃᆡ　나지면　푸리나니
ᄒᆞ물며　ᄉᆞ람이야　분별이　업슬손가
학업을　권면ᄒᆞ여　현져키　ᄒᆞ야셔랴
ᄂᆡ외란　구별ᄒᆞ여　음난케　마라스라
투기를　과이ᄒᆞ면　난가가　되ᄂᆞ이라
밧그로　맛튼일을　안해서　간여말고
구고님　꾸죵커던　황송히　감슈ᄒᆞ고
가장이　꾸짓거던　우스며　ᄃᆡ답ᄒᆞ라
웃으며　ᄃᆡ답ᄒᆞ면　공경이　부죡ᄒᆞ나
부부간　인정이야　화슌밧긔　업는이라　　〈권본 계녀가〉

군자가　방탕ᄒᆞ여　별가를　둘지라도
너ᄒᆞᆯ도리　잊지말고　투기를　ᄒᆞ지말라
정의만　손상ᄒᆞ고　가도가　망ᄒᆞ리라
……〈중 략〉……
ᄒᆞᆫ번눈밧긔　나게되면　화합ᄒᆞ기　어렵도다
엄슉ᄒᆞ고　위풍으로　눈뿔셔　꾸진말슴

딕답부딕　ᄒᆞ질마라
분심을　순키ᄒᆞ고　겁내는체　두렵워라
발명을　ᄒᆞ기되면　오른말도　글러지고
싸움만　분주ᄒᆞ다　〈귀녀가〉

칠거지악　모리고셔　투기ᄒᆞ미　고이ᄒᆞ다
풍유남자　죠헌시절　쥬식장의　과ᄒᆞ거든
슈신직가　오런말노　죠셕상딕　말유ᄒᆞ면
안이드러　감당ᄒᆞ리　쳔지간의　뉘잇시리　〈규중문훈가〉

부부유별과 공손하고 순종하여야 할 아내의 도리를 교육하고, 투기를 말 것을 특별히 당부하며, 남편을 섬기는 도리는 남편을 하늘같이 공경하라는 것이다. 언어에 조심할 뿐 아니라 매사에 방심하지 말아서 내외를 분별하여야 함을 동물과 식물의 예까지 들며 강조하고 있다. 또한 아내된 도리로 남편의 입신양명을 내조하여야 할 것이니 음란하지 말고 투기를 말고, 남편의 바깥일에 관여하지 말라고 당부한다. 시부모에게와는 달리 남편의 꾸중에는 웃으며 대답해야 하니 공경은 비록 부족하나 화순하게 지내기 위함이라 했다. 남편에 대한 아내의 역할은 곧 순종과 공경과 화순하는 것이니 일방적인 복종의 의무밖에 없다. 그것이 투기의 금지에 이르러서는 더욱 엄격하다. 투기를 하면 난가가 된다 함은 혼인의 의무를 이행하지 못한 남성의 일방적인 횡포를 오히려 여자의 책임으로 전가한 유교적 악습을 교육하는 것이다. 오히려 '군자의 방탕'과 '풍류남자'를 혼동한 인식은 참으로 모순된 것으로, 그로 인한 가정의 파탄이 오로지 아내의 투기에 기인한다 하였으니 이에 대한 대처의 방법도 전혀 소극적이다. 투기를 하지 말아 할 도리만 하면 될 뿐이며, 오히려 한 번 눈밖에 나게 되면 화합되기 어렵다 경계하였으며. 주색잡기가 과할 경우 조석으로 상대하여 만류하라 당부하고 있다.

부부간의 도리에 관한 다른 여성교훈서의 내용과 비교해 보면 계녀가의 경우와 매우 다름을 알 수가 있다. 여러 여성교훈서를 통해 부부에 관한 내용을 규합해 보면, 가장 강조된 바가 남편에 대한 아내의 승순이고, 그 다음에 남녀 역할의 특성에 따른 부부 각자의 올바른 역할 수행과 상호이해를 촉구하고 있으며, 조화로운 부부생활을 위해 서로 예의를 다하라고 교훈하고 있다. 부부 간의 도리는 "상경여빈(相敬如賓)"이라 할 수 있으니 남편의 도리와 아내의 도리는 상대적인 것으로 가르치고 있다.[75] 그러나 계녀가의 경우에는 일방적 아내의 도리만을 가르치고 있는데, 여타 여성교훈서는 부부 관계에 관한 교훈 덕목이 다소 이론에 치우친 반면에 계녀가는 실제 교육자인 작자가 실생활에서의 체험을 토대로 한 산교육의 가르침이라고 할 수 있겠다.

친척과 화목하게 지내는 도리조는 전범적 계녀가의 경우 4번째 항목에 차례 하는데, "부모와 가장은 지공한 천륜이라 그르게 ᄒᆞ다ᄒᆡ도 ᄂᆡ리쓰러 보거니와 그 즁에 어렵기는 동기와 지친이라"면서 용서의 기저가 부모와 부부 간보다 못하다는 것을 전제하여 동기와 지친 간의 우의를 돈독히 하는 도리의 어려움을 가르치고 있다.

언어를　잘못ᄒᆞ면　지친간　불화되니
그아니　두려우며　그아니　조심할사

75) 소혜왕후, 내훈, 부부장 제 4.

일척포　같나ᄂᆡ여　동긔와　같나입고
일두속　같나ᄂᆡ여　동긔와　갓치먹어
지친은　우익이라　우의업시　어이살리
무사이　이실때ᄂᆞᆫ　남보듯　ᄒᆞ거니와
급ᄒᆞᆫ일　당ᄒᆞ오며　지친밧긔　또잇ᄂᆞᆫ가
번부를　혜지말고　영양이　제일이라
의복을　ᄇᆞ랠져긔　말업시　ᄂᆡ여주고
음식을　논흘져긔　구무ᄂᆡ여　쥬지말라 〈권본 계녀가〉

언어 때문에 지친간에 불화가 쉽고 재물 때문에 동기간에 불목하기 쉬우니, 한 자의 베나 한 말의 조라도 나누어 쓰고, 빈부염량을 보지 말고 평등하게 대할 것을 가르치고 있다.

조선시대는 대가족제도라는 가정질서의 안정을 위해 형제간의 우애와 친척 간의 화목을 매우 소중히 여겼다. 그러나 형제 각자의 혼인으로 새로운 이질적 가족구성원이 생기게 되고 이로 인하여 형제의식이 희박해지고 소원해질 수 있다고 여겼기에 여성 교육에서 중요시되었던 덕목이 곧 "친척간에 화목하라"는 것이다. 형제 간의 불화와 친척 간의 반목을 야기하지 않기 위해서는 재물을 고루 분배하고, 언어행신을 조신히 하라는 가르침이다.

ㄷ) 자녀교육(子女敎育)

조선시대의 자녀교육, 특히 유소년기의 자녀에 대한 교육적 책임은 전적으로 그의 부모에게 있다고 할 수 있다. 그 중에서도 어머니의 역할과 책임이 막중하고 절대적이라고 여겼던 것을 여러 여성교훈서에서 확인할 수 있다. 계녀가의 자녀육에 대한 항목은 태교와 육아 두 가지이다.

ᄌᆞ식을 보양ᄒᆞ미 장ᄂᆡ예 ᄒᆞᆯ일이나
미리야 가ᄅᆞ치기 자ᄉᆞᆼᄒᆞᆫ듯 ᄒᆞ다마ᄂᆞᆫ
슈ᄐᆡ을 ᄒᆞ거들랑 각별이 조심ᄒᆞ라
침셕을 바로안고 사ᄉᆡᆨ을 보지말고
긔울게 서지말고 틀리게 눕지말고
열달을 이리ᄒᆞ야 ᄌᆞ식을 나흘진ᄃᆡᆫ
얼골이 단정ᄒᆞ고 총명이 더ᄒᆞ리라
문왕의 어마님은 문왕을 ᄇᆡ엿실때
이갓치 ᄒᆞ엿스니 뽄바듬직 ᄒᆞᆫ거시라 〈권본 계녀가〉

수태하였을 때 가져야 할 임부의 몸가짐에 대한 교훈을 하고 있다. 이는 소학 열녀전의 내용을 그대로 옮긴 것인데, 상세한 언급이나 더 구체적인 교육 내용으로 확장되지 않은 것은 신혼의 딸인 피교육자에게 먼 장례의 일을 미리 가르치기에 이르다는 전제 때문이며 대강의 주의 사항만 요약하여 설명하고 있다.

육아는 전범적 계녀가의 경우 8번째 항목에서 가르치는 내용이다. 태교조의 내용과 마찬가지로 소학의 내용을 바탕으로 하고 있다.

두세살 먹은후의 지각이 들거들랑
장난을 엄금ᄒᆞ고 의식을 ᄌᆞᆫ절ᄒᆞ고
명주옷 입게말고 ᄉᆡ쇼움 눗치말고
썩은음식 쥬지말고 ᄉᆡᆼᄒᆞᆫ고긔 먹게말라
귓타고 안을바다 버릇업게 ᄒᆞ지말라
ᄆᆡᆼ자의 어마님도 ᄆᆡᆼ자를 길으실제

가긔를　세 번옴겨　학궁겻히　사라실제
이웃제　돗잡거늘　너먹일라　소기시고
도려혀　후히ᄒᆞ여　사다가　머기시니
너도이걸　효칙ᄒᆞ야　소기지　말라시니　〈권본 계녀가〉

자녀양육에 대한 교육은 실로 매우 다양하나 계녀가에서는 어머니로서의 양육태도에 대한 교육을 주로 하고 있어, 다른 여성교훈서의 내용과는 다소 차이가 있다. 특히 맹자의 고사를 인용하여 교육 환경의 중요성과 자식을 속이지 말 것을 효칙하였다. 그러나 그 교육 내용이 지극히 일상적이고 단편적임에 머물러 교육자로서의 어머니의 역할을 충분히 교육하지 않고 있다. 또한 성인 위주의 사회 인식에는 어린이 하대의 아동경시사상이 전제되어 있으니, 명주옷과 새 솜옷과 같은 좋은 의복을 주지 말 것을 당부한 것이 그것이다. 〈규중요람〉이나, 〈사소절〉, 〈내훈〉 등의 여성교훈서에서는 유아의 양육방법, 양육상의 주의점 뿐만 아니라, 아동의 연령별 발달단계에 의거한 교육 내용을 제시하고 자녀 교육방법에 관한 구체적 방침을 교육하고 있다.

피교육자인 딸은 자녀를 두어 어머니가 되면 다시 교육자가 될 터이고, 그렇다면 자녀 교육에 대한 어머니의 역할을 중요하게 생각하여야 할 것이며, 따라서 육아법 못지않게 고려하여야 할 사항으로서, 이를테면 교육 목표나 그 방법, 또는 이상이 있을 것이다. 태교나 육아에 관한 한 계녀가의 교육 내용은 타 여성교육서에 비교하여 특히 조악함을 부인할 수 없다. 왜냐하면 이제 갓 신행할 여식에게 태중의 자식교육에 관한 교훈은 아직 이른 감이 있다고 여기거나 훗날의 교육으로 미루어도 될 만큼 절실하지 않다고 여겼기 때문이라고 생각된다.

ㄹ) 가사교육(家事敎育)

여성이 가정에서 수행하여야 할 중요한 역할 중의 하나로 가사(家事)가 있다. 조선시대 대부분의 여성들은 계층을 불문하고 가사노동을 하였다. 가족들의 의복관리와 음식수발 등의 가사뿐만 아니라 가정 경제를 전담하는 역할까지 여성의 차지였다. 전범적 계녀가 중 9항의 하인 거느리는 도리와 10항의 '치산'은 가정 관리자로서의 여성의 역할을 가르치는 내용이다.

노비ᄂᆞᆫ 슈족이라 슈족업시 어이사랴
더위예 농ᄉᆞ지어 샹젼을 봉양ᄒᆞ고
치위에 물을들어 샹젼을 공양ᄒᆞ고
그아니 불상ᄒᆞ며 그아니 귀할손가
귀쳔은 다를망졍 혈육은 ᄒᆞᆫ가지라
祿지져도 악언말고 ᄆᆡ치나마 과장마라
명분을 엄케ᄒᆞ야 긔슈를 일치마라
제때에 옷입히고 빅고푸게 ᄒᆞ지마라
나만ᄒᆞᆫ 죵이거든 ᄌᆞ식갓치 길러ᄂᆡ여
ᄉᆞᄉᆞ이 귀이ᄒᆞ면 심복이 되ᄂᆞ니라 〈권본 계녀가〉

수족같은 존재인 노비는 불쌍하기는 하나 귀한 존재라고 했다. 이는 노비에 대한 인간적 대우가 아니라 노동을 위한 사역적 가치에 기준한 평가이다. 신분적으로 불평등한 주종의 관계에 있음을 주지하여 노비를 거느리는 법에 대하여 이르고 있다. 꾸짖거나, 매를 때리는 것은 일상적이나 지나침이 없어야 하고, 의복과 음식에 대한 편견을 하지 않아야 바른 주인 행세를 하는 것이며 그렇게 해야만이 심복으로 삼을 수 있을 것이라고 가르치고 있다.

세간을　　ᄎᆞ린후의　치산을　　ᄒᆞ여서라
곡식이　　만흐나마　입치례　　ᄒᆞ지말고
헌의복　　기워입고　잡음식　　먹어서라
집안을　　ᄌᆞ로쓰러　문지를　　안게말나
긔명을　　아라노ᄒᆞ　계견이　　깨게말라　　〈권본 계녀가〉

검소하고 절약하며 청결히 집안 간수하기를 구체적으로 교육하고 있는 내용이다. 입치레, 옷치레 금지, 기명 간수 등의 사소한 치산 범절에서 더 나아가 궁핍한 가정 경제를 부흥하여 성공한 사례를 든 내용의 가사도 있다. 그러나 계녀가류의 가사 중 치산의 항목은 거의 사소한 살림살이의 요령만 교육하는 한계를 지니고 있다.

죠셕쌀　　ᄂᆡ울저에　셤의코　　덥혀두고
간장을　　떠는후의　다시곰　　좁아ᄆᆡᆨ고
호정을　　지로씨러　문지를　　안게말고
……〈중 략〉……
정지에　　남무노키　일심을　　멀이ᄒᆞ고
솟그르세　물여두기　척염ᄒᆞ여　잇지마라
아춤을　　당ᄒᆞ거던　일즉이　　문을 열고
젼역을　　당ᄒᆞ거던　일즉이　　문을 걸ᄃᆡ
다시곰　　만져비셔　후회되게　마라셔라　　〈계녀가〉

부엌살림을 함에 있어서의 사소한 주의와 당부의 말을 이르고 아침저녁으로 문단속을 철저히 하여야 함을 가르치고 있다. 가사에 관한 교육 내용은 여성의 가사 노동의 중요성을 일깨우는 것인 동시에, 여성 역할의 단순성과 한계성을 표출하는 작가의식의 일단을 드러내고 있다 할 것이다.

ㅁ) 예절교육

소혜왕후는 『내훈』에서 특히 여성에게는 몸가짐에 염치와 동정의 예법이 있기를 강조하였다. 남성 위주의 조선 사회에서 여성에게 사회질서의 확립과 유지를 위해 여성에게는 부당한 예의를 강요하고 엄하게 다스렸다.

곧 대인관계에 있어 억압과 구속을 하고 가정의 울타리를 벗어나지 못하게 하는 행동의 제약을 강요하였다. 그리하여 부녀자들의 출입을 제한하였고 부득이한 외출시나 집안 대소사 참여시에도 남녀유별을 위한 염치와 예의를 잃을까 두려워하여 경계하였으니 이것이 여성을 위한 행신범절 교육의 내용이었다. 출입시에는 무릅을 쓰고 얼굴을 가릴 것이며, 급한 일 아니며 야행을 말 것, 웃음을 크게 웃지 말아 잇몸을 보이지 말 것, 속옷을 보이지 않게 할 것 등의 범절은 여성에게만 특히 강요되는 예절이요, 이는 곧 크게 행동 제한을 크게 하는 것이다. 그러나 남의 말을 전하지 말며, 남의 흉을 내지 말며, 부귀를 부러워 말며, 반상을 차별하지 말고, 인물공론 말 것을 가르치는 것은 지어미된 자로서의 기본적인 교양교육의 내용이 될 수 있는 것으로 매우 마땅한 교육이 될 것이라 하겠다.

이웃제　　왕닉홀제　무름업시　가지말고
급훈일　　아니거든　밤으로　　왕닉말라

남의집에　가거들랑　더욱조심　ᄒᆞ여서라
우숨을　과이ᄒᆞ여　잇소리가　나게말며
옷깃을　벌게ᄒᆞ여　속옷슬　나레말며
남의말　젼치말고　나무임너　너지마라
부긔를　홈션말고　음식을　충ᄒᆞ말고
양반을　고ᄒᆞ말고　인물공논　ᄒᆞ지마라　〈권본 계녀가〉

내외법이 엄중하던 시절, 여성 스스로가 그들에게 굴레씌워진 질곡의 껍질을 깨뜨리려 하고자 하지 않고 오히려 더욱 그 잘못된 관습 속에 칩거하고자 했다.

② 여성 생활 체험의 토로

ㄱ) 가문 자랑과 자기 과시

조선시대의 여성의 삶은 자신의 신분과 혈통집단 내의 위치가 탄생과 더불어 결정되어 버리는 남성들의 귀속적 특성과는 상당한 대조를 이룬다.[76] 남성은 자신이 태어난 가족에서 자라고 활동하다 죽으면 죽은 후에도 그 집안의 조상이 되어 제사를 받게 된다. 그는 항상 자신의 성격을 이해하는 친숙한 사람들과 상호 작용하고 그 영구적인 집단 내에서 보호를 받고 살아간다. 이러한 남성적 삶을 삶의 연속성이라 할 수 있다. 반면 여성은 자신이 태어나고 성장한 집을 결혼과 함께 떠나야 한다. 그는 자신을 이해하거나 보호해 줄 사람이 아무도 없는 시집에 들어가 사는 단절적 삶을 경험해야 한다. 여성은 불안정한 삶을 살아야 하는 상황적 조건 때문에 심리적으로 되도록 일찍 시집 가문에 적응하여야 했는데 이것이 자신

76) 조혜정, 앞의 책, p.83.

이 시집온 집안과 가문에 대한 적극적이고도 긍정적인 반응을 보이는 한 심리기제인 듯하며, 내방가사의 경우 시가 가문에 대한 자부심은 바로 이러한 가문 자랑의 방법으로 표출된다.

건근곤슉　남녀성질　부창부슈　ᄇᆡ필되야
격인종부　오날이라
쥬옥갓치　너를길러　이팔방년　조혼시절
명문셰족　효우ᄌᆞᄋᆡ　명망잇고　놉흔문호
슌못ᄋᆞᆫ　규사덕을　앙망ᄒᆞ야
ᄇᆡᆨ니산천　먼먼길ᄋᆡ　옥인군ᄌᆞ　ᄐᆡᆨ셔ᄒᆞ니
흔흔장부　일등가장　풍처조흔　두목지요
탄복동샹　왕희지라
원부모　원형데난　녀ᄌᆞ유ᄒᆡᆼ　옛법이라
예로부터　잇ᄂᆞᆫ예절　녀ᄌᆞ의　영화로다　〈신ᄒᆡᆼ가〉

신행가는 딸의 모습과 어머니의 심정을 읊으면서 시가에서의 행실을 교훈하는 계녀가의 일종이다. 여자로서 좋은 가문에 시집가며 좋은 신랑을 만나는 것이 가장 큰 영화이며 부모형제와의 이별은 「녀ᄌᆞ유ᄒᆡᆼ」으로 당연한 것으로 받아들이고 있다. 〈회혼가〉, 〈회혼찬경가〉 등에서는 친정과 시댁의 가문의 훌륭함을 자랑하는 어조가 특히 과장적이다.

어와　친척들아　이내 세덕　드러보소
그 아니　쾌장한가　후죠당　우리 선조
도덕군ᄌᆞ　몃분니며　도산 문하　석졍이니
본지ᄇᆡᆨ셰　내연ᄒᆞ다
내몸으로　말할제면　동방부ᄌᆞ　퇴도댁은

우리싀댁　아니신가　명가셰족　이러ᄒᆞ니
사남매　우리들이　금쪽갓흔　기맥이라　〈슈신 동경가〉

훌륭한 시가에 출가한 자기를 자랑함으로 시작하여 조부모의 회갑연을 묘사하며 문득문득 시가와 친정의 훌륭한 가문세덕을 자랑하고 있다. 이 작가는 친정 조부모의 회혼 경사에 참여하러 온 신분으로서 시가의 가문 자랑을 하는 것은 자신의 성공적인 결혼 생활을 과시하고자 하는 의도를 감추지 않는 한 방법이라고도 할 수 있겠다.

축하하자　축하하자　권씨문에　축하하자
경사로다　경사로다　우리자손　경사로다
어와세상　사람들아　우리경사　들어보소
경진섯달　초파일은　우리부모　회혼일세
실하된　우리로난　짝없난　경사로다
우리집　오날경사　원인없이　될것인가
입향하신　오봉선조　단묘의　유신으로
초년절의　장하시고　자손지게　거룩하다
대은선조　덕업행이　백행지원　깊이알아
환해에　뜻이없고　임하에　숨어살아
지성으로　부모효양　장진후학　일삼앗다
자자한　그덕방은　조야가　다름없이
효행으로　지평중직　임금까지　알았구나
송천가　구대조부　당신이　참봉이요
아드님　칠형제에　삼형제분　충육하야
정성봉양　하엿건만　만족으로　생각잔고
선인유훈　잊지마라
극진금심　힘을써서　빈한한　우리문호

후일장대 바란다는 엄숙한 그유훈을
자손이 가치없네
일으하신 유훈지계 증현손에 삼백이라
자손만대 언제까지 그여음이 잇으리라
칠우전 팔대할바 역전삼읍 고을마다
선정시화 구비되여 지금까지 전하였네 〈수경가〉

경진년 섣달 초파일에 부모님의 회갑을 맞아 음식을 차리고 원근 친척들과 이웃 사람들을 모셔 즐겁게 노는 기쁨과 부모님이 오래 사시기를 축원하는 자식의 마음이 잘 나타나 있는 작품인데 권씨 문중의 가문 자랑으로 시종 일관되어 있는 가문 자랑의 대표적인 작품이다.

이렇게 가문 자랑의 어법으로 자기 과시를 표출하는 것은 조선조 양반 부녀자들이 자신의 존재를 가문 내지는 집안의 한 구성원의 존재로서 인정하고자 하는 의식의 소산이다. 따라서 그들은 아직 자기 존재를 가문이라는 귀속적 집단으로부터 이탈하거나 독립하여서는 결코 생각할 수 없는 사람들이며 오히려 스스로 그러기를 거부함으로써 남성 지배의 이데올로기를 더욱 강화시킨다.

ㄴ) 여성의 흥취

내방가사에서 유흥적 요소는 놀이에 대한 조선조 양반 부녀자의 의식을 관찰할 수 있는 좋은 관심거리이다. 풍류기행류 가사는 당시 양반부녀자들의 집안적인 놀이로 대표되는 화전놀이나 척사놀이가 주된 소재가 된 가사이며, 〈유람가〉형 가사는 여성의 원거리 여행이 비교적 자유롭게 허용이 되는 사회적 변화와 또 그것을 가능케 하는 교통 수단이 발달된 이후에야 제작된 최근세작들이다. 〈송경축원류〉 가사 중에도 유흥적 요소가 개입되어 있기는 하나, 헤어졌다 만난 가족에 대한 반가움이나 가문 자랑에 가려져 잘 드러나지 않는다.

1. 가사를 짓게 된 동기
2. 출발장면
3. 노중 차 안에서 노는 모습
4. 해인사 도착까지의 여정
   ㄱ. 조반
   ㄴ. 점심
   ㄷ. 주차장에 도착
5. 절구경
6. 사내에서 일박한 감회
7. 이튿날 직지사를 구경함
8. 무사히 귀향함
9. 후일의 기념을 위해 가사를 지음 〈1-90 계묘년 여행기〉

1. 봄을 맞아 화전놀음을 하자.
2. 팔자 좋은 남자 놀음을 흠선하고 비교하여 가소로운 여자 유행을 예거하고 놀음의 합리화를 도모함.
3. 통문
4. 집안 어른의 허락을 받고 손꼽아 그 날을 기다림
5. 음식 준비 과정
6. 정성들여 단장함
7. 집가까운 곳에 장소를 정함
8. 참석인원을 점검하며 반가워 함
9. 놀음장소에 도착
10. 화전을 구우며 노는 장면 묘사

11. 화조타령 삽입
12. 시회를 열어 놂
13. 해저물어 파연
14. 헤어지며 아쉬움의 감회
15. 후기 〈1-42 권본 화전가〉

여성의 흥취는 주로 화전놀이나 척사놀이가 아니면 원거리 여행의 형태인 집단놀이의 특성을 가지고 있다. 여성들은 모두 남성의 풍류를 흠선하면서 그에는 미치지 못하는 아쉬움은 있다고 전제하며 그들의 유흥을 즐긴다. 그러나 그들을 자기들의 놀이가 시부모나 남편의 하해 같은 양해가 없으면 불가능함을 잘 알고 또한 1년 중 단 하루의 놀이일 수밖에 없음을 잘 알고 있다.

선골풍신　고운얼굴　호걸남자　되었거들
풍류활량　뽄을받아　좋은의복　기워입고
남경가자　북경가자　○○가자　○○가자
화류풍경　구경하니　이놀음도　할만하고
팔도활량　다모여서　남아하처　불상붕고
활잘쏘는　김활량과　술잘먹는　이활량이
도서상봉　반가울사　백발백중　쏘는거동
호걸남자　되었으면　이놀음도　할만하고
청춘소년　젊은때에　일대문장　벗을삼아
풍월공부　하였다가　문장소객　사회중에
장원으로　군림하면　이놀음도　할만한데
가소롭다　가소롭다　여자일신　가소롭다
규중에　깊이묻힌　여자유행　갚을쏘냐
우리동류　서로만나　한번놀기　어렵거든

무심하신 남자들아 우리말좀 들어보소
팔자좋은 남자들이 부럽고도 애닯으다
소년공명 기남자로 문장명필 포부배워
혈기방장 젊은때에 한양서울 올라가서
국가태평 문무과에 입신양명 하실적에
춘곡득의 의기양양 자백홍진 달려들어
팔만장안 넓은곳에 금안쥰마 비겨타고
약주삼배 먹은후에 화류구경 한다든가
산천구경 하자하고 천리승지 찾아가서
석달열흘 물어가며 산천구경 한다든가
그리도 못하오면 도화시절 좋은때에
동리친구 향중친구 웃음웃고 마주앉아
서편에 음주시회 동쪽에 계란치며
앞사랑에 장기바둑 뒷사랑에 투전골패
주야장천 모여앉아 홍왕있게 놀음하니
팔자좋은 남자일신 이에보니 부럽도다
규중 안여자라도 이리놀줄 알건마는
남자놀음 열가지에 한가지도 못하오니
가소로운 여자신세 어리고도 어린마음
그아니 애닯은가 애닯고도 애닯도다
규정이 깊다한들 몇길이나 깊었던고
십리출입 오리출입 마음대로 어이하리
효양구고 사군자와 봉제사 접빈객에
규중의 여자일신 조심되기 그지없고
명주길삼 삼배길삼 길삼방적 골몰하다
이런걱정 저런걱정 어느여가 놀잔말고
추석중기 세시때는 춘몽같이 흘어가니
혼인잔치 회갑때는 번개같이 흘어가니

애닯을사　우리여자　한번놀기　어렵더라
금년도　그리저리　명년도　그리저리
아까울사　이팔청춘　덧없이　허송할까

여성의 한계를 느낄수록 비애감은 깊어지고 남자의 놀이에 대한 흠선의 강도가 강해진다. 여성은 스스로 자조하게 되고 이 자조 섞인 탄식은 결국 신세탄과 세월탄으로 그 화제를 돌리게 한다.

이러한　풍류석에　글한귀를　지어보세
문장을　가려내니　화전가　상장이라
문장명필　조흔수단　수용산천　좋은글귀
금수강산　조흔경을　일장지에　그려내어
삼삼오오　작반하야　장장이　외울적에
방화수류　과전천은　의천현인　상춘이요
풍오무우　영이귀는　증자성인　글귀로다

남자들의 풍류를 흉내 내어 보기도 하면서 놀이의 흥취를 한껏 돋우어 본다. 그러나 이 흥은 곧 깨어지고 말아 여성들은 자신의 본분을 지키기 위하여 아쉬움을 지닌 채로 각기 자신들의 일터인 가정으로 돌아오게 된다.

ㄷ) 현실적 모순에 대한 탄식

내방가사 어떤 작품에서나 발견되는 가장 보편적인 것이 바로 탄식적 요소이다. 탄식은 작자가 처한 상황에 대한 작자의식의 표출방식으로, 부녀탄식류는 개인적 불행에 대한 신변탄식이며, 개인적 불행에 대한 상대적 원망보다는 보다 숙성된 인간적 삶의 굴절된 표현이다.[77] 시절탄식류는 개인적 불행보다는 민족적 위기에 대한 공동체적 불행을 탄식하는 것이다. 여성의 대사회적 시야의 확대로서 그 대상과의 일체감을 통한 탄식을 하게 되며 이런 의미에서 탄식은 나약한 정서의 표출만이 아니라, 공동체적 일체감을 촉구하는 효과를 가지는 기능도 한다. 내방가사의 탄식적 내용의 대상은 여성적 운명에 대한 것과 작가의 개별적 현실에 대한 것으로 구별할 수 있다.

가) 여성의 공통적 운명에 대한 탄식

조선시대 유교 이념은 특히 부녀자들에게는 질곡이었다. 규중생활에 있어서 알아두어야 할 일로 삼강오륜을 비롯하여 소학, 내훈, 여사서 등의 정신 및 항목으로서 삼불법(三不法), 사불법(四不法), 사행(四行), 오불취(五不取), 칠거지악(七去之惡)을 비롯하여 사구고, 목친척, 봉제사, 접빈객, 육아, 어노비, 항산지심 등등과 더불어 친가, 사가의 가문의 세덕을 알아야 할 것이며, 그리고 행하여야 할 일로서는 위에 든 알아야 할 일을 익혀 실천하는 것인데, 그 실천 방법이란, 시가의 학대, 빈한의 고통, 남편의 방탕, 친척의 천시, 친정의 빈한, 자신의 고통 등등에서 극한점을 오히려는 여자의 출산, 가사에의 헌신과, 아울러 정절에 목숨을, 수절에도 목숨을, 가문 염치를 위해서도 오직 하나밖에 없는 목숨을 바쳐야 한다는 것이다. 이와 같은 부녀자들에게서 공통적인 실천적 계율에서 야기된 탄식이 여기에 속한다.

---

77) 이정옥(1985), 「내방가사의 탄의 표출양상」, 『문학과언어』 6, 문학과언어연구회.

계녀교훈류의 가사 중에 나타난 〈여자태생〉에 대한 탄식이 위와 같이 절실하여 여자로 태어남이 분하고 원통하니 후생에서라도 남자로 태어나 원한을 풀어보자고 원할 만큼이나 여자로 태어남은 탄스러웠던 것이다.

〈여자탄식가〉를 살펴 보면 여자로 태어남을 한탄하고 남자들의 세계를 동경한 것으로 가사 전편에 여자태생에 대한 탄식으로 일관되게 분출되어 있다.

천지간 만물 중에 오직 사람이 가장 귀하나 그 사람 중에는 남자만이 귀할 뿐 여자에게는 귀함이 없다고 자탄한다. 여자로 태어남에 대한 차별과 이에 대한 한탄은 자람에 따라 더욱 현저하게 되니 곧 남녀차별교육을 받는데 대한 탄식이다.

규수의 교육은 일생을 좌우하는 인격수련에 중요한 것으로 칠팔 세 때 침선, 방적을 배우고, 혼기를 앞둔 15세 되어서는 어머님으로부터 출가하여 시가에서 준수할 행실, 곧 사구고, 사군자, 접빈객, 기타 세세한 훈계를 받으니 여성으로서 반드시 배워야 할 교육이다. 그러므로 동등한 교육을 받지 못함에 대한 탄식이 자연히 나오게 되는 것이다.

여자이기에 나이가 차면 시집을 가는 것은 당연한 일이다. 여기서부터 진정한 탄이 시작된다고 해도 지나친 말이 아니다. 그리하여 이재수는 "혼례만은 결코 저주의 대상이 되지 않고 여인의 좋은 꿈이 수줍게 나타나며 신행부터가 여인의 곡진한 마음이 자세히 나타나며 부모의 깊은 은혜를 보답 못하고 여자 몸이라 떠나지 않을 수 없는 심정이 간곡하게 나타나는 부분으로 〈여자자탄가〉의 절정은 결혼해서 시집살이하는 것이니 신행은 그 출발이나 정든집과 그리운 얼굴들을 다 떨치고 석별하는 장면에서 여인의 회포는 간장을 녹일 듯하고 가장 감격에 넘치는 부분이라" 하였으니 친정과의 운명적인 이별은 석별의 탄식에서 절정을 이룬다 할 것이다.

권영철은 자탄적 창작 모티브 중 이별의 정한을 읊조린 것으로, 특히 생이별의 주된 요인이 여자가 출가할 때, 부모이별을 위시해서 형제동기 이별, 붕우 이별, 고향 이별 등등이 있다고 하였다.

운명적인 별리에 대한 탄식은 혼인, 출가로 인한 친정부모, 형제, 친척, 붕우, 고향과의 이별에 대한 탄식의 내용으로 세분화된다.

옛법인 삼종지도를 따르자니 친정부모와 헤어져야 함은 분명 여자이기 때문이다. 막상 신행시에 부모 형제와 작별을 하면서도 부모님 걱정이 떠나지를 않아 남아 있는 형제에게 부모님 모시는 정성을 제 몫까지 하여 달라고 울며 당부하는 정경은 진정 여자가 아니면 겪을 수 없는 슬픔일 것이다.

부모, 형제, 친척과의 이별과는 달리 붕우와의 이별은 더욱 각별하다. 같이 놀며 공부하며 뜻이 화합되어 헤어지기도 서럽거니와 비록 후에 근친을 오더라도 다시 만날 수 있기를 기약하기는 어렵기 때문이다. 자신의 신행을 보아주던 붕우는 또 어디 다른 곳으로 출가해야 할 여자이기 때문이다.

친정 식구와 친척과의 모든 작별이 끝나고 가마를 타고 고향을 떠나 전혀 생소한 지방으로 가는 심정은 곧 자기가 이제까지 자란 고향에 대한 애착과 함께 이 고향을 떠나야만 하는 여자의 운명을 다시 한 번 탄식하게 한다.

내방가사에서는 결혼생활의 행복이나 결혼에 대한 희망, 이상을 노래한 밝고 명랑한 노래는 거의 없다. 반대로 결혼에 대한 두려움과 탄식의 노래가 대부분이다. 그들이 시집가기 전부터 귀 아프게 들었던 시집살이에 대한 이야기는 나이 어린 그들로 하여금 시집이란 두렵고 무서운 곳이라 생각하게 되고 결혼생활의 첫 출발은 시집살이에 대한 공포의 분위기에서 여지없이 위축되고 마는 것이었다.

위에서 살펴본 부모, 형제, 친척, 붕우, 고향산천과 이별한 후 생면부지 남의 집에 가서 살아야 할 여인의 운명은 괴로움뿐이라 하겠다. 애초에 그들은 친정에서 간직하여 온 계녀가를 유념하여 시집에서 하나하나 실행해야 하며 잘못하여 친정과 시가 양가의 체면이 손상되는 일이 있어서는 안된다. 이러한 시집살이의 어려움에 대한 "탄식"은 대체로 그 표현이 간접적이다. 즉 사구고, 사군자 등의 범절의 어려움, 여자유행에 관하여 직접적 불만으로 나타내지 않고 그보다는 여자된 자기 자신을 한탄하고 단지 여자를 얽어매는 옛법을 원망할 따름이다.

옛법과 윤리규범을 준수하자니 행동거지에 대한 제약이 너무나 많다. 〈유순〉 〈지셩〉 〈효도〉 〈우익〉 〈화순〉 하여야 하며 항상 머리를 수그리고 다소곳하여야 한다. 태어남에 대하여 또다시 한탄할 수밖에 없다. 그뿐이 아니다. 여자로서 할 일은 또한 얼마나 산적해 있는가?

과다소임에 대한 탄식이다. 해도 해도 끊임없이 쏟아져 나오는 일거리는 할수록 더욱 절망의 구렁텅이로 여성들을 몰아넣는 것이 되어 자연 歎息이 터져 나오지 않을 수 없다. 그러하니 자연 출입도 마음대로 할 수 없으며 놀기도 제대로 즐기지도 못한 채 한 평생을 마치게 되는 것이다.

여자로서 할 수 있는 놀이도 제한되어 있거니와 그나마도 마음대로 하지 못한다. 멀거나 가까우나 출입조차 제한되어 있으니 어찌 한탄스럽지 않으랴? 그저 규방에 갇혀서, 자유분방하게 돌아다니는 남편의 의복해대기에 오히려 바쁠 지경이니 더욱 한탄스럽기만 하여 자연히 남편에 대한 원망이 분출된다.

천지만물 생겨날 때 비록 남녀가 유별하나 인생이 가장 귀하니 춘삼월 호시절에, 놀기 좋은 때에 마음놓고 놀 수 없는 여자의 신세를 한탄하고 남자됨을 부러워하다가 우리 부녀자들도 규방에만 묻혀있지 말고 화전놀음으로 하루를 보내자고 하면서 가까운 산으로 놀러 갔다 지은 가사이다. 그러나 하루해는 짧기만 하다. 여자의 몸으로 마음놓고 늦게까지 놀 수가 없으니 후일을 기약하고 바삐 귀가하여야 함은 시집살이를 하는 여성들에겐 다시 괴로움의 일상을 체념적으로 받아들여야 한다는 규범이다.

어렵고 고된 시집살이에 여도의 교훈을 받아 그를 실천함에 있어, 일거일동을 조심하고 오로지 인종과 온용으로 이겨내야 하고 육체적, 물질적 고통뿐 아니라 정신적 고통도 감수하며 생활하다 보면 세월이 어느새 흘러가 버렸는지 불현듯 생각하고 깨달으면 이미 백발된 자신을 발견하게 된다. 이에서 세월의 흐름, 백발, 자신의 늙음에 대한 탄식이 절로 나오게 된다.

자신의 청춘시절 좋은 때를 모두 타향에서 시집살이로서 늙음을 깨달으니 새삼 옛법이 원수와 같이 원망스럽다는 것을 불평, 탄식하고 있음을 본다.

청춘이 매양 청춘인 줄 알았더니 동산에 솟은 해가 서산으로 지듯이, 우리의 청춘도 늙게 되니 애통하고 슬퍼한들 소용없다고 탄식하고 있다.

좀더 구체적으로 세월의 흐름을 한탄한 가사로 백발가가 있다. 이 가사는 작가가 늙어가면서 머리가 희어짐을 탄식한 작품으로 나이가 많아지는 것을 싫어하는 인간의 본능을 백발에 실어서 표현한 것이다. 그리고 오는 백발을 막아보려는 인간의 본능을 여러 가지 예를 들어가면서 비유로써 잘 나타내고 있다.

또한 화전가에도 무정한 세월을 원망하고 좋은 시절 가기 전에 한 번 놀아보자고 붕우들에게 권유하고 있다.

이팔청춘 곱던모양 귀령으로 변햇으니
아영을 잊으면은 안될번 하엿고나
새화갓튼 우리얼굴 도화양엽 간듸업고
허무하고 덧업셔라 〈신히년 화수가〉

세월은 무정ᄒᆞᆫ사 인생은 유ᄒᆞᆫ이라
유재관 움튼녁 희로애락 그순간의
육칠십이 잠관되면 못부반선 곱던몸이
쥬름살만 잡혀노코 청춘녹발 서리우의
빅설이 헛날리니 시호시호 부재래라
그리운 청춘시절 다시보기 기약없다
이좌셕에 친우분닉 몸은비록 늘것스나
마음만큼 다시절며 문연놀이 시켜슬가
춘돈세에 알자마소 부상의 듯는희가
동방국을 비쳐여니 우리도 씌를쌀라
활발ᄒᆞ게 노사이다 〈회수답가〉

흐르는 세월을 막을 수 없으니 곧 죽음이 닥쳐옴을 예고하는 것이다.

죽음에 대한 두려움은 인간에게 공통적인 것이어서 동서고금의 허다한 문학작품의 주제가 되었을 것이나 내방가사에는 대단히 부분적으로 다루어져 있다. 그러나 죽음에 대한 두려움도 역시는 인간 부녀자의 공통적인 탄식의 대상이라 생각한다.

애고답답 설원지고 이를어이 하잔말가
불쌍한 이내일신 인간하직 망극하다
명사십리 해당화야 꽃진다고 설워마라
면년삼월 봄이오면 너는다시 피녀만은
우리인성 한번가면 다시오기 어려워라
북망산 돌아갈제 엇지갈고 심산험로
한정업시 갈리로다 언제다시 돌아오리
이세상을 하직하니 불상하고 가련하다
처자의 손을잡고 만단설화 다못하여
정신차려 살펴보니 약탕관 내려놓고
지성구호 극진한들 죽을목숨 살릴소다
옛늘근이 말들어니 저성같이 멀다드니
오늘내기 당하여선 대문박기 저성이라 〈사친가〉

〈회심곡계〉 가사로서 부모의 은덕으로 세상에 태어나 가난하고 헐벗은 사람들을 동정하고 죄를 짓지 말고 인간의 도리를 지켜 공덕을 이루자는 내용으로 비록 가상적이긴 하나마 죽음의 순간에 비로소 인생을 돌이켜 보고 깨닫는다는 것이니 죽음의 두려움을 전제한 것이라 할 것이다.

이상의 내용은 모두 '여자유행'으로서 이조 시대 유교 봉건사회에서 여성이면 누구나 공통적으로 겪어야 할 요소들이라는 것을 알 수 있다. 유교사상의 지배하에 남존여비가 엄격했던 과거엔 여인이 자기 운명에 대하여 불행을 절실히는 느끼지 못했을 것이다. 그리고 한 여인으로서 출생해서 여공과 부덕 닦고, 출가하여 시집살이를 하다, 나이 들어 늙는 것은 당연하다고 받아들이는 긍정적인 태도에서 지어진 가사에서는 오히려 탄식이 표면적으로 드러나지 않을 수도 있다.

그러나 자기 운명을 자각하고—자기의식에 의해서거나, 시대적 개화 평등사상의 영향에 의해서나 간에—억압된 자기 운명을 호소, 자탄하고, 동류의식에 의해서 미리 세상의 여인들을 위안해 주려는 태도는 여성 공통의 유교적 도덕 계율에 대한 부정적 태도로 분출되고, 이러한 현실의 불행에 대한 탄식은 자탄가뿐만 아니라 부녀교훈류와 풍류소영류 등 거의 모든 내방가사에서 발견된다.

나) 작가의 개별적 현실에 대한 탄식

앞에서 본 여성적 운명에 대한 탄식의 대상은 조선의 여성들에게는 거의 공통적이고 보편적인 것이다. 그러나 개별적으로 또 많은 여성들에게는 더욱 비극적인 운명이 있으니 곧 부부간의 이별이나, 독수공방의 비통함과 과부의 뼈저린 슬픔 등이 그것이다.

부녀탄식류의 작품 가운데 〈한별가〉, 〈회고가〉형의 주된 창작 모티브로서 탄식의 원형질을 이루고 있다 하겠다. 이재수 교수는 탄식류의 여탄형 중 내용 분류로서 1.여자유행(A), 2.여자유행(B), 3.석별, 4.사친(A), 5.사친(B), 6.사형제, 7.사우, 8.부부이별, 9.여자일생, 10.기타로 분류하고 있는데 그 중 부부이별과 여자일생에 해당하는 가사가 본 장의 대상과 부합된다. 권영철 교수는 규방가사 창작의 여러 모티브 분류 중 자탄적인 창작 모티브에는 이별의 정한을 읊조린 것, 사상적인 것을 노래한 것, 신변 제반 사항을 호소한 것 등의 세 가지 유형이 있다고 하였다.

과부 아닌 생과부로 남편 없는 시집살이의 쓰라림과 독수공방의 슬픔을 탄식하는 "여탄가"는 부지하처로 떠나버린 남편을 그리워하면서 혼인일이 불길했는지, 자기의 팔자가 잘못되었는지 하며 기약 없는 생이별에 몸부림치고 있다. 〈싀골색씨 설은타령〉에서는 시골에서 시집살이를 하며 서울에서 공부하는 남편이 지난 여름방학 때 다녀간 후 내내 독수공방을 지키며 꿈이나마 님을 보고자 한다고 한탄하고 있다.[78]

금슬 좋던 남편과 생이별을 하고 슬프게 사는 자신의 신세를 직녀에 비유하여 지은 가사인 〈직녀가〉는 가사 전체가 거의 완전한 은유로 되어 있는 품격 높은 작품이라 할 수 있겠다. 이종숙은 이를 사모 내방가사라 하여 생이별을 원인으로 한 남편을 대상으로 지은 것이라고 하고 있으나 사모의 원인도 남편과 생이별한 자신의 신세탄이라 하겠다.

남편과의 생이별로 인한 신세탄은 언젠가는 만날 수 있으리란 기대감이나마 가지고 위안이 될 수 있으나 젊어서 남편과 사별한 공규의 한은 절망적일 수밖에 없으니 이를 주제로 지은 가사도 허다하다. 〈청년자탄가〉, 〈청춘과부가〉, 〈과부청산가〉, 〈과부가〉 등에서 가사 전편에 남편과의 사별에 대한 탄과 자신의 신세탄, 남편에 대한 그리움의 정이 넘치고 있음을 본다.

다음의 〈청춘과부가〉는 17세에 과부가 되어 오만가지 사설을 풀어놓은 수작이다. 내용 구성이 다만 자신의 신세를 넋두리함에 그치기만 하는 평면적인 것이 아니라 서사적인 요소가 있어 특이하다.

천지지간 만물중에 무상할손 이내사정
못할배라 못할레라 공방살림 못할레라
얼것으아 *엇으나 부부박에 또잇는가
견우직녀 성이라도 둘이서로 마주섯고
용천검 태아검도 둘이서로 짝이되고

78) 서영숙(1985), 「개화기 규방가사의 한 연구-〈싀골색시 설은 타령〉을 중심으로-」, 『어문연구』 14, 어문연구회.

날짐승과 길버어지 다각각짝 잇건마는
……中 略……
다정하든 정리낭군 사랑하든 우리낭군
무슨나이 그리만흔 청산초혼 되단말가 〈청춘과부가〉

세상 모든 만물이 모두 짝이 있는데, 우리 부부는 "백년회로"하며 살자고 언약하였건만 "조물이 시기"한지, 귀신이 데려 갔는지 훌륭한 낭군을 잃음을 한탄하고 있다.

부질없는 이내심사 어느누가 위로하리
심회로다 심회로다 하해같이 깊은수심
태산같이 높은심회 상사로다 상사로다
상사하는 우리낭군 어이그리 못오는가
……中 略……
어이그리 못오는가 무슨일도 못오는가
가슴속에 봄이나니 생초목이 타디간다
한숨이 바람된다
구곡간장 썩는물이 눈으로 솟아날제
구년지수 되었구나 한강지수 되엿고나
첩첩사랑 영이별을 두말업는 내일이야
구중청산 깊은곳에 잠자노라 못오는가
자네일생 못오거든 이내몸을 다려가소 〈청춘과부가〉

이다지도 그리워하건마는 한 번 가신 낭군은 다시 돌아 올 줄을 모르니 하염없이 기다리는 나는 눈물 흘려 강을 이루고 한숨이 바람이 되어 있다. 그리하여 임이 오시기를 기원함을 포기하고 임께서 나를 데려다 주시기를 기원하고 있다. 임이 계시지 않은 세상은 모두가 삭막하다. 1년 365일 눈물로 지새우며 그저 방정맞은 자신의 신세를 한탄하며 1년에 한 번이나마 임을 만날 수 있는 견우직녀를 부러워하며 지내다가 이제는 하나님께서 얼른 나를 데려다가 천국에서 다시 세상인연을 맺어 백년해로하게 해 주기를 기원하니 탄식의 절정에 달하였다고 할 수 있다.

아서라 다버리고 유실구경 하고보자
죽장망해 드러가니 산은첩첩 천봉되어
만학에 버터잇고 물은출령 구비되여
폭포창파 흘렸는데 행선을경 뱃긴질로
가만가만 드러가니

세상사 모든 시름 잊고자 산으로 들어가게 되어 작자의 탄식은 새로운 반전을 갖게 된다. 곧 산속 깊이 들어가 종소리가 들려 절로 인도되어 여승을 만나게 되는 것이다.

남승인가 자세보니 여승이 분명하다
그제야 반가와서 대강문안 한연후에
중을따라 들어가니 광채도 찬란하고
경개도 절승하여 별유천지 여기로다
불전에 베혜하고 불당에 창혜하니
여러중이 반겨하네
노승이 뭇는말이 그대전사 아르시오
염염대답 하는말이 소첩팔짜 박명하여
가군을 영별하고 수회에 골물하다
전사를 모르리다

그의노승 하는말이 전생에 부인께서
이절법승 되엇을때 부처님께 두죄하여
인간에 네치시매 청용사 부처님이
불상이 여겨시사 이곳을 인도하니
청춘에 죄받음을 조금도 설버마소
어화 내일이야 이제사 아리로다

전생에 부처님께 죄를 지어 인간 세상으로 내려가 벌을 받는 것이니 너무 슬퍼 말라는 얘기를 듣고 마음을 잡았다는 내용이다. 자신의 슬픈 운명을 종교적으로 해명하여 승화하려는 가련한 양반가의 과부의 심정을 잘 나타낸 작품이다. 이와 같이 남편에 대한 그리움의 가사와는 달리 남편을 원망하며 탄식하는 투의 가사도 있다.

(2) 작가 의식의 주제적 표출

① 여성 의식의 자각

내방가사의 작가들은 그들이 처한 사회 환경 내에서 부단히 갈등하고 있다. 사회가 요구하는 규범을 지키고 그들과 관계하는 인물에 대한 도리와 의무를 다하여야 하며, 심지어 자신에게까지 당당하고 떳떳해야 하는 것이다. 이 경우 작자는 사회 속에서 자아를 실현하고자 하며, 곧 사회적인 삶을 지향하고자 한다. 특히 교훈류의 가사의 확산을 통해, 여성들은 도덕적 규범과 삶의 의의를 표출하는 문학 양식적 축적을 오랫동안 하여 왔다.

〈1-101 권효가〉

1. 효의 중요함
2. 부모가 나를 낳아 기른 은택
3. 양지효를 해야 함
4. 효의 방법
5. 여자의 효도
6. 팔십노인의 제부에 대한 당부임

〈1-5 신행가구조〉

1. 대전제- 결혼은 안간의 큰 경사임
2. 신행일 풍경
3. 모친의 당부
4. 떠날 채비를 재촉함
5. 강촌노인 등장
6. 노인의 당부
   ㄱ. 고금부녀의 착한 덕행
   ㄴ. 친정의 내력을 자랑함
   ㄷ. 시댁 가문을 칭송함
   ㄹ. 수일내 근친오기를 당부함

그러나 작자를 둘러싸고 있는 모든 세계적 상황이 자아에 대하여 불리하다는 것을 자각하였을 때 작자는 세계를 부정하고 무시하고자 하며, 오직 작자 자신의 문제에만 관심을 가질 뿐이다. 심지어 자연적 진리, 계절의 변화까지도 작자의 삶에 불리하다는 인식을 하게 되고, 그것들은 오히려 작자의 자기자신의 불행을 심화시킬 따름이다. 이때 작자는 개아적인 삶에 눈을 뜨고 그것을 지향한다.

〈1-26 망월사친가〉

1. 가을을 맞아 수심에 젖어 지난날을 회고함
2. 만주에서 가족들과 이별하고 고국으로 떠나옴
3. 고국으로 들어와 고향 도착까지의 여정
4. 팔년만에 다시 본 고향의 감회
5. 학교 다님- 어려운 사정으로 소학교만 마침
6. 결혼하나 곤궁하게 삶
7. 부모소식 돈절하여 더욱 그리움- 이상 과거회상
8. 가을날 부모그려 잠 못이루는 토로함
9. 후일을 기약함

〈1-37 과부청산가〉

1. 천리 성정 - 인간의 귀함
2. 청춘과부인 나의 신세 한탄과 사별한 임생각
3. 남편과의 좋은 시절을 회상하며 그리워 함
4. 님에게 나의 소식을 전해 주기를 바람- 달, 새
5. 님이 나를 데려가 주기를 기원함
6. 죽은 사람은 어찌할 수 없음
7. 살아 있을 때 놀다가 훗날 죽어 만나 회포를 풀고자 함

② 삶의 가치 모색

전항에서 작자가 지향하는 삶이 선택되었을 때, 작자는 이제 그 방법을 선택하게 된다. 이때 작자는 사회가 작자에게 요구하는 기존관념을 얼마나 선택할 것인가, 혹은 어떤 방법으로 수용할 것인가를 고민하게 되며, 그 선택기준으로 여성 스스로 마련한 것이 관념과 체험이라는 두 가지 삶의 방법이다.

ㄱ) 관념의 전범적 수용

〈1-5 신행가구조〉

1. 대전제- 결혼은 안간의 큰 경사임
2. 신행일 풍경
3. 모친의 당부
4. 떠날 채비를 재촉함
5. 강촌노인 등장
6. 노인의 당부
   ㄱ. 고금부녀의 착한 덕행
   ㄴ. 친정의 내력을 자랑함
   ㄷ. 시댁 가문을 칭송함
   ㄹ. 수일애 근친오기를 당부함

전범적 계녀가나 가문세덕가의 가사에서 작자가 선택한 삶의 방식은 사회가 여성들에게 요구하는 남성지배의 가부장적 관념과 규범이 여성의 수행하여야 할 의무이자 최고선이었다.

ㄴ) 체험의 선택적 수용

조선조 후기 유교적이고 교조적인 사상이 퇴조하고 실학사상이 대두되면서 내방가사의 향유자들도 현실적인 문제, 곧 경제에 대한 인식을 하게 되면서 가사의 삶의 방식도 변화하게 된다.

〈1-4 복선화음가〉

1. 여자로 태어남
2. 성장함

3. 십오세에 결혼하여 신행함
4. 가난한 시집가세에 속음을 알게 됨
5. 배행한 오라비가 도로 가자하나 달래며 돌려보냄
6. 눈물겨운 가난 생활
   ㄱ. 이웃에 식량 구러 보냄 - 거절당함
   ㄴ. 혼수 등을 전당잡히고 친저의 도움을 받음
   ㄷ. 접빈을 위해 인두 가위까지 전당함
7. 치산에 눈뜸
   ㄱ. 개간하여 소채를 심어 팖
   ㄴ. 베짜기
   ㄷ. 삯바느질
   ㄹ. 검소 절약 생활
8. 재산을 이룸
9. 남편이 장원급제함
10. 평양감사에 이름
11. 자녀 자라 딸을 출가시키게 됨
12. 작자자신의 신행 때를 생각하면서 개똥어미 사적을 이야기 함
13. 딸과 헤어지면서 딸에게 복선화음을 당부함

전항의 관념에 대한 전폭적인 수용의 태도와는 달리 명분이나 체면보다는 비록 곤궁하고 구차하더라도 현실적인 삶을 선택하면서, 또한 현재에 안주하기보다는 미래의 삶을 기대하고 투자하고자 하는 선택 의지를 가진다.

③ 사회적 가치의 변화 인식

유교적 도덕규범이 이상적인 실천 덕목이었고 그것이 유일한 사회가치

라고 여기던 작자의식이 그가 처한 경제적 현실 앞에서 현실적인 삶이 명분이나 윤리보다 더 값진 것일 수가 있고, 뿐만 아니라 경제적인 고난을 타개하는 것이 더욱더 명분을 유지하는 관건임을 인식하게 되면 사회가치 체계는 변화하게 된다. 특히 가정 경제의 주담당자이며, 주부권의 전권자였던 조선시대의 여성에게 경제에 대한 인식은 남다른 것이었다. 교훈류의 가사 중에 전범의 여러 항목 중에서 치산이 유독 강조되어 표현되는 가사가 있는데 이것은 사회적 가치체계의 변화를 인식하기 위하여 주목할 필요가 있다.

아희야 드러바라 ᄯᅩᄒᆞᆫ말 이르리라
셰간을 ᄎᆞ린후의 치산을 ᄒᆞ여셔라
곡식이 만흐나마 입치례 ᄒᆞ지말고
헌의복 기워입고 잡음식 먹어셔라
집안을 자로쓰러 문지를 안게말라
긔명을 아라노하 개견이 ᄶᅦ게말라 〈계녀가, 치산조〉

사사이 생각ᄒᆞ니 업난거시 한이로다
분한심사 다시먹고 곰곰ᄉᆡᆼ각 다시하니
김장자 이부자난 근본적 부자련가
슈족이 다셩하고 이목구비 온젼하니
ᄂᆡ힘써 ᄂᆡ먹으면 그무엇을 부려하리
비단치마 입던허리 횡자치마 둘입고
운혜당혜 신든발ᄂᆡ 석ᄉᆡᆨ집신 졸여신고
단장앓히 무근처마 갈고ᄆᆡᆨ고 ᄀᆡ간하여
외가지를 굴기길너 성시ᄋᆡ 팔아오고
ᄲᅩᆼ을ᄶᅡ 누ᄋᆡ처서 오ᄉᆡᆨ당ᄉᆞ 고은실을

유황갓튼　큰비틀ᄋᆡ　필필이　짜닐적ᄋᆡ
쌍원앙　공작이며　기린봉황　범나ᄇᆡ라
문ᄎᆡ도　찰난하고　슈법도　기이하다
오희월여　고은실은　슈놋키로　다진하고
호상ᄋᆡ　돈천냥은　비단갑시　부족ᄒᆞ다
ᄉᆡ이ᄉᆡ이　틈을타셔　칠십노인　슈의깃고
쳡상북근　고은의복　녹의홍상　쳐녀치장
어린아ᄒᆡ　ᄉᆡᆨ옷이며　ᄃᆡ신입난　조복이라
저녁ᄋᆡ　켜는불로　ᄉᆡ벽조반　얼런짓ᄂᆡ
알알이　혜여먹고　준준이　모아보니
양이모여　관이되고　관이모여　ᄇᆡᆨ이로다
울읎듯고　담을치고　집을짓고　기와이고
앞ᄃᆡᄋᆡ　조흔전답　만흘시고　안밧마구
노ᄉᆡ나귀　ᄊᆡ를ᄎᆞ자　우난소리　십이즁문
쥴ᄒᆡᆼ낭쥴　왕방울을　거러두고　고ᄃᆡ광실
놉흔집ᄋᆡ　츈혀마다　풍경달아　동남풍이
건듯하면　잠든날을　ᄭᆡ와셔라　〈복선화음가, 치산조〉

〈치가사〉와 〈복선화음가〉는 어머니인 작자가 시집가는 딸에게 자신의 일대기를 알려 주어 시집살이의 방법을 교훈하는 체험적 계녀가의 일종이다. 그런데 이들 가사는 다른 계녀가와는 달리 교훈의 여러 항목 중에서 치산의 항목이 가장 강조되는 양상을 보이는 특징을 가지고 있다. 이렇듯이 유교적인 규범을 제쳐두고 치산을 강조하게 된 배경에는 규범보다 더 중요한 가치로 경제를 인식하게 되는 작자의식의 변화를 볼 수 있다. 남성에게 선비상을 이상으로 하는 사회에서 세정을 모르는 남성의 보완자로서 경제 생산적 활동을 포함하여 일상생활을 꾸려 가는데 있어서 여성 역할의 비중은 매우 컸다는 것을 알 수 있다. 조선 중기 이후 붕괴되어 가는 양반 체제를 여성은 그들의 강한 생활력으로 보완하고 적극적인 지탱자가 되었다.

④ 갈등의 적극적 극복

내방가사의 작자는 가사를 창작하는 현재 시점에서 작품을 시작하고 있다. 작품 창작의 동기가 무엇인지 간에 현재의 상태는 행복의 상황이거나 그렇지 않으면 불행의 조건이다. 이때 작자는 현재 행복의 상황을 극대화시키는 방법으로 과거의 불행의 기억을 사용하고, 현재 불행의 상황을 극복하거나 최소화하고자 행복했던 과거를 반추하는 방법을 채택한다. 논자는 이러한 내방가가의 구조를 회상체구조라 명명하고자 한다.

ㄱ) 현재 행복의 상태

계녀가의 작중 화자인 동시에 작자는 딸의 신행을 앞둔 어머니, 혹은 직계 존속이다. 딸의 경사를 앞둔 행복의 상황에서 작자는 오히려 자신의 불행하였던 과거를 회상하게 되고, 그리하여 현재의 기쁨을 극대화한다. 이와같은 회상의 수법을 〈1-39 망부가〉에서 찾아 볼 수 있다. 〈망부가〉에서는 친정이나 시가의 경사스러운 행사에 참여하여 그 상황을 노래하면서 작자의 불행이나, 혹은 그 행사에 참여치 못한 지친의 불행을 얘기하는 상황의 설정과 같은 것으로, 이는 결국 내방가사에는 완전한 기쁨의 내용도, 또는 그 반대의 경우도 없다고 할 수 있다.

〈1-39 망부가〉

1. 남녀가 만나 부부됨은 天理임
2. 성장하여 성혼하게 됨
3. 결혼의 기쁨
4. 신행함
5. 생이별을 하게 되고 임그리는 생활
6. 임생각을 잊고자 화전을 가나 더욱 간절해짐
7. 시모의 위로의 말씀
8. 임이 빨리 돌아오기를 바람
9. 임에 대한 원망
10. 십년만에 벼슬하여 임이 돌아옴
11. 여자절행의 칭송- 부귀영화를 누림

ㄴ) 현재 불행의 상황

부계 혈통 중심의 가부장적 가족 원리와 시부모에의 효를 강조하는 사회에서 여성은 친정과 시집에 대한 상반된 관계에서 갈등을 경험하고 있다.

이팔청춘 좋은시절 무모슬하 자라나서
예법이 괴이하여 출가타문 들어올제
조선낙지 초전동에 명문대가 성문화족
일등현랑 군자따라 가가문전 들어와서
백년의탁 여자몸이 여필종부 법을따라
원부모 이형제로 모두혈친 동기같이
봉고효봉 자심이며 동기친척 화목이며
승승군자 화순공경 시종이여 일한중
허다시사 가진골몰 근근이추 노란이
홀왕홀후 가는세월 분수를 모르다가 〈3-8 화전답가〉

조선조의 지배이념인 유교와 더불어 우주의 원리를 설명한 주역은 종교적 성격을 띈 철학 사상으로서 그 근본을 음양의 원리에 두고 있다. 원칙적으로 음양은 상대적이면서 동등한 것이다.[79] 이 주역의 음양 원리가 유교적 가족제도의 형성에 다음과 같은 영향을 미쳤다.[80]

우주 만물은 음양의 적절한 배합과 유전에 따라 형성되며 이는 남녀의 교합이 새 생명을 탄생시키는 것과 동일한 원리다. 여성과 남성은 각각 음과 양의 원리를 드러내는 상징이며 이 양자는 결코 뒤섞일 수 없다. 그러면서도 이 둘은 하나만으로는 성립될 수 없는 상호보완적인 성격을 갖기 때문에 동등하게 중요한 것으로 인지된다.

주역의 남녀관에 따르면, 남성은 우주 창조의 근원이며, 천상적인 것, 움직임, 강한 것을 나타내는 반면에 여성은 창조적인 것을 유지하는 지상적인 것이며, 고요하고 부드러운 것으로 상징화된다. 이러한 단순한 남녀 구별은 권력이 집중화되고 지배/피지배의 관계로 사회가 조직됨에 따라 위계서열적인 남존여비의 이념으로 굳어지고 '생물학적 성은 운명이'라는 숙명론과 '여성은 남성의 보조적 역할 수행에 만족해야 한다.'는 규범으로 체계화되어 조선의 남녀관계를 지배하게 된다.

유교적 봉건사회는 여성을 다스리기 위하여 갖가지 여성 지배의 원리를 제시해 두고 있었는데 본래 음양의 원리는 상호보완성을 나타내는 철학적 이상이었으나 실제 생활의 원리로서는 여성의 남성에 대한 종속성을 강조하는 원리로 사용되었던 것이다.

---

79) 김용옥(1986), 『여자란 무엇인가?』, 통나무.
80) 박용옥(1985), 「유교적 여성관의 재조명」, 『한국여성학』 1, 한국여성학회.

어와우리　동유들아　여자탄식　드러보쇼
건곤이　ᄀᆡ벽후에　혼돈이　쵸ᄑᆞᆫᄒᆞ여
쳔황지황　삼긴후에　우리인싱　ᄐᆞᆫᄉᆡᆼ하니
강유을　분간ᄒᆞ여　음양이　ᄇᆡ합되야
건삼연이　남ᄌᆞ되고　곤삼졀이　여자로다
요순우탕　문무쥬공　공ᄆᆡᆼ안증　졍쥬부자
셩군인ᄌᆞ　되시도다　차차로　나실적에
의관문물　갓쵸와셔　에의염치　ᄶᅡᆨ가놋코
삼감영　오륜중에　남녀유별　법을지여
오쳔만연　지ᄂᆡ도록　이법을　기리좃차
님자길너　위부ᄒᆞ고　여자길너　츌가ᄒᆞ니
ᄉᆡᆼ남ᄉᆡᆼ여　셰상ᄉᆞ람　인간ᄌᆡ미　좃컨마난
여ᄌᆞ된　이ᄂᆡ마음　암암사지　ᄉᆡᆼ각ᄒᆞ니
남ᄌᆞ의　죠흔팔차　ᄋᆡ달코도　부럽드라　〈1-17 여자탄식가〉

어와세상　사람들아　이ᄂᆡ말삼　더러보쇼
쳔지만물　ᄉᆡᆼ겨날제　사람이　제일이요
음은ᄉᆡᆼ겨　여자되고　양은ᄉᆡᆼ겨　남ᄌᆞ되고
복록을　ᄋᆡ련ᄒᆞᆯ제　수북이　다남ᄌᆞ라
남ᄌᆞ가　되오며는　요조숙여　브디되고
녀ᄌᆞ가　되오며는　군자호걸　매잣스니
장ᄒᆞᆯ시고　부부낙은　그늬라서　마다하리
ᄋᆡ달ᄒᆞ와　이ᄂᆡ팔ᄌᆞ　녀자모미　되엿스랴　〈1-39 망부가〉

이렇게 보면 여성이 남성과 혼인의 관습으로 관계를 맺지 못하면 사회적 존재가 될 수 없음을 명백히 인식하는 여성은 결국 적극적인 자기 개척의 삶을 지향하지 못하는 스스로의 한계를 노정하고 있는 것이다.

어와우리 동유들아 여자ᄐᆞᆫ식 드러보쇼
건곤이 ᄀᆡ벽후에 혼돈이 쵸ᄑᆞᆫᄒᆞ여
천황지황 삼긴후에 우리인ᄉᆡᆼ ᄐᆞᆫᄉᆡᆼᄒᆞ니
강유을 분간ᄒᆞ여 음양이 ᄇᆡ합되야
건삼연이 남ᄌᆞ되고 곤삼절이 여자로다
요순우탕 문무쥬공 공ᄆᆡᆼ안증 정쥬부자
셩군인ᄌᆞ 되시도다 차차로 나실젹에
의관문을 갓쵸화셔 예의염치 ᄶᅡᆨ가놋코
삼감영 오륜중에 남녀유별 법을지여
오천만연 지ᄂᆡ도록 이법을 기리좃차
남자길너 취부ᄒᆞ고 여자길너 츌가ᄒᆞ니
ᄉᆡᆼ남ᄉᆡᆼ여 세상ᄉᆞ람 인간쟈미 좃컨마난
여ᄌᆞ된 이ᄂᆡ마음 암암사지 ᄉᆡᆼ각ᄒᆞ니
남ᄌᆞ의 죠흔팔자 ᄋᆡ달코도 부럽드라
칠팔세 ᄇᆡ운글을 십오세 통달ᄒᆞ여
낙슈상 청운교에 단계화을 썩어뒤고
문무관 쵸입ᄉᆞ로 입신양명 ᄒᆞ올젹에
교리슈찬 승지당상 참의참판 영돌영을
계졔보고 활유보아 환북ᄃᆡ로 ᄃᆞᄒᆞᆫ후에
절나감ᄉᆞ 츙청감ᄉᆞ 남북병ᄉᆞ 통졔ᄉᆞ을
외임으로 홀잇ᄉᆞ라 호ᄉᆞᄉᆞ치 극진ᄒᆞ니
남ᄌᆞ몸이 되엿드면 긴들안이 죠흘손가
죠달공명 못ᄒᆞ거든 ᄯᅩᄒᆞᆫ가지 죠흔일리
호질남아 ᄃᆡ장부로 오입직을 버졀삼아
소연풍치 옥골남이 시쥬ᄀᆡᆨ을 버졀삼아
츈풍삼월 츄구월아 ᄃᆞᆫ풍구경 ᄭᅩᆺ구경을
곳곳마다 명승지예 그어데로 가자든고
금강산 만이천봉 기암괴셕 ᄃᆞ본후에

쇽셔누　　경표터난　관동팔경　노라잇고
평양기생　젼쥬기생　ᄉᆡᆨ향으로　노라보고
도쳐상봉　만ᄂᆡ보니　일면여구　친구로다
ᄐᆡ평연호　간곳마다　히이낙낙　죠흔셰월
남자몸이　도엿드면　긴들안이　죠흘손ᄀᆞ
그릇치도　못할진ᄃᆡᆫ　ᄯᅩᄒᆞᆫ가지　조흔노름
향중친구　도ᄂᆡ친구　우슴웃고　반겨만ᄂᆡ
압ᄉᆞ랑에　바둑장기　뒷ᄉᆞ랑에　화투골ᄑᆡ
동작마에　ᄀᆡ장취회　셧작마에　탁쥬신양
쥬아장쳥　모여안ᄌᆞ　홍황잇기　노름ᄒᆞ니
남ᄌᆞ몸이　되얏스면　긴들안이　죠흘손ᄀᆞ
아모리　　여ᄌᆞ라도　죠흘줄　　알건마는
알고도　　못ᄒᆞ오니　ᄉᆞ람갑세　가ᄃᆞᆫ말ᄀᆞ
보고도　　못ᄒᆞ오니　눈든소경　아닐넌가
무용ᄒᆞᆫ　　우리여ᄌᆞ　ᄋᆡ달ᄒᆞ고　가련ᄒᆞ다　　〈1-17 여자탄식가〉

이와 같이 여자로 태어나서 당할 수밖에 없는 여러 가지 사회적 불이익을 남자 역할에 대한 흠선의 정도에 머물고 여성의 태생은 애달프고도 가련할 뿐이라는 탄식하는 수밖에 없다.

5. 향유층 의식의 표현 양상과 담화의 형식

가사 장르의 특성은 다면적이고도 가변적이기 때문에 그 구조의 통일성을 찾기가 어렵다. 뿐만 아니라 완성을 지향하는 배타적 장르가 아니라 다른 장르와 교섭이 많은 개방적 장르이기 때문에[81] 구조의 독자성이 약

---

78) 가사는 민요나 소설과의 장르적 교섭이 빈번하게 나타난다. (최원식(1982), 「가사의

하다. 그러나 가사가 가진 장르적 복합성이 시대와 작자층에 따라서 적절하게 수용되는 생명력으로 작용한다면 구조의 다양성도 문학 내회적 조건에 따라서 효과를 발휘하는 경향성으로 발전할 수 있다.

지금까지 가사 연구에서 개별 작품의 특징적 구조는 자세하게 논의되어 왔으나 그것을 일반화시킨 논의는 거의 없었다. 그런 중에서도 여러 층위에서의 형식적 유형과 함께 결구 방식을 한 모양으로 제시한 홍재휴의 견해는 이 방면에 대한 가장 정면적인 접근으로 보인다. 홍재휴(1984)는 “가사가 구의 연첩이라고 하나 내용의 결구상으로 보면 사의에 의한 의미단락이 충절을 이루게 된다” 고 하여 결구방식의 상하위 단위를 설정하여 가사의 구조에 대한 접근의 단서를 제공하였다.[82] 우선 가사가 몇 개의 단락구조로 구성되어 있으며 서사, 본사, 결사이자 기승전결과 같이 뚜렷한 결구 원리를 가진다는 점을 그 특성으로 들 수 있다. 또 큰 단락구조를 이루는 작은 단락도 나름대로의 결구 원리를 가진다. 작은 단락구조가 서사와 결사에서는 매우 제약되어 있으나, 본사에서는 제약 없이 길어진다는 것이 이 논의의 핵심이다. 이 논의는 가사의 결구 원리에 대한 기본적인 것만 제시하고 가사 일반에 대한 적용성의 한계를 가지고 있다고 할 수 있다.

가사가 모든 작품에 걸쳐서 일관된 구조적 통일성을 드러내지 않는다는 사실은 또 다른 새로운 접근 방식이 필요하다는 뜻이다. 전통적으로 가사는 전체 구조로서 서사, 본사, 결사의 구분과 그 결구 방식을 충실히 지킨다. 가사가 형식과 내용의 자유로움 속에서도 양식적 통일성을 확보하는

소설화 경향과 봉건주의의 해체」, 『민족 문학의 이론』, 창작과 비평사)

82) 홍재휴(1984), 「가사문학론」, 『국문학 연구』 8, 효성여자대학교 국어국문학과, p.30.

특성을 이 서사, 본사, 결사의 결구 방식에 크게 의존하였으며 내방가사의 경우도 이에서 예외가 될 수 없다.

본고는 그 중에서도 서사의 결구방식에 유의하고자 한다. 내용으로는 작품을 향수할 대상을 설정하는 것이고, 형태는 작자가 전면에 나서서 대상을 불러내는 것이다. 가사의 서사가 돈호법 호소형으로 시작되는 것은 이전부터 번번이 쓰이던 방식이다.

이는 대상을 설정하려는 의도보다 음영이라는 향수 방식에 따른 자연스러운 결구방식으로 보인다. 그러나 이것이 내방가사에 이르러서는 독자인 대상을 제한적으로 설정하거나, 혹은 대상을 포괄적으로 설정하고자 하는 작자의 의도적인 결구 방식으로 유형화되어 나타난다. 이러한 작자의 의도는 주체의식을 드러내 보이거나 작자의 절실한 체험을 토로하거나, 이미 확보된 절대적 가치나 사실을 제시하는 등의 내용으로 이어진다. 예를 들면 삼강오륜 같은 가치 기준이나 우리 역사의 유구함과 같은 객관적 사실을 제시하는 것과 같은 것인데 이것은 객관성을 바탕으로 한 주제의식의 강화라는 점에서 작자의 전달의도의 극대화의 한 방식이라고 할 수 있다. 또는 서사를 마무리하면서 동시에 작품 전체의 내용에 대한 예고의 기능을 지니기도 하면서 형식상 작품의 첫머리가 부름말로 시작되거나 동일한 어구를 반복하여 쓰는 것이 일반화된 경향으로 유지됨으로써, 작품의 시작을 알려주는 표지 기능을 하고 있다. 이와 같이 가사의 서사가 부름말로 시작하여 전체의 취지를 논리적으로 제시하는 장르적 관습으로서 내방가사에서는 이것이 유형화되어 나타난다.

본고는 내방가사의 구조를 이 서사에서 드러나는 작자의 의도를 작품 창작계기와 관련지워 보고자 한다. 따라서 이것은 작자(혹은 화자)와 독자(혹은 청자)와의 관계와 유일한 담화 구조형식이라고 볼 수 있으며, 담화의 상대에 대한 작자의 언술방식에 따른 유형 구분이 가능하다.

담화(discorse)란 시적 화자의 기준을 양식에 적용시킨 개념으로 소크라테스가 플라톤의 〈공화국〉 제3권에서 담화의 세 가지 양식으로서 직접적 제시, 모방적 재현, 시인과 등장인물이 번갈아 화자가 되는 혼합된 형으로 구분한 이래, 어떤 주어진 한 양식이 작품 전체의 특징을 이룰 수도 있으나 반드시 그렇지는 않다고 생각되어 왔다.

가사는 다양한 장르적 속성을 매우 포괄적으로 허용하는 양식이라는 앞에서의 언급을 상기한다면 담화 구조의 문학양식적 방법에 의한 내방가사의 작가의식의 표출 의도를 추출하는 작업은 매우 유의미하다 할 것이다.[83] 내방가사의 서사에서 상용적으로 실행되는 화자의 청자에 대한 부름말 형식을 담화 형식의 구성으로 파악하고자 한다. 그리고 이것은 작자가 독자에게 전달 또는 표현하고자 하는 이야기의 주동적인 행위자가 누구인가에 따라 일인칭, 이인칭, 삼인칭 형식으로 다시 구분되는데 이것이 작자가 의도하는 주제의 표출에 가장 적합한 결구 방식을 채택하여 유형화된다.[84] 내방가사의 담화 구조를 면밀히 검토해 보면 작품에 따라 작중

---

83) 장르 구분의 초문예적 기준으로 제시형식이 있으며, 제시형식에 따라 다음과 같은 구분이 가능하다.(T.S.Eliot, 최장호역(1975), "On Poetry and Poets", 서문당, pp.143-145)
서정시는 '엿들어지는 고백'으로서 작품속의 가상의 인물에게 고백하는 식이므로 청중은 단지 엿들을 뿐 무시되는 것으로 다른 사람이 아닌 자기 자신에게 말하는 시인의 음성이며, 곧 직접 시인 자신의 사상과 감정을 표현하는 시이다.
서사시는 시인이 널리 청중을 모아 놓고 내용을 낭송하는 제시형식으로 즉 다른 사람에게 말하는 시인의 음성, 극을 위한 것이 아닌 시에서 가장 흔히 들을 수 있는 음성이다. 그 중 풍자시는 의식적인 사회적인 목적을 가지고 있는 모든 시, 곧 사람들에게 교훈이나 오락을 주려는 시, 이야기를 말하는 시, 도덕을 설교하거나 지시하고 있는 시, 설교의 한 형태라고 할 수 있는 시이다.

84) 의미단락 간의 결구 방식은 장성진(앞의 논문, pp.132-145)의 개화가사의 서술 구조의

화자와 실제 작품 내용상의 주동적 행위자가 다름을 알 수 있다. 작자가 상대에게 작자 자신의 이야기를 고백하거나, 자기 자신에게 독백하는 경우라면 작자가 주동적 행위자가 되어 일인칭 독백체의 형식이라 할 것이다. 화자나 작자가 상대에게 자기의 이야기를 하는 것이 아닌 객관화된 지식이나 규범을 가르치기 위하여 지시하거나 명령한다면 그 행위의 주동자, 혹은 작자가 의식하고 있는 가공의 행위자 후보는 청자, 즉 독자가 될 것이다. 또는 화자가 '나'도 '너'도 아닌 제삼자인 '남'의 이야기를 전달해주는 경우라면 삼인칭 개관화 형식이 될 것이다. 그러므로 '나'와 '너'사이의 언술방식도 누구의 이야기인가에 따라 일인칭과 삼인칭으로 다시 하위분류가 가능하다.

1) 화자 독백체 형식을 통한 비판의 표출

시에서 화자는 그에 어울리는 목소리를 가지며, 그에 어울리는 역할을 한다. 이 목소리와 역할은 시적 화자의 개성을 육화한다. 뿐만 아니라 시인의 시적 의도의 효과를 극대화하는데 기여한다.

시에서 일인칭 화자가 사용되는 경우, 시적 화자와 시인을 동일시하는 경향은 자연스러운 것이며 그런 경우에 시는 수필과 마찬가지로 가장 주관적이고 고백적인 장르가 되고 내용은 고백적이고 자전적이 된다.[85]

즉 청중(독자)은 극의 독자나 관객과 같이 언제나 말들을 화자의 의식과 결합시키기 때문에 사람들이 그들 담화의 표현론적 요소 안에서와 이 요

유형을 참고하였으며, 본고의 논의의 일부는 이 논문의 논지에 근거를 두고 있다.

85) 김준오(1982), 『시론』, 문장사, p.199.

소들을 통하여 자신들을 드러내는 그대로 지각한다.[86)]

내방가사의 경우 일인칭 화자인 '내'가 상대하여 말하고자 하는 청자는 매우 다양하다.

아ᄒᆡ야	드러바라			〈계녀가〉
어와세상	사람들아	이ᄋᆡ말삼	들어보소	〈복선화음가〉
딸아딸아	아기딸아	복션화음	하난법이	
이를본니	분명하다			〈복선화음가〉
아ᄒᆞ야	ᄂᆡᆺ달ᄋᆞᄒᆞ	부ᄃᆡ부ᄃᆡ	명념ᄒᆞ야	〈신힝가〉
어화청츈	동유들아	이내회포	뉘알손가	〈망월사친가〉
어와우리	ᄯᅡᆯᄂᆡ들아	이ᄂᆡ소회	드러보소	〈열친가〉
어화세상	사람들아	이ᄂᆡ말삼	드러보소	〈과부청산가〉
츈규에	미인들아	ᄂᆡ말삼	들어보소	
셕 등에	여자들은	ᄂᆡ회포	들어보소	〈상사곡〉
어와우리	동유들아	화전놀이	하여보세	〈권본화전가〉
무심하신	남자들아	우리말좀	들어보소	〈권본화전가〉
어와우리	벗님네야	이가사를	들어보소	〈계묘년여행기〉
어와달산	노인ᄂᆡ들	슈곡가	들어보소	〈슈곡가라〉
ᄎᆞ호ᄎᆞ호	ᄌᆡ부들아	부ᄃᆡ부ᄃᆡ	효도ᄒᆞ라	〈권효가〉
여보시오	친구임ᄂᆡ	이ᄂᆡ말삼	드러보소	〈ᄉᆞ국가ᄉᆞ〉

딸, 아희, 아기딸, 우리 딸네, 미인, 여자, 남자, 동유, 벗님네, 친구임내, 달산 노인내들, 세상 사람들 등 상대의 범위가 다양하고 넓다. 그런데 청자의 범위가 한정적이고 작자와의 친밀도가 강할수록 작자의 언사에 지시성이 강하고, 그 반대의 경우 즉 벗님, 친구, 동유에서 혹은 세상 사람으로

---

86) 송정숙(1983), 「치가사고」, 『국어국문학』 21집, 부산대 국어국문학과, p.5.

범위가 확대될수록 자기고백성이 강하게 나타남을 볼 수 있다. 바꾸어 말하면 작자와의 친밀도에 반비례하여 주체적 표현이 사용된다는 것이다.

그런데, 일인칭 화자인 '내'가 이와 같은 여러 청자들을 상대하여 고백적이고도 자전적인 이야기를 하되 '내'가 바로 작중 인물과 동일인일 때 일인칭 독백체라 할 수 있으며, '나'는 앞서 검토한 바의 유형별 작품구조 분석에서 가장 중심적인 내용의 작중인물이다. 때로 일인칭 표현으로 서술되어 있으되 객관자로 범칭화된 경우의 예가 많다.

슬푸다 우리부모 날난ᄂᆞ라 수고ᄒᆞ니
이보덕을 ᄉᆡᆼ각ᄒᆞ면 호천이 망극ᄒᆞ다
써질ᄉᆞ라 돌아보고 다시보아 추운가
ᄇᆡ고푼가 말못ᄒᆡ도 못다이ᄀᆡ 우난소리
듯존아도 절로아라 마른ᄌᆞ리 진ᄌᆞ리ᄋᆡ
업고안고 지ᄅᆡ하니 이러ᄒᆞᆫ 어룬득택
어이ᄒᆞ야 갑흘손고 이보득 못ᄒᆞ오면
짐ᄉᆡᆼ만 못ᄒᆞᆯ지라 〈권효가〉

남ᄌᆞ의 몸이ᄃᆡ면 할일이 만큰이와
인간ᄋᆡ 여ᄌᆞ몸은 규중ᄋᆡ ᄌᆞ양ᄒᆞ야
입산양명 두가지난 이ᄋᆡ일 안이로다
이십ᄋᆡ 출가ᄒᆞᆫ후 효도밧게 ᄯᅩ잇난가
ᄉᆞᆷ일입주 ᄒᆞ온후ᄋᆡ 감지봉양 ᄆᆡ일이라
갗ᅌ 이 효도키도 부인에게 달려잇고
동이ᄋᆡ 효도키도 이ᄂᆡ몸ᄋᆡ 달려잇다 〈권효가〉

위의 예에서 '우리', '날', '이ᄂᆡ몸'은 작중화자로서의 작자와 동일시되는

'나'가 아니라 객관화된 범칭어로서 인식되어야 할 것이며 이와 같은 경우는 고소설이나 판소리에서 시점의 혼란이 일어나는 경우와도 같다고 할 수 있다.

일인칭 독백체 형식은 작자의 서정적 정서를 표출하기보다는 자기의 경험을 사실적으로 서술하고자 할 때 더 유효한 형식이다. 이 경우 화자는 자기가 과거나 현재에 경험한 이야기나 혹은 자기를 포함한 집단 행위자들의 이야기를 전달하고자 하며, 이야기는 시간의 경과나 장소의 이동에 따른 순차적 구조에 의해 진행된다. 내방가사 중에서 현실 체험을 작품화한 탄식류나 풍류소영류 가사가 이 시간적 순차나 지리적 이동 등의 문학외적 사실의 원리를 많이 따르고 있다. 탄식류에서는 대개 작자가 생애를 통하여 겪은 일을 사건별로 정리하여 삶의 시간적 순차로 나열하였으며, 풍류소영류에서는 여정과 놀이의 절차, 놀이에 참가한 일행의 개별적 행동을 파노라마식으로 엮어서 보여준다. 이 공간적 시간적 진행은 물론 각 부분들이 정연하게 연속되지만 서사적 인과 관계와는 성격을 달리하는 것이다. 실제 역사의 흐름이나 지리적 장소는 객관적 사실로 존재하는 것이고, 이것을 작품화했다는 것은 여성 작자들이 그들의 일상적 체험을 누군가에게 호소하려는 의식이 작용할 때에 가능한 일이다. 이리하여 일인칭 독백체의 결구 구조는 전대의 양반가사에 나타나는 서사구조적 인과관계가 아니라 의미단락의 각 부분들의 순차적 연결이라는 단순성을 지니게 된 것이다.

이상에서 살펴 본 일인칭 화자 독백체 형식의 순차적 구조를 도식화하면 다음과 같다.

〈표8〉

<table>
<tr><td>서사: 부름말(화자 → 청자)
<table><tr><td>본사:화자=주동적인물</td></tr></table>결 사</td></tr>
</table>

(1) 시간의 경과에 따른 순차적 형식

시간의 경과에 따른 독백체 형식은 부녀탄식류의 가사에서 가장 많이 사용된다. 대부분의 화자들은 현재의 상태에서 과거를 회상하는데, 현재 불행의 상태이면 과거의 행복했던 과거를 더욱 절실하게 회상한다. 이렇게 시간 경과에 따른 시간 순차적 구조를 지닌 작품의 예를 들면 다음과 같다.

〈1-37 과부청산가〉

1. 천리성정- 인간의 귀함
2. 청춘과부인 나의 신세 한탄과 사별한 임생각
3. 남편과의 좋은 시절을 회상하며 그리워 함
4. 달과 새에게 님에게 나의 소식을 전해주기를 바람
5. 님이 나를 데려가 주기를 기원함
6. 죽은 사람은 어찌할 수 없음
7. 살아 있을 때 놀다가 훗날 죽어 만나 회포를 풀고자 함

〈1-38 상사곡〉

1. 세상에 부부가 좋은 것임
2. 여자로 태어나 여공을 닦으며 성장함
3. 결혼의 기쁨

4. 신행함
5. 남편이 국사로 원행하여 이별하게 됨
   ㄱ. 남편의 당부
   ㄴ. 남편과의 이별장면
6. 남편을 기다리며 그리워하는 생활의 연속
7. 남편이 돌아와 재회의 기쁨을 누림

〈1-39 망부가〉

1. 남녀가 만나 부부됨은 천리임
2. 성장하여 성혼하게 됨
3. 결혼의 기쁨
4. 신행함
5. 생이별을 하게 되고 임 그리는 생활
6. 임생각을 잊고자 화전을 가나 더욱 간절해 짐
7. 시모의 위로의 말씀
8. 임이 빨리 돌아오기를 바람
9. 임에 대한 원망
10. 십년만에 벼슬하여 임이 돌아옴
11. 여자절행의 칭송－부귀영화를 누림

(2) 장소의 이동에 따른 순차적 형식

장소의 이동에 따른 순차적 구조는 풍류기행류에서 가장 쉽게 발견된다. 그 이유는 풍류기행류 가사의 제재와 작가의 성격에 기인한 것으로 보인다. 미리 마련한 현상으로서의 제재, 이를테면 화전놀이나 여행의 경험은 인과적 구성 개념을 확보하기가 어렵다. 작자의 성격도 마찬가지다. 이런 부류의 작품의 작자는 자신의 성정을 문학적으로 형상화하려는 의도를 가지고 있거나 그런 역량을 갖춘 사람이라기보다는 현실적 경험을 기록해 두기 위한 관습적 방편으로 가사라는 문학 형식을 차용하였을지도 모르는 일이다. 장소 이동에 따른 순차적 구성을 가진 작품의 예를 들면 다음과 같다.

〈1-90 계묘년 여행기〉

1. 가사를 짓게된 동기
2. 출발장면
3. 노중 차 안에서 노는 모습
4. 해인사 도착까지의 여정
   ㄱ. 조반
   ㄴ. 점심
   ㄷ. 주차장에 도착
5. 절구경
6. 사애에서 일박한 감회
7. 이튿날 직지사를 구경함
8. 무사히 귀향함
9. 후일의 기념을 위해 가사를 지음 - 후기

〈1-42 권본화전가의 구조〉

1. 봄을 맞아 화전놀음을 하자- 문답법
2. 팔자좋은 남자 놀음을 흠선하고 게 비교하여 가소로운 여자 유행을 에거하고 놀음의 합리화를 도모함
3. 통문
4. 집안 어른의 허락을 받고 손꼽아 그 날을 기다림
5. 음식 준비 과정
6. 정정들여 단장함
7. 집 가까운 곳에 장소를 정함
8. 참석인원을 점검하여 반가워 함

9. 놀음 장소에 도착
10. 화전을 구우며 노는 장면 묘사
11. 화조타령 삽입
12. 시회를 열어놂
13. 해저물어 파연
14. 헤어지며 아쉬움의 감회

〈1-43 화전가라〉

1. 허두－붕우들아
2. 붕우유신 견해제시
3. 청춘시절에 놀아보자
4. 남자놀음 흠선
5. 젊은때 좋은 봄날 놀기에 좋음
6. 동무를 소동하여 화전놀음 가자
7. 산 위에 올라 화전을 차림
8. 음식을 만들어 먹고 즐거이 놂
9. 날이 저물어 산에서 내려옴
10. 아쉬우나 기념하고자 함
11. 추억화전가

〈1-44 화전가〉

1. 봄날 계절 상찬
2. 여자놀음으로는 화전이 유일하니 화전놀음 가자
3. 날을 택정하고 시부모의 승낙을 받음
4. 행장준비
5. 산위에 오름
6. 산 위에서 마을을 내려보며 마을 풍경 묘사
7. 화전을 구워 먹음
8. 가사를 부르며 흥취있게 놂

9. 해저물어 놀이를 마침
10. 명년을 기약함
11. 화전기념으로 제작함

〈1-45 화전가〉

1. 가사는 아름다운 말
2. 조선의 역사를 노래함-화전가를 짓노라니 국조노래 겸했더라
3. 역대명필 예찬
4. 노소동락하자
5. 화전통문
6. 모인인물 묘사
7. 왕이산에 다다름
8. 화전공사-화전굽고 산신제 지내고, 봉송사고, 먹으면서 놂
9. 해저물어 파좌하고 내려옴
10. 아쉬우나 후일을 기약함
11. 겸사

〈1-46 화전가라〉

1. 허두-세상벗님네
2. 한식절을 맞아 놀음 계획
3. 세월을 탄식하며 화전놀음을 계획
4. 날받아 통기하고
5. 참석한 사람들 묘사
6. 대가산에 당도함
7. 화전놀음
8. 해저물어 집으로 돌아오니 시댁에서 오라는 전갈옴
9. 붕우와 아쉬운 작별
10. 후사

〈1-47 병암정 화전가〉

1. 허두 벗님네야 꽃구경 가자
2. 꽃노래
3. 젊은 때 놀자
4. 여자태생, 고법교육 받으며 성장, 결혼, 귀령
5. 곱게 단장 묘사
6. 목적지 도착, 세덕가 참배, 가문 자랑
7. 풍광감상- 가문내력 자랑
8. 음식먹으며 놂
9. 놀음의 시대적 배경－민족 해방, 주선자 칭송
10. 해저물어 파악함
11. 당당한 여행의 임무를 다하자
12. 후일기약
13. 가사 제작 기념- 겸사

〈1-48 친목유희가〉

1. 허두－벗님네야
2. 세월의 흐름 한탄
3. 전통적으로 고달픈 여행
4. 친정에서 화전놀음
5. 고향에 이름

(3) 명령형 화법을 통한 규범의식의 표출

독자 또는 작중 독자에게 직접적으로 주제를 제시하는 언술 방식이다. 내방가사 중에 많은 경우의 작품이 "……야 ……를……들어보소" 라는 메시지 전달의 태도로 시작되고 있어 자칫 일인칭 독백체 형식과 구분하기가 어렵고 애매한 듯이 생각되나, 작품의 구조를 면밀히 분석하면 이인칭 작중 인물의 설정이 가능함을 알 수 있다. 이 경우 지시의 주체는 작자이며 행위의 주체가 이인칭자이다.

담화의 양식 중 직접적 제시는 주석적, 또는 주제적 제시라고도 하는데 이것은 단정적 담화- 입증될 수 있는 것으로 보여지는 사실들을 비예술적인 언어로 제시하는 것- 와 가장 가까운 글로서 상상적 진리를 격언적 공식으로 표현들이다. 이 주제적 제시는 어떤 관념을 한 사건이나 말하고 있는 한 목소리에 관련시키지 않고서도 이 관념을 표상한다. 이 이인칭형식은 교훈 목적의 가사에서 가장 쉽게 발견된다. 계녀가는 거의 대부분의 작품이 '아히야 드러바라 닉일이 신힝이라'라는 허두로 시작하여 작품 중의 지시 내용의 단락이 시작되는 부분에서 다시 '아히야 드러바라 쏘한말 이르리라'를 반복하고 있다.

이는 작자가 독자, 곧 작중 행동의 주체자인 딸에게 팽팽한 긴장의 고삐를 늦추지 않음으로써 경계하고 교훈하고자 하는 내용을 보다 효과 있게 전달하고자 하는 문법이다. 교훈의 내용은 주로 유교적 실천 덕목인데, 이것을 정확히 전달해 주려는 의도가 작용하였기 때문에 작품의 구조는 덕목을 단위로 단락별 독립성을 강화하는 방향으로 발전하게 되고 자연히 병렬적 구조 방식을 채택하게 된다. 곧 작자가 독자에게 지시 또는 당부하고자 하는 훈계의 내용은 각각 독립적으로 존재하며, 각 단락은 하나의 주제를 지양하기 위한 강화의 언술로, 또 각 단락을 연결시켜 주는 표지의 기능으로 부름말의 언사를 각각의 의미 단락 사이에 개입시키고 있다.

김대행 교수는 "〈계녀가〉가 '아해야 들어봐라'로 작품을 이어가고 있는 점이라든가 〈김대비 훈민가〉가 '어와 백성들아 이내교훈 들어서라'로 시작하는 것은 이 작품들이 나와 너의 관계에서 오가는 언술을 기본구조로 하고 있다는 증거라고 하면서 그것은 서간과 같은 기능을 가지는 것이고 그래서 수필적인 것이"라 하였다.[87] 일인칭 시점의 채용은 자전적 기록의 형식으로 되어 있어서 그 뒤의 명령의 어법으로 된 훈계를 담고 있는 〈귀녀가〉나 〈여자유행가〉는 기행문이나 일기 같은 이완된 작품 구조라 볼 수 있다. 그렇기는 하지만 '나'와 '너'의 관계 설정으로 그 표현이 이루어지고 있는 작품은 작자와 독자 사이의 긴밀성이 강화되는 강점이 있다. 하나의 작품으로서 완성할 성질의 것이 아니고 그 전부를 적극적으로 수용해야 할 의무감까지 조성하기도 한다. 그것은 하나의 강제력이지만 또 다른 관점에서 보면 작자와 독자 사이에 형성되는 직접적인 관계인 것이고 따라서 친밀감의 형성을 효과로 거론할 수 있는 것이다. 말하자면 작자와 독자와의 거리가 제로에 가까운 상태인 것이다. 그러나 한편으로는 명령형 즉 주제적 제시의 표현방식은 경직된 사회에서의 표현이라는 이해가 가능하다는 면에서 이인칭 지시형식은 문학성보다는 문학의 효용성면에서 그 가치를 더 지닌다.

〈1-1 계녀가의 구조〉

1. 서사－내일 신행을 앞두고 경계할 말이 있다.
2. 시부모 모시는 도리: 삼일사관, 혼인신성 실천, 병구완의 방법, 언어생활
3. 가장 공경하는 도리: 언어, 행동, 학업권면, 화순의 도리
4. 동기와 지친간의 도리: 재물로 인한 불화 경계
5. 제사 받드는 도리: 제수 장만함에 있어서 정성과 태도
6. 손님 맞는 도리: 음식 대접에 소홀하지 말 것
7. 자식 보양의 도리: 수태시의 태교, 의식주에 있어 검소한 육아법
8. 하인 거느리는 도리: 혈육과 같이 대하여 심복을 삼으라

---

87) 김대행(1979), 『가사의 표현방식과 휴머니즘』, pp.598-599.

9. 치산의 도리: 절약하고 청결히 하라
10. 행신 범절의 도리: 조심하며, 이웃의 흉을 말라
11. 변함없는 마음 당부
12. 결사－이 가사를 행신과 처사에 유익함이 있도록 사용하기 당부

이 이인칭 언술방식은 각각의 의미 단락이 평면적으로 나열되는 병렬적 구조로 나타난다. 병렬적 구조란 각 단락이 대상이나 주제의 유사성을 공유하면서 독립적으로 이루어지는 것을 말한다.[88] 여기서 병렬이 되기 위해서는 각각의 의미단락이 유사성이 있어야 한다. 계녀가는 이미 확립되어 있는 실천 덕목을 가사 형식으로 표출하는 과정에서 가사의 구조가 계녀서의 절목을 평면적인 병렬을 지향한 것이다. 계녀가의 가사 중 전범적 성격의 가사는 대부분이 서사와 결사를 포함해서 본사 전체가 순서의 교착도 없이 최고 13개 항의 실천덕목을 나열하고 있어 각 단락이 병렬로 이루어지는 전형을 보이고 있다. 이렇게 교훈류의 가사가 병렬적 구조로 이루어지는 근거는 그 내용이 창작되거나 표현되기보다는 전달되는데 목적을 둔 작자의도에 있다. 이미 사회적으로 규범화되어 지향하고자 하는 삶의 목표와 방향이 설정되어 있으니 작자는 단지 이것을 확인하고 다짐하여 알려주는데 그 의의가 있을 뿐이다. 병렬적 구조는 주체의 일방적이고 단정적인 계몽성을 작품의 표면에 드러냄으로써 문학화의 한계를 보이는 구조이기도 하다.

이인칭 언술의 병렬적 구조를 도식화하면 다음 〈표9〉와 같다.

88) 정성진, 앞의 논문, p.135.

〈표9〉

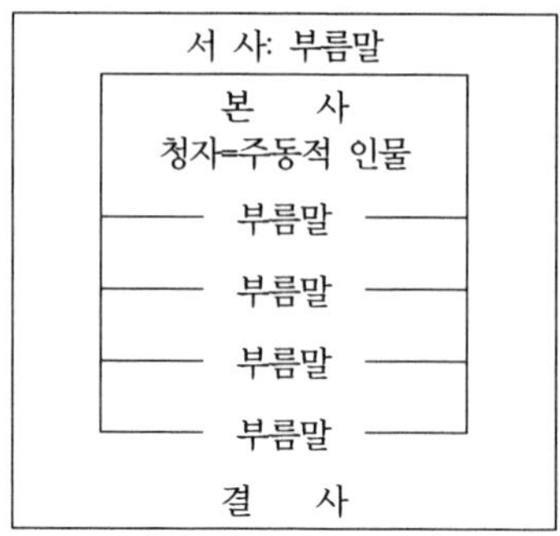

3) 삼인칭 객관화 형식을 통한 현실의식의 표출

내방가사에서 작자와 독자, 화자와 청자, 혹은 나와 너의 관계에서 전달되는 말이나 이야기에는 객관자가 낄 틈이 없다. 남의 이야기를 하기보다는 절실한 나의 사연이 더욱 감동적일 수가 있으며, 또는 무엇인가를 가르쳐야 할 처지에서 남의 이야기를 한다는 것은 공허하다 여겨지거나, 한가한 잡담이 될 수도 있다고 인식되었을지도 모른다. 그래서 삼인칭 객관자의 개입은 그렇게 흔치 않다.

그 중 일인칭의 범칭화의 예가 더러 있다. 이 경우는 문학적 소양이 부족한 작자의 미숙성의 결과라고 생각된다. 삼인칭 객관화 형식의 가장 흔한 사례는 부녀교훈류 가사 중에서 불특정 대상을 상대로 교훈하고자 내용의 〈훈계가〉형이다. 그리고 또 부녀교훈류 가사에 삽입된 비이상적인 인물의 사적을 예거하는 경우이다.

이와 같은 통합화 구조란 앞 항의 제 구조가 한 작품 안에서 결합하여 나타나는 것을 말한다. 가사는 장르적 복합성을 가졌을 뿐만 아니라. 한 작품 안에서도 부분에 따라서 서로 다른 여러 가지 장르적 특성이 교직되어 있고, 그에 따라 구조의 다양성도 드러난다.

앞서 전범적 계녀가류가 병렬적 구조로 나타남을 보았다. 그러나 교훈류의 가사 중에는 전범보다 작자의 체험이 제재가 되는 가사가 있는데, 이런 체험적 계녀가는 대상을 항목화하여 나열하는 병렬적 구조를 적극적으로 수용하면서 부분적으로 시점을 변환하여 객관화한 나와 너 외의 다른 사람의 이야기를 개입시켜 작자의 전달 의도를 극대화시킨다.

〈1-4 복선화음가〉

1. 여자로 태어남
2. 성장함
3. 십오세에 결혼하여 신행함
4. 가난한 시집가세에 속음을 알게 됨
5. 배행한 오라비가 도로 가자하나 달래며 돌려 보냄
6. 눈물겨운 가난 생활
   ㄱ. 이웃에 식량 구하려 보냄- 거절당함
   ㄴ. 혼수 등을 전당잡히고 친저의 도움을 받음
   ㄷ. 접빈을 위해 인두 가위까지 전당함
7. 치산에 눈뜸
   ㄱ. 개간하여 소채를 심어 삶
   ㄴ. 베짜기
   ㄷ. 삯바느질
   ㄹ. 검소 절약 생활
8. 재산을 이룸
9. 남편이 장원급제 함
10. 평양감사에 이름
11. 자녀 자라 딸을 출가시키게 됨

12. 작자자신의 신행때를 생각하면서 개똥어미 사적을 이야기함
13. 딸과 헤어지면서 딸에게 복선화음을 당부함

이 가사에서 작자는 1-10항까지는 자신의 행적을 독백체로 이야기하다가 11항에서 딸에게 당부하는 이인칭의 언술 형식으로 바꾸고 다시 12항에서는 개똥어미의 사적을 원용, 개입시킴으로써, 작자의 전달 의도를 극대화하고 있다. 이 가사의 구조를 도식화하면 다음 〈표10〉과 같다.

〈표10〉

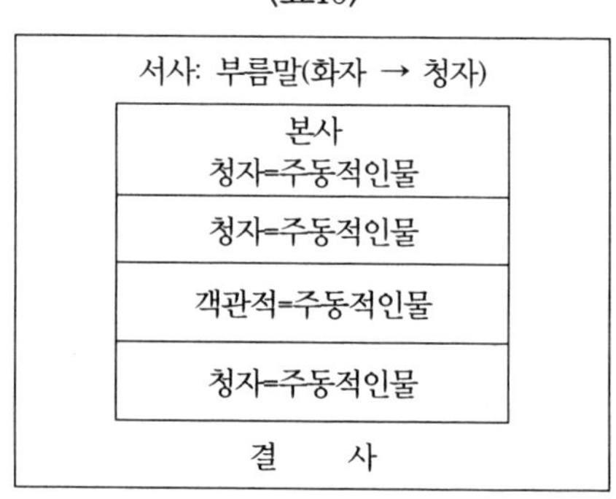

내방가사는 조선시대 여성들이 즐겨 창작하고 향유하며 전승해 온 문학작품이다. 그러나 일반적으로 조선 후기 영남 지역 양반규문의 가사라고 개념화되어 있었으며, 이러한 내방가사의 개념 기준에 대한 구체적인 검증을 통하여 내방가사의 본질을 파악하는 것을 본고의 과제로 설정하였다.

내방가사에 대한 고찰은 가사문학의 전반적인 변천과 관련한 가사문학사적 위상이 정립됨으로써 가능한 작업이고, 그러기 위한 향유계층에 대한 제반사항, 곧 내방가사 형성의 시대적 배경을 여성 향유자의 사회계층

적 위상과 아울러 향유층 내의 신분 변동과 의식변화의 관계에 대한 검토를 먼저 하였다.

기술적 장르론의 관점에서 보면, 가사는 서정성과 서사성 및 교술성의 다양한 장르적 성격을 포괄하는 개방적이고도 복합성의 장르이다. 이러한 가사 장르적 성격이 전통적으로 한글문학의 주된 독자층인 양반 계층의 여성들에게 친숙하게 접근하여 창작에의 참여도 적극적으로 유도하였다고 할 수 있다. 조선의 계층 구조의 원리는 유교에 바탕을 둔 철저한 신분제적인 것이었으며, 이 신분제적 계층 구조 속에서 여성은 남성 위주의 종속적 이데올로기의 지배를 받아 왔다. 그러나 양반가의 여성들은 이렇게 교조화된 유교적 지배의 남존여비 사상과 부계의 혈통을 중시하는 종법제도 하에서도 대가족 내의 연장자이자 혈통 계승자의 어머니로서의 여성적 지위와 활동에 나름대로의 권한을 확보하였다. 여기서 여성은 인격으로서가 아니라는 한계를 지니기는 하나 여성 자신들의 강한 생활력으로 오히려 가부장제를 보완하고 적극적으로 지탱하는 역할을 하였으며, 내방가사 중 교훈류의 작품을 위시한 상당한 양의 작품이 이러한 여성향유자에 의해 창작, 향유되었다.

내방가사가 영남지역에 특히 편중되어 나타나는 현상은 이것이 지역적인 폐쇄성을 지닌 지방문학이 아니라 전승과정에 의해 확산된 현상이라는 공시적이고도 상대적인 특성으로 이해되어야 한다는 것이 본고의 관점이다. 이에 대한 해명의 고리로서 본고는 내방가사의 전승이 혼인이라는 사회 관습과 동반되고 있다는 점에 착목하여 그 경로를 추적하고자 하였다. 영남은 조선조 후기 양반층이 근린집단인 촌락 단위의 문화권을 형성하여 촌락 단위의 유대감이 긴밀하였으며, 근린집단의 강화와 향촌 사회에서의 지배 기반을 굳히기 위한 수단으로 혈통과 문벌을 따지는 혼인 관계를 유지하고자 하였다. 이와 같은 영남 반가의 혼인관은 내방가사 작품 속에서도 절실하게 드러난다.

특히 중요한 통혼의 조건으로 혈연, 학통의 연원, 지연 등이 선호되었으며, 그 혼인의 방법은 연줄에 의한 중매혼이 대부분이며, 결과적으로 "누이 바꿈", 또는 부자, 형제, 자매 등의 가족끼리도 연비연사에 얽히게 되고, 이러한 혼반의 폐쇄성과 중복성이 내방가사의 전승에 깊이 관련되어 결과적으로 영남에, 그것도 경상도 북부 지역에서 집중적으로 유통되는 현상으로 나타난 것이다. 본고는 영남의 대성 동족 집단의 가계와 배우자의 혼전 거주 지역을 중심으로 이러한 사실을 확인할 수 있었다.

또한 전승 방법적 문제도 내방가사의 다량화에 기여하였다고 보았다. 기록문화적 전승 양식인 '필사'라는 표면적인 전승양식과 함께 구비문학적인 전승방법인 '낭송'에 대하여서도 전승 방법적 의미를 부여하고자 하였다. '필사'는 보존과 전파라는 기록문학 본래적인 역할을 수행하는데, 이는 대부분 개인적인 차원에서 이루어진다. '낭송'은 집단적인 성격의 독자층을 상대로 이루어지는 내방가사만의 독특한 전승 방식으로서 한 사람의 낭송자에 의해 수행되며, 더러는 창작의 과정도 공동작의 형식으로 집단적으로 이루어지기도 한다. 그러면서 자연히 구비문학적 표현 양식이 흡수 채택되는데, 그것은 구비 서사 문학의 전승 원리인 공식적 표현구로 나타난다. 공식적 표현구는 일반적으로 대립과 반복의 원리를 가지고 있는데, 내방가사에서도 대립적 공식의 표현구와 반복의 공식적 표현구들이 거의 상투적으로 나타난다는 것을 확인할 수 있었다. 이러한 공식적 표현구들이 문자라는 매개체를 가지고 창작되는 기록문학에서는 되도록이면 배제되어야 할 성질의 것이고, 실제로 이를 지나치게 사용하면 작품의 가치를 저하시키는 요인이 될 수도 있다. 그러나 구비문학적 전달 형식을 취하기도 하는 내방가사의 전승방법적 측면에서 이 공식적 표현구들은 작품의 형식적 통일성이 용이하게 보장될 수 있게 하고, 낭송자로 하여금 쉽게 기억하고 낭송할 수 있도록 하고 청자로 하여금 쉽게 이해할 수 있도록 하는 긍정적인 의의를 지녔다고 할 수 있다.

위와 같은 유동적인 전승과정으로 확산, 향유된 내방가사에는 당대 여성 향유자들이 다양한 사회문화적 경험의 변화에서 얻은 그들 나름대로의 시대적 사고를 작품 속에서 표출하고 있다. 이러한 작자의식의 주제적 내용은 자기 직계 가족에게 교훈적 덕목을 주지시키거나, 가문 자랑을 통하여 자기 자랑을 과장적으로 하는 방법으로 드러나기도 하고, 또는 여성다운 유흥이나 자탄적 방식으로 분출되기도 한다.

내방가사의 향유자 의식은 담화 구조 형식으로 표출된다. 전통적으로 내방가사는 전체 구조로서 서사, 본사, 결사의 구분과 그 결구 방식을 충실히 지키는 양식적 통일성을 확보하고 있는데, 본고는 그 중에서 서사의 결구 방식에 유의하였으며, 서사에서 상용적으로 실행되는 화자의 청자에 대한 부름말 형식에 의한 구조를 나와 너의 언술방식의 담화 구조로 파악하고자 했다. 그리고 이것을 작자가 독자에게 전달 또는 표현하고자 하는 이야기의 주동적인 행위자에 따라 다시, 일인칭 행위자, 이인칭 행위자, 삼인칭 행위자로 구분하고, 그 각각의 행위자가 작품 속에서 작자의 의도와 어떻게 합목적적으로 부합되는가 하는 문제를 각 작품의 의미 단락 간의 구조적 결구의 방법으로 유형화시켰다. 일인칭 행위자는 화자의 독백체 형식으로 시간의 경과나 장소의 이동에 따르는 순차적 구조로 결구

되며, 내방가사 작품 중에서 탄식류나 풍류소영류의 가사가 이 구조 양식을 택하고 있다. 이인칭 형식은 화자의 상대가 직접 본사의 주동적 행위자가 되는 것인데, 이는 교훈적 덕목을 주지시키고자 하는 화자의 의도에 가장 합목적적이다. 내방가사는 이와 같이 화자와 청자의 언술 방식의 담화구조로서 객관자의 개입을 원칙적으로 허용하지 않으나, 교훈적이나 자기신세에 대한 탄식적 토로에 유효하다고 판단되면 더러 삼인칭 객관자의 개입이 이루어지기도 하는데, 이 경우의 결구 방식은 통합화의 구조로 설명된다.

내방가사의 향유자 의식은 크게 이원적인 대립 구조를 보인다. 내방가사 향유자들은 그들이 처한 사회 환경 속에서 부단히 갈등하고 있는데, 사회가 요구하는 규범을 지키고, 그들과 관계있는 주위인물에 대한 의무와 도리를 다하고, 자기자신에게도 당당해야 하는 작자는 사회 속에서 자아를 실현시키고자 하는 사회적인 삶을 지향한다. 그러나 작자를 둘러싸고 있는 세계적 상황이 자아에 대하여 결코 우호적이 아니라는 자각을 하게 되면 작자의 관심은 작자 자신에게로 되돌아오게 되어, 작자는 개인적인 삶을 지향한다.

작자가 지향하는 삶이 선택되면 이제 작자는 삶의 방법을 선택하게 된다. 그 삶의 선택적 기준으로 그들이 스스로 마련한 것이 관념과 체험이라는 방법이다. 각기 선택한 삶의 방법에 따라 내방가사의 작품 유형도 함께 선택된다. 그러나 유교적 도덕규범이 더 이상 이상적인 사회가치가 되지 못한다는 것을 깨닫게 되는 일련의 작자들에 의해서, 명분이나 윤리보다 경제적 곤란을 극복할 수 있는 현실적인 삶이 더 값진 것이라는 사회적 가치 체계의 인식에 변화가 오게 된다. 특히 가정경제의 주담당자로서,

주부권의 전권자였던 조선시대 대부분의 여성에게 있어서 경제적 현실은 오히려 그들이 지향하는 바의 명분이나 윤리를 유지할 수 있는 관건이 됨을 인식하기도 한다.

내방가사의 작자들이 즐겨 사용하는 작품 내적 갈등을 극복하는 방식은 회상이다. 내방가사의 작자는 가사 제작의 현재 시점에서 작품을 서술하고 있으며, 현재 행복의 상황이면, 과거의 불행을 반추하여 극대화하고, 현재 불행의 상태이면 과거의 행복을 기억함으로써 그 불행의 상황을 극복하거나 최소화하고자 했다. 이때 그들은 각각의 극복 양상에 적합한 표출 방식을 택하게 되는데 그것이 바로 자탄과 자과의 방법이다. 현재의 행복을 과장적으로 표현하고자 하면 자과적인 표현 태도가 적당하며, 현재의 불행을 극대화하는 태도로 자탄의 방식이 유효한데, 내방가사의 작자들은 이 두 가지 현실 인식에 대한 그들의 자세를 내방가사 전 유형의 작품 속에서 유효적절하게 배치시키고 있다.

제2부

현대 내방가사의 작자와 향유자

제1장
영남 내방가사의 맛과 멋

1. 영남 내방가사의 개념과 가치

영남 내방가사는 영남지역의 여성을 중심으로 널리 향유되고 전승되어 온 3.4조의 4음보의 대귀 형식으로 무한히 이어가는 운문 장르로 '가ᄉᆞ' 또는 '두루마리'의 방식으로 향유하며 전승되어 왔다. 호남의 대표적인 구송 문학이 판소리라면 영남에는 내방가사라고 할 수 있는 지방 문학의 대표적인 장르인 동시에 소리와 문자가 결합된 문학 형식으로 확장된 문학예술이 있다. 18세기 영정 조 이후부터 시작되어 개화기와 일제강점기를 거쳐 현재까지도 영남 여성들을 중심으로 활발하게 창작되고 향유되고 있는 현재성을 가진 고전문학의 한 영역이다.

영남 내방가사는 우선 지역적으로 영남 지방의 사대부가의 규방에서 발흥한 장르로 남성에 이르기까지 확산되었다. 영남지방의 여성을 중심으로 고유하게 창작 전승된다는 측면에서 영남내방가사라 규정해도 좋을 것 같다. 영남지방의 사대부가의 여성에서 출발된 내방가사가 창작과 전승의 과정에서 사대부가의 여성을 뛰어넘어 중인이나 하층의 여성을 물론 일부 남성들에게까지 확산된 매우 독특한 고전 문학 장르이다. 형식적인 측면에서도 3.4조의 4음보에서 댓귀 형식으로 무제한 이어지는 운문(poem in verse) 형식으로 그리고 운문의 구조 속에 대화체가 삽입되거나 고소설이나 설화의 내용이 삽입되어 내러티브한 산문적 서사적 구조와 혼류되는 모습도 보여 준다. 이와 함께 낭송이라는 노랫가락과 필사라는 양면적인 전승과 향유 형식을 갖추고 있다.

창작자가 주로 여성이라는 측면에서 이를 '내방가사'니 혹은 '규방가사'라는 명칭으로 부르고 있다. 18세기 이후 사대부가의 계급구조의 하향화 과정과 평민층의 상층화하는 계층이 혼류되는 사회 변동 속에 있었기 때문에 권영철이 주장하는 '규방가사(閨房歌辭)'라는 명칭은 전혀 적절하지 않다. 경북대본 〈화전가〉를 과연 규방의 규수들의 작품이라고만 할 수 없는 것이 그 증거가 됨직하다. 그렇다고 해서 '내방'이라는 용어도 적절하지 않지만 '내방'을 '안방'이라는 의미로 해석하면 탈계급적 의미를 지닌다. 그러나 내방가사는 영남 지역의 사대부가 여성들에 의해 주로 창작 향유되어 온 매우 독특한 문학장르이면서 조선 후기에서 현재까지 전승되고 있는 현재성의 문학장르라는 측면에서는 '여성가사'라고 해도 좋겠지만 이 역시 문제점이 곧장 드러난다. 따라서 전통적으로 명명해 온 '내방가사'라는 개념이 가장 적절할 것으로 보인다.

내방가사는 전승과 향유자적 관점에서 보면 개인적 문학인 동시에 집단적 문학 양식으로 규정할 수 있다. 특히 창작자나 전승자 및 향유자의 관점에서 보면 가문을 중심으로 한 여성들끼리 서로 공유하는 개인적 생산에서 더불어 향유하는 집단적 생산의 방식을 취하고 있다.

내방가사는 내용적인 측면에서도 매우 복잡한 성격을 띠고 있다. 조선 후기에 들어서면서 『소학』과 『내훈』, 『여사서』 등 훈민의 개념으로 여성의 규범이 강조되던 시기에 출발한 문학 장르이기 때문에 다분히 교훈적인 성격이 강할 수밖에 없다. 조동일이 내방가사를 교술(敎述) 장르로 규정하고 있듯이 내방가사의 내용적인 측면에서는 여성의 부덕과 삼종지도, 칠거지악을 잣대로 한 여성을 경계하고 통제하는 작품이 거의 대부분이긴 하다. 따라서 여성교육의 방식으로 어머니가 딸에게 가전되는 교육서의 역할을 담당하였다. 곧 예의범절, 봉제사, 접빈객, 사구고에 대한 효성, 지아비에 대한 열녀, 현모양처의 도리 등 양반 사회의 사회적 규범을 철저하게 이행할 것을 요청하는 규범적 성격이 주를 이루고 있지만 한편으로는 여성들의 속박된 생활고와 고민과 정서인 한과 자탄을 호소하는 내용도 다량 나타난다.

전통적으로 남성 중심의 유교적 생활 문화가 뿌리 깊게 자리하고 있었던 영남지역의 양반 집안 여성들은 그들의 기품을 표출하고 전수하는 기능을 하는 동시에 규범에 속박된 억압된 생활 속의 정서를 분출하는 문학으로 내방가사를 창작하기 시작하였다. 이에는 조선 후기 여성들의 사회적 속박으로부터 벗어나려는 자의식이 반영되어 있다. 조선조 말에서 근현대로 이루어지는 사회 변동 속에서 꾸준히 명맥을 유지하고 있는 내방가사는 사회로부터의 속박과 여성 내면으로 추구해온 여성 해방이라는 상충되는 갈등 양상을 고스란히 드러내 보이고 있다. 18세기에 발흥한 전통적 문학의 양식인 내방가사는 전 세계 어디에서도 찾아 볼 수 없는 우리다운 독특한 문학 양식 가운데 하나라고 아니 할 수 없다. 여성 해방이니,

양성 평등이니 하는 서구적 잣대로 도저히 측량할 수 없는 동양적 가치를 내방가사라는 프리즘을 통해 확인할 수 있다. 내방가사는 양반 부녀자들에 대한 유일한 교육과 학습 방식에서 출발하여 사회적 가치와 여성 내면의 가치를 일깨우는 품격을 가진 생활양식의 일부로 정착되었다.[1)]

내방가사는 창작자나 향유층이 여성이라는 측면에서는 남성의 가사와 대비되는 특징을 가지고 있으며 사회적 계층이라는 측면에서는 창작자나 향유층이 사민층에 속하기 때문에 '서민가사'(김문기)와도 대응된다. 조선 후기 향촌사회에서 양반들은 그들의 사회적 위신과 권위를 지키기 위해 문중이나 향촌 사회의 조직을 강화하면서 그들 나름대로의 집단을 지키려는 노력을 강화하였다. 남성들이 서원을 중심으로 결사체를 강화하였다면 여성들은 가문을 중심으로 문중계나 종계 혹은 딸네계(화수계)를 활성화했다. 현재까지도 전승 향유되고 있는 내방가사는 조선 후기의 여성들의 시대정신을 가장 절실하게 반영하고 있는 매우 독특한 여성 문학 장르라고 규정할 수 있다.

2. 여성의 전통지향성과 현실경험의 문제[2)]: 최근작 내방가사에 대한 보고

1) 일상문학으로서의 내방가사

현재 안동을 중심으로 한 경북의 여러 지역에서는 전통적 문학장르인

1) 이정옥, 「조선조 여성문학의 세계성」, 『세계여성자대회 발표문』, 하와이대학교 동양학연구소, 1998.

2) 이 논문은 2001년도 한국학술진흥재단의 지원에 의해 연구되었음.(KRF-2001-002-A00055)

내방가사의 향수의 전통과 유통이 온존하고 있다. 고전문학과 근 · 현대문학의 단절은 가사의 경우에도 예외는 아니어서, 전통적 문학장르의 전승은 거의 이루어지지 않은 상황에서 내방가사는 예외성을 가진다고 할 수 있다.

그런 면에서 현재 내방가사의 향수 방식은 보존과 변화의 양면성을 함께 한다는 면에서 충분히 전통적이라 할 수 있는데, 그러나 최근의 향수 방식과 내용의 두드러진 변화상은 주목할 만하다.[3)]

예를 들면 내방가사 향수의 현장에서 만나 면담에 응한 다수의 내방가사 향유자들은 가사를 짓고, 베끼고, 읽는 행위를 통칭하여 '가사한다' 혹은 '글한다'라고 표현한다. 이 경우 그들은 내방가사가 문학이라는 인식을 확실히 가지고 있는 듯해 보이며, '노래한다'고 표현하는 민요 구연 행위와는 확실히 구별되는 문학행위로 인식하고 있는 것을 포착할 수 있다. 즉 '글한다'는 행위는 문자라는 유식한 매체를 통해서 '글'을 창작할 수 있을 뿐만 아니라 필사하여 전승하며, 글을 읽는 행위 등을 함께 포괄하는, 이를테면 전면적 문자생활에 대한 그들만의 독특한 통칭어라 할 수 있을 것이다. 그런 의미에서 '글하기'는 내방가사 향유자에게 내방가사는 일상의 문학이며, 내방가사를 향수하는 전통은 그들에게는 문학적 일상이라는 인식을 가능케 한다. 일상이란 "전승 속의 대다수 이름 없는 사람들이 매일매일 고생하면서, 또 가끔씩 과시적으로 소비해가면서 일궈냈던 삶과 생존"[4)]이라면 내방가사를 향유하는 행위를 '글한다'라는 일상적 행위로 표현하는 내방가사 향유자들이야말로 문학을 생활 속의 문학을 일상화한 셈인

3) 이정옥, 「현재성의 내방가사」, 『국제고려학』 제7호(국제고려학회, 2001)참조.
4) 알프 뤼트게 외 지음, 이동기 외 역, 『일상사란 무엇인가』(청년사, 2002), p.16.

것이다.

따라서 본 연구는 내방가사를 일상문학이라고 전제하면서 논의를 진행하고자 한다. 그러면서 현재 창작과 향수가 진행 중인 최근작 내방가사 작품군에서 드러나는 일반적이고 공통적인 요소에서 발견되는 여성의 문학의식을 고찰하고 이전 내방가사와의 변화상에 주목하고자 한다. 또한 내방가사 향유자의 주류층인 여성노인들의 내방가사에 대한 인식이 어떻게 문학적으로 형상화되는가에 대한 고찰이 함께 이루어질 것이다. 그 과정에서 내방가사 향유자들의 문학 장르적 내지 문학양식적 전통지향성의 문제가 논의될 것이다. 아울러 현재의 내방가사의 향유층이 여성노인들의 생애경험에서 결코 무시할 수 없는 역사적, 현실적 경험도 흥미로운 논의 과제를 제공할 것이다. 이러한 다양한 층위의 고찰방식은 내방가사를 통하여 드러내고자한 당대 여성들의 일상적 삶에 대한 인식의 규명이 이루지기를 기대하는데 있다.[5)]

내방가사는 경북의, 현재의, 익명의, 다수의 여성[6)]에 의해 일상적으로 향유되는 문학이라면 일차적으로 여성의 일상문학으로서의 내방가사에 대한 보고가 선행되어야 한다. 특히 현재 내방가사 향유자들이 고령의 여성노인 이라는 점에서, 그들이 한국의 현대사를 관통하여왔다는 점에서,

---

5) 전미경은 내방가사 텍스트 분석을 통하여, "개화기 남존여비적 일상을 잘못된 현상으로 비난하면서 '남녀동등'이란 새로운 방향을 모색하고 있는 계몽담론의 주장은, 이러한 주장에 대한 찬반과 관계없이 많은 여성들에게 상당한 영향력을 행사하고 있었다는데 주목하여 개화기 당시의 여성들에게 상당한 영향력을 행사하고 있었다는데 주목하여 개화기 당시의 여성들은 이러한 계몽의 주장을 포함하여 자신을 둘러싼 일상을 어떻게 조망하고 있는지"를 탐색한 흥미로운 논문이다. 전미경,「개화기 가족윤리의식의 변화와 가족갈등에 관한 연구」(동국대 대학원 박사학위논문, 2000).

6) 여기서 '여성'은 계층(의식적일지라도)과 연령층을 제한한 범위에서 내방가사 향유자라는 의미로 잠정한다.

그들의 생애와 일상의 삶의 문학인 내방가사는 이전까지의 내방가사와 차별성을 가질 것이 분명하기 때문이다.

2) 최근작 내방가사에 대한 보고

내방가사는 향유지역의 경북 지역 편중성, 작품의 다량성7), 작품의 다량성에 기여한 전승방법의 이중성8), 향유자의 익명성9), 고전문학 장르 중 유일하게 전통적 문학 양식의 속성10)을 고스란히 지니면서, 현재까지도 향유되는 현재성의 특징을 가지고 있다.11)사회적 조건들이 변화하게 되면 기존의 문학 역시 또 다른 방식으로 재편되는 제도화 과정을 거친다는 명제가 내방가사에서만큼은 예외라 할 만하다.

내방가사를 연구하는 많은 학자들은 내방가사의 창작의 하한선을 20세기로 인정하고 있다.12)현재 내방가사 연구 텍스트로 가장 많이 활용되는『

---

7) 권영철(1979)에는 1955년부터 약 25년에 걸쳐 수집한 약 5,000필 이상의 내방가사 중 113수가 수록되어 있으며, 권영철(1985)에서는 5,198수 중 신변탄식류 900수 중 88수를 수록하였다고 밝히고 있다.

8) 필사와 낭송.

9) 현재도 경북지역의 양반가에서는 '택호'가 내방가사의 향유자인 부녀자 간이나, 친족과 이웃 간에도 호칭어와 지칭어로 범용되고 있다. 그러나 최근 발간되는 자료집에는 이름과 주소, 전화번호까지 밝히고 있어 익명성의 특징은 없어지는 추세라 할 수 있다.

10) 근대전환기를 거치면서 일본을 통해 서구의 신문명이 도입되면서 급변하는 사회 현상이 문학에도 그대로 반영되어 신문과 잡지가 발간되고, 신식학교가 설립되는 등 근대문학의 여건이 형성되어, 소위 개화기문학이 등장하였다. 이 시기의 문학은 고대 문학과 근대 문학의 과도기적 형태로 교량적인 역할을 했으며, 전통 문학을 계승하는 문학사적 의의를 지니고 있다.

11) 이정옥, 「내방가사 향유자의 문명인식과 표출양상」, 『문명의 만남 : 공존인가, 충돌인가』, 한국인인문사회과학회 학술 대회자료집(2002, 봄), p.40.

12) 백순철, 「규방가사의 작품세계와 사회적 성격」, 고려대 대학원 박사학위 논문, 2000, p30. 고미숙, 『18세기에서 20세기 초 한국 시가사의 구도』(소명출판, 1988), p.97.

규방가사 1』과 『규방가사 신변탄식류』[13]에는 개화기를 거쳐 해방 이후부터 20세기 작품이 많다. 그 중에는 1950년대부터 80년대 작품까지도 다수 수록되어 있다.[14]

가사작품집으로는 최초로『회갑기념 은촌내방가사집』을 발간한 조애영[15]은 내방가사 작가로 소개되기도 하였다. 경북 칠곡의 벽진 이씨 가문의 『이내말씀드러보소』와, 대구 경주 최씨 가문의 『내방교훈』은 가전본 형태의 유인본이다. 가장 최근 인쇄 발간된 자료로는 『雲鶴集』[16]이 있다. 이들은 모두 가문세전본으로서 가문 내에서 보관되어오던 자료를 후손이 영인하고 그것을 다시 활자화한 영인본과 활자본 복합형태의 자료집이나 배포가 주로 가문 범위 내에서 이루어지고 있는 실정이어서 학문적 관심을 끌지는 못하고 있다.

1980년대 활발하게 강행된 지방 향토지 중 경북 도내의 시군이나 문화원에서 발간한 향토지 속에는 내방가사가 다량 수록되어 있다. 또한 봉화문화원에서 발간한 『민요와 규방가사』(1995), 영천시에서 발간한 『규방가사집』(1988)에는 총 51편의 작품이 수록되어 있다.

이대준은『낭송 가사집』1(1986), 『낭송 가사집』2(1995), 『안동의 가사』(1995)을 통해 개인적으로 안동을 중심으로 수집한 가사를 집대성한 자료

이정옥, 「내방가사에 나타난 여성의 여행경험과 사회화」, 『경주문화논총』제3집(경주문화연구소 부설 향토문화연구소, 2000).

이정옥,「현재성의 내방가사」, 『국제고려학』 제7호(국제고려학회, 2001).

이정옥, 위의 글

13) 권영철, 『규방가사 1』(한국정신문화연구원, 1979).

『규방가사 신변탄식류』(효성여대 출판부, 1985).

14) 이정옥, 앞의 글, p.266.

15) 조애영,『은촌내방가사집』(금강출판사, 1971).

16) 전용환 편, 『雲學集』, 운학문집간행위원회(서재문화사, 2002).

집을 꾸준히 내놓고 있다.

현재 경북에서는 제책본 형태나 두루마리 형태의 필사본이 상당히 많이 발견되고 있[17]을뿐더러 아직도 '안방 장롱 속에 묻혀있'[18]는 미발굴의 내방가사는 엄청날 것으로 생각된다.

이상의 다양한 자료집 속에는 창작시기를 밝힐 수 없는 작품뿐만 아니라 20세기 후반에야 창작된 가사가 매우 많다.

무엇보다도 흥미로운 내방가사 향수의 방식이 최근 발견되었다. 그것은 내방가사를 전승·보존하기 위한 여성의 사회단체 활동이 경북 안동에서 대단히 활발하게 진행되고 있고, 그 가시적인 업적과 성과에 대한 보고이다.

사회단체 안동내방가사전승보존회(회장 이선자)는 1997년 본회를 창립하여 제1회 내방가사 경창대회를 개최한 이래, 2002년 4월 27일까지 제6회 경창대회를 개최했다. 또한 총 6권의 내방가사경창대회(원고)모음집을 발간하였으며, 최근 그것들을 집대성하여 두 권의 자료집을 발간하였다.[19]

1. 비록 단편적이긴 하지만 수록된 내방가사를 통하여 그 시대 안방 부녀자들의 삶의 모습인 기쁨과 애환, 풍자와 해학, 교훈 등의 내용이 현대를 살아가는 우리들에게 새롭게 반추되기를 기대합니다.(내방가사경창대회원고모음집, 발간사)

2. 안동지방은 사대부 집안이 많고 내방가사가 성하였던 곳입니다. 전국 어디를 가도 안동처럼 내방가사를 지금까지 짓고 노래하는 곳이 없는데

17) 이정옥 편, 『영남 내방가사』1-5(영인자료집) (국학자료원, 2002).
18) 안동내방가사전승보존회, 제5회『내방가사 경창대회 원고모음집』(2001), p.4.
19) 『영남의 내방가사』1, 2(도서출판 한빛, 2002).

유일하게 안동은 옛날 모습 그대로 부녀자들이 가사를 지어 노래하는 아름다운 풍경을 볼 수 있어 감회가 새롭습니다.(내방가사경창대회원고모음집, 격려사)

3. 내방가사를 계승하고 오늘날의 정서에 맞추어 발전시키는 모임인 내방가사 보존회는 그래서 안동지역에서 매우 중요한 단체이며...(내방가사경창대회원고모음집 축사)

유교문화, 또는 조선시대의 양반문화가 상당히 온존하게 보존되어 있는 지역이라는 평가를 받고 있는 안동의 지역민들은 내방가사에 대한 자긍심이 매우 높다. 여성 향유자뿐 아니라 지역민 모두가 내방가사를 짓는 전통은 아름다운 것이며, 현재도 전승되는 전통이니, 발전적으로 보존하고 계승하여야 할 가치 있는 문화라는 인식의 일치를 보이고 있다.

『영남의 내방가사』1, 2에는 모두 145편의 작품이 수록되어 있는데,[20] 발간사에 의하면 응모한 작품수가 실제 수록한 작품보다 훨씬 많다고 밝히고 있다.

그렇다면 내방가사 향유자는 어떤 사람들이며 그 수는 얼마나 될까?

이정옥(2001, pp.192~197)은 2000년 경상북도 5개 지역, 5차례에 걸쳐 실시된 향유자 현황 취재 결과 총 99명의 제보자 인적사항을 도표로 제시하고 있다.[21]앞서도 밝혔듯이 대다수의 내방가사 향유자들은 이전 시대에 계층적으로 양반이었다는 우월적 자부심을 가지고 있는 고령의 여성노

20) 수록된 작품 중에는 가사가 아닌 민요나 제문만 아니라 사돈지 등의 편지글도 있다.
21) 안동내방가사전승보존회 이선자 회장에 따르면 위 단체에 소속된 회원은 약 150명 정도라고 하나, 안동 이외 경북 타 지역의 내방가사 향유자를 포함한다면 그 수는 이보다 훨씬 늘어날 것이다.

인들이다. 조사된 바에 의하면 제보자 연령대의 하한선을 50대로 볼 수 있으나, 실제 향유자들의 연령대는 이보다 훨씬 더 높은 70대에 속한다. 그들은 식민지시대에 태어나 광복과 한국전쟁을 겪고, 근대사 속에서 급변하는 경제성장의 빛과 그늘을 지나는 등 격변의 현대사를 살아온 이들이다. 학교교육을 받은 이보다는 그렇지 않은 이가 많고, 개인적으로 어깨 넘어 한글을 깨쳐 문맹을 면한 이들이 내방가사 향유에 있어서는 더 적극성을 띄고 있다.

3) 전통지향성과 강화된 문법 : 호명(呼名)

최근작 내방가사의 경우 1인칭 화자인 '나'의 상대역 청자를 호명하는 문법은 매우 관습적이다. 내방가사가 남성작 가사의 모방에서 비롯되었다 하더라도 양반가사, 또는 이전 시기의 가사의 경우보다 호명의 언사로 가사의 서두가 시작되는 최근작 내방가사의 특징적 양식이다.[22)]

이정옥은 내방가사의 서사에서 상용적으로 실행되는 화자의 청자에 대한 부름말 형식을 담화 형식의 구조로 파악하고 화자의 다양한 언술방식은 작품의 효과를 극대화하는데 기여한다는 전제하에 내방가사의 언술구조를 다층적, 복합적으로 분석하고 있다. 그 언술구조를 다시 '화자 독백체 형식을 통한 자기 경험의 표출', '명령법 화법에 의한 규범의식의 표출',

22) 이상보 편, 『이조가사정선』 수록 가사 41수 중에는 단 2수, 『17세기가사 전집』수록 가사 41수 중 7수, 『18세기 가사전집』 80수 중 18수가, 최강현 편, 『기행가사자료 선집 1』 수록 45수 중 4수가 호명의 문법을 택하고 있다. 가사의 내용으로 보면 주로 교훈류의 가사에서 호명문법을 택하는 경우가 많다. 이것은 내방가사의 경우와 부분적으로 일치한다.

'3인칭 객관화 형식을 통한 현실 인식의 표출' 등 3가지로 유형화하였다. 그 중 일인칭 화자가 상대하는 청자의 성격과 작자와의 친밀도에 따라 지시성과 고백성이 서로 반비례한다는 분석을 하고 있다. 특히 이정옥은 이 언술방식을 작자가 작품 전면에 나서서 대상을 불러내고 작품 향수의 대상을 설정하는 기능적 유효성이 있다고 하면서, 내방가사의 작자 혹은 화자와 청자간의 친밀성의 정도와 비교하여 지시적 언사와 자기고백적 언사가 반비례적으로 표현되며, 주로 1인칭 화자 독백체 형식의 가사에서 기능하는 문법이 호명의 주요한 기능이라고 규정한 바 있다.[23)]

그러나 최근작 내방가사의 경우에는, 향유자의 의식이나 주제와 상관없이 관습적으로 이 호명의 문법을 택하는 것을 발견할 수 있다.

1) 어와청춘 소년들아 이내말씀 들어보소(「오륜가」) / 여보시게 청년남녀 나의 말을 들어 보게(「교훈가」) / 어화세상 청춘들아 이내말씀 들어보소(효자가) / 반도강산 동포들아 명륜가를 들어보소(「명륜가」)

2) 나의귀한 자녀들아 이내말씀 들어보게(「나의일생가」) / 어화세상 벗님내야 여자유행 들어보소(「여자소회가」) / 어화어화 가소롭다 인간만사 가소롭다(「경력가」) / 어화우리 시주님요 이내소회 들어보소(「회고가」)

3) 어화규중 벗님네야 가자새야 가자새야(「화전가」) / 때좋다 벗님네야 상춘가절 돌아왔 소(「화전가」) / 어화세상 벗님네요 화투풀이 들어보소(「화투풀이가」) / 화우리 동기들 아 이내 소회 들어보게(「수연경축가」)

4) 어화세상 부녀님네 우리세덕 들어보소(「닭실(유곡)권 세덕가」) / 진성이

---

23) 이정옥, 위의 책, pp.12~31.

씨 여아들아 이말을 명심해라(「진성이 세덕가」) / 어화어화 딸네들아 내 말잠깐 들어보소(「예안김 세덕가」) / 어와세상 붕우님요 안동역사 들어 보소(「장렬가」)

1)과 같이 세상사람들이나 후손들에게 교훈을 하거나, 2)와 같이 자신의 생애를 회고하면서 소회하거나, 3)과 같은 놀이의 장소에서도, 가문의 위세를 자랑하여 자손을 경계하거나 간에 이 호명의 문법은 예외 없이 채택되는 범용성을 가진다. 이런 의미에서 호명 행위는 내방가사의 중요한 문법적 행위이며 의식(儀式)[24]이라 할 수 있다.

행위의 진정성은 행위 그 자체에 있는 것이 아니라 행위자의 지향하는 바에 있다. 그렇다면 내방가사의 향유자들은 무엇을 지향하기 위하여 호명의 의식을 제의적 절차로 택하는가.

호명은 일차적으로 가사의 독자, 혹은 청자를 환기하는 기능을 한다, 특히 경창대회[25]와 같은 공적인 공간에서 다중을 상대로 노래하듯 가사를 낭송한다면 청자환기의 문법장치는 매우 합목적적 기능이다. 또한 호명은 가사의 유통, 향유 범위를 지정하면서 가사 창작의 목적과 동기를 암시하디도 한다. 객체를 호명하는 텍스트의 언술문법은 실재하는 존재를 대상화하는 기능만 있는 것이 아니다.

그러나 호명의 진정한 문법적 기능으로는 작자의 공동체 소속감의 확인

24) 호명은 강신을 위한 종교적 절차에서도 중요한 제의적 기능을 한다. 물론 종교적제의 상황에서 불리는 노래는 인간이 부르는 신의 노래이며, 그 제의에서 불리는 노래에 관습적으로 사용된 노래의 돈호법과 명령법은 이 '호명'의 언술방식과 일치하나 종교적 제의에서 불리는 노래의 청자가 신격이라는 점에서 내방가사와는 근본적으로 차이가 난다.

25) 이때 경창대회는 향유자(화자)의 '자기표현의 무대'라 할 수 있다.

기능이 더 크지 않을까 한다. 공동체에서 자기 존재를 확인하는 행위는 상대적으로 개인적 존재에 대한 불안과 그것에 대한 저항의식이기도 하다. 공동체 내의 자기존재를 확인하고, 자기가 공동체에서 유리된, 개별적인 삶의 존재가 아니라는 자기존재성의 확인 절차이다. 그런 의미에서 호명 의식은 공동체 내적 존재의미를 획득하고 그 유효성을 유지하는데 매우 유용한 방식이다. 격변하는 세태의 변화를 목도하면서 거기서 분리되고 유리되어 마치 부유하고 있는 느낌을 떨칠 수가 없도록 불안하다면 이 호명의 문법은 자기를 둘러싼 공동체 내의 동료의 존재와 자신의 존재감을 확인하기에 더 없이 만족감을 주는 문법인 셈이다.

따라서 호명의식은 최근작 내방가사가 이전 가사의 양식적, 미학적 가치를 지속적으로 존속시키면서 효용성을 극대화한 중요한 기능이라 할 수 있다.

4) 현실경험과 역사 속의 일상성

가) 공동체 지향의식 : 가문의식의 강화

호명의식에서 발의된 공동체 소속 의지와 자기존재성 확인 행위는 이후 작자(화자) 혹은 주인공의 정체성을 가문 내에서 찾는 일련의 과정에서 재확인된다. 이것은 내방가사의 작자층이 대부분 뿌리깊은 양반의식을 가지고 있다는 사실과 무관하지 않다.

「장렬가」[26]는 안동내방가사전승보존회장인 이선자씨의 업적을 칭송하

26) 권분성, 『영남의 내방가사1』, pp.107~112.

기 위하여 지은 가사이다.

선구시대 밀려들어 이리좋은 문장명필
한권한자 사라지니 애탄하고 두려워라
어느명인 찾아와서 교훈예절 가르칠까
세종대왕 부르면서 두손모와 빌었더니
조상님이 감동한가 소식없이 나서신분
용상동에 이선자씨

---------중략---------

<u>이부인에 출생지는 안동예안 진성이씨</u>
<u>퇴계선생 십사대손 안동권문 출가하여</u>
<u>명가유문 능활하여</u> 장수대학 설립하여
팔년봉사 다받치고

세종대왕에 의해 한글이 만들어져 '고부인'의 애환을 담아온 가사짓기의 유구한 여성 문학의 전통이 사라지는 현실을 안타까워하여 다시 가사 창작과 향수의 전통을 되살려낸 이선자씨를 칭송하면서 이선자씨 개인의 업적은 가문의 내력과 무관하지 않음을 장황하게 설명하고 있다. 즉 주인공 이씨가 훌륭한 가문에서 출생하고, 훌륭한 가문으로 출가한 근본 반듯한 사람이라는 주장을 위한 가문 내력의 나열은 그것이 현재 주인공이 훌륭한 행적의 당위성의 근거가 된다는 판단이 작용한 결과다. 좋은 사람은 좋은 가문의 뿌리에서 배태된다는 가문의식은 이와 같이 내방가사 향유자의 보편적 인식이다.

「사향서원가」[27]에서는 조상의 벼슬과 학문 자랑을 번다하게 하면서 그 조상의 서원을 중창하고 향례하는 풍경을 묘사하고 있는 가사이다.

> 어와여러 벗님네야 이내말삼 들어보소
> 해동조선 편소하나 우리일가 번족일세
> 고려조 장절공은 우리시조 장할시고
> 장절공 십세손에 정민공이 탄생터라
>
> -------중략---------
>
> 그후세월 십삭만에 문정공을 탄생하셨네

가문일대기를 소상하게 기록하면서 현재 서원을 재건하는 당위성을 강조하고 있다. 출중한 조상의 내력을 장황하게 나열할 수 있는 자랑스러운 가문은 자기 존재감을 확인하기에 어김없이 유효한 배후장치가 된다. 그래서 "서원 현판 다시 보니 반갑기도 한량없다 쓸대없난 출가외인 자손됨은 일반이나 천세만세 우천세를 유림향에 축복일세"하며 비록 주인공이 출가한 딸이기는 하지만 집안(혹은 문중)공동체에서 자손이라는 소속감을 확인했으니 서원향례에 참여할 수 있고, 그 기쁨을 공유할 자격이 있어 기념으로 삼을 만한 축하의 노래를 지었다고 하였다.

내방가사 향유자에게 있어서 '공동체는 무시할 수 없는 삶의 윤곽으로서, 거기에 소속된 자들의 사유와 행위를 통제한다.'[28] 또 내방가사의 '공

27) 신분형 작, 『영남의 내방가사 2』, pp.231~236.
28) 박헌호, 「30년대 전통지향적 소설의 미적 특징 연구」, 『다문화 시대의 국어국문학 연구』, 제44회 전국국어국문학 학술대회발표집, (2001).

동체의식은' '가문의 위의를 확인하는 가문의식'을 보여주고자 하는 작자의 의도에서 유효하다, 가문의식은 전통적인 가족질서를 지향하는 보수적인 성격을 띠고 있는데, 무엇보다도 가족 질서가 이완되는 현실에 대한 향촌사대부가 부녀로서 느끼는 불안감을 반영한다. 전통적으로 향촌 중심의 집단적 거주형태에서 경향으로 분리되면서 나타나는 가족 질서의 해체에 대한 불안감이 드리워져 있다. 특히 이러한 불안감은 형제 동기간에도 혈연에 의한 운명공동체로서의 성격이 옅어지고, 가문과 문중이라는 존재 단위가 점차 축소되면서 그 성원간의 관계맺음의 성격도 전면적 관계에서 부분적 관계로 변화하는 당시의 상황과 밀접한 상관성을 갖는다.'[29] 가문의식은 양반가 부녀로서의 정체성을 떠받치는데 큰 몫을 차지한다.

공동체를 지향하는 사람들은 자신의 소속을 소중히 여기며 소속의 유대에 집착한다. 이 유대에서 잘려나가는 순간 그들은 모든 존재 이유를 상실하고 허공을 헤매는 망령이 될 것이다. 그러기에 공동체에서 추방되는 것은 가장 무서운 형벌이며 그것은 죽음을 의미한다. 그리고 생존의 위협을 느끼고 정신적 위기를 만날 때면 소속의 유대에 한사코 매달린다. 전통사회에서 공동체는 거의 신성의 공간이며 그것에 대한 소속의 본능은 종교적 신앙에 버금간다. 전통사회 속에서 소속이 곧 인간의 운명이라는 것, 그의 신분, 그의 권리와 활동 영역, 그의 행과 불행, 이 모든 것은 그가 어디에 소속되어 있느냐에 따라 정해진다.

유교적 가치에서 가장 핵심적인 것은 가족주의다. 가족이야말로 전통사회를 특징짓는 공통체적 조직의 기본 단위이자 모델임을 부인할 수 없

29) 유정선, 「「금행일기」에 나타난 기행체험의 의미」, 『규방가사의 작품세계와 미학』(역락, 2002), pp.09~210.

다. 유교는 본질적으로 인간의 철학이 아니라 인간관계의 철학이며 그 윤리학은 개인적 윤리가 아니라 사회적 윤리다. 그리고 이 철학과 윤리의 원형을 유교는 가족 속에 설정했다, 여기서 다시 가족의 유교적 구조를 논할 필요는 없다. 우리가 주목하고 싶은 것은 한국 사람의 의식 속에 자리잡은 거의 종교에 가까운 가족주의다.

가족주의는 가족 그 자체와는 다르다. 그리고 가족은 파괴될까봐 우려할 만큼 허약하지도 않다. 인간이 어찌 가족을 떠나 존재할 수 있으며 그의 생존을 지속시킬 수 있겠는가. 가족은 삶의 최소 공간이자 생명줄이며 마치 태아가 모태에 연결되어 있듯이 그것에 연결되어 있다. 그는 어려운 상황에 처하면 그럴수록 자신의 소속으로 돌아가 그 안에서 자신의 정체성을 확인하려 할 것이다. 가족이 영원하듯 공동체도 영원하다.

그러나 가족의 모델이 바뀌어가고 있다. 경제 · 사회 개발이 급속하게 추진하는 근현대화 과정에서 인간의 가치보다 물질의 가치를 선호하고, 개인이나 특정집단의 이익을 공공의 이익보다 앞세우는 등 인간과 공동체를 경시하는 경향이 심화되었다. 공동체의 파괴현상 가운데 가장 기본적 공동체인 가족이 해체되는 현상이 문제다. 전통사회의 3대, 혹은 4대가 한집에서 거주하는[30] 전통가족제도에서는 모든 일이 가족을 중심으로 이루어졌고, 개인보다는 가족 집단을 존중하는 가문 중심적이었으며, 부권을 중심으로 한 가부장제 가족이었으나 산업화, 도시화가 심화되는 현대사회에서는 부부와 자녀 중심의 핵가족이 중심을 이루고 있다.

또한 근 · 현대화된 사회는 가족보다 더 인간에게 관심을 돌리고 있다.

---

30) 친족의 친밀도를 이를 때 경북에서 자주 사용되는 속담에 "한 정지 8촌 난다"라는 말이 있다. 8촌이라는 친족간의 촌수가 결코 멀지 않음을 이르는 의미다.

그것은 인간은 한 개체로서 존엄한다는 인식이다. 그는 전체에 예속된 존재로서 인정받을 뿐이었고 그 안에서 배당된 몫을 사는 것이 그의 삶의 전부였다. 그러던 그가 어느 날 소멸될 수 없는 자신의 존엄성에 눈을 뜨고 홀로서기를 시작한 것이다. 그는 스스로 독립과 자유를 누릴 수 있을 만큼 위엄 있는 존재임을 깨닫자 자신을 얽매는 예속의 고리를 끊기를 원했다.

근대의 핵심적 이념을 '개인주의'로 정의할 수 있다. 개인주의가 인간의 한 개체로서의 존엄성, 다시 말해 그의 천부적 권리와 자유 개념에 근거하고 있다는 사실에 유념하면 쉽게 풀릴 것이다. 진정한 의미의 개인주의는 동등한 권리와 자유를 누리는 개인들 사적 관계를 전적으로 새롭게 할 것이기 때문이다. 인간은 이제 서열과 계급에 따라 평가되지도 않을 것이다. 전통사회가 그토록 중요시했던 가족은 물론 갖가지 연줄, 혈연, 지연, 파벌 따위는 별 의미가 없다. 중요한 것은 타인도 나와 동일한 권리와 자유를 향유하는 인간이라는 사실 혹은 지극히 소박하게 단지 인간이라는 사실이며 그것으로 족하다. 이렇듯 인간에 대한 새로운 인식이 새로운 사회 계약을 탄생시키는 것은 필연적이다.

근대화의 이 현기증 나는 변화 속에서 전통사회를 지탱했던 가치들, 전통적 관행, 사고방식, 인간관계, 감정적 풍토까지, 이전 사회에서는 유기적 기능과 효용성을 발휘했을지 모를 규범과 도덕과 윤리는 물밀 듯 밀어닥친 근대적 이념과 문물에 의해 뒤집어지는 가치의 대혼란을 겪지 않을 수 없다. 이른바 가치의 무정부 상태라 할 수 있다.

또한 가족의 변화 과정에서 가장 문제되는 현상 중의 하나가 노인 소외의 문제다. 노인의 부양은 전통적으로 가족 안에서 이루어져 왔다. 노인

세대들은 가족 안에서 권위를 상실하게 되었으며, 동시에 경제적 불안정, 질병 및 소외감으로 노인 소외의 문제를 사회적으로 해결해야 할 지경에 이르고 있다. 우리의 내방가사 향유자인 노인 세대는 그들이 소외되는 변화는 몸소 체험하게 되자 가족을 지탱했던 규범이 다시 소중해지는 것이다.

사실 공동체는 태생적으로 닫힌 공간이다. 공동체가 공동체인 까닭은 그것이 밖의 세계에 대해 닫혀져 있는데 있다. 개방 압력의 거센 바람 속에서 여전히 자신이 전통적 폐쇄공간 속으로 피신하려는 복고적, 회고적 성향은 강하며, 지금은 무력해진 계층적 우월주의의 유혹도 끈질기다.

내방가사 향유자들은 가문의식을 바탕으로 해체되는 가족질서를 재구하려는 지향성을 보인다. 그 방법적 윤리로 효라는 규범이 채택된다. 더구나 과거 규범적 삶을 살아온 그들에게 전통적 가족질서가 붕괴되는 현실은 더없이 개탄스러운 상황이면서 자랑스러운 가문의 후예로서의 삶을 지탱하기 어려운 상황임을 인지해야 하는 상황이기 때문이다.

「권효가」에서는 내방가사 향유자에게 가혹하고도 돌연한 현실이 구체적으로 묘사되고 있어 흥미롭다.

> 부생모육 그은혜는 하늘보다 높건마는
> 청년남녀 많은중에 효자효부 귀할세라
> 시집가는 새색 씨는 시부모를 싫어하고
> 장가가는 아들네는 살림나기 열심히라
> 제자식이 장난치면 싱글벙글 웃으면서
> 부모님이 훈계하면 듣기싫어 성을내며
> 시끄러운 아이소리 듣기좋다 즐기면서
> 부모님은 두말안해 잔소리로 빈정대며
> 자식들의 오줌똥은 손으로서 주무리며

부모님의 가래춤은 비위 상해 밥못먹고
과자봉지 들고와서 아이손에 쥐워주고
부모위해 고기한근 사올줄은 왜모르노
소가 앓아 누으면은 소침장이 찾아가고

늙은부모 병들어도 예사로히 생각하네
열아들을 어찌하여 한부모를 못섬기노
자식위해 쓰는돈은 계산않고 쓰면서도
부모위해 쓰는돈은 옴니암니 다따진다
한자리에 앉으면은 수많은돈 쓰면서도
늙은부모 위해서는 왜그리도 인색하오

하며 준엄한 꾸짖음을 하고 있다.

유교규범이 지배적인 사회에서는 가정 내의 절대규범은 '효'였다. 가부장제 사회에서 비록 여성은 남성에게 삼종지도이데올로기에 묶여 효녀나 효부나 열녀로 존재하기를 강요당하였으나, 열심히 이들 규범을 수행하고 참기만 하면 언젠가는 가정 내의 존장자로서 '효'라는 보상을 기대할 수 있었다. 이 '효'사상은 현모양처이데올로기로 대표되는 일제를 거치면서도 변치 않았다. 그러나 산업화된 현대 사회는 이전과는 전혀 다른 가족 형태, 즉 단출한 핵가족 형태를 지향한다. 자연히 부부와 그들의 자식이 중심이 될 수밖에 없는 자식세대는 부모효양이 절대적 가족 규범인 시대에 '효'를 다한 여성노인들에게 있어서 부모 섬기기를 병든 소 돌보는 것보다도 소홀한 현실은 당황스럽기 그지없는 현실이다. 그런 현실에서 '하늘보다 귀한 부생모육지은'은 공허한 진소리로 치부되고, 아들 며느리 가리 것 없이 부모께 불효한 현 세태는 가혹하다.

가사가 “변화하는 현실과의 다양한 연관관계를 맺을 수 있다는 이점은 역으로 봉건이념의 선전을 위한 도구로도 얼마든지 활용될 수 있”는 것으로 “19세기에 많이 창작된 오륜가류 가사가 19세기말 20세기 초반까지 줄기차게 그 영향력을 행사하고 있다는 사실은 봉건해체에 저항하는 힘이 결코 만만치 않음을 보여”준다는 고미숙[31]의 언급은 20세기말, 21세기초에 여성에게도 여전히 그 힘을 잃지 않고 있다.

2) 비일상의 역사 공간 속의 여성 일상

일상적 인간의 삶은 일상의 힘에 의해 관습적 삶의 방식을 영위한다. 그것이 바로 일상의 반복 및 순환구조다. 그러나 사회와 역사는 개인의 경험양식을 규정하는 절대적 환경이다. 가사라는 장르가 구조적인 ‘문학의식’에서보다는 자신의 삶을 구체적으로 기록하고자 하는 ‘생활의식’에서 비롯된 것[32]이고 내방가사 속 여성의 삶은 그대로 그들의 일상이다. 이전 내방가사 속 여성의 일상의 삶은 그러했다. 태어나 자라서(「귀녀가」), 나이차면 결혼하고(「계녀가」), 여자로서의 삶을 탄식하기도 하다가(「자탄가」), 원부모이형제할 수밖에 없는 출가외인으로서의 규범적 삶을 살면서 친정부모를 그리워하고(「사친가」), 이따끔 친정이나 시댁에서 베풀어지는 경사스러운 잔치에 참여 축하하고(「경축가」), 매년 열리는 화전놀이를 빠짐없이 참석하고(「화전가」), 이따끔 원거리 유람의 기회를 얻을 때면 그것을

31) 고미숙, 『18세기에서 20세기 초 한국시가사의 구도』(소명출판, 1998), p.97.
32) 김수경, 「창작과 전승양상으로 살펴 본 「쌍벽가」」, 『규방가사의 작품세계와 미학』(역락, 2002), p.94.

기념하는(「유람가」) 글을 쓰는 것이 내방가사 속에서 순환적으로 반복되고 있다. 내방가사의 일상의 표면은 잔잔한 수면과 같았다. 그런 그들에게는 근대적 역사의 변화는 파편적이고 수동적이었다. 오히려 그들은 변화하는 역사의 중심에서 상대적으로 떨어진 존재이며, 그들의 사유체계는 따라서 전근대적이다.

그러나 현존 내방가사 향유자들은 역사적 삶과 개인적 삶이 중층적으로 점철된 생애의 소유자들이다. 그들은 누구나 '내 겪은 일생을 책으로 엮으면 한 권으로 모자란다.'는 말을 할 정도로 역경의 삶을 살아왔다는 점에서 더 이상 시대 경험의 예외자가 아니다.[33)]

개화기 이후 신여성은 사회적 자아로서의 주체적 여성이었다. 그들은 수동적 순응주의에 빠진 전근대적 여성(구여성)이 아닌 생생한 역사의 중심에, 맨 앞에 서 있기를 자임한 여성이었다.[34)] 그러나 그 반대편에는 스스로 구여성, 시골색시라 칭하는 여성들이 있었으며, 내방가사 향유자들은 대부분 후자에 속한다.[35)] 또한 그들은 신여성들에 의해 이전에는 경험하지 못한 절망적인 생애의 슬픔을 겪기도 하는 여성이었다.

그런 의미에서 「싀골색시셜은타령」[36)]은 강한 전승력을 가지고 있다. 이 작품은『내방가사경창대회원고모음집』에서 「시골여자 서른 사정」으로,『영남의 내방가사 1』에서는,「시골여자 서룬가」로 개작, 전승되면서 이해와 공감을 유지하고 있는 것이다. 작년 여름 서울로 공부하러 간 남편

33) 백순철이 소상하게 다루었다.
34) 최혜실,『신여성들은 무엇을 꿈꾸었는가』(생각의나무, 1999).
35) 최송설당과 조애영은 예외다. 백순철, 앞의 논문 참조.
36) 진미경은 이 작품에서 남편과의 관계에서 '사랑', '정'을 말하는 아내로서의 삶을 갈구하는 당대 여성으로서 삶을 읽어내고 있다.

을 그리워하며, 재회하여 사랑을 나눌 날만 기다리는 시골 여성 주인공에게 남편은 신여성과의 결혼을 위해 이혼을 통고한다. "이혼이란 무슨 말고 시집온 지 칠팔 년에 오고가는 허다세월 누굴 위해 살았으며 기다렸노."하며 한탄한다. 남편의 이혼통고는 악마같은 배신자의 소행이며, 도저히 이해할 수 없는 행위라고 단정하지만 어찌할 수 없는 회한과 분노만 억제 못할 뿐이다. 스스로 선택한 것이 아닌, 강요된 이별은 오히려 강렬한 사랑의 자극제가 된다. 철저한 별리 뒤에 이루어진 몇 날의 짧은 만남을 고대하는 주인공에게 남편은 검붉은 원망과 분노만 안겨주었을 뿐이다. 남편의 긴 부재와 공백을 남편에 대한 굳건한 믿음으로 인내한 여성에게 남편은 고통과 한숨의 지옥을 안겨주고 마는 고약한 존재인 것이다.

그 남편 뒤에 여성의 자유를 행동으로 실천한 신여성이 있었다. 사랑은 자기희생적일 때 아름답다고 하지만 주체적, 자발적 희생이 아닌 사랑이라면 설득력이 없다.

이해와 공감은 결코 강제에서 오지 않는다. 시공간을 초월하여 상대방의 삶에 대한 전폭적 이해만이 공존의 내적 터전을 다질 수 있다는 것을 위와 같은 「싀골색시셜은타령」의 전승력에서 확인 가능하다.

일제강점의 치욕적 역사를 마감한 광복을 맞이하게 되었으나 한반도에 주둔한 미·소 양 군의 38도선 분할로 남북이 분단되어 통일된 민족국가를 이루지 못한 역사적 슬픔을 잉태하였다. 강대국 간의 동서 냉전의 치열한 경쟁 속에 우리 민족은 분단된 상태에서 남쪽에서는 대한민국을 북쪽에서는 공산정권을 각기 수립하였다. 그 과정에서 자유주의 세력과 공산주의 세력 사이에 치열한 대결을 겪었으며, 공상주의자들의 남침으로 한국전쟁이 일어났다. 그 후 이승만 정부의 독재에 대항하여 자유 민주주의를 수호하기 위한 4 · 19혁명이 일어났다. 그러나 5 · 16 군사 정변으로 민주주의의 발전이 시련을 겪게 되었다. 현재도 남북분단의 현실은 다양한 비극적 개인의 삶을 담보하고 있다. 한편, 경제면에서는 산업화가 지속적으로 추진되어 오늘날 선진국의 문턱에 이르게 되었다.

식민지 시대를 지나 해방과, 곧 이어 한국전쟁을 거쳐 급속한 경제적 근대화를 이룬 우리의 현대사는 역사에서 수동적 주변인이었던 여성들을 역사의 중심으로 끌어낸다. 그 역사는 너무나 급격하고도 전반적인 것이었으며, 여성의 일상적 삶이 이 변화의 회오리를 모면할 수 있는 방법은 없었다.

「종군회심곡」은 '나라없는 설움 끝에' 해방을 맞자, 이어서 남북 분단의 비극, '육이오란 사변'으로 골육상쟁의 비극을 거치고도 사리사욕 채우기에 급급한 자칭 애국자라 하는 권력가, 재산가, 허울좋은 교육가의 탈을 쓴 자와 같은 사회지도층 인사들을 준엄하게 꾸짖기까지 한다. 회심곡이라는 제목에 맞게 전쟁 속에서 순직한 전몰장병의 극락왕생을 기원하는 불교적 결말을 맺는 가사이다.

「추월가」는 위의 한국 현대사의 격랑에 온 몸을 맡길 수밖에 없는 주인공의 삶을 장편가사로 보여주고 있다.

경인년 단오절[37]사변이 났다. 서울에서부터 시작된 피난민 대열에 섞여 서러운 유리걸식의 삶을 살면서 '만고에 남을 역사'가 억만 페이지의 소설보다 더 기구하다는 탄식을 숨기지 않고 내뱉는다. 총알이 쏟아지고 폭격소리와 화염이 진동하는 전장을 뚫고 13일이나 걸어 피난한 가난한

37) 1950년 6월 하순. 이 얼마나 내방가사다운 시간개념인가.

네 식구의 신산스런 삶은 질식할 듯 밝은 보름달 아래서 더한 한숨과 눈물로 밤잠을 설친다. 배고파 우는 자식 앞에 속수무책의 부모 심정을 곡진하게 그려내기도 하고, 고대광실 부럽잖게 살았던 '나의 존재 밟히고 밟히는' 시련을 견디려고 하나 조변석개하는 '곤두라운'[38] 세상 인심은 칼날 위에서 추는 춤같이 위태롭기 그지없다.

이들 작품을 포함한 최근작 내방가사에서 우리는 봉건적 규범 속의 추상적, 관념적 인간이 아닌 현실 속의 구체적 현실적 인간을 만난다. 그들은 자신의 과거사를 뭉뚱그려 대충 말하기는커녕 지난날 순간순간의 일들을 낱낱이 기억, 반추하여 뼈아픈 역사 속의 처참한 개인의 형용을 적극적으로 노출한다.

5) 내방가사의 전승을 위하여

본 연구는 현재성으로 진행되고 있는 여성의 내방가사 '글하기'를 통해 내방가사 창작과 향유의 일반적이고도 공통적인 문학의식을 확인함과 동시에 그것이 전대의 내방가사와 어떤 차별성을 갖는지에 대한 고찰을 목적으로 하였다. 여기서 '글하기'는 현재의 내방가사 향유자들이 내방가사를 위시한 일련의 문학적 행위를 그들 스스로 명명한 용어이다. 이 명명은 내방가사가 여성의 일상문학 내지는 생활문학으로서 당대 여성의 일상적 삶에 대한 인식에서 비롯된 것이다.

현재 경북 일원에서 고령의 여성노인들에 의해 문학행위로서 당당히

---

38) '위태로운'이라는 의미의 경상도 발언.

구현되고 있는 내방가사의 창작과 향유는 20세기를 지나 21세기 초인 현재도 활발히 이루어지고 있으며, 가문이나 개인 차원의 제책본 자료도 많이 발견된다. 특히 안동에서는 '내방가사전승보존회'라는 사회단체까지 결성되어 내방가사 창작의 전통을 계승하면서, 동시에 '내방가사경창대회'라는 이벤트를 통해서 내방가사 향수와 유통에 새롭고도 적극적인 변화를 일으키기도 하였다.

최근작 내방가사의 주요한 특징은 '呼名'과 '공동체 지향의식'과 격변하는 역사 속의 '여성의 일상문학' 이라는 세 가지로 요약된다. 최근작 내방가사가 '호명'의 문법을 예외 없이 채택하는 것은 여성의 자기존재성의 확인절차이며, 이것은 화자(작자)의 전체성을 가문의식에서 찾는 일련의 과정으로 해석할 수 있다. 그리고 공동체를 지향한 그들의 의식체계는 전통적 가족해체의 위기의식에서 발로된 것임을 확인할 수 있었다. 전통시대에는 역사적 삶에서 주변에 위치하였던 여성들은 근 · 현대사를 관통하면서는 그들의 일상도 역사적 변화에 영향 받았음을 확인할 수 있었다.

내방가사는 문학 양식적으로는 전통의 둥지 안에 그대로 머물러 있는 양상이다. 전근대의 상태에서 단 한 걸음도 전진하기를 거부한 것처럼 보인다. 시대의 급박한 변화에 적응 못한다는 혐의를 못 벗는다는 점에서 내방가사 향유자들은 세태 변화에 대한 거부와 수용의 양면성을 가지고 있다.

그러나 그 양면성은 막연한 향수와 추억에서 담보하는 과거지향적 측면이 아니라 계승하여야할 가치로운 것이며, 현재성을 담보하면서 현재도 유효하다고 판단되는 과거의 것을 지향하는 전통지향적 측면에서 내방가사는 일정부분 역사적 의의를 획득한다.

현재성의 내방가사는 우리 문학사에 존재하는 섬이다. 세상으로부터 분리된 거리감을 일정부분 부인할 수 없다는 점에서 그렇다. 그러나 내방가사 향유자들은 섬에 갇혀 세상으로부터 절대 유리된 사람이 아니다. 단지 이 세상에서 그 섬을 여행하는-어쩌면 단체로 관광할지도 모르는- 사람들이다. 여행의 목적이 일상탈출이 아니라 일상으로의 회귀라면 그들의 여행담인 내방가사는 일상의 이야기를 담은, 일상의 '글하기'일 것이다.

'글하기'로서의 내방가사는 창작과 향유방식과 독서행위까지 포함한다. 내방가사의 창작(생산)-일차적 전승(유통)-이차적 전승(소비)의 경로는 내방가사의 전승 확대-팽창법칙이라 할 수 있다.

그것의 확장, 팽창, 변전의 형태가 내방가사 경창대회로 나타나고 있다. 그 과정에서 내방가사 향유자들은 글 밖에서 글 속의 화자를 들여다보고, 글 속의 화자는 글 밖의 향유자들을 의식한다. 독자(청자)의 믿음 안에서 내방가사는 쓰여지고 읽혀지는 확산과 번짐의 역사를 계속한다. 그들의 '글하기'는 계속된다. '글하기'의 확장과 팽창의 힘이 확산과 번짐의 효과로 나타난다고 할 수 있다.

경창대회라는 이벤트는 작자-독자의 관계보다 화자-청자의 관계가 결속성과 친밀도가 극대화되며, 공유의 인식을 고양하는 공간이 되었다. 그리하여 내방가사라는 특정문학양식에 대한 숭배 내지 신성화가 형성되어 그들의 전통적 문학 행위에 대한 자긍심은 강화되었다.

전통은 곧 우리의 존재양식이자 우리의 정신적 뿌리며 그것을 떠나 우리는 존재하지 않는다. 우리를 감싸는 우리의 정신적 공간이며 그것을 외면한다고 해서 없어지는 것이 아니다. 이런 관점에서 전통은 재창조되고 가능하면 보편적 언어로 번역되어야 한다. 자신의 전통을 자신의 것이라는 이유만으로 뽐내는 고식적인 사고를 벗어난다면 내방가사 '글하기'는 더 이상 '변방에서의 글쓰기'가 아닐 수 있다.

내방가사의 향유자는 내면화된 규범의식과, 유교적 엄숙주의, 개인의 의지가 분리될 수 없이 혼융된 자아를 소유하고 있다. 계몽적 고고한 의무와 현실의 급박한 변화 속에서 존재성을 위협, 공격받고 있는 것 같아 보인다. 최근작의 작품도 삶의 노년기에 자신의 일생을 회고하며 한스러운 심경을 토로하는 작품이 대부분이다. 언술방식도 삶의 구체에서 멀어지고 현실을 담아내지 못하는 고답을 면치 못한다는 혐의도 감내해야 한다. 화소와 화소, 단락과 단락 사이의 정서의 전환도 정형이 없고 돌연하다는 점에서 문학적 미숙성을 드러내고 있다는 한계를 지적하지 않는 것도 온당하지 않다. 그러나 과거에서 현재에 이르는 자신의 삶을 평생 점검 형태로 담담히 술회한 그들의 일생담인 내방가사는 역사성을 담보하고 있는 우리 시대의 여성의 일상사이자 미시사(微示史)이다.

3. 내방가사에 나타난 여성의 여행경험과 사회화

여성들의 여행 경험의 확대를 통한 사회화 과정을 이해하기 위해 먼저 남성들의 공간 확대가 어떻게 진행되었는지 살펴볼 필요가 있다. 기행가사 속의 남성의 여행 경험 가사는 조선시대 양반남성이 그 창작의 중심에 있었으며, 16세기 중반부터 20세기 초까지 부단히 그들에게서 사랑받는 시가 장르였다. 특히 17, 18세기에 이르러 다양한 주제의 작품들이 많이 창작되었으며, 후기로 갈수록 유배나 사행 또는 유람의 공간 반경이 넓어지면서 기행가사[39]의 비중은 상대적으로 많아진다.[40] 실지로 학계에 보

고된 기행가사 작품만도 53편이 넘는다.[41)]

기행가형 내방가사에 대한 조명을 위해서 먼저 학계에 보고된 기행가사에 대한 몇 가지 분석은 유효하다. 남성 작가의 작품이 대부분인 기행가사에서 여행(혹은 유람)의 동기나 목적과 여행지나 그 여정을 분석하는 것은 여성들의 작품인 내방가사의 그것과 비교되는 기준이 될 것이기 때문이다.

최강현 편저 『기행가사자료선집 1』의 43편 작품을 분석해보면 총 수록 작품은 45편이나 그 중에는 〈부여노정긔〉와 〈금행일기〉[42)] 등 두 편의 작품은 여성의 작품인 내방가사이므로 분석대상에서 제외한다. 이 자료집에는 1556년에 창작된 것이 확실한 백광홍의 〈관서별곡〉으로부터 1908년 창작된 김한용의 〈서유가〉까지, 16세기 중반에서 20세기 초반 간에 창작된 작품들이 수록되어 있다.

먼저 여행 동기나 목적을 분석해 보았다. 벼슬을 하는 환관으로서 임지

---

39) 최강현은 "기행가사란 한국특유의 문학양식은 가사형식에 출발, 노정, 목적지, 귀로의 4단계를 내포한 시간적, 공간적 과정에서 여행자가 보고, 듣고, 느끼고, 생각한 자기의 여행경험을 담아 문학작품화한 것"으로 정의하고 있다. (최강현(1982), 『한국기행문학연구』 일지사, pp.7-18 서원섭은 "유름기행의 가사는 이곳저곳 돌아다니며 놀고 구경하며 또 여행 중의 견문, 체럼, 감상 등 을 주제로 한 가사이다. 이는 유람의 성격을 띤 가사와 기행의 성격을 띤 가사로 이대별"하고 있다. 그러나 유람가와 기행가의 차이를 여행지의 국내외 구분으로 하고 있어 지나치게 단순하고 도식적인 구분을 하고 있다. 유람가와 기행가를 구분짓는 것은 무의미하다. 돌아다니며 궁경하는 것이 유람이며. 그 여정, 견문과 감상을 적은 것이 기행이라면 유람과 기행은 수평적으로 구분되거나 분류될 것이 아닐 것이디 때문이다.(서원섭(1978), 『가사문학연구』, 형설출판사, p.114)

40) 이상보(1982), 『17세기 가사전집』, 교학연구사.
_____(1991), 『18세기 가사전집』, 민속원.
이상보 외 주해(1997), 『가사문학전집』.

41) 최강현(1996), 『기행가사자료선집』 1, 국학자료원.

42) 노태조(1983), 「『금행일기』에 대하여」, 『어문연국』 제12집.

에 부임하거나 부임 후 관내순시 목적으로 여행을 하거나(백광홍 〈관서별곡〉, 정철 〈관동별곡〉, 조우인 〈튤세곡〉, 이용 〈북정가〉, 이방익 〈표해가〉, 구강 〈북새곡〉, 〈교쥬별곡〉, 〈금강곡〉, 〈청셕가〉, 조희백 〈도해가〉, 김한홍 〈서유가〉, 실명씨 〈기성별곡〉, 실명씨 〈척주가〉), 혹은 부임지를 떠나면서 관내를 둘러보기도 하는 (정현덕〈봉래별곡〉) 등 공무수행 중의 기행을 목적으로 한 작품이 모두 18수로 가장 많았다. 그리고 역시 환로에 있으면서 다양한 이유로 유배를 받아 유배지로 가면서, 혹은 유배지에서 생활하면서 창작된 작품이 모두 7편(송주석 〈북관곡〉, 이진유 〈쇽사미인곡〉, 이광명 〈북찬가〉, 안춘근 〈홍리가〉, 안됴원 〈만언사〉, 김진형 〈북천가〉, 채귀연 〈채한재적가〉)이었다. 결국 공무 수행중 여행을 하게 되어 창작된 기행가사가 43편 중 25편이나 된다.

순수한 여행, 유람 목적의 기행가사는 총 17수(조우인 〈관동속별곡〉, 위세직 〈금당별곡〉, 박순우 〈명촌 금강별곡〉, 실명씨 〈병자금강산가〉, 박희현 〈지헌금강산유산록〉, 조윤희 〈관동신곡〉, 실명씨 〈금강산완경록〉 〈금강산완유록〉, 〈긍감산유산록〉, 〈금강산유산록〉, 〈봉내청긔〉, 〈숑양별곡〉, 〈향산록〉, 〈향산별곡〉)였다. 그 중에는 삼척부사로 부임한 장인을 방문하는 목적으로 여정을 그린 작품인 권섭의 〈녕삼별곡〉이 포함되어있다. 그 외 특이하게도 전염병을 피하여 글 읽을 장소를 찾아다니며 전북 고창, 정읍, 태인 등지를 여행한 황전의 〈피역가〉가 한 편이 있다.

남성들의 가사에 반영된 여행은 주로 '임지부임, 관내순시'(7편), '순수유람'(16편), '방문'(1편), '피역'(1편)으로 공무를 띄고 임지로 부임하거나, 관내를 순시하면서 지은 기행가사의 임지는 다양하다. 총18편 중 국내기행은 15편, 외국 기행은 4편이었다. 국내로는 전국을 함경도의 관북지방, 강원도를 포함한 관동지방, 평안도를 포함한 관서지방, 그리고 기타지역으로 크게 분류하여 보았다. 금강산과 강원도를 포함하여 4편, 즉 관동지방이 가장 많았다. 관북3편, 평양,개성을 포함하여 관서지방 3편이었다. 그 외 제주1 편, 동래 1편, 단양 1편, 서해안 1편이었다. 반면에 순수한 여행, 혹은 유람의 목적지로는 금강산이 단연 으뜸이었다. 총 16편의 기행가사 중 11편이 금상간을 유람목적지로 선택하였다. 그 외에 묘향산 2편, 천관산, 완도, 개성, 삼척 기행이 각 1편씩 있었다.

이상의 분석에서 다음과 같은 몇 가지 흥미로는 발견을 할 수 있다.

첫째, 기행가사에 나타난 조선시대 남성들의 여행이나 유람은 대부분 공적(公的) 영역의 직분으로 이루어진다.

둘째, 유람지는 대부분 명승지이거나 경관이 뛰어난 곳이다. 특히 금강산은 그 중 단연 손꼽히는 여행지였다. 공무를 수행하면서나 그렇지 않으면 순수 여행목적으로라도 금강산을 유람한 작품은 총 15수나 되었다.

셋째, 공적인 여행은 물론 수행하는 사람들이 있어 단체의 성격을 띄었을 것이다. 견문과 감상은 개인적인 차원에서 이루어진다. 순수 여행 목적의 경우에는 대부분 혼자 여행을 하였다.

넷째, 비교적 오랜 기간 동안의 여정이며, 원거리 여행이 많았다. 특히 중국이나 심지어 미국까지도 여행하는 기회를 얻은 경우는 기행의 감격이 더욱 컸다. 이때 일동장유가, 북행가와 같은 장편 기행가사 작품이 많이 창작되었다.

남성에 비해 외방출입이 철저하게 봉쇄되었던 여성들의 여행경험은 주로 친정 나들이가 고작이었다. 그러나 조선 후기사회에 접어들면서 족계와 대종계 딸네계와 사회적 계모임인 동계(상계, 하계)와 대동계(상하계)가 활성화 되면서 여성들의 출입이 허용되기 시작했는데 그 중심은 화전놀이가 된다. 집안 여성이나 딸네 혹은 그들의 혼성이 된 화류계를 통한 여성들의 경험 공간이 확대된다.

여성의 경험 공간 중 먼저 폐쇄공간으로서의 내방을 들 수 있다. 내방가사에 '내방'은 공간적 의미로서 여성의 거주 및 생활공간이다. 그 공간 범주는 여성에게는 한없이 제한적이었다. 이는 조선시대 여성의 행동 반경을 관습적으로 제한한 탓이다. 아무리 좁고 누추한 집일지라도 안방과 사랑방을 남녀의 거주공간으로 분류해 놓은 조선사대의 가옥구조에서 이와 같은 내외 관습은 쉽게 확인된다.

자연히 부녀교훈류의 가사에 나타난 여성의 경험공간은 어려서는 내방, 결혼 후에는 시집 또는 친정으로 제한된다.

어와　우리 동뉴　규중의　집이 안ᄌ
ᄂᆡ측편이　공정이오　열여졀니　ᄉᆞ업이라
(중략)
열 살부터　불츌문의　유슌ᄒᆞ믈　덕을 숨아　〈규뱡졍훈〉

여성은 열 살부터 깊고 깊은 내방에 들어앉아 문 밖 출입을 하지 않아야 했다. 〈열녀전〉이나 〈내측편〉 등과 같은 부녀교훈서를 읽는 것을 비롯하여 부녀자 수업을 받는 것이 최고의 덕목이었다.

이러한 내외관습 이데올로기를 강화하는 유교원리 중의 하나가 음양원리였다. 조선조의 지배 이념의 핵심인 유교와 특히 우주의 원리를 설명한 주역은 종교적 성격을 띤 철학 사상으로서 그 근본을 음양의 원리에 두고 있다.[43] 원칙적으로 음양은 상대적이며 동동한 것이다. 주역의 음양논리가 유교적 가족제도 형성에 어떠한 영향을 미쳤는지를 박용옥(1985)은 다음과 같이 분석하고 있다. 우주만물은 음양의 적절한 배합과 유전에 따라 형성되며 이는 남녀 교합이 새 생명을 탄생시키는 것과 동일한 원리다. 여성과 남성은 각각 음과 양의 원리를 드러내는 상징이며 이 양자는 결코 뒤섞일 수 없다. 그러면서도 이 둘은 하나만으로 성립될 수 없는 상호보완적 성격을 갖기 때문에 동등하게 중요한 것으로 인지된다. 주역의 남녀관에 따르면 남성은 우주 창조의 근원이며, 천상적인 것, 움직임, 강한 것을 나타내는 데 반해 여성은 창조된 것을 유지하는 지상적인 것이며, 고요하고 부드러운 것으로 상징화 된다. 이러한 단순한 남녀구별은 권력이 집중화되고 지배/피지배의 관계로 사회가 조직화됨에 따라 위계서열적 남존여비의 이념으로 굳혀진다. 안채와 바깥채라는 공간적 구분과 내외관습의 배경은 이 근원적 우주관과 연결되어져 왔던 것이다.

친정을　하직ᄒᆞ고　ᄉᆡ가로　드러가니
네 ᄆᆞ음　엇더ᄒᆞ랴　ᄂᆡ 、심ᄉᆞ　갈발업다
ᄇᆡᆨ마의　짐을 실고　금안을　구지미、고
문밧긔　보닐 적의　경계ᄒᆞᆯ 말　하고만타　〈권본계녀가〉

내외법에 의해 외부출입이 엄격히 통제되었던 조선시대의 여성이 '친정'의 '문밧'을 나서보아야 가야할 곳은 'ᄉᆡ가'일 뿐이다. 또한 시가에서 여성에게 허여된 공간영역은 '단ᄌᆞᆷ'을 이루기도 어려운 방, '봉제ᄉᆞ'와 '접빈객'을 위한 공간과 '정쥬(부엌)' 외에는 '무름없이(스스럼없이)'는 갈 수도 없는 집이라곤 가까운 일가친척의 집이나 이웃이 있을 뿐이다.

43) 이하 음양원리에 관한 논의는 조혜정(1990), 『한국의 여성과 남성』, 문학과 지성사, pp.73-74 참조

이처럼 제한적이고 폐쇄적인 공간 영역에서만 활동이 가능했던 것이다. 내방은 여성의 거주, 생활공간인 동시에 내외법상의 규범공간이기도 하였다.

남녀 로소 분별하니 나의 례절 받자오ᄂᆡ、
남자는 밧게 있고 여자는 안에 잇서
여공에 매인 일을 난낫치 비、와 ᄂᆡ리 〈행실교훈기、라〉

밧그로 맛튼 일을 안으로 간여 말고
안으로 맛튼 일을 밧그로 밋지 마라
가장이 구죵커던 우스면 ᄃᆡ답ᄒᆞ면
공경은 부족ᄒᆞ다 화슌키난 ᄒᆞ나니라 〈훈시가〉

남성의 영역과 여성의 영역은 공간적으로 엄격히 분할되어 있었고, 그 각각의 고유 역할도 구분되어 있었다. 그것은 남성의 역할이 바깥에서 이루어지는 중요하고 공적이며 사회적인 것임에 비하여 여성의 경우는 주로 집안에서 이루어지는 '여공'들, 이를테면, 침선방적과 같은 가사노동에 해당되는 사적인 노동영역에 해당하는 것들을 의미한다. 이렇듯 남성과 여성의 역할은 뚜렷이 구분되어 있으므로 각자의 고유 역할에 대한 관심과 간섭 또한 금기시되었다. 〈훈시가〉의 경우 여성이 남성의 바깥일에 대한 관심은 철저히 배제되었으나 남성의 여성의 일에 대한 관섭은 허용되어 있으며, 여성의 잘못을 남성은 꾸중할 수도 있었으며, 그 경우 여성은 웃으며 대답하여 부부간의 불화를 일으키지는 말라고 훈계하고 있다. 남성과 여성의 구별은 '밖/안'의 공간구분의 차원을 넘어 남성과 여성의 '지배/복종'의 신분질서까지도 엄연한 시대상을 제시하고 있다.

여성의 이동공간의 범위도 자연 결혼하여 평생 살아야 할 공간으로서의 시집과 이따끔 말미 내어 출가외인의 신분으로 방문하게 되는 친정집으로 제한된다.

류	형	작 품 명
부녀교훈류	계여가	계여가, 훈시가, 산힝가, 규문 전회록.여야슬펴라 등
	계여가	복선화음가, 행실교훈ㄱ라, 계계사라, 권실보아라 등
	훈민가	훈민가, 규방정훈, 회인가, 부여교훈가, 김디비훈민가 등
	세덕가	셩면가, 역대가 등
	도덕가	회심곡, 사친가, 권효가, 봉은가, 효감가라, 어머니, 천수경, 젼도가라 등
송경축원류	회혼가	쌍벽가, 회혼가, 수경가, 회혼참경가, 회혼앙축가, 슈신동경가, 회혼츤경가, 형주씨수연경축가, 즁시회경가, 회혼치하가 등
	귀녀가	송교행, 농장동아가, 귀녀가 등
부녀탄식류	여자자탄가	여자탄식가, 여자자탄가 등
	사상가	형제소회가, 별ᄉ시계탄, 망원사친가, 열친가, 귀령가, 답사친가, 창회가, 모녀형제붕우소회가라 등
	노탄가	백발가, 청년자탄가 등
	한별가	ᄉ골식셜은타령, 청춘과부가, 노처녀가, 슈심탄, 소지라, 소군원가, 과부청산가라, 상사곡, 직여가, 망부가 등
	회고가	어느여자탄, 분힝봉고답회, 상제정회심 등
	화전가	화전가라, 화전거, 병암정화전가, 휘춘곡, 천등산화전가, 화전조롱가, 화수답가, 화류가, 승리가, 훈풍가 등
풍류기행류	유람가	경신신유노정기, 주왕류람가, 계묘년여행기, 청영산유람가, 슈곡가라, 유람가, 주왕산류람간별곡 등.

『사친가』형과 『회혼가』형의 가사는 대부분 친정을 그리워하거나 친정의 경사로운 행사에 참가한 여성들의 작품이라 할 수 있다.

이렇게 여성에게 폐쇄적이었던 경험공간이 〈화전가〉형과 〈유람가〉형 가사에서는 그 경험 공간의 영역이 대폭적으로 개방되고 이동 확대되는 양상을 보인다. 비록 친정과 시가에 얽매여 살 수밖에 없는 여성들에게 일 년에 한 번 또는 그 이상의 이동을 허용하는 기회가 주어지게 된 것을 이들 유형의 가사에서 확인할 수 있다.

그러나 비록 내방가사라 할지라도 여성의 경험공간은 '내방'만은 아니었으며, 그 경험공간은 가사의 소재와 주제의 다양화와 함께 개방과 확대와 이동이 불가피하게 된다. 특히 조선 후기로 들어서면서 〈유람가〉형의 내방가사 작품에 나타는 여성 경험 공간의 확대의 폭은 가히 괄목할 만하다. 여성의 경험공간의 확대에 기여한 유람가형 내방가사의 분석 자료는 아래의 도표와 같다.

자 료 명(발행연도)	편	편 저 자(발행기관)
은촌내방가사집(1971)	1	조애영
규방가사 1(1979)	18	권영철(한국정신문화연구원)
규방가사집(1988)	3	영천시
안동의 가사(1995)	7	이대준(안동문화원)
민요와 규방가사(1995)	3	봉화문화원
내방가사경창대회모음집(2000)	2	(사)안동내방가사전승보존회
필사본	2	이정옥 소장본
총계	36	

분석 대상 작품 총 36편 중 남성의 작품임이 확실한 6편[44]과, 실제 여행이 수행되지 않은 3편의 작품[45]은 분석 자료에서 제외하였다. 또한 〈부여

44) 〈금강유산가〉, 『규방가사집』, 영천시. 〈주왕순유름기〉, 『규방가사집』. 영천시. 〈우복동찬가〉, 『안동의 가사』 이대준편 안동문화원, 〈한국유람가〉, 『안동의 가사』 이대준편 안동문화원, 〈북정가〉, 『민요와 규방가사』, 봉화문화원, 〈금강산유람가〉, 『민요와 규방가사』, 봉화 문화원

45) 〈영남도칠십일주가〉, 『규방가사 1』, 권영철 편, 한국정신문화연구원. 〈운산구곡지로가〉, 『규방가사 1』, 권영철 편, 한국정신문화연구원. 〈한양가〉, 『규방가사집』, 영천시

노정기〉는 『규방가사』1과 『안동의 가사』에 중복 수록되어 있다. 따라서 실제 분석대상 작품은 모두 26편이다.

내방가사는 작자를 정확히 알 수 있는 작품이 드물다. 대부분의 여성작자들이 그 이름을 밝히지 않기 때문이다. 비록 이름은 아니더라도 택호를 이름 대신으로 하는 경우도 있으나 이 역시 드물다. 또한 자료를 수집하는 과정에서 원작자에 대한 충분한 검증을 하지 않은 이유도 크다. 기행가사의 경우도 예외가 아니다. 작자명이 명기된 작품은 모두 6편뿐이며, 그 중에서도 2편은 택호로 기명되어 있어 정확한 작자명은 알 수 없다. 그러므로 내방가사의 경우에는 작자 규명에 대한 지나친 관심은 별 의미가 없다. 특히 필사와 낭송이라는 구비전승적 전파성을 가지고 있는 내방가사는 오히려 여성 일반이라고 하는 다중적 작자관을 허용할 필요가 있다.[46)]

내방가사 작품은 그 제작시기를 알 수 없는 작품이 대부분이다. 전승과정에서 수많은 독자와 필자를 만나면서 또한 수많은 첨삭의 과정을 거쳤기 때문이다. 그러나 기행가사의 경우는 여행한 해와 날짜를 가사 내용 중에는 확인할 수 있는 경우가 많다. 6편의 작품을 제외하고는 모두 제작시기를 정확히 알 수 있었다. 그 6편도 대강 일제시대 작품인지, 아니면 최근의 작품인지를 분별할 수 있는 정도의 단서-이를테면 어휘나 풍경에 대한 소감- 들이 있었다.

가장 이른 시기의 작품은 연안이씨의 〈부여노정기〉였다. 1815년 이전의 작품이며, 유일한 19세기 작품이다. 그 외의 작품은 모두 일제시대, 혹

46) 이에 대한 구체적이고 체계적인 논의의 필요성이 있다.

은 최근세에 지어진 것들이다. 이 분석의 결과는 '내방가사의 제작시기의 현재성'을 밝히는 중요한 자료가 된다.

여행의 목적은 유람이 대부분이었다. 친척방문 2편, 아들부임에 함께 한 1편을 제외하고는 모두 유람목적이었다.

여행지는 주왕산, 청량산, 금오산, 가야산 등 작자가 거주하여 살고 있는 곳에서 멀지 않은 명산이나, 경주, 부여 등지의 고적지가 대부분이었다. 여성의 여행반경이 남성에 비해 상대적으로 좁다는 사실을 말해준다.

그 외에는 제주도, 부곡온천, 서울, 남해, 진해, 강원도, 금강산 등 유명한 관광지가 대부분이었다.

혼자보다는 여럿이, 또는 단체로 가는 여행의 방법이 대부분이었다. 행선지가 멀수록, 또는 여행의 목적이 유람 그 자체인 경우는 대부분 단체여행이었다. 도보로 여행하는 경우가 많지 않는 것은 여성이 여러 날을 낯선 곳에서 묵어가면서 이루어지는 여행인 경우는 거의 없으며, 단 하룻밤이라도 친척들의 집이라도 있어야 가능하리라는 사회적 통념 때문일 것이다. 여성들의 여행 교통수단의 이용이 특히 두드러진다는 특징을 보인다. 4편의 도보이용의 경우를 제외하거는 버스나 기차 등의 대중교통을 이용하는 경우, 아니면 단체로 관광버스를 이용한 경우가 압도적이다. 시대적으로 현재에 가까울수록, 단체로 이루어지는 유람 목적의 여행일수록 많았다. 후자의 경우는 하루 이상을 여관 등의 숙박지에서 머무는 경우도 많았으며, 명승지 관광의 경우가 대부분 이었다.

이것은 또한 여성 특유의 필치로 그려낸 여행지에서의 여정과 아울러 숙박지에서의 외유의 감회가 많은 부분 서술된다는 특이한 양상을 보이기도 한다.

여성의 경험공간의 확대에 가장 적극적으로 기여한 것은 놀이공간의 확대다. 남성들의 기행가사가 공무로 인한 임지부임 부임한 임지의 관내 순시 또는 유배지에서의 기행 그렇지 않으면 스스로 명승지를 찾아 유람하면서 견문을 넓히려는 목적에서 이루어지는 것과는 달리 내방가사의 경우 놀이에 대한 욕구 그 자체가 여성들의 폐쇄공간으로부터의 탈출을 의미하였다. 그러다 보니, 최근작으로 올수록 여행지가 관광지나 온천이 되고 여행의 견문보다는 여행과정의 유희와 인물 묘사에 더욱 치중하는 경향이 나타난다.

그러다 보니 남성의 경우, 여행목적과 여행방법이 개인적으로 이루어지는데 비하여 내방사의 경우 대부분 단체로, 타의에 의해 조성된 경우에 이루어진다. 이 역시 여행의 목적이 유희적 놀이이기 때문이다.

가소로운 여자몸이 삼일간 작정하니
농번기에 맹낭하나 한평생이 멀다해도
우고질병 다제하면 반백년이 못대나니
악사울사 우리청춘 삼사십이 댄다해도
시드러진 꽃송이요 이청춘을 허송하면
백바이 차자오니 아니놀면 무엇하리 〈유람기록가〉

헛부다 우리인생 풀입헤 이슬처럼
사라지면 그만이다
하루는 화전하고 하루는 완해하고
또하루는 온천가세
차래차래 조목지워 규모있게 놀어가니
문중이 감동하여 기부금을 지출하네 〈여행기〉

남성작가들은 가사 창작 초기인 조선초부터 기행가사를 짓기 시작하여, 20세기 초까지 창작하였다. 내방가사로 알려진 작품 중에서 남성의 작품이 더러 있어 최근까지도 간간이 지은 작품이 없지는 않지만, 가사 창작의 명맥은 내방가사로 거의 넘겼다고 볼 수 있다. 그러나 내방가사의 경우, 기행가사는 20세기 중반, 1950년대 이후부터 더 많은 작품이 나타난다.

표에서 보듯이 1815년 이전, 곧 19세기의 작품은 〈부여노정긔〉뿐이다. 그 외의 모든 작품들이 20세기에 창작되었다. 25편 중 정확하게 창작년대를 알 수 있는 작품은 21편이다. 그러나 그 외의 작품들도 창작시기를 대강 추정할 수 있다. 해방 전후로 크게 시대구분을 하면 일제강점기간에 창작된 작품이 모두 5편이다. 그 나머지 20편은 각각 50년대 3편, 60년대 4편, 70년대 7편, 그리고 80년대 이후의 작품도 6편이나 된다.

이는 여성의 활동범위에 대한 제약이 비교적 느슨해지면서, 동시에 우리나라에 부녀자 들을 중심으로 한 단체관광의 유행이 시작된 것과 무관하지 않다.

우리의 여자습관으로 규중에 침복하여
한류람 못한것이 평생에 여한이라
전생의 무삼죄로 여자몸 되엿든고
경오년 사월달은 우리일행 모집되여
억만근심 하마하고 주왕류람 가게되니
슬프다 우리단체 구경이 느젓구나 〈쥬왕유람가〉

슬푸다 우리일행 구식에 태여나서
가정교육 잇건마는 학교교육 막내하다
무명세상 오늘날에 무식여자 애들하다

이상은　명산구경　무엇으로　기렴할고
서양각국　여자들은　비행기로　구경가나
우리들의　심관에난　주왕산이　연분이다　〈쥬왕류감가〉

세상사람　웃지마소　지금은　옛과달라
남존여비　구별업서　규중에　여자몸도
자유를　부를짖저　이십세계　우리들도
객지소풍　여사라래　〈계묘년 여행기〉
요ᄌᆞ유행　원고향은　사람마닥　여ᄉᆞ로다
이리져리　ᄉᆡ월사셔　일평보니 좀관니라
오십연즁　산역ᄉᆞ　역역히　기록ᄒᆞ며
고락도　허다ᄒᆞ고　심흉도　무슈ᄒᆞ다
이세ᄉᆞᆼ　사람드라　심흉고락　정츄니라
내혼자　만나거든　ᄒᆞᆫ탄ᄒᆞᆯ리　안니로다　〈슈곡가라〉

가소로운　여자몸이　삼일간　작정하니
농번기에　맹낭하나　한평생이　멀다해도
우고질병　다제하면　반백년이　못대나니
악가울사　우리청츈　삼사십이　댄다해도
시드러진　꽃송이요　이청춘을　허송하면
백발이　차자오니　아니놀면　무엇하리　〈유람기록가〉

내방가사의 제작시기와 여행지는 중요한 상관관계가 있다. 그 시기가 이를수록 공간이 집에서 가깝고, 최근작으로 내려올수록 행선지는 멀어지는 양상을 보인다. 개인적인 목적으로 여행을 한 경우 대부분 그 여행의 목적은 친척 방문이다. 친척들의 단체여행의 경우에도 여정에 친척을 방문하는 경우가 허다하다. 이것도 또한 여성의 여행의 경험공간에 여전히 제한이 있음을 반증해 주는 사례이다.

단체관광의 경우, 연례적인 행사로 치러지는 여행이 많았다.

화란춘성　만화방창　때는조화　삼촌가절이라
갑진년에　유람가서　신라서울　구경하고
노름신이　나와잇어　〈유람가〉

예천군 용문면의 부녀자들은 신라의 수도인 경주를 구경한 갑진년(1964년)에 이어 백제의 수도인 부여를 관광하는 것이 맞는 도리라고 하면서 후기에서 내년을 기약하는 하면(유람기록가) 실지로 부여를 관광한 이듬해인 을사년에 위에 인용한 유람가를 짓기도 하였다.

4. 여성 풍류의 백미, 화전가

화전(花煎)놀이는 종족마을 부녀자들이 중심이 되어 청명절(양력 4월 4,5일경)을 전후하여 베풀진 유람놀이이다. 춘삼월 한 해 최초로 꽃피는 시절에 날을 잡아 남녀노소가 각기 무리를 이루어 하루를 즐겁게 노는 것으로 화유(花遊)놀이라고도 하고, 꽃달임[47]이라고 하는 지역도 있다. 화전이란 꽃을 붙여 부친 꽃지지미를 말한다. 찹쌀가루로 반죽하고 기름을 두르고 지진 떡으로 봄에는 진달래꽃, 배꽃, 여름에는 장미꽃, 맨드라미, 가을에는 국화꽃 등을 이용해 만든다. 꽃이 없을 때는 미나리잎, 쑥잎, 석이버섯, 대추, 잣 등으로 꽃 모양을 만들어 붙였다.

47) "꽃전을 부치고 화채를 타고 생선국을 끓이고 담백한 꽃달임이 소담하게 벌어졌다." 박종화 〈다정불심〉

화전놀이는 단순히 화전을 지져먹는 것이 아니라 부녀자들이 모여 노래하고 춤도 추며 가사 짓기를 하고 즐기는 것이다. 화전놀이의 기원은 신라까지 거슬러 올라 갈 수 있다.

『삼국유사 권지1』, 김유신조에 다음과 같은 기록이 있다.

> 김씨 집안의 재매부인이 죽어, 청연 상곡에 장사지내고 이를 재매곡이라고 불렀다. 매년 봄이면 온 집안의 아녀자들이 그 골짜기 남쪽 시내에 모여 잔치를 벌였다. 그때가 되면 온갖 꽃이 피어나고 소나무꽃가루가 온 골짜기와 숲에 가득 날렸다. 그래서 골짜기 어귀에 암자를 짓고 송화방이라고 했다. 원찰로 삼아 전해온다.[48]

화전은 고려때부터 전해온 음식이라고 한다. 조선시대 궁중에서 삼짇날 중전을 모시고 비원에 나가 옥류천가에서 화전놀이를 하였다는 기록이 『조선왕조실록』(세조실록) 등의 문헌에 자주 나타난다.

호남지방에서는 선비들이 봄날 야외 개울가에서 두견화를 구어 먹으면서 시회를 베풀었는데, 이를 전화회(煎花會)라고 했다.

다음은 홍만종의 순오지(상)에 인용된 임제의 전화회시(煎花會詩)이다.

> 작은 시냇가에 가서
> 솥뚜껑을 거꾸로 하여 돌로 괴고 받쳐
> 흰 가루와 푸른 기름으로 진달래꽃을 지진다.
> 쌍젓가락으로 집어 먹으니
> 그 향기가 입안 가득 번지네.

---

48) 지금도 경주 서천 서쪽 김유신장군묘가 있는 산은 송화산이며, 장군묘 아래 흥무대왕을 추존하는 숭무전이 있다.

한해 동안의 봄빛을 모두 뱃속에 전하는구나.

일반 민가에서는 화전놀이 날을 잡으면 주로 중년층의 부녀자들이 중심이 되어 상중이거나 특별히 큰일을 앞둔 사람들 외에는 모두 참가한다. 이때는 시어른들이나 남편들도 이 놀이를 즐길 수 있도록 허용하며, 놀이에 사용되는 기물, 경비, 음식 등은 통상 화전계의 수입 이자와 문중이나 마을에서 받은 보조금으로 충당하며 집집마다 갹출(醵出)해서 마련하기도 한다. 그야말로 대외적으로 인정받은 여성들의 놀이 문화였다. 오늘날은 회비를 모아 공동으로 음식을 장만하고 놀이를 준비하고 있다.

현재 안동을 비롯한 영남지역에서는 문중 단위로 여전히 이 놀이가 성행하는 편이다. 영남 안동지역 중에서도 특히 하회마을에서 사랑을 받았다고 한다. 하회마을 화전놀이의 단골 장소는 화천을 나룻배로 건너가면 나오는 남산 중턱의 팔선대이다. 팔선대는 깎아지른 듯한 바위 위에 여럿이 앉을 수 있는 공터가 있는 곳으로, 강과 하회마을 전경이 일품이라 신선들이 노닐었음 직한 장소다. 하회탈놀이는 마을에서 펼쳐지고 유선몰이는 만송정 솔숲과 부용대가 어우러진 화천에서 열리며 화전놀이는 마을과 멀리 떨어진 팔선대에서 펼쳐진다.

화전놀이의 절정은 가사를 지어 초성을 좋게 읽는 것이다. 화전놀이에서 지어지는 가사를 특히 '화전가'라고 하는데 영남 안동지역에서는 유달리 화전가를 잘 짓는 여인들이 많았다. 이는 안동으로 시집온 부녀들은 대개가 명문가에서 자라 규중에서 내방가사를 익혔음은 물론 규중교육을 충분히 받은 경우가 많았기 때문이다. 그래서 여인들은 자신의 친정 가문의 명예를 추락시키지 않기 위해서 화전가를 짓는데도 열심이었을 것이다.

또한 화전가는 개인만의 문화가 아니다. 화전가에 대한 대답으로 청자들은 “우리 어맴은 참 초성이 좋으셨니더”, “우째 초성이 저래좋노”라고 응답하며 그 흥을 돋운다. 그 순간을 즐기는 집단의 문화인 것이다.

하지만 이러한 문화에 대한 남성들은 시각이 모두 옹호적인 것은 아니었다. 봉화지역에 전해지는 홍원당의 ‘조화전가’를 살펴보면 ‘규방의 부녀들이 풍류남자들이나 하는 산수 유람에 빠졌으니 세상이 거꾸로 돌아가는 것이 아니냐’며 화전놀이를 하는 부녀자들을 조롱하고 있다. 이러한 일부 남성들의 조롱에 맞서는 가사도 있었으니 바로 안동 권씨부인의 ‘반조화전가’ 이다. 『언셔족보』의 기록에 의하면 안동 권씨부인은 봉화의 진성 이씨 집안에 출가한 여인으로 당시 전형적인 양반 사대부가 여성의 모습을 보여주고 있다. 〈반조화전가〉는 홍원당의 〈조화전가〉에 대한 반박으로 〈조화전가〉에서 조롱하는 항목을 조목조목 따지고 있다. 그녀는 화전놀이는 예부터 있어온 여성들의 놀이이며 화전놀이가 단청놀이에 불과하다는 조롱을 『사서삼경』과 『제가백가』를 읽어 사람의 도리를 배우고도 행하지 못하니 결국 남자들의 책읽기가 단청놀이에 불과하다며 반박하고 있다. 이는 여성문화에 대한 자부심의 표현이 아닌가 한다.

그렇다고 해서 화전이란 것이 여성들만의 전유물은 아니었다. 남성들도 봄이 되면 화전을 즐겼다. 하지만 남성들의 화전은 비정기적인 봄맞이 풍류의 일환이었으며 참여 범위도 지인들로 제한되어 여성들의 화전놀이와 구별되었다. 또한 남성들에게는 가벼운 여가활동이었으나 여성들에게는 일 년에 한 번밖에 없는 공식적인 집단 나들이라는 점에서 차이가 있다. 전근대 사회에서 화전놀이에 소요되는 시간은 일반적으로 겨우 여덟 시간 내외였다고 한다. 여성들에게 있어서 화전놀이는 유일한 비일상적인 축제의 시간이었다. 화전놀이를 가는 날은 전통사회의 엄격한 유교원리에 얽매여 집안 살림에만 급급해서 바깥세상과 동떨어진 생활을 할 수밖에 없었던 부녀자들에게 단조롭고 답답한 일상에서 벗어나는 활력을 주는 민속놀이이다. 봄날 하루, 그녀들의 유쾌한 일탈은 봄 햇살보다 찬란하게 빛났다.

동류들끼리 모여 노는 즐거움을 노래한 풍류가 가운데 화전가가 가장 큰 비중을 차지했다. 규중에 갇혀 지내던 부녀자들이 봄이 오면 진달래 핀 인근 산천을 찾아 화전놀이를 벌이고 가사를 짓는 것이 오랜 관례였다. 놀이를 거듭하고 화전가를 여러 차례 짓다 보니 같은 말을 되풀이하지 않을 수 없지만, 다시 짓고 읽으면 즐거웠다. 경상북도 영양지방에서 지은 〈평남산화전가〉에서는 놀이에 참여한 동류들의 모습을 하나씩 익살스럽게 그려내기까지 했다.

광대같은　대구댁은
사냥개를　닮았는가?　어이 그리　시끄러운가?
부덕좋은　교동댁은
말소리를　볼작시면　기생사촌　닮았는가?
춤 잘추는　방전댁은
하는 이력　볼작시면　거만하기　그지 않다.
토곡댁을　볼작시면
수나비를　닮았는가?　하는 짓도　분별없다.

그러나 여자로서 할 수 있는 놀이도 제한되어 있거니와 그나마도 마음대로 하지 못한다. 멀거나 가까우나 출입조차 제한되어 있으니 어찌 한탄스럽지 않으랴? 그저 규방에 갇혀서, 자유분방하게 돌아다니는 남편의 의복해대기에 오히려 바쁠 지경이니 더욱 한탄스럽기만 하여 자연히 남편에 대한 원망이 분출된다.

여자 몸이 되엇스니 목화 길삼 삼베 길삼
한 자한이 골몰이라 이런 걱정 하노라니
어느 녀가 노단 말가

천지만물 생겨날 때 비록 남녀가 유별하나 인생이 가장 귀하니 춘삼월 호시절에, 놀기 좋은 때에 마음 놓고 놀 수 없는 여자의 신세를 한탄하고 남자됨을 부러워하다가 우리부녀자들도 규방에만 묻혀있지 말고 화전놀음으로 하루를 보내자고 하면서 가까운 산으로 놀러 갔다 지은 가사이다. 그러나 하루해는 짧기만 하다. 여자의 몸으로 마음 놓고 늦게까지 놀 수가 없으니 후일을 기약하고 바삐 귀가하여야 함은 시집살이를 하는 여성들에겐 다시 괴로움의 일삼을 체념적으로 받아들여야 한다는 규범이다.

쉽지 않는 우리 모듬 가는 해가 아깝도다
양유청자 가는 실에 가는 해 매여볼까
양사부유 여자의 몸 골몰에 담뿍싸여
어른 앞에 영을 빌고 허다한 일 재처노니
이와 같이 모여 놓기 피차 간에 어렵도다
재미있는 오늘 노름 서산락일 젖어드니
촌락가에 저녁연기 동궁에 떠 오른다
돌아가기 늦어지면 어른 꾸중 두려워라
돌아가자 약속하고 행장을 수습하야
길을서로 노눌적에 섭섭하기 그지없다

내방가사는 조선시대에 지어진 이미 화석화된 고전시가 장르라는 논의가 편견이듯이 '내방' 이라는 장르명의 폐쇄성에 사로잡혀 그 경험공간이 극히 제한적일 수밖에 없다는 논의 역시 편견이다.

본고에서는 이와 같은 편견을 바로잡고자 여성들이 지은 기행가사 소위 『유람』형 내방가사에 주목하였다. 남성들의 기행가사와 비교분석한 결과를 토대로 여성들의 여행경험과 그 사회화 과정을 거칠소 소박하게 논의한 결과를 요약하여 결론으로 삼는다.

첫째, 남성작 기행가사는 16세기부터 창작되기 시작, 17,18세기에 가장 활발한 작품 활동이 이루어진데 반하여 여성작 『유람가』형 내방가사는 19세기에 이르러 창작, 본격적으로 20세기 일제 이후에 현재까지 창작되고 있다.

둘째, 남성들의 여행이 공적인 임무에 의해서 이루어진다면, 여성의 경우 유람 그 자체가 목적인 경우가 가장 많았다.

셋째, 남성작의 경우 순수 유람 목적의 여행은 금강산을 비롯한 명승지를 주 여행지로 삼았으나 여성의 경우, 거주지 가까운 산이나, 명승고적지가 많았으며, 근래에 와서는 온천 등의 위락지도 다수 있었다.

넷째, 남성의 경우, 공무를 제외한 유람 목적인 여행은 대부분 개인적으로, 혼자 도보로 하는 여행인 데 반하여 여성의 경우 잔체로 관광목적의 교통수단을 이용한 관광차원의 여행이 대부분이었다.

이상의 논의들은 남성작 기행가사와 여성작 〈유람가〉형 내방가사에 나타난 표면적 근거들을 토대로 한 분석의 결과에 힘입은 것이라는 점에서 한계를 지닌다. 이 결과를 바탕으로 한 작품내적 구조와 작자의식의 표출양상이나 그 사회화 과정에서 나타난 남녀간의 공간관이나 경험관, 그리고 사회상과의 관계에 본격적인 논의는 다음 기회로 미룬다.

5. 경북대본 화전가

경북대본 화전가는 경북대학교 도서관(고도서 811.13 소 42)에 소장되어 있는 『小白山大觀錄』이라는 필사본 속에 한문시로 되어 있는 〈소백산대관록〉과 이를 해석한 〈소빅산디관녹언히가〉와 함께 〈화젼가〉라는 내방가사가 수록되어 있는 작품이다.

『小白山大觀錄』은 가로 15cm이고 세로 26.5cm인 책자 형식으로 한지로 장철되어 있는 필사본으로 표지에 세로로 서제와 함께 "昭和十三年十月日"이라는 기록이 있는데 이를 토대로 하여 1938년으로 필사한 시기로 추정된다. 이 『小白山大觀錄』에는 한시 〈小白山大觀錄〉과 〈소빅산대관록언히〉와 〈화젼가〉라는 세 편의 작품이 실려 있다.

〈소빅산대관록언히〉은 한시 〈小白山大觀錄〉을 언해한 것처럼 보이지만 한시와는 형식이나 내용에서 상당한 차이를 보인다. 곧 한시 〈小白山大觀錄〉을 소재로 하여 소백산 일대의 자연 경관을 상상적으로 기행을 한 가사이다. 여성들의 기행이 이처럼 험준한 소백산록의 여러 경처를 직접 기행하기란 불가능했기 때문이었다. 대신 한문시 〈小白山大觀錄〉에 나타나는 산이나 지리적 지형을 소재로 삼고 풀, 나무, 꽃, 나비, 새 등 다양한 자연 경관을 매우 정밀하게 활용한 작품이다. 따라서 〈소빅산대관록언히〉는 상당히 풍부한 소재를 한시 〈小白山大觀錄〉으로부터 이용한 독특한 상상적 기행가사의 하나이다.

〈화젼가〉는 조선 후기 사회의 변화와 함께 여성들의 출입이 조금 자유로워지면서 사대부가의 부녀자 중심으로 이루어지던 봄놀이였다. 경북대본 화전가는 마을 부녀자들이 소백산 자락의 비봉산으로 꽃놀이 곧 화전놀이를 행한 전 과정을 815행의 장형의 내방가사로 엮은 것이다. 이 작품에 대해서는 김문기(1983), 류탁일(1988), 신태수(1989), 류해춘(1990) 등이 자료 소개와 함께 작품 분석을 한 바 있다.[49)]

“昭和十三年十月日”이라는 제책의 년대가 1938년으로 확인되는 『小白山大觀錄』에 실린 경북대본 화전가의 창작 연대에 대해서는 본문에서 “병술년 괴질 닥쳐고나”라는 대목의 병술(丙戌)년은 1886년(고종 23)으로 추정된다. 실제로 그 해에 삼남지방에 괴질이 크게 창궐하여 많은 사람들의 생명을 앗아 갔다고 한다. 따라서 이 작품은 19세기 말 영남 영주지역에 널리 전성되어 오다가 1886년에 필사된 것으로 추정된다. 『小白山大觀錄』이 1938년에 제책된 것이라면 여기에 실린 화전가는 그보다 더 이른 시기에 창작되어 영남 영주지역에서 유통된 작품이라고 볼 수 있기 때문에 늦어도 병술(丙戌)년 1886년(고종 23) 전후하여 창작된 것임을 알 수 있다.

작자는 영남 북부지역 순흥(順興)지역 출신 처녀로 무려 네 차례나 개가를 하였으나 개가한 남자가 모두 죽게 되는 비운의 여성이다. 다행히 마지막 개가한 남자에게 아들을 하나 얻었으나 불에 데어 덴동이라 이름하게 되는데 이 가련하고 불쌍한 여인의 일생담을 화전가 속에 삽입한 액자형 내방가사 작품으로 매우 뛰어난 고전작품 가운데 하나이다.

---

49) 김문기(1983), 『서민가사연구』, 형설출판사
류탁일(1988), 「'덴동어미'의 비극적 일생」, 『권영철 박사 화갑기념논문집』.
신태수(1989), 「조선후기 개가 긍정 문학의 대두와 화전가」, 『영남어문학』 제16집.
류해춘(1990), 「〈화전가(경북대본)〉의 구조와 의미」, 『어문학』 51집, 한국어문학회.
임형택・고미숙(1997), 「덴동어미 화전가」, 『한국고전시가선』, pp.195-219.

청상과부가 된 어느 여인이 외로운 마음을 달래기 위해 하루동안 화전놀이를 하는 동안 자신의 심사를 덴동어미로 대변하여 술회하는 형식을 취하고 있다. 조선조 후기의 양반 가문의 계급 몰락과 함께 삼종지도의 유가의 법도가 이미 무너졌음에도 개가의 금지를 강조하는 시대상을 반영하고 있는 작품이다.

이 작품의 특징은 다음과 같이 요약한다.

첫째, 가사와 민담 간의 장르 혼효를 보여주는 작품으로 특히 작자층의 개인 경험이 존중되는 현실 인식이 확대 변화되는 과정을 반영하고 있는 매우 훌륭한 수작이다. "우리도 이리 힉셔 버러가지고 고향가면//이방乙 못하며 호장乙 못하오 부러을게 무어시요"라는 대목에서 중상주의 의식이 확대되며, 매관매직하던 당시의 시대 상황을 엿볼 수 있다.

둘째, "영감 싱이 무어시오 닉싱이는 엿장사라//마로라는 웃지하여 이 지경의 이르런나//닉 팔자가 무상하여 만고풍싱 다 젹거소"에서처럼 대화체를 이용하고 있다.

셋째, 20세기의 영남도 영주 지방의 방언이 대거로 반영되어 있어 문학 텍스트로서뿐만 아니라 방언의 역사적 연구를 위해서도 매우 귀중한 자료로 활용될 수 있다. 또한 언어놀이로서 의성어와 의태어의 조합이 매우 자유자재로 이루어지고 있다. 방언에서의 언어의 풍부성을 이해하는데에도 매우 귀중한 실증적 자료가 된다.

넷째, 이 작품은 문학사적으로 조선 후기 계급 몰락과 함께 명분만 남은 사대부가의 내방도 변모하는 과정을 담고 있다. 집안 딸네 간의 계모임이 서서히 동내계로 확대됨으로써 사대부가와 평민가의 여성들이 지향하는 가치가 혼류되는 모습을 보여주기 때문에 여성들의 지향 가치가 어떻게 굴절되고 변화하는지 조망이 가능하다. 내방가사가 조동일교수가 말한 '교술장르'로서의 한계를 벗어나지 못한 것이 아니라 사대부 여성들의 신분적 제약이 확대되면서 다양한 체험적 문학으로서 문예미학적 가치를 지닌 작품으로 승화된 작품 가운데 하나이다.

다섯째, 이 작품은 내방가사로서의 구연으로, 새로운 민요가락으로, 혹은 무대 극적 장르로. 혹은 영화로 다양한 장르 전이를 통해 고전 문학의 현대화를 통한 스토리텔링이 가능한 뛰어난 소재라고 할 수 있다.

여섯째, 이 작품에는 20세기 초 영남 방언이 대량으로 나타난다. 따라서 국어학적인 자료로서도 충분한 가치가 있다.

경북대본 화전가는 마을 동계에 속한 부녀자들이 소백산 자락에 있는 비봉산으로 봄놀이를 가서 화전놀이를 하는 전 과정을 가사로 지은 작품이다. 화전놀이의 준비 단계에서 봄놀이가 끝나 황혼 무렵 집으로 되돌아오는 과정을 그리고 있다. 단순한 시간적 흐름에 따른 시간순차적인 사건이 나열이 아닌 "현실세계-이상세계-현실세계"로 이어지는 여성의 일상성의 굴레와 속박에서 이를 벗어나는 놀이 공간에서 다시 현실의 일상성으로 회귀하는 과정을 그렸다는 점에서 일반적인 〈화전가〉와 대단히 차별화된 작품이다.

이상세계를 구성하는 부분에 당시 유교사회에서의 철저한 신분의 구속장치인 삼종지도라는 가치를 벗어난 노과부 덴동어미라는 팜므파탈의 인생사를 대입시킴으로써 장형 가사가 가지는 구성의 단조로움을 파괴하면서 매우 긴밀하면서도 서사적 구조를 확보하는 성공하였다.

만나는 남성을 죽음이나 고통 등의 파멸로 치닫게 만드는 여인 덴동어미는 치명적인 운명을 지닌 인물형의 상징이다. 영남 영주 순흥지역에 이

방인 하급 관원의 딸인 덴동어미는 열여섯에 17살 난 영남 예천 지역의 합급 관원인 장 이방의 아들에게 시집을 가서 그 이듬해 단오날 신랑과 함께 친정으로 와 그네놀이를 하다가 남편이 그네에 떨어져 죽게 된다.
양가 부모들의 권유로 영남 상주읍 중인인 고리대금업을 하던 이승발의 후처로 개가를 한다. 향리들의 가중한 징포로 가산을 탕진하고 경주 지역의 마름살이를 하다 병술년에 창궐한 괴질로 남편을 잃게 된다.

또 다시 경남 울산읍에 사는 노총각 황도령이라는 도부장사를 만나 세 번째 혼인하여 함께 사기그릇 장사를 하며 살다가 어느 날 폭우에 휩쓸려 남편이 죽게 된다. 함께 장사를 나갔다가 덴동어미는 마을로 돌아다니는 사이 비를 피해 주막집으로 간 남편만 죽는다.

주막집 주인의 권유로 엿장수 조 서방에게 네 번째 결혼을 하고 아들을 낳는다. 어느날 특별 주문을 받은 엿을 고다가 불이 나자 방에 있는 아이를 구하러 뛰어든 남편이 불에 타 죽는다. 이때 살아남은 아들이 불에 데였다고 해서 이름을 덴동이라 하게 된다.

한 여인이 네 번이나 결혼하여 네 남자가 모두 죽었다. 그네에서 떨어져 죽고 유행 괴질에 그리고 물에 휩쓸려서 그리고 불에 타 죽었다. 이같은 비극적 운명을 가진 노 과부의 인생은 조선조 유교사회에서는 감히 생각도 할 수 없는 일이다. 남성 권위적 사회에서 형성된 개가 금지의 유가적 가치를 철저히 유린시킨 팜므파탈의 동양적 여성이 바로 덴동어미이다. 이 여주인공의 극적인 삶을 가사에 삽입함으로써 시공간적 단조로움을 서사적 구조로 전환시켰다.

그러나 덴동어미 스스로 개가하고 수절을 지키지 못함을 자탄하고 마을의 부녀자들에게 수절을 지킬 것을 권유함으로써 여성의 신분적 한계를 인간 윤리적 가치로 합리화한다.

이어 다른 마을 부녀자가 봄춘자 엮거리로 이어간다. 봄춘자 타령조로 말을 이어가는 엮거리는 가사와 민담 그리고 타령조의 노랫가락으로 장르의 혼류를 보이면서 상상적 공간을 더욱 확장 시켜준다. 또한 노과녀의 봄춘자 엮거리를 이어 받은 마을의 어린 낭자들은 자신들의 장래 운명을 노래하듯 꽃화자 엮거리로 타령을 이어감으로써 이상세계의 공간을 더욱 풍족하게 만들면서 자연스럽게 다시 현실 세계로 되돌리는 기능을 한다.

화전놀이를 떠나기 이전의 준비 단계에서 보여주는 현실적 공간에서 덴동어미의 민담과 노과녀와 소낭자들이 이어가는 타령조 엮거리라는 이상의 세계로 진입하다가 다시 집으로 되돌아와 부모님들을 봉양해야 하는 현실세계로의 환원 과정을 그렸다.

경북대본 화전가에 대해 김문기(1983) 교수는 서민가사의 일부로 파악하고 있으며, 신태수(1989) 님은 여성들의 개가를 긍정하는 시대적 가치를 지닌 것으로 평가하고 있다.

앞에서도 살펴보았지만 영남 지방의 사대부가 가운데 특히 남인 계열의 가문에서는 가문 내적으로 시집온 여성과 시집을 떠난 딸네들과의 결속은 문중계나 딸네계 형식으로 발전되었다. 이들이 함께 모여 봄놀이나 기행을 즐기면서 개인 혹은 집단 간에 내방가사를 짓고 서로 돌려가면서 읽는 전통이 생겨난다. 그러나 조선 후기에는 집안 중심의 문중계가 향촌계로 발전된다. 사대부가들의 농업경제의 협업이나 장례 등의 노동협력을 지원받기 위해서는 불가피하게 하층 계급의 지원이 필요했다. 따라서 노동력을 가진 마름이나 하층인들끼리 결성된 하계와 사대부가문끼리 결성된 상계가 동리 단위로 서로 협조하게 되어 동계가 결성된다.

이 화전가는 마을 단위의 부녀자들의 봄놀이가 이루어지고 있음을 보여주고 있다. 이미 사대부와 비사대부라는 계급적 구조가 무너진 조선조 후기 사회 구성 조직의 변화를 보여줌으로서 내방가사의 내용과 질의 면에서 교술성에서 벗어나는 과정을 보여주는 작품이라고 할 수 있다.

폐쇄된 시집살이 공간에서 비록 단 하루이지만 기행의 장소로의 이동은 열린 공간이 된다. 닫힌 공간에서 열린 공간으로의 이동이다. 이 자유로운 공간에서는 그동안 입에 담지 못했던 온갖 한과 자탄이 쏟아져 나올 뿐만 아니라 시부모와 남편에 대한 흉을 털어냄으로써 일종의 카타르시스를 할 수 있는 공간이 되기도 한다. 여행기행류 내방가사가 갖는 또 한가지 매우 중요한 기능은 바로 유식함의 경쟁의 장소가 된다. 당시 도덕과 윤리에 대한 지식만이 중요했던 것이 아니라 한시, 민담, 한글소설, 중국 고사의 내용을 얼마나 잘 알고 있는가가 곧 부녀자의 유식함에 대한 기준이 된다.

경대본 화전가의 삽입 부분의 후반을 차지하는 '봄 춘자', '꽃 화자' 엮거리는 중국 고사와 〈구운몽〉에 등장하는 팔선녀의 이름이 등장한다. 또한 꽃이름, 풀이름, 나무이름, 음식이름, 술이름 등 언농에 가까운 사물의 이름들이 자동연쇄의 기법으로 쏟아져 나온다.

덴동어미의 자탄적 술회가 전반부를 장식하고 있다면 후반부는 유식함의 경쟁을 '봄 춘자', '꽃 화자' 엮거리로 이어간다. 이 대목에서는 다양한 문학장르에서 얻은 단편적인 지식뿐만 아니라 한글소설의 등장인물이나 삼국지에 나타나는 중국의 고사와 설화까지 등장시키고 있다.

조선조 후기 사회로 넘어 오면서 유가적 가치를 존중하는 사대부가는 점차 변모한다. 신분적 사대부가는 점차 몰락하는 동시에 중인이나 하층인 계열의 재지 기반이 강화되면서 신분적 상승이 이루어진다. 삼종지도 개가금지라는 절대절명의 사대부가의 부녀자들의 유가적 덕목이 빛을 바래어 가는 시대 상황을 이 작품이 잘 반영해 주고 있다. 중인계열인 영남 순흥읍에 살던 임 이방의 딸이 예천읍의 장 이방의 며느리로, 다시 고리대금업을 하던 이승발의 후처로 개가하고 다시 도붓장사를 하는 황도령과 엿장수 하는 조서방 등과 네 차례에 걸린 개가는 결국 하향적으로 신분의 하락을 보여주지만 개가할 때마다 열심히 남편과 협력하는 적극적인 의지를 가진 인물이기도 하다.

그녀의 삶은 칠거지악과 삼종지도를 철저한 윤리관으로 삼던 조선조 사대부가의 규방과는 너무나 거리가 멀다. 덴동어미가 만난 남편들은 마름살이를 한다든지, 엿장수를 하는 매우 적극적인 경제행위에 뛰어든 근대적 인물로 등장한다. 유학이라는 명분론으로 유지하던 사대부가의 사회 지향적 가치에 대한 하향적 평가가 내재되어 있다. 고리대금을 통한 화폐경제의 모순과 지방 향리의 폭정에 따른 과중한 세금의 문제나 지방 관리의 횡포, 또한 마름살이를 하던 농촌 경제 구조의 문제점도 드러내 보인다는 점에서 사회역사적 논의를 병행해야 할 과제를 제시한다.

6. 노래하는 또 다른 여성, 처녀

민요는 공동작의 문학이다. 공동작의 작가는 공동작을 한 집단 전체이며, 특정인물이 공동작에서 중요한 구실을 했다. 그렇다고 해도 집단 특정인물의 성격을 살피는 데 있어서는 집단의식이 개인의식보다 더 중요하다. 집단의 성격은 무엇을 통해서 이루어진 집단이며, 그 사회적 위치와 심리적 특징은 무엇이며, 이념적 지향은 무엇인가 하는 데서 규정될 수 있다. 이러한 사실을 살피기 위해서 가장 유리한 연구방법은 현지조사이다.

지금도 전승되고 있는 공동작의 문학을 다루는 경우에는 작품 자체만 채록하는 데 그치지 않고, 그것을 창조하고 전달하며 수용하는 집단까지 조사하고 연구하는 대상으로 삼아야 한다는 것은 당연한 주장이다. 작품의 창작과 전달에서 특히 중요한 구실을 하는 사람에 대한 집중적인 조사와 연구는 그 사람의 개인의식을 밝히는 데 그치지 않고 그 사람이 속한 집단의 의식을 밝히는 데서 더욱 중요한 의의를 가진다는 사실을 알아야 한다.

그러나 지금은 전승되지 않은 과거의 문학으로서 공동작이었던 것을 다루는 경우에는 이러한 연구가 문헌자료에 의거해서 이루어질 수밖에 없으나, 문헌자료가 필요한 사실을 두루 제공해준다고 기대할 수도 없다. 그러므로 이 경우에는 한편으로는 그 작품을 창작하고 전달한 집단에 대한 간접적인 추론을 전개하지 않을 수 없으며, 또 한편으로는 작품을 통해서 그 작품이 어떤 집단의 것인가를 알아내지 않을 수 없다.

문학작품에서 작중인물들의 기능은 그들이 수행하는 방식과 수행되는 사람으로부터 독립되어 있는, 하나의 이야기 속에서 일정하고 지속적인 성분들로서 역할을 한다. 그 기능은 이야기의 기본적인 요소들로서 구성되어 있다.

여성이 부르는 여러 민요의 주인공으로는 단연 그들 자신을 객관화한 여성이 주인공이 되며, 그 중 대부분은 시집간 여성들이다. 이와 같은 노래는 따로 시집살이노래라고 범주화되기도 한다. 주로 여성들이 향유하였던 서사민요는 일정한 성격을 지닌 인물과 일정한 질서를 지닌 사건을 갖춘 있을 수 없는 이야기를 노래한 민요이며, 여성들이 길쌈이나 장시간을 요구하는 김매기 등의 농업 노동을 하면서 부른 노래이다.

그런데 우리나라 여성문학의 또 다른 중요한 축인 내방가사 역시 결혼을 한 여성이 작가가 되어, 그 딸이나 또 다른 결혼한 여성을 대상으로 한 문학이라는 점에서 여성문학의 주인공은 대부분 결혼한 여성이라고 하겠다. 그래서 여성에 의해 불려지거나 창작된 문학적 기술물에서 여성은 곧 결혼한 여성이라는 등식이 가능할 수도 있다.

그런 의미에서 많지는 않으나 결혼하지 않은 여성인 '처녀'가 등장하는 서사민요는 여성 주인공의 또 다른 자아를 발견할 수 있다는 점에서 대단히 흥미롭다.

서사민요는 "길쌈노동요로서 여성들에 의해 불리어진다는 점. 그러기에 여성 생활이 고민을 나타내고 그들의 욕구와 세계관을 나타" 내는데 그 중에서도 미혼의 여성이 주인공인 일련의 민요만을 대상으로 그들의 정체성과 삶, 그리고 사랑에 대한 의식과 행동 양상의 분석을 통해 '처녀'들의 애정 의식을 탐색하고자 하는 것이 본고의 주된 목적이다.

본고는 주로 영남의 경주지역에서 채록된 서사민요 중에서 주인공이 미혼여성, '처녀'인 민요를 대상으로 한다. 한국정신문화연구원, 『한국구비문학대계』 7-3, 영남북도 경주・월성편의 작품을 주 자료로 하되 그 외 조동일, 『서사민요연구』의 자료편의 작품과 고정옥, 『조선민요연구』 등의 자료도 참고하고자 한다.

'처녀'는 아직 결혼하지 않은 여자, 즉 시집 안 간 미혼의 여성을 이르는 말이다. 우리 속담에는 처녀와 관련한 속담이 꽤 된다.

처녀가 아이를 낳았나: 처녀가 아이를 낳은 것만큼 큰 실수를 한 것도 아니고 그다지 새삼스러운 것이 아니라고 하는 말.

처녀가 애를 낳고도 할 말이 있다: 아무리 큰일을 저지른 사람도 그것을 변명하고 이유를 붙일 수는 있다는 말.

처녀가 한증을 해도 제 마련은 있다: 누구든지 무슨 일을 함에 있어 남 보기에는 우습고 이상하더라도 제 생각은 따로 있는 것이니 너무 흉보지 말라는 뜻.

처녀면 다 확실한가: 무엇이든 그 이름에만 따를 것이 못 된다는 말.

위의 속담에서 나타는 것처럼 처녀가 아이를 낳는 것보다 큰 실수는 없으며, 그 실수는 이유를 대고 변명을 할 여지도 없는 명백한 잘못이라는 사실을 빗대는 대표적인 비유의 용도로 쓰였다. 또는 남이 흉볼 일은 하여서도 안되며, 처녀로서의 이름을 더럽히는 그 어떤 행실도 절대적으로 용납될 수 없는 경우의 비유로도 유용하였음을 알 수 있다. 처녀에 대한 민중의 보편정서는 '순결하고 얌전한 행실의 여성' 이라는 기대가 내포되어 있는 것으로, 여기서 처녀는 사회적인 기대역할의 의미와 동시에 몸의 순결성을 상징한다고 할 수 있다. 결코 훼손되어서는 안 되는 사회적 역할가치 내지 인간적 소망의 가치의 총체적 비유로 처녀가 의미화되고 있음을 알 수 있다.

에릭슨은 젊은이들이 성인으로 이행해 가는 과정에서 겪게 되는 정체성 위기라는 개념을 일반화시켰다. 이 논의에서 발전, 확대된 페미니즘적 비평이 요즈음 문학비평분야에서 대단히 활발한 추세다.

현대문학에서 '처녀'는 결혼을 앞두고 있는 사회적 연령대라는 점에서 소녀에서 부녀자로, 즉 미성인에서 성인으로 이행하기 직전의 과도기적 위기 속에 부안정한 정체성을 소유하고 있다고 나타나고 있다. 신경숙 소설을 여성의 실존위기와 견딤의 미학으로 평가한 장소진은 소설 속 주인공으로 등장하는 미혼 여성인 처녀를 "대개 서른 살을 넘기지 못한 여성들로서 미성숙에서 성숙으로 나아가는 과도기의 인물"이라고 규정하고, "그녀들은 미래에 대한 기다림 속에서 불안정한 현재를 소비하고 있"으며, "「어린이였던 과거로부터 탈피한 처녀에게는 현재가 과도기로 밖에는 생각되지 않는다. 그녀는 현 시점에서 어떤 확실하고 유효한 목적도 발견하지 못하고 단지 시간만 허비하고 있을 뿐이다.」라는 시몬 드 보봐르의 언급은 과도기에 놓인 그녀들이 겪고 있는 현재의 불안정함은 그녀들로 하여금 온전한 미래를 꿈꿀 수 없게 하면서 그녀들을 실존의 위기로 몰고 간다."며 자기 확립이 욕구를 느끼는 여성들을 통해 이 시대 여성 주체의 위기를 이야기하였다. 현대문학에서 처녀는 정체성이 불확실한 소녀가 결혼의 통과의례를 거친 후 사회적 안정장치인 가정에 안주하기 위한 과도기적 인물로 파악되고 있음을 알 수 있다. 따라서 그들의 성정체성은 대단히 유동적이며 불완전한 상태이다.

그러나 현재 전승되고 있는 우리의 서사민요에서 처녀는 어떠한가. 현재 전승되는 민요를 최소한 현대적 문학이 창작되기 이전에 그 전승과 변이가 완성된, 그래서 그 이후는 거의 변화성을 상실한 문학이라고 보는 것이 큰 무리가 없다는 것을 전제하여 본다면, 또는 현재 전승되고 있는 민요는 일제 강점기 이전인 조선시대까지의 문학이라는 하한선이 허용된다면 현대소설 속의 여성과는 사뭇 다른 점을 발견할 가능성이 높다. 그렇다면 서사민요 속 주인공 '처녀'에 대한 성정체성 및 성역할 탐색은 참으로 유의미할 것이다.

서사민요 속에서 미혼여성인 '처녀'를 이르는 호칭, 혹은 지칭은 매우 다양하다. 영남에서 처녀를 이르는 호칭으로서 '큰아가'나 '처자'가 있고, 성까지 넣어 구체적으로 '서처자'라고 하는 민요도 있다. '이사원네 맏딸아기'라고 하면 더욱 구체적인 경우다. 이씨집안의 여성임을 알 수 있을 뿐만 아니라, 생원 - 혹은 선달 - 이라는 구체적 관명까지도 밝힌 것으로 보아 그녀들은 하나같이 양반가문의 처녀라는 것까지 알 수 있다. 그 중에서도 한 가장의 맏딸이라면 소위 '살림밑천'이 되는 행동거지가 지극히 조신하기를 기대 받는 여성이다.

가. 구주야상가나 퍼어런 물에 상추우씩는 저큰아가
잎을라 후리훌체사 괴에담고 줄기한상을 나를 주소
(모내기 노래, 월성군 안강읍 민요1, 김근이, 여)

나. 남문밖에 남대령아 서문밖에 서처자야
나물가기 이논을 하세 첫달울어 밥을지워
두홰울어서 삭발하고 산높우고 골짚운데
나물가기 이논을 하니
(나물노래, 월성군 안강읍 민요3, 김근이, 여)

다. 쌍금쌍금 쌍가락지 호각질로 닦아내어
먼데보니 달일레라 잩에보니 처잘레라
그처자야 자는방에 숨소리 드릴레라
(쌍금쌍금 쌍가락지, 월성군 안강읍 민요5, 임두생, 여)

라. 유월이라야 새벽달에 처녀둘이가 난델가네

석자야수건아 목에나 매고 총각들이가 난질가네
(모노래, 월성군 안강읍 민요10, 정필희, 전돌이, 여)

마. 저건네 저산천에 나물하는 저큰아가
산천나물 다하나마나 꽈배이꼭지를 꼭하소
(나물노래, 월성군 안강읍 민요14, 이순혁, 남)

바. 이사원네 맞딸아기 하잘났다 소문나니
한번가니 병든핑계 두번가니 미한핑계
삼시번을 거들가니 마르등장 걸어앉아
(이사원네 맞딸아기, 청송군 파천면 신기1동, 정순녀, 여)

이상의 민요에서 보듯이 '처녀'는 온 마을에 소문이 날만큼 미모를 겸비한 것은 물론이거니와 그러한 자신의 아름다움을 남에게, 그것도 외간남성에게 호락호락 보여주는 사람이 아니라는 점에서 아름다움과 수줍음을 함께 지닌 전형적인 미혼여성의 용모와 덕목을 갖추고 행동처신을 하는 것 같아 보인다. 그래서 아름답다는 소문을 듣고 찾아간 남성을 만나주지 않는다. 한 번 가고 두 번 갈 때까지도 헛걸음을 시키며 퇴짜를 놓아 삼세 번이나 가서야 얼굴 한 번 보여주는 도도한 여성이기도 한 것이다.

아. 모수야적삼에 반적삼에 분통겉으나 저젖봐라
많이나야 보지말고 담배씨만치마 보고가소
많이보면 병이나고 담배씨만치마 보고가소
(모노래, 월성군 안강읍 민요10, 정필희, 전돌이, 여)

자. 진질단장 뛰넘다가 대자품아 째였다고
부모님께 가져가서 무산말을 여짜올꼬

여짜오아 안돼그덩 훗날저녁 다시오소
곱고곱은 자주실을 기자없이 새겨주마
(사랑노래, 월성군 안강읍 민요8, 정소이, 여)

또한 '처녀'는 모내기에 점심참을 해가면서 살짝 보이는 분통같은 젖가슴도 담배씨만큼만 보라고 할 정도로 조신한 것 같기도 하다. 또한 남자의 찢어진 쾌자를 흔적 없이 꿰매 줄 수 있을 정도로 바느질 솜씨도 좋다. 침선방적은 여성의 소임이라는 이 시대 여성의 경제적 역할도 훌륭하게 수행할 자질을 갖추고 있다.

"성정체감은 자신의 성에 따른 지위와 역할에 대한 자기인식이다. 성정체감은 성생활체계가 허용된 성관계를 지속적으로 맺으면서 형성되지만 결코 고정불변의 것이 아니라, 상호작용 가운데 변화해가는 특징을 지닌다. 이런 변화는 인간 스스로 지닌 주체적 자율성에 추동하며 아울러 사회현실 자체가 쉼 없이 변하고 있는 데서도 기인한다. 분명한 것은 개인 각자가 살아남기 위한 자구적 노력이 성정체감의 형성과 변모를 낳으며, 그 개별 노력의 총합이 전체 사회의 성생활체계에 변화를 유도하는 결과를 빚는다고 본다. 바꾸어 말하면, 공통의 성적 문제로 집단적으로 고통받고 불이익을 당하는 사람들이 조직적으로 또 지속적으로 그 해결을 위해 노력할 때, 비로소 변화의 추진력이 붙을 수 있는 것이 성생활체계이다."

처녀가 주인공으로 등장하는 서사민요 '이선달네 맏딸애기'는 그 유사한 줄거리가 서사무가, '양사백전'이라는 소설 등에서도 보이는 것인데, 현재까지 경상북도에서 채록된 여성들의 서사민요 중에서 가장 대표적인 민요이다.

가. 한살먹어 어마죽고 두살먹어 아버죽고
세살먹어 할마죽고 네살먹어 할바죽어
호보다섯 절에올랄 열다섯에 글을배와
올라가며 올고사리 내려오며 늦고사리
줌줌이 꺾어내서 한달팔아 책을사고
두단팔아 붓을사고 책을랑 옆에찌고
붓을랑 입에물고 먹을랑 손에들고
이선달네 집모랭이 비슬비슬 돌아가니

나. 이선달네 맏딸애기 밀창문을 밀치고서
걸창문에 걸어앉아 저게가는 저선부요
하룻밤만 유해가소
다. 말씀이가 고맙건만 길이바빠 못하겠네

라. 저게가는 저노무자슥 한모랭이 돌거들랑
벼락이나 맞아주소 두모랭이 돌거들랑
활살이나 맞아주소 세모랭이 돌거들랑
뚝살이나 맞아주소 네모랭이 돌거들랑
입살이나 맞아주소 장개라도 가거들랑
가매라도 타거들랑 가매채나 뿔어지소
점심상을 들거들랑 술총이나 뿔어지소
대례청에 들거들랑 상다리나 뿔어지고
첫날밤에 들거들랑 겉머리야 속머리야
색시몸에 손가그덩 숨이깔딱 넘어가소

마. 사랑문을 열치고서 엄마엄마 넘어가소
어제왔던 새손님이 숨이깔딱 넘어가소
에이고야야 웬말이로 책장이나 들서바라

날이글러　죽었는가　명이짤라　죽었는가
날이좋고　명도길고　이선달네　맏딸애기
이살맞아　죽었니더　에이고야야　웬말이로
상방문을　밀치고서　오빠오빠　울오빠요
어제왔던　새손님이　숨이깔딱　넘어가요
에이고야야　웬말이로　책장이나　들서바라
날이글러　죽었는가　명이짤라　죽었는가
날도좋고　명도긴데　이선달네　맏딸애기
입살맞아　죽었니더　안방문을　밀치고서
엄마엄마　울엄마야　어제왔던　새손님이
숨이깔딱　넘어가요　에이고야야　웬말이로
책장이나　들서바라　날이글러　죽었는가
명이짤라　죽었는가　날도좋고　명도길고
이선달네　맏딸애기　입살맞아　죽었니더
엄마엄마　울엄마야　사단겉은　이내머리
반만풀까　온만풀까　에이고야야　웬말이로
풀면풀고　말면말제　푸는짐이　다풀어라
서른여듦　상두군아　앞을미야　뒤를미지

바. 너는죽어　껌둥나비　나는죽어　호랑나비
너와나와　살아보자　저승이나　가가주고
행복하게　살아보자

이 노래는 대담하고 철저하기 이를 데 없는 사랑을 보여준다. 처녀가 먼저 총각을 유혹하고, 그 유혹이 이루어지지 않자 총각에게 죽으라고 저주한다. 저주대로 죽은 총각은 시집가는 처녀를 무덤 속으로 끌어들여 두 사람은 저승에 가서 부부가 되었다. 애정의 갈등을 철저하게 파헤치는 전개이고, 애정은 저승에서라도 실현되어야 한다는 주장을 나타낸다. 유사한 줄거리를 가진 민요, 서사무가, 소설에서는 처녀와 총각의 애정이 실현될 수 없었던 원인으로 부모의 반대 같은 외적 요인이 등장하나, 서사민요에서는 그런 요인은 보이지 않고 갈등이 오직 애정으로만 구현된다. 총각은 부모 없이 자라 어렵게 공부를 해 과거를 보러 가는 길이기 때문에 처녀의 구애를 거절했다. 글공부, 과거등을 내세우는 남자의 세계와 애정 그 자체만 추구하는 처녀의 세계는 근본적으로 다른 것이다. 남자는 애정을 인생에서 부수적인 것으로 보지만, 여자는 애정을 절대적인 것으로 보기 때문에 애정의 갈등이 생기고 비극이 생기는 것이다.

길쌈을 하면서 이러한 노래를 부르는 것은 여러 가지 사회적 제약과 윤리적 구속에도 불구하고 여성이 지닌 애정의 의지가 얼마나 강한가를 잘 나타내 준다. 그에 반해 남성의 애정요는 피상적이고 단편적인 데 그친다고 할 수 있다.

먼저, 처녀의 사랑에 대한 태도부터 확인하자. 사랑의 획득 의지에 관한 한 처녀는 적극적이고 절대적이다. 사건의 발단이 처녀의 일방적이고 적극적인 구애, 혹은 유혹으로 시작된다.

- 걸창문에 걸어앉아 / 저게가는 저 선부요 / 하룻밤만 유해가소
- 거게가는 저도령은 / 이내방에 댕겨가소
- 강글강글 강도령아 / 꽃을 보고 지내가나
- 둘러가소 둘러가소 / 요내방에 둘러가소
- 꿩에새끼 기린방에 / 매에새끼 넘는방에 / 잠 한숨을 둘러가소

앞서 '처녀'는 조신한 행동거지가 요구되는 사회적 기대역할이 있다는

논의를 거친 바 있다. 그러나 위의 예에서와 같이 창문에 걸터앉아 지나가는 남성에게 하룻밤을 머물러 가라는 노골적이고도 대담한 유혹을 하는 이상 그녀는 사회적 통념의 처녀의 행동 수위를 넘기고 있다.

"자신의 성, 성욕 및 육체에 대한 여성들의 감각은 남성의 경우와는 다르게 그리고 남성의 경우보다 더 뚜렷하게 자아개념 속에서 구체화된다. 여성들은 육체적인 외양으로써 자신들의 내적 자아를 평가하도록 그리고 그 둘을 동등시하도록 부추김을 받는다. 동시에 그들은 그들의 옷차림이나 언행을 통해서 사회적으로 공인된 이미지를 창조하도록 교육받는다."는 논의에 따른다면 민요의 '처녀'는 탈사회적인 행동과 의식의 소유자인 것이다.

아직 미혼인 처녀들은 사회적 역할소임이 결혼한 여성만큼이나 요구되는 것은 아니기 때문에 비교적 자유로우며, 결혼한 여성에게 요구되는 출입의 엄격한 통제를 받지는 않는다. 그래서 그녀들은 신분적 처지에 따라서 봄이 되면 산나물을 캐는 일을 핑계 삼아 봄나들이를 가는 일이 가능하다. 끼니때마다 밥상을 차려 가족을 부양해야 하는 주부들과 달리 처녀들은 나물하는 일이 봄나들이처럼 가볍다. '님도 보고 뽕도 따듯' 님을 보기 위해 산나물하러 가는 것이다.

처녀는 자유롭고 능동적이되 끝까지 가는 사랑을 하는 대담함을 다음의 민요에서 확인할 수 있다. 나물하러 간다는 핑계로 처녀가 총각을 꾀어 혼전 성행위를 즐기기도 한다.

참나무 모시대 살어진 골로 뒷집에 김도령 꼴 비러 가세
꼴일랑 비어서 지게에다 담고 내 손목 잡아쥐고 할 말을 못하니

딴생각이 있어 나물하러 가는 처녀는 혼자 가서 별 볼일 없다. 사랑을 하려면 마음에 찍어둔 총각과 같은 날 같은 산으로 가야 밀회가 가능하다. 따라서 김도령에게 참나무골로 꼴베러 가자고 꾄다. 그러나 정작 산에서 만난 김 도령은 처녀 손목만 쥐고 할 말을 못하니 딱하다. 봄처녀들의 상상력은 이에 만족할 리가 없다. 적극적으로 총각을 끌어들여 마음껏 사랑을 나누고자 한다. 그러한 정서를 적나라하게 드러내는 데에는 자아를 객관화한 서사민요가 제격이다.

점심을 다 먹고 "백년언약을 맺어보자"고 한다. "처매는 벗어 휘장을 치고 헐띠는 벗어서 병풍을 하고 단속곳 벗어 요로 깔고" 온몸으로 백년언약을 맺는다. "처매벗아 무자이불 단속곳벗아 요로 깔고 싹티벗아 이불병풍 저구리벗아 두통비개" 삼아베고 대낮임에도 불구하고 야외에서 훌훌 벗고 정사에 들어간다. "두 몸이 한 몸 되어 자고 나여 하는 말이"서 처자가 애기를 배면 어떡하나 걱정을 한다. 그러면 남 도령은 "뒷감당은 내가 할테니 걱정마라"며 달래지만 말뿐이다. 동네방네 소문은 벌써 났다. 처자는 서둘러 "동솥에다 나물을 데쳐 갖은 양념으로 무쳐서" 선물하면서 입막음에 나선다. 그러면서도 "두 몸 한몸되니 뒷감당은 어찌할꼬" 하며 불안감을 감출 수는 없다. 이렇게 처녀는 동시대 그 어떤 남성보다도 대담한 사랑을 하고, 그 사랑의 결과에 대한 책임을 질 용의와 배짱도 있다. 따라서 자신이 선택한 사랑에 대한 의지가 확고하다.

"젊은 여성은 그녀 자신을 채워 줄 수 있는 남자를 찾는 데에 사춘기를 소비하고 그녀들에게 있어서는 정체성의 성숙단계들과 친밀성이 하나로 용해된다."는 논의에 전적으로 동의한다면 우리 민요의 처녀들은 남성 찾기에 매우 적극적인 행동양상을 보이고 있다.

그러나 '이선달네 맏딸아기'의 사랑의 의지는 총각의 거절로 좌절하고 총각에 대한 처녀의 저주, 그 저주의 실현으로서의 총각의 죽음과 처녀의 죽음으로 결국 성취된다. 사랑을 절대적인 것으로 인정하는 여성의 사랑에 대한 강한 의지를 시사한다. 거절한 총각은 다른 사람에게 장가들 때 "가매채가 부러지고", "벼락이 떨어지고", "사모관대 얼어지고", "그살맞고", "촉살맞고", "총살맞고"하여 결국 "숨이 깔딱" 넘어가서 죽는다. 저주는 끝이 없고 못당할 처녀의 입살 때문에 죽게 된다는 것이다.

"성적으로 능동적인 여주인공들은 유죄하지도 않고 또한 성적 사랑에 대한 속죄의식을 갖지도 않는다. 성애는 최상적으로 여성에게 순간적인 따뜻함과 성적 흥분을 주지만 그러나 그보다 더 큰 혼란을 야기하고 여성들을 그들 자신으로부터 소원해지게 만들기도 한다."

처녀의 적극적인 행위는 돌발적인 사태에 직면하여 원만한 해결을 보이는 방법으로 나타나기도 한다.

열두단장 띠넘다가 쉰냥짜리 큰쾌자를
허리넝청 니쩌구나 집에가서 머라카고
대장보가 하옵시고 고만쉬견 없을소냐
뒷동산천 지치달러 왕대끝에 쨌다카소
글로해서 안듣거든 들어오소 들어오소
훗날지역 들어오소
물명주 당도실에 혼수없이 집어주마

그러나 처녀에 비해서 남성의 태도는 상대적으로 대단히 소극적, 수동적이다. 부모 없이 자라 어렵게 공부해 과거보러 가는 길에, 글공부, 과거

등의 남자의 세계에서 사랑은 부수적인 것이므로 유혹을 거절하고 처녀의 구애를 좌절시킨다.

- 말씀이나 고맙건만 길이바빠 못하겠네
- 꽃이사 좋지마는 길이바빠 못갈레라
- 말이사야 좋건마는 길이바빠 못두릴세

인물 좋은 처녀의 소문을 듣고 만나러 갔지마는 서너 번만에 겨우 만날 기회를 얻자, 정작 처녀의 유혹 앞에서는 다시 왜소해지기도 한다. "한번 가니 병든핑계 두번가니 아픈핑계 삼사번 거듭" 가는 적극성을 보이다가도 구애에 응할 태도로서 치장한 채 들창에 걸앉은 처녀를 보고는 그만 모른 척 가버리는 것이다. 그러다보니 "궁합에도 못갈 장가 사주에도 못갈 장가 내가 세워 가는 장가 어느 누가 말리리오"하며 호기롭게 운명에 배척하는 행위도 소용없다. 결국 신부의 죽음 앞에 되돌아올 수밖에 없는 무기력한 사람이기도 하다.

처녀는 당시 사회규범에 대해 일관되게 저항하는 행동양식을 보인다. 처녀는 자신의 애정에 반하는 그 어떤 사회적 규범도 부정한다. 그녀에게는 사랑만이 중요할 뿐이라는 것이다. 그녀에게 갈등이 있다면 그마저도 사랑의 갈등만 구현된다. 그래서 그녀는 사랑을 쟁취하기 위해서 사회적 통념을 과감히 무시한다. 총각을 유혹할 뿐만 아니라 그 사랑이 이루어지지 않자 저주까지 하는 것이다. 이같은 처녀의 사랑에 대한 적극적 행동에 반하여 처녀의 유혹에 대한 총각의 무반응은 갈등을 야기한다. 게다가 혼전부정이 절대적으로 부정되는 '사회문화적 결정소'는 결국 처녀의 사랑

의지를 좌절시켜 비극을 초래하게 된다.

반대로 총각은 사회규범, 도덕, 윤리에 순응적이다. 글공부를 하여 과거를 거쳐 남성들이 추구하는 명예를 중요하게 여기는 인물로서 운명에 도전하는 태도는 보이지 않는다. 이것은 곧 남자는 사랑 인생에서 부수적인 것으로 보지만 여자는 절대적인 것으로 보는 남녀 간의 애정관이 결정적으로 상이하다는 것은 보여주는 것이다.

'처녀'의 사랑에 대한 의지는 거의 집착에 가까우며 이는 곧 미혼 여성의 자유로운 애정관이라고 보는데 큰 무리가 없을 듯하다. 사랑 없는 인생은 존재의 의미까지 상실한다는 처녀의 애정관이 결국 총각과 함께 하는 죽음이라는 결말로 치닫게 되는 것이다.

"여성문학은 여성을 지지하는 공동체 안에서 자아와 타자 모두를 재창조하는 주고받기의 계속적인 과정을 통해 충족감, 존중받고 있다는 느낌 및 조화로운 여성 정체성이 형성될 수 있다고 가정한다. 이와 같이 예술을 통해 타당하고 전달 가능한 여성경험을 창조하는 것은 일종의 집단적인 과업"의 산물인 것이다.

민요는 공동작의 문학이라는 점에서 민요의 향수자들의 집단의식을 대변한다. 평민 여성들의 민요를 통해서 당대 평민 여성들의 집단의식을 유추하는 것이 가능하다는 것이다. 서사민요 속 미혼여성인 '처녀'의 정체성과 애정 의식은 곧, 당대 평민 여성들의 성정체성 내지 애정관을 표출하는 중요한 문학적 소통장치였음을 부정할 수 없다.

민요를 향유하는 여성이거나 그 민요에 주인공으로 등장하는 여성은 대부분 결혼한 여성인데 비하여 몇 서사민요에 결혼하지 않은 여성, '처녀'가 있다. 본고는 이들 미혼여성은 누구이며, 그녀들의 인생에 있어 중요한 것은 무엇일까에 대한 의문에서 시작되었다.

현대소설이나 여성학에서 미혼의 여성은 사회적인 역할인식과 성정체성에서 위기의 시기를 사는 것으로 논의되고 있다. 즉 그들의 성정체성은 대단히 유동적이며 불안전한 상태인 것이다. 또한 사회적으로 처녀는 '정신적으로나 육체적으로 순결한 여성'이라고 규정, 엄격한 행동규범을 관습화해 두고 있다.

그러나 '서사민요'에 등장하는 여성인 처녀는 규범화된 사회통념을 과감히 부정하는 '애정지상주의자'와 같은 성역할을 자임하고 있는 것이다.

그녀에게는 조신한 처신을 요구하는 사회적 성정체성 이데올로기는 구속조차 되지 않는다. 노골적이고도 적극적인 구애를 한다. 구애에 긍정적 적극적 응답을 하지 않는 남성에게는 저주를 퍼부어서 죽음에 이르더라도 사랑을 관철하는 의지의 화신이다. 사랑하는 사람이라면 혼전부정도 서슴지 않는다. 그리고 사후 책임에 소극적인 남성이 미덥잖아 문제를 스스로 해결하는 과단성의 소유자이기도 했다.

제2장
경북의 내방가사는 지금도 창작되고 있다

1. 현재진행형의 내방가사

우리 민족의 전통 시가인 가사의 발생 시기에 대한 논란이 상존하듯이 그 소멸시기에 대한 논의의 정리도 아직은 이르다. 한국문학사에서 가사의 가장 마지막 모습은 신문이나 잡지와 같은 매체를 통해 발표 연재된 소위 '개화가사' 시대라고 보고 있다.

여기서 개화기 가사의 특징을 잠시 언급하는 것은 내방가사의 현재성에 대한 논의에서 중요한 단서가 되기 때문이다. 개화기는 문학, 특히 가사를 대상으로 할 때는 통상 1896년 『독립신문』창간에서부터 1910년 8월 언론매체의 강제 통폐합이 이루어진 때로 한정한다. 이는 그것이 개화기로 설정되기에 가장 알맞다는 것이 아니라, 그 시가의 작품을 '개화가사'로 부르는 것이 합리적이라는 뜻이다. 개화기라는 시기가 개화사상이 사회문화운동으로서 활발히 전개되던 때라는 점과 '개화가사'라는 장르가 신문이나 잡지를 통해 발표하는 것을 그 실현 방법으로 삼았다는 점이 각 개념의 핵심적 속성이기 때문이다. 구체적 작품의 출현과 마감을 두고 말하면 앞의 시기가 되지만 여기에 그런 일들이 가능하도록 가능한 사회 변화를 중시하면서 보다 역사적 개념으로 환원시키면 '개화가사'는 결국 1894년 갑오개혁 이후 1910년 국토가 일제에 의해 강점될 시기까지 발표된 작품으로 범주화된다.[1)]

장성진(1992)에 의하면 가사가 개화기 시가의 대표적 양식으로 수용되는 계기는 그 장르적 특성과 시대적 요구가 일치했기 때문으로 해석하고 있다. 가사가 갖는 전통, 곧 작자와 독자 모두에게 친숙하다는 점, 교훈성을 담기에 적절하다는 점 등이 그것이다. 시대적 양식으로 채택되고 개화사상의 다양성을 포괄하는 과정에서 가사는 앞서 언급한 세 가지 하위 양식으로 분화 발전하였다. 전대의 경향을 이어받은 전통가사의 분연(分聯)과 합가, 후렴 등 음악적 요소가 강화된 가창가사(歌唱歌辭), 분연과 후렴구를 갖춘 새로운 양식인 신가사(新歌辭)가 그것이다.

이 '개화가사'가 "창가가사 → 신체시 → 현대시"로의 장르적 진전을 보인다는 것이 가사의 발전적 진화에 대한 일반적인 논의였다. 그렇다면 개화가사 이전 양식으로서의 가사는 개화가사에서 전통가사의 형식으로 수용되었으며 그 이전의 가사는 이미 개화가사 시작 이전인 1894년 이전의 문학으로 편입된 셈이라는 논의이다. 곧 개화가사 이전의 가사, 소위 '양반가사', '내방가사', '서민가사', 또는 '동학가사' '천주교가사' 등의 종교가사

---

1) 개화가사의 자료를 개괄하면 다음과 같다. 개화가사를 다시 세분하여, 전통가사, 가창가사, 신가사로 분류하는데, 독닙신문 등의 신문매체에 총 898편 개화기 잡지인 태극학보 등에 38편 등이 있다 (장성진(1992), 「개화가사의 서술구조와 현실인식」, 경북대 박사학위 논문)

는 전대 가사로 분류되어 한국문학사의 통시적 맥락에서 그 소멸의식을 벌써 치른 셈이라는 사실이 반증이 된다. 그러나 하나의 문학양식의 소멸 과정을 창작과 향유의 중단으로 본다면 내방가사만은 단호히 그렇지 않다고 말할 수 있다. 내방가사는 오늘날까지 아직도 향유되고 있다. 경북의 많은 여성노인들은 아직도 가사를 짓고, 외고, 읽고, 베낀다.

이 글은 내방가사의 역사성과 그 전승 차원에서의 현재성에 주목한다. 특히 경북지방의 양반 가문을 중심으로 아직도 면면히 창작되고 있는 내방가사의 향유에 대한 현장조사를 통하여 가사 창작 및 향유의 현재성을 확인한 후, 그 보존과 전승의 방향성을 모색하고자 한다.

2. 내방가사 향유의 사회문화적 배경

내방가사의 발생 시기는 학자에 따라 이견은 있으나 대체로 18세기 영조 이후의 시기로 잡고 있다. 특히 경북의 그 많은 내방가사의 창작과 전승은 조선조 후기 급격한 신분사회의 변동과 관계가 깊다[2)]

조선 중기에 들어서면서 양반의 지배가 향촌지역의 구석구석까지 미치게 되고 일반 백성에까지 유교 윤리가 확산되어 명실공히 유교적 명분사회를 이루게 되는 사회적 배경에는 통치권을 둘러싼 내부 갈등과 낙향 관료들의 이권 유지가 중요하게 작용하였다. 이 과정은 구체적으로 조선 건국 초기 개국공신을 중심으로 한 훈구파 세력이 내부 분쟁으로 쇠퇴하자 그 일부는 재야에 은거하여 유교적 학덕을 쌓는데 몰두함으로써 사림

2) 이광규(1993), 『한국 전통문화의 구조적 이해』, 서울대출판부, pp.13~14.

세력이 득세하는 것과 관련된다. 훈구파에 비해 지적, 도덕적 우월성을 가지고 있었던 사림파는 유교 원리를 바탕으로 세력을 영입 규합하였다. 따라서 이들은 유교 이념을 절대적으로 신봉하였으며 나라의 치국에서부터 향촌 사회의 지배에 이르기까지 유교적 질서를 뿌리내리는데 전념하였다. 즉 유교 이념의 실천은 사회질서 유지의 기제이자 사림파의 권력의 기반이었던 셈인데 지방에 기반을 가진 사림파 및 그 후예들은 집권 시에는 중앙으로 나아가고 진출이 좌절될 때에는 향촌의 지배층으로 남아 유교적 교화를 명문 삼아 향촌사회의 권력을 장악해 왔던 것이다. 지방 양반들의 중앙 관료로의 진출이 점점 어려워지면서 한편으로 양반층이 점점 비대해진 조선 후기로 가면서 향촌 내의 특권 유지가 어려워졌다. 그러자 양반들은 더욱 유교 윤리를 절대화하고 문중 중심의 조직화와 기존의 득세 가문끼리의 결성을 통하여 신분 확보를 꾀하게 된다. 17세기 이후에 일반화되기 시작한 족보 간행, 서원과 향안 중심으로 한 배타적 향촌사회 결사체의 활성화, 그리고 동족 부락의 형성은 이러한 향촌의 지배 질서의 재편성과 깊은 관련성을 갖는다. 이러한 사회는 원칙적으로 사적, 혈연적 영역과 혈연을 초월하는 차원에서의 공적 영역의 구분을 엄격히 하여 왔다는 점에 주목하여야 할 것인데. 여기서 여성은 통상적으로 공적인 영역에서 철저히 배제되어 있었다. 이 경우 여성의 주요 역할은 남성의 출세를 돕는 내조자에 국한한다.

인류 역사에 가장 최초로 나타난 이러한 남녀의 불평등 관계는 그 장구한 억압에도 불구하고 최근까지도 단순히 자연적이고 기능적 분담이 현상으로 인지되어 왔을 뿐, 성별에 따른 권력 구조의 갈등의 문제로 인식되지는 못하였다. 남녀의 관계는 노예제, 계급 갈등 및 인종 차별 현상과는 달리 매우 친밀한 일상적 상호 작용을 통해 지속되는 관계이므로 그것을 대립적 집단 간에 일어나는 구조적 문제로 보기에 어려움이 따랐던 것이다. 공적 영역으로 진출이 가능해진 상황에서 비로소 여성들은 자신이 완전한 사회성원이 되는 것을 방해하는 거대한 보이지 않는 압력을 느끼기 시작한 것이며, 새로운 사회 질서를 추구하게 된 것이다.

조선조 후기 사회에서 여성 억압은 크게 두 가지 차원에서 나누어 볼 수 있다. 하나는 상당히 구체적인 물적 토대를 다루는 노동력 부담 및 출산력 차원이고. 다른 하나는 사회의 중심적 커뮤니티 과정에서 소외되거나 배제되는 문화적 차원이다.

아드너(E.ardener)는 억압 집단이 갖는 하나의 주요 특성을 그들이 지배 집단에 비해 자신의 입장을 제대로 표현할 수 있는 구사력을 갖지 못한 점(inarticulateness), 즉 벙어리됨(mutedness)에서 찾고 있다. 그는 이것을 계급적 억압이든 인종적 억압이든 여성 억압이든 관계없이 모든 불평등 관계에서 발견되는 공통적 특성으로, 지배적 커뮤니케이션 체제에서 소외되어 왔음을 드러내는 증거로 보고 있다. 억압적 상황에 놓인 집단은 한결같이 자신을 표현하는데 있어 어려움을 겪는데 그것은 자신들이 지배 집단의 언어를 빌어서 표현해야 하기 때문이라는 것이다.

조선조 영남 사대부가의 부녀들은 일찍부터 삼종지도(三從之道)와 열녀(烈女), 효부(孝婦)의 도덕적 규범의 굴레 속에서 순종무위의 행동거지로 일체의 문밖출입이 어려운 정도였지만 동족집단의 향촌사회의 지배 기반 위에서 사대부가의 부녀로서의 신분적 대우는 충분히 누릴 수 있었다. 아직까지 영남지방의 명문대가의 종부는 신분적으로 가문을 대표하고 대소가의 대소사를 진두지휘하는 상징적인 대우를 받는 동시에 집안의 재지권을 장악할 수 있는 사대부가의 부녀자의 위치를 누리고 있다.

전통사회에서 우리나라에서 가족은 최소의 농경 생산의 단위이고 소비의 단위였다. 부유한 가정에서나 가난한 가정에서나 대부분의 생산의 일차적 목적은 가내소비를 위한 것이다. 주식인 쌀만이 아니라 부식까지 가내에서 조달하고, 생산에서 조리, 저장 등 모든 생산, 가공, 소비의 과정을 가내에서 관장하였다. 식생활만이 아니라 주생활은 물론 의생활도 원료 생산에서 의류의 제작까지 전적으로 가내 노동에 의존하였던 것이다. 가족이 생활의 기초 단위이기 때문에 가족에 속하지 않는 사람은 의식주를 해결 할 수 없었다. 한편 가족은 가족원의 노동력에 의존하였기 때문에 자녀가 많은 것은 그 집이 장차 노동력이 많아지는 징조로 자녀는 부유함을 상징하는 것이었고, 자녀가 없으면 아무리 부자라도 그 집의 장래는 어두운 것이었다.

전통사회에서 가족은 경제의 단위일 뿐만이 아니라 생활의 기초단위였다. 의식주의 모든 생활을 원만하게 운영하기 위하여 가족원은 가사를 분담하였던 것이다. 전통가족에서는 성별원리에 따라 가사 분담을 하였으니 이를테면 가장인 남자는 집밖의 일, 어렵고 힘든 일을 담당하고 주부인 여자는 집안일, 쉽고 편한 일을 담당한 것이다.

이러한 가사 분담을 법적으로 설명하면 이러하다. 가장인 남자는 가족원의 의사를 외부에 대표하는 대표권을 갖고, 가족원을 통솔하는 가족권을 가지며, 가족의 재산을 관리하는 재산권을 갖는다. 이러한 남성의 가장권에 비하여 여성인 주부가 갖는 권한은 예컨대 재산의 관리에서 보는 것과 같이 가장은 재산을 관리하고 상속하는 권한을 갖는데 비하여 주부는 재산을 운영하고 소비하는 주체이니 주부의 권한을 가사의 운영권과 가사의 집행권뿐이라 하겠다. 이에 따라 가장권이 주부권을 통솔하지만 실제 가사의 운영에서는 가장권이 도구적 권한 또는 형식적 권한인데 비하여 주부권은 실제적 권한이라 하겠다. 가사의 운영과 역할의 분담에서는 가장권이 주부권을 지도하고 주부권이 가장권을 보필하여 가장권과 주부권은 상호 보완적 관계에 있고 이들이 자동적으로 운영되고 이들 사이에 조화를 이루어 가사 운영된다. 열쇠로 상징되는 이 주부권은 찬광, 쌀뒤주 등의 열쇠꾸러미를 주부가 관장하는 것으로 한 집안의 경제의 소비권한을 갖는 것은 주부의 고유권한이었다.

이 주부권이 영남지방에서는 '안방물림'이라는 가장권의 계승에 중요한 단서가 되며, 여타 지역과 구별되는 영남 지역 가족제도의 한 개별특성으로, 가정 경영과 가정 경제에 있어서 주부인 부녀자의 권한이 타 지역에 비하여 상대적으로 강하였다고 할 수 있겠다.

여성의 가정 내의 역할과 구성원간의 관계의 중요성이 인식되었다. 곧 여성의 입지가 한 가정 내적으로 주변에서 중심으로 이동하게 되었으며 이것이 점차 지지를 얻어 확산하게 되었다. 처음에는 조심스럽게 딸이나 자녀 일반을 대상으로 한 교육자적 역할부터 시작하였다.[3] 그리하여 점차 여성의 교육자적 역할을 가정과 사회가 인정하게 되면서 전범적이고 규범적인 가정 윤리교육에서 경험적인 가정 생활교육까지지도 가사의 작자 층인 여성에게는 자유자재로 피력할 수 있었다. 심지어는 재산 상속권한을 행사하기도 하였다. 여성의 이러한 가정 내의 입지는 당시 여성의 사회적 역할의 가능성을 제시했다는 점에서 매우 중요한 역사적 의미를 가진다.

3) 이정옥(1990), 「계녀가에 나타난 조선시대 여성 교육관」, 『여성문제연구소』 제18집, 효성여자대학교 여성문제연구소.

그러나 그것이 근대화, 현대화 과정에서 실질적인 기여가 지속되었는가에 대한 검증은 사회학적 논의의 몫이다.

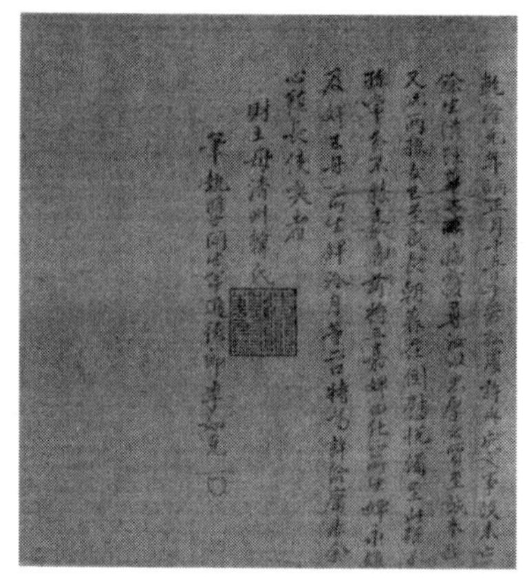

병와 맏며느리이자 재주인 청주한씨가 아들 약송에게 손녀 양육을 위한 허여분재문서(許與分財文書). 50.0×46.6cm

18세기 이후 경제적 가치의 중요성이 인식적으로 확산되면서 그에 상당하는 역할이 여성에게 주어졌다. 유교적 선비상을 이상으로 하는 세상 물정 모르는 남성들에 비해서 생산 경제적 활동을 포함한 일상적인 가계운영에 있어서 여성 역할의 비중은 상당히 컸다[4] 따라서 실제로 치산(治産) 잘하는 여성들은 가문 내에서 공적 인정을 받아 대대로 후손에게 칭송받는 사례도 가사 작품에서 흔히 발견된다.[5] 내방가사에서는 실제 유교윤리의 적극적 실천 방법인 열녀행이나 효녀행보다 이러한 가정경제의 부흥이 더욱 존경받고 공적 인정의 변수가 되었다. 곧 억척스러운 주부상은 이러한 과정에서 자연스럽게 형성되었으며, 그 역사적 진행은 산업화 과정에서 그 힘을 더 한층 발휘하게 된다.

교육자적 지위와 가정 경제권의 확보는 가정 내에서 연장자로서의 지위 획득과 함께 남녀 초월적 가정운영권을 공고히 확보하게 된다. 공적인 표층문화권에 대하여는 음양 원리, 유교적 원리에 부분적으로 순응하는 적

4) 조혜정(1990), 『한국의 남성과 여성』, 문학과지성사.

5) 최근에 입수하게 된 인쇄물 의 형식의 경주 최씨댁 개인 가사집에 수록된 〈능주구시경자록〉은 가문 내에서 가문 전범으로 전하는 가사인데 빈한했던 집안을 일으켜 세운 여장부에 대한 자랑을 야단스럽게 하고 있다.

응의 방식을 취하면서 여성들만의 독특한 하위문화, 곧 자궁가족, 안채문화, 가정경제권, 모권을 형성 계승하면서 성취적이고 강인한 인성을 지니게 된 것이다.[6)]

영남은 조선조 후기 양반층이 동족근린집단의 강화와 촌락 단위의 문화권을 형성, 그 유대감이 긴밀하였다. 또한 향촌사회의 지배기반 강화의 수단으로 혈통과 문벌 위주의 통혼권을 형성하였는데. 내방가사에서 그 통혼권을 구체적으로 확인할 수 있는 사례들을 찾아 볼 수 있다. 통혼권내의 혼인은 한국의 혼인 풍속에서도 현재도 대단히 유효한 혼인관으로 작용한다.

또한 현재의 내방가사의 향유층도 대부분 영남 양반가 통혼권 내에서 형성된다. 소위 연비연사간의 혼인 관계가 자연스럽게 형성됨을 발견하는 경우가 상당히 많다.

내방가사의 개념을 규정하는데 가장 문제가 되는 것은 내방가사 향유층의 사회계층적 실체가 무엇인가 하는 점이다. 지금까지 내방가사의 명칭을 '규중', '규방'이라는 용어를 사용하는 경향은 내방가사의 발생 초기의 향유층이 사대부가의 부녀자들이라는 사실을 근거한 고정관념 때문이라고 판단된다. 이는 내방가사의 향유층의 사회 신분적 변동을 전혀 고려하지 않은 입장의 견해라 할 수 있다.

조선조 갑오경장 이전까지 신분적으로나 의식적으로 사대부녀들의 사회 계층적 지위는 유교에 바탕을 둔 철저한 신분제에 근거하고 있었다. 이들은 상이한 계층 간에는 서로 혼인이 금지되어 있었고, 심지어 거주

---

6) 조혜정(1990), 위의 책.

지역까지 제한을 받았으며, 농경 활동 등의 생산 활동에는 일체 참여하지 않으며 출생과 혈통에 따른 귀속적 요인에 의해 결정되었다. 그러나 갑오개혁 이후 도덕적 규범이나 정신적 가치보다 물질적 가치가 존중됨에 따라 양반계층이 붕괴되고 양반부녀자들도 일부 농경 생산 활동에 참여해야 하는 신분적 몰락 단계에 들어서면서 오히려 내방가사는 양반부녀들이 주동적이기는 하면서도 그들만의 전유물은 아니었다. 서민 부녀자들에 이르기까지 그 향유층이 확산되었다는 것이 보편적인 견해이다.

또한 내방가사의 향유층의 성별도 내방가사의 유형별 발달 과정과 깊은 관련을 맺고 있다. 내방가사의 향유자는 특정한 독자를 전제로 하여 창작 또는 개작이 이루어지는 경우와 독자층이 비특정인 집단적으로 이루어지는 경우로 구분이 된다. 우선 내방가사의 작자층은 순수 창작자층과 전승 과정의 개작자층으로 구분할 수 있고, 독자는 개인적인 경우와 집단적인 경우의 피전달자의 역할을 동시에 수행한다. 개인적인 피전달자의 경우에는 주로 필사의 전승 방법을 수행하게 되고, 집단적인 독자의 구성은 보통 한 사람의 낭송자를 대표적인 전달자의 위치에 두고 이루어진다. 이러한 경우는 단순히 낭송의 청자 역할만 소극적으로 수행하는 경우와 낭송된 가사를 개인적으로 다시 읽거나 필사를 하는 경우의 독자로 다시 구분될 수 있다. 전승자는 개작자의 역할에서부터 독자까지의 역할을 수행한다. 그러나 내방가사의 경우 명시적으로 작가가 드러나지 않는 작품이 많으므로 순수하게 개별 작품의 창작자를 밝혀내기가 힘들다. 그러므로 향유자층 모두가 실제적으로는 전승자라고 할 수 있다.

내방가사의 발생 초기 단계에는 도덕, 경계류 가사의 작가로 남성인 경우가 많으며 양반들의 사회 계층변동 이후 화전놀이에서 문중 딸네들과 더불어 화전 답가를 짓는 예들도 많다. 그러나 내방가사의 향유층을 여성으로 한정할 수밖에 없는 이유는 비록 남성작이라 하더라도 여성들이 향유할 것을 전제로 하여 제작되었다는 면에서 내방가사라고 불러도 무방하다. 곧 내방가사란 명칭은 '內(안)+方(방)'의 의미로 '內(내)女(녀)'는 '外(외)男(남)'에 대립되는 개념이라고 볼 수 있다.

내방가사의 개념을 규정하는데 두 번째 문제가 되는 것은 작가층의 성별 문제 다음으로 작품의 수행성 문제이다. 곧 다른 사람이 창작해 놓은 것을 그대로 베끼거나 외워서 전승하는 수행의 방식이 주를 이루고 있으나 실제로 작품 창작을 위한 기행, 화전놀이 등의 수행에 직접적인 가담을 한 이후 그 과정에서 체득된 경험을 작품으로 구성하는 창작자의 수행성이 전제되는 문학 장르라는 측면에서 독자적인 지위를 갖는다.

내방가사의 발생에는 조선시대의 유교 윤리와 임진왜란과 병자호란이라는 양란의 사회적 격변이 그 배경을 이루고 있다. 성리학 곧 유교는 조선의 국시가 된 사상으로 특히 성종대에는 『경국대전』이라는 법전이 성립되면서, 선조들의 생활 속에 깊이 스며들어 모든 생활을 지배하게 되었다. 그러한 유교사회는 엄격한 남성 본위의 사회로 여성들에게 많은 박해와 고난을 주었다. 내방가사는 이러한 여성들의 불운한 환경을 토대로 하여, 임병양란 이후 전통적 여성관이 동요되면서 발달하였다. 전란 속에서 침략군에 의한 부녀자의 실절(失節)은 심각한 사회 문제를 야기하였고,[7] 침략세력 앞에 드러난 양반과 남성들의 무능은 여성들에게 부정적, 비판적 시각을 갖게 하였으며, 경제적 어려움이 가중되자 여성들은 자신의 감정과

7) 이상규(2016), 「열녀편」, 『동국신속삼강행실도』, 세종대왕기념사업회.

생활을 내방가사를 통해 표현하기에 이르렀다. 또한 조선 초의 부녀자는 역대 국호와 선대 조상의 이름 정도만 알면 되었지, 시문에 능한 것은 창기의 본색이므로 사대부 부녀가 할 바가 아니라는 도덕관의 지배를 받았다. 그러나 임병양란이라는 격변을 겪으면서 침략군 앞에 무능한 양반 지배체제의 허점이 노출되고, 그 와중에서도 당쟁과 사화 격화로 다투는 관료들의 지배 능력의 한계를 인식한 서민층의 자각이 일어나게 되었다. 또 관념론에 벗어나 실사구시(實事求是)[8]를 추구하는 실학의 대두로 조선 건국 이래 온갖 특권을 누려왔던 양반 스스로의 반성과 민중의식의 성장으로 서민의 예술에 대한 참여가 높아져 언문소설, 사설시조, 변형가사, 판소리 사설 등이 나타나게 되었다. 언문소설의 발달로 집필과 낭송 능력이 생긴 부녀자들은 이런 사회 풍조의 영향으로 내방의 사연을 글로 표현하기 시작했고, 낭송하기 쉬운 운율로 도덕을 가사화해 훈도하려는 의도와 민요의 영향을 받아 자유롭게 자신들의 사상과 감정을 표현하게 되었다. 초기

8) 사실에 입각하여 진리를 탐구하려는 태도. 즉 눈으로 보고 귀로 듣고 손으로 만져 보는 것과 같은 실험과 연구를 거쳐 아무도 부정할 수 없는 객관적 사실을 통하여 정확한 판단과 해답을 얻고자 하는 것이 실사구시이다.
이것은 『후한서(後漢書)』「하간헌왕덕전(河間獻王德傳)」에 나오는 "수학호고 실사구시(修學好古實事求是)"에서 비롯된 말로 청(淸)나라 초기에 고증학(考證學)을 표방하는 학자들이 공리공론(空理空論)만을 일삼는 송명이학(宋明理學)을 배격하여 내세운 표어이다. 그 대표적 인물로 황종희(黃宗羲), 고염무(顧炎武), 대진(戴震) 등을 들 수 있고 그들의 이와 같은 과학적 학문태도는 우리의 생활과 거리가 먼 공리공론을 떠나 마침내 실학(實學)이라는 학파를 낳게 하였다. 이 실학사상은 조선 중기, 한국에 들어와 많은 실학자를 배출시켰으며 이들은 당시 지배계급의 형이상학적인 공론을 배격하고 이 땅에 실학문화를 꽃피우게 하였다. 그러나 실학파의 사회개혁 요구는 탄압을 받고 지배층으로부터 배제되었다. 이 때문에 경세치용적(經世致用的)인 유파는 거세되고 실사구시의 학문방법론이 추구되었다. 그 대표적인 사람이 김정희(金正喜)이다. 그에 앞서 홍석주(洪奭周)는 성리학과 고증학을 조화시키는 방향에 섰지만, 김정희는 실사구시의 방법론과 실천을 역설하였다. 저서 『해국도지(海國圖志)』는 높이 평가된다.

에는 교훈적 계녀가사나 도덕가사류를 많이 지었으나 점차 자신의 신변을 소재로 한 탄식가사, 놀이를 가서 부른 화전가류가 널리 지어졌고, 18세기 이후부터는 기행가사, 개화가사 등 다방면에서 소재가 택해지고 아류 작품이 쏟아져 나오게 되었다.

3. 경북 내방가사의 현재성

1) 작자

2000년 5월 5일부터 7일까지 3일간 포항시 북구 죽장면 입암리에서 6월 6일, 8월 26일, 9월 11일, 9월 30일의 4차례에 걸쳐, 그리고 안동시 용상동에서 2000년 9월 22일, 그리고 영덕군 영해면 괴시리(자연부락명: 호지말)와 영덕군 창수면 인량동, 병곡면 송천동 등에서 취재한 자료를 근거로 내방가사의 현재성을 확인해 보고자 한다.

내방가사의 작자는 여성이다. 남성 작자도 있을 수 있으나 독자와 전승자를 포함한 향유층을 기준으로 말하면 대부분 여성이다. 또한 결혼한 여성이다.[9] 결혼하여서도 시집살이에 상당한 정도의 적응기를 거쳐, 시집에서도 어느 정도 안정적인 가정 내 지위를 확보한 중년 이후에서 노년기에 접어든 여성이다. 그들은 사구고, 봉제사, 접빈객, 목친척 등을 비롯한 직간접적인 가사노동에서 해방된, 소위 시집살이에서 어느 정도 해방이 된 여성이다.

9) 미혼이라 할지라도 대체로 결혼 적령기는 넘긴 여성이다.

그러므로 자식을 두어 며느리를 보거나, 딸을 시집보낼 만한 연령층은 되어야 가사 창작을 비롯한 향유가 가능하다고 하겠다. 그러나 결혼 전, 어린 시절부터 그들의 어머니나 할머니들에 의해서 가사에 대한 다양한 지식과 경험을 이미 한 사람들이다.

> "어렸을 적, 아마 열 살 전후 쯤에 어머니가 읽으시는 가사를 여러 번 들어, 뜻도 모르면서 노래하듯이 외고 다녔더니 집안의 어른들이 종종 불러서 가사를 외어 보라고 하셔서 그 분들 앞에서 왼 적이 있어요. 아직도 기억이 나는 것이 지금 보니 바로 계녀가였네요."[10)]

가사의 작자들인 여성은 대부분은 익명으로 존재한다. 그들은 개별적인 이름을 가지고 있지만 실명을 드러내지는 않는다. 그들은 택호라는 별칭으로 이름을 대신한다. 택호란 결혼한 여자의 친정고장의 이름에서 따온 별칭으로 시집온 여성의 출신지와 본관과 성을 알 수 있는 이름 중 하나이다. 결혼한 여자의 택호를 따라 남편도 그의 집안에서는 배우자의 택호로 구분된다. 예를 들면 친정이 경주인 갑이라는 여성이 을이라는 남성 집안이 있는 영천으로 시집을 오면 그 여성은 경주댁이라는 택호로 불리며, 그의 남편은 그의 집안에서 경주형님, 경주아재, 경주할배가 된다. 그 반대로 여성 집안에서는 갑은 영천할매, 영천아지매, 영천언니가 된다.

가사 두루마리에 가사의 필자(작자일 수도 있고, 단순히 필사자일 수도 있다)는 이 택호를 수기해 두는 경우가 가끔 있다.[11)] 또한 가사를 찾는 현장에서

10) 조남이 할머니 구술.

11) 최근의 창작가사나 필사 또는 인쇄자료에는 작자나 필사자의 실명을 써 두는 경우가 많다. 내방가사경창대회자료집에는 주소와 연락처까지 인쇄되어 있다.

만나는 대부분의 안노인들은 서로를 택호로써 호칭하고 지칭한다. 기존 가사자료집의 작자나 소장자도 대부분 택호로 호칭되거나 지칭된다.

현존 가사 향유층의 연령 최하한선은 약 70대까지이다. 그러나 어려서부터 친정이나 시집에서 어깨 넘어 전통적으로 익숙해왔던 창작자나 필사자만으로 하한선을 잡는다면 그보다 훨씬 더 연령층을 끌어올려야 할 것이다. 현장조사에 의하면 낭송의 리듬이나 필사된 글씨체가 70세를 전후로 학교교육을 받은 여성과 그렇지 않은 여성과의 차이를 분명히 알 수 있다. 실지로 70세 그 후의 연령 세대와는 가사 향유에 있어서 상당한 단절을 확인할 수 있다. 이것은 신식교육을 받은 세대와의 단절을 의미하기도 한다. 특히 글자 표기의 통일성이 없는 점을 그 증거로 삼을 수 있다.

내방가사보존회원의 경우 그 간극을 줄이기 위하여 연장자에게서 교육을 받는 프로그램을 통하여 재교육되기는 하지만 전세대와는 낭송 리듬에 큰 차이를 가진다.

내방가사는 낭송과 필사라는 크게 두 가지 방법으로 전승되며 존재해왔다.[12] 따라서 향유층도 그것을 기준으로 분류된다. 즉 작자층으로는 일차적 창작자와 그 작품을 개작하는 개작자가 있을 수 있다. 또는 입수한 작품을 단순히 필사만 하는 대필을 담당하는 필사자도 있다. 위의 세 경우는 모두 문자로 기록하는 작업을 통해서 가사를 전승 향유하는 방법이라고 할 수 있다. 그러나 가사는 이러한 기록문학적 방법 외에 낭송이라는 방법으로도 전승 향유된다. 이 경우는 대부분 두 사람 이상의 다중(多衆)이 모인 공공적 장소, 예를 들면 잔칫집의 안방 정도의 여성이 모인 장소에서 향유

12) 이정옥, 앞의 책, p.165, [표-7] 참조.

되는 방식이다. 한 사람의 초성 좋은 여성이 가사를 소리 높게 읽으면 그 외의 여러 여성들은 귀 기울여 듣거나, 고개를 끄덕이며 공감을 표시하는 자세를 가진다. 때로 감동적인 대목에서 탄성과 찬사 등의 간섭이 있을 수 있다. 그럴 경우에는 잠시 낭송이 중단되어 좌중이 술렁이기도 하지만, 곧 이어 한두 사람의 제지로 다시 가사 낭송은 계속된다. 한 번에 여러 편이 읽혀지기도 한다. 보통 가사낭송을 도맡아 하다시피 하는 사람이 대소간에 한두 명 쯤 있으며, 그들은 오랫동안, 집안의 여성들이 즐겨 듣고자 하는 가사를 여러 차례 읽은 경험으로 몇 편 정도의 가사는 외고 있는 경우가 많다.

2) 다양한 전승 형태

개인적인 차원에서 현재 내방가사는 활발히 창작되고 있다. 조사에 적극적으로 응한 대부분의 작자들이 창작 가사를 가지고 있었다. 더러는 시집이나 친정 쪽의 조상들, 이를테면 할머니나 어머니의 작품을 소중히 간직한 것을 자랑삼아 내놓기도 하지만 가장 최근에 자신이 지은 가사라고 하면서 제보해준 분들이 많았다. 영덕군 영해면 괴시리 백남이 할머니의 경우 가장 많은 창작 가사를 보유하고 있었다.[13)]

총 70편의 가사의 제목은 아래와 같다.

1. 수삼십년 지난 오늘에, 2. 단기사이팔칠연 갑오이월시삽일나의, 3. 백발

13) 이 할머니의 가사는 권우행(1995), 「백남이 규방가사 연구」(『민족문학의 양상과 논리』, 양하정상박 박사화갑논총)와 같이 단일 논문으로 소개되기도 하였다.

가, 4. 천자문 부치는 것, 5. 생사록, 6. 조상 앞에 대한 향념록, 7. 은사가, 8. 전설같은 현실, 9. 시절가, 10. 호존침묵. 11. 몽중록이라. 12. 존명은 호촌이요. 13. 피란도. 14. 추천사, 15. 천자문 뜻, 16. 들노리, 17. 불학무식자탄가, 18. 과거록, 19. 탄식가, 20. 석별가, 21. 필녀가, 22. 해동관장가, 23. 애향곡, 24. 화수가, 25. 여러 가지, 26. 축산별곡, 27. 팔경록, 28. 물목이, 29. 애향가, 30. 약수, 31. 부모은중가, 32. 타향살이 서른 사정. 33. 주역에 있는 말. 34. 회고록, 35. 너희들 뜻있게 보아라, 36. 군신록, 37. 삼감오륜, 38. 질아격여문, 39. 연꽃노래, 40. 신라고찰, 41. 축야장, 42. 적벽부, 43. 시절가, 44. 회고문, 45. 형심전, 46. 윷노리, 47. 제주록, 48. 주왕산, 49. 관해록, 50. 상강오륜, 51. 관광유람, 52. 금강노정기, 53. 칠십사회기념, 54. 수년탄북가, 55. 남해구경, 56. 신미정월이일, 57. 사향행유곡, 58. 심사록, 59. 반포가, 60. 대순진리회, 61. 사친가, 62. 약수, 61. 충복가, 64. 경계가, 65. 칠십사회기념을 비디오 촬영, 66. 사향의주곡, 67. 퇴계선생 낙빈가, 68. 회수가, 69. 명제 어른 궁체견학, 70. 온 가족이 함께 보라.

현재 내방가사는 개인적인 차원에서 창작하는 수준에서 가전(家傳) 차원의 문집 형태로 발간하거나 개인적 관심을 가진 사람에 의한 편저, 시군 단위의 문화원에서 발간하는 책자 등 다양한 자료집의 형태로 집집마다 장롱 속에 숨어 있던 내방가사가 발굴, 보고되고 있다. 작품 창작의 사례는 점점 줄어드는 대신에 가사 향유층의 자손들이 어머니 혹은 윗대 조상들의 가사자료를 문집 형태로 출간하는 사례가 늘고 있다고 하겠다. 『이내 말씀 들어보소』와 『내방교훈』이 좋은 사례이다. 전자는 벽진 이씨 집안에서 유인본으로 출간한 개인문집 형태의 가사집이다. 후자는 역시 경주 최씨 집안의 세전가사를 엮은 가사집이다.

내방가사에 개인적인 관심을 가지는 호사가에 의해 자료집이 발간된 경우가 있다. 안동문화원에서 발간한 『안동의 가사』는 이대준이라는 한 남성호사가에 의해 편찬된 가사집이다. 이씨는 가사에 도취하여 문전을 섭렵하고 촌가의 내방을 찾아다니면서 두루마리에 적혀 있는 가사를 모으는 일을 필생의 업으로 삼는[14] 현시대에 보기 드문 이였다. 『안동의 가사』 수록 가사 자료는 다음과 같다.

> 도덕가—퇴계 부자분, 화전가—미상, 화회경곡—류시경, 망부가—미상, 맹망인덕담경—미상, 자장가—이원봉, 화수찬가—김구현, 강남행—미상, 조부인, 귀정 회고가—미상, 여행가—미상, 평수 부인가—미상, 부녀 노정기—미상, 제주관람가—조희수, 애사—이윤항, 우복동찬가—김자상, 진해강산유람록—미상, 고별가—미상, 환향곡—미상, 망향가—정임순, 대명복수가—김창희, 해소사—미상, 정부가—미상, 백발가—미상, 장한—미상, 계매가—미상, 여자탄—미상, 수연축하가—미상, 수연가—미상, 축수연사—미상, 남매이별가—미상, 수연축하가—미상, 백남수연경축가—김필임, 동상가—미상, 회포가—미상, 계아사—미상, 신세가탄가—미상, 시절가—미상, 환향유록—미상, 선유가—미상, 원한가—권영철 모친, 석천화산, 어룬몽유가—이필남, 몽중 탐승가—미상, 화전가—미상, 주왕산 기행—미상, 열녀가—미상, 천등산 화전가—권기섭, 청량가—미상, 화조가—미상, 답화전가—미상, 옥설화답—미상, 사친가—미상, 한국유람가—김대현, 관동유람가—미상, 사친가—미상, 봉우가—미상.

향토문화적 차원에서 경상북도 각 시군이나 문화원에서 내방가사에 대한 관심을 가지고 자료집을 발간한 예도 있다. 영천시에서 발간한 『규방가사집』(1988)에는 총 51편의 작품이 수록되어 있다. 1. 자조탄식, 2. 도덕권선, 3. 자연한탄 등 4가지 유형으로 분류 편찬하였다. 『규방가사집』에 수록된 가사 자료는 다음과 같다.

---

14) 임동권, 『안동의 가사』 서문.

1. 자조탄식: 고향 떠난 회심곡, 곽시지문, 기천향가, 깃천별장가, 남미상봉원별가, 낭군님젼상서, 노처녀소회가, 단중인탄인모회, 동데미, 유희가, 리회가, 별곡답가, 붕우사모가, 사모가1, 사모가2, 사모가3, 신슈탄, 심중소회, 여자한가, 원망가, 이별가, 이별한탄가, 자탄가, 자탄회심곡, 경부인기쳔가, 진정소회가, 탄소슨라, 탄식가1, 탄식가2, 회심가, 회심슨
2. 도덕권선: 경여가, 계여가, 사친가, 오륜가1, 오륜가2, 행신가, 효횡가, 효덕가, 효성가
3. 자연찬탄: 사시경긔가, 사시풍경가, 슨슈화조가, 춘풍가, 춘풍사답화전가1, 화전가2, 화전가3, 화전가4, 금강유산가, 주왕슨유롬기, 한경가

봉화문화원에서 발간한 『우리 고장의 민요와 규방가사』(1995)에는 민요와 가사를 자의적으로 분류하여 수록하였다. 그 중 규방가사는 총 44편이며, 권선효충가와 기타가사로 분류하였다. 『우리고장의 민요와 규방가사』에 수록된 가사 자료는 다음과 같다.

권선효충가: 권선지로가, 효자가, 삼강오륜가, 권선지로가, 당일권선가, 도덕가, 자녀훈계록, 사친가, 수연가, 논개충열가

기타가사: 자장가, 적벽가, 적벽부, 새야새야 파랑새야, 풍월노래, 산유화, 과부중, 풍월, 윷노래1, 윷노래2, 과부노래, 색시노래, 말거리, 누에, 회심곡, 꿩 자치기, 화조가, 매화시, 회한가, 석별가, 세덕가, 북정가, 침부가, 명월음, 꽃노래, 화전가, 선유가, 망부가, 붕우소회가, 상화가, 칠석가, 팔도유람가, 금강산 유람가, 제주도 여행가

내방가사가 가장 많이 분포되어 있는 안동에서는 내방가사 경창대회를 매년 개최하며 내방가사의 현대적 저변 확대에 기여하고 있다.

내방가사가 안동을 중심으로 경북 북부지역에서 발달하였음에도 불구

하고 오늘날 소멸위기에 있음을 안타깝게 생각한 이선자씨가 가사의 발굴과 전승, 지속적인 창작을 위해 '용상장수대학'을 중심으로 내방가사전승보존회를 구성하였다. 현재 내방가사전승보존회의 회장직을 맡고 있는 이씨는 안동 전역의 경로당의 도움을 받아 1997년 단오날 제1회 가사경창대회를 연후, 98년 본회를 공식적으로 조직, 매년 경창대회를 개최하고 있다. 현재 회원으로 등록되어 내방가사를 향수하시는 분이 110명에 이르고 있으며, 본 보존회는 경상북도에 사회단체로 등록 되어있다. 제1회 경창대회때부터 발간한 가사모음집이 4권 있으며, 98년과 2000년 등 격년으로 개최되는 안동 국제탈춤페스티벌 및 안동민속제에 출전 시연한 바 있고 또한 99년 전국노인체육대회(장충체육관)에 출전하여 최우수상을 수상한 바도 있다고 한다.

총 4회에 걸쳐 4권의 자료집이 발간되었다. 가문에서 세전되던 가사를 읽기 쉬운 현대어로 바꾸어서 기록된 가사나 최근에 창작된 가사로 이루어져 있다.

제1회 내방가사 경창대회 모음집 수록 가사자료(20편)
화전가—권분성, 윷풀이—권자익 성묘가—권응복, 도산별곡—박삼기, 망개 찢는 선소리—정읍섭, 추풍난별곡—정남진, 화조가—김복순, 칠석가—류순조, 후원초당봄—박승목, 퇴계선생노퇴작시 시곡—조남이 권효가—권금숙 화전가—권정이 구여성의 자탄가—정위조, 춘향이 매맞는 대목—정연태, 초한가—이수경, 만고영웅—정정운, 삼강오륜—한순태, 수도경치가—심외생, 사향서원가—신분형, 의성읍 오로동 전설가사—이선자
제2회 내방가사 경창대회 모음집 수록 가사자료(19편)
영화창회록—권자익, 세월가—민분조, 나의일생—권영숙, 도산별곡—이수걸, 회재선생가모애곡—박삼기, 부녀자탄가—김복순, 로탄가—미상, 권효

가—규순조, 베틀가—천오조, 일생회상곡—김종향, 길삼가사—이준현, 옥설가—안옥순, 망부가—권달국, 백발가—김남홍, 유람가—정남진, 원정동락가—김종수, 퇴계선생사모애곡—박병기, 자녀훈계론—권분성, 여자소회가—이선자

제3회 내방가사 경창대회 모음집 수록 가사자료(21편)
나의 증손 백일가—권자익, 별곡소희—김유한, 담배가—이상기, 화수가—김종향, 해방가—류차회회갑가—권정희, 농춘가—김복순, 사향가—김시한, 기묘년 붕우가— 이점함, 한라탐승가—류계남종군회 회삼곡—권영숙, 부녀자탄가—김정순, 구국명륜가—박무남, 추천가—류수향, 아유가—김영진, 시골여자 서른사정—권숙향, 여행가—이재선, 수연경축가—금옥, 하회경치가—심외생, 붕우사모가—권분성, 영남칠십일주가—이선자

제4회 내방가사 경창대회 모음집 수록 가사자료(24편)
노인소회가—박무남, 제주도 여행가—류수향, 고향이별가—안지연, 은가사—조남이, 오륜가—이만식, 경력가—김성, 육여사 추모가—김유한, 여자설운가—김성년, 단종애사가—권분조, 화투풀이가—김복순, 이별가—김수행, 대한해방가—김인환, 경녀가—이상기, 오륜가—정진연, 예만김씨 세덕가—김욱영, 고별가—한희숙, 사미인가—권영록, 여행유람가—김시묘 회심가—금옥, 남매이별가—김정순, 권선징악가—심외생, 환향가—김종향, 장렬가—권분성, 닭실 세덕가—이선자

내방가사 경창대회는 현재 20회 대회로 이어지고 있으나 최근 운영이 매우 어려운 상황에 처해져 있어 그 명맥을 이어나갈 수 있을지 불투명하여 매우 안타깝다. 최근 내방가사의 작품 추이는 제목만 보더라도 그 주제의 폭이 훨씬 더 다양해지고 부녀자들의 관심사가 어디에 있는지 잘 헤아릴 수 있다.

4. 보존과 전승 방향 모색

현재 내방가사는 여성들 간의 낭송과 같은 집단적인 전승이나 수작의 필사 차원이라는 과거의 전승방법과는 다른 양상을 보인다. 창작은 거의 개인적인 차원에서 이루어지고 그 내용도 대단히 다양하다. 특히 사회적 관심사나 개인적 경험이 다양해지면서 내방가사의 유형분류도 재편할 필요가 있다.

최근에 창작된 가사에 대한 수집과 유형 분류 등의 기초적인 작업을 토대로 하여 살펴보면 우선 가사의 제목으로 창작 시기를 짐작할 수 있는 작품이 있으나 대부분은 전통적인 제목을 가지고, 그러나 그 내용은 최근의 작자 경험을 토대로 한 작품이 훨씬 많다는 점에서 종전의 가사들과는 큰 차이를 보인다. 〈남해유람별곡〉, 〈자녀교훈〉, 〈백발가〉, 〈효행가〉, 〈화슈가〉, 〈비탄곡〉, 〈화전가〉 등과 같은 작품들이 그렇게 분류될 수 있다.

앞으로 내방가사의 창작자 및 낭송자의 교육 프로그램 개발과 인간 문화재 등재를 할 필요가 있다. 이렇게 함으로서 단절된 문학이 아닌 지속적 전통문학으로서의 그 생명을 이어갈 수 있을 것이다.

또한 내방가사는 그와 유사한 한글수필의 영역인 제문이나 상장, 위장 등과 함께 가사 향유 계통에서는 연면히 전승되고 있는 여성적 글쓰기의 모델이다. 그에 대한 연구도 앞으로의 과제이다. 경북의 여성노인들은 아직도 내방가사를 지으며, 즐기고 있다. 이들에 대한 현장성 있는 자료의 수집, 보존과 전승 차원의 조사와 기록이 시급하다.

본고의 보고는 지극히 부분적이며 그런 점에서 큰 한계를 가진다. 2000년도 경상북도의 지원 하에서 필자가 수행한 "내방가사 CD제작과 보급

계획" 프로젝트는 그런 점에서 늦은 감이 적지 않다. 그 결과를 토대로 전승방법의 모색도 함께 이루어져야 할 것이다. 다시 말하자면 경북의 내방가사는 어문학적 연구 자료인 동시에 세계적인 여성 집단 문학으로서 콘텐츠의 가치 또한 매우 높다고 할 수 있으며 나아가서는 유네스코에 경북의 여성 집단 문학의 기록문화유산으로 등재할 가치가 있다. 앞으로 이를 활용한 지역문화 유산으로써 문화산업적 부가가치를 높일 수 있는 방안에 대한 연구로 이어지기를 기대한다.

문학이 시대의 산물이며 인간 생활의 표현이라는 점에서 고전 문학은 조상들의 생활 감정과 사상을 반영한다. 그 중 '가사문학'은 운문이면서 산문, 산문이면서 운문인 묘한 성격을 가진 문학양식이다. 대체로 운문형식(4.4조 또는 3.4조)으로 읊어나가되 내용은 거의 산문적이다. 두 마디씩 짝을 이루는 기본적인 율문의 구조만 갖추면 하고 싶은 소리 마음대로 얼마든지 늘어놓을 수 있는 양식이다.[15)]

따라서 그 길이도 자유롭게 길어질 수 있었고, 또한 형식적 요건이 단순하기 때문에 작자층, 향유층도 다양할 수 있었다. 이 점이 가사의 내용을 다채롭게 하는 요인이 되지 않았나 생각된다. 양반은 양반대로, 평민은 평민대로, 부녀자들은 부녀자대로 각계각층이 골고루 참여하여 폭넓은 문학세계를 이루어 놓은 것이 가사 문학의 특징이라 할 수 있다.

특히 조선시대 여성들의 사상과 감정을 찾아 볼 수 있는 것 중에 내방가사가 있었다. 나이 어린 딸이 시집가서 혹시 잘못하는 일이 있을까 염려하여 어머니의 체험과 심정을 적어 생활의 규범으로 삼게 했던 내방가사는

15) 조동일 외 6인 공저(1994), 『한국문학 강의』, 길벗.

사회변동이 극심해지면서 여성들의 감정을 표출하는 출구가 되었다.

즉 임진왜란으로 양반계급의 무능함이 드러나고 침략자에 의한 정조의 상실로 심한 도덕적 갈등을 일으킨 부녀자들이 사회제도의 모순과 불합리한 현실을 예리한 시각으로 비판하기 시작했고, 문학에의 서민 참여가 확대되었다. 한글이 부녀자들의 의사 표현 수단으로 널리 쓰이게 되었고 태어나면서부터 많은 규제와 억압 속에 살아야 했던 조선 여성들은 괴로운 시집살이, 과다한 집안일 친정부모를 향한 그리움 속에서 답답한 마음을 풀어 버리는 출구로 내방가사를 짓고 읊었다. 생활에서 느낀 감정을 진솔하고 날카롭게 묘사하고 토로한 내방가사는 어느 문학 장르보다 조선 여성들의 일상생활을 잘 나타내 준다. 이는 체험의 구체성을 중시하여 그 당시 전개된 현실적 문제를 가사로 표현해 냈다는 것을 의미한다. 이 사실은 이념적인 삶보다는 현실적인 삶에 더 따뜻한 시선을 두게 되었던 것을 의미하는 것이라 볼 수 있다.

여성들이 인생의 애환을 노래한 내방가사가 쓰인 시대는 조선 후기이후부터 현재까지이다. 이 시기의 사회적, 시대적 현실은 어떠했는지, 조선시대 사대부 여성들은 그들이 처한 사회적, 시대적 현실을 어떻게 수용하였는지 그래서 그들 나름대로의 삶의 방식을 어떻게 채택하고 거기에 적응하였을까 라는 의문들을 바로 이 내방가사가 해명해 준다고 본다.

내방가사는 조선조 후기 이후 주로 영남지방 양반 규문의 부녀자들을 주된 향유층으로 하여 창작되어 온 문학 양식으로 전대의 가사문학 중 오늘날까지도 전통적인 방법으로 창작과 향유의 맥을 유지하고 있는 유일한 장르라고 일반적으로 알려져 있다. 이에 따라 이 글에서는 내방가사의 의미와 현대 내방가사의 작자와 작품을 통한 현대 내방가사의 작자를 중

점적으로 살펴보고자 한다.

1) 현대 내방가사 작가, 은촌 조애영

한국의 여성은 옛날부터 훌륭한 문사가 될 수 있는 재능을 많이 가지고 있었다. 또 옛날부터 지금까지 배출된 문사들은 남자 문사에게 뒤지지 않는 작품을 창작했다. 가정주부로서의 재능 있는 여성들이 자기생활을 기록해 온 내방가사는 조선 후기에 발생하여 그 시대의 여성생활관을 넓게 깊게 파헤쳐 놓은 작품이 많았다. 비록 내용은 단순하지만 그 속에 얽힌 희비애환의 서정은 절실하게 독자의 심금을 울리고 남음이 있었다. 이런 내방가사가 현대에 와서 거의 자취를 감추게 된 것은 근세 이래 한국여성의 사회적 개방과 더불어서 자연의 추세였던지 모른다.

한국 여성문학도 근세 신문학(新文學)운동 이래 규중 내방으로부터 나와서 문학계의 일익을 담당하게 되었기 때문이다. 그러나 현대에 와서 내방가사가 많이 창작되지 않게 되었다 해서 내방가사, 그 자체가 가치가 없게 되었다는 것과는 사정이 다르다.

은촌 조애영은 본시 내방가사의 발생지역인 영남지방 경북 영양 일월산 아래의 주곡동에서 300년 동안을 자작일촌하여 대대로 이어 온 명문집안에서 내방가사를 배워 창작해온 전통적인 내방가사의 여류시인이다.

이 가사집에 수록된 작품들은 모두가 은촌 선생이 지난 50년 동안에 규중의 귀중한 생활 체험과, 자연과 전통에 대해 느낀 심정을, 3, 4조, 4, 4조의 전통적인 내방가사의 형식에 따라, 아름다운 수사로 엮은 주옥편들이라고 할 것이다. 그 작품 속에 배여 있는 정신을 살펴보면, 한국여성생활의 희비와, 자연에 대한 깊은 관조와 민족의 수난에 대한 애국애족, 그리고 가정에선 남편 되는 분에 대한 어진 아내로서의 존경과 애정 등을 표현한 것이다.

나는 이 작품집이 나옴으로 해서, 그와 같이 귀중한 내방가사의 전통이, 현대에 되살려졌다는 점에서 가치가 크다고 볼뿐더러, 이 작품집을 통하여 현대시의 창작계에도, 기대되는 점이 많다고 생각하여, 여기 이 서문을 적는 광영이 크다고 느끼는 바이다. 또 하나 추가하여 내가 은촌 선생의 작품집에, 이 글을 쓰게 된 다른 하나의 동기는 은촌 선생은 바로 우리 시단의 보배이던 고 조지훈(趙芝薰) 시인의 고모 되시는 분이었다는 사실이다. 원컨대, 이 가사집이 많은 뜻있는 독자에게 애독될 것으로 안다.[16)]
은촌 가사의 수록 작품을 살펴보자.

어화 우리　벗님내야　이내 말씀　들어보소
금수강산　삼천리를　왜놈들이　뺏으려고
을사년에　보호조약　우리나라　망할 판에
경술년은　한일합방　조인하니　속국이라
도처에서　의병들이　왜병들과　싸웠으나
기진맥진해가지고　패잔병이　들어갈 제
의병대장　여러분이　집단 자살한　사실을
쉬쉬 덮던　신해년에　현이　출생하였다네
현이 나자　돌아가신　할아버지　상가이라
울음 속에　자라나던　현이 기억　생생하다[17)]　〈울분가〉

16) 『은촌내방가사집』 서문, pp.5~7.
17) 『은촌 내방가사집』 〈울분가〉, p.80.

〈울분가〉는 왜정 치하 광주 학생만세사건 때 주동이 되게 한 것은 어렸을 때부터 가정 환경이 특수한 점을 소상히 쓴 가사이다. 『배화여고보』 삼학년 때 무기정학을 당했다가 4학년 초에 무기정학이 해제되어 등교는 했지마는 왜경의 요시찰인이요, 학교에서는 졸업 때까지 감시를 받게 되었다. 그래서 우울한 세월을 보내며 쓴 가사이다. 이야말로 슬픈 동경이 되었다.

남한산성　북한산성　굳게 쌓은　아 태조가
고려 왕실　둘러치고　이씨 왕국　건설하사
정도전을　앞세우고　한양으로　천도할 제
백대천손　살고지고　터를 닦은　대궐이며
내란 적침　날 때마다　옮겨 앉은　별궁이라
초로인생　떠난 후에　전설만이　남아있어
천추만대　이 땅에서　사는 백성　교훈이라
이씨 조선　오백년사　들쳐보면　비극이라
국초부터　골육상생　위의처사　잘못인가
태조대왕　많은 왕자　두 왕비의　소생이라[18]　〈한양비가(漢陽悲歌)〉

〈한양비가〉는 구한국 초부터 조선왕실의 싸움과 왕의 실수로 여러 차례 사화며, 외우내환의 비극으로 끝난 역사서이다. 구한국의 왕손이라는 이승만 대통령 사선 출마가 도화선이 되어 학생의거 혁명까지 쓴 장편 내방 가사이다.

어화 우리　벗님네야　배화동창회에 가세

18) 『은촌 내방가사집』 〈한양비가〉, p.129.

월동준비 바쁘건만 하로 틈을 못낼소냐
삼삼오오 의론하고 구두연락 통신연락
양 십일월 십오일 날 오후 두시 정각이라
남산 밑에 한국의집 제일 큰 방 빌렸다네
육 여사를 환영하고 한데 뭉쳐 놀고지고
동기 동창 끼리끼리 편대편대 모여들 제
순식 간에 우리 모교 남산 밑에 옮겨온 듯
늙은 선배 젊은 후배 악수상봉 기쁠시고
화려 하게 차린 의복 늙고 젊고 꽃이로다[19)]

〈육여사환영회가(陸女史歡迎會歌)〉

〈육여사환영가〉는 이화여고 동창회 주최로 육영수 여사를 환영하며 모교 출신의 선후배가 한자리에 모여 하루를 보내면서 지은 가사이다. 박정희 대통령은 6·26 혁명과 그 후 총선거를 통해서 대통령이 되니 그 부인도 따라서 영부인이 되었다. 그러나 책임이 중해서 내조 잘 하기를 바라며, 내방가사를 지은 것이다. 이 가사를 〈우국가〉라고 제목을 써서 당시 육여사가 지내는 청와대에 보냈다고 한다.

오늘 우리 여성들이 궐기대회 하는 것은
총선거를 앞에 두고 축첩자를 규탄코자
여성회관 강당으로 구름같이 모인지라
어깨 걸쳐 쓰인 표어 감격해서 못 볼레라
가정생활 깨끗해야 나라 살림 깨끗하다
귀중한 여성의 표 깨끗한 대변인에게
밤에도 방첩 낮에도 방첩

19) 『은촌내방가사집』, 〈육여사환영회가〉, p.185.

이와 같이 글씨 써서 사람마다 둘러메고
넓은 강당 높은 연단 양 벽에도 붙어있네.[20] 〈한국 남녀 토론회가〉

이 가사는 한국 현실에 있어 요정정치가 늘어나는 술집이며, 사회부패상을 토론한 그대로 엮은 내방가사이다.

돌아 왔네 돌아 왔네 봄과 같이 돌아왔네
잔디밭에 푸른 싹이 예년같이 돋아나고
담장 위에 가시덤불 다시 싹이 돋는 이봄
나비벌도 쌍쌍이라 봄기운이 완연코나
사시상청 저향나무 정원에서 늙는 것가
꾸불꾸불 굽는 허리 다시 필수 없거니와
도리앵화 뒤를 이어 모란꽃이 피고 지며
월계꽃도 활짝 피어 가시덤불 가리운다[21] 〈귀거래가(歸去來歌)〉

〈귀거래가〉는 작가의 부부간의 이야기이다. 결혼생활 사십년을 돌아보며 억울한 일이며, 한심한 일을 대강 엮어서 심신이 우울할 때에는 이 가사를 읽어본다고 했다. 하소연을 한 것이나 다름없는 내방가사는 왜정 치하 부호자제들의 여성관은 귀거래가의 주인공이 표본일 것이다.

골동골동 무엇이냐 옛날사람 쓰던물건
몇백년이 되었는지 어려히도 보관됐네
우리나라 긴 역사에 신라시대 비롯해서
무덤에서 캐낸 물건 석기토기 철기자기

20) 『은촌 가사집』, 〈한국남녀토론회가〉, p.225.
21) 『은촌 가사집』, 〈귀거래가〉, p.279.

이중에도　고려자기　온 세계에　자랑이나
이씨조선　백자기도　고려자기　못지 않네
고려청자　조선백자　그 외에도　진사철사
붉은 색과　푸른 색이　아름답게　구워졌네
낙랑문화　아로 새긴　화병이며　석기둥 속
보고보고　두고 보고　만져보고　안아본다[22] 〈골동애무가(骨董 愛撫歌)〉

이 가사는 한국사회에 이름난 부자집이 자녀교육열 때문에 경제 위기에 있다는 사실을 적은 가사이다.

2) 현대 내방가사 작가, 소정 이휘

다음으로 현재 생존 내방가사 작가인 소정 이휘님의 작품을 살펴보자.

세월이　여류하여　을유년　춘절로서[23]
소정가사　칠책까지　간행 후　이년이라
풍류가며　사죽가며　팔책을　엮을 적에
고원회포　간절하여　향원별곡　함께 했네
우연한　기회로서　제주도를　탐방하고
탐라기며　제주가등　구책이　되었도다
고리산하　그리워서　일곱색의　채홍가며
금낭난곡　회혼경축가 감회록등　십책이요
옛기억　상기하여　관혼상제　가례사례
갑신지원　그려내니　십일책이　되었으며

22) 『은촌 가사집』, 〈골동애무가〉, p.295.
23) 『소정가사』, 〈서문〉.

신춘정월　설풍 속에　청초하게　피어나는
진보라색　물망초가　기이하여　담아보고
화신삼월　느닷없이　춘설이　대설되니
설경은　장관이나　농사피해　속출하니
농부들의　장우단탄　천재인가　인재인가
감당하기　어려움을　춘설가에　실었으며
서울생활　첫걸음에　온화하신　현명보살님
형주처럼　의지하고　다정히도　지냈건만
회자정리　인간세상　인생살이　정리인듯
격재천리　상별한 후　수십년을　그린마음
홀연이　어느 날자　화려한　호접란을
고운우의　차곡차곡　소담하게　보내시니
황홀탐탐　즐거움에　화답하니　원별가요
미도당　여주인은　노인분들　위무하기
분분한　이 세상에　지성으로　공대하여
보화상에　빛난 모습　차하하니　보화가라
학발선풍　재종내외　회혼을　맞이하니
성품이　고매하고　인품이　덕유하신
양 주분　수하심은　당연한　이치이며
우리문중　경사로서　경축하니　회혼송축가
인간 칠십　고래희는　전설속의　한 장이요
노인인구　급증하고　우리들도　어느사이
대열에　합세되니　꿈이련가　생시련가
부인해도　소용없고　외면한들　면할손가
기왕에　늙은 몸이　남에게　누가 되는 일
피해가며　살자하고　지어보니　노래가요
갑신구월　이연회서　광목그림　전시회에
다양한　여러 채화　아롱다롱　그려내니

홍매야국　곱게 피워　꾸며낸　면포요는
아름다운　화원에서　정감어린　옛동화가
줄줄이　솓아지는　고귀한　철학의장
손에 손을　마주잡고　꽃밭속의　유희공간
창수부용　청순하여　달빛보니　화사하고
풍염한　백모란은　날빛의　정이련가
옥로 속에　웃는모습　화중왕이　분명하다
석란춘란　다 모와서　면포 속에　담아내니
그윽한　유향으로　군자기품　향원익청
이외에도　여러 그림　솔거의　낙락장송
애애녹죽　청청함은　혈죽가가　들리는듯
상화에도　방분하니　은일사의　추국이며
고운봉용　방긋 웃는　금대에　은잔모습
삼오야　밝은 달에　완월하며　거닐다가
다정한　동류들과　함께하여　즐기고저
수없이　많은 채화　어이다　나열하리
대강이만　희필하니　이름하여　미의 찬곡
천리비린　좋은 세상　지구촌이　하나되어
동지섣달　찬바람에　남방으로　모여드니
상하의　겨울에서　좋은 경치　관상할제
넓은 바다　푸른 물이　하늘로　치솟으니
인간들의　오만함에　조차주의　노염인가
암담한　벽채상전　그려내니　창상가라
구주지방　벳부의　온천지대　구경하고
후꾸오까　하카다등　대충대충　돌아보니
여러가게　감명깊게　보기는　하였으나
이런저런　사연으로　차일피일　미루다가
십여년　지난지금　미흡한　것이나마

횡술수설 십이책에 실어나 보옵니다[24] 〈을유년 정월 상원 이휘〉

청보라색 작은 나비 마주하여 앉은 모습
귀엽고도 앙증스레 색상도 선명하네
설중에 웬 나비냐 철 이른 호접인가
살그미 살펴보니 푸른나비 아니로세
함초롱이 함소하여 살작벌린 작은꽃잎
이십사변 화신풍에 이어인 여름화양
방실방실 피어나는 가녀린 물망초꽃
청초하고 아름답고 정겹고도 신기할사
한풍난풍 기류속에 조춘에 내린한설
기습적인 이폭설이 이뤄놓은 은세계라[25]
〈갑신년 조춘에 수동제진수실에서 이휘〉〈물망초가〉

춘설가

목왕지절 동풍 속에 주야불석 내린 대설
백매화가 내리는 듯 꽃비같이 솓아지니
은가루를 뿌리는 듯 면화송이 쌓이듯이
송이송이 내려앉아 무한한 은하세계
편편분분 휘날리니 백설은 만건곤에
광대한 천지간은 천화세상 가경이요
독야청청 설중송백 고절을 자랑하고
휴면속 낙목들은 경각화가 만발이라
사쁜사쁜 고운자태 다정동류 방래이듯
이집저집 찾아드니 후원의 여린꽃들
반개반소 하는화뢰 빙설인가 빙옥인가

24) 『소정가사』, 서문.
25) 『소정가사』, 〈12곡 물망초가〉.

그봉용 애처로워 나금으로 덮어줄까
요요작작 두견화도 얼음속에 갇친모습
두견조의 신세련가 촉백성이 들리는듯
농경생활 우리농촌 채소밭 늙은농부
언 배추 부여안고 눈물로 장한가요
하거추래 엄동설한 다 지난 춘삼월에
이 어인 대변이요 국운의 이변인가
살금살금 내려앉아 천재만화 뒤덮으니
분요한 이세상에 각성하라 이르신가
무질서한 혼미정국 탄핵소추 분분하니
조화주의 영을받아 깨우치려 내려왔나
국태민안 염원하는 민심은 천심이라
위정자들 정신차려 선정하라 하심인가
각춘호 향양화목 맹동하는 고운배뢰
천리를 망각하여 삼라만상 오염되니
백설로 뒤덮여서 백화세상 이룸인가
인륜도덕 사회기강 마비되어 가다보니
천선지전 우주공간 돌고도는 계절까지
분간못해 화류절에 폭설을 보내어서
문란한 사회질서 순화하기 위함인가
천상도 두서없어 절기를 잠시잊고
한동에 내릴눈을 천하지 대본이라
일러서 내려오는 금수강산 우리동방
근래에 이르러서 설상가상 농민들의
애환어린 그심정을 외면만 하오는지
우리강산 방방곡곡 순박한 농부들은
농작물 많은피해 감당할길 없는현실
앙앙불락 우왕좌왕 암담한 그수회를

감고우락 세월중에 참담한 장우단탄
이리좋은 설월화에 삼동에 보았다면
갑신농사 풍년든다 가가호호 노소장유
다시없는 기쁨으로 풍년가로 즐길것을
천수만한 근심속에 좋은설경 원망이네[26] 〈갑신년 화신에 이휘〉

보화가

천지음양 조화 중에 면면한 배달민족
천운지기 받은 인생 전통윤강 전자전손
사람의 백행 중에 수신제가 근본이니
효제충신 빛난 땅에 효봉우애 제일이요
신자수명 교남지방 팔공산하 달구벌에
옥경선녀 적강인가 요지선녀 강림인가
분분운운 이세상을 구제하기 위하여서
천재만능 천수천안 관음보살 왕림인가
영남땅 명문출신 오천정씨 인숙여사
경로지행 솔선수범 중인에게 귀감이요
미도의 수련화가 동방의 모란으로
일세에 양명하니 입신중녀 되시었네
천상자질 고순지덕 온유하고 인후하며
덕유하고 안상하니 학발성성 많은노년
골육지친 다름없이 공경으로 위무하니
자선하는 그모습은 백합화의 화신인듯
옥음속에 담음정은 아련한 자모지심
미도의 고운뜰은 정여사의 덕훈으로
태청같이 광활하며 북두같이 높은전당
춘원도리 발단한 듯 화기롭고 정겨웁고

26) 『소정가사』, 〈12곡 춘설가〉.

삼북염혁　삼하절에　만지송의　청풍인듯
춘풍하우　가을서리　인고의　풍상속에
홀로이　고고할사　다감고의　황국인가
효천의　운간명월　진애세계　비추인듯
촉화같은　빛이되어　어두움을　밝혀주네
중년의　연기에도　소소화용　고운모습
수중일타　부용인가　형산의　백옥인가
다잔마다　넘친정이　미풍양속　부활시켜
혼혼돈돈　이시대를　금옥지세　만드시니
승로반의　감로수는　유리잔에　가득담고
향기로운　일배다는　가황의　선약이라
혼미한　설진세에　정여사　고운언행
창랑가　태평가로　세인들을　위안하네
고을시고　고을시고　미도의꽃　아름답고
장하고도　장할시고　미도의별　찬란한다
백옥패를　잡은모습　금상첨화　금일광영
채홍같이　선명하여　혜성같이　빛이나네
여아한　일동일정　화평의　꽃이피고
일소일희　그미태는　중인에게　희열이라
인숙여사　어진심성　세인들의　찬사속에
오늘까지　이은선행　보화의　화왕이라
가하에　싸인채운　선경낙지　연화대로
남극노선　운집하니　미도당은　자하동
경하로운　오늘경사　치하하고　경축하니
그마음　영원토록　수복강녕　누리소서[27)]

〈갑신년 화춘 수동재에서 소정〉

---

27) 『소정가사』, 〈12곡 보화가〉.

十年以內(십년이내)짧은 期間(기간) 큰 變亂(변란)만 두번이니
內部事情(내부사정)昏迷(혼미)한데 外部侵略(외부침략)대책 難望(난망)
다시 이어 東學(동학)변란[28] 淸日戰爭(청일전쟁)[29] 웬말이며
大國(대국)이라 믿어왔던 淸(청)나라 敗戰(패전)하니
弱小國(약소국) 우리朝鮮(조선) 日本侵略(일본침략)막아보려
러시아에 손 내미나 이도 역시 萬事休矣(만사휴의)[30]
義兵(의병)들이 일기 시작 二十餘年(이십여년) 持續(지속)되니
우리나라 義兵戰爭(의병전쟁) 嚆矢(효시)가 되었도다 〈여명가(黎明歌)〉

여명가는 광대한 우주간에 삼라만상은 천리대로 순환하니 서산에 지는 해도 여명에서 조일되어 광대한 천지를 소회하듯 일정 하에 빼앗긴 나라를 되찾기 위하여 분골쇄신 乙酉年(을유년: 서기 1945년) 光復(광복)까지 國內外(국내외)서 無數(무수)히 목숨 바친 先烈(선열)들의 高邁한 얼과 犧牲(희생)의 結實(결실)로서 光復(광복)을 맞았으며 또한 잘 알려지지 않는 學生(학생)들의 抗日結社(항일결사) 等(등)의 獨立鬪爭(독립투쟁) 一部分(일부분)을 戱筆(희필)하였다.[31]

은촌과 소정 가사의 주된 내용은 자연미의 발견을 통해 사물과 관련지어 역사적인 사실을 통해 문학작품으로 표현하고자 했다. 이를 통해 생활 속에 나타난 문제점을 시대의 분위기에 그대로 드러내고 전하고자 한다. 조선후기부터 여성들의 시민의식이 성장하고 한글이 보급되었으며 이런 사회 분위기 속에서 민중들을 대변할 수 있는 것이 바로 내방가사일

28) 동학변란: 1894년(고종31) 전라도 고부군에서 시작된 동학계 농민의 혁명운동.
29) 청일전쟁: 1894~1895년 사이에 청나라와 일본이 조선의 지배권을 놓고 다툰 전쟁. 이로 인하여 일본의 중국에 대한 본격적인 분할이 시작되었으며, 동아시아에 제국주의 시대의 막이 열렸다.
30) 만사휴의: "더 손쓸 수단도 없고 모든 것이 끝장났다"는 뜻.
31) 『소정가사』 2책 서문(丁丑年) 참조, p.613.

것이다.

『은촌가사』 〈서문〉의 일부

이 두 작가는 현대 사회의 문제점을 자연과 사물에 빗대어 여성들의 삶의 방식을 수용하고 채택하고 풀어나가는지를 작품을 통해 잘 보여 주고 있다. 이것이야 말로 삶의 진솔함과 과장의 양면성을 표출 할 수 있는 일상과 일탈의 모습일 것이다.

내방가사는 양반 가문의 부녀자들에 의해 지어지고 불려지던 여성문학으로서 조선후기 여성들의 감정과 의식, 생활상을 그대로 보여주고 있다.

내방가사는 남성 중심적이고 권위주의적인 유교 이데올로기가 지배적인 사회 속에서도 여성들 나름의 정한을 절절히 노래하였고, 조선시대 사대부들의 전유물이었던 가사에 여성이 작자층으로 등장하게 되어 여류문학의 세계를 열어 놓았다. 문학은 시대의 산물이고 인간생활의 표현으로 그 시대 사람들의 생활과 사상과 감정을 반영한다. 초기의 내방가사들의 여성들의 삶을 그려냈던 까닭에 가정을 벗어나지 못하는 엄격한 유교윤리에 지배받던 여성들의 한과 시집살이에 시달리는 고통을 많이 읊었지만 불합리한 점의 인식에 그쳤을 뿐 그것을 개선하거나 벗어나 보려는 적극적 자각이 부족했었다. 그러나 임란으로 인한 사회격변과 침략자에 의한 약탈로 심각한 도덕적 갈등을 일으킨 여자들은 차츰 인간으로서 자신을 자각하기 시작했고 동학의 평등사상 영향으로 자각의 정도가 더 높아졌다. 따라서 시대가 후대에 이를수록 세상 사람들을 계몽하기 위한 교훈적인 것과 사회적 성격을 띤 것이 주류를 이루었다. 그러나 6·25를 겪고 사회가 현대화하면서 여성들이 각계각층에 자유롭게 진출하고 교육과 교통의 발달로 생활이 서구화하면서 과거 전통적인 것은 낡은 것으로 인식되어 미련 없이 버려지면서 억눌린 감정의 분출구였던 내방가사는 거의 창작되지 않고 소멸되고 있다. 그러나 과거 여성들의 감정과 사상을 잘 보여주는 내방가사는 조상들의 삶을 이해한 귀중한 자료로 잘 보존되고 연구되어야 할 것이라고 보인다.

3) 내방가사의 유통 및 발화 양상의 변화: 공적 발화의 이벤트

박혜숙은 "여성의 글이 대개 가족이나 친족 내에서 유통되었으며, 기껏해야 공동체나 지역범위의 여성들 사이에서 유통되었다"는 여성문학의 유통 경로와 상황을 상정하면서 "조선시대 여성 자기서사 텍스트는 자족적인 글쓰기이거나 혹은 사적인 소통을 우한 글쓰기였다"고 하였다. 또한 "여성이 익명의 다중을 상대로 글을 쓰는 것은 거의 불가능하였고" "일반적인 작자-독자 관계는 성별, 계층, 지역에 있어 제한적이고 비개방적이었으며, 그런 만큼 공적 성격이 미약하였다"[32]고 규정한 바 있다.

32) 박혜숙 외(2002),「한국여성의 자기서사(1)」,『여성문학연구』 제7호, pp.338~339.

사적 관계망을 통해서 가족이나 지역범위에서 유통된 이전의 가사들과는 달리 '경창대회'라는 이벤트를 통해서 공적으로 발화된, 이를테면 '발화의 현장성'을 거친 작품이라는 점을 가장 큰 특징으로 꼽을 수 있다. 물론 이들 중에는 이전까지는 종래의 사적 유통을 거쳐 가전되어 오던 작품인 경우가 대부분이다. 그런 작품들이라도 '경창대회'에서 다중을 상대로 한 공식적이고도 공개적 낭송의 단계를 반드시 한 번 이상 거친 후에야 이 자료집에 게재되었다. '경창대회'는 개별적 화자(낭송자)가, 대부분 여성인 다중의 청중[33]을 상대로, 청중석보다는 높은 무대에서 마이크를 앞에 두고 앉아 발표자(혹은 낭송자)가 준비한 두루마리 형태의 가사를 제한된 시간만큼 낭송하는 발표형식으로 이루어지는데,[34] 소정의 심사과정을 거쳐 시상도 되는 것이기 때문에 제법 경쟁적인 분위기가 형성된다. 이 경우 경창대회 현장은 '화자-청자'간의 결속성과 친밀도가 극대화되며, 가사 내용에 대한 인식이 긴밀히 형성되고 현격히 고양되는 공간[35]이라는 점에서 예전의 사적 유통망

조남이의 내방가사 낭송하는 모습

33) 청중들 중에는 간혹 남성이 있기는 하나 대부분 여성들이며, 또한 노인들이다.

34) 약 3~5분 정도 낭송할 시간이 주어지며, 청중들의 호응도에 따라 시간이 증감하기도 한다. 전 작품을 다 낭송하는 경우는 거의 없으며, 낭송자와 청중들은 그것을 매우 아쉬워한다. 낭송자는 일차 예심을 거쳐 선정되며, 미리 낭송할 가사에 대해 숙지한 상태이기 때문에 보고 읽는 낭송자보다 외어 낭송하는 낭송자가 훨씬 많으며, 후자에 대한 청중의 지지와 호감도가 높은 편이다.

35) 청중들도 낭송자와 같이 낭송되는 가사 내용에 대단히 몰입하는 태도를 보여며, 때로 감동적인 내용에서 박수를 치기도 하고, 낭송 틈틈이 '좋다!'라는 등의 추임새를 넣어 낭송자를 격려하는 경우도 많다.

과는 상당히 다른 유통양상을 띤다.

이러한 과정을 거치면서 가사의 '작자—독자' 관계는 '화자—청자' 또는 '개인—다중의 청중'이라는 관계로, 따라서 '개인-개인' 관계보다는 '개인—다중'의 관계로 그 관계의 변이가 자연스럽게 일어난다.[36] 그리하여 내방가사라는 특정 문학양식에 대한 숭배 내지 신성화가 형성되어 그들의 전통적 문학 행위에 대한 자긍심은 점점 강화되어왔다.[37]

이와 같이 공개적이고 대중적인 가사 낭송의 공간이면서 동시에 가사 유통의 공간으로 기능하게 된 '경창대회'는 내방가사의 언술방식을 변모시키는데 결정적인 위력을 발휘하게 되었다. 이 '경창대회'를 통해서 폐쇄적, 사적 관계에서 필사나 낭송의 방법으로 유통되던 내방가사가 개방적, 공적 관계로 유통의 방식이 변모하게 되었고, 그에 따라 결정적인 언술방식의 변화를 야기하게 된 것이다. 그 변화의 양상이 집약적으로 나타난 것이 바로 '청자호명' 언술방식이다.

'청자호명' 언술방식은 가사의 양식적 결구방식인 서사에 관습적으로 상용되는 언술방식이었다. 전통적으로 가사는 전체 구조로서 서사, 본사, 결사의 구분과 그 결구방식을 충실히 지킨다.[38] 형식과 내용의 자유로움 속에서도 양식적 통일성을 확보하는 가사의 특성은 이 서사, 본사, 결사의

---

36) 물론 이전의 가사 전승경로가 이 범위에서 이루어진 것이 아니지는 않다. 이정옥은 내방가사의 전승체계를 필사와 낭송의 이중체계로 파악하고, 필사는 개인적 전승, 낭송은 집단적 전승 방법으로 이루어진다고 하였다.(이정옥(1992), 「내방가사의 전승과정과 향유층의 의식 연구」, 계명대 박사학위 논문)

37) 이정옥(2002), 「여성의 전통지향성과 현실경험의 문제－최근작 내방가사에 대한 보고」, 『여성자기서사체의 새로운 인식』, 한국여성문학학회 제8회 전국학술대회 발표자료집, p.36.

38) 이정옥(1999), 『내방가사 향유자 연구』, 박이정, p.13.

결구방식에 크게 의존하였으며 내방가사의 경우도 이에서 예외가 될 수 없다. 그 중에서도 내방가사는 다층적 어조를 자유롭게 구사하는 양식적 특성 때문에 그 언술방식에 대한 고찰이 '언술 형식', '말하기 형식', '글쓰기 방식' 등과 같이 그 용어를 달리하는 다양한 고찰의 관심이 되었다.

안동에서는 '내방가사전승보존회'라는 사회단체까지 결성되어 내방가사 창작의 전통을 계승하면서, 동시에 '내방가사낭송대회'라는 이벤트를 통해서 내방가사 향수와 유통에 새롭고도 적극적인 변화를 일으키기도 하였다. '글하기'로서의 내방가사는 창작과 향유방식과 독서행위까지 포함한다. 내방가사의 창작(생산) - 일차적 전승(유통) - 이차적 전승(소비)의 경로는 내방가사의 전승 확대-팽창법칙이라 할 수 있다. 그것의 확장, 팽창, 변전의 형태가 내방가사 경창대회로 나타나고 있다. 그 과정에서 내방가사 향유자들은 글 밖에서 글 속의 화자를 들여다보고, 글 속의 화자는 글 밖의 향유자들을 의식한다. 독자(청자)의 믿음 안에서 내방가사는 쓰이고 읽혀지는 확산과 번짐의 역사를 계속한다. 그들의 '글하기'는 계속된다.

현대 내방가사의 주요한 특징은 '호명'과 '공동체 지향의식'으로 요약된다. 최근작 내방가사가 '호명'의 문법을 큰 예외 없이 채택하는 것은 여성의 자기존재성의 확인절차이며, 이것은 화자(작자)의 정체성을 가문의식에서 찾는 일련의 과정으로 해석할 수 있다. 그리고 공동체를 지향한 그들의 의식체계는 전통적 가족 해체의 위기의식에서 발로된 것임을 확인할 수 있었다.

노래의 목적이 단순히 표현이 아니라 커뮤니케이션이며, 전달할 분명한 내용이 전달되어야 한다는 상황과 목적적 행위는 동일하다. 행위의 진정성은 행위 그 자체에 있는 것이 아니라 행위자의 지향하는 바에 있다면 내방가사의 향유자들은 무엇을 지향하기 위하여 '청자호명'의 의식을 제의적 절차로 택하였는가.

호명은 일차적으로 가사의 독자, 혹은 청자를 환기하는 기능을 한다. 특히 경창대회와 같은 공적인 공간에서 다중을 상대로 노래하듯 가사를 낭송한다면 청자환기의 문법장치는 매우 합목적적 기능이라 할 수 있다. 호명은 가사의 유통, 향유 범위를 지정하면서 가사 창작의 목적과 동기를 암시하기도 한다. 이때 객체를 호명하는 텍스트의 언술문법은 실재하는 존재를 대상화하는 기능만 있는 것이 아니다.

'경창대회'라는 행사치레는 나름대로의 일정한 절차를 요구한다. 그 형식적 절차에 최적으로 부합하는 구술 상황을 인지한 작자(혹은 낭송자)의 문학적 변용이 '청자호명' 언술방식으로 발현된 것이다. 따라서 '청자호명' 언술은 표면적으로 청자들의 주의를 환기하고자 하는 목적을 가지나, 이면적으로는 통과제의적 절차의 문학적 관습이 무의식적으로 내면화된 문학적 구조화라는 해석이 가능하다.

5. 지방문학을 넘어서

내방가사는 조선 후기부터 주로 영남지방에서 익명의 양반가 여성들에 의해 창작, 필사, 낭송의 방법으로 향수되고 유통되면서 현재까지 전승되고 있는 문학이다. 그런 점에서 내방가사는 여성문학이면서 경북지방문학이라고 규정될 수 있기에 어쩌면 우리 한국문학사에서 주변문학이었다. 공적 출간의 기회에서 소외되었으며, 그 소외의 전통은 현재까지도 여전하여 활자로 옷을 바꿔 입은 경우를 제외하고는 내방가사의 원본자료집성의 기회를 얻은 적이 없다는 것이 그 증거이다. 남성들이 주된 문학담당자였던 시기에 여성은 문학의 언저리에서조차도 소외되었듯이 남성에 의한 한자가 문학의 지배적 문자였던 시대에 여성에 의한 한글문학 역시 자연스러운 홀대의 대상이기도 하였다. 여성의 글쓰기는 더러 금기시되는 것이기도 하였으니 출간의 기회를 얻은 적이 거의 없었다는 사실이 그것을 반증한다.

또한 조선시대와 그 이후 현재까지도 중앙과 지방의 구분은 엄연하여 지방의 것은 무엇이든 상대적으로 홀대 받았다. 만약 내방가사의 창작과 유통이 중앙에서 이루어졌다면 장책될 기회 하나 없을 지경은 아니었을지도 모르지 않는가.

그러나 불행인지 다행인지 위의 두 가지 이유 덕분으로 가사 장르에서 유일하게 내방가사만이 향수와 유통의 전통을 온존하게 유지할 수 있었다. 지금은 완전히 고전문학 장르인 가사 중에서 유일하게 내방가사만이 현재진행형의 장르다. 그것은 오로지 작자이면서 적극적 독자이기도 했던 경북의 여성들에 의한 여성문학이요, 경북지역을 중심으로 사적으로 유통, 전승된 지방문학인 덕분이다.

그러므로 내방가사에 관한 한 그 중심은 이곳 경북이다. 내방가사가 예전 문화의 중심지였으며, 오늘날 역시 그러하다는 서울, 곧 중앙에서 향유되지 않고 경북지역으로 향유가 제한적인 만큼 외풍을 덜 받고 전통을 지켜낼 수 있었음이다.

제3장

내방가사 향유자들의 문명 인식과 그 표출 양상

1. 문명과 내방가사와의 연결 코드

문명은 사전적으로는 "인류가 이룩한 물질적, 사회적 발전"이라고 정의된다.[1] 본고의 목적은 우리나라 근대화 과정에서 여성들이 향유해 온 일

1) 이 개념은 라틴어의 키비스(civis, 시민)나 키빌리타스(civilitas, 도시)에서 유래하였다. 문명이라는 용어는 실제에 있어 매우 다양한 뜻으로 쓰이나 문화와 대치되는 것으로 파악하는 입장과 문화의 특수한 한 형태로 파악하는 입장으로 크게 나누어 볼 수 있다. 전자는 독일 철학이나 사회학에서 전통적으로 볼 수 있으며 인류의 정신적이고 가치적인 소산을 문화라고 하는 데 대하여 물질적, 기술적 소산을 문명이라고 한다. 이 견해는 통속적인 용법으로 널리 보급되어 사용되고 있다. 후자의 견해는 제2차 세계대전 후 문화인류학의 보급에 따라 일반화되었다. 여기에 따르면 문화 중에서도 도시적인 요소, 고도의 기술, 작업의 분화, 사회의 계층 분화를 갖는 복합 문화(문화의 복합체)를 큰 단위로서 파악한 총체를 문명이라고 한다. 전자의 입장 가운데 A.베버에 의하면 문명은 주체를 떠나 직선적으로 발전, 누적되어 무한하게 진보하는 기술적 수단의 총계이지만 문화는 주체와의 관련 속에서 1회에 그치는 역사적 개체이며 누적되는 것이 아니므로 진보라는 척도로서는 측정할 수 없다고 한다. 그 밖에 18세기 몽테스키외나 루소 등의 백과전서파는 문명을 야만(barbarism)과 대치시키지 않고 봉건제, 군주제와 대치시켜 문명이란 말 속에 봉건사회에서 시민사회로의 진보라는 뜻

상의 글쓰기로서의 내방가사 속에서 한 세기를 관통하는 격동의 시기를 지나온 여성의 입장에서 목도하고 인식하고 대응한, 이른바 여성의 문명 인식을 읽으려 함에 있으므로 문명의 개념화에 앞서와 같은 거대 담론적 체계보다는 훨씬 협의의 개념으로 범주화하여 논의하고자 한다. 그것이 내방가사를 향유하는 일상 여성과 그들만의 문명이라는 연결 코드를 찾을 수 있을 듯하기 때문이다. 따라서 본고에서는 문명의 의미를 '계몽', '진보', '물질적 발전', '도시적 요소' 등의 개념을 포함하는 정도의 협의의 정의를 전제하여 논의하고자 한다.

과 계몽의 의미를 포함시켰다. 이러한 생각은 사회진화론의 바탕에서도 볼 수 있는데, 예를 들면 모건 등이 주장한 몽매(夢寐, savagery), 야만, 문명(civilization)이라고 하는 단계적인 구분이다. 토인비는 고대에서 현대에 이르는 모든 세계 문명을 포괄적으로 다룬 드문 역사가로서, 문명의 단위를 국가보다는 크고 세계보다는 작은 중간적인 범위에서 구하였다. 그는 서구 문명, 인도 문명, 극동 문명, 정교(正教) 기독교 문명과 같은 현존하는 문명에서 고대 문명까지 거슬러 올라가 21개의 문명을 들었고, 그 발생, 성장, 쇠퇴, 해체 과정을 논하였다. 이들 문명 중에서, 모체가 된 고대 문명은 모문명(母文明)이라 부르며, 이들은 서로 독립해서 발생하였다고 하였다. 모문명은 구(舊)세계의 이집트 문명, 수메르 문명, 미노스 문명, 중앙아메리카의 마야 문명, 남아메리카의 안데스 문명, 아시아의 중국 문명 등 6개이며, 여기에 더하여 고대 인도의 하라파 문명이 독립적으로 발생하였다고 보면 7개가 된다. 이 중에서 중국 문명은 중간에 이민족의 지배를 받으면서도 현재까지 4천 년 동안 계속 살아 있다. 그러나 모문명이 독립적으로 발생하였다고 하는 주장은 충분히 논증된 것은 아니다. 세계에서 가장 오래된 문명의 발생지와 발생기에 대해서는, 정설이라고 단언할 수는 없지만 BC 4000년대 오리엔트로 보는 것이 통설이다. 각 문명의 기원을 보면, 이집트 문명은 BC 2000년경, 미노스 문명은 BC 2600년 경, 하라파 문명은 BC 3000년기(紀)의 중간, 중국 문명은 BC 2000년 초, 신대륙의 문명은 BC 1000년대 전기(前期)로 보고 있다. 한때 세계의 고대 문명이 단일 문화로부터 전파되었다고 하는 설(예: 이집트 기원설)도 있었으나 현재 이를 인정하는 사람은 없다. 문명의 기원을 큰 하천의 유역에 한정하시키거나, 관개 시설 또는 유목민에 의한 농경민 정복에서 구하는 등의 여러 설이 있으나 모두 부분적으로 해당할 뿐, 모든 고대 문명에 해당하는 일반론으로서는 인정되지 않고 있다. 문명 발생의 근본적인 요인을 생산력의 일정한 수준에서 구하는 이론은 일반론으로서는 인정할 수 있지만, 개개의 문명 사례(事例)에 대해 개별적, 구체적 논증은 충분히 얻지 못하고 있다(두산세계대백과 EnCyber 참조).

또한 내방가사의 제작 시기의 문제, 내방가사 창작의 지역적 범위, 내방가사 향유자의 계층 또는 신분 등에 주목하여 일상의 글쓰기로서의[2] 내방가사에 대한 새로운 개념화를 할 필요가 있다. 곧 신문명이 도입되었던 시기를 개화기라 하고, 그러한 신문명이 빠르게 확산된 곳을 지역적으로 서울이라고 가정하고, 또한 그러한 일련의 개혁과 개방이 계층의 구분 없이 일단의 남성들에 의해 주도되었다는 것을 역사적으로 부인할 수 없는 사실이라면 내방가사의 향유자들은 거기서 소외되었고, 따라서 타자화된 존재였을 뿐이었을 것이다. 그러나 시기적으로 다소 늦었을지라도, 주체적으로 적극적으로는 수용적이지 않았을지라도, 문명의 도도한 시대적 대세를 피할 수 없다면 격동의 역사를 일상적 현실에서 경험하는 여성의 목소리를 가려 듣는 것은 그다지 어려운 작업은 아닐 듯하다.

논의의 순서는 다음과 같다.

첫째, 2장에서는 내방가사가 당대 여성들의 문학 행위라기보다는 교양 차원의 '일상의 글쓰기'라는 논의가 이루어질 것이다. 그와 아울러 내방가사 향유자들의 성격을 재고하고자 한다. 향유자의 성격 규정이야말로 바로 본고의 목적인 문명 인식에 대한 여성의 의식의 기준이 될 것이기 때문이다.

둘째, 내방가사 향유자들의 문명 인식의 기호를 텍스트에서 찾아내어야

2) 전미경은 「개화기 규방가사에 나타난 '여성'의 일상에 대한 여성의 시각－계몽의 시각과 '다름'을 중심으로」(『가족과문화』14권 1호, 2002)에서 내방가사를 텍스트로 하여, "개화기 남존여비적 일상을 잘못된 현상으로 비난하면서 '남녀 동등'이란 새로운 방향을 모색하고 있는 계몽 담론의 주장은 이러한 주장에 대한 찬반과 관계없이 많은 여성들에게 상당한 영향력을 행사하고 있었다는 데 주목하여 당시의 여성들은 이러한 계몽의 주장을 포함하여 자신을 둘러싼 일상을 어떻게 조망하고 있는지"를 탐색한 바 있다.

한다. 여기서 문명의 개념은 앞서도 밝힌 바와 같이 협의성을 전제로 한다. 이어서 내방가사 향유자들은 그 문명에 어떻게 대응하였는가에 대한 논의가 다단계적으로 표출된 방식을 추출하고자 한다. 그 과정에서 당대의 남성 또는 신여성과의 차별적 대응 양상에 대한 비교 검토가 이루어질 것이다.

주된 텍스트는 「규방가사 1」[3]로 한정한다.

2. 일상의 글쓰기로서의 내방가사와 현재적 전통

이제까지 내방가사는 보편적으로 '조선조 후기 이후 주로 영남 지방 양반 규문의 부녀자들을 주된 향유층으로 하여 창작되어 온 문학양식'으로 정의되었다.[4] 그러나 일상의 글쓰기로서의 내방가사가 가지는 위상을 정립하자면 다양한 층위의 재고를 할 필요가 있다. 이는 또한 기존 남성작의 가사나 종교가사 등과는 차별화된 내방가사만의 특성 재고를 요하는 것이기도 하다.

첫째, 창작, 전승, 전파 등 향유 지역의 경북 지역 편중성이다. 내방가사의 향유 지역은 경북의 북부 지역인 안동을 중심으로 하여 예천, 봉화, 청송, 영덕, 영양 등으로 편재하고 있다. 이는 통혼 권역 등의 내방가사 전파 경로와 무관하지 않다.[5]

둘째, 작품의 다량성이다. 권영철의 경우,[6] 5천여 필의 작품을 수집,

3) 권영철(1979), 『규방가사 1』, 한국정신문화연구원.
4) 이정옥(1999), 『내방가사의 향유자 연구』, 박이정, p.122.
5) 이정옥, 위의 책, p.130.
6) 권영철(1985), 『규방가사－신변탄식류』, 효성여대출판부.

소장하고 있다고 밝혀져 있으며, 그의 두 편의 자료집 이후, 현재까지도 창작, 필사 전승되고 있는 작품을 망라한다면 그 양적 성과물은 다른 가사 작품군에 비할 바가 못 된다. 이 역시 가사의 전파 경로와 함께 개인적으로 필사하거나 집단적으로 낭송하는 내방가사만의 독특한 전승 방법에 기인한다.

셋째, 전승 방법의 이중성이다. 이것은 앞서의 작품의 다량성에 절대적인 기여를 한 내방가사의 전승법이다. 곧 필사와 낭송이라는 전승의 두 축이 있는데, 이는 내방가사 향유자들이 즐겨 채택한 전형적 향유 방식이기도 하다. 그 중 하나는 필사의 전승 경로이다. 곧, 가사의 모본(母本)을 소장한 자에게서 빌려 베껴 소장하는 방법이다. 이 필사의 방법은 한 편의 작품이 일회에 한 편씩 전승되는 방법이다. 물론 이 방법이 수 회에 걸쳐 반복되므로 여러 이본들이 양산되기도 한다. 또 다른 한 방법은 낭송을 통한 전승 경로이다. 한 작품이 다중의 독자 또는 청자를 앞에 두고, 초성 좋은 낭송자의 구술을 통해서 전승하는 것이다. 그런데 이 둘의 전승 경로는 둘 중에 하나가 선택되는 경우보다는 두 경로를 병행하거나 또는 순차적으로 거치게 되는 것이 훨씬 더 보편적이다. 그 과정에서 한 편의 가사가 수십 편의 이본(異本) 가사 작품을 양산하는 과정을 반복하게 된다. 이렇게 내방가사는 개별적인 창작에, 다량의 작품을 생산하여 유통하는 방식으로 전승되므로 양적 폭발성을 지니게 된다. 그러므로 글씨체의 격조가 떨어지거나 표기의 오류, 내용의 미흡 등 내방가사 텍스트 자체의 질을 담보할 수 없는 요인이 되기도 하였다.

넷째, 앞서의 전승 과정에서 필사의 경로에 참여한 모든 필사자를 작자라고 했을 때, 다수의 작자와 또 그들의 익명성을 내방가사의 또 한 특징으로 꼽을 수 있다. 어떤 향유자가 새로운 작품을 대하면 가사 작자에 대한 개인적인 친밀감, 모본 가사 작품에 대한 독자로서의 호기심, 가사 내용에 대한 여성적 공감대 등이 한꺼번에 형성된다. 그것이 바로 향유자 의식이다. 그와 동시에 그들은 대부분 가사에 내면화가 어느 정도 형성되며, 자연 필사 욕구를 가지게 된다. 이와 같은 과정이 내방가사 작품군에서는 거의 예외 없이 발생하게 되고, 따라서 다른 가사 작품군보다 많은 작자군을 형성하게 된다. 그러나 그들은 대부분 이름 없는 여성들이다. 간혹 작품의 말미에 택호(宅號)를 명기하는 것 이외에는 대부분의 내방가사 작품은 작자를 알 수 없다.[7] 그러나 최근에 나온 자료집에서는 실명의 작가명을 발견하게 되는 경우가 많아지고 있는 추세이다.

다섯째, 주제의 다양성이다. 내방가사는 다른 가사 작품군에 비하여 매우 다양한 주제를 가지고 있다. 양반가사는 "조선 전기에는 사대부들의 성리학적 세계관과 단아한 심미 의식이", "17세기 이후 박인로를 비롯한 향반층들의 가사에서는 미의식의 규정력이 이완"되고[8] 있기는 하나, 여전히 성리학적 사고가 지배적인 주제의 영역을 차지하고 있다. 서민가사는 "봉건적 질고(疾苦) 아래 억압된 정서를 자유롭게 유출시키"고자 하는 서민의 정서적 해방감과 "해체기를 살아가는 복잡한 인물 군상과 세태 묘사를" 특징으로 하고 있다는 점에서 작자의 신분과 계층의 충실함에서 크게 벗어나고 있지 않다. 동학가사, 천주교가사 등의 종교가사들 또한 특정 종교의 교리를 포교하고자 하는 합목적적 주제에서 자유롭지 못하다. 그러나

7) 나정순 외(2002), 『규방가사의 작품 세계와 미학－유명씨 작품을 중심으로』(역락)에서 소개하는 이름이 밝혀진 내방가사 작품이 모두 11편뿐인 것을 보아도 내방가사 작품 대부분의 작자가 익명인 것을 알 수 있다.
8) 고미숙(1998), 『18세기에서 20세기 초 한국 시가사의 구도』, 소명, p.96.

내방가사는 그 자료적 방대성과 함께 주제적 다양성도[9] 담보하고 있다. 여성이 체험하는 다채로운 개인적 서정은 물론, 사회와 시대의 변화에 대한 인식과 그 대응 양상도 상당히 다기하다.[10]

이상의 다섯 가지 내방가사의 특징을 정리하면 "내방가사는 조선시대 후기부터 현재까지 주로 경북 지방에서, 신분적으로 양반 계층에 속하는 여성들에 의해 창작되면서, 필사 또는 낭송의 방법으로 전승하고 있는 일상성의 문학"이라는[11] 개념화가 가능하다. 내방가사는 적어도 100년 전부터 현재까지도 다수의 여성이 '일상의 글쓰기'로[12] 채택한 전통적 문학양식인 것이다. 내방가사의 향유자들은 "일상의 힘에 의해 관습적 삶의 방식을 영위"[13]하는 여성이었다.

우리나라에 일본을 통해 서구의 신문명이 도입되면서 급변하는 사회현상이 문학에도 그대로 반영되어 신문과 잡지가 발간되고 신식 학교가

---

9) 이정옥(1992), 『내방가사의 전승 과정과 향유층의 의식 연구』(계명대학교 박사학위 논문)에서 내방가사의 주제와 관련해서 향유층의 의식에 대해서 자세히 고찰하고 있다. 우선 주제의 양면성으로서 교훈적 덕목의 주지와 여성 생활 체험의 토로를, 향유 의식의 주제적 표출로서 여성 의식의 자각, 삶의 가치 모색, 사회적 가치의 변화 인식, 갈등의 적극적 극복 등을 들고 있다.

10) 백순철(2000), 『내방가사의 작품 세계와 사회적 성격』(고려대학교 박사학위 논문)은 내방가사 작자층의 사회적 성격을 가문 발전의 희생자, 여성 생활의 기록자, 여성 고난의 대변자의 세 가지로 규정하고, 그것이 작품 속의 내용적 특질로 추출된다고 보고 있다. 그것은 "첫째, 연대 의식과 자긍심, 둘째, 소외 의식과 회고성, 셋째, 사회 의식과 교훈성, 넷째, 분열 의식과 혼돈성이다."

11) 이정옥(2001), 「현재성의 내방가사」, 『국제고려학』 7호, 국제고려학회, p.288.

12) 이정옥은 「여성의 전통 지향성과 현실 경험의 문제－최근작 내방가사에 대한 보고」(『여성자기서사체의 새로운 인식』, 한국여성문학학회 제8회 전국학술대회 발표집, 2002, pp.27~38)에서 "내방가사는 경북의, 현재의, 익명의, 다수의 여성에 의해 일상적으로 향유되는 문학"이라며 내방가사를 여성의 일상의 글쓰기의 전범으로 규정하고 있다.

13) 박현호(2001), 「30년대 전통 지향적 소설의 미적 특성 연구」, 『다문화 시대의 국어국문학 연구』, 제44회 전국국어국문학 학술대회 발표집, p.183.

설립되는 등 근대 문학의 여건이 형성되어, 이른바 개화기문학이 등장하였다. 외국 문헌의 번역 간행과 이에 따른 번안 문학의 성행, 신소설과 신시, 근대 소설 등이 형성되었다.[14)]

이 시기의 문학은 형식적인 면뿐만 아니라, 내용까지도 이전의 문학 형태와는 구별되었다. 개화가사와 창가의 모습이 선보였으며, 이것은 최남선의 신체시 등을 거쳐 자유시로 발전되어 갔다. 신소설이 나타나 그 이전의 고대 소설과는 여러 면에서 대비되는 성격을 보였다. 전통적인 인형극, 창극 등의 민속극은 이 시기 신극으로 변모되었다. 비현실적인 내용에서 탈피하여 실제 현실을 그리기 시작했으며, 자주 정신의 각성과 계몽 및 개화사상 등이 문학의 주요 내용이 되었다. 문장이 과거의 문어체에서 구어체로 변화되면서 언문일치의 문장으로 변화되어 나갔다. 표현 측면에서도 설명 위주에서 묘사 위주로 점차 전환되어 갔다. 이 시기의 문학은 고대 문학과 근대 문학의 과도기적 형태로 교량적인 역할을 했으며, 전통 문학을 계승한다는 문학사적 의의를 지니고 있다.

그러나 문학의 형태가 변모되어, 가사의 경우 개화가사가[15)] 등장, 그

---

14) 그러나 이러한 개화의 영향을 받은 문학과는 달리 척사론에 기운 우국경시의 문학도 나타났는데, 충군위국의 사상을 담은 우국가사화 한문시, 의병장들의 시문 등이 이에 속한다. 현재도 발견되는 내방가사 중에도 이런 내용의 작품이 많다.

15) 장성진(1992), 「개화가사의 서술구조와 현실인식」, 경북대학교 박사학위 논문. "개화가사를 다시 세분하여, 전통가사, 가창가사, 신가사로 분류하였는데, 「독닙신문」 등의 신문 매체에 총 898편, 개화기 잡지인 「태극학보」 등에 38편 등이 있다. 국문학사에서의 가사의 가장 마지막 모습은 신문이나 잡지와 같은 매체를 통해 발표 연재된 소위 '개화가사'라고 보고 있다. 여기서 개화기 가사의 특징을 잠시 언급하는 것은 내방가사의 현재성에 대한 논의에서 중요한 단서가 되기 때문이다. 개화기는 문학, 특히 가사를 대상으로 할 때는 1896년 「독닙신문」 창간에서부터 1910년 8월 언론매체 강제 통폐합이 이루어진 때로 통상 한정한다. 이는 그것이 개화기로 설정되기에 가장 알맞다는 것이 아니라, 그 시기의 작품을 '개화가사'로 부르는 것이 합리적이라는 뜻이다.

특유의 문학적 정체성을 확보하는 변화에도 불구하고 내방가사의 담당자들은 그들의 문학양식을 바꾸지 않고, 전통적인 글쓰기를 고수한 것은 어떤 연유에서일까?

천주교, 동학, 개화파, 개신교 등에 의해 여성의 개화가 다각적으로 논의되면서 실천적으로는 근대적인 여성 교육운동이 전개되었다. 1898년 9월 우리 나라 여성에 의한 최초의 여권운동이 서울 북촌 부인들을 중심으로 일어났다.[16] 첫 여성단체인 찬양회는 「독립신문」과 「황성신문」에 "여권통문(女權通文)"을 발표하면서 세 가지 여성의 권리를 주장했다.

> 첫째, 문명, 개화 정치를 수행하는 민족 대열에 여자도 참여할 권리가 있다.
> 둘째, 남자와 평등하게 직업을 가지고 일할 권리를 갖고 있다.
> 셋째, 여자도 남자와 동등하게 교육을 받음으로써 독립된 인격을 가질 수 있다.

서구 여권운동의 3대 요소인 정치권, 직업권, 교육권 등이 "여권통문"에 분명하게 제시될 수 있었던 것은 당시 우리나라 여성들이 서구 문명을 접촉할 수 있었기 때문일 것이다.[17] 그러나 당대 모든 여성이 이 같은

개화기라는 시기가 개화사상이 사회문화운동으서 활발히 전개되던 때라는 점과, '개화가사'라는 장르가 발표를 실현 방법으로 삼았다는 점이 각 개념의 핵심적 속성이기 때문이다. 구체적 작품의 출현과 마감을 두고 말하면 앞의 시기가 되지만 여기에 그런 일들이 가능하도록 기능한 사회 변화를 중시하면서 보다 역사적 개념으로 환원시키면 '개화가사'는 결국 1984년 개혁 이후 1910년 국토의 일제강점 때가지 발표된 작품으로 범주화된다."

16) 최미화(2000), 『여성 100년』, 홍익포럼, p.28. "우리나라 첫 여성단체 찬양회운동은 찬양회원의 힘에 의해 순성여학교 설립으로 이어졌으나 순성여학교 김양현당 교장이 1903년에 사망해서 근대화 운동에 크게 기여하지는 못했다."

서구 문명에 적극적인 것은 아니었다. 아니, 오히려 그들은 극히 소수일 뿐이었다. 대구를 비롯한 경상도 지역의 교육운동은 다른 지역보다 상대적으로 늦게 일어난 편이었다. 그것은 이 지역이 조선 유학의 중심지로서 지역적 자부심이 강하고 신사상과 신문물 수용에 소극적이었기 때문이다.[18] 서울에서와는 달리 근대화의 열풍에 노출되더라도 그 변화의 양상은 파편적이고, 그것도 수동적으로 일어나고 있었다고 할 수 있다. 따라서 내방가사가 양반 여성의 글쓰기 양식으로 정착한 시기를 18세기 후반기 정도로 설정한다면,[19] 현재까지도 창작, 유통되는 일상의 글쓰기의 문학 양식으로 확산되고 유행하게 된 것은 그보다도 더 늦은 시기인 19세기 후반기로 보아야 할 것이다.[20]

내방가사의 향유자들은 당대 그 누구보다도 문명 접촉의 기회에 상대적으로 덜 노출되었거나 아니면 문명 접촉의 시기가 늦었다. 또한 양반 여성으로서 그들의 전통적 정체성 역시 새로운 변화에 적극성을 띠지 않았다. 따라서 지역적으로 대도시에서 먼 지방의 양반 여성이라는 세 가지 접점은 문학적으로 전통적인 양식의 변화를 거부하게끔 하고, 그 강력한 보수성이 현재까지도 유지되는 것과 함께 현재에까지 내방가사 창작과 전승이

---

17) 한국여성연구소 여성사연구실(2000), 『우리 여성의 역사』, 청년사, pp.259~260.

18) 최미화, 위의 글, p.29.

19) 절대 연대를 밝힐 수 있는 이른 시기의 작품은 아직 없으나, 연대를 알 수 있는 내방가사 작품으로 초기의 것이 안동 권씨(1718~1789)의 필사집 「잡록」에 전하는 〈조화전가〉와 〈반조화전가〉(1746), 그리고 연안 이씨의 〈쌍벽가〉(1794), 〈부여노정기〉(1800)가 있다.

20) 이정옥(2000), 「내방가사에 나타난 여성의 여행 경험과 사회화」(「경주문화논총」 3집)에 의하면 분석 대상 기행가사 26편 중 19세기의 작품은 부여노정기 1편뿐이다. 25편의 작품 중 창작 연대를 정확히 알 수 있는 작품 21편은 모두 20세기 들어 창작되었다. 그 중 일제 강점기 때 작품이 3편, 50년대 3편, 60년대 4편, 70년대 7편, 80년대 이후의 작품도 6편이나 된다.

가능하게끔 만든 원동력이 되고 있다고 할 수 있다.

3. 내방가사 향유자의 문명 인식의 기호와 그 표출 양상

대부분의 내방가사 향유자들은 조선 후기 이후 유교적 체제를 공고히 유지하기 위해 여성들의 권한과 지위를 대폭 축소시키고 엄격한 부덕을 요구하던 시대에 가문과 가정 그리고 가족[21] 안에서 여성의 생활이 제한된[22] 일상의 삶을 지탱해 온 여성들이었다. 그들은 일찍부터 삼종지도와 열녀효부의 도덕적 규범의 굴레 속에서 순종무위의 행동거지로 일체의 문밖 출입이 어려운 삶을 강요당해야 했다. 그러나 또한 동족 집단으로 형성된 향촌 사회의 지배 기반 위에서 사대부가의 여성으로서의 신분적 대우를 누릴 수도 있었다.

① 어와 친척들아 이내 셰덕 드러보소
그 아니 쾌장한가 후죠당 우리 선조
도덕군ᄌᆞ 몃분니며 도산문하 석졍이니
본지백셰 버연ᄒᆞ다
내 몸으로 말할졔면 동방부ᄌᆞ 퇴도댁은
우리 싀댁 아니신가 명가셰족 이러ᄒᆞ니 (슈신동경가: 규방가사 1-77)
② 어와 세상 사람들아 이ᄂᆡ 말삼 들어보소
불ᄒᆡᆼ한 이ᄂᆡ 몸이 여자 몸이 되얏스니
리한림ᄋᆡ 증손여요 정학사의 외손여라

21) 송재룡, 「가족주의와 한국 사회의 삶의 유형」, 『현상과인식』 26권 1-2호(2002년 봄-여름) 참조.
22) 이배룡 외(2000), 「우리나라 여성들은 어떻게 살았을까 1」, 청년사, p.7.

소학오경 열여젼을 십여시ᄋᆡ 에와ᄂᆡ고
처신 범절 ᄒᆡᆼ동거지 침선 방적 슈노키도
십사세에 통달ᄒᆞ니 누가 아니 칭찬ᄒᆞ랴　　(福善禍淫歌: 규방가사 1-4)

조선의 여성은 남녀유별의 유교적 성별 이데올로기에 의해 철저히 가족 내적 존재로 규정되었으며, 여성에 대한 문자 교육도 극히 제한적이고 사적인 범위에서만 이루어졌다. 따라서 여성으로 태어나는 것은 그 자체가 '불행한' 일이요, 여성은 탄생하면서부터 죄를 안고 태어난 자라는 자괴적 인식이 지배적이었다. 그러나 비록 여자로 태어났다 하더라도 문벌이 장한 양반 사대부 집안에서 태어나 명문가에 출가할 수 있었던 것은 사대부가 여성의 최선의 자긍심일 수 있었다. 그러나 사대부가 미혼 여성으로서 침선방적 정도의 교육에서 더 나아가 『소학』, 『오경』, 『열녀전』까지도 읽을 수 있는 기회를 가질 수 있었으니, 이에서 무엇을 더 바라랴. 그러니 1894년 갑오개혁에서 제기한 문벌 폐지, 인민 평등권의 제정 등 중세적 신분제의 청산은 여성 지위에 대한 획기적인 변화임에도 불구하고 아직 내방가사 향유자들에게는 불가능한 법 제도이며, 인륜에도 어긋나는 것이었다.

③ 건곤이 초판ᄒᆞ고 일월이 광명하야
사람이 ᄉᆡᆼ겨시니 만물 즁ᄋᆡ 실녕ᄒᆞ다
인황시 분중 후의 복희시 법을 지어
중가 시집 마련ᄒᆞ니 인간의 ᄃᆡ경이라
남혼녀취 예절노셔 륙네랄 가츄오고
오륜이 온졀하니 만고ᄌᆞ황 제일이라　　(신ᄒᆡᆼ가: 규방가사 1-5)

조선시대 삼종지도로 요약되는 여성 순종의 윤리는 『주역』의 음양오행 원리에 근거한 것이다. 『주역』의 음양오행은 乾一坤, 天一地, 君一臣, 父一子, 男一女, 夫一婦 사이에 존재하는 분별과 질서로, 음인 여자는 양인 남자를 따라야 하며, 양이 제창하면 음이 순응하는 것[夫唱婦隨]이 자연의 순리라는 것을 암시하였다. 그러나 본래 이 사상은 순환과 변통(變通)의 원리로, 음과 양이 절대적으로 고정된 것이 아니라 상호 보완함을 일러주는 것이다.[23] 『주역』은 그 자체가 가부장제가 이미 확립된 단계의 산물인 만큼 인간 사회의 질서에서 그러한 순환과 변통의 원리는 무시되었다. 가부장제와 함께 서입된 남존여비의 제(諸) 규범은 그 정당성의 근거를 음양 사상에서 도출함으로써 인륜으로서의 부도(婦道)를 곤(坤)의 법칙성과 일치시켜 남성에 대한 여성의 순종과 종속성을 더욱 강조하였다.[24]

남존여비와 여필종부의 도덕은 천리에 부합하는 것으로 그것 자체에 대한 반성적 사고나 회의는 가능하지 않고 그것을 실천궁행하여 여성으로서의 자기완성을 이루는 일만 요구되었다. 음양 원리에 입각한 여필종부의 관습과 삼종지도의 규범은 성인의 말을 빌려 움직일 수 없는 사실로 각인되었다.

내방가사 향유자의 인식 틀도 여기에서 크게 벗어나지 않는다. 인간이 만물 중의 영장일 수 있음은 삼강오륜 등의 예법을 마련하고 그것을 실천적으로 행함에 있음을 이르는 것이라는 인식은 유교적 인륜 도덕이 철저히 체화되어 있다는 데에서 비롯된다. 이러한 인식은 초기작 내방가사에서 상투적 관용구로 채택되고 있으며, 그 전통이 이 시기의 가사에 와서도

23) 박은경(1998), 「여성가사의 갈등 해소와 의미」, 경북대학교 석사학위 논문, pp.60~ 61.
24) 이인경(1998), 「〈개가열녀담〉에 나타난 열과 정절의 문제」, 『구비문학연구』 6집, p.273.

여전히 그 위력을 잃지 않고 있음을 알 수 있다.

1) 자유에 대한 경계

④ 문명ᄒᆞᆫ ᄎᆞ상의 자유 활동 조컨마난
고ᄃᆡ 습관 업셔지니 ᄒᆞᆫ심ᄒᆞ고 가련ᄒᆞ다 (경주유람가: 규방가사 1-96)

⑤ 시대는 좋다마는 대저천지 조화로서
우리 학지 소년들아 극성하면 쇠하나니
창고하다 웃지 말고 번화 경재 탐치 말고
신려하는 학생들아 수구안빈 하자스라
구학도 괄시 말고 침선방직 세사람아
아무쪼록 구식으로 시체 너무 보지말고
조선사업 이어내여 (젼도가라: 규방가사 1-106)

'자유로운 활동'은 문명사회의 한 현상이다. 그러나 그 자유로움은 여성들의 인간으로서의 기본권, 더 나아가 여성 해방의 의미로 인식되는 것이 아니라 존중하고 전승해야 할 소중한 구습을 훼손하는, 그래서 한심하고 가련한 현상으로 인식되고 있는 것이다. 조선조는 유교적 이데올로기 아래 통치의 원활함을 위해 가족을 기초 단위로, 가부장적 질서를 강화하였다. 따라서 가족으로부터 여성의 이탈을 방지하기 위한 재가 금지, 칠거지악, 삼종지도, 내외법, 종부법 등을 만들어 여성들을 규제하였다. 여성의 권한과 지위는 더할 나위 없이 축소되었으며, 여성은 생활에서도 철저히 가부장제의 구속적 삶을 살아 왔던 것이다. 그러한 여성들이 문명사회의 최대의 혜택이라 할 수 있는 자유로운 활동을 오히려 경계하고 있음은 아직 이들에게 갑자기 닥친 자유는 원치 않는 자유이며, 아직 누릴 준비가 채 되어 있지 않음으로 인해 오히려 경계의 대상인 것이다.

2) 차별적인 교육에 대한 인식과 문명에의 선망

내방가사 향유자들은 우리 나라 첫 여성단체인 찬양회가 "여권통문"을 발표하면서 요구한 세 가지 여성의 권리 중 '평등한 교육을 요구하는 권리' 주장은 일찍이 한 바 있다.

⑥ 가련한 여ᄌᆞ들은 규중ᄋᆡ 싱장하여
이십ᄉᆡ 거이도록 선경헌전 모라근이
삼강오륜 말근 쥴과 사단칠정 인난 쥴을
뉘ᄀᆡ 드려 알아서며 어되보아 들어서리
아득히 보라숨을 ᄂᆡ혼자 ᄀᆡ탄하여
열여전과 ᄂᆡ츠편 가언편과 선행편의
들은ᄃᆡ로 보온ᄃᆡ로 대강만 ᄀᆡ록ᄒᆞ니 (규문전회록: 규방가서 1-10)

남성과 여성은 그 태생에서부터 차이가 있듯이 생장한 후 교육에도 철저한 차이를 둔 교육과정을 밟았다. 유교 사회에서 남성의 이상은 입신양명이었다. 따라서 교육의 내용도 '삼강을 비펴두고 우륜을 발켜스며 선경헌전 통독하고 오직슴왕 법반(여자자탄가)'는, 출세하여 과거에 급제하고 순조로운 관리의 길을 차례로 거치는 것을 일생의 호사로 삼았다.

반면에 이상적인 여성상은 『소학』, 『내훈』, 『여사서』 등의 여성 규범서에서 공통적으로 요구하는 여러 항목을 실천하는 역할자일 뿐이었다. 유교적 보편 윤리인 삼강오륜을 기본으로 하여, 삼종지도 이데올로기는 거스를 수 없는 절대규범이었으며 시부모 모심, 남편 섬김, 친척간의 화목, 극진한 봉제사와 접빈객, 육아, 노비 다스림, 행신범절 등은 당연한 실천 과제였다. 그뿐만 아니라 칠거지악이라는 악습에 노출되어 있어서 항상 전전긍긍한 삶을 살아야 했으며, 열녀로서의 역할을 위해서는 목숨을 초개같이 버리는 용기까지도 요구받았다. 따라서 여성의 교육의 내용은 그저 충실한 가정 내의 역할 수행자 교육에 지나지 않았으니, 글을 깨친 내방가사 향유자들에게 남성과 여성의 교육 내용의 차별은 탄식스러운 현실이었던 것이다. 그러나 여기서 평등 교육은 남성과 동등한 교육 내용의 요구 정도의 수준이었으며, 그것은 여성으로 태어남에서 비롯된 태생적인 원인으로 쉽게 결론짓게 되고, 여성의 태도도 단지 남성 교육 내용에 대한 선망의 수준이었다.

⑦ 나도 어려 남과가치 학교가여 배웟드면
이런 변고 업슬 거슬 후회ᄒᆞᆫ 들 슬 곳 잇나
베플 ᄯᅢ는 지나갓ᄂᆡ 어릴는 ᄯᅢ 지나갓ᄂᆡ
ᄯᅢ가고 님 버리니 나의 팔ᄌᆞ 어이할고
가련니 ᄯᅩᆨᄒᆞ도다 님을 ᄯᅥ나 어이가며
가라니 원통하다 이 집 ᄯᅥ나 어ᄃᆡ가노
불경이부 가르침은 ᄲᅢ에 새겨 못잇겟네
죽어도 이집에서 ᄉᆞ라도 이 지배서
(시골색시설은타령: 규방가사 1-18)

⑧ 슬푸다 우리일행 구식에 태여나서
가정교육 잇건마는 학교교육 막내하다
문명 세상 오늘날에 무식여자 애들하다 (쥬왕류람가: 규방가사 1-85)

그러나 개화기 이후 도입된 신교육 제도에 의한 학교 교육이 시작되면서, 또 그것이 여성들에게도 개방되면서 내방가사 속 여성의 교육에 대한 인식은 차원이 다른 것이었다. 그것은 여성도 학교 교육을 받을 수 있다는 점에서 새로운 문명 인식의 한 기호가 되었다, 당시의 학교가 대부분 남성을 위한 교육 제도인 가운데 "여성도 남성과 동등한 권리를 가졌다는 생각 때문에 개화기부터 한국은 여성 교육에 적극적이었고 여성 선각자들은 대부분 교육에 열중하였다. 그런데 육영 교육에 참여한 여성의 과반수 이상인 56.4%가 전통 교육을 받은 평민층이었다."[25]

신교육을 수용하는 데 적극적인 여성들은 평민 출신이었고, 그 신교육을 받은 여성이 당시의 사회적 정신적 지도자로 변화된 데 비하여 양반 여성은 오히려 신교육의 기회에서 소외되었다. 그러면서 그들을 고통스럽게 한 것은 이젠 구법이나 남성과의 차별이 아니라 신식 교육을 받은 신여성이 된다. 이전의 차별적인 교육 내용이 남성과 여성의 문제였다면 새로운 학교 제도에서 야기된 신여성과 구여성 간의 갈등 양상은 같은 여성 간의 갈등이라는 점에서 더욱 비극적이다.

"1920년대 자유연애에 의한 결혼이 많이 이루어졌지만 신여성들의 배우자가 될 만한 지식 남성의 경우 대개는 조혼을 한 이들이었다. 때문에 신여성의 연애와 결혼은 사회 문제의 하나였다. 이와 같은 상황하에서 신여성의 결혼 형태는 다양한 양상으로 나타난다. 그리고 1920년대에 이르러 허영심이나 타락, 생활난으로 첩이 되는 신여성에 대한 비난이 쏟아지기 시작한다. 더구나 결혼관과 정조관의 변화는 이혼 사건의 격증이라는 사

25) 최혜실(1999), 「신여성의 고백과 근대성」, 『여성문학연구』 2호, p.110.

회 현상을 발생시킨다. 이에 비인간적인 결혼 형태에 의해 맺어진 가정은 사회에도 역기능을 미친다는 의미에서 고려하는 경향과 이혼이 경제적 능력이 없는 구시대의 여성을 희생시키는 이기적인 행동이라는 의견이 동시에 제기되어 있다. 당시 이혼율은 그리 높지 않았으며 이혼의 원인에 부인에 대한 학대, 유기의 비율이 많은 것으로 보아 당시 지식인 청년들이 처음에 혼인했다가 유학을 마치고 돌아와 애정 없는 부인과 이혼했다는 당시 정황을 엿볼 수 있다."[26]

〈시골색시설은타령〉에서 작중 화자인 시골 색시는 서울로 유학 간 남편을 기다리며 시부모를 극진히 모시며 사는 처지의 구여성이다. 어느 날 돌아온 남편이 신여성과의 결혼을 위해 이혼을 요구하는 청천벽력과 같은 '변고'를 맞게 된다. 이때 작중 화자는 이 변고의 원인을 자신의 무학에서 찾고 있다. 당시 문명의 한 혜택인 학교 교육에 대해 상당히 수용적인 태도를 보인 신여성과 수세적인 방어를 한 구여성 간의 태도의 대조를 인식하고, 자신들의 태도를 후회하는 구여성의 한탄을 읽을 수 있다. 교육을, 그것도 학교 교육을 문명의 인식 기호로 선택한 것을 확인할 수 있다.

3) 물질문명에 대한 외경

개화의 거센 바람은 도시를 만들었다. 거리에 상점이 들어서고 새 상품이 진열되고, 도시의 풍경이 일신되었다. 등잔불 대신 전등이 밝혀지고, 전차가 거리를 달리고, 도시와 도시를 이으며 농촌의 논과 밭과 들과 산을

26) 최혜실, 위의 글, pp.111~112.

가로질러 철도가 놓이고, 전화가 개통되고, 우편물이 배달되는 등의 변화가 무서운 위력을 지니고 새로운 문명사회를 만들어 놓고 있었다. 이른바 개명천지가 다가선 것이다.

⑩ 다락갓든 호달마의 교자갓치 ᄊᆞ민 ᄎᆞ의
숨십 인니 올나 안ᄌᆞ 비호갓치 가난 말게
승묘ᄒᆞ여 드러가셔 ᄃᆡ규셩ᄂᆡ ᄃᆡ강 본니
이젼 모양 간ᄃᆡ 업고 별거천지 되얏도다
ᄉᆞ방의 젼등부른 화젼촌니 되엿구나
공즁의 달인등은 이월성신 비렷도다
ᄀᆡ명 세월 니려ᄒᆞᆫ가
쥬야간 볼간 업다 쥬가의 차자가셔
쓰신 방의 편ᄀᆡ 쉬고 날 쉰 후의 ᄂᆡ다본니
일기 괴샹 우기니셔 체우 즁의 안잣다가
오후 ᄒᆞᆫ참 맛진후의 구경ᄒᆞ로 가ᄌᆞ셔라
ᄉᆞ방ᄋᆡ 불긔불직 볼것도 만이ᄒᆞ고
젼후좌오 층ᄀᆡ집은 괴무린가 으심된다 (노졍ᄀᆡ라: 규방가사 1-97)

예전 모습은 간데 없는 도시의 변화는 작중 화자인 여성에게는 별천지임에 틀림없다. 생전 처음 보는 도시의 풍경을 제대로 인식할 잣대도 미처 마련되어 있지 않다. 그래서 30여 명이나 한꺼번에 타는 버스는 '다락 같은 호달마에 교자를 꾸며 얹은' 것으로, 빠른 속도감은 '비호'로, 전등불 밝힌 도시는 '화전촌'으로, 2층집은 '괴물'로 의심할 수밖에 없는 것이 문명의 실체인 것이다. 그러나 이렇게 눈에 보이는 변화에 노출되면서 여성들은 그 문명을 차츰 긍정적으로, 거스를 수 없는 시대의 대세로 인식하게 된다.

본고의 목적은 우리나라 근대화 과정에서 우리 여성들이 문명을 어떻게 인식하고 그것을 일상의 글쓰기인 내방가사 속에서 어떻게 표출하였는가를 조명하는 데 있다. 따라서 본고에서는 문명의 의미를 '계몽', '진보', '물질적 발전', '도시적 요소' 등의 개념을 포함하는 정도의 협의성을 전제하여 논의하고자 하였다.

내방가사와 문명 간의 연결 코드를 찾기 위하여 먼저, 내방가사의 제작 시기의 문제, 내방가사 창작의 지역적 범위, 내방가사 향유자의 계층, 또는 신분에 주목하여, 일상의 글쓰기로서의 내방가사에 대한 새로운 개념화의 필요성이 전제되었다. 내방가사는 창작, 전승, 전파 등 향유 지역의 경북 지역 편중성, 작품의 다양성, 전승 방법의 이중성, 다수의 작자와 그들의 익명성, 주제의 다양성 등 다섯 가지를 내방가사의 일상 문학적 특징으로 도출하였다. 내방가사의 향유자들은 일상의 힘에 의해 관습적 삶의 방식을 영위하는 여성이었다.

따라서 내방가사는 조선시대 후기부터 현재까지 주로 경북 지방에서, 신분적으로 양반 계층에 속하는 여성들에 의해 창작되면서, 필사 또는 낭송의 방법으로 전승하고 있는 일상성의 문학이라고 새로운 정의를 내릴 수 있다. 곧, 내방가사는 창작 이래로 현재까지 다수의 여성이 교양 차원의 '일상의 글쓰기'로 채택한 전통적 문학양식인 것이다. 이렇게 시대가 변하면서 동시에 문학의 형태가 변모하는데도 불구하고 내바방가사의 담당자들이 그들의 문학양식을 바꾸지 않고, 전통적인 글쓰기를 고수한 것은 지역적으로 서울 등의 대도시에서 먼 지방의, 계층적으로 신문명 교육에서 소외된 양반 여성이기 때문이었다. 내방가사의 향유자들은 당대 그 누구보다도 문명 접촉의 기회에 상대적으로 덜 노출되었으며 문명 접촉의 시기가 늦었다. 또한 양반 여성으로서 그들의 전통적 정체성 역시 새로운 변화에 적극성을 띠지 않게 한 요인도 크다고 할 수 있다.

그러나 내방가사 향유자들이 도도한 시대적 변화에서 완전히 고립될 수 없었다면 그들의 글쓰기에서도 분명 문명 인식의 기호가 발견되고 그 표출 양상을 찾아볼 수 있을 것이다.

첫째, '자유'에 대해서는 경계적 방어의 태도를 보이고 있다. 여성의 권한과 지위가 한없이 축소되었던 조선조 동안 구속적인 삶을 살았음에도 내방가사의 여성들은 문명사회 최대의 혜택이라 할 수 있는 자유로운 활동을 오히려 경계하고 있는 것이다. 그것은 그들에게 갑자기 닥친 자유는 그들이 원하는 모습의 자유가 아니거나, 아니면 아직 자유를 누릴 준비가 채 되어 있지 않음을 말하는 것으로 풀이된다.

둘째, 차별적인 '교육'에 대한 분명한 인식을 하고 있으며, 특히 학교 교육에 대한 선망의 인식을 드러내고 있다. 한편에서는 남성과 다른 차별적인 교육 내용에 대한 비탄이 주류적이지만 또 한편으로는 학교 교육의 수혜자인 신여성에 대한 선망으로 변화하는 양상을 보인다.

셋째, 도시의 물질 '문명'에 대한 외경심을 감추지 않고 있다는 점이다. 문밖출입조차도 자유롭지 않다가 번화한 도시의 변화를 목도하며, 감탄하는 여성의 시각은 앞으로 더욱 급격히 변화해 나갈 우리 사회의 모습을 두려움으로 지켜볼 수밖에 없고, 도저한 문명의 변화를 전통적 글쓰기 양식인 내방가사에서 숨 가쁘게 담아 낼 수밖에 없음을 감지하고 있다.

문명이라는 거대 담론을 소박한 사전적 개념으로 최소화하여 조선 후기 이후 근대화 과정의 여성의 시각에서 보고자 하는 시도는 당초 무모한 발상일 수도 있다. 그러나 내방가사가 여성의 일상의 글쓰기의 결과물이라고 한다면, 일상사(日常史) 내지 미시사 연구의 중요한 텍스트가 될 수 있음을 보이기 위한 작은 시도일 뿐이다. 내방가사가 앞으로 다양한 학제적 연구의 텍스트로 사용되기를 기대한다.

제4장

〈구술 채록〉 "내 삶하고 같은 가사라고 보면 돼"*

안동 내방가사 전승자 조남이

1928년(출생) 경북 청송 안덕에서 1녀 6남중 장녀로 출생. 어린 시절, 어머니에게 한글을 배우고, 어머니와 외할머니가 가사 읊는 것을 들으면서 자연스럽게 가사를 짓고 낭송하게 됨

1943년(16세) 일제시대 처녀 강제 공출을 피해 퇴계 13대손인 이영호와 결혼

1945년(18세) 첫딸 낳고 시아버지에게 딸 낳았다고 심한 구박받음

1946년(19세) 첫딸 돌 지나서 사망, 시아버지 구박으로 자살 시도

1949년(22세) 분가 후 둘째딸 이선자(현 안동내방가사전승보존회장) 출생

1950년(23세) 한국전쟁 직전 친정 있는 의성으로 피난

---

* 이 장은 "구술생애사로 본 경북 여성의 삶"(경북여성정책개발원)에서 옮김.

1951년(24세)	셋째딸 출생
1953년(26세)	넷째딸 출생
1956년(29세)	다섯째딸 출생
1959년(32세)	첫째아들 출생, 아들 낳으면서 시아버지에게 인정받음
1962년(35세)	둘째아들 출생
1964년(37세)	시아버지 사망
1967년(40세)	여섯째딸 출생
1971년(44세)	남편 사망, 당시 둘째, 셋째딸 출가. 그 뒤 건설현장에서 막일과 '함바집'(임시식당) 운영
1985년(58세)	안동으로 귀향
2000년(73세)	MBC 교양 다큐멘터리를 시작으로, KBS, MBC 방송 다수 출연
2002년(75세)	생활용품과 가사집, 일본 도쿄, 오사카박물관 등 전시
2005년(78세)	일본 NHK 한국여류문화세계 내방가사 방영
2006년(79세)	'전국 노인솜씨경연대회' 대상 '전국 노인솜씨경연대회' 특별상
2007년(80세)	현재 큰딸과 함께 내방가사 전승에 힘쓰는 한편, 2남 5녀 자녀들의 집을 오가며 건강하게 생활하고 있음

프롤로그

자료 제공자(구술자) 조남이(80세)는 1928년 경북 청송 안덕에서 1녀 6남의 맏딸로 태어났다. 일제시대 처녀 공출을 피해 열여섯에 양반가문의 이영호에게 시집간 조남이는 첫딸을 낳으면서 시아버지의 혹독한 시집살이를 겪게 된다. 다음해 돌 지나서 죽은 딸이 가여워서 울다가 시아버지에게 들킨 조남이는 호된 꾸지람을 듣고 자살을 시도하지만 둘째 시숙에게 발견돼 목숨을 건진다. 그 후 딸을 넷이나 더 낳으면서 시아버지는 아들을 새장가 보내려고 했지만, 조남이와 금슬이 좋았던 아들이 도망가는 바람에 애꿎은 조남이만 시아버지에게 모진 구박을 당한다. 하지만 맏며느리와 살지 못한 시아버지가 여생을 조남이 집에서 보낼 만큼 성품이 차분했던 조남이는 결국 아들을 잇따라 낳으면서 시아버지에게 인정을 받기에 이른다. 그 후에 딸을 하나 더 낳았다.

그러나 2남 5녀를 두고 남편이 죽자 여자로서 하기 힘든 막일과 건설현장 '함바'를 경영하면서 7남매의 공부와 혼사를 감당하는 등, 사별 후 조남이는 오로지 어머니로서의 사랑과 책임이 아니면 견딜 수 없는 모질고 힘든 삶을 살았다. 시집살이도 그렇지만 조남이는 삶이 힘들 때마다, 어릴 때 외할머니와 어머니에게 배운 가사를 자연스럽게 짓고 읊어왔다. 그렇게 짓고 읊어온 가사는 지금 다시 큰딸인 안동내방가사전승보존회 이선자 회장에게 이어져 4대째 가사를 전승시켜온 건 물론, 우리나라 내방가사의 큰 맥을 잇는 발판이 되었다.

조남이는 현재 7남매의 집을 오가면서 건강하게 생활하고 있으며, 지금도 가사를 짓고 읊는 등 활발한 활동을 하고 있다.

—면접자 최경화—

시집간 지 3년 만에 딸을 낳고 시어른이 꾸지람을 시작하는데

나는 1928년생으로 성은 함안 조가고 태성은 경북 청송 안덕 사람이라. 괴포선생 큰집에서 장녀로 났어. 일본 놈들의 처녀공출 때문에 이 군데 저 군데 말해도 그래도 양반은 양반 끈 딸는다꼬(따른다고) 진성 이씨에 출가를, 진성 이씨에 선정파라 카만 퇴계선생 직계손인데, 13대손과 결혼을 했어. 나도 양반이고 배울 때도 우리 어매한테 좀 마이(많이) 배웠는데 시집은 오니까 좀 서툴더라. 우리 친정이 그대로는 장한 집이랐어(부유한 집이었어). 일제 때 처녀공출 때문에 열여섯에 결혼했는데 우리 시어른이 성품이 하도 완악해 가지고 시집살이를 좀 마이 했어. 시어마님은 서씨 어마님이었는데, 사람은 팔자가 어떻다보면 또 그럴 수도 있다 싶었고 또 그 어른이 오셨기 때문에 잔담배를(담배농사) 키워가지고 추성(秋成)을 했다고 생각하고 돌아가신 어른보다 더 대단하게 생각했어. 시어마님하고는 모녀간 같았지. 내가 신행가여(서) 3일부터 어머님 어머님하고 다정케 하니까 그 어른도 나를 며느리로 생각 안하고 딸같이 생각했지. 시어른도 영채는 무서워도 그렇게 그렇진 않았는데, 내가 그만 시집간 지 3년 만에 처음 딸을 낳아뿌렀어. 삼형제 중에 막내아들이긴 해도 내가 시어른을 모셨는데, 딸을 낳으니까 이 어른이 분이 나서, 들어오다가 시어머님이 걸어놓은 금새끼를 낫으로 탁 쳐버리고 그만 꾸지람을 시작하는데, 집구석이 안될라꼬 딸이 난다고 호통을 마이 받고. 근데 그 딸이 첫돌 지나고 죽었어. 인생이 불쌍찮아, 내가 가마이(가만히) 우다가(울다가) 다글리가(들켜서) 참 내가 못 살 뻔했어. 딸 그거 죽었다꼬 운다고.

시아버지가 자꾸 호통을 치시니까 내가 무서바서 못 배기겠더라고. 그때는 또 신랑이 일본병대(강제징용) 훈련 받으러 가서 한 달에 한 번 휴가 오는데, 신랑이 있다캐도 어른이 완악하니까 뒤가 겁나서 이야기를 할 수 없는데, 오면 한 이틀 자고 가니까 서먹서먹하니 말을 못하겠더라고. 그래서 한번은 에이구, 내가 이래가 사는게 아니다 싶어서 끄내끼(끈) 갖고 목을 맸어, 새복(새벽)에. 근데 목맨 사람이 죽으매 무슨 소리를 질렀는가, 우리 둘째 시숙이 이웃에 살았는데 새복에 우리 집으로 낫갈로(낫갈러) 오다가 (무슨 소리를 듣고) 문을 탁 열고 들어오이 (내가) 그만 드러졌거든(늘어져 있거든). 고마 낫으로 끈을 끊어놓고 막 야단을 치더만은. 아이구 죽지도 못하고 이웃사람 알면 우야꼬 싶어서 겁을 냈어. 그런데 그라고 나니까 시어른이 꾸지람이 좀 적더라고.

일본시대 때는 한국 사람이 일본놈한테 붙어먹는 권세가 대단했어

신랑은 훈련병으로 가고, 또 일제시대 때 보급대, 시숙 한 분은 연세가 많애. 보급대 나이 넘어가지고 거는 놔두고 둘째 시숙은 보급대 때문에 그래 만날 감직었다고(숨겼다고), 감직고. 그때는 일본시대 때는 일본사람보다가 한국사람이 더 못땠어. 한국사람이 일본놈한테 붙어먹는 기 권세가 대단했어. 알기도 고마, 한국 법을 다 아이끼네 영글게(여물게, 자세히) 알고. 우리 집 위에 살던, 이름은 뭔도 모르고 사람이 김씬데, 그기 지금 못 사고 어데 가여 죽었기나 그랬을 거여. 살아도 나이 많고.

만날 그 사람이 와가지고 우리 시아버님한테 영감 아들 내놔라고 마 그카면, 그때는 한국 사람이 나서가지고 일본놈한테 붙어먹을 때는 권세가 대단했거든. 양반 어른 그런 거 머 없었어. 그래가지고 만날 그캐도 그냥 마 안 뺏길라 그카다가 고마 뺏겨버렸어. 그래가지고 고마 우리 시숙 어른이 (징용에 끌려) 가가지고 고생을 마이 했지. 삼년을 고생을 하고 해방되고도 못 나왔는데, 일 년 반을 못 나왔는 거라. 그래가지고 그즉세야(그 무렵에야) 할배가 고마 나서는 기라. 이놈의 자슥 김씨 이놈의 새끼들, 나를 양반 벼슬 줘가매, 영감영감 벼슬 줘가매 니가 내 아들 딜고 가디 내 아들 내놔라고 그 집을 막 두드렸어. 하루 건네 한 번씩 가여 집을 두드리니 그 부자가 못살고 어데 떠나버렸어. 떠나버렸는데 그 뒤에 가이 찾아댕겨도 없더래. 집을 비워놔뿌고. 그래 그 사람이 어데 나가여 사다 죽어버렸을 꺼여. 일본시대 때는 시숙 보급대 가가지고 삼형제를 채운 부모가 아들 하나 일제시대 때 보내뿌고 안 오이, 소식도 없었지, 와가지고 알았지 몰랐어. 그래가지고 그 어른이 걱정하시는 나부래 좀 신경을 썼고.

또 만날 밥해 이고 어른 밥을 해가지고 이고, 조사 오면 밥인가 죽인가 그 조사를 하거든. 우리는 밥을 해가지고 내가 버지기에 담아가지고 바가지 엎어가지고 이고 물 이러 간다. 물 이러 가면 안 디비지. 물 이러 가여 다른 이 없으면 이래 그냥 이고 섰고, 또 누가 보면 니리가지고 물 푸는 척 하고. 또 그 사람 지나와뿌면 또 서가지고 그래 와가지고 밥 채리가(차려서) 두 어른을, 시아바님하고 시어마님, 서모 시어마님이지만은 내 집을 정거한 어른이라서 나는 이래 공손이, 친정어매같이 모셨어. 그러이 신랑이 훈련받으러 가뿌고 없어도 시어머님하고 며느리 하고라도 시어머님이 나를 요래 끌어안고 이래 이쁜 게 어디있다 왔노 카매 그랬다고, 서모 시어머님이. 그래 내가 어른 밥을 이고 댕기매 그래가지고 다른 사람 겁나 모하기도 하고 뭐 죽도 먹고 하는데 우리는 시어마님 시아바님은 그래가지고 삼시를 보양을 했어.

따로 나와 사는데 시아버님이 또 우리 집에 오셨어

맏동서가 서모 시어머니라꼬 안 모신다고 바로 나갔는데, 어려운 집에 내가 가며 우예가지고 자꾸 살림이 일어가지고 소도 한 삼십 마리 몰고 서른여섯 마리 되고 하니까 맏동서가 돌아다니기가 어려워 놓으니까 집으로 들어온다 그래가지고 내가 따로 나갔지. 내 재산 싹 다주고 빈손으로 나와도 원체 머리속에 잠재된 게 심해가지고 아깝지도 안 하고 속상하지도 안 하고 빈 몸으로 시간(세간)났어. 둘째딸 배가지고 나왔어. 6·25 전에

7·1 반란이라꼬 쪼맨한 동네는 빨갱이가 하도 설쳐사서(설쳐서) 삼중이웃 소개시킬(피신시킬) 때 이사 나와가지고, 6월 달에 이북서 밀고 나와가지고 피난을 나갔어. 친정있는 의성으로 간 거는 6·25 사변 전에 가가지고 금방 얼매 안있다가 6·25에 밀고 나와 7월 달에 이사를 했어. 피난 댕길 때 둘째 딸, 이게 돌전에 업고 다녔어. 그래가 그 서모 시어마님 돌아가실 때 못봤어. 못봐서 내가 지금도 그 생각하면 눈물이 난다. (눈물) 너무 마음이 안좋아서 서모 환갑을 절에 가서 해드렸어.

그런데 따로 나와 사는데 시아버님이 맏며느리하고 못살고 재산하고 주민등록은 거기 놔두고 몸만 나와서 또 우리 집에 오셨어. 우리 맏동서가 아버님 시어머님 자기 모신다 캐놓고 맏동서가 성질이 쪼끔 우리 겉이 차분 안하고 아달래하이까(성질이 사나우니까) 서모 시어마님은 그 이듬해 섣달에 돌아가시고 시아바님은 (거기)안 계시고 자꾸 오더라꼬. 날 딸 낳는다고 온만 구박 다하고 쥐뜯고 난리가 나고 나는 목을 매드러지고 오만짓 다했는데도 또 찾아와가지고 한 번씩 들왔다 나갔다 하다가 몇 년 계셨어. 같이 살아도 호적은 그 집에 놔두고 몸만 와여 있고 옷도 그 집에 놔두고 내가 여서 새로 옷 해 입히고 그래 살았지. 그라고 인제 뭐 설에는 두루 모시고 가여 설 쇠고 제사 때믄 모시고 가여 제사 지내고 그러다가 인제.

구연 중인 조남이(당시 80세) 여사.

(돌아가시기 전에) 섣달에 맏질녀 결혼 시키는데 안 갈라 카시는 거라. 억지로 모시고 가이 잔치하고 나이 며칠 안 돼 설이라잖아. 그래 내가 설에

잔치 와가지고 설에 와가지고 모시고 간다카고 계시라카고 와가지고 한 2, 3일 있다가 설 쉬러 올라가이까네 편찮더라꼬. 편찮애가지고 못 모시고 오고, 고 있다가 고마 초상치고 내려왔어. (분가해서)일년도 혼자 못 살았지. 피란 온다고 첨에는 오셔가지고 안 가시고 또 여기 있어보이 우리 성질에 고마 그 어른 모시던 사람이 되노니까네 성질에 맞으니까 안 가시는 거라. 그래 안 가시는 어른 가라 칼 수도 없고. 그래 고마 모시고 또 친정에 조보님 증조보님 여러 형제분 대소가 있으이 머 휩쓸래가(휩쓸려서) 만날 놀고. 그래 고마, 그러다가 한해 두해 지내다가 이사 나와가 한 칠팔년 이리 살았을껄. 같이 한 팔구년 살았을껄. 십년은 못살아도. 그래 고마 모시다가 돌아가셨어.

딸 다섯 낳고 절에 가서 백일기도해서 큰 아들을 낳았어

첫딸 죽고 난 뒤로 딸을 넷을 더 낳았는데, 내가 시아버님한테 옷을 몇 번 쥐뜯꼈어(뜯겼어). 아들 장개 보낼라카니까 장개 갈 사람이 안갈라칸다꼬. 그때 묵계 전가라고 이웃에 살았는데, 일본 갔다 와가지고 살림이 어려웠다. 그래가 논 서마지기만 주면 나이 많은 딸을 재취로 준다카는데 딸을 주면 나는 밀리(밀려) 나가는 기지. 그때가 죽은 딸까지 딸만 다섯을 낳았을 때라. 그래 그 사람이 우리 남편한테 장개를 가겠다는 결단을 들어야 되는데, 이 신랑이 피해 달라 갔뿐는 기라(달아났는 거라). 그러니까 고만 시아버님이 분이 나가 내한테 달라드는데 "아이고 아버님요, 저는 안그캤니더"카니까, "니가 안그라면 와 도망가노. 니가 장개 못가게 했제?"카면서, 치마주름 쥐땡기면 옷이 뜯기 나가고… 그런 광경을 몇번 당했어.(웃음)

그랬는데 내가 절에 가서 백일기도해서 우리 큰아들을 낳았어. 그다음에 또 둘째아들이 낳거든. 둘째아들 세 살 때 시어른이 돌아가셨어. 빈소에 가여 곡을 하면서 다른 사람 안 듣게 "시아버님, 돌아가셔도 영혼이 계시거든, 극구 기대하던 손자 둘이 이쁘게 크고 있으니까 살펴달라"고 울면서 그랬어.

지금은 내가 칸다. 참, 딸도 괜찮은데, 예전 어른들은 그랬어(딸 싫다고 그랬어). 지금은 아들만 있는 집은 날만큼(나만큼) 못 행복하다. 그라고 둘째 아들 여섯 살 먹고 막내딸이 또 있어갖고 그기 올해 사십이라. 시어른이 내가 아들 둘 낳고는 "이제 우리 집이 된다"고 아주 좋아라했어. 주로 그 어른은 딸 나고 아들이 안 날 때는 "딸만 나면 성이 없어진다"고 그렇게 호통을 치고 영채가 무서웠는데, 지금은 생각해보이(니) 그런 어른 욕심도 예전 어른이 돼나서 반성을 못해서 그렇지 몹쓸 마음은 아인데(아닌데) 며느리한테는 너무 과했어.

6·25때 남편 안 뺏길라고 짚동 속에 숨겨 살렸어

의성으로 피난을 나와서 사는데 논도 밭도 놔두고 빈손으로 나와서 돈이 있나. 친정에서 집을 지어주고 논을 한마지기 줬는데 돈이 얼마 안 되니까 밖으로는 송아지를 두어 마리씩 믹에코(먹이고) 나는 길쌈하고. 처음에는 남의 소를 믹에서 새끼를 얻었는데 그다음에는 쪼매 크면 팔아서 송아지 사서 또 크면 팔아서 (논)한 떼기 사고 또 팔아서 한떼기 사고 아(아이) 하나씩(씩) 나만(나면) 논 한마 떼기씩 산다고 캤어. 참 부자였지. 큰 부자는 아이어도 그 골에서는 그냥 먹고 살았지.

피란나 갈 때 피란 나가여 산골짜기가여 멀리도 못가고 영천쯤 가가지고 포장 쳐놓고 아아들 데리고 어른들하고 눕어자고 거서 먹다가, 그기(인

민균) 지내가뿌면 집에 들어와가지고 있다가. 의성에. 그 사람들 지내올 때 또 우리는 갈 때는 소를 몰고 갔는데 와가지고 집에 소를 매놓고 있으면 이북놈들이 또 들어올 때 들어오는 거야, 들오면 소 잡아 달라카면 저거 몰고가여 저거가 잡아여. 잡아가지고 대가리하고 똥꼬하고 막 내삐리뿌고 다리만 띠가지고 가뿌면 우리는 그거 또 잡아가이고 우리 믹애던 소도 껍데기 끄슬려가지고 대가리 끄슬려가지고 꼬아가지고 동네 노나 먹고. 그래 저, 그런 고통 받아도 사람이 사는 집에는 와여 안 디베는데(뒤지는데), 빈집에는 가여 마 쌀도 퍼가지고 가고 보쌀(보리쌀)도 퍼가지고 그러고 퍼가지고 가는 그런 광경은 당아도.

그때는 남편을 인제 보면 붙들려가지고 잷어지고 가는 거야. 모두 그랬어. 그랬는데 나는 남편은 안 띄울라고 날만 새면 고마 짚동을 이래 묶어가지고 뒤안에다가 세우는데, 이래이래 묶어놓고 우에는 짚 한 두어단 얹어놓고 저기 밥을 해가지고 주먹밥을 해가지고 밥에다 속에 밥 여가지고 뭉쳐가지고, 그래 그때는 이런 종이가 흔치 않앴어. 흔치 않애가지고 창호지를 요래 한 장 띠가지고 거기다 밥을 이래 너가지고 거 앉아가지고 먹으라고 짚동 속에 여주고. 내가 남편을 그래 거뒀어. 그랬는데 맹 죽을라카이 맹 죽더라만도. 그래가지고 짚단을 우에 얹어 놓골랑 그것도 뭐 딴 거 얹으미 표나면 글타고 짚단을 아무따나(아무렇게나) 위에 얹어놓고는 밥을 뭉쳐가지고 들라주고. 그래가 남편을 이북놈한테 안 뺏겼다고. 그 동네서도 데리고 가다 죽여뿐 사람도 있고 막 끌고 가뿌린 사람도 있고 그런 사람이 많앴는데 나는 그래도 남편은 안 뺏겼어. 어데 안보냈어 고마, 안 보내고 고마 날새면 고마 거기다 줘여놓고, 밤으로도 초저녁에 사람 얼밸 때는 맹 거 드가 있고, 또 인제 잠 잘 때는 조용하면 나와가이고 잠깐 자고,

또 날 새면 거 좌 여뿌고(넣어버리고), 그래 살았다. 그래가 남편은 안 뺏기고 이북놈들한테 딴 고통은 안 받았어. 그저 그놈들한테 소 뺏게 버렸고. 내가 애를 업고 있으니까 그래 밥은 해달란 소리는 안 하더라고. 빈집에 가여 밥을 저거가 해가 묵는데 동네껄 마카 떨어가지고 먹고 소는 인자 우리 집에 소가 있으니 다른이는 피란 나가가지고 소를 몰고 갔는데, 팔았는지 우엤는지 몰래도 몰고 가뿐데 그런데 우리하고 우리 끝에 삼촌하고 둘이는 있다가 두 집에는 소를 뺏게 버렸어. 그랬는데 그기 장만해가지고 내 멕에던 소를 아깝다고 소를 고아가지고 또 동네사람하고 노나 먹고.

막내딸 쪼작쪼작 걸을 때 남편이 죽었어

신랑하고는 네 살 차인데 금실이 좋았어. 모친 없이 크다가 장가오이 장모 있제, 마누라라꼬 철없는 기라도 있으니까 좋았나봐. 한방에 잠은 잘 안잤어. 절에(곁에) 와서 손대고 밀고 하니까 겁이 나서 달라가뿌리사서(달아났어). 신랑이 방에 들어오면 밖에 짚비까리(짚단) 속에 숨고 그랬는데 자석(자식)이 있을 때 되니까 괜찮더라꼬.(웃음) 자다가 싸우기도 했지. 신랑이 들어와가 윗목에 누우면 아랫목에 눕고, 또 아랫목에 누면 윗목에 눕고 잠자리는 더러 불편케 해줬다꼬.(웃음) 달리는(그 외에는) 싸우고 그런 게 없었어.

남편은 내 나이 40중반에 죽었어. 죽은 년도는 모르지. 막내딸 낳고 세 살인동 네 살인동 고래 됐으니까. 그래 됐는데 연은 내가 모르고. 우옛끼나 쪼작쪼작 걸어댕기미 들에 가는데 따라오고 요 정도가 됐어, 혈압택이지. 고혈압택이지. 밀을 비가지고 머슴을 실게(실려) 가지고 보내고 나는 머여(먼저) 점심하러 왔는데, 그래 머슴을 꼴머슴하나 큰머슴하고 딜였어

(들였어). 그랬는데 그 작은 머슴하고 큰머슴하고 밀 구루마를 싣고 오는데 사람이 얼른 아(안)와가지고 점심을 채리놓고 왜 안오노 카이, 뭐 어지럽다 카미 논둑에 앉았디더 카는데. 그래 점심을 소가 죽을 다 묵고 내놓고 내다보니끼네, 일꾼을 덜고 "야 가 아저씨 불러라 야" 카이까네 자전차를 타고 나가디만 "어이 논둑에 앉았더니 없니더" 카더라. 가이까네 그 도랑에 논둑 밑에 도랑에 물내려가는 하구 도랑에 거 보이 쳐박히가지고 죽어뿌따. 그길로. 그래가지고 차를 불러가지고 나가이 얼매 못 가가지고 그만 숨이 가뿌더라고. 그랬지. 그래 조금 늦게 갔으면 그 물에 엎어져 도랑에 엎어져갖고 죽었을 꺼야. 다행이 거서 하마 저 후덕거릴 힘도 없고 그쯤 되는 걸, 또 그때는 전화도 별로 없었어. 사람이 쫓아가여 차를 디리고 태워가지고 쪼매 가이 고마 숨이 영 가뿌더라고. 뭐를 어데 팔딱팔딱 카는 데가 없더라고.

그래도 죽은 사람은 설지도(서럽지도) 안하고 내가 죽은 사람이 밉어가지고. 지금은 내가 욕을 안해. 욕을 안하는데. 고런, 명도 코끼리 겉이 그래 타고 날거 그트면 차라리 장개를 가지 말고 남의 신세나 안 조지지. 새끼나 안 낳았으면 내가 이 고생은 안 하지. 그래 맨날 마, 미(묘)를 파디비가지고 신작로에 내떤지뿐다카고 이래 내가 악담을 했어. 우지는 안했어.

그랬는데 그 해 가을게 황개 밭에 가이, 저 산골짝을 쪼아가지고 황개를 숨가가지고(심어서) 씨 떨어가지고 기와를 잇따꼬. 황개. 약초. 씨를 떨어가지고 기와를 일만츰 했으이 얼마나 많이 했어. 씨를 팔아가지고 기와를 맸으니까. 우리 둘째 아들 세 살 드든 해 기와를 맸다고. 초가집을 져가지고 논도 밭도 많지 않을 때 초가집을 져가지고 그키 힘이 들어가지고 그랬는데. 고 황개를 해가지고 그 씨를 떨어가지고 황개 삼 년 만에 씨를 떨어가지고 팔아가지고 집을 잇으니까 그 황개밭이 많이 크잖앴잖아. 그랬는데 그래 그 한해 팔고 두해 팔고 논도 사고 밭도 사고 다해가지고 살림은 부유해졌는데 거기 황개밭에 내가 보러 가이 약초캐는 사람들이 주인 없으니끼네 다 해가버렸어. 그래가지고 내가 거 앉아가지고 하루 종일 앉아 우다가 거 네 살 먹은 걸 놔두고, 막내. 좽일 우다가 집에 오이까, 해가 우다 보니끼네 컴컴무리해져. 그래가지고 보이까네 달이 저짝에 떴더라고. 그래가지고 내가 신을 찾아 신고 집을 오니 네 살 묵은 기 이름이 요새는 영수라고 졌는데 그때는 숙이었어. 숙아, 카이까네 엄마 내가 하도 무서버 저 아부지 저테 있다. 정석방에 제상이라고 채려논기 제상다리를 안고 두름을 요래 감아가지고, 고래 가지고 있더라고. 내가 그런 세상을 살았는 사람이요. 그래가지고 내가 그 방 불을 탁 켜가지고 보이까네, 두름을 이래 쳐놨는데 고걸 요래 안고 제상다리로 안고, 요래가지고, 무서버갖고.

그래도 또 먹고 살기가 그냥 되어, 우리는 의성에 살아도 구암학교 입학만 시게가지고 마카 대구로 보냈지. 언니 오빠 하나도 거게 안놔뒀디라고. 안놔두고 이딸(이선자 회장)은 그때(남편 죽었을 때) 하마 시집을 보냈고, 대구에. 권교장(사위)이 그때 첫발령을 대구로 받았는데, 그래 시집은 보냈고. 둘째딸도 고해 시월달에 결혼을 시켜가지고 또 의성으로 보냈다고. 보냈고, 셋째 딸은 이 아아들 마카 디리고 대구가여 방 얻어가지고 아아들 자취 시겠어. 그래가지고 내가 막내딸만, 머슴하고 있다가 영감 죽어뿌고.

또 머슴이 영감은 죽고 지가 주인질 하고 살거들랑 일을 해주면 하는데, 만날 술만 퍼먹고 그래가지고 내가 막 야단을 쳐 쫓아뿌랐어. 쫓아 뿌고, 그래 인제 내가 혼자 아를 델고 있는데, 그리 혼자 있으니 여갔다 저갔다 그러니 논에 논물도 못보고, 나중에 논둑에 나락은 다 타도 혼자 쫓아댕기니 그기 끝이 없고 일을 모 할더라고. 그래서 그것도 황개도 그거 가보이 다 캐 버리가지고 그 황개 밭도 고마, 황개도 우리가 캐올 거 없었어. 중간 중간 다 캐가뿌고. 그래가지고 내가 농사를 때리치워뿌고. 머슴 들이도 안되고 농사는 많고 그래뿌고 고마 대구로 나와가지고. (남편 죽고)삼년 나고. 두해 지내고, 죽고 두 해 지내고 대구로 갔어. 빈소를 가지고 갈 수는 없었잖아. 요새 같으면 삼오에 탈상을 했뿌지만은 그때는 그래도 삼년상은 다 나야 되니까. 삼년상 나뿌고 농사 남 줘뿌고 그러고 마 대구로 고마 떠났지.

건축공사 디모도로 따라 댕기고 함바하며 돈 모아

떠나이 금방 가이 또 할 일 있나. 대보백화점 짓는데 디모도(목수)로 따라댕겼고. 그거 마치고 대구 동산병원 뒤에 가면 섬유회관이라고 그거 있어. 그거 오층 지을 때 벽돌도 지어올린 사람이오, 허허. 그거 져올리고, 져올리 보이 너무 힘이 들어가이고 돈은 많이 주는데 몸이 주체를 모 하더라고. 또 앞산 밑에 개나리 아파트라고 있어. 개나리 아파트 질 때 거게 가여 건축공사하는 데 디모도로 따라댕기는데 다른 사람은 점심 먹은 시간 쉴 시간에 두 다리를 이래 뻗치고 자는데 나는 여자라서 그래 모 하겠어. 남자들 오리니리는데(오르내리는데) 거 뻗치고 잠은 못 잘더라고. 그래서 헌 못 빼놓은 걸 요래 줏어가지고 점심 먹은 그릇 요만한 데다 좌담았어. 그거 안자고 주워담았는 거를 누가 보고 이르기를, 일하는 시간에 조왔다 캐가지고 그 건축업자한테 일러가지고 그래 나를 불러가지고 조사를 하드만은. 그래 점심 묵고 쉬는 시간에 다리(다른 사람은) 자는데 나는 잘 수가 없어 조왔다(주워왔다고) 캐도 곧이 안 듣더라고. 그래가 내가 나와뿌리지.

그래가지고 살길이 없어가지고 계란도 팔아보니 안되고 양말도 가져가 팔아보니 안되고. 아를 서이 너이 다섯을 학교 시키니까 그것도 막내이도 고래가 남산국민학교 입학을 시켰다고. 대구 나와갖고는 (애들하고) 한테(같이) 있었지. 한테 있을 때는 소도 팔고 또 땅도 한 몇 때기 팔고 해가 집을 하나 쪼매난 거 샀어. 지금도 서문시장 우에 남산국민학교 뒤에 가면 쪼매난 집이 하나 있어. 내가 오매가매 보면 그 집이 안죽(아직) 터이(터가) 솔아(좁아) 그런지 어예 그런지 재건축이 안 되고 안죽 그집이 그냥 있다. 고걸 내가 첨에 샀다고. 그래 또 내가 소장사도 하고 했기 때문에 영감님이 죽어도 재산은 안 줄았다고. 땅 사고 아들 학교 시게고. 그래도 거 와가지고는 그양 용돈하고 줄 유지가 안 되잖아.

그래가지고 인제 서울로 가가지고는 시누한테 가여 그카니끼네 그 저테 인제 사는 사람이 있다, 자기가 성균관대학 짓는 뒤에 집이 하나 있는데 그 가게를 하나 세를 줄라 캐. 그걸 전세를 내가 얻었다고. 얻어가지고 서울 성균관대학교 짓는데 함바(임시식당)했는 사람이여.

(그때)전주 아줌마를 하나 월급을 주고 데리고, 구씨라는 사람을 자전차로 장봐다 나르는 사람으로 고용했는데, 내가 그 사람한테는 돈을 마이 떼였어. 고추를 닷근(다섯근)을 빻아달라고 하면 만날 한 단지에 적어. 근데 그 사람 마누라 생일이라고 가고 나서 내가 빻아보니까 한 단지가 넘어. 고등어도 만날 새복(새벽)에 가서 한 상자를 사오는데, 만날 만팔 천이라고 카는데 내가 가서 사보니까 호부 팔천 원이라. 그래 나중에 그 사람을 안 썼는데, 송탄 부대 안에 들어갈라카니까 여자 혼자라고 안 들여 보내줬어. 내가 영감 죽었다는 소리는 생전에 안했거든. 영감은 집에서 농사짓고 나

는 아아들 학비 때문에 여 와있다, 그랬는데, 주변에서 경상도 아줌마는 영감님도 없고, 카만 "어허, 너거 몰라 그렇지, 어제 저녁에 와가 밤새도록 있다가 오늘 새복에 갔다"카고 그랬어. 그래 부대 들어갈라꼬 아는 사람이라꼬 구씨를 다시 불렀어.

(성균관대학 짓고 나서)전라도 이리 카는 데가 있어. 이리, 옛날에 그 뭐 어예가지고 불 나가지고 새로 건축할 때, 그래 박소장카는 이가 나를 델고 거길 갔다. 인부들이 막 좋다 카이끼네 소장도 힘이 나는기야. 중참도 막 손국수를 해가지고 한그릇씩 퍼맽기지, 밥도 그래주지 해노니끼네. 나는 이윤카는거 모르고 고마 돈만 벌이면 된다. 이래가지고 성균관에 데리고 있던 전주 아줌마하고 거게 (같이) 가가지고 그 아줌마가 밖에 있고 나는 안에서 자꾸 밥만 해대고 했는데, 삼일을 아따 푸짐하다 카미 막 좋다고 먹었는데 전라도 사람이 물 머러(먹으러) 들와보이 경상도 사투리라. 그때 경상도 사람이 거가여 기름도 못 넣었어. 그랬는데 그때 인제 아이고 고마 밥 안 먹는다. 암만 그키 좋다 카던 밥이 고마 안 묵고 고마 딴데가여 사 먹는다카고. 그래노이 뭐 박소장이 카드만, "참 아줌마, 내 어데 소개 한군데 해주께 그리가라". "이 짐은 화물차 한차 싣고 왔는데 이건 우야노" 카이까네 "그래 이거는 여게서 딴 사람이 들어올 사람이 있으니 그리 넘가뿌고 돈받아 가소" 이카더라고. 그래 화물차 한차 싣고 갔던 의자, 그릇, 솥 다 넘가뿌고 돈을 받아가지고 버스 타고 왔어. 그래 박소장이 나를 데리고 가여 송탄 부대로 드갔다고. 드가이끼네 거 인자 집이 있나 뭐 포장 사가지고 치고, 그 사람들이 마루를 이래 짜가지고 주는 걸 그기다가 내가 눕어자고 솥은 한데(밖) 걸어가지고 나무 때 가지고 밥하고. 그래 솥도 큰 거 사고 뭐, 큰 거 국솥하고 밥솥하고 그릇 사고 그 돈 가지고 다 샀다. 맨

또 한 차 샀다. 그래 거기서 인제 미군부대서 한국 장교들이 거 가 있고, 방위들이 거 와가지고 일을 하고 그래 했다. 그래 거서 주택을, 한국 장교 주택을 짓는데 이층씩 짓더라고. 이층씩 한동에 한 서너집씩 하면 여섯집 아이가. 그런 집을 지을 때는 내가 그 사람들 밥 다해줬다. 송탄에 한 1년 반 있었는데, 돈은 좀 벌었는데 일하는 아줌마 월급주고 장보는 사람한테는 월급 따로 주고 마이 떼이고… 그카다보이 나는 마이 못 벌었어.

그런데 그렇게 돌아다니다 보니까 영감 제사 지낼 데가 마땅찮아서 서울 사촌 시동생 집에 가서 지내러 갈 때라. 저녁에 밥 먹고 설거지 다해놓고 전주 아줌마한테 "내일 아직(아침)에 내 오기 전에 물붜가지고 불 여라(넣어라)"하고는 갔어. 마이 하는 밥은 쌀을 한 다라이씩 담가놨다가 물이 끓으면 쌀을 넣어서 저어가지고 밑에 불넣어서 밥을 했거든. 한때(한번 먹을) 밥을 쌀을 7되씩, 8되씩 하니까. 근데 제사 지내고 오니까 아줌마가 성을 내면서 울고 있어. 그래 "와 우노?"캤더니, "박소장 처남이 엊저녁 나한테 자자고 달라드는데 내가 말 안 듣는다고 물어뜯었다"카면서 보니까 온몸이 멍이 들었더라꼬. "그래 됐다"카고는 밥을 다해가는데 박소장 처남이, 젊은 놈이 들어오더라고. 물 달라고 하길래 물을 떠가지고 가서는 귀싸대기를 팍 때렸어. 지금 생각하면 용기 있었어. 일하는 사람이 보고는 "경상도 아줌마면 아줌마지, 식당 아줌마면 아줌마지, 와 남의 귀싸대기를 때리노"캐가 "기집 생각나면 이래도 되나. 이 나쁜 놈들. 오늘 전부다 밥그릇에 밥없다. 통밥이다"카고는 귀때기를 세 차례 때렸어. 박소장이 멀리서보니까 말소리는 안 들리고 경상도 아지매가 처남 귀때기를 때리거든. 그래 막 달리오더니 "아줌마!"카거든? 그래 내가 "와, 와 부리노, 내가 밥해주니까 사람으로 안보이제. 아줌마 온나"캐가 옷을 벗개니까 물어갔고 멍이 시퍼렇게 들었거든. "이 때문에 노가다는 옳은 사람대접 못 받는다. 박소장도 오늘은 통밥이다." 70명 밥 주는 거 많잖아. 밥은 그래도 만날 그릇에 퍼줬는데 그날은 반티째(통째)로 갖다놨어. 그래놓이 꼼짝 못하더라고. 그래도 그렇게 살았기 때문에 남한테 홀리지는 않았어. 보기 보다는 내가 좀 그랬어.

그래가지고 그거 끝나고 그 사람들이 동해로 가자 카드만. 가는 데는 삼년을 거게 무슨 아파트동 먼동 짓는 데 거는 삼 년 공산데 아줌마 가면 3년은 꼼짝 못한다캐. 간다 카는 걸 팔십 연세 된 아버지 있제, 또 아들이 제대해가지고 오면 학교 복학해야되제, 또 부산 둘째아들 부산 동아대학 하는 놈 제대하제. 또 넷째딸도 돌아댕기매 치웠어. 치웠는데 그래 그것 또 하나 중학하는 거 부산 수영중학교 입학해가지고 또 내가 서울로 가매 정곡으로 보냈다, 그래 보냈제. 그런 걸 한테 모다 가지고 살아야 될낀데 내가 거 삼년 있으면 그 삼년동안 그 고생들이, 아이들은 우예되노, 그래 내가 생각다 몬해 안 간다 캤다. 안가고 그래 여 와가지고 안동에 와가지고 집을 하나 사가지고 그래 어불려가지고 살았어. 안동에 왔는 연도가 보자, 정인년인가, 아니 저기 을축년에 왔다. 을축년에 와가지고 정인년에 집을 사가지고 드가 있었다. 오십 넘었지. 육십 다 되가 왔지. 육십 되가 왔지. 육십꺼정, 오십 아홉에 들어왔나, 여덟에 들어와가지고 여기 와가지고 만며

느리 봐놓고, 둘째 며느리 또 고 이듬해 봐놓고, 요집을 팔아가지고 요게 집을 딱 샀어. 12, 3년 돌아다녔어. 그래도 그때 출가한 딸들도 있고 해서 혹시 시집 귀에 들어가까봐 딸들한테도 안 알갰어(알렸어). 지금도 모를 거야.(웃음)

평생 가사를 일기처럼 썼으니까 가사는 내 삶하고 같아

가사는 클 때 우리 친정 어매한테 배았는데, 우리 외할매가 함안 조가라. 외조모 친정이 경주 양동 이씨였는데, 친정곳에 가서 살아가지고 경주에 계셨어. 그 집도 대대로 글집이었어. 우리 어매는 또 그 어머니한테 배았을끼고.

나도 친정에 칠남매요. 딸은 내 하나고 아들은 육형제고. 그래 칠남맨데, 내가 동생을 밤으로 인제 일제시대 때는 삼비(베)도 공출되야되고 면도 공출되야되고. 가마이 해가지고 밤으로 가마이 짜는 기라. 가마이 짜마, 나는 인자 거 동생을 업고, 앉았다가 등어리 업혀가지고 자면 자불대로 툭툭 때린다. 니 그래 자뿌면 고꾸랑 기역자도 못 배운다 일나라, 카매. 그래가지고 얼라 눕해놓고 이래 앉으면 어머이는 방 귀퉁에 앉아가 비를 짜멜랑, 호랑불을 걸어놓고 그래 인제 어매가 이르는기라. 그 뭐 김기목이라고 인제 동네사람 택호도 쓰고, 머 가이가 가다가 거이거 거렁에 고이고 고길자로, 김기목이라고 그래 썼다고. 어매는 부르면 나는 쓰고, 쓰면 또 어매가 보고 또 틀린다고, 그래 인제 다불대로 여기다가 무슨 자로 써라카고, 이래 내가 쪼맨할 때 배웠다고. 그러다가 자불면(졸면) 어매가 베짜는 다불대(북)로 한 대씩 때리고 자지 말고 배우라고 여자는 글을 배아야 된대. 그래 내가 어매가 하는 가사를 쓰면서 글을 배았지. 배워가지고 한 열두어살 먹을 때는 견여가 그튼거, 뭐 이래 왠만한 가사는 내가 아 업고 댕기매 오았다고. 오고(외우고). 우리 어매 글씨가 그 한군데는 고마 한줄 다 써뿌리고. 그러니까 그 글을 배우이 오늘 내가 글씨가 그랬다고. 요새 내가 많이 고쳤지. 이 딸(이선자 회장) 때문에 고쳤지. 남 보는기 글이지 못 보는 건 글이 아니다, 캐갖고. 글은 그래 아죽 시집오기 전에 그래 글을 다 배우고, 신행 전에 사돈지도 문안 아뢰압고 쓰는 거를, 인제 또 어머님이라도 어머님 아버님 안카고 채수의향만강하시니카고 이래 쓰는 문안지라꼬 있어. 그것도 내 해를 내가 썼어. 내가 신행갈 때도 사돈지도 우리 어매가 그렇게 했으면 좋을다, 카면 그대로 써가지고 가면 그 동네 또 보는 사람이 있잖아, 일러보고.

우리는 클 때나 커가지고나 글 카는 거는 한문은 못 배웠다. 왜 못배웠냐카면 우리 할아버지가 여자는 글이 좋으면 팔자 씨다고 한문은 안 가르쳤어. 친정에는 딸이 내 하나 뿐이고 남동생이 여섯인데, 동생들 한문 배우는데 몰래 적은(어린) 동생 업고 문 앞에 가면 우리 할아배가 대꼬바리(대나무꼬챙이) 지다란(긴) 거 갖고 한 대 때린다꼬. 니는 나가라고. "할아배, 그저 있니더, 안듣니더"그카만 "안들어도 나가있어"카면서 내쫓았어. 나는 거서 그거 하늘천 카만 책을 읽으면 듣지도 못하게 해. 그래도 나는 아를 업고 문 앞을 돌아댕기매 배워가지고 하늘천 따지 이르는데 나는 하마 그 끝을 맞춰가지고 운을 붙였다고. 그런데 천자 한권 다 읽고 음 붙이기 꺼정 다해도 글자는 하나도 몰라. 하늘 천자도 쓸 줄도 몰라. 그래가지고 나는 한문도 몰라.

시집 와서는 여럿이 보는 데서 오(외)우고 하는 건 못 하지만, 시어른이 명절 저녁으로 "새사람 여 들온나"카면 꼼짝없이 드가지(들어가지). 예전에

삶의 분신과 같은 내방가사들

오랜 세월 조남이와 함께 한 내방가사들

〈한양가〉도 있고 〈유충렬전〉도 있고 〈심청가〉도 있고 〈사씨남정기〉도 있잖아, 책을 내놓고 "오늘은 〈한양가〉 일러라(읽어라)"카면 몇 시간 일러주고 "오늘은 〈심청가〉 일러바라"카면 또 그것도 일러주고… 그런 가사를 마이 일러드렸어. 신랑은 시아버지가 "새사람 여 들온나"카시면 "와 부르는고"카다가 듣다보면은 "소설 한권 일러라"카시거든? 그러면 기분 좋아하고… 내가 가사하는 걸 상당히 자랑스러워했어.

한번은 시아버님이 나를 시간(세간)을 내놓고는 우리 집에 와 계실 땐데 "내 니한테 영남 칠십일주를 귀경(구경)시겐다"카고 아버님이 다니셨던 북부지역을 말로 쭉 연결시켜서 말씀하시는데, 내가 뒤에서 반질하다가(바느질하다가) 이건 받아적어야겠다,싶어서 반질 그만두고 썼어. 그걸 시아버님이 보시고 "아야 이건 틀랬다"카고 고치주시고, "이건 됐다" 카시면서 지은 가사가 〈영남칠십일주가〉라.

보통 마음이 허전하거나 피곤하거나 그럴 때 주로 가사를 하거든. 마음이 울적할 때는 〈삼국지〉가 좀 지끈지끈하잖아? 그럴 때는 〈삼국지〉도 읊고… 또 내가 혼자 속상하고 이럴 때는 가마이(가만히) 쓰는 거라. 〈여자의 일생〉이라고도 쓰고, 〈노설(老說)〉이라고도 짓고… 〈화전가〉도 있고, 〈회곡가〉도 있고… 가사를 내가 마이(많이) 지었지. 요새는(요새 사람들은) 글이 마이 들어뿌이 그렇든동(글을 많이 배워서 그렇든지) 별로 짓는 건 모르겠더라고. 그런데 우리들은 속에 쪼끔 한스러운 일이 있으면 그걸 누구한테 말을 못 하잖아, 집밖에 사람 알만 내가 축이 나니까. 그러니까 내가 글로 짓는 거야, 글로 고마 소회를 하는 거야. 서울 아들집에 창호지를 이만큼 묶어가지고 두어 권 되지. 평생 가사를 일기처럼 썼으니까 항상 가사와 같이 했지. 내 삶하고 같은 가사라고 보면 돼….

외조모로부터 어매, 내, 우리 딸까지 4대가 이어온 가사

지금 큰딸이 안동내방가사전승보존회장을 하고 있는데, 우리 외조모 때부터 했으니까 우리 어매, 내, 우리 딸 해서 4대가 하고 있는 거라. 내가 하고 치울 줄 알았는데 큰딸이 받아주니까 내가 마음속으로 기쁘지. 없어지는 걸 다시 살려주는 걸 보이 대단타, 싶고. 내가 저녁에 가사를 한곡씩 오우면 딸이 어릴 때는 "어매, 무신 소리 그걸 하노? 귀신 씨나락 까먹는 소리맨치로"그캤는데 그카면 내가 치았뿌렸거든. 그런데 요새 지가 가사를 하는 걸 보면 내 마음으로는 장해.

그런데 요새는 가사 명맥이 거의 소멸돼서 안타깝지. 어른들이 돌아가시고 나면 써놓은 유품을 불에 넣으니까 자꾸 없어져. 우리 어매 가사도 내가 문상가는데 따라갔다 오니까 불에 넣었어, 그래 내가 "왜 이라노"카니까 "어매 좋아하는 거니까 갖고 가시라고 그랬다"카니까 자꾸 없어지지. 요새도 그럴 거야. 내가 쓴 가사도 안동대 학생들이 보여달라캐가 가가더니(가지고 가더니) 영 소식이 없다. 가사를 교수한테 갖다 내기만 하면 학점을 주니까 안 돌려주지. 그래가 내꺼도 마이 없어졌어. 그런데 어느 교수가 TV에 나와가(나와서) 가사 두루마리를 주욱 피는데(펴는데) 보니까 거(거기) 내 글씨가 있더라고, 그래 내가 "저 글은 내 글인…"그캤어.

언제는 대구에 있는 권 무진 교수 한 사람이 우예 듣고 왔더만은. 내가 글로 잘 짓고 가사를 많이 한다고. 내가 이 글을 잘 질라고 진 게 아니고 돌아댕기매 하도 고생이 많으이까네 맨날 뭐 이래 '여자의 일생'이라고도 지보고, 심해가라고도 지보고, 탄식가라고도 지보고, 그래 가사를 많이 지었어. 많이 짓는데 그거를 소문이 나가지 걸랑 그 교수가 와가지고 그래 뭐 보자카드만은. 전화가 왔길래 내가 "누구로?" 카이까네 그래 그렇다 캐. 또 대구 사람이면 좋다고 만났지. 만나가지고 집에 데리고 들어오이 그걸 보자캐. 그래 내 그걸 뭐해, 아무짝에 필요 없잖아. 뭐 암만 무져놔봐야 필요 없지 뭐. 그래 내가 가져가라 카이끼네 뭐 논문쓴다 카든동 글 쓴다 카밀랑 그래 가지가라 캤다. 가지가여 필요하면 하고 필요 없는 건 다음에 보내달라고 내 이랬어. 이만한 보루 박스에 한 박스 여줘버렸어.

내방가사의 맥을 이어줄 딸 이선자가 있어 마음 든든하다.

그런데 저 담양에 가면 가사 두루마리가, 가사를 내가 보이께, 내 글씨는 아무데나 가도 이전에 찔룩찔룩 문때쓰던 글씨가, 내 글씨는 아무데나 가도 표가 나.

2002년에는 일본에서 왔는 걸 또 그 양반 다 줘버렸다고. 서울에 몇 집을 조사해봐도 와보이 볼끼 없다카매, 우리 해(조남이 할머니 집) 보자 카이 조사를 해가 보이, 뭐 가사도 있제, 도포도 있제, 유건도 있제, 띠도 있제, 그걸 보고 없는 기라고 환장을 하더만. 그러고 마 다 줘부렀다. 서울집 수리해서 농 다 넣고 옷하고 이불하고는 우리가 하라고 돈을 주더라. 일본 도쿄 박물관에 전시했을 때 가봤는데, 문짝, 걸레, 빗자루까지, 반질하던 틀, 가사 두루마리도 내 쓰던 그대로 해놨더라. 내 가사도 복사해서 한부

붙여놓고, 내가 가사 읽는 거 녹음해 틀어놓고. 농도 그대로, 이불 아홉 채, 요 세 채, 열두 채를 동개놓고. 도쿄 박물관, 오사카 박물관하고 몇 군데 돌아가미 전시한다카대.

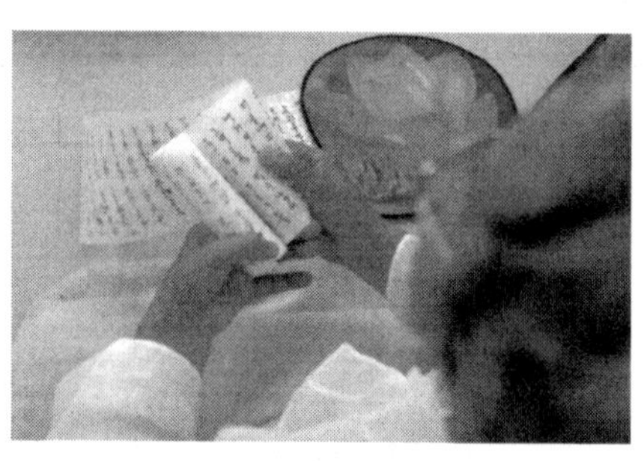

조남이 여사가 직접 쓰고 지은 가사를 낭송하고 있다.

인제 친구가 놀러 왔다가 연해(바로) 갔기 때문에 섭섭어가지고 진 가사도 있어. 나는 어데 가만 짓고 어데 잠깐이라도 구경 가면 산세풍경 짓고 구경가면 짓고 이기 내 소질이라, 소질이고. 지금도 뭐 어데 누구라도 필요하다 카믄 내가 져서(지어서) 그냥 준다. 올해도 저 내방가사에서 여행을 갔는데, 그래 가가지고 도효자 종가집캐도 종가집보다 도효자 도원에 가가지고 이래 전설 이 얘길 들어보이 좋더라고. 산세도 요래 보이 똑 이래 좋고, 동지간 우애를 누리는 것 겉은 그걸 해가지고 글을 하나 지었어. 지었는데 또 누가 보고 좋다 캐가 줘뿌렸어. 그래 난 그게 아무 그 필요가 없기 때문에 그래 자꾸 줬는데 내 이름을 안 쓰고, 요새 내 쓴다고. 내 이름을 안 쓰고 그냥 가져가면 지었다 칸데이. 그럼 난 그걸 모르고 그랬어.

이런저런 대회에 출전하여 받은 상장들

요새도 가사를 짓지. 최근에는 2003년도에 서울 청계천 도로 없어지기 전날, 큰 아들하고 청계천 갔다 와서 지은 〈청계천 개봉가〉가 있는데, 어디 모임에 가서 하니까 다들 좋아하대.

나이가 많아서 이제 많이 다니지는 못하지만, 요새도 한달에 한두번은 무슨 교수들 모임이나 각 문중에서 종가행사할 때 부르면 딸이랑 같이 가. 가서 이르면(가사를 읽으면) 좋아들 하지. 어떨 때는 좋다고 자꾸 하나 더 하라카고해서 1시간 정도 한 적도 있어. 나는 이런 좁은 데 보다는 너른 야외에서 소리가 더 잘 나와. 그런데 딸은 글을 마이 해가 그런가, 딸이 가사 읽을 때는 이르는(읽는) 음색이 우리하고 다르지, 가사를 우리가 이르면 전라도는 시조고 경상도는 시곡아이라(시곡이잖아), 시곡같이 이르는데 지금 아아들은 따박따박 학생글로 이르지. 내가 가사하면서 테레비에도 마이 나왔고, 상도 마이 탔어. 지난해는 전라도 무주에서 '전국노인 솜씨자랑대회'에서 대상을 받았고 올해는 또 오라캐서 또 뭘 하라카나, 싫어서 준비를 해가 가니까 그냥 특별상을 주대.

아들딸이 저거 아버지가 마이 베풀매 살아서 그런가 다 잘 살아. 저거

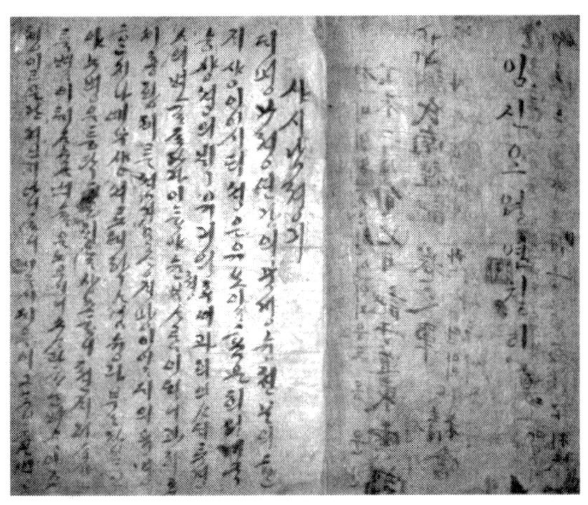

4대째 내려온 가사집 '사씨남정기' 필사본

아버지가 들에 갔다 오면 항상 거지를 달고 와서 먹이고 빈방에 불너가(넣어서) 재와(재워) 보내고 그랬어. 밥이 모지라면 자기는 낮에 마이 묵었다카면서 거지를 주라카고. 그래가 큰딸이 밥 해대면서 애 먹었지(웃음). 내가 살면서 허튼 소리나 허튼 행동은 안하고 살아왔으니까, 아들딸들이 어매 존경스럽고 자랑스럽다고들 해. 행복하지(웃음).

제3부

내방가사 작품 교주

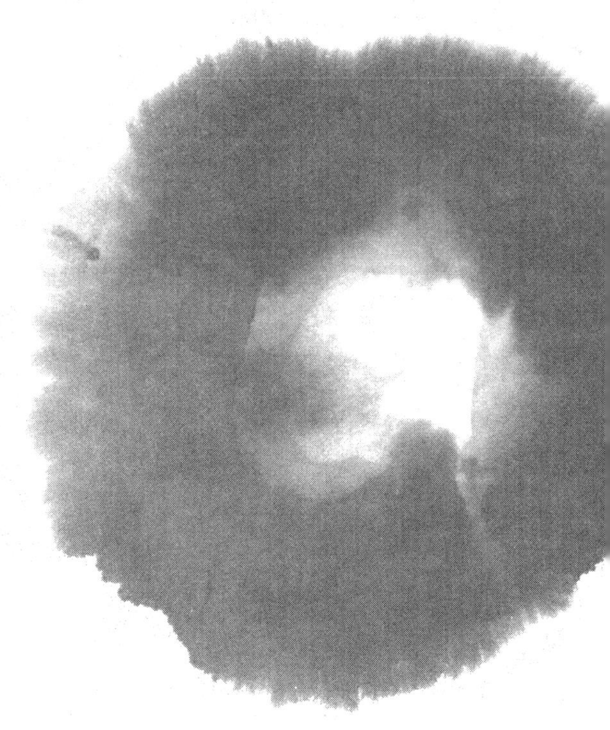

1. 계여가라
2. 여자 교훈가
3. 오륜가라
4. 화전가라
5. 사친가라
6. 경북대본 화전가
7. 시절가
8. 사향가라
9. 심셩화류가
10. 한양비가
11. [내방가사 낭송대본] 희열가
12. [내방가사 낭송대본] 도산별가
13. [내방가사 낭송대본] 퇴계선생 시곡
14. 초한가

계여가라

〈계여가라〉는 100×50cm 크기로 2행 4음보 2단 형태의 필사본으로, 표지 서명 〈교훈가〉로 묶인 전적의 두 번째 가사이다.

일반적으로 〈계녀가〉는 시집가는 딸에게 시집살이 규범을 가르칠 목적으로 지어진 가사이나, 이 작품은 '15, 16세 아이들아 이내 말씀 들어보소' 라고 시작하여 부모 공양, 형제 우애, 부부 화락, 접빈객 등 결혼 전 여자들을 대상으로 한 교훈이 이어진다. 특히 농부의 귀함을 알라고 하는 부분이라든지, '시속 여자들은 금전만 중히 알아', '있는 사람 상포하고 없는 사람 비웃나니' 같은 구절이 인상적이다. 이 가사는 권영철 교수의 소장품이었다.

계여가라

삼오 니팔 아히들아 이ᄂᆡ 말삼 들어보소
쳔지 간에 듕ᄒᆞᆫ 거슨 부모 밧게 업난니라
셰상에 인난 닐신 부모의 은덕이라
부모 업시 인난 사람 그 뉘가 잇단 말가
어일 ᄃᆡ[1] 지넌 일을 ᄃᆡ강만 긔록ᄒᆞᆫ다
오즘 자리 진자리에 마른 자리 가라 눕혀
취우면 덥게 ᄒᆞ고 더우면 시원ᄒᆞ게
험ᄒᆞᆫ 의복 부모 닙고 고은 의복 가라 닙혀
험ᄒᆞᆫ 음식 부모 먹고 이른 닐 ᄉᆡᆼ각ᄒᆞ면
정ᄒᆞᆫ 음식 가라먹여[2] 즁할시고 부모 은덕
산보다도 놉흔 은덕 물보다도 깁흔 은덕
손과 바리 쌀틀아도[3] 다 갑기야 ᄒᆞ련마는
셍장 양육 자ᄋᆡ 정을 만분니나 갑흘손야
가마귀는 미물이나 도로 먹여 은덕이라
ᄒᆞ물며 사람이야 김ᄉᆡᆼ[4]만 못할손야
의복 음식 접ᄃᆡ할 ᄃᆡ 절후[5]을 따라가며
여름이면 시원ᄒᆞ게 겨울이면 덥게 ᄒᆞ고
출닙을 할지라도 부모님게 고ᄒᆞ여라
부모님 부르신ᄃᆡ 잠시도 지체마라
ᄃᆡ답을 할지라도 고셩을 마라셔라
봉양을 할지라도 뜻을 마촤[6]ᄒᆞ여셔라

---

1) 어일 ᄃᆡ: 어릴 때.
2) 가라먹여: 가려 먹여.
3) 쌀틀아도: 닮더라도.
4) 김ᄉᆡᆼ: 짐승.
5) 절후: 절기.
6) 마촤: 맞춰.

육미팔미 복약이며 칠쳡팔쳡 저공히도
마음곳 불평ᄒᆞ면 안 먹기만 못ᄒᆞ노라
부모가 계시오면 마음ᄃᆡ로 못ᄒᆞ난이
범사을 할지라도 ᄆᆡ닐 품힁ᄒᆞ여셔라
부모가 말이시면 님의로 못ᄒᆞ난이
부모의 불평손 일 니삼ᄎᆞ 간ᄒᆞ여라
간ᄒᆞ여도 안 들으면 울고 ᄯᅡ라가난이라
ᄯᅩ ᄒᆞᆫ 말 들어바라 동기간에 우애ᄒᆞ라
ᄒᆞᆫ 기운을 타고 나셔 ᄒᆞᆫ텻 먹고 자ᄅᆡ난이
골육형졔 인졍이야 그 안니 즁할손야
의복을 할지라도 ᄒᆞᆫ 모양 갓치ᄒᆞ라
음식을 먹을 ᄯᆡ도 한 상에 ᄃᆡᄒᆞ여라
출닙을 할지라도 동힁을 자로[7] ᄒᆞ라
침소에 들어잘 ᄃᆡ 한 이울 덥고 자라
젼곡을 추ᄃᆡ할 ᄃᆡ 셔로 교계[8] ᄒᆞ지마라
닐월이 만할사록 ᄒᆞᆫ시갓치 화순ᄒᆞ라
ᄯᅩᄒᆞᆫ 말 닌난이라 부〃닌졍 최듕ᄒᆞ다
각셩 닌가 자ᄅᆡ 나셔 부〃닐신 도야셔라
쳔금갓치 놉흔 가장 만금갓치 듕ᄒᆞᆫ 가장
주야로 전님ᄒᆞ고 됴모로 쳥염ᄒᆞ라
미듭다 방심말고 각별이 공경ᄒᆞ라
의복을 션명ᄒᆞ게 남우계[9] ᄲᅡ짐업시
가장 의복 허술ᄒᆞ면 누구 흉이 나단말가
일〃삼시 죠셕 건지 마음먹어 ᄒᆞ여셔라
쵸당에 안진 가장 손님과 갓튼이라
시〃로 시장할시 주잔으면 못 먹난니[10]

---

7) 자로: 자주.
8) 교계(較計): 맞나 안 맞나 서로 견주어 봄.
9) 남우계: 남에게.

미덥고 친근타고 마음 노와 ᄃᆡ답말아
ᄂᆡᄂᆡ 일신 고락니야 그 ᄒᆞᆫ 손에 젼혀 닛다
자식을 곱게 길너 부모 후사 니워 놋코[11]
부부의 온졍니야 누구라셔 범연ᄒᆞ리[12]
부〃셔로 화순ᄒᆞ면 부모 마음 편ᄒᆞᆫ니라
부〃셔로 불순ᄒᆞ면 부모 걱정 되난니라
부모 봉양 ᄒᆞ자 ᄒᆞ면 화순니 제니리라
각셩 닌간 싱겨날 ᄃᆡ 또 ᄒᆞᆫ말 들어바라
유졍 무졍 싱겨난이 쳔지미목 졀묘ᄒᆞ다
ᄒᆞᆫ 달 두 달 지닌 후에 칠팔 시 잠관 가고
십오 셰 다〃른이 피ᄎᆞ 부모 구혼ᄒᆞ여
죠흔 날 ᄐᆡᆨ취ᄒᆞ야 싱기복덕 날을 갈여[13]
바든 나리 십사와셔 실낭 신부 쵸출닙에
져 실낭 풍치 보소 사모관ᄃᆡ 놉히 ᄒᆞ여
구름갓흔 차닐 밋헤 닌물 병풍 둘이쳐다
용문셕 화문셕에 삼듕셕을 도〃ᄒᆞ여
사시쪽〃 쳥ᄃᆡ닙흘 화쵸병에 ᄭᅩ바놋코
삼동거리 놋쵸ᄃᆡ에 은잔 놋잔 바촤놋코[14]
쵸셩[15] 죠흔 션비 골나 ᄃᆡ흘기을 피여 들고
셔지부가 흘기쓰리 주닌 추령 예을 갓차
북향 지비 ᄒᆞ온 후에 젼안 사자 들어갓다
교빅셕을 ᄎᆞ려놋코 셔동부셔 ᄒᆞ여셔라
연지 셩젹 분셩젹에 져 신부 ᄐᆡ도 바라

10) 주잔으면 못 먹난니: 주지 않으면 못 먹나니.
11) 니워 놋코: 이어 놓고.
12) 범연(泛然)ᄒᆞ다: 차근차근한 맛이 없이 데면데면하다.
13) 갈여: 가려.
14) 바촤놋코: 받쳐 놓고.
15) 쵸셩: 글 읽는 목소리.

녹의홍상 추려 닙고 칠보단장 곱게 히다
예모을 숙여 씨고 교빅셕에 나올 젹에
결산 훈님 마죠 셔〃 두 손 읍을 공경훈다
부션 지빅 합굴 예에 빅연언약 구지 밋자
거찬 철찬 맛친 후에 신힝길 제촉훈다
부모 동기 니별호고 시가로 도라간이
산도 셜고 물도 션에 법을 짜라 예 와신이[16]
남우 자식 다려다가 천디 박디 호지 마라
자손을 니위너여 후사을 젼호난이
그른 닐 싱각호면 쇼듕타 안이호랴
셰상에 두려운 닐 사람 천디 호지 마라
엇지타 시쇽 여자 금젼만 듕키 아라[17]
동기간에 불화호고 빈부을 별노 아라
닌는 사람 상포호고 업는 사람 비운난니
쵸당에 손니 와도 빈부을 보지 마라
쏘 훈 말 들어바라 농부 훈 말 닌난니라
헌옷 닙은 농부들을 천호게 보지 마라
문젼옥답 좃타훈들 그 뉘라셔 지을 손야
잡곡죠죵 셔쇽니며 박쇽갓흔 순무명과
기 워디셔[18] 나단 말가 농부을 천디 마라
니러훈 일 볼작시면 그 공니 젹을숀야
봉지사 졉빈객과 부모봉양 엇지 할가
음식을 할지라도 셥〃니 디졉마라
무심니 보지 말고 명심호여 살펴셔라
무론남여 노소호고 글노 보면 고만니고
말노 아라 잘 보아셔 니디로 힝호여라

16) 예 와신이: 여기에 왔으니.
17) 금젼만 듕키 아라: 금전만 중하게 알아.
18) 기 워디셔: 그 어디서.

힝ᄒᆞ지 못할 사람 도져니[19] 보지 마소
자식 도리 ᄒᆞ자 ᄒᆞ면 도쥐니 ᄲᅩᆫ을 보라[20]
세〃이 살펴 보소 부탁ᄒᆞᆫ 말 다ᄒᆞ노라
방적도 ᄒᆞ련니와 부모의 마음 편키
힝ᄒᆞ지 못ᄒᆞ오면 그은 ᄇᆡ와 무엇ᄒᆞ노[21]
ᄎᆡᆨ으로 보랴 ᄒᆞ면 안 보기만 못 ᄒᆞ난이
부모의 교휸이니 그ᄃᆡ로 힝히 볼가
에젼에 공ᄆᆡᆼᄌᆞ도 남여를 물논ᄒᆞ고
사람ᄃᆡ는 장ᄒᆞᆫ 말숨 힝실을 주장 닐이ᄉᆞᆫ이[22]
효도을 못할만졍 명영ᄃᆡ로 할 거시라
지금은 며나리나 장ᄂᆡ에 부모된다
아ᄒᆡ야 들어바라 무심이 보지 말아
일〃리 못할만젼 ᄃᆡ강니나 ᄒᆞ여셔라
가장을 공경ᄒᆞ고 시부모 마음 편키
그다지 어려올가 ᄒᆞ란ᄃᆡ로 ᄒᆞ여셔라
엇지ᄒᆞ야 여ᄌᆞ로셔 그ᄃᆡ로 못ᄒᆞ난고
부ᄃᆡ〃 명염ᄒᆞ야 잠들기 젼 닛지 마라
군속[23]을 원망마라 니ᄃᆡ로 힝ᄒᆞ오면
쳔되가 무심ᄒᆞ며 리수[24]가 업슬손야
세워리 가고 보면 자연니 ᄃᆡ난니라
남니사[25] 엇지 ᄒᆞ든 ᄂᆡ 할 도리 니ᄲᅮᆫ닐다
말노난 너 이즐가ᄇᆡ[26] ᄎᆡᆨ에다 올여난이

---

19) 도져니: 도저히.
20) ᄲᅩᆫ을 보라: 본을 보라.
21) 그은 ᄇᆡ와 무엇ᄒᆞ노: 글은 배워 무엇하노?
22) 닐이ᄉᆞᆫ이: 일렀으니.
23) 군속: 세상의 많은 사람.
24) 리수: 이익이 많은 곳.
25) 남니사: 남이사, 남이야.
26) 이즐가ᄇᆡ: 잊을까봐.

시〃로 미진ᄒᆞᆫ 닐 칙을 다시 펴여보라
부모 사랑 더고 보면 남우계도[27] 층찬 듯지
가장 공경 화순 부모 어려온 닐 젼혀 업다
혼젼신셩 못으거든 식셩을 무러가면
니웃을 갈지라도 부모의게 알게 ᄒᆞ라
동셔간 우애ᄒᆞ기 안으로 가난니라
미진ᄒᆞᆫ 닐 닛거들낭 순으로 공논ᄒᆞ며
우심과 화순ᄒᆞ면 그 안니 깃특할가
빅도 안니 곱ᄒᆞ지고[28] 가난도 머러간다
니워리 발가신이 엇지 안니 몰을손야
니와 갓치 힝ᄒᆞ오면 자식을 잘 두난이
여사로 보기 듸면[29] 자식을 잘못 두고
원통코 이달할사 니와 갓치 못ᄒᆞ난고
소닐노 날을 삼아 글노 보고 놀고 본니
말노 듯고 잘 보아셔 여ᄌᆞ 교훈 읏듬니라
교휸니 별다른아 화기융〃 하여셔라
아히야 들어보고 단〃니 들어바라
범사을 못할만졍 교훈듸로 명심ᄒᆞ라
여ᄌᆞ몸니 도야나셔 할 니리 니에 잇다
그 무어시 얼여울가 일평싱에 그 닐이라
자식을 나야보면 부모일을 께치리라
부모은덕 모을진뒨 자식인들 오작ᄒᆞ랴
부탁ᄒᆞᆫ 말 닛지 말며 부모은덕 닛지 마라
닐싱에 못다 할 일 니에셔 더할손야
시부모가 몹시다도 너 할 도리 ᄒᆞ고 보면
일〃리 니 화순ᄒᆞ면 자연이 순ᄒᆞ난이

27) 남우계도: 남에게도.
28) 안니 곱ᄒᆞ지고: 아니 고파지고. 즉 배부르게 되고.
29) 여사로 보기 듸면: 여사로(쉽게, 보통으로) 보게 되면.

순할 순짜 화할 화자 ᄇᆡᆨ가지에 제니리라
시누의 쳘 몰나셔 오건죠근 ᄒᆞ들야도
부ᄃᆡ〃탄치 말고 잘 ᄒᆞᆫ 일도 못 ᄒᆞᆫ 쳐로
시집에 어룬이야 시누의가 젹실ᄒᆞ다
시모 셩졍 편키ᄒᆞ며 미와도 곱게 ᄒᆞ라
그 안이 사랑ᄒᆞ며 이 안니 기특ᄒᆞ랴
엇지 ᄒᆞ야 불순ᄒᆞ여 니와 갓치 못ᄒᆞ난고
젼ᄒᆞᆫ 말 닛고 보면[30] 닐평싱니 고상닐다[31]
빈부는 고사ᄒᆞ고 불평이 고싱닐다
아히야 자셔 보고 부ᄃᆡ〃 잇지 마라
엇든 부모 다르오며 어니 시집 다읏손야
시집닌이 친졍닌이 분간니 다직ᄒᆞ다
친졍에 어린 마음 니〃이 밋지 마라
시집사리 잘 ᄒᆞ자면 친졍 니리 젼혀 업다
장셩할 ᄃᆡ 친졍니졔[32] 출가ᄒᆞ면 평싱니라
친졍은 남이 ᄃᆡ고 우리집이 시가로다
자식 나아 장셩ᄒᆞ면 나도 부모 되난니라
졀물 ᄃᆡ[33] 시부 공경 씰 ᄃᆡ가 젼혀 업다
할 마리 만흐나마 화순공경뿐니로다
글 ᄇᆡ와 ᄎᆡᆨ을 볼 ᄃᆡ ᄃᆡ간니나[34] 못ᄒᆞ오면
이와 갓치 못ᄒᆞ거든 다시 보들 마라셔라

---

30) 닛고 보면: 잊고 보면.
31) 고상닐다: 고생이다.
32) 장셩할 ᄃᆡ 친졍니졔: 장성할 때 친정이지.
33) 졀물 ᄃᆡ: 젊을 때.
34) ᄃᆡ간니나: 대강이나.

여자 교훈가

〈여자 교훈가〉는 규수(閨秀)들의 유교적 교화(敎化)를 목적으로 한 내방가사이다. 이 가사가 실린 작품집은 장책되어 있으며 100×50cm 크기로 2행 4음보 2단으로 구성되어 있다. 내용은 〈내훈(內訓)〉, 〈여사서(女四書)〉 등이 원류를 이루고 있으며, 이에 해당하는 작품으로 〈계녀가(戒女歌)〉, 〈규중행실가(閨中行實歌)〉, 〈규중여자가〉, 〈교녀가(敎女歌)〉, 〈현부신손양경가(賢婦身孫養警歌)〉 등이 함께 실려 있다.

〈여자 교훈가〉의 내용은 여자가 할 일을 낱낱이 예를 들며 열거하였다. 시부모 섬기기, 제사 받들기, 손님 접대하기, 일가친척간에 화목하기, 험담 말기, 남편 섬기기, 행보법(行步法), 친구 사귀는 법, 사람 대하는 법, 남의 집을 방문하는 법, 말과 행동을 조심하는 법 등이다. 이 가사는 권영철 교수의 소장품이었다.

여자 교훈가

천지가 ᄇᆡᄒᆞᆸᄒᆞ여 음양으로 삼긴 인ᄉᆡᆼ
엇지 안니 소즁ᄒᆞᆫ고 ᄆᆡᆼᄌᆞ님니 이르시되
효순[1]을 모를진된 금수에 불원니라
엇지ᄒᆞ야 져러ᄒᆞᆫ고 남ᄌᆞ는 고사ᄒᆞ고
여자로 니을지라 쳔ᄒᆞ가 광ᄃᆡᄒᆞᆫᄃᆡ
용납 업난 여자로다 자셔 듯고 닛게 마라
부모의 혈육으로 졈〃니 장셩ᄒᆞ여
남 발셔 열사리라 세워리 훌〃ᄒᆞ야
몃 ᄒᆡ 안니 지ᄂᆡ가면 출가외인 될 거시라
친부모을 모실 젹에 진심갈역[2] 하여 보라
ᄂᆡ 친정에 ᄇᆡ운 ᄒᆡᆼ실 출가ᄒᆞ여 곤치기난[3]
길삼방젹 여공지질 언어ᄒᆡᆼ동 출닙범졀
혼정신셩 문의욱ᄒᆞᆫ 사친경장[4] ᄒᆞ난 것설
ᄂᆡ 부모계 교휸 바다 출가ᄒᆞ여 ᄒᆡᆼ할 거요
친정에 못 ᄇᆡ운 알 출가ᄒᆞ야 고ᄉᆡᆼ니라
시부모가 말을 ᄒᆞ되 친부모를 원망ᄒᆞ며
타인 타셩 말을 ᄒᆞ되 견문 업다 흉을 ᄒᆞ며
노비권속 비운는다 그을 ᄃᆡ을 당도ᄒᆞ면
가장 보기 부그릅고 남 보기도 ᄒᆡ참ᄒᆞ다[5]
부모의 교휸 바다 출가니라 ᄒᆞ난구나
ᄒᆡᆼ예셕에 당도ᄒᆞ여 그 부모가 질거ᄒᆞ며
거가[6]로셔 나갈 졔 친부모가 손을 잡고

---

1) 효순(孝順): 효성 있고 유순하다.
2) 진심갈역: 진심갈력(塵心竭力). 마음과 힘을 있는 대로 다함.
3) 곤치기난: 고치기는.
4) 사친경장(事親警長): 어버이를 섬기고 어른을 공경한다.
5) ᄒᆡ참ᄒᆞ다: 해참(駭慚). 남 부끄럽다.

눈물노 니른 마리 아ᄒᆡ야 불너 가며
타문에 들어가셔 시부모게 효도ᄒᆞ고
가장의게 화순ᄒᆞ라 ᄇᆡᆨ 번 쳔 번 당부ᄒᆞ며
손을 노아 니별할 직 자에ᄒᆞ신 부모 심사
눈물 밧게 안니 난다 시집니라 들어가셔
시부모가 명영크든 거역말고 시힝ᄒᆞ며
가장이 말 ᄒᆞ거든 오공단정 쥬장니라
속상ᄒᆞ고 분난다고 기운ᄂᆡ여 말을 말고
ᄂᆡ외간에 유정탓고 부모 압ᄒᆡ 농담 말고
남 보난 ᄃᆡ 히롱말라 셰월닌심 고니ᄒᆞ다[7]
그 모도[8] 흉언일셰 시부모가 쎵을 ᄂᆡ여
악셩으로 ᄭᅮ지거든 황공ᄒᆞ게 고달ᄒᆞ여
ᄂᆡ 비록 재 업시나 닌는다시[9] ᄭᅮ중 듯고
분을 ᄂᆡ여 말할 젹에 장타십히[10] 말을 말고
수다니[11] ᄭᅮ죵히도 ᄃᆡ척 업시 들어셔라
시부모가 ᄭᅮ짓다가 며나리도 자식니라
구연ᄒᆞᆫ[12] 마음 들어 타니르고 후회한다
그 부모가 고수[13]라도 자기 감심 졀노 ᄃᆡ여
부모 젼에 ᄭᅮ러 안자 젼후사을 엿주오면
긋ᄃᆡ을 당ᄒᆞ거든 ᄒᆞ기리셩 가만 〃
회과자칙 졀노 되여 발명을 ᄲᆞᆯ이 마라

---

6) 거가: 거가대족, 문벌이 좋은 집안.
7) 고니ᄒᆞ다: 고이하다.
8) 모도: 모두.
9) 재 업시나 닌는다시: 죄 없으나 있는 듯이.
10) 장타십히: 장하다 싶게.
11) 수다니: 수다스럽게.
12) 구연ᄒᆞᆫ: 공연한.
13) 고수: 중국 고대 순 임금의 아버지. 고수는 후처가 낳은 아들을 편애해 항상 순을 죽이려고 했다.

발명니 불공니라 삼천가지 ᄌᆡᆨ목듕에
불효가 웃듬니라 부모혈육 타고 나셔
불효을 멀이 ᄒᆞ소 여자의 ᄒᆞᆫ평ᄉᆡᆼ이
어려온 날 ᄒᆞ도 만타 은공ᄒᆞ며 단정ᄒᆞ며
묵듕ᄒᆞ며 말 업시며 황낙히 ᄒᆞ지 말며
번거니 ᄒᆞ지 말고 황홀한 ᄎᆡ ᄒᆞ지 말며
아는 것도 모르난 ᄎᆡ 보난 것도 못 본다시
들른 날도 모른다시 ᄂᆡ 죠심만 할 거시라
여ᄌᆞ의 흉니 만타 ᄂᆡ 잘난 ᄎᆡ ᄒᆞ지 말고
남여 분별 ᄉᆡᆼ각ᄒᆞ고 시부모계 악담 말고
가장 압헤 나셔[14] 말고 ᄂᆡ외간에 닷틈 마라
남의 흉을 보지 말고 죠형 분명 할 것시라
음탕ᄒᆞ며 투기ᄒᆞ며 불화ᄒᆞ며 불효ᄒᆞ면
칠거지악 되난이라 어와 여자들아
여ᄌᆞ의 날건이여 다시 곰〃 ᄉᆡᆼ각ᄒᆞ쇼
즁코도 듕할 ᄉᆡ라 경듕니 알고 보면
져 ᄒᆡᆼ실 의연코나 시부모가 계시거든
안고 셔고 할 젹에도 공경으로 듀장ᄒᆞ라[15]
거름거리 나갈 젹에 시부모가 보시난니
옷긴 단〃 잡아ᄆᆡ고 초마ᄭᅩ리 여마쥐고[16]
공순니 들어가며 부모 압헤 단닐 젹에
국궁여야[17] 거름 것고 시어른니 문답할 ᄃᆡ
낫흘 들고 말할 젹에 눈 바루 ᄃᆡ답 말라
더욱 〃 죠심ᄒᆞ며 화순으로 듀장 삼고
자로 ᄉᆞ죵 계시거든 가장니 불순ᄒᆞ여

14) 나셔: 나서지.
15) 듀장ᄒᆞ라: 주장하라.
16) 초마ᄭᅩ리 여마쥐고: 치마꼬리 여며 쥐고.
17) 국궁여야(鞠躬如也): 몸을 굽혀.

닉 마음에 잘한 닐도 못흔다시 들어셔라
가장니 화난 일[18]을 여자가 말유[19] 말아
천셩니 완연커든 말닌닷고 되겐난야
말여도 안니 듸고 집안 요란흐지 말아
집안이 요란흐면 지어간에 히가 만타
가장니 흐신 일을 당연니 그르나마
골닉여 말을 말고 종요니[20] 틈을 타셔
자기 회심 절노 듸여 듀져리 말을 흐면
강약흔 강포 말고 억지로 말유흐면
억우리[21] 될 거시요 그 집니 망흐리라
가장이 유약다고 능멸이 아지 말고
공순이 할 거시라 여즈라 흐난 거시
친부모을 흐직흐고 시집니라 갈 젹에난
가장 흐나 싱각흐면 엇지 안니 듕할 손야
가장니 명영커든 안자셔 듸답 말라
주야장창 눕지 말고 닉 몸니 고단탓고
가장의게 악담 마소 그 모다[22] 불공니라
닉외던 팔자로셔 수심을 세고 보면
가장니 눈치 보고 더욱 수심 세난니라
고상흐고 영화흠이 무비 모다 지 팔자라
누기을 원망 말고 집안니 화순흐면
윤기가 도라오고 집안니 불화흐면
식 운이 들어온다 어와 여자들아
가장니 출타커든 더고아[23] 조심흐여

---

18) 화난 일: 하는 일.
19) 말유: 만류.
20) 종요니: 조용히.
21) 억우리: 억울하게.
22) 모다: 모두.

이웃 출닙 ᄒᆞ지 말고 세리〃 모니여셔
번화ᄒᆞ게 노지 마라 남 보기에 히참ᄒᆞ다
밤으로 출닙 말고 물니로24) 단닐 젹에
눈 바루 쓰지 말며 심회나게 소리 말고
물 속으로 들다 보고 머리 모숨 만지가며
물 발나 단장 말고 물동 우에 물버 놋코25)
압뒤 사람 보지 말고 친ᄒᆞᆫ 동유 간다고셔
손짓ᄒᆞ여 웃지 말고 보난 사람 욕을 ᄒᆞᆫ다
손님니 오시거든 디졉을 잘 ᄒᆞ여라
니 가장의 친구니라 니 살님니 구간타고26)
오난 손님 시려 말고 양식니 부죡타고
손님 실타 걱정 ᄒᆞ면 그 숀님이 안자 듯고
잘 것도 떠나가고 유할 것도 〃라간다
목소리 크게 ᄒᆞ면 손님듯기 미편ᄒᆞ고
수심을 씌고 보면 손니 혹시 엿보다가
의심ᄒᆞ고 가난니라 어우 여자들아
열심코 도심ᄒᆞ라 여자의 흉니 만타
왕촉27)니 망ᄒᆞ기로 츙신불사니군이요
열여는 불경니부라 힝실을 조심ᄒᆞ요
여자의 몸이 도야 허코도 듬할시고
시속 인심도 보소 엇지 안니 조심될고
흉니라면 달니 듯고 기리라면 물너간다

23) 더고야: 더욱.
24) 물니로: 무리로.
25) 물버 놋코: 물 부어 놓고.
26) 구간타고: 구차하고 가난하다고.
27) 왕촉: 전국 시대 제나라 화읍(畵邑) 사람. 낙의(樂毅)가 처음 제나라를 격파했을 때 그가 어질다는 소문을 듣고 군대에 명령해 화읍 주변 30리를 포위하도록 해 들어가지 못하도록 하고 예의를 갖춰 만가(萬家)에 봉하고는 연(燕)나라를 돕도록 청했다. 그는 끝내 사양하고 나가지 않았는데, 연나라 사람들이 위협하자 나무에 목을 매 자살했다.

남으 흉 보기 죠와 히담[28]으로 양식 삼고
어와 황단ᄒᆞ다[29] 이와 갓흔 세월 닌심
언무죡니 힝쳘니요[30] 풍무쳐니 요목니라
여자의 몸이 도야 자고로 ᄆᆡᆨ낭ᄒᆞ다[31]
길가에 나셔나마 남자와 동힝 말고
게천에 빨닉타가 남졍니 지닉거든
낫철 들고 보지 말고 놉흔 산에 올나셔〃
니집 져집 젼갈 말고 기침 부딕 크게 마라
운난 사람 혹시 닛다 닉외간에 의상ᄒᆞ고
동유찌리 셜화 말고 부〃간에 닷툼 마라
밤에 나셔 것지 말고 가장니 쑤짓다고
도라안자 한숨 말고 시부모가 칙혼다고
가장의게 알요 말고 닉 가장의 부모니라
시부모가 업슬진된 닉 가장니 싱길손야
어와 여자들아 변〃치 못ᄒᆞᆫ 구변으로
두어 마듸 훈계 말을 명심ᄒᆞ야 닛지 마라
니 밧게 나문 가지 긍양딕로 지어 보소
훈게할 말 허다ᄒᆞ나 부딕〃 명염ᄒᆞ라
여ᄌᆞ의 할 닐니야 니 밧게 업난이라
니 글 보고 심상ᄒᆞ면[32] 금수에 비할니라

28) 히담: 희담(戲談). 우스갯소리.
29) 황단ᄒᆞ다: 황당하다.
30) 언무죡니 힝쳘니요: 발 없는 말이 천 리 가고(無足之言 行千里).
31) ᄆᆡᆨ낭ᄒᆞ다: 맹랑하다.
32) 심상ᄒᆞ면: 대수롭지 않고 예사로우면.

오륜가라

〈오륜가라〉는 필사 연대는 정사년(1917년, 1977년)이며 필사자는 미상이다. 100×50cm 크기로 장책된 가사집으로 음보 구분 없는 줄글 형태로 기사되어 있다. 〈오륜가라〉 뒤에 〈감별곡이라〉와 〈현심겡이라〉가 함께 실려 있다. 표지에 "경ᄉ 츈삼월 망일 필종"이란 기록과 "칙주는 이 징흔이"라는 글씨가 있으며, 글씨체가 가장 반듯하다. 이 〈오륜가라〉에는 '부ᄌ유친이라', '군신유의라', '부〃유별이라', '장유유셔라', '붕우유신이라'가 차례로 붙어 있다. 〈오륜가라〉는 삼강오륜의 오륜을 항목별로 조목조목 짚어 교훈하는 내용의 가사이다. 이 가사는 권영철 교수의 소장품이었다.

오륜가라

천지만물 싱긘 후에 귀ᄒᆞᆫ 거시 사람이라
무어시로 귀ᄒᆞ던요 오륜이 읏듬이라
오륜힝실 능히 ᄒᆞ면 천지인 삼직즁의
참예ᄒᆞ고 오륜지도 모로오면 금슈에 다를손야
부ᄌᆞ유친 읏듬이요 군신유의 버금이라
안해 들면 부〃유별 밧게 나면 붕우유신
형졔간의 우이ᄒᆞ면

부ᄌᆞ유친이라
우리 조션 사람더라 부ᄌᆞ유친 드러보셔
천지간의 즁한 거신 부모밧긔 ᄯᅩ 잇넌가
부모 은혜 싱각ᄒᆞ면 틱산이 ᄀᆡ거웃니[1]
아부임이 나어시고 어무임이 길우시니
포틱ᄒᆞ야 십 삭만의 신곤ᄒᆞ야 히복ᄒᆞᆫ니
그 은혜 만극ᄒᆞ다 모욕[2] 감긔 누피 놋코
금옥가치 사랑ᄒᆞ네 홍진 역질 ᄒᆞ여날 졔
부모 마음 엇떠튼야 괄롱낙ᄀᆡ[3] 슌이ᄒᆞ면
업다 말 비 올 졔 깃거ᄒᆞ고 거름할 졔 사랑ᄒᆞ여
죠흔 음식 조흔 의복 부모 극희 사랑ᄒᆞ야
며으나니[4] ᄌᆞ식이요 입피나니 ᄌᆞ식이라
글ᄌᆞ 능히 알만 ᄒᆞ면 어지 스승[5] 마ᄌᆞ다가
소학 디학 갈으쳐서 아무죠록 사람되라

---

1) ᄀᆡ거웃니: 가벼우니.
2) 모욕: 목욕.
3) 괄롱낙ᄀᆡ: 갈롱떨다, 간능(幹能)나게 재간 있고 능청스러움.
4) 며으나니: 먹이나니.
5) 어지 스승: 어진 스승.

삼가 관계 디닌 후에 어진 ᄇᆡ필 구혼ᄒᆞ여
가취지에 ᄒᆡᆼ할 젹의 부모 심역 오직 할라
부모은혜 갑ᄌᆞᄒᆞ면 만분지일 갑풀손야
ᄉᆡᆨ벽의 일직 ᄀᆡ여 문안 부름 몬져 ᄒᆞ고
질긔시난 음식으로 정ᄉᆞ이 ᄎᆞ리놋코
부모 한 변 잡슈시면 ᄌᆞ식 마음 오직 할랴
ᄣᆡ 느즈면 시장할가 날리 ᄎᆡ면 치우실가
즁심의 항상 이ᄶᅵ[6] 삼시 부모 잇들 마ᄉᆡ
부모임의 하시고 젼일 압셔 가면 몬쳐 ᄒᆞ고
부모 졋틔 항ᄉᆞᆼ 이ᄶᅵ 평안쾨만 ᄒᆞ야 보ᄉᆡ
부모임 취침ᄒᆞ시거던 자리 ᄭᆞᆯ고 물너날 졔
온량지절 살피보고 ᄎᆞᆸ긔 말고 덥긔 말고
평ᄉᆡᆼ을 ᄒᆞ로갓치 우리 부모 셤긔 보자
글 ᄅᆡ르고 ᄒᆡᆼ실 ᄯᆞᆨ가 군ᄌᆞ의 몸 되어 보셰
입신양명 ᄒᆞ난 곳의 부모임도 헌달ᄒᆞᆫ다
가난하물 근심 말고 농사ᄒᆞ여 공양ᄒᆞ자
무논의 베 심우고 묏밧틔 셔곡 숢어[7]
베ᄂᆞᆫ 비여 부모 봉양 셔곡 비여 우리 냥식
ᄲᅱ산의 ᄲᅩᆼ 닷우고 압들에 목화 ᄶᅡ셔
명쥬 ᄶᅡ셔 부모 의복 무명 나아 우리 입졔
게돈[8] 구쳐 갓초 먹이고 은인 옥쳑[9] 만니 낙가[10]
만반진찬 차리노코 우리 부모 공양ᄒᆞ셔
위ᄐᆡᄒᆞᆫ ᄃᆡ 가지 말라 부모 근심 ᄒᆞ신이ᄅᆞ
쥬식잡긔 부ᄃᆡ 말라 부모임게 욕된이라

---

6) 즁심의 항상 이ᄶᅵ(마ᄉᆡ): 중심에 항상 있되.
7) 숢어: 심어.
8) 게돈: 닭과 돼지(鷄豚).
9) 은인 옥쳑: 은린옥척(銀鱗玉尺). 모양이 좋고 큰 물고기.
10) 만니 낙가: 많이 낚아.

쳐ᄌᆞ동셩 화목ᄒᆞ니 부모임이 깃거ᄒᆞᆫ다
아모조록 호도ᄒᆞ야 부모 은혜 갑파 보세
부모 만일 노하시면 ᄌᆞ식 마음 송구ᄒᆞ여
말삼을 나직ᄒᆞ고 낫빗틀 화슌ᄒᆞ야
호도 공경 더옥 ᄒᆞ면 부모 감동 ᄒᆞ신이ᄅᆞ
부완모은 슌임군도 깃거ᄒᆞ긔 ᄒᆞ야거든
ᄒᆞ물며 우리 부ᄌᆞ 부ᄌᆞᄌᆞ호 못할손야
일월리 여류ᄒᆞ야 당상학발[11] 늘거간다
우리 부모 ᄇᆡᆨ셰 후에 호도할 곳 업시리ᄅᆞ
이졔 호도 못하ᄂᆡ면 평ᄉᆡᆼ 한쳐 되오리ᄅᆞ
부모 만일 병들거던 근심ᄒᆞ고 민망ᄒᆞ야
의약으로 구효ᄒᆞ고 쳔지계도 빌어보와
정셩이 지극ᄒᆞ면 신명이 엇지 감동 아니할리
불힝ᄒᆞ여 별셰ᄒᆞ면 호천망극 엇지 할고
셩복젼의 안 멱어도 음식 ᄉᆡᆼ각 젼이 업ᄃᆞ
삼사식 양예젼의 멱난이 쥭이로다[12]
의금관곽 갓초와셔 명산 ᄎᆞᄌᆞ 장사할 졔
ᄋᆡ황즁의 정신차리 례볍ᄃᆡ로 힝ᄒᆞ여ᄅᆞ
총망간의 ᄀᆞᆺ려ᄒᆞ면 종쳔지한 되오리ᄅᆞ
우졔졸곡 진닌 후의 거상지졀 엇터던야
굴관졔복 안이 볏고 주야ᄋᆡ곡 ᄲᅮᆫ이로ᄃᆞ
남녀상ᄌᆞ 분명ᄒᆞ야 부〃동쳐 안 하니라
나물 과실 안 먹거던 쥬육이야 먹을손야
소상 ᄃᆡ상 잠간 진ᄂᆡ 담졔 길졔 다달낫다
삼연종졔 필ᄒᆞᆫ 후의 사모할 곳 어디멘요
ᄉᆞ당간의 신주 모셔 업신 부모 계신다시[13]

11) 당상학발: 당상(堂上)은 부모님이 거처하시는 곳을, 학발(鶴髮)은 학처럼 흰 머리를 뜻한다.

12) 멱난이 쥭이로다: 먹는 것이 죽(粥)이로다.

조셕마다 헌알ᄒᆞ고 삭망으로 분ᄒᆡᆼᄒᆞ며
서것나면 텬신ᄒᆞ고 절일되면 다례ᄒᆞ고
일연ᄉᆞᄎᆞ ᄉᆞ듕월[14]의 극진이 시췌ᄒᆞ고
긔일되면 긔제ᄒᆞ되 삼일 칠일 ᄌᆡ비ᄒᆞ고
모욕ᄒᆞ고 새 옷 입어 달른 마음 두지 말고
부모 ᄉᆡᆼ각 ᄲᅮᆫ이로다 ᄒᆞ시든 일 ᄉᆡᆼ각하며
즐긔던 것 ᄉᆡᆼ각ᄒᆞ고 ᄉᆡᆼ가유무 셩셰ᄃᆡ로
정ᄒᆞᆫ 음식 ᄎᆞ리놋코 주인 쥬부 ᄂᆡ외 제관
탄심갈역[15] ᄒᆞ야 보세 한길갓치 정성 씨면
부모 흠향 ᄒᆞ신이라 만연유ᄐᆡᆨ 져 산쏘의
부모 체ᄇᆡᆨ 안녕ᄒᆞ다 ᄌᆞ조 〃 셩모ᄒᆞ여
송츄사초 북도두고[16] 한식 츄셕 양 절일의
제물 ᄎᆞ리 제ᄉᆞᄒᆞ세 ᄌᆞ식되여 이리 ᄒᆞ면
불효지제 면하리라

군신유의라
솔토지빈 ᄇᆡᆨ셩더라 군신지의 들어보소
임군은혜 ᄉᆡᆼ각ᄒᆞ면 부모 어ᄶᅵ 달일손야[17]
구중궁궐 놉푼 집의 문무ᄇᆡᆨ관 모으시고
억조창ᄉᆡᆼ 살우려고[18] 치국경윤 ᄒᆞ시더라
이 나라에 ᄉᆞ난 ᄇᆡᆨ셩 뉘가 신하 안이 되리
삼시로 먹는 밥은 임군 ᄯᅡᆼ의 심근 곡셕
삼강오상 ᄒᆞ는 도은 ᄂᆡ 임군의 갈릇쳐다

---

13) 계신다시: 계신듯이.
14) 사중월(四仲月): 사중삭(四仲朔). 네 철의 각각 가운데 달.
15) 탄심갈역: 마음과 힘을 다 함.
16) 송츄사초 북도두고: 무덤 주위의 나무와 풀(松楸死草) 북돋우고.
17) 어ᄶᅵ 달일손야: 어찌 다를소냐.
18) 살우려고: 살리려고.

우리도 글 닐어셔[19] 이윤쥬공 호칙ᄒᆞ셰[20]
슈신졔가 극진ᄒᆞ면 치국지칙 당ᄒᆞ리라
치국지칙 당ᄒᆞ거든 임군은혜 갑ᄒᆞ보쟈
우리 임군 잘 셤기면 요슌지군 되시리라
쇠길[21] 마음 두지 말고 곧은 도리 셤긔보ᄌᆞ
아쳠ᄒᆞ면 소인이라 면졀뎡징[22] 당연ᄒᆞ다
어려운 일 당ᄒᆞ거든 ᄒᆞᆫ 목씀을 앗길것가
입절ᄉᆞ의 능희 ᄒᆞ면 ᄉᆞ난 디셔 영광이ᄅᆞ
문필에 뜻 업거든 호반을 일 삼아셔
륙도삼략 능통ᄒᆞ고 용검무창 능통ᄒᆞ야
찰유완급 당ᄒᆞ거든 공후간셩 되어보셔
문무의 직조 업셔 동셔반의 못 잇거든
막비왕토 이 짱예셔 착정경젼 일을 삼아
오곡풍등 ᄒᆞ신 후의 서젹니 창 갈여 노코
왕세〃랍 몬져 ᄒᆞ며 관가 보용 슌이ᄒᆞ고
삼동에 일 업거든 순ᄉᆞ 됴련 익혓다가
우리 임군 불우할 졔 닷토와셔[23] 몬져 가쇼
신민되여 이리 ᄒᆞ면 불충지죄 면ᄒᆞ리라

부〃유별이라
예의지방 남녀드라 부〃유별 드려보쇼
천지음양 법을 바다 남녀 비필 되어서라
은정도 지극ᄒᆞ고 연분도 듕할시고
여섯짜지 례법 치려 장기 들고 시집가셔

19) 닐어셔: 읽어서.
20) 호칙ᄒᆞ셰: 효칙하세. 본받으세.
21) 쇠길: 속일.
22) 면졀뎡징: 변절과 정쟁.
23) 닷토와셔: 다투어서.

외당에는 남ᄌᆞ 살고 안빵에는 녀ᄌᆞ 이셔
가쳐을 거늘이 되ᄂᆡ 몸부텀 공경ᄒᆞ고
가부를 셤길 쪅에 ᄒᆞᆫ글갓치[24] 유순ᄒᆞ야
부〃지네 엄졀ᄒᆞ면 가도 어이 안될손ᄀᆞ
진나라 썩각결이는 부쳐간에 공경ᄒᆞ여
김밧텃셔 밥 먹을 제 손임[25]갓치 ᄃᆡ졉ᄒᆞ니
쳔고의 법이 되야 ᄉᆞ칙의 유젼ᄒᆞ네
부〃간의 ᄒᆞ난 도리 공경밧게 돗 잇는가
졍의 소박ᄒᆞ지 말아 ᄇᆡᆨ연히로 ᄒᆞ오리라
일부일부 셔인직은 엿글에 일너신니
유쳐 취쳡ᄒᆞ지 말라 난가지본[26] 그 안인가
남ᄌᆞ는 글 닐으면 졔가지법 알 써신니
밧긔 일은 소ᄉᆞᄒᆞ고 부인ᄒᆡᆼ실 의논ᄒᆞ자
계집 ᄌᆞ식 길을 젹의 유순ᄒᆞ긔 갈읏쳐셔[27]
칠팔셰 먹은 후의 남녀유별 알긔 ᄒᆞ고
십여 셰 되겨던면 규문밧긔 나가지 말라
유한 정절 능히 ᄒᆞ면 예즁 군ᄌᆞ 되오리라
옛부인의 어진 ᄒᆡᆼ실 사모ᄒᆞ여 효칙ᄒᆞ고
의복 음식 ᄒᆞ난 법과 제ᄉᆞ 범졀 알아다가
열다스셰 빈아 ᄭᅩᆽ고[28] 이십에 싀집 가셔
이ᄂᆡ 몸 조심ᄒᆞ미 살얼음을 드던드시
동〃촉〃한 마음의 밤의 ᄌᆞ고 일직 ᄭᆡ여
ᄒᆞᆫ져 문안 몬져 ᄒᆞ고 아난 일도 무러 ᄒᆞ고
잘한 일도 못ᄒᆞᆫ다시 불평ᄒᆞᆫ 일 당ᄒᆞ거든

---

24) ᄒᆞᆫ글갓치: 한결같이.
25) 손임: 손님.
26) 난가지본(亂家之本): 집을 어지럽히는 원인.
27) 갈읏쳐셔: 가르쳐서.
28) 빈아 ᄭᅩᆽ고: 비녀 꽂고.

열 뻔 참고 ᄇᆡᆨ 번 ᄎᆞᆷ아 싀부모께 호도ᄒᆞ고
가장의게 공슌ᄒᆞ야 일가간의 화목ᄒᆞ고
친쳑의게 유달ᄒᆞ며 칠거지악 업게 ᄒᆞ고
삼종지도 일을 삼아 셩젹단장29) 부질 업다
근검절용30) 부ᄃᆡ ᄒᆞ야 여ᄌᆞ의 ᄒᆞ난 ᄒᆡᆼ실
뎡절 밧긔 돗31) 잇난가 금셕갓치 구든 마음
츄산ᄃᆡ절 ᄉᆡᆨ〃ᄒᆞ다 ᄇᆡᆨ옥갓튼 이ᄂᆡ 몸을
더려올가 염예ᄒᆞ야 평ᄉᆡᆼ의 ᄒᆞ난 일이
일월갓치 두렷ᄒᆞ다 오랍동ᄉᆡᆼ 씨형졔도
남녀부동셕 엄절커든 화물며 다른 친쳑
남녀귀별 엄실손가 혼인ᄃᆡᄉᆞ 왕ᄂᆡᄒᆞ긔
무상ᄒᆞ긔 ᄒᆞ지 말라 구문안의 ᄆᆡ양 이셔
무당욘여32) 멀이ᄒᆞ고 긔도불공 ᄒᆞ지 말라
밧게 일을 간예 마소 지게 ᄉᆞ신 되오리ᄅᆞ
불ᄒᆡᆼᄒᆞ여 상부33)ᄒᆞ면 평상의 죄인이라
자결ᄒᆞ종 웃듬이요 종신슈절 버금이라
일신을 조심ᄒᆞ미 예ᄉᆞ ᄯᆡ의 비할손가
츄한 의복 츄한 멀리예 어린다시 ᄒᆞ고 이셔
어린 ᄌᆞ식 교훈ᄒᆞ야 문호 보존 ᄒᆞ야 보ᄌᆞ
공강34)의 말근 졀은 죽기로 ᄆᆡᆼ세ᄒᆞ고
탁문군35)의 모진 ᄒᆡᆼ실 일신을 더리웟다

---

29) 셩젹단장: 얼굴, 머리, 옷차림 따위를 곱게 꾸밈.
30) 근검절용: 근검절약.
31) 돗: 또.
32) 무당욘여: 무당년.
33) 상부(喪夫): 남편을 잃는 것.
34) 공강: 위나라 공백(共伯)의 아내. 남편이 일찍 죽자 절개를 지키는데, 어머니가 개가시키려 하자 백주(柏舟)라는 시를 지어 절개를 맹세했음.
35) 탁문군: 전한 촉군(蜀郡) 탁왕손(卓王孫)의 딸. 과부된 몸으로 사마상여와 야반도주하여 술을 팔며 살았는데 아버지가 도와주어 부자가 되었다.

ᄇᆡᆨ쥬시 음난 곳의 뉘가 칭찬 안이ᄒᆞ며
봉황곡 듯난 곳의 사람마당 츔 밧는다[36]
구듕의 여ᄌᆞ들은 질귀방젹 ᄒᆞ는 춤의
이런 도리 아랏다가 어진 부인 되어보소

장유유셔라
슈조ᄃᆡᄇᆡᆨ 엿사람들 장유〃셔 들어보소
장유〃셔 아난 사람 형졔부텀 의논ᄒᆞᄌᆞ
부모혈륙 갓치 바다 헹졔의 몸 되어신니
쳔지간의 귀ᄒᆞᆫ인야 형졔 밧긔 ᄯᅩ 잇난야
분문할호 하지 말고 일실동거 ᄒᆞ야이셔
형우졔공 극진ᄒᆞ면 즐겁기도 ᄭᅳ지 업다[37]
네것ᄂᆡ것 ᄒᆞ다가난 셩죄ᄒᆞ긔 쉬우리라
헹졔간의 불합ᄒᆞᆫ 사람 붓그럽지 안이할라
너의 형졔 길어ᄂᆡᆯ 졔 부모 실ᄒᆞ[38] 함긔 이셔
한 상의 밥을 먹고 한 입불의 잠을 자며
진심으로 사랑ᄒᆞ여 잠시 잇지 못ᄒᆞ다가
즁간의 무삼일노 젼과 갓치 몬ᄒᆞ던야
쳐ᄌᆞ의계 정이 윔겨[39] 골륙이간 되야난야
젼리조업 다토다가 우ᄋᆡ지정 이젓썬야
슌임군의 어진 마음 장노슉원 아느시고
ᄇᆡᆨ이슉졔 말근 마음 나라 ᄉᆞ랑 ᄒᆞ엿거든
ᄌᆞ랴날 젹 갓틀진던 이간ᄒᆞ 리 뉘 이실리
동긔지정 ᄉᆡᆼ각ᄒᆞ면 물욕으로 변할손야
다시 〃 ᄉᆡᆼ각ᄒᆞ야 쳡과 갓치 사랑ᄒᆞ소

---

36) 츔 밧는다: 침 뱉는다.
37) ᄭᅳ지 업다: 끝이 없다.
38) 실ᄒᆞ: 슬하(膝下).
39) 윔겨: 옮겨.

형 셤기난 마음으로 어룬의게 공경ᄒᆞ며
아우 사랑ᄒᆞ난 ᄃᆡ로 손연 ᄃᆡ접 ᄒᆞ거드면
장유지절 분면ᄒᆞ야 모소능장 업시리라
기즁의 스싱임[40]은 군부와 일체로다
호제츙신 ᄒᆞ난 힝실 스싱의게 ᄇᆡ와 알고
셩경헌젼 외은 글은 스싱임게 들어 안니[41]
그 은헤을 싱각ᄒᆞ면 무어시로 갑풀손야
싱삼사일 도리ᄃᆡ로 충호 갓치 힘써 보세

붕우유신이라
어와 친구 벼임ᄂᆡ야[42] 이ᄂᆡ 말삼 들러 보소
혼ᄌᆞ 익긔 젹〃 ᄒᆞ야 문박긔 잠싼 다니다가
ᄉᆞ면을 살피보니 상죵ᄒᆞ 리 뉘구던고
힝화촌의 가는 ᄉᆞ람 오라고 하것만은
이 사람를 상종ᄒᆞ면 슈검지위 되오리라
청누에 논넌 소연[43] 함긔 노ᄌᆞ ᄒᆞ것만난
이 손연을 상종ᄒᆞ면 방탕ᄒᆞ긔 슈우리라
상긔 바독 두난 사람 한가한듯 ᄒᆞ거마난
허송 세월 밍낭ᄒᆞ다 그도 상죵 안니ᄒᆞ고
다시 곰〃 살피보니 상종ᄒᆞ 리[44] 젼이 업ᄃᆞ
제월 광풍 조흔 ᄃᆡ의 삼쳑당금 엿폐 찌고[45]
별목실 외오면셔 어진 벗 ᄎᆞᄌᆞ간니
헌가솔 이ᄅᆡ 나난 곳ᄃᆡ 육칠관동 모다 이셔

---

40) 스싱임: 스승님.
41) 안니: 아니.
42) 벼임ᄂᆡ야: 벗님네야.
43) 청누에 논넌 소연: 청루(靑樓: 창기나 창녀들이 있는 집)에 노는 소년.
44) 상종ᄒᆞ 리: 상종할 이.
45) 엿폐 찌고: 옆에 끼고.

읍량ᄒᆞ고 마ᄌᆞ 들려 은근이 하난 말리
심덕으로 사괸 버든 절〃싀〃 일을 삼아
모진 힝실 겡게ᄒᆞ고[46] 션ᄒᆞᆫ 일노 인도ᄒᆞ고
아쳠이 ᄒᆞ고 교만ᄒᆞ면 할셕분좌 멀이ᄒᆞ고[47]
직량다문 갈리여셔 토진간담[48] ᄒᆞ실 쎠의
묵겔갓치 말근 마음 거울갓치 비치워셔
슈신치평 강습ᄒᆞ고 왕고니금 이논ᄒᆞ며
활란상구 능이 ᄒᆞᆫ니 정분도 즁할시고
오릐도록 공경ᄒᆞ니 위의겨동 아름답다
아민도 조흔 버든 이 벗 밧긔 다시 업다
직물노 ᄉᆞ괸 버든 빈한ᄒᆞ면 절교되고
권셰로 사곤 버든 미약ᄒᆞ면 빅반ᄒᆞ되
이 친구 사괸 후로 가도록 친밀ᄒᆞ여
오른 도리 졈〃 알고 어진 일홈 도라오니
아마도 죠흔 벗은 이 벗 밧게 다시 업네
어오 번임네덜 다른 ᄉᆞ람 상종말고
헌인군ᄌᆞ 사괴여셔[49] 붕우유신 ᄒᆞ여보소

---

46) 겡게ᄒᆞ고: 경계하고.
47) 멀이ᄒᆞ고: 멀리 하고.
48) 토진간담(吐盡肝膽): 간과 쓸개를 모두 내뱉는다는 뜻으로, 솔직한 심정을 속임없이 모두 말하는 것을 말함.
49) 헌인군ᄌᆞ 사괴여셔: 현인군자(賢人君子) 사귀어서.

화전가라

〈화전가라〉는 100×50cm 크기로 2행 4음보 2단 형태의 필사본으로, 표지 서명 〈교훈가〉로 묶인 장책본의 세 번째 가사이다. 화전놀이를 소재로 한 내방가사의 전형적인 작품이다.

봄을 맞아 화전놀이를 준비하는 과정부터 시작해서, 그 날 화전놀이 장소에서 하루를 즐기는 모습, 그리고 하산해 집으로 돌아가는 과정이 세세히 그려져 있다. 하지만 기쁨보다는 아쉬움이 많아서 짧게 끝나버린 하루해를 "쉮니거든 쎄지 말며 쉮으로 붓쳐 보면 만사가 틔평닐다"라고 말하고 있다. 이 가사는 권영철 교수의 소장품이었다.

화전가라

남북촌 동유들아 ᄯᅥᆨ 좃타 춘삼월에
여자 몸니 도야나셔 화젼 노름 ᄒᆞ여 보식
부모의게 품문ᄒᆞ고 가장의 승낙바다
방초는 욱어지고 ᄭᅩᆺ흔 피여 만난니라
닐난 춘화 ᄒᆞ올 적에 알〃 노름 못할 손야
아히들 압셔우고 자리 죠흔 곳을 차자
연ᄌᆞᆼ불이 솟을 걸고 이 산 져 산 ᄭᅩᆺ흘 ᄯᅡ셔
십오야 온달치로 니리 져리 구어ᄂᆡ여
ᄆᆡᆸ시난 인수단으로 보기 죠흔 ᄭᅩᆺᄯᅥᆨ니라
ᄯᅥᆨ만 ᄶᅮ어 무엇ᄒᆞ노 춘경을 완상ᄒᆞ자
등산 님수 올나가셔 각곳을 구경할 제
율니촌 구버본이 오류춘이 승농ᄒᆞ고
주렴계 가진 풍경[1] 방화수류 완연ᄒᆞ다
니리 져리 구경할 졔 ᄒᆞᆫ 편을 바릐본이
청츈호걸 남자들은 삼〃오〃 ᄶᅡᆨ을 지워
주사청누[2] 차자가면 ᄆᆡ닐[3] 장취ᄒᆞ여닌ᄂᆡ
엇지타 우리 닐신 여자몸니 도야나셔
닐연 삼ᄇᆡᆨ육십닐에 규듕을 못 ᄯᅥ날 졔
부모공경 밧친 후에 가장 눈치 보와가며
출문ᄒᆞ기 어렵다가 ᄒᆞ로 놀기 원통ᄒᆞ다
ᄯᅥᆨ을 고로 논하 먹고[4] 일기을 구버 본이
동유들아 들어보게 닐낙셔산 도야닌ᄂᆡ
졈닙가경 ᄲᆞᆯ니ᄒᆞ여 ᄶᅩᄒᆞᆫ 곳 차자 보식

---

1) 가진 풍경: 갖은 풍경.
2) 주사청누(酒肆靑樓): 술집, 기생집, 매음굴 따위를 통틀어 이르는 말.
3) ᄆᆡ닐: 매일.
4) 고로 논하 먹고: 고루 나눠 먹고.

무릉도원 바ᄅᆡ본이 도화ᄇᆡᆨ〃 홍〃게라[5]
시문에 형삽사리 숀을 보고 진는구나
한심ᄒᆞᆫ 여ᄌᆞ로다 남ᄌᆞ 노름 문한 좃하[6]
춘복춘주 버을지써 경일망귀[7] ᄒᆞ여닌ᄂᆡ
이리 죠흔 무산경을 못다 놀고 엇지 할고
구양공 노든 곳에 죠컨비니 거활닐ᄉᆡ
쳔홍만자 ᄲᅳᆯ거닛셔[8] 산욤을 기려닌ᄃᆡ
화젼노름 핑계ᄒᆞ고 마음ᄃᆡ로 노자든이
먼산에 연기난이 부모님계 ᄭᅮᄶᅩᆼ날가
가련ᄒᆞᆫ 여자로다 ᄒᆞ로 놀기 어려와라
ᄉᆡ산에 지난 ᄒᆡ을 졔경공이 우러닛고[9]
가는 ᄒᆡ을 자바ᄆᆡᆯ가[10] 엇지ᄒᆞ야 수이 가노
니산 져산 옴겨 안자 ᄯᅩ다시 ᄭᅮ어보ᄉᆡ
ᄭᅩᆺ가지 대우 자바 밧비〃 ᄶᅡ셔오게
악양누 죠흔경도 ᄉᆡ후경니 ᄌᆡ일좃하
동셔촌 동유들아 어셔와셔 논ᄒᆡ보ᄉᆡ
노소을 분간ᄒᆞ야 차례로 갈나안자
진편갓튼 ᄲᅳᆫ윳 바쉬 분육님균 ᄒᆞ여보ᄉᆡ
ᄭᅩᆺ가지에 져 봉졉은 오고 가고 버을 차자[11]
져갓튼 미물노도 화셰계에 노라잇ᄂᆡ
우리는 사람이라 노름 ᄒᆞᆫ 번 열자 ᄒᆞ야

5) 도화ᄇᆡᆨ〃 홍〃게라: 복숭아꽃이 빽빽히 붉도다.
6) 좃하: 좇아. 따라.
7) 경일망귀(竟日忘歸): 날이 저물도록 돌아갈 것을 잊었는데.
8) ᄲᅳᆯ거닛셔: 붉어 있어.
9) 졔경공이 우러닛고: 춘추 시대 제나라의 임금 제경공이 교외에 있는 우산에 올라갔을 때, 북쪽으로 즐비하게 늘어서 있는 서울거리의 풍경을 굽어보다가 '어떻게 이 나라를 두고 죽을 수 있을까' 하며 눈물을 흘렸다.
10) 자바ᄆᆡᆯ가: 잡아 맬까.
11) 버을 차자: 벌을 찾아.

닙춘졀 보닌 후로 몃 달을 경영ᄒᆞ여
ᄭᅩᆺ떡을 포식 후에 구경 노름 겸ᄒᆡ 보ᄉᆡ
예붓터 좃한 곳을 고로 둘너 자셔 보자[12)]
ᄒᆡ는 어니 셕양니라 마음 죠〃[13)]못다할ᄉᆡ
가장의 ᄯᅮ종날가 시부모 바ᄅᆡ불가
김실니 실ᄒᆞᆸ계[14)] 불너 어셔 가고 어셔 가ᄉᆡ
가무셔[15)] 부탁 닐너 명연 봄 다시 만나
화젼을 경영ᄒᆞ여 ᄯᅩ ᄒᆞᆫ번 놀고 보ᄉᆡ
하로 밧비 노름ᄒᆞᆫ니 불상ᄒᆞᆫ 여자로다
죽어 다시 환싱ᄒᆞ야 남자로 타여 나셔
걱졍 업시 무한경을 날마다 놀아볼가
니리 져리 ᄒᆞᆫ탄할 졔 남산에셔 북소리
어이 업시 돌아올 ᄃᆡ 승식이 도여닌ᄂᆡ
음양이 비판할 ᄃᆡ 남여을 분간ᄒᆞ여
남자는 ᄌᆡ가 ᄒᆞ고 여ᄌᆞ는 출가로다
ᄒᆞᆫ탄ᄒᆞᆫ들 무엇ᄒᆞ리 여자 팔자 니뿐닐ᄉᆡ
셕춘ᄒᆞ든 공자들도 사월니라 쵸팔날에
남여를 물논ᄒᆞ고 관등이 더욱 죠타
그달 금음[16)] 다 보ᄂᆡ고 오월니라 단오닐에
남쵼 북쵼 아히들니 녹의홍상 틀쳐 닙고
수양근늘 쵸흔 곳에 추쳔줄[17)] 갈나 잡고
ᄭᅩᆺᄎᆞ는 ᄌᆡ비모양으로 압뒤을 툭〃 찬이
오늘날을 당ᄒᆡ본이 여ᄌᆞ 가졀 더욱 죠타

---

12) 자셔 보자: 자세히 보자.
13) 마음 죠〃: 마음 초조.
14) 실ᄒᆞᆸ계: 실없게.
15) 가무셔: 가면서.
16) 금음: 그믐.
17) 추쳔줄: 그넷줄.

유월유두 당ᄒᆞ여난 외셔리[18]쑨이로다
그달 금음 다 보ᄂᆡ고 칠월칠셕 당ᄒᆡᆫ고나
쳔상에 견우직여 동셔로 갈나 닛셔
닐연 삼ᄇᆡᆨ육십닐에 이날노 셔로 만나
오작으로 다리 노와 무ᄒᆞᆫ정을 풀어볼가
화젼 노름 미진홍을 동방화촉 붓쳐고나
우리와 비겨 보면 견우직여 견줄손야
그달 금음 다 보ᄂᆡ고 팔월이라 듕추가졀
풍됴을 자랑ᄒᆞᆫ이 그도 ᄯᅩᄒᆞᆫ 홍미로다
온갓 가졀 다 본 후에 국추가졀 당ᄒᆡᆫ고나
원근산쳔 둘너보니 홍엽이 만산할 졔
화쵸목은 다 진ᄒᆞᆫᄃᆡ 국화 홀노 피여닛다
단풍 시졀 홀노 직혀 은일절게[19] 쒸여고나
글에다 올여두고 쳔추만식 젼ᄒᆞ연ᄂᆡ
시호〃 부졔릐[20]라 안이 놀고 무엇ᄒᆞ리
공자왕촌 부려의라[21] 방초는 연〃 도라오ᄂᆡ
봄여름을 다 보ᄂᆡ고 추졀을 당도ᄒᆞ이
리치 죠화 자연ᄒᆞ야 무비물ᄉᆡᆨ[22] 심상ᄒᆞ다
하늘죠화 무사ᄒᆞ와 만물을 비판할 ᄃᆡ
사람으로 말을 ᄒᆞ면 쵸분 듕분 말분이오
쵸목으로 닐너시되 춘하추동 사시로다
부모을 타셜 ᄒᆞ며[23] 씨을 어니 원망할고
사람의 닐싱 고락 사시절과 갓튼니라

18) 외셔리: 참외 서리.
19) 은일절게(隱逸節槪): 숨은 절개.
20) 시호〃 부졔릐: 시호시호부재래(時乎時乎不再來). 한 번 지난 좋은 시기는 두 번 다시 안 온다는 뜻.
21) 부려의라: 부러워라.
22) 무비물ᄉᆡᆨ(無非物色): 모든 물(物)의 색이.
23) 부모을 타셜 ᄒᆞ며: 부모를 탓을 하며.

춘화닐난 무셩타가 추져리면[24] 잔히가고
사시을 ᄯᅡ라가며 가고 오고 리치로다
졈다가도 늘거가고 업다고도 닛다ᄒᆞ니
길흉화복 마른할 졔 ᄒᆞᆫ날이 졍ᄒᆞᆫ ᄇᆡ라
아히야 원망마라 쳔졍이 완연ᄒᆞ다
아즉은 그러ᄒᆞ나 후사을 엇지 알고
시집사리 다르오며 어ᄂᆡ 닌심 다를손야
악ᄒᆞᆫ 사람 허다ᄒᆞ고 착ᄒᆞᆫ 니도 만ᄒᆞ난니
고수 갓튼 몹실 부모 순과 갓치 착ᄒᆞᆫ 니을
죽을 ᄃᆡ을 ᄒᆞ라여도 부모영을 맛좌신니
리치가 소연ᄒᆞ고 팔자가 분명ᄒᆞ다
엇지ᄒᆞ야 시속여자 팔ᄌᆞ로 붓쳐보소
한평싱이 자속ᄒᆞ면 빈ᄒᆞ다도 부ᄒᆞ난이
무심이 듯고 보면 무식 쇼치 졀노 난다
유식ᄒᆞ게 돌여 말면 사주팔자 관계로다
호화라온 그 모양을 평싱을 밋지 말아
쳔지죠화 무사ᄒᆞ야 사지졀후 비겨신이
미른ᄒᆞᆫ[25] 닌싱들은 그 시을 못니기여
미욱ᄒᆞᆫ 져 부여들 부모을 원망ᄒᆞᄂᆡ
삼시사시 죠분 마음 하다본이 허ᄉᆡ로다
ᄯᆡ 죠흔 춘삼월은 ᄭᅩᆺ을 보고 증거ᄒᆞ라
ᄉᆡ상만사 허황ᄒᆞᆫ 걸 ᄭᅮᆷ니거든 ᄭᅦ지 말면
ᄭᅮᆷ으로 붓쳐 본니 만사가 ᄐᆡ평닐다

24) 추져리면: 추절이면.
25) 미른ᄒᆞᆫ: 미련한.

사친가라

이 〈사친가라〉의 필사 연대는 병자년(1936년)으로 작자와 필사자는 미상이며 100×50cm 크기의 장책본으로 음보 구분 없는 줄글 형태로 4·4조가 주조이다. 〈사친가(思親歌)〉는 부모를 사모하고 그리워하는 내용을 노래한 것으로 다양한 종류의 이본이 있다. 대표적인 작품으로는 권영철(權寧徹)이 경상북도 영천지방에서 수집하여 공개한 필사본과 경대본 〈사친가〉, 이정옥본 〈사친가〉가 있다. "가소롭다 가소롭다/여자 유행 가소롭다."로 시작하여 "이 가사 지어내여/벽장에 기록고/다시 보고 다시 보니/부모 각 위로된다."로 끝맺는다.

내용은 시집살이하다가 친가에 돌아가는 기쁨, 눈에 익은 고향산천, 부리던 하인들과 가족의 환대, 마음껏 자고 놀 수 있는 친가생활을 상상하면서 "셕달은 줌을 즈고 셕 달은 노라 보식 여즈 평싱 오날갓치 조흘시고" 하며 기뻐하는 것으로 되어 있다.

사친가라

가소로다 〃 여ᄌᆞ일신 가소롭다
못할너라 〃 젼ᄉᆡᆼ에 무ᄉᆞᆫ 죄로
여ᄌᆞ몸이 되야나셔 부모형제 이별ᄒᆞ고
ᄉᆡᆼ면부지 남의 집의 이십젼의 츌가ᄒᆞ여
말이쳔의 타국각치[1] 부모종ᄉᆡᆼ 그리ᄂᆞᆫ고[2]
부모공덕 ᄉᆡᆼ각ᄒᆞᆫ니 ᄐᆡ산도 가바ᄋᆞᆸ고[3]
충히도 가비업다 십숙을 ᄇᆡ을 비려
숨신젼 ᄌᆞ라날지 ᄯᆞᆯ 낫ᄶᅡ 분란업시
쥬옥갓치 기울젹에 마른 ᄌᆞ리 가라가며
칠울ᄉᆡ라 더우면 더울ᄉᆡ라
만단슈심 골물즁에 명쥬비단 무명비를
필〃리 모와ᄂᆡ야 쳘〃이 고른이
복가지〃 지어ᄂᆡ여 이복간슈 졍키ᄒᆞᆫ
칠뉵세랄 ᄌᆞ라ᄂᆡᆫ이 물ᄂᆡ릴르 모리잇고
본분을 가라치니 영민ᄒᆞᆫ 그니ᄒᆞ다
투미ᄒᆞᆫ ᄂᆡ 죄쥬[4] 션망후실 ᄒᆞ건마ᄂᆞᆫ
귀밋 ᄒᆞᆫ 변[5] 안니 치고 ᄒᆡ로갓치 가르친다
ᄂᆡ 좀을 조곰 늣기 ᄭᆡ며 어셔 다라와셔
슈족도 만져 보며 머리도 만져 보며
이라타시 며ᄒᆞᄂᆞᆫ 말숨 어ᄃᆡ 앗푸던냐
밥을 조금 덜 먹어도 근심ᄒᆞ여 ᄒᆞ난 말리
네 어ᄃᆡ 괴로워 그려ᄒᆞ나 좀을 덜 ᄌᆞ 그려ᄒᆞ나

---

1) 말이쳔의 타국각치: 만 리 천 리 타국같이.
2) 부모종ᄉᆡᆼ 그리ᄂᆞᆫ고: 부모 생애 다할 때까지(終生) 그리워하는고.
3) 가바ᄋᆞᆸ고: 가볍고.
4) 투미ᄒᆞᆫ ᄂᆡ 죄쥬: 어리석고 둔한 내 재주.
5) ᄒᆞᆫ 변: 한 번.

얼골도 파려ᄒᆞ고[6] 음식도 아니 먹노
십오십뉵 ᄌᆞ라나니 부모 음덕 즁ᄒᆞᆫ 쥴을
비로소 알건마는 가기을 ᄉᆡᆼ각ᄒᆞ니
호쳔망극 아니련가 복히시의 가련ᄯᆞᆸ이
발ᄌᆞ원건 안닛닉 ᄌᆞ식 ᄉᆞ량 우리 부모
어린 ᄉᆞ회 가려가며 동셔ᄉᆞ방 구혼ᄒᆞ니
쳥도 잇난 미량 박시 반별도 조컨니와
가ᄉᆞ도 풍족ᄒᆞ고 부모도 가ᄌᆞ잇다
낭ᄌᆞ도 쥰슈ᄒᆞ다 가닉도 흥션ᄒᆞ고
빅ᄉᆞ가 구비ᄒᆞ다 쳥홍히혼 왕닉ᄒᆞ니
모월모일 턱일혼 ᄌᆞ졍는일 우리 부모
호인 안묵비면ᄒᆞ리 비단 식양목을
침금에복 촌일십[7]과 화양요강 반ᄉᆞ기며
비단〃려호당반을 식〃이 ᄎᆞ려닉니
넉〃춘는 우리 술님 부모간즁 오족ᄒᆞ리
쥬인명 조흔 날뇌 닉〃빈긱 만단ᄒᆞ니
노비야 각건마는 음식간겸 골몰니야
ᄌᆞ식 ᄉᆞ량 우리 부모 ᄉᆞ회 ᄉᆞ량 벼면ᄒᆞ리
숨일 회ᄉᆞᆼ ᄒᆞ온 후의 ᄉᆞᆼ답ᄒᆞ인 도라오니
ᄉᆞ의도 넉죽니요 ᄒᆞ의도 넉죽니요
되발닷싼 요강 닉니 금봉치와 은지환 가ᄌᆞ닛다[8]
져포 북포 시빅목니 중농 목농 치와시니
호인 안목 식〃ᄒᆞ다[9] 남 보기는 조컨니와
필〃이도 침ᄌᆞ질과 다지〃침ᄌᆞ질을
부모 걱정 안닐너가 츈복 ᄒᆞ복 ᄒᆞ인갈 지간에도

6) 파려ᄒᆞ고: 파리하고.
7) 침금에복 촌일십: 침구 의복 반찬 일습(一襲).
8) 가ᄌᆞ닛다: 갖추어 있다.
9) 호인 안목 식〃ᄒᆞ다: 혼인 안목 씩씩하다.

번셩ᄒᆞ니 보션 충옷 ᄉᆞᆼᄒᆞ의도 넉죽 닷죽
소쥬약쥬 가즌 슐과 싱물선물 안쥬동물
갓〃치도 보나오니 그 걱정이 오죽ᄒᆞ리
ᄌᆡ힝ᄉᆞᆷ힝[10] 단여실지[11] 소도 ᄌᆞᆸ고 ᄀᆡ도 ᄌᆞᆸ고
아ᄌᆞᆸ지족 다 청ᄒᆞ니 날마다 연ᄎᆞ로다
일월이 여류ᄒᆞ여 칠팔월 차지리니
신힝ᄒᆞ다 편지ᄒᆞ니 날 바다 ᄒᆞ인 오니
옛법도 닛거니와 지영니라 거역ᄒᆞ리
신힝길을 체송ᄒᆞᆸ제 비단오신[12] 품속니요
무명오신 울역니요 가너 덕에 품나시오
정지년들 듯ᄂᆞᆫ거랄 우리 어마 날을 키워
빅니 밧ᄀᆡ 츌가ᄒᆞ니 ᄒᆞᆯ 말 만코 소회도 닛건마난
나지면 안ᄌᆞ 볼가 밤니면 ᄌᆞᆼ릉기요
슈션ᄒᆞ고 분쥬ᄒᆞ여 좀시도 여가 업셔
ᄒᆞᆫ 말ᄉᆞᆷ도 못ᄒᆞ옵고 엉둥저둥 지나다가
신힝날 닷쳐쑤나 열두 바리 도복말과
교마가마 단승ᄒᆞ고 ᄒᆞᆫ님 두ᄉᆞᆼ 교젼비와
시바리두 시려너고 큰 단ᄌᆞᆼ 곱기 ᄒᆞ고
가마 아에 드려안고 어린 동싱 큰 동싱을
구비〃눈물니요 늘근 종과 졀문 종은
목을 노코 슬피 운다 형제 ᄉᆞᆨ딜 ᄒᆞᄂᆞᆫ 마리
줄 가거라 ᄒᆞ직ᄒᆞ니 가마안의 드려 안ᄌᆞ
엇지 〃 싱각ᄒᆞ니 구곡간ᄌᆞᆼ 갈발업다
우리 어마 날 키울 적 밤니면 ᄒᆞᆫ변노 보며

---

10) ᄌᆡ힝ᄉᆞᆷ힝: 재행은 혼례식이 끝난 뒤 신부의 신행(新行)이 있기 전에 신랑이 신부의 집을 방문하는 의식. 삼행은 신랑이 재행(再行)한 뒤에 또 다시 처가에 다니러 가는 인사를 말함.

11) 단여실지: 다니실 제.

12) 비단오신: 비단 옷은.

슈족갓치 너게시고[13] 쥬옷갓치 소랑호여
좀시라도 안 닛던니 빅니 타향 면〃길에
날 보닉고 어이할고 닉 만치던이 가소락다[14]
다 시려닉니 방단은 빈방이요 닉 단니던
화초밧히 즛쳐도 업셔디닉[15] 쥬야로 압히 빈이[16]
그 간중 인중모을 뉘가 니셔 위로홀고
방 안의 닌난 듯고 정자 간에 오난덧
눈의 숨〃 결여잇고[17] 쑴의 종〃 보니
모다 이십 연 키운 공니 헛부고 가소롭다
우리 어마 거동 보소 가마문을 들고 안즈
안진 즈리 편키호고 요강도 만져 보면
머리 함도[18] 만져 보닉 구곡간중 우는덧가
말홀 슈가 업건마난 경기호야 니련 말숨[19]
우지 말고 줄 가거라 너야 무순 씨음 닛나[20]
아바님 비힝셔고 층〃시호 조흔 집에
비옵마다 마즈가니 무순 씨님 니시리라
친정을 싱각말고 구고시존 호양호라
구고님 은덕을 소랑시려 보시기나
방심 업시 호지 말라 가중을 공나리라[21]
호니 호신 일은 거역 말고 호여스라
친정싱각 즈조 호여 싀가 눈치 보니 호니

---

13) 너게시고: 여기시고.
14) 가소락다: 가소롭다.
15) 즛쳐도 업셔디닉: 잡초도 없어지네.
16) 빈이: 보이니.
17) 결여잇고: 걸려 있고.
18) 머리 함도: 머리도 한 번.
19) 경기호야 니련 말숨: 경계하여 내리는 말씀.
20) 씨음 닛나: 한이 있나.
21) 공나리라: 공(功) 내어라.

ᄉᆞᆼ각니 도라올지 소ᄅᆡᄒᆞ여 우지 마라
흉을 보고 웃ᄂᆞᆫ니라 ᄒᆞᆫ님이 ᄒᆞ직할지
답을 마라 고니키 너기니라 친정 편지 보ᄂᆡᆯ 적에
군ᄉᆞ담을 과히 마라 남의 눈에 ᄯᅳ이인라
두셔 달 좀관 가면 근친 오며 볼 거시라
시ᄃᆡᆨ은 너 집이라 친정을 아조 잇고
싀ᄃᆡᆨ만 ᄉᆡᆼ각ᄒᆞ라 가마 ᄒᆞ인 ᄌᆡ촉ᄒᆞ여
ᄇᆡᆨ마둥의 다마 시고22) 탄〃ᄃᆡ로 나셔가니
ᄉᆡᆼ중ᄒᆞ던 우리집이 일조에 ᄉᆡᆼ별ᄒᆞ고
팔면 부지 남의 집을 ᄂᆡ 집갓치 가난구ᄂᆞ
셔걍 나줄 ᄃᆞ져갈지 마진 ᄒᆞᆫ님히 ᄒᆞᄂᆡ23)
져 동ᄂᆡ가 ᄒᆞᆫ님들도 왕ᄂᆡᄒᆞ고 노의홍ᄉᆞᆼ
마진 ᄉᆞᆫ천도 눈셜고 ᄉᆞ람도 낫치 셔다24)
져무도록 보을 눈으로 문ᄌᆞ을 정히 닷고
머리도 스담이고 옷씻도 단속ᄒᆞ니
싀 정신이 절노 난다 정반쳥의 드려안ᄌᆞ
분션죽을 다시 ᄒᆞ고 혀구예단 드련쳥의
인물평풍 ᄃᆡ평풍을 쳡〃히 둘너치고
늘근 분여 절문 분여25) 이간쳥에 둘너셔〃
ᄂᆡ 힝지만 술펴보니 ᄲᅡ끔〃 보난 눈언
곤일밧고 알시롭다 ᄂᆞᆼ즁의 ᄯᅳ인 몸을
ᄒᆞᆫ님언ᄭᅴ 이지ᄒᆞ고26) ᄉᆞ빈을 드린 후에
동충방에 드려가니 져무도록 불 ᄯᅦᆫ 방에

---

22) ᄇᆡᆨ마둥의 다마 시고: 백마 등에 담아 싣고.
23) 셔걍 나줄 ᄃᆞ져갈지 마진 ᄒᆞᆫ님히 ᄒᆞᄂᆡ: 석양 낮을 되어갈 제 맞이(마중)는 한님이 하네.
24) 낫치 셔다: 낯이 설다.
25) 늘근 분여 절문 분여: 늙은 부녀, 젊은 부녀.
26) ᄒᆞᆫ님언ᄭᅴ 이지ᄒᆞ고: 하님에게 의지하고.

궁긴기로 다히잇고 가마아에 치인 다리
각통증[27]이 졀노 난다 노이홍ᄉᆞᆼ 시ᄃᆡᆨ들은
쳡〃히 둘너 안ᄌᆞ 셧다가 안난 모양
안ᄌᆞ다가 셔ᄂᆞᆫ 모양 눈 ᄲᅡ지기 ᄌᆞ시 보고
져희쎠졍 도라보며 눈도 ᄡᅡᆷ죡 그라며셔
입도 ᄇᆡᄉᆞᆨ 긋난구나 알모ᄒᆞᆫ 늘그니드리
ᄂᆡ 발ᄉᆞᆯ 드려 안ᄌᆞ니 목귀계 들고 보며
며ᄂᆞ리도 죨도 밧다 거ᄅᆡ도 조컨이와
얼골도 다복ᄒᆞ다 ᄒᆞ로밤 지ᄂᆡᆫ 후에
아바님도 ᄒᆞ직ᄒᆞ고 ᄒᆞᆫ님를 이별ᄒᆞᆯ 지
ᄃᆡ성통곡할 뜻ᄒᆞ나 나ᄂᆞᆫ 눈물 군쥬리고
문안에 니려셔〃 가난 거술 다 본 후에
문을 닥고 ᄒᆞᆫᄌᆞ 안ᄌᆞ 소회 업시 우려ᄒᆞᆫ이
거룩ᄒᆞ신 시모임이 시스물[28]을 손소 들고
ᄂᆡ 방에 드려와셔 손을 ᄌᆞᆸ고 ᄒᆞᄂᆞᆫ 말ᄉᆞᆷ
우지 마라 〃 부모동싱 〃각이
애갈발 업시 잇지 마난 여ᄌᆞ유힝 원부모ᄂᆞᆫ
잇부텀[29] 그려ᄒᆞ니 슈ᄉᆞᆷ식 지ᄂᆡ가며
귀령부모 ᄒᆞᆯ 거시니 이 다리 얼년 가면
밧ᄉᆞ돈도 쳥ᄒᆞᆯ리라 시슈ᄒᆞ고 셩젹ᄒᆡ라
안손님이 만이 온다 분셩젹을 다시 ᄒᆞ고
오난 손님 언졉ᄒᆞ니 쇠로 오난 ᄉᆡ덕이요
어지부텀 지면이라 이복 귀경 ᄒᆞ리ᄒᆞ니
농 안의 인ᄂᆞᆫ 오실 가지 〃 다 들츈니
ᄒᆞᆺ옷ᄉᆡ 박음솔과 겹옷ᄉᆡ ᄉᆞᆼ침솔과
ᄒᆞᆺ옷ᄉᆡ 갈님솔을 기리로 ᄶᅡᆼ겨보고[30]

27) 각통증: 다리 통증.
28) 시스물: 세수물.
29) 잇부텀: 옛부터.

도련도 곱기 ᄒᆞ고 깃다리도 이ᄉᆞᆼᄒᆞ다
져희ᄭᅳ졍[31] 눈을 쥬며 입소고리 오므리고
신를 ᄲᆡᆼ긋〃 윗난구나[32]
구젹의 셔라노코 ᄒᆞᆫ십희 안ᄌᆞ어ᄂᆞᆫ
반ᄎᆞᆫ 질기난고 ᄉᆞᆼ 나도록 조심이요
구고님의 은덕으로 미거ᄒᆞᆫ 이 위인을
ᄉᆞ랑ᄒᆞ고 귀히 보시고 슬ᄒᆞ의 모라기
뉴아갓치 에휼할ᄂᆡ 졍지싼ᄂᆡ 드디 마라
졀ᄯᅢ가 오족 ᄒᆞ랴[33] 반싼의 드지 마라
등ᄀᆡᄯᅢ가 오릴ᄉᆡ라[34] 침구릴을 과히 마라
머리 ᄉᆡᆨ히 안 풀니라 진역ᄉᆞ란 일젹 ᄒᆞ고
너의 방에 지시거라 ᄉᆡ빅ᄉᆞ[35]란 ᄒᆞ지 마라
그 단ᄌᆞᆷ을 어이 ᄭᅵ리 음식니ᄂᆞᆫ 달기 먹고
무병ᄒᆞ기 지ᄂᆡ여라 ᄉᆞᆫ촌 시ᄆᆡ 쳥히다가
ᄉᆞᆼ뉵니나 쳐셔 바라 어린 아희 본분장니 나셔
쥬어라 ᄎᆞᆼ호지ᄃᆡ ᄌᆞᆼ지에 ᄎᆡᆨᄌᆞᆼ잇 볏겨[36] 바라노다가
심〃 크든 ᄎᆡᆨᄌᆞᆼ니나 들고 바라 비단단려
발 ᄆᆡᆨ키거든 집신니나 신어 바라
비단 치마 강기근던[37] 모슈 치마 입어 바라
엇ᄶᅥ하고 어린 소견 부모 ᄉᆡᆼ각 ᄲᅮᆫ니로다
쳥삿히 볼나거면 나모 각ᄉᆞ 만건ᄂᆡ 보고
방 안에 드려 안ᄌᆞ며 슈문 문물 갈발 업ᄂᆡ

---

30) 기리로 ᄯᅡᆼ겨보고: 길이로 당겨 보고.
31) 져희ᄭᅳ졍: 저희끼리.
32) 윗난구나: 웃는구나.
33) 졀ᄯᅢ가 오족 ᄒᆞ랴: 저럴 때가 오죽하랴.
34) 등ᄀᆡᄯᅢ가 오릴ᄉᆡ라: 등개때가 오를라.
35) ᄉᆡ빅ᄉᆞ: 새벽일.
36) 볏겨: 베껴.
37) 강기근던: 감기거든.

한기ᄅᆡ 가는 ᄒᆞ인 친정 ᄒᆞ인 오옵나가
느히 셔〃 바라보니 ᄃᆡ문 밧거로
지난 ᄉᆞ람니 마ᄉᆞᆼ 손님 친정 손님 오시난가
금틈ᄒᆞ여 술펴보니 ᄉᆡᆼ면부지 손님이라
ᄒᆞ인도 날 소기고 손님도 날 소긴다
바람 숫히 져 구람은 고향을 향ᄒᆞ난닷
ᄎᆞᆼ간의 져 달빗튼 고향에도 빗쳐난다
져 손 님의 정 동ᄂᆡ은 우리집이 잇건만는
양ᄋᆡᆨ이 나ᄅᆡ여시며 나라가셔 보지만는
한〃ᄃᆡ로 한 기ᄅᆡ 그리 멈도 아니 ᄒᆞᆫᄃᆡ
말이하군 슈로갓치 ᄉᆡᆼ각ᄒᆞ니 멈도 머다[38]
오날이나 부친 올가 ᄂᆡ일이나 부친 만나 볼가
날만 ᄉᆡ면 기다린다 ᄌᆞ식 ᄌᆞ정 우리 아바
날 보로 오난구나 숢일년가 ᄉᆡᆼ실년가
문 밧기 졀을 하고 겻티 술풋 아ᄌᆞ[39]
그리든 심즁 소회 만습던니
반가바 그려ᄒᆞᆫ가[40] 목이 미여 그리ᄒᆞᆫ가
안부도 못 뭇깃ᄂᆡ 소도 즙고 ᄀᆡ도 즙아
숨ᄉᆞ일 뉴련타가 〃실낫낙고[41] ᄒᆞ직ᄒᆞ니
ᄉᆡ로니 셥〃기는 안 보것만 못 ᄒᆞ더라
문 밧기 ᄂᆡ다 셔〃 손뭇통니 다 가두록
감〃히도 바라보니 염치 업난 눈물이
두 눈을 느리 덥허 밤기리 아니 잇ᄂᆡ
이 숨숙 지난 후에 근ᄒᆡᆼ을 체송ᄒᆞᄂᆡ
할□ᄒᆞ니 고운 이복 곱기 지어 요고

---

38) 멈도 머다: 멀기도 멀다.
39) 겻틔 술풋 아ᄌᆞ: 곁에 살포시 앉아.
40) 반가바 그려ᄒᆞᆫ가: 반가워 그러한가.
41) 〃실낫낙고: 가실려고.

긔부님 비힝셔고 ᄒᆞᆫ님언 ᄋᆞᆸ셔우고
길로 다시 오니 즐겁기도 층양 업닉
일빅니가 갈 쎡난 가즉던니 올 쎡난
멈도 머다 쥬야 ᄀᆡ단ᄒᆞ는 말이 날닌 가시
우ᄉᆞᆫ 타스ᄌᆞ 춤젹박의 우화등쳔 ᄒᆞ는 거시
이 갓치 쾨할넌가 군안ᄒᆞ던 소진어니가
육국죄ᄉᆞᆼ반을 ᄎᆞ고 남양 고향을 도라올지
이갓치도 즐겁던가 하터도 남궁소리
보르군치 ᄒᆞ실 젹의 니와 갓치 깃뿌던가
ᄒᆞ츙신 소ᄌᆞ경니 말니타국 히랄 즁에
시구영을 고ᄌᆞᆼᄒᆞ고 빅만겨 글을 젼코
고향으로 도라올지 니갓치 반갑던니
칠연 회ᄒᆞᆫ 가문 즁의 히소친을 니와 갓치
조흘시고 능즁의 가친 ᄒᆞᆨ니 평월노
화초강ᄉᆞᆫ의 훨〃다라 ᄎᆞᄌᆞ가리
구름에 싱니봉이 체셕을 어더 가고
구말이 ᄎᆞᆼ쳔ᄉᆞᆼ의 금실〃 올나가셔
슈의 병든 곡니셩동 만물을 어더
너울〃 더러가닉[42] 치이 오난 부직군
나 ᄋᆞᆸ히 가난 구즁 마야말 만밧비줄
모다 〃 동구 안의 드려셔니
이젼 보든 ᄉᆞᆫ쳔 문에 익근 말 반갑도다
층양업시 반갑도다 즁문의 다〃린이
그리ᄋᆞᆸ썬 우리 어마젼 드니 나려와셔
손을 ᄌᆞᆸ고 우렴니[43] 슷치 업닉
변셩ᄒᆞᆫ 우리 간에[44] 면〃이 ᄎᆞᄌᆞ와셔

---

42) 더러가닉: 들어가네.
43) 우렴니: 울음이.
44) 우리 간에: 우리 가문에.

시덕 닌심 층촌ᄒᆞ니 셕달은 좀을 ᄌᆞ고
셕 달은 노라 보시 여ᄌᆞ 평싱 오날갓치
조흘시고 낫〃치 날갓타면 여ᄌᆞ 혼탄 무어시랴

경북대본 화전가

경북대본 화전가는 경북대학교 도서관(고도서 811.13 소 42)에 소장되어 있는 『小白山大觀錄』이라는 필사본 속에 한문시로 되어 있는 〈소백산대관록〉과 이를 해석한 〈소빅산딕관녹언히가〉와 함께 〈화젼가〉라는 제목으로 수록되어 있는 작품이다.

『小白山大觀錄』은 가로 15cm이고 세로 26.5cm인 책자 형식으로 한지로 장철되어 있는 필사본으로 표지에 세로로 서제와 함께 "昭和十三年十月日"이라는 기록이 있는데 이를 토대로 하면 1938년에 필사한 것으로 추정된다. 이 『小白山大觀錄』에는 한시 〈小白山大觀錄〉과 〈소빅산대관록언히〉와 〈화젼가〉 세 편의 작품이 실려 있다.

〈소빅산대관록언히가〉는 한시 〈小白山大觀錄〉을 언해한 것처럼 보이지만 한시와는 형식이나 내용에서 상당한 차이를 보인다. 곧 한시 〈小白山大觀錄〉을 소재로 하여 소백산 일대의 자연 경관을 상상적으로 기행을 한 가사이다. 여성들의 기행이 이처럼 험준한 소백산록의 여러 경처를 직접 기행하기란 불가능했기 때문에 〈小白山大觀錄〉에 나타나는 산이나 지리적 지형을 소재로 삼고 풀, 나무, 꽃, 나비, 새 등 다양한 자연 경관을 매우 정밀하게 활용한 작품이다. 따라서 〈소빅산대관록언히가〉는 상당히 풍부한 소재를 한시 〈小白山大觀錄〉으로부터 이용한 독특한 상상적 기행가사의 하나이다.

〈화전가〉는 실제 조선 후기 사회의 변화와 함께 여성들의 출입이 조금 자유로워지면서 사대부가의 부녀자 중심으로 이루어지던 봄놀이가 마을의 사대부 집안 중심의 상계와 비사대부가 중심으로 뭉쳐진 하계가 동계로 통합된 시기의 작품이다. 계층 구분 없이 마을 부녀자들이 소백산 자락의 비봉산으로 꽃놀이 곧 화전놀이를 행한 전 과정을 815행의 장형의 내방가사로 엮은 것이다. 이 작품에 대해서는 김문기(1983), 류탁일(1988), 신태수(1989), 류해춘(1990), 이정옥(1999) 등이 자료 소개와 함께 작품 분석을 한 바 있다.[1)]

이 작품은 19세기 말 영남 영주지역에 널리 전성되어 오다가 1886년에 필사된 것으로 추정된다. 『小白山大觀錄』이 1938년(昭和十三年十月日)에 제책된 것이라면 여기에 실린 화전가는 그보다 더 이른 시기에 창작되어 영남 영주지역에서 유통된 작품이라고 볼 수 있기 때문에 늦어도 병술(丙戌)년 고종 23(1886)년 전후하여 창작된 것임을 알 수 있다.

주인공은 영남 북부지역 순흥(順興)지역 출신의 처녀로 무려 네 차례나 개가를 하였으나 개가한 남자가 모두 죽게 되는 비운의 여성이다. 마지막 개가한 남자에게 아들을 하나 얻었으나 불에 데어 덴동이라 이름하게 된다. 이 가련하고 불쌍한 여인의 일생담을 화전가 속에 삽입한 액자형 내방가사 작품으로 매우 뛰어난 고전작품 가운데 하나이다.

---

1) 김문기(1983), 『서민가사연구』, 형설출판사.
류탁일(1988), "'덴동어미'의 비극적 일생", 권영철 박사 화갑기념논문집.
신태수(1989), "조선후기 개가 긍정 문학의 대두와 화전가", 영남어문학 제16집.
류해춘(1990), "〈화전가(경북대본)〉의 구조와 의미", 어문학 51집, 한국어문학회.
임형택・고미숙(1997), "덴동어미 화전가", 『한국고전시가선』, pp.195-219.

경북대본 화전가

가셰 가셰 화젼을 가셰 꼿 지기 젼의 화젼 가셰
잇ᄯᅴ가 어늣 ᄯᅵᆫ가 ᄯᅴ 마참 三月이라
동군니[1] 포덕틱하니[2] 츈화일난[3] ᄯᅴ가 맛고
화신풍이[4] 화공되여[5] 만화방창[6] 단쳥되ᄂᆡ
이른 ᄯᅴ乙 일치 말고 화젼노름 하여 보셰
불츌문외[7] ᄒᆞ다가셔 소풍도 ᄒᆞ려니와
우리 비록 여자라도 홍쳬 잇계[8] 노라보셰
읏던[9] 부人은 맘이 커셔 가로[10] ᄒᆞᆫ 말 펴ᄂᆡ노코
읏던 부人은 맘이 즈거 가로 반 되 ᄯᅥᄂᆡ쥬고
그렁져렁 쥬어모니 가로가 닷말가웃질ᄂᆡ[11]
읏던 부人은 참지름[12] ᄂᆡ고 읏던 부人은 들지름 ᄂᆡ고
읏던 부人 만니 ᄂᆡ고 읏던 부人은 즉게 ᄂᆡ니
그렁져렁 주어모니 기름 반 동의 실하고나[13]
놋소릐가 두셋 치라 짐군 읍셔 어니ᄒᆞᆯ고

---

1) 동군니: 태양의 이름의 별칭, 봄을 주관하는 태양신. 봄의 신.
2) 포덕틱ᄒᆞ니: 은택을 베품.
3) 츈화일난: 봄이 되어 날씨가 따뜻함.
4) 화신풍이: 봄을 알리는 바람.
5) 화공되여: 그림장이가 되어.
6) 만화방창: 萬化方暢. 따뜻한 봄날에 온갖 생물이 자라남.
7) 불츌문외: 일체 문밖 출입을 하지 않음.
8) 홍쳬 잇계: 흥(興)과 체모(體貌)가 있게.
9) 읏던: 어떤. 어두음절에서 'ㅓ:'는 'ㅡ:'로 고모음화한다. 경북 영주 지역과 충북 단양 지역에서 'ㅓ>ㅡ' 변화가 실현된다.
10) 가로: 가루粉. 'ᄀᆞᆰ, ᄀᆞᄅᆞ'에서 'ᄀᆞᆰ→ᄀᆞᆯᄅᆞ-' 형태가 나타난다. 'ᄀᆞᄅᆞ>가르'와 'ᄀᆞᄅᆞ>ᄀᆞ로', 'ᄀᆞᄅᆞ>가리', 'ᄀᆞ로>가루'와 같은 어형이 방언에 따라 다양한 분화양상을 보인다.
11) 닷말가웃질ᄂᆡ: 다섯 말 반 정도가 되네.
12) 참지름: ᄎᆞᆷ기름>참지름. ㄱ-구개음화. '기름>지름'의 변화 이후 '참+지름'으로 합성되었다.
13) 기름 반 동의 실하고나: 기름 반 동이가 충분하게(실하게) 되구나.

상단아 널낭 기름 여라 삼월이 불너 가로 여라
취단일낭 가로 여고 향난이ᄂᆞᆫ 놋소ᄅᆡ 여라
열여셔셜 열일곱 신부여ᄂᆞᆫ 가진 단장 올케 ᄒᆞᆫ다
가세 가세 화전[14]을 가세 꽃지기 전에 화전 가세
이때가 어느 땐가 때마침[15] 삼월이라
동군이 포덕택하니 춘화일난 때가 맞고[16]
화신풍이 화공畵工되어 만화방창萬化方暢 단청 되네
이런 때를 잃지 말고 화전놀음 하여 보세
문밖출입 안 하다가 소풍도[17] 하려니와
우리 비록 여자라도 홍취 있게 놀아보세
어떤 부인은 맘이 커서 가루 한 말 퍼 내놓고
어떤 부인은 맘이 작어 가루 반 되 떠 내주고
그렁저렁 주워 모으니 가루가 닷 말 가웃일래
어떤 부인 참기름 내고 어떤 부인은 들기름 내고
어떤 부인 많이 내고 어떤 부인은 적게 내니
그렁저렁 주워 모으니 기름 반동이 실하구나
놋 소래기[18] 두세 채라 짐꾼 없어 어이할꼬
상단아 널랑 기름 여라[19] 삼월이 불러 가루 여라
취단일랑 가루 이고 향단이는 놋 소래기 여라

---

14) 화전(花煎): 봄이 되어 진달래가 만개하면 영남의 부녀자들은 집안 딸네나 부인들이 산에 올라 진달래 꽃을 따서 찹쌀가루를 반죽하여 진달래 꽃잎을 웃깃으로 올려 전을 붙여 먹으며 화전가를 지어서 노래한다.

15) 마침: 어떤 경우나 기회에 알맞게. 제 때에. '마초아', '마ᄎᆞᆷ', '마즘' 세 가지 형태가 나타난다. '마초아'는 '맞-+-오-+-아'의 구성이고, '마ᄎᆞᆷ'은 '맞-+-ᄋᆞ-+-ㅁ'의 구성이다. '마ᄎᆞᆷ〉마츰〉마침'의 변화의 결과이다.

16) 동군이 포덕택하니 춘화일난 때가 맞고: 봄의 신이 은택을 베풀어 봄 날씨 따뜻해서 때가 맞고.

17) 소풍(逍風)도: 소풍이라는 낱말은 한자어에서 "바람 쇠이다"라는 뜻인데 어느 시기에 나타난 것인지는 불확실하다.

18) 놋 소ᄅᆡ: 놋 대야.

19) 상단아 널낭 기름 여라: 상단아 너는 기름을 (머리에) 여라.

열여섯 열일곱 살 신부여는[20] 갖가지 단장[21] 옳게 한다[22]
청홍사[23] 가마 들고[24] 눈썹乙 지워너니
셰 부스로[25] 그린 다시 아미 팔자[26] 어엿부다
양색단[27] 졉져고리 길상사[28] 고장바지[29]
잔즐누이[30] 겹허리씌 밉시 잇게 잘근 ᄆᆡ고
광월사[31] 쵸ᄆᆡ의[32] 분홍단 툭툭 터러 둘너입고
머리고기 곱게 비셔 잣지름 발나 손질ᄒᆞ고
곱안 당기[33] 갑사당기 슈부귀 다남자 딱딱 바가
청춘쥬 홍준쥬 슷테 붇여 착착 져버 곱게 ᄆᆡ고
금쥭졀[34] 은쥭절 조흔 비여 뒷머리예 살작 ᄭᅩᆺ고
은장도 금장도 가진 장도 속고름의 단단이 차고
은조롱 금조롱[35] 가진 픠물 것고름의 비겨 차고
일광단 월광단 머리보[36]는 셤셤 옥슈 가마들고
삼승 보션[37] 슈당혀乙 날츌자로 신너고나

---

20) 신부녀(新婦女)는: 새댁은. 갓 시집온 여자는.
21) 갖가지 단장(丹粧): 온갖 화장을. 옳게 갖춘 단장 혹은 화장. 화장은 얼굴을 치장하는 것임에 반해 '단장'은 옷 매무새까지 치장하는 것을 말한다.
22) 옳게 한다: 제대로 한다.
23) 청홍사: 청실홍실(혼례에 쓰는 남색과 붉은색의 명주실 테). 청홍사를 두른.
24) 가마 들고: 감아쥐어서 들고. 감아쥐고.
25) 셰 부스로: 가는 붓(筆)으로.
26) 아미 팔자: 눈썹 팔자. 八자 모양으로 그린 눈썹.
27) 양색단: 씨와 날이 색갈이 다른 올로 짠 비단.
28) 길상사: 중국에서 생산되는 나는 생사로 짠 비단.
29) 고장바지: 고쟁이. 바지. 고쟁이는 '바지'를 뜻하는 '고자(袴子)-+-앙이'의 구성.
30) 잔즐누이: 안감에서 솔기마다 풀칠하여 줄을 세우는 누비질.
31) 광월사: 질이 매우 좋은 비단.
32) 쵸ᄆᆡ의: 쵸ᄆᆡ〉치마. '쳐ᄆᆡ〉쵸ᄆᆡ' 원순모음화.
33) 곱안 당기: 고운 댕기. '곱안'은 영남 방언형.
34) 금쥭졀: 화려하고 값비산 대나무 문양으로 만든 금빛 비녀.
35) 은조롱 금조롱: 은이나 금으로 만든 조롱, 주머니나 옷 끝에 액막이로 차는 물건.
36) 머리보: 머리 싸는 보자기.
37) 버선: 버선. '보션〉버션〉버선'의 변화. 17세기 이의봉(李義鳳)이 저술한 『고금석림(古今

반만 웃고 썩나셔니 일ᄒᆡᆼ 즁의 졔일일셔
광춘젼 션여가 강임ᄒᆞᆫ나 월궁 ᄒᆞᆼ아가 하강ᄒᆞᆫ나
잇난 부人은 그러커니와 읍난 부人은 그ᄃᆡ로 하지
양ᄃᆡ문(포) 겹져고리 슈품만 잇게 지여 입고
칠승목[38]의다 갈마물 드러 일곱 폭 초ᄆᆡ 덜쳐 입고
청홍사 (손에) 감아들고 눈썹을 지워내니
가는 붓으로 그린 듯이 아미 팔자 예쁘도다[39]
양색단 겹저고리 길상사 고장바지
잔줄 누이 깁허리띠[40] 맵시 있게 잘근 매고
광월사 치마에 분홍 밑단 툭툭 털어 들러 입고
머리고개 곱게 빗어 잣기름 발라 손질하고
공단댕기 갑사댕기 수부귀 다남자[41] 딱딱 박아[42]
청준주 홍준주[43] 곱게 붙여 착착 접어 곱게 매고
금죽절 은죽절[44] 좋은 비녀 뒷머리에 살짝 꽂고
은장도 금장도 갖은 장도 속고름에 단단히 차고
은조롱 금조롱 갖은 패물 겉고름에 빗겨 차고
일광단 월광단[45] 머리보는 섬섬옥수 감아들고
삼승[46] 버선 수당혜[47]를 날출자로 신었구나

釋林)』의 〈동한역어(東韓譯語)〉에는 "속칭말자(俗稱襪子) 왈보선(曰補跣)"이라 하여 '보션'이 한자 '보선(補跣)'으로부터 왔을 것이라는 추정.

38) 칠승목: 결고운 무명천. 평북 초산과 벽동 지역의 칠승포가 유명하다.

39) 어엿부다: 예쁘다. '어엿브다'의 의미는 '불쌍하다, 가엽다(憐)'에서 '예쁘다, 사랑스럽다(美麗)' 뜻으로 변화하였다. '어엿브다〉어엿부다'로 원순모음화.

40) 깁허리띠: 비단-+으로 만든 허리띠.

41) 슈부귀 다남자: 수부귀다남자(壽富貴多男子). 오래 부귀하게 살고 아들 많이 낳음. 남아선호의 전통.

42) 딱딱 박아: 글자를 금박이나 은박으로 찍어 넣어.

43) 청준주 홍준주: 청진주 홍진주. 청 구슬 홍 구슬.

44) 금죽절 은죽절: 금은으로 대나무 모양의 무늬로 만든 비녀.

45) 일광단 월광단: 해와 달 무늬가 들어간 비단.

46) 삼승: 삼승(三升). 석세삼베. 240올의 날실로 짠 성글고 굵은 베.

47) 수당혜: 수놓은 가죽신.

반만 웃고 썩 나서니 일행 중에 제일일세
광한전[48] 선녀가 강림했나 월궁항아[49]가 하강했나
있는 부인은 그렇거니와 없는 부인은 그대로 하지
양대문[50] 겹저고리 수품만 있게 지어 입고
칠승목에다 갈매물[51] 들여 일곱 폭 치마[52] 들쳐 입고
칠승포 삼베[53] 허리씌乙 졔모만[54] 잇게 둘너 씌고
굴근 무색[55] 겹보션乙 슈슈하게[56] 빠라 신고
돈 반자리 집셰기라[57] 그도 쏘한 탈속ᄒᆞ다
열일곱살 쳥츈과여 나도 갓치 놀너 가지
나도 인물 좃컨마난 단장ᄒᆞᆯ 마음 젼여읍니
씩나 읍시 셔슈하고[58] 거친 머리 ᄃᆡ강 만자
못비여乙[59] 실젹 쏘자 눈셥 지워 무웟하리
광당목[60] 반물치마[61] 슷쏭[62] 읍는 흰져고리
흰고름乙 다라 입고 젼의 입던 고장바지
ᄃᆡ강ᄃᆡ강 슈습ᄒᆞ니 어련[63] 무던 관기 차데

---

48) 광한전: 달 속에 있다는 궁전.
49) 월궁항아: 월궁항아(宮姮娥), 남편이 가지고 있는 불사약을 훔쳐 달로 달아났다는 예(羿)의 아내.
50) 양대문: 금박이나 은박 도장으로 무늬를 찍어 넣은 비단.
51) 갈마물: 칡물.
52) 치마: 치마(裳). '치마, 쵸마, 츄마'는 방언 차이를 보여주는 '쵸마, 츄마'는 '치-+-옴~움(동명사형어미)'의 구성이나 '치-의 어원은 불확실하다.
53) 삼베: 삼베. '삼뵈'(가례언해 6:24)의 예 '삼뵈'는 '삼(麻)-+뵈(布)' 합성어이다.
54) 졔모만: 가지런한 모양.
55) 무색: 색깔을 물들인.
56) 슈슈하게: 수수하게.
57) 집셰기: 짚신.
58) 셔슈하고: 세수하고.
59) 못비여乙: 못 비녀를.
60) 광당목: 광목과 당목.
61) 반물치마: 남색 치마. 밤물은 남색.
62) 슷쏭 읍는: 여자의 저고리 소맷부리에 댄 다른 색의 천을 댄 것이 없는.
63) 어련: 당연히. 어련하다의 어근이 부사로 사용됨.

건넌 집의 뒨동어미 엿 ᄒᆞᆫ 고리[64] 이고 가셔
가지 가지 가고말고 넌들 웃지 안 가릿가
늘근 부여 결문 부여 늘근 과부 결문 과부
압 셔거니 뒤 셔거니 일자 힝차 장관이라
슌홍이라 비봉산은 이름 조코 노리[65] 죠의
골골마다 ᄭᅩᆺ비치요 등등마다 ᄭᅩᆺ치로세
호산나부 범나부야[66] 우리와 갓치 화젼하나
두 나리乙 툭툭 치며 ᄭᅩᆺ송이마다 증구하ᄂᆡ[67]
칠승포 삼베 허리띠를 모양 있게 둘러 띠고
굵은 무명 무색 겹버선을 수수하게 빨아 신고
돈 반짜리 짚신이라 그도 또한 탈속하다[68]
열일곱 살 청춘 과녀 나도 같이 놀러 가지
나도 인물 좋건마는 단장할[69] 마음 전혀 없어
때나 없이 세수하고 거친 머리 대강 만져
놋 비녀를 슬쩍 꽂아 눈썹 지워 무엇 하리
광당목 반물치마 끝동 없는 흰 저고리
흰 고름을 달아 입고 전에 입던 고장바지
대강대강 수습하니 어련무던 괜찮네[70]
건너 집에 덴동어미 엿 한 고리 이고 가서
가지가지 가고말고 낸들 어찌 안 가리까
늙은 부녀 젊은 부녀 늙은 과부 젊은 과부
앞서거니 뒤서거니 일자 행차[71] 장관이라

---

64) 고리: 싸리나 부들로 엮어 만든 상자.
65) 노리: 놀이. '놀-遊+-이(명사 형성 접사)'의 구성.
66) 범나부야: 호랑나비를 일상적으로 이르는 말.
67) 증구하ᄂᆡ: 종구(從求)하네. 따라다니며 구하네.
68) 탈속(脫俗)하다: 속된 것에서 벗어나다.
69) 단장할: 단장(丹粧)할. 화장할.
70) 어련무던 관계찮네: 어련하고 무든이 괜찮네.
71) 일자 힝차: 한 줄로 서서 가는 모양.

순흥72)이라 비봉산73)은 이름 좋고 놀이 좋아
골골마다 꽃빛이요 등등마다 꽃이로세
호산나비 범나비야 우리와 같이 화전하나
두 나래를74) 툭툭 치며 꽃송이마다 따라 가네(찾아드네)
ㅅ롬ㅏ75)간 곳 ᄃᆡ 나부 가고 나부 간 곳 ᄃᆡ ㅅ롬ㅏ가니
이리 가나 져리로 가나 간 곳마다 동힝ᄒᆞ너
ᄭᅩᆺ타 ᄭᅩᆺ타 두견화 ᄭᅩᆺ타 네가 진실노 참ᄭᅩᆺ치다76)
산으로 일너 두견산은 귀촉도77) 귀촉도 관즁이요
ᄉᆡ로 일너 두견ᄉᆡ는 불여귀78) 불여귀 산즁이요
ᄭᅩᆺ트로 일너 두견화는 불긋불긋 만산이라
곱다곱다 창ᄭᅩᆺ치요 사랑ᄒᆞ다 창ᄭᅩᆺ치요
탕탕ᄒᆞ다 창ᄭᅩᆺ치요 ᄉᆡᆨᄉᆡᆨᄒᆞ다 창ᄭᅩᆺ치라
치마 옵폐도 ᄡᅡ 다무며 바구니의도 ᄡᅡ 모무니79)
ᄒᆞᆫ ᄌᆞᆷ ᄡᅡ고 두 ᄌᆞᆷ ᄡᅡ니 春광이건 人 ᄎᆡ롱80)中乙
그 즁의 상송이81) ᄯᅮᆨᄯᅮᆨ 걱거 양작82) 손의 갈나 쥐고

72) 순흥: 순흥면(順興面)은 경북 영주시 북서부에 있는 면. 동쪽은 단산면(丹山面), 남쪽은 안정면(安定面), 서쪽은 풍기읍, 북쪽은 충북 가곡면(佳谷面)과 접한다. 원래 순흥부 태평면(太平面)과 내죽면(內竹面) 지역이었으나 1914년 내죽면과 태평면을 병합하여 순흥부의 이름을 따서 순흥면이라 하였다. 면의 서북쪽은 소백산(小白山), 국망봉(國望峰)에 이어지는 험준한 산지이고 동남부에는 구릉성 산지가 발달하였다. 면의 동쪽을 북에서 남으로 흐르는 죽계천(竹溪川)이 유역 일대에 넓은 평야를 이룬다.
73) 비봉산: 비봉산(飛鳳山). 경북 영주 소백산 능성의 산봉우리.
74) 나ᄅᆡ乙: 날개를. 'ᄂᆞᆯ飛-+-기(접사)'의 구성. 'ᄂᆞᆯ애, ᄂᆞ래'도 있었는데, 이들은 '날개'와 어원이 같지만 'ㄹ' 뒤에서 'ㄱ'이 약화된 형태이다.
75) ㅅ롬ㅏ: 사람. 두 글자를 한 글자로 만든 것임. 일종의 언어 유희에 속한다.
76) 참ᄭᅩᆺ치다: 참꽃이다. 참꽃은 '진달래'의 방언형.
77) 귀촉도: 귀촉도(歸蜀道). 두견새.
78) 불여귀: 불여귀(不如歸). 두견새.
79) 모ᄡᅡ: 전부다. 영남방언형.
80) ᄎᆡ롱: 싸릿개비나 버들가지로 엮은 채그릇.
81) 상송이: 쌍송이. 영남도방언에서 'ㅅ'과 'ㅆ'이 비변별적임.
82) 양작: 양쪽.

자바쓰들 맘이 전여 읍셔 향기롭고 이상ᄒᆞ다
손으로 답삭 쥐여도 보고 몸의도 툭툭 터러보고
낫테다 살작 문ᄃᆡ보고[83] 입으로 홈박 무러보고
져긔 져 식덕 이리 오게 고예고예[84] 쏫도 고예
오리 볼 실[85] 고은 빗튼 자너 얼골 비식ᄒᆞ의[86]
방실방실 웃는 모양 자너 모양 방불ᄒᆞ외
잉 고부장[87] 속슈염은 자너 눈셥 쏙 갓트너
사람 간 곳 다 나비 가고 나비 간 곳에 사람 가니
이리 가나 저리로 가나 간 곳마다 동행하네
꽃아 꽃아[88] 두견꽃아[89] 네가 진실로 참꽃이다
산으로 일러 두견산은 귀촉도 귀촉도 관중이요[90]
새로 일러 두견새는 불여귀 불여귀 산중이요
꽃으로 일러 두견화는 불긋불긋 만산이라
곱다 곱다 참꽃이요 사랑하다 참꽃이요
탕탕하다 참꽃이요 색색하다 참꽃이라
치마 앞에도 따 담으며 바구니에도 따다 모으니
한 줌 따고 두 줌 따니 춘광이 채롱에 드네

---

83) 문ᄃᆡ보고: 문질러보고.

84) 고예고예: 고와고와.

85) 오리 볼 실: 오래 볼수록.

86) 비식ᄒᆞ의: 비식ᄒᆞ-의(부사화 접사, -이). 비슷하게. 어말 'ㅅ'이 'ㄱ'으로 재구조화된 방언형. 그릇〉그륵. 비슷하게〉비식하이.

87) 잉 고부장: 영영 꼬부장해진, 굽혀진. 영남방언형.

88) 쏫타: 꽃아. '곶〉꽃'의 변화. 방언에 따라 '빛ㅊ, 쏫ㅊ, 곧ㅊ'이 나타나는데 영남 방언에서는 'ㅊ'의 역구개음화형으로 '곶〉곹'으로 유추되어 실현된 예이다. '꽃'의 종성 'ㄷ'을 'ㅅ'으로 재분석한 결과 '꼿'으로 재구조화되었다.

89) 두견화: 두견화는 진달래과의 낙엽관목. 참꽃 또는 두견화라고도 한다. 산지의 양지쪽에서 자란다. 꽃은 이른봄에 꽃전을 만들어 먹거나 또는 진달래술(두견주)을 담그기도 한다.

90) 관중이요: 관중(管仲)이요. 중국 춘추 시대 제나라의 재상(?~B.C.645). 이름은 이오(夷吾). 환공(桓公)을 도와 군사력을 강화, 환공을 중원(中原)의 패자(霸者)로 만들었다. 포숙과의 우정으로 유명하며, 이들의 우정을 관포지교(管鮑之交)라고 이른다.

그 중에 좋은(위에) 송이 뚝뚝 꺾어 양족 손에 갈라 쥐고
잡아 뜯을 맘 전혀 없어 향기롭고 이상하다
손으로 답삭 쥐어도 보고 몸에도 툭툭 털어보고
낯에다 살짝 문때보고 입으로 함박 물어보고
저기 저 새댁 이리 오게 고와 고와 꽃도 고와
오래 볼수록 고운 빛은 자네 얼굴 비슷하게
방실방실 웃는 모양 자네 모양 방불하네[91]
앵고부장 속수염은[92] 자네 눈섭 똑 같으네
아무리도 ᄯᅡᆯ 맘 읍셔[93] 뒨머리 살작 ᄭᅩ자노니
압푸로 보와도 화용[94]이고 뒤으로 보와도 ᄭᅩᆽ치로다
상단이는 ᄭᅩᆽ 데치고[95] 삼월이는 가로작[96] 풀고
취단이는 불乙 너라[97] 향단이가 ᄯᅥᆨ 굼는다
쳥계 반셕[98] 너른 고ᄃᆡ 노소乙[99] 갈나 좌[100] 차리고
ᄭᅩᆽᄯᅥᆨ乙 일변 드리나아[101] 노人붓텀[102] 먼져 드리여라
엿과 ᄯᅥᆨ과 함계 먹은니 향긔의 감미가 드욱 조타
ᄒᆞᆷ포고복 실컨 먹고 셔로 보고 ᄒᆞ는 마리
일연 일차[103] 화젼 노름 여자 노롬 졔일일셔
노고조리 쉰 질 ᄶᅧ셔 빌빌빌빌 피리 불고
오고 가는 벅궁새[104]는 벅궁벅궁 벅구치고

---

91) 방불하네: 방불(彷彿)하네. 거의 비슷하네.
92) 앵고부장 속수염은: 기다란 꽃술. 꼬부랑하게 생긴 꽃술의 오양.
93) ᄯᅡᆯ 맘 읍셔: (꽃을) 딸 마음이 없어.
94) 화용: 화용(花容). 꽃처럼 아름다운 얼굴이나 자태.
95) 데치고: (뜨거운 물에) 살짝 익히고.
96) 가로작: 가루를 담은 봇짐.
97) 너라: 불을 넣너라. 을을 지펴 때어라.
98) 쳥계 반셕: 맑은 개울 가의 반반한 돌(盤石).
99) 노소乙: 노소(老少)를.
100) 좌: 坐. 자리.
101) 드리나아: 들여놓아.
102) 노人붓텀: '-붓텀'는 '-부터'의 방언형.
103) 일연 일차: 일 년에 한 차례.

봄 빗자ᄂᆞᆫ ᄭᅬᆨ고리105)ᄂᆞᆫ 조은 노ᄅᆡ로 벗 부르고

호랑나부 범나부ᄂᆞᆫ 머리 우의 츔乙 츄고

말 잘 ᄒᆞᄂᆞᆫ 잉무이106)ᄂᆞᆫ 잘도 논다고 치ᄒᆞᄒᆞ고

쳔연 화표 ᄒᆞᆨ두룸이 요지연인가 의심ᄒᆞᄂᆡ

웃던 부人은 글 용히셔 ᄂᆡ칙편乙 외와ᄂᆡ고

웃던 부人은 홍이 나셔 월편乙 노ᄅᆡᄒᆞ고

웃던 부人은 목셩 조와 화젼가乙 잘도 보ᄂᆡ

아무래도 딸 마음 없어 뒷머리 살짝 꽂아놓으니

앞으로 보아도 화용花容이고 뒤로 보와도 꽃이로다

상단이는 꽃 데치고 삼월이는 가루짝 풀고

취단이는 불을 넣어라 향단이가 떡 꿉는다

청계반석 너른 곳에 노소를 갈라 자리 차리고

꽃떡을 일변 드리나마 노인부터 먼저 드려라

엿과107) 떡108)과 함께 먹으니 향기에 감미가 더욱 좋다

함포고복109) 싫건 먹고 서로 보고 하는 말이

일 년 일 차 화전 놀음 여자 놀음 제일일세

노고지리 쉰 길110) (높이) 떠서 빌빌 밸밸 피리 불고

오고 가는 뻐꾹새는 벅궁벅궁 법고111) 치고

---

104) 벅궁새: 뻐꾹새.

105) ᄭᅬᆨ고리: 꾀꼬리.

106) 잉무이: 앵무새는.

107) 엿: 엿. 친정 갔던 새색시가 시가로 돌아올 때, 엿을 함지박 가득 만들어 와서 일가친척에게 돌렸다. 엿을 먹느라 입이 붙어 새색시의 흉을 보지 말아 달라는 의미가 담긴 풍속이다. (한국문화상징사전 편찬 위원회, 1995, 『한국문화 상징사전2』, 두산동아, 518~519).

108) ᄯᅥᆨ: 떡. 'ᄯᅥᆨ'의 방언형이 '시덕'(함경도), '시더구'(평안도), '시더기'(강원도)있는데 일본어의 쌀떡(sitoki)와 연관될 가능성이 있다. 'ᄯ'은 'ㅅ'으로 시작되는 음절의 모음이 탈락하여 'ㄷ'으로 시작되는 음절과 하나의 음절로 축약된 결과일 가능성이 높다.

109) ᄒᆞᆷ포고복: 함포고복(含哺鼓腹). 잔뜩 먹고 배를 두드린다는 뜻으로, 먹을 것이 풍족하여 즐겁게 지냄을 이르는 말.

110) 쉰 길: 오십 길. 아주 높이.

111) 법고: 농악대에서 연주하는 일종의 작은 북.

봄 빛 짜는 꾀꼬리는 좋은 노래로 벗 부르고
호랑나비 범나비는 머리 위에 춤을 추고
말 잘하는 앵무새는 잘도 논다고 치하하고
천년화표[112] 학두루미 요지연[113]인가 의심하네
어떤 부인은 글 용해서[114] 내측편을 외와내고
어떤 부인은 홍이 나서 칠월편을[115] 노래하고
어떤 부인은 목성 좋아 화전가를 잘도 보네
그 듕의도 덴동어미 먼나계도[116] 잘도 노라
츔도 츄며 노릐도 ᄒᆞ니 우슘 소릐 낭자ᄒᆞᆫᄃᆡ[117]
그 듕의도 쳥츈과여 눈물 콘물 귀쥐ᄒᆞ다[118]
ᄒᆞᆫ 부人이 이른 마리 조은 풍경 존 노름의[119]
무슨 근심 ᄃᆡ단ᄒᆡ셔 낙누한심[120] 원일이요
나건[121]으로 눈물 짝고 ᄂᆡ 사정 드러보소
열네살의 시집 올 쎄 쳥실홍실 느린 인졍
원불산니[122] 밍셰하고 ᄇᆡᆨ연이나 사짓더니
겨우 삼연 동거ᄒᆞ고 영결종천[123] 이별하니
임은 겨우 十六이요 나ᄂᆞᆫ 겨우 十七이라
션풍도골[124] 우리 낭군 어는 쎄나 다시 볼고

112) 천년화표: 천년 만에 성문 앞 화표(華表)로 돌아옴. 중국 고사에 요동 사람 정령위(丁令威)가 신선 학이 되어 성문 화표주(기둥)에 날아 왔다는 전설.
113) 요지연: 중국 곤륜산에 있는 신선이 산다고 전하는 연못.
114) 글 용해서: 글을 잘해서. 영남 사대부가의 부녀자들 사이에 중국 고사나 언문 소설, 혹은 가사에 능한 사람을 일컸는 말.
115) 칠월편을: 〈시경〉에 실린 칠원편〉의 시.
116) 먼나계도: 멋이 나게도.
117) 낭자ᄒᆞᆫᄃᆡ: 흐드러지는데. 왁자지껄하고 시끄럽다.
118) 귀쥐ᄒᆞ다: 꾀죄죄하다.
119) 존 노름의: 좋은 놀음놀이의.
120) 낙누한심: 낙루(落淚) 한숨. 눈물을 흘리며 한 숨을 쉼.
121) 나건: 비단수건. 羅巾.
122) 원불산니: 원불상리(遠不相離). 멀리 떨어지지 않음.
123) 영결종천: 영결종천(永訣終天). 죽어서 헤어짐.

방정맛고 가련ᄒᆞ지 ᄋᆡ고ᄋᆡ고 답답ᄒᆞ다

十六셰 요사 임ᄲᅮᆫ이요[125] 十七셰 과부 나 ᄲᅮᆫ이지

삼사연乙 지ᄂᆡ시니 마음의ᄂᆞᆫ ᄋᆞᆫ 죽어ᄂᆡ[126]

이웃 사ᄅᆞᆷ 지ᄂᆡ가도 셔방임이 오시ᄂᆞᆫ가

ᄉᆡ소리만 귀의 온면 셔방임이 말ᄒᆞᄂᆞᆫ가

그 얼골리 눈의 삼삼 그 말소ᄅᆡ 귀의 징징

탐탐ᄒᆞ인 우리 낭군 자나 ᄭᆡ나 이즐손가

그 중에도 덴동어미 멋나게도 잘도 놀아

춤도 추며 노래도 하네 웃음소리 낭자한데

그 중에도 청춘 과녀 눈물 콧물 꽤재재하다

한 부인이 이른 말이 "좋은 풍경 좋은 놀음에

무슨 근심 대단해서 낙루 한숨 웬일이요"

나건으로 눈물 닦고 "내 사정 들어보소

열네 살의 시집올 때 청실홍실 늘인 인정

헤어지지 말자 맹세하고 백년이나 살잤더니

겨우 삼 년 동거하고 영결종천 이별하니

임은 겨우 십육이요 나는 겨우 십칠이라

선풍도골 우리 낭군 어느 때나 다시 볼꼬

방정맞고 가련하네 애고애고 답답하다

십육 세 요사한 이 임뿐이요 십칠 세 과부 나 뿐이지

삼사년을 지냈으니 마음에는 안 죽었네

이웃 사람 지나가도 서방님이 오시는가

새 소리만 귀에 오면 서방님이 말하는가

그 얼굴이[127] 눈에 삼삼 그 말소리 귀에 쟁쟁

---

124) 션풍도골: 신선 풍모(仙風)에다가 도가 트인 골격(道骨)인.

125) 十六셰 요사 임ᄲᅮᆫ이요: 십육세에 요절하여 죽은(天死)한 사람은 임뿐이요.

126) 마음의ᄂᆞᆫ ᄋᆞᆫ 죽어ᄂᆡ: 마음에는 안 죽었네.

127) 얼골: '얼굴, 얼골'이 공존. '얼굴 상(狀)'〈유합원, 10ㄱ〉, '얼굴 형(形)'〈유합원, 19ㄴ〉'에서 '얼굴'의 의미가 '모습(形)'이나 '틀(型)'을 의미했는데, 18세기 이후 '안면(顔面)'의 의

탐탐하면 우리 낭군 자나 깨나 잊을쏜가
잠이나 자로[128] 오면 꿈의나 만나지만
잠이 와야 꿈乙 꾸지 꿈乙 뀌야 임乙 보지
간밤의야 꿈을 꾸니 정든 임乙 잠간 만닉
만담정담[129]乙 다 ᄒᆞ짓더니[130] 일장셜화乙 치 못ᄒᆞ여
꾀고리 소리 씨다르니 임은 정영 간 곳 읍고
초불만 경경[131] 불멸ᄒᆞ니 악가[132] 우던 져놈우 식가
잔닉는 뜻고 좃타ᄒᆞ되 날과 빅연 원슈로세
어딕 가셔 못 우러셔 굿틔야[133] 닉 단잠 씨우는고
셥셥ᄒᆞᆫ 마음 둘 딕 읍셔 이리져리 지든 차의[134]
화젼노름이 조타ᄒᆞ긔 심회乙 조금 풀가하고
잔닉乙[135] 짜라 참예ᄒᆞ니[136] 촉쳐감창쁜이로셔[137]
보나니[138] 족족[139] 눈물이요 듯나니 족족 한심일셰[140]
쳔하만물이 쑥이 잇건만 나는 웃지 쑥이 읍나
식 소리 드러도 회심ᄒᆞ요 쏫 핀걸 보ᄋᆞ도 비창ᄒᆞ니
익고 답답 닉팔자야 웃지 하여야 조흘게나[141]
가자ᄒᆞ니 말 아니요 아니 가고는 웃지 ᄒᆞᆯ고

미로 축소되었다.

128) 자로: 자주. 영남 방언형임.
129) 만담정담: 만담정담(滿談情談). 정이 가득한 긴 이야기를 나눔.
130) ᄒᆞ짓더니: 하자고 했더니.
131) 초불만 경경: 촛불빛만 깜박거림. '경경(耿耿)하다'는 불빛이 깜박거리다라는 뜻임.
132) 악가: 조금전에. 아까. 영남방언형
133) 굿틔야: 구태어.
134) 지든 차의: 재던 차에. 견주던 차에, 할까말까 망설이던 차에.
135) 잔닉乙: 자네를. '자네'가 2인칭대명사로 사용됨.
136) 참예ᄒᆞ니: 참여하니.
137) 촉쳐감창: 촉처감창(觸處感愴). 곳곳에 슬픈 감정.
138) 보나니: 보는 사람마다. '보-+ᄂᆞ-+ㄴ+ㅣ'
139) 족족: 보는 사람마다.
140) 한심일셰: 한숨일세.
141) 조흘게나: 좋을거나.

덴동어미 듯다가셔 썩 나셔며 ᄒᆞᄂᆞᆫ 마리
가지나 오가지 말고 져발 젹션 가지 말계
잠이나 자주 오면 꿈에나 만나지만
잠이 와야 꿈을 꾸지 꿈을 꿔야 임을 보지
간밤에야 꿈을 꾸니 정든 임을 잠깐 만나
만담정담을 다 하잤더니 일장설화를[142] 채 못하고
꾀꼬리[143] 소리 깨달으니 임은 정녕 간 곳 없고
촛불만 가물가물 불멸하니 아까 울던 저 놈에 새가
자내는 듣고 좋다하되 날과 백년 원수로세
어데 가서 못 울어서 구태여 내 단잠 깨우는고
섭섭한 마음 둘 데 없어 이리저리 재던[144] 차에
화전놀음이 좋다기에 심회를 조금 풀까 하고
자네를 따라 참여하니 촉처감창뿐이로세[145]
보는 이 쪽쪽 눈물이요 듣는 것[146] 쪽쪽 한숨일세
천하 만물이 짝이 있건만 나는 어찌 짝이 없나
새소리 들어도 회심하고[147] 꽃 핀 걸 보아도 비창하니[148]
애고 답답 내 팔자야 어찌 하여야 좋을 거나
(개가를) 가자 하니 말 아니요 아니 가고는 어찌할고"
덴동어미 듣다가 썩 나서며 하는 마리
"가지 마오 가지 마오 제발 즉은[149] 가지 말게"
팔자 ᄒᆞᆫ탄 읍실가마ᄂᆞᆫ 가단[150] 말이 웬말이요

---

142) 일장설화를: 일장설화(一場說話). 한 바탕의 이야기를.
143) ᄭᅬᆨ고리: 꾀꼬리. '곳고리, ᄭᅬㅅ고리, ᄭᅬᆺᄭᅩ리' 등의 변이형이 있다.
144) 재던: 견주던.
145) 촉처감창뿐이로세: 촉처감창(觸處感愴)뿐이로세. 곳곳에 슬픔뿐이로세.
146) 듯나니: 듣는 것.
147) 회심하고: 회심(回心)하고. 옛일로 마음이 되돌아가고.
148) 비창하니: 비창(悲愴)하니. 슬프니.
149) 져발 젹션: '젹(卽)'이 영남방언에서는 부사가 아닌 명사로 사용되는데 기저형이 'ᄌᆞᆺ'으로 'ᄌᆞᆺ-은, ᄌᆞᆺ-을'로 곡용한다. '져발 젹션'은 "제발 곧 말하자면은"의 뜻이다.
150) 가단: 간다는.

잘 만나도 ᄂᆡ 팔자요 못 만나도 ᄂᆡ 팔자지
百연ᄒᆡ로도151) ᄂᆡ 팔자요 十七셰 쳥상도 ᄂᆡ 팔자요
팔자가 조乙 량이면 十七셰의 쳥샹될가
신명도망152) 못 ᄒᆞᆯ디라153) 이ᄂᆡ 말乙 드러보소
나도 본ᄃᆡ 슌흥읍ᄂᆡ 임 이방의 ᄯᆞᆯ일너니154)
우리 부모 사랑ᄒᆞ사 어리장고리장155) 키우다가
열여섯셰 시집가니 예쳔읍ᄂᆡ 그 즁 큰집의156)
치ᄒᆡᆼ157) 차려 드려가니 장 니방의 집일너라
셔방임을 잠간 보니 쥰슈비범158) 풍부ᄒᆞ고159)
구고임게 현알ᄒᆞ니160) 사랑ᄒᆞᆫ 맘 거록ᄒᆞᄃᆡ
그 임듬ᄒᆡ 쳐가 오니161) ᄯᅢ 맛참 단오려라
三ᄇᆡᆨ장 놉푼 가지 츄쳔乙162) ᄯᅱ다가셔163)
츈쳔 쥴리 ᄯᅥ러지며 공즁 더긔 메바그니164)
그만의 박살이라 이런 일이 ᄯᅩ 인ᄂᆞᆫ가
신졍165)이 미흡ᄒᆞᆫ데 十七셰의 과부된ᄂᆡ
호천통곡 실피운들 쥭근 낭군 사라올가
ᄒᆞᆫ심 모와 ᄃᆡ풍되고 눈물 모와 강슈된다

---

151) 百연ᄒᆡ로도: 백년해로(百年偕老). 머리가 파뿌리가 되도록 백 년 동안 함께 살아도.
152) 신명도망: 타고난 목숨(身命), 운명을 피해 달아남(逃亡).
153) ᄒᆞᆯ디라: 못 할 것이라.
154) ᄯᆞᆯ일너니: 딸이더니.
155) 어리장고리장: 귀여워 아이를 어리는 광경.
156) 그 즁 큰집의: 그 가운데 제일 큰집. 제일 잘사는 집.
157) 치ᄒᆡᆼ: 여자가 시집 가는 행례(行禮).
158) 쥰슈비범: 준수비범(俊秀非凡). 외모가 수려하고 범상치 않은 모양.
159) 풍부ᄒᆞ고: 풍채가 큼.
160) 현알ᄒᆞ니: 현알(見謁)하니. 뵈오니. 만나 인사를 드림.
161) 쳐가 오니: 처가에 오니. 남편과 함께 처가에 오니.
162) 츄쳔乙: 추천(鞦韆). 그네.
163) ᄯᅱ다가셔: 뛰다가. '-셔'는 '셔람므네'와 같은 어미로 그 축약형으로 사용된다.
164) 메바그니: 메쳐 박으니.
165) 신졍: 새정. 신정(新情). 금방 결혼한 정.

팔자 한탄 없을까마는 간다는 말이 웬말이요
잘 만나도 내 팔자요 못 만나도 내 팔자지
백년해로도 내 팔자요 십칠 세 청상靑裳[166]도 내 팔자요
팔자가 좋을 양이면 십칠 세에 청상 될까
신명도망[167] 못 할지라 이내 말을 들어보소
"나도 본래 순흥 읍내 임 이방吏房[168]의 딸이더니
우리 부모 사랑하사 어리장고리장 키우다가
열여섯에 시집가니 예천 읍내 그중 큰 집에
치행治行 차려 들어가니 장 리방의 집이더라
서방님을 잠깐 보니 준수 비범 풍후하고
구고님께[169] 현알見謁하니 사랑하는 맘 거룩하되
그 이듬해 처가 오니 때 마침 단오端午더라[170]
삼백 장丈 높은 가지 추천鞦韆을 뛰다가
추천줄이 떨어지며 공중 덕에 매쳐 박으니
그만에 박살이라 이런 일이 또 있는가
신정이 미흡한데[171] 십칠 세의 과부됐네
호천통곡[172] 슬피[173] 운들 죽은 낭군 살아올까
한숨 모와 대풍大風되고 눈물 모아 강수 된다[174]

---

166) 청상(靑裳). 결혼할 때 입는 푸른치마. 젊은 나이에 과부가 됨을 말함.
167) 신명도망: 타고난 운명이나 팔자로부터 도망감.
168) 이방: 이방(吏房) 조선 시대에, 각 지방 관아에 속한 육방(六房) 가운데 인사 관계의 실무를 맡아보던 부서.
169) 구고임: 구고(舅姑)님께. 시부모님.
170) 단오: 음력 5월 5일. 수릿날, 천중절(天中節)이라고도 한다. 단오는 초오(初五)의 뜻으로 5월의 첫째 말(午)의 날을 말한다. 고대 마한의 습속으로 파종이 끝난 5월에 군중이 모여 서로 신에게 제사하고 가무와 음주로 밤낮을 쉬지 않고 놀았다. 고려가요 『동동(動動)』에는 단오를 '수릿날'이라 하였다. 이날 여자들은 창포를 삶은 물로 머리를 감고 오시(午時)에 목욕을 하면 무병(無病)한다 하였다. 단오 절식으로 수리취를 넣은 수리취떡(車輪餠)과 쑥떡, 망개떡 등을 먹고, 그네뛰기, 씨름 등을 즐겼다.
171) 미흡한데: 새로운 정이 모자라는데. 정을 다 풀지 못한 체.
172) 호천통곡: 호천통곡(呼天痛哭), 하늘을 향해 울부짖음.
173) 슬피: 슬피〉실피. 전부모음화.

쥬야읍시 ᄒᆞ175) 실피 우니 보나니마다176) 눈물ᄂᆡ네
시부모임 ᄒᆞ신 말삼 친정 가셔 잘 잇거라
나ᄂᆞᆫ 아니 갈나ᄒᆞ나177) 달ᄂᆡ면셔 ᄀᆡ유ᄒᆞ니178)
ᄒᆞᆯ 슈 읍셔 허락ᄒᆞ고 친졍이라고 도라오니
三ᄇᆡᆨ장이나 놉푼 낭ᄀᆡ179) 날乙 보고 늣기ᄂᆞᆫ 듯180)
ᄯᅥ러지는 곳 임의 넉시 날乙 보고 우니 난 듯
너무 답답 못 살깃ᄂᆡ 밤낫즈로 통곡ᄒᆞ니
양 곳 부모 의논ᄒᆞ고 샹쥬읍의 듁ᄆᆡᄒᆞᄂᆡ181)
이상찰의 며나리 되여 이승발 후취로182) 드러가니
가셔도 음장ᄒᆞ고183) 시부모임도 자록ᄒᆞ고184)
낭군도 츌등ᄒᆞ고185) 인심도 거록ᄒᆞ되
ᄆᆡ양 안자 ᄒᆞᄂᆞᆫ 마리 포가 마나186) 걱정ᄒᆞ더니
ᄒᆡ로 삼연이 못다가셔187) 셩 쌋든188) 조등ᄂᆡ 도임ᄒᆞ고
엄형즁장 슈금ᄒᆞ고 슈만 양 이포乙 츄어ᄂᆡ니
남젼북답 조흔 젼답 츄풍낙엽 ᄯᅥ나가고
안팍 쥴힝낭 큰 지와집도 하로 아침의 남의 집 되고

---

174) 강수된다: 강수(江水)된다. 강물이 된다.
175) ᄒᆞ: 'ᄒᆞ(行)'는 '하(大, 多)'의 오자이다. 매우 많이.
176) 보나니마다: 보는 이마다. 보-+-ᄂᆞ(현재시상어미)-+-ㄴ(관형형어미)+ㅣ(의존명사)+-마다〉 보는 사람마다.
177) 갈나ᄒᆞ나: 가려고 하나.
178) ᄀᆡ유ᄒᆞ니: 개유(開諭)하니. 회유(開諭)하니. 사리를 알아듣도록 잘 타이름.
179) 낭ᄀᆡ: 낡-+ᄋᆡ〉나무에.
180) 늣기ᄂᆞᆫ 듯: 느끼는 듯
181) 듁ᄆᆡᄒᆞᄂᆡ: 중매(仲媒)하니.
182) 후취(後娶)로. 후처로 결혼함.
183) 가셔도 음장ᄒᆞ고: 가세(家勢)도 엄장(嚴莊)하고.
184) 자록ᄒᆞ고: 자록(慈祿)하고. 인자하고 복록도 있고.
185) 츌등ᄒᆞ고: 출등(出等)하고. 출중하고.
186) 포가 미나: 이포가 많아. 관아로부터 빌린 빚이 많아.
187) 못다가셔: 다 가지 못해서.
188) 셩 쌋든: 성(城)을 쌓던.

압다지 등진 켠 두지며 큰 황소 적ᄃᆡ마 셔산나구
ᄃᆡ양푼 소양푼 셰슈ᄃᆡ야 큰솟 즈근솟 단밤가마
주야없이[189] 하도 슬피 우니 보는 이마다 눈물 내네
시부모님 하신 말씀 "친정 가서 잘 있거라"
나는 아니 가려고하나 달래면서 타이르니
할 수 없어 허락하고 친정이라고 돌아오니
삼백 장이나 높은 나무 날을 보고 흐느끼는 듯
떨어진 곳 임의 넋이 날을 보고 우니는 듯
너무 답답 못 살겠네 밤낮으로 통곡하니
양 곳 부모 의논하고 상주 읍내로 중매하네
이상찰의 며느리 되어 이승발 후취로 들어가니
가세도 음장하고 시부모님도 자록하고
낭군도 출중하고 인심도 거룩하되
매양 앉아 하는 말이 이포가[190] 많아 걱정하더니
해로 삼년이 못 다가서 성 쌓던 조 등내 도임하고[191]
엄형 중장 수금하고[192] 수만 냥 이포를 들추어내니[193]
남전북답[194] 좋은 전답 추풍낙엽 떠나가고
안팎 줄 행낭[195] 큰 기와집도 하루아침에 남의 집 되고
앞다지 등 맞은켠[196] 뒤주며[197] 큰 황소 적대마[198] 서산나귀
대양푼 소양푼 세숫대야 큰 솥 적은 솥 단말 가마[199]

---

189) 주야없이: 밤낮 없이.
190) 이포: 이포(吏逋). 아전이 관아공금을 사사로이 빌려 쓴 빚.
191) 성 쌓던 조등내 도임(到任)하고: 읍성을 쌓는 토목공사를 한 조등내가 도임하고.
192) 엄형(嚴刑) 중장(重杖) 수금(囚禁)하고: 엄한 형벌과 무거운 형장과 잡아 가두고.
193) 수만 냥닢을 추어내니: 수만 냥의 돈을 거두어내기.
194) 남전북답: 남전북답(南田北畓). 밭은 남쪽에 논은 북쪽에 있다는 뜻으로, 가지고 있는 논밭이 여기저기 흩어져 있음을 이르는 말.
195) 안팍 줄 행낭: 안과 밖의 줄지은 행랑채.
196) 압다지 등마지 켠: 앞닫이 맞은 편.
197) 두지: 뒤주.
198) 적대마: 절따마. 털빛이 붉은 말.

놋쥬걱 슐국이[200] 놋징반의 옥식긔 놋쥬발 실굽다리[201]
게사다리 옷거리며 ᄃᆡ병 퉁소 병풍 산슈병풍
자긔홈농 반다지의 무쇠 두멍[202] 아르쇠[203] 밧쳐
쌍용 그린 빗졉고비[204] 걸쇠동경[205] 놋동경의
ᄇᆡᆨ통지판 쳥동화로 요강 타구 ᄌᆡ터리거짐[206]
룡도머리 쟝목비[207] 아울너 아조 휠젹 다 파라도
슈천양 돈이 모지ᄅᆡ셔 일가 친쳑의 일족ᄒᆞ니
三百냥 二百냔 一百냥의 ᄒᆞ지ᄒᆞ가[208] 쉰 양이라
어너 친쳑이 좃타ᄒᆞ며 어너 일가가 좃타ᄒᆞ리
사오만 양乙 츌판ᄒᆞ여[209] 공치필납乙 ᄒᆞ고 나니
시아바임은 쟝독[210]이 나셔 일곱 달만의 상사나고
시어머님이 ᄋᆡᆺ병나셔[211] 초종[212] 후의 ᄯᅩ 상사나니
건 니십명 남노여비 시실식실 다 나가고
시동싱 형제 외입가고[213] 다만 우리 ᄂᆡ외만 잇셔
남의 건너방 비러 잇셔 셰간사리 ᄒᆞ자ᄒᆞ니
콩이나 팟치나 양식 잇나 질노구 박아지 그러시 잇나
누긔가 날보고 돈 쥴손가 하는 두슈 다시 읍ᄂᆡ

199) 단말 가마: 다섯말지기 가마솥.
200) 슐국이: 술국이. 술을 뜨는 기구.
201) 실굽다리: 밑바닥에 받침이 달려 있는 그릇.
202) 두멍: 물을 길어 붓는 큰 독.
203) 아르쇠: 삼발.
204) 빗졉고비: 쌍룡을 그려 장식한 빗접고비. 빗솔 등을 꽂아서 걸어두는 장식물.
205) 걸쇠동경: 걸어두는 동경. 동거울.
206) ᄌᆡ터리거짐: 재떨이까지.
207) 룡도머리 장목비: 장목(꿩)의 꽁지깃으로 만들고 용머리 장식을 한 고급스러운 빗자루.
208) ᄒᆞ지ᄒᆞ가: 하지하下之下. 최고 아래가.
209) 츌판ᄒᆞ여: 거두어서.
210) 쟝독: 장독(丈毒). 곤장을 맞아 생긴 독.
211) ᄋᆡᆺ병나셔: 애간장이 타는 병. 일종의 홧병이 나서.
212) 초종: 초상을 다 마친 후.
213) 외입가고: 오입(誤入)가고.

하로 이틀 굶고 보니 싱목숨 죽기가 어러워라
놋 주걱 술국이 놋 쟁반에 옥식기 놋주발 실굽달이
개다리소반 옷걸이며 대병풍 소병풍 산수병풍
자개 함농 반닫이에 무쇠 두멍 아르쇠 받쳐
쌍용 그린 빗접고비 걸쇠 동경 놋 동경에
백동재판[214] 청동화로 요강 타구 재떨이까지
용두머리장목비 아울러 아주 휠쩍 다 팔아도
수천 냥 돈이 모자라서 일가친척에 일조하니[215]
삼백 냥 이백 냥 일백 냥에 하지하가 쉰 냥이라
어느 친척이 좋다하며 어느 일가가 좋다하리
사오만 냥을 출판하여 공채필납을[216] 하고 나니
시아버님은 장독이 나서 일곱 달만에 상사나고
시어머님이 홧병 나서[217] 초종 후에 또 상사 나니
근 이십 명 남노여비 시실새실[218] 다 나가고
시동생 형제 외입 가고 다만 우리 내외만 있어
남의 건너 방 빌어 있어 세간살이[219] 하자하니
콩이나 팥이나 양식 있나 질노구[220] 바가지 그릇이나 있나
누가 날 보고 돈 줄손가 하는 두수[221] 다시 없네[222]

---

214) 빅통지판: 방안에 담배통, 재떨이, 타구, 요강 등을 놓아두기 위해 깔아 놓은 널빤지.
215) 일족하니: 일조(一助)하니. 도와달라고 하니.
216) 공채필납을: 관아에 진 빚을 다 갚음.
217) 애: '애'는 창자(腸)'을 뜻한다. '애'와 동의어인 '빅술'은 '배알'로 변하여 계속 쓰고, '애'는 사어화하여 '창자'로 교체되었다. 그러나 '애타다', '애마르다', '애터지다' 등의 흔적이 남아 있다. 몹시 안타깝고 초조하게 속을 태우거나 마음을 쓰는 것을, "애가 썩다."는 몹시 마음이 상함을 표현할 때에 쓰는 말이다.
218) 시실새실: 차츰차츰.
219) 세간사리: 살림살이.
220) 질노구: 노구는 놋쇠나 구리쇠로 만든 작은 솥이라는 뜻이나 질노구는 흙으로 빚어 구운 작은 솥이다.
221) 하는 두수: 할 수 있는 어떤 방도.
222) 다시 없네: 달리 주선이나 변통할 여지가 없음.

하루 이틀 굶고 보니 생목숨 죽기가 어려워라
이 집의 가 밥乙 빌고 져 집의 가 장乙223) 비려
중한소혈도 읍시 그리져리 지ᄂᆡ가니
일가 친척은 날가ᄒᆞ고224) 한 번 가고 두 번 가고 셰 번 가니
두 변ᄌᆡᄂᆞᆫ225) 눈치가 다르고 셰 번ᄌᆡᄂᆞᆫ 말乙 ᄒᆞᄂᆡ
우리 덕의 살든 사ᄅᆞᆷ226) 그 친구乙 차자가니
그리 어러번ᄋᆞᆫ 왓건만 안면박ᄃᆡ227) 바로 ᄒᆞᄂᆡ
무삼 신셔乙 마니 져셔 그젹게 오고 ᄯᅩ 오ᄂᆞᆫ가
우리 셔방임 울젹ᄒᆞ여 이역228) 스럼乙 못 이겨셔
그 방안의 궁글면셔229) 가삼乙230) 치며 토곡ᄒᆞᄂᆡ
셔방임야 셔방임야 우지 말고 우리 두리 가다보셔
이게 다 읍ᄂᆞᆫ 타시로다 어드로 가던지 버러보셔
젼젼걸식 가노라니 경쥬읍ᄂᆡ 당두ᄒᆞ여231)
쥬人 불너 차자드니 손굴노232)의 집이로다
둘너보니 큰 여ᄀᆡᆨ의233) 남ᄂᆡ북거 분쥬ᄒᆞ다
부억으로 드리달나 셜거지乙 걸신ᄒᆞ니234)
모은 밥乙235) 마니 쥰다 양쥬ᄋᆞᆫ236) 다 실컨 먹고

---

223) 장: 장(醬). 간장이나 된장.
224) 날가ᄒᆞ고: 나을까 하고. 남보다 나을까.
225) 두 변ᄌᆡᄂᆞᆫ: 두 번째는.
226) 우리 덕의 살든 사ᄅᆞᆷ: 우리 덕(德)으로 살던 사람
227) 안면박ᄃᆡ: 안면박대(顔面薄待). 잘 아는 사람을 푸대접함.
228) 이역 설움을: 자기 자신의 설움을. '이역, 이녁'은 부부 간에 서로를 가르키는 2인칭 대명사.
229) 궁글면셔: 뒹굴면서.
230) 가삼乙: 가슴을. 가ᄉᆞᆷ〉가슴.
231) 당두ᄒᆞ여: 당도(當到)하여.
232) 손군노(孫軍牢): 손씨 성을 가진 관아에 소속된 노비.
233) 큰 여ᄀᆡᆨ의: 큰여객(旅客)에. 큰 집에.
234) 걸신ᄒᆞ니: 씩씩하게 해치우니.
235) 모은 밥乙: 먹다남은 모은 밥.
236) 양쥬ᄋᆞᆫ: 양주(兩主)는. 남자와 여자. 남편과 아내.

아궁의나 자랴ᄒᆞ니 쥬人 마누라 후ᄒᆞ기로
아궁의 읏지 자랴는가 방의 드러 와 자고 가게
이 집에 가 밥을 빌고[237] 저 집에 가서 장을 빌어
증한소혈[238]도 없이 그리저리 지내가니
일가친척은 나을까 한 번 가고 두 번 가고 세 번 가니
두 번째는 눈치가 다르고 세 번째는 말을 하네
우리 덕에 살든 사람 그 친구를 찾아가니
그리 여러 번 안 왔건만 안면박대 바로 하네
"무슨 신세를 많이 져서 그저께 오고 또 오는가"
우리 서방님 울적하여 이녁 설음을 못 이겨서
그 방안에 뒹굴면서 가슴을 치며 통곡하네
"서방임요[239] 서방임요 울지[240]말고 우리 둘이 가다보세
이게 다 없는 탓이로다 어디로 가든지 벌어보세"
전전걸식[241] 가노라니 경주 읍내 당도하여
주인 불러 찾아드니 손군노의 집이로다
둘러보니 큰 여객旅客에 남내북거[242] 분주하다
부엌으로 들이달아 설거지를 걸씬하니
모은 밥을 많이 준다 양주가 앉아 실컷 먹고
아궁이에나[243] 자려 하니 주인마누라 후하기로

---

237) 빌리고: 빌리고. 남의 물건을 공짜로 달라고 호소하여 얻고. '빌다乞'(남의 물건을 공짜로 달라고 호소하여 얻다)"의 의미로 쓰인다. 『표준국어대사전』에는 '빌다'는 '빌리다'의 잘못된 형태로 처리하고 있다. 곧 〈표준어 규정〉에 따라 '빌다'는 버리고 '빌리다'를 표준어로 삼는다고 되어 있다. 그러므로 '빌려 주다' 또는 '빌려 오다'의 뜻으로 쓰이던 '빌다'는 모두 '빌리다'로 써야 한다. 방언에서는 '빌어乞'와 '빌려借'는 분명하게 다른 뜻으로 사용됨으로 〈표준어 규정〉에 문제가 없지 않다.
238) 증한소혈: 증한소혈(蒸寒巢穴). 덥거나 시원한 살 집. 몸을 눕힐 한 칸의 방도 없음.
239) 서방임요: 호격조사 '-요'가 영남방언에서는 '-야'로 실현된다.
240) 우지: 울지. '울다'가 '우-지, 우-며, 우-더라도'처럼 영남방언에서는 불규칙활용을 한다.
241) 젼젼걸식: 전전걸식(輾轉乞食). 이리저리 돌아다니며 구걸하여 얻어먹다.
242) 남닉북거: 남래북거(南來北去). 남에서 오고 북으로 간다,
243) 아궁이에는: 아궁이에는 '아궁이'(한불자전 3), '아귀'(역어유해 상:18), '아궁지'(신계

“아궁에 어찌 자려는가 방에 들어 와 자고 가게”
즁늠이[244] 불너 당부ᄒᆞ되 악가 그 사ᄅᆞᆷ 불너드려
복노방[245] 지우라 당부ᄒᆞᄂᆡ ᄌᆡ三 절ᄒᆞ고 치사ᄒᆞ니[246]
主人 마노라 긍칙ᄒᆞ여[247] 겻ᄐᆡ 안치고 ᄒᆞᄂᆞᆫ 마ᄅᆡ
그ᄃᆡ 양쥬乙 아무리 봐도 걸식ᄒᆞᆯ ᄉᆞᄅᆞᆷㅏ 아니로셔
본ᄃᆡ 어ᄂᆡ 곳 사라시며 읏지ᄒᆞ여 져리 된나
우리난 본ᄃᆡ 살기ᄂᆞᆫ 쳥쥬 읍ᄂᆡ[248] 사다가셔
신병 팔자 괴이ᄒᆞ고 가화가 공참ᄒᆞ셔[249]
다만 두 몸이 사라나셔 이러케 ᄀᆡ걸ᄒᆞ나니다[250]
사ᄅᆞᆷ乙 보ᄋᆞ도 순직ᄒᆞ니 안팍 담사ᄅᆡ[251] 잇셔쥬면
밧ᄉᆞᄅᆞᆷㅏ은 一百五十냥 쥬고 자ᄂᆡ 사젼[252]은 빅양 즘셔
ᄂᆡ외 사젼乙 ᄒᆞᆸᄒᆞ고 보면 三百쉰냥 아니되나
신명[253]은 조곰 고되나마 의식이야[254] 걱졍인가
ᄂᆡ 맘대로 읏지 ᄒᆞ오릿가 가장과 의논ᄒᆞ사이다
이ᄂᆡ[255] 목노방 나가셔로 셔방임乙 불너ᄂᆡ여
셔방임 사미 부여잡고 졍다이 일너 ᄒᆞᄂᆞᆫ 마ᄅᆡ
主人 마노라 ᄒᆞᄂᆞᆫ 마ᄅᆡ 안팍 담사ᄅᆡ 잇고 보면
二百五十냥 쥴나ᄒᆞ니[256] 허락ᄒᆞ고 잇사이다[257]

후전 32)와 같은 변이형이 보인다. ‘아궁-+-이’의 구성.
244) 즁늠이: 객사나 주점에서 허드렛일을 하는 하인.
245) 복노방: 봉놋방. 대문 가까이 여러 명이 합숙하는 방.
246) 치사ᄒᆞ니: 치사(致謝)하니. 감사하는 인사를 하니.
247) 긍칙ᄒᆞ여: 긍측(矜惻)하여. 불쌍하고 측은하여.
248) 쳥쥬읍ᄂᆡ: 충북 청주읍내.
249) 가화가 공참ᄒᆞ셔: 가화(家禍)가 공참(孔慘)하여. 집안에 닥친 재앙이 매우 참혹하여.
250) ᄀᆡ걸ᄒᆞ나니다: 구걸, 개걸(丐乞)하나이다.
251) 안팍 담사ᄅᆡ: 내외 간에 모두 머슴살이와 식모살이.
252) 사젼: 사전(賜錢). 조선 시대에, 담살이를 한 댓가로 지불하는 돈.
253) 신명은: 몸(身命)은.
254) 의식이야: 의식(衣食)이야. 입고 먹고 사는 일이야.
255) 이ᄂᆡ: 곧.
256) 쥴나ᄒᆞ니: 주려고 하니. 의도형어미 ‘-려’는 영남방언에서 ‘-라’로만 실현된다.

나는 부억 에미되고 셔방임은 즁놈이 되어
중노미 불러 당부하되 “아까[258] 그 사람 불러들여
봉놋방에 재우라” 당부하네 재삼 절하고 치사하니
주인 마누라[259] 불쌍히 여겨 곁에 앉히고 하는 말이
“그대 양주를 아무리 봐도 걸식할 사람 아니로세
본디 어느 곳에 살았으며 어찌 하여 저리 되었나”
“우리는 본디 살기는 청주 읍내 살다가
신병 팔자 괴이하고 가화가 공참하여
다만 두 몸이 살아나서 이렇게 기걸하나이다”
“사람을 보아도 순직하니 안팎이 담살이 있어 주면
바깥 사람은 일백오십 냥 주고 자네 사전은 백 냥 줌세”
“내외 사전을 합하고 보면 이백쉰 냥 아니 되나”
“신명은 조금 고되나마 의식이야 걱정인가”
“내 맘대로 어찌 하오리까 가장과 의논하겠나이다”
이내 봉놋방 나가서 서방님을 불러내어
서방님 소매[260] 부여잡고 정다이 일러 하는 말이
주인 마누라 하는 말이 “안팎 담살이 있고 보면
이백오십 냥 주려고 하니 허락하고 있습시다”
나는 부엌 어미 되고 서방님은 중노미 되어
다섯히 작졍만 ᄒᆞ고 보면 ᄒᆞᆫ 만금乙[261] 못 버릿가

---

257) 잇사이다: 있으십시다.
258) 아까: 조금전에. 영남방언형. ‘아까’는 “조금 전”을 뜻하는 명사 혹은 “조금 전에”라는 뜻의 부사로도 사용된다. ‘앗가’, ‘앗까’ 등의 변이형이 나타난다.
259) 마누라: 중년이 넘은 여자를 속되게 이르는 말. ‘마노라〉마누라’의 변화는 비어두음절에서의 ‘ㅗ〉ㅜ’ 변화에 따른 결과이다. ‘마노라’는 17세기까지만 하더라도 남녀 모두에게 아랫사람이 윗사람의 직함 뒤에 붙여 사용하였다. 18세기 이후 ‘마노라’는 여자 쪽만 가리키게 된 것으로 보인다. 현대어에서 ‘마누라’는 ‘부인’의 뜻으로만 사용되고 있다.
260) 소매: 소매. ‘ᄉᆞ매’, ‘소매’가 나타나는데 ‘ᄉᆞᄆᆡ〉소매’의 변화형이다. 순음역행동화로 ‘ᄉᆞ〉소’로 바뀌었고 ‘소ᄆᆡ〉소매’의 변화는 18세기 후반 ‘ㆎ〉ㅐ’ 변화의 결과이다.
261) ᄒᆞᆫ 만금乙: 대략 만금(萬金)을. 방언에서는 ‘ᄒᆞ-’가 ‘行’의 뜻만 가진 것이 아니라 ‘대략’

만냥 돈만 버럿시면 그런ᄃᆡ로 고향 가셔
이젼만치난 못사라도 나무게[262] 쳔ᄃᆡᄂᆞᆫ 안 바드리
셔방임은 허락ᄒᆞ고 지셩으로 버사니다[263]
셔방임이 ᄂᆡ 말 듯고 둘의 낫틀[264] ᄒᆞᆫᄃᆡ ᄃᆡ고
눈물 ᄲᅮ려 ᄒᆞᄂᆞᆫ 마리 이 사람아 ᄂᆡ 말 듯게
임상찰의 ᄡᅡ임이요 니상찰의 아들노셔
돈도 돈도 좃치마ᄂᆞᆫ ᄂᆡ사ᄂᆡ사 못 ᄒᆞ긴ᄂᆡ
그런ᄃᆡ로 다니면셔 비러 먹다가 쥭고 마지
아무리 신셰가 곤궁ᄒᆞ나 굴노놈의[265] 사환 되어
ᄒᆞᆫ 슈만 갓듯 잘못ᄒᆞ만[266] 무지ᄒᆞᆫ 욕乙 읏지 볼고
ᄂᆡ 심사도 ᄒᆞᆯ 말 읍고 쟈ᄂᆡ 심사 읏더 ᄒᆞᆯ고
나도 울며 ᄒᆞᄂᆞᆫ 마리 읏지 ᄉᆡᆼ젼의 빌어먹소
사무라운[267] ᄀᆡ가 무셔워라 뉘가 밥乙 조와 쥬나
밥은 비러 먹으나마 옷션 뉘게 비러입소
셔방임아 그 말 말고 이젼 일도 ᄉᆡᆼ각ᄒᆞ게
궁八十 강ᄐᆡ공[268]도 광장三千죠 ᄒᆞ다가셔
쥬문왕乙 만난 후의 달 八十ᄒᆞ여 잇고
다섯 해 작정만 하고 보면 한 만금을 못 벌겠습니까”
만 냥 돈만 벌으면 그런대로 고향 가서
이전만큼은 못 살아도 남에게 천대는 안 받으리
서방님은 허락하고 “지성으로 벌읍시다”

의 뜻을 가지고 있음을 알 수 있다.

262) 나무게: 남에게.

263) 버사니다: 벌어 살아갑시다.

264) 낫틀: 낯(面)을. ‘낯’은 비속어로 바뀌고 ‘얼굴’로 어형이 변화하였다.

265) 굴노놈의: 관청 노비놈의.

266) ᄒᆞᆫ 슈만 갓듯: 한 수만 까닥. 한 가지만 자칫 잘못해도.

267) 사무라운: 영악하고 무서운.

268) 강ᄐᆡ공: 강태공이 80세가지 위수에서 낚시질을 하다가 주문왕(周文王)을 만나 출세하게 된 일을 말하는 것으로 가난했던 전반부를 ‘궁팔십’이라 하고 영화를 누린 후반부를 ‘달팔십’이라 함.

서방님이 내 말 듣고 둘의 낯을 한 대 대고
눈물 뿌리며 하는 말이 “이 사람아 내 말 듣게
임상찰의 따님이요 이상찰의 아들로서
돈도 돈도 좋지마는 내야 내야 못 하겠네
그런대로 다니면서 빌어먹다가 죽고 말지
아무리 신세가 곤궁하나 군노 놈의 사환 되어
한 수만 까딱 잘 못하면 무지한 욕을 어찌 볼까
내 심사도 할 말 없고 자네[269] 심사 어떠할꼬”
나도 울며 하는 말이 “어찌 생전에 빌어먹소
사나운 개가 무서워라 누가 밥을 좋아서 주나
밥은 빌어 먹으나마 옷은 누구에게 빌어 입소”
“서방님아 그 말 말고 이전 일도 생각하게”
궁팔십 강태공[270]도 광장삼천[271] 좋아하다가
주 문왕을 만난 후에 달팔십하여[272] 있고
표모긔식[273] ᄒᆞᆫ신이도 도즁소연 욕보다가
ᄒᆞᆫ 고죠[274]乙 만난 후의 ᄒᆞᆫ즁ᄃᆡ장 되어시니
우리도 이리 ᄒᆡ셔 버러가지고 고향 가면
이방乙 못ᄒᆞ며 호장[275]乙 못ᄒᆞ오 부러을게 무어시오
우리 셔방임 ᄒᆞ신 말삼 나ᄂᆞᆫ ᄒᆞ자면 ᄒᆞ지마ᄂᆞᆫ

---

269) 자네: 자네. ‘자내, 자네, 자ᄂᆡ’ 등의 변이형이 있다. 현대 국어에서 ‘자네’는 ‘너’의 높임말로 쓰이고 있으나, 중세 국어에서는 ‘몸소, 자신(自身)’의 뜻으로 쓰였다. ‘자신(自身)’의 뜻으로 쓰이던 ‘자내’는 17세기부터 ‘너’의 존대형으로 나타났다.

270) 궁팔십 강태공: 궁하게 팔십년 살던 강태공도. 강태공(姜太公)은 주나라 초기의 정치가이자 공신. 무왕을 도와 은나라를 멸망시켜 천하를 평정하였으며 제(齊)나라 시조가 되었다.

271) 광장삼천: 십여 년 낚시를 하다가.

272) 달팔십하여: 80살이 되어 부귀하게 살았고. 팔십에 일을 이루었음.

273) 표모긔식: 표모기식(漂母寄食). 남의 빨래를 해주는 할머니에게 밥을 구걸하여 먹다. 한신이 불우하던 시절 빨래하는 할머니에게도 밥을 구걸하였다는 고사.

274) ᄒᆞᆫ 고죠: 한 고조(漢高祖). 유방(劉邦).

275) 호장: 호장(戶長). 고을 아전의 맨 윗자리.

자닉는 여人이라 닉 맛침 모로깃닉
나는 조곰도 염여 말고 그리 작졍ᄒᆞ사니다
主人 불너 ᄒᆞ는 마리 우리 사환홀 거시니
이빅 양은 우션 쥬고 쉰양乙낭 갈 제[276] 쥬오
主人이 우스며 ᄒᆞ는 마리 심바람만[277] 잘 ᄒᆞ고보면
七月 버리[278] 잘된 후의 쉰양 돈乙 더 쥬오리
힝쥬치마 털트리고 부억으로 드리달나
사발 뎌졉 둥지[279] 졉시 몃 쥭 몃 기 셰아려셔
날마다 종구[280]ᄒᆞ며 솜씨나게 잘도 ᄒᆞᆫ다
우리 셔방임 거동 보소 돈 二百냥 바다노코
日슈月슈 쳬게노이[281] 닉 손으로 셔긔ᄒᆞ여[282]
낭즁의다 간슈ᄒᆞ고 슈자슈건[283] 골 동이고[284]
마쥭 쓔기[285] 소쥭 쓔기 마당 실기 봉당 실긔
표모기식하던 한신이도[286] 도중 소년 욕보다가[287]
한 고조를 만난 후에 한중대장 되었으니
우리도 이리 해서 벌어가지고 고향 가면
이방을 못하며 호장을 못 하오 부러울 게 무엇이오"

---

276) 갈 제: 떠나 갈 때에.
277) 심바람만: 심부름만. 영남방언형.
278) 버리: 돈벌이.
279) 둥지: 종지.
280) 종구: 정리.
281) 쳬게노이: 차계(借契) 놓으니. 돈을 빌어주고 이자는 받는 계. 일수, 월수로 돈을 빌어 주고 이잣놀이 곧 전당놀이를 하니.
282) 셔긔ᄒᆞ여: 서기(書記)하여. 기록하여.
283) 슥자슈건: 석자짜리 수건. 긴 수건.
284) 골 동이고: 머리 동여 메고.
285) 마쥭 쓔기: 말죽 쑤기.
286) 한신이도: 한신(韓信)이도. 중국 전한의 무장(B.C.~B.C.196). 한(漢) 고조를 도와 조(趙), 위(魏), 연(燕), 제(齊) 나라를 멸망시키고 항우를 공격하여 큰 공을 세웠다. 한나라가 통일된 후 초왕에 봉하여졌으나, 여후에게 살해되었다.
287) 도중 소연 욕보다가: 젊은 시절 악소배에게 욕을 보며 고생을 하다가.

우리 서방님 하신 말씀 "나는 하자면 하지마는
자네는 여인이라 내 마침 모르겠네"
"나는 조금도 염려 말고 그리 작정하사이다"
주인 불러 하는 말이 "우리 사환할 것이니
이백 냥은 우선 주고 쉰 냥을랑 갈 때 주오"
주인이 웃으며 하는 말이 "심부름만 잘 하고보면
칠월 벌이 잘 된 후에[288] 쉰 냥 돈을 더 주오리"
행주치마 떨쳐입고 부엌으로 들이달아
사발 대접 종지 접시 몇 죽 몇 개 헤아려셔
날마다 증구(정리)하며 솜씨 나게 잘도 한다
우리 서방님 거동 보소 돈 이백 냥 받아놓고
일수 월수 체계 놓으니 내 손으로 서기하여
낭중에다 간수하고[289] 수자(석자)수건 골 동여메고
마죽 쑤기 소죽 쑤기 마당 쓸기 봉당 쓸기
상 드리기 상 니기와 오면가면 거드친다[290]
평싱의도 아니 ᄒᆞ든 일 눈치 보와 잘도 ᄒᆞ니
三연乙 나고 보니[291] 만여금 돈 되여고나
우리 니외 마음 조와 다섯ᄒᆡ거지[292] 갈 것읍시
돈 츄심乙[293] 알드리 ᄒᆡ여 니연의는 도라가셔
병슐연 괴질 닥쳐고나 안팍 소실[294] 三十여명이
ᄒᆞᆷ박 모도 병이 드려 사을마니[295] ᄶᆡ나보니
三十名소슬[296] 다 쥭고셔 主人 ᄒᆞᆫ나 나 ᄒᆞ나 쌴이라

---

288) 칠월 벌이 잘 된 후에: 칠월 달 벌이가 잘 된 후에.
289) 낭중에다 간수하고: 주머니 속에 간수하고.
290) 거드친다: 걷어치운다. 일을 잘한다는 의미.
291) 나고 보니: 지나고 보니.
292) 다섯ᄒᆡ거지: 다섯 해까지.
293) 돈츄심乙: 돈을 찾거나 받아 냄, 곧 관리를 알뜰하게 하여.
294) 안팍 소실: 안밖 소솔(所率). 남녀 식솔.
295) 사을마니: 사흘만에.

슈千 戶가 다 쥭고셔 사라나니[297] 몃 읍다ᄂᆡ
이 世上 天地 간의 이른 일이 ᄯᅩ 잇는가
서방임 신ᄎᆡ 트려잡고[298] 긔절ᄒᆞ여 업드려져셔
아조 쥭乙 쥴 아라드니 게우 인사ᄅᆞᆯ[299] 차리여ᄂᆡ
ᄋᆡ고ᄋᆡ고 어릴거나 가이없고 불상ᄒᆞ다
셔방임아 셔방임아 아조 벌덕 이러나게
쳔유여 리[300] 타관 ᄀᆡᆨ지 다만 ᄂᆡ의 와다가셔
날만 ᄒᆞ나 이곳 두고 쥭단 말이 원말인가
쥭어도 갓치 쥭고 사라도 갓치 사지
이ᄂᆡ 말만 ᄆᆡᆼ심ᄒᆞ고 삼사연 근사 헌일일시
상 들이기 상 내기와 오면가면 걷어치운다
평생에도 아니 하던 일 눈치 보아 잘도 하네
삼 년을 나고 보니 만여 금 돈 되었고나
우리 내외 마음 좋아[301] 다섯 해까지 갈 것 없이
돈 추심을 알뜰히 하여 내년에는 돌아가리
병술년 괴질[302] 닥쳤구나 안팎 식솔 삼십여 명이
한꺼번에 모두 병이 들어 사흘만에 깨나보니
삼십 명 식솔 다 죽고서 주인 하나 나 하나뿐이라
수천 호가 다 죽고서 살아난 이 몇 없다네
이 세상 천지간에 이런 일이 또 있는가
서방님 시체 틀어잡고 기절하여 엎드러져서
아주 죽을 줄 알았더니 겨우 인사를 차렸네
애고 애고 어찌할 거나 가이없고 불쌍하다

---

296) 三十名소슬: 30명 가량. 영남방언형.
297) 사라나니: 살아난 사람이.
298) 신ᄎᆡ 트려잡고: 시체 틀어잡고.
299) 게우 인사ᄅᆞᆯ: 겨우 정신을.
300) 쳔유여리: 천유여리, 천여 리(千餘里).
301) 마음 좋아: 기분이 좋아.
302) 병술년 괴질: 병술(丙戌)년 전염병. 1886년(고종 23)에 콜레라가 조선 팔도에 만연하였다.

서방님아 서방님아 아주 벌떡 일어나게
천유여 리 타관 객지 다만 내외 왔다가서
나만 하나 이곳 두고 죽단 말이 웬 말인가
죽어도 같이 죽고 살아도 같이 살지
이내 말만 명심하고 삼사년 근사[303] 헛 일세
귀ᄒᆞᆫ 몸이 쳔인되여 만여금 돈乙 버러더니
일슈 월슈 장변 쳬게[304] 돈 씬 사람이[305] 다 쥭어ᄂᆡ
쥭은 낭군이 돈 달나나 쥭은 사람이 돈乙 쥬나
돈 ᄂᆡᆯ 놈도 읍거니와 돈 바든들 무엿ᄒᆞᆯ고
돈은 가치 버러시나 셔방임 읍시 씰ᄃᆡ 읍ᄂᆡ
ᄋᆡ고ᄋᆡ고 셔방임아 살드리도[306] 불상ᄒᆞ다
이를 쥴乙 짐작ᄒᆞ면 쳔집사乙[307] 아니 ᄒᆞ제
오연 작졍ᄒᆞ올 젹의 잘 사자고 ᄒᆞᆫ 일이지
울면셔로 미달젹의[308] 무신 ᄃᆡ슈로 셰워든고[309]
굴노놈의 무지 욕셜 숢과 가치 달게 듯고
슈화즁乙[310] 가리잔코 일호라도 안 어긔ᄂᆡ
일졍지심[311] 먹은 마음 ᄒᆞᆫ번 사라 보쟛더니[312]
조물이 시긔하여 귀신도 야쇽ᄒᆞ다[313]
젼싱의 무삼 죄로 이싱의 이러ᄒᆞᆫ가
금도 돈도 ᄂᆡ사 실예[314] 셔방임만 이러나게

---

303) 근사: 근사(勤仕). 근면하게 일을 함.
304) 장변체게: 돈을 빌려 주고 이자를 받은 것을 기록한 장부.
305) 돈 씬 사람이: 돈을 빌어 쓴 사람이.
306) 살드리도: 알뜰하게도, 철저하게도. 영남방언형
307) 쳔집사乙: 아주 낮고 천한 일을 맡아 하는 것.
308) 미달젹의: 매달릴 적에.
309) ᄃᆡ슈로 셰워든고: 큰 변통수로 세웠던고.
310) 슈화즁乙: 매우 곤란하고 어려운 지경.
311) 일졍지심: 일정한 마음.
312) 보쟛더니: 보자고 했더니.
313) 야쇽ᄒᆞ다: 야속하다.

아무리 호천통곡ᄒᆞᆫ들 사자난 불가부ᄉᆡᆼ이라
아무랴도 ᄒᆞᆯ 슈 읍셔 그령져령 장사ᄒᆞ고
쥭으랴고 ᄋᆡ乙 쎠도 ᄉᆡᆼᄒᆞᆫ 목슘 못 쥭을ᄂᆡ
귀한 몸이 천인되어 만여 금 돈을 벌었더니
일수 월수 장변 체계 돈 쓴 사람이 다 죽었네
죽은 낭군이 돈 달라고 하나 죽은 사람이 돈을 주나
돈 낼 놈도 없거니와 돈 받은들 무엇 할꼬
돈은 같이 벌었으나 서방님 없이 쓸 데 없네
애고애고 서방님아 살뜰히도 불쌍하다
이를 줄을 짐작하면 천집살이 아니 했지
오 년 작정할 적에 잘 살자고 한 일이지
울면서 매달릴 적에 무슨 대수로 세웠던고
군노 놈의 무지 욕설 꿀과 같이 달게 듣고
수화중을 가리잖고315) 일호라도316) 안 어겼네
일정지심317) 먹은 마음 한 번 살아 보자고 했더니
조물이318) 시기하여 귀신도 야속하다
전생에 무슨 죄로 이생에 이러한가
금도 돈도 내사 싫어 서방님만 일어나게
아무리 호천통곡한들319) 사자는 불가부생이라320)
아무래도 할 수 없어 그령저령 장사葬事하고
죽으려고 애를 써도 성한 목숨 못 죽을네
억지로 못 쥭고셔 쏘 다시 빌어먹ᄂᆡ321)

---

314) ᄂᆡ사 실예: 나야 싫어.
315) 수화중을 가리잖고: 수화중(水火中)을 가리지 않고. 곧 물불을 가리지 않고.
316) 일호: 일호(一毫). 한 오라기 털끝만큼도.
317) 일정지심: 일정지심(一定之心). 한 번 먹은 마음.
318) 조물: 조물주. 창조신(創造神) 또는 조물주(造物主).
319) 호천통곡한들: 호천통곡(呼天痛哭). 하늘을 우러러보며 큰 소리로 슬피 욺.
320) 사자는 불가불생이라: 사자死者는 불가부생(不可復生)이라. 한 번 죽은 사람은 다시 살아나지 못함.

이 집 가고 져 집 가나 임자 읍ᄂᆞᆫ 사람이라
울산읍ᄂᆡ322) 황 도령의 날다려 ᄒᆞᄂᆞᆫ 마리
여보시오 져 마로라323) 웃지 져리 스러ᄒᆞ오
ᄒᆞ도 나 신셰 곤궁키로 이ᄂᆡ 마암 비창ᄒᆞ오
아무리 곤궁ᄒᆞᆫ들 날과 갓치 곤궁ᄒᆞᆯ가
우리 집이 자손 귀히 오ᄃᆡ 독신 우리 부친
五十이 늠도록324) 자식 읍셔 일ᄉᆡᆼᄒᆞᆫ탄325) 무궁타가
쉰다셧셰 ᄂᆞᆯ 나은이 六代 독자 나 ᄒᆞ나라
장즁보옥326) 으듬갓치 안고 지고 케우더니327)
셰살 먹어 모친 쥭고 네 살 먹어 부친 쥭ᄂᆡ
강근지족 본ᄃᆡ읍셔328) 외조모 손의 키나더니
열네살 먹어 외조모 쥭고 열다셧셰 외조부 쥭고
외사촌 형제 갓치 잇셔 삼연 초토乙 지나더니
남의 빗데329) 못 견ᄃᆡ셔 외사촌 형졔 도망ᄒᆞ고
의탁ᄒᆞᆯ 곳지 젼여 읍셔 남의 집의 머셤 드러
십여연乙 고ᄉᆡᆼᄒᆞ니 장ᄀᆡ 미쳔이 될너니만330)
셔울 장사 남는다고 사경 돈 말장331) 츄심ᄒᆞ여332)
억지로 못 죽고서 또 다시 빌어먹네

---

321) 빌어먹ᄂᆡ: 빌어먹네.
322) 울산읍ᄂᆡ: 경남 울산읍(蔚山邑)내.
323) 져 마로라: 저 부인.
324) 늠도록: 넘도록.
325) 일ᄉᆡᆼᄒᆞᆫ탄: 일생한탄(一生恨歎). 평생동안 한탄스럽게.
326) 장즁보옥: 장롱 속의 보물과 옥. 가장 소중한 보물.
327) 케우더니: 키우더니.
328) 본ᄃᆡ읍셔: 보고 들은 것 없이. '본대업다'는 자라면서 보고 들은 것 없이 막 자라난 것을 뜻하는 영남방언의 관용어이다. 혹은 본래 없어. 후자로 해석하는 것이 더 타당할 것 같다.
329) 빗데: 빚에.
330) 될너니만: 될 것이지마는.
331) 말장: 몽땅.
332) 츄심ᄒᆞ여: 추심(推尋)이란 챙겨서 찾아 가지거나 받아 낸다는 뜻.

이 집 가고 저 집 가나 임자 없는 사람이라[333)]
울산 읍내 황도령이 날더러[334)] 하는 말이
"여보시오 저 마누라 어찌 저리 설워 하오"
"하도 내 신세 곤궁키로 이내 마음[335)] 비창하오"
"아무리 곤궁한들 날과 같이 곤궁할까"
우리 집에 자손 귀해 오대 독신 우리 부친
오십이 넘도록 자식 없어 일생한탄 무궁타가
쉰다섯에 날 낳으니 육대 독자 나 하나라
장중보옥 얻은 듯이 안고 업고 키우더니
세 살 먹어 모친 죽고 네 살 먹어 부친 죽네
강근지족[336)] 본데없어 외조모 손에 자라났더니
열네 살 먹어 외조모 죽고 열다섯에 외조부 죽고
외사촌 형제 같이 있어 삼년 초토를[337)] 지냈더니
남의 빚에 못 견뎌서 외사촌 형제 도망하고
의탁할 곳이 전혀 없어 남의 집에 머슴[338)] 들어
십여 년을 고생하니 장가 밑천이 될러니만
서울 장사 남는다고 사경 돈[339)] 몽땅 추심하여
참씨 열 통 무역ᄒᆞ여 ᄃᆡ동션의[340)] 부쳐 싯고[341)]
큰 북乙 둥둥 울이면서 닷 감난 소ᄅᆡ[342)] 신명난다

333) 임자 없는 사람이라: 홀로 사는 과부.
334) 날다려: 나에게. '-다려', '-더러'는 여격으로 사용됨.
335) 마암: 마음. 'ᄆᆞᅀᆞᆷ〉마음'.
336) 강근지족: 도와줄 만한(强近) 가까운 친척(之族). 가까운 친척.
337) 초토를: 초토(草土)를. 거적자리와 흙베개를 뜻하는 것으로, 거상(居喪)함을 말함.
338) 머슴: 고용주의 집에서 주거하며 새경[私耕]을 받고 노동력을 제공하는 농업임금노동자.
339) 사경돈: 농가에서, 일 년 동안 일해 준 품삯으로 주인이 머슴에게 주는 곡물이나 돈.
340) ᄃᆡ동션의: 대동선에. 조선 후기 대동미를 운반하던 관아의 배.
341) 부쳐 싯고: 부쳐싣고. '브티다'는 '착'(着)의 뜻이 아닌 '부'(附)이다. 곧 '어디에 의탁하다'의 뜻이다.
342) 닷 감난 소ᄅᆡ: 닻을 감는 소리에.

도사공은 치만[343] 들고 임 사공은 츔乙 츄너
망망 더히로 쩌나가니 신션노름 니 아닌가
히남 관머리 자너다가 바람 소릭 이러나며
왈콱덜컥 파도 이러 천동 슷티 벼락치듯
물결은 츌넝 산덤갓고[344] ᄒᆞ날은 캄캄 안보이너
슈천석 시른 그 큰 빅가 회리바람의 가랑닙 쓰듯
빙빙 돌며 쩌나가니 살 가망이 잇슬넝가
만경창파 큰 바다의 지만읍시[345] 쩌나가다
ᄒᆞᆫ 곳딕 다드리 붓쳐[346] 슈천셕乙 시른 빅가
편편파쇄[347] 부셔지고 슈십명 젹군드리[348]
인홀불견[349] 못 볼너라 나도 역시 물의 빠자
파도 머리의 밀여가다 마참[350] 눈乙 써셔보니
빅쪽 ᄒᆞ나 둥둥 써셔 너 압푸로 드러온이
두 손으로 더위 자바 가삼의다가 부쳐노니
물乙 무슈이로 토ᄒᆞ면셔 졍신을 조곰 슈습ᄒᆞ니
아직 살긴 사가다마는[351] 아니 죽고 읏지홀고
참깨[352] 열 통 무역하여 대동선에 부쳐 싣고
큰 북을 둥둥 울리면서 닻 감는 소리에 신명난다
도사공은[353] 키만 들고 임 사공은 춤을 추네

---

343) 치만: 키만.
344) 산덤갓고: 산더미같고.
345) 지만읍시: 바램이(期望) 없이, 지만없이, 천방지축으로, 마음대로..
346) 다드리 붓쳐: 부디쳐.
347) 편편파쇄: 편편파쇄(片片破碎). 조가조각 부서지다.
348) 젹군드리: 노(滷)른 젓는 일꾼들이.
349) 인홀불견: 인홀불견(因忽不見). 홀연 다시 못 보다.
350) 마참: 마침. 공교롭게. '마초아', '마촘', '마좀'. '맞-+-ㅁ'의 구성.'
351) 사라다마는: 살았다만은.
352) 참깨: '참깨' 마(麻), 백유마(白油麻), 지마(芝麻), 진임(眞荏). '眞'의 뜻을 가지는 'ᄎᆞᆷ'이 식물을 나타내는 'ᄢᅢ'에 결합하여 이루어진 'ᄎᆞᆷᄢᅢ'에서 비롯된 것이다. 'ᄎᆞᆷᄢᅢ〉참깨'.
353) 도사공: 도사공(都沙工). 조운선(漕運船)에 소속된 뱃사공의 우두머리.

망망대해로 떠나가니 신선놀음 이 아닌가
해남 관머리[354] 자나다가 바람소리 일어나며
왈칵 덜컥 파도 일어 천둥 끝에 벼락 치듯
물결은 출렁 산더미 같고 하늘은 캄캄 안 보이네
수천 석 실은 그 큰 배가 회오리바람에 가랑잎 뜨듯
뱅뱅 돌며 떠나가니 살 가망이 있을는가
만경창파 큰 바다에 지망없이[355] 떠가다가
한 곳에다 들이 부딪혀 수천 석을 실은 배가
편편파쇄 부서지고 수십 명 젓군들이
홀연 못 볼레라 나도 역시 물의 빠져
파도머리에 밀려가다 마침 눈을 떠 보니
배 조각 하나 둥둥 떠서 내 앞으로 들어오니
두 손으로 더위잡아[356] 가슴에다가[357] 붙여 놓으니
물을 무수히 토하면서 정신을 조금 수습하니
아직 살긴 살았다마는 아니 죽고 어찌할꼬
오로ᄂᆞᆫ 절덤이[358] 손으로 헤고 나리ᄂᆞᆫ[359] 절덤이 가만이 잇스니
힘은 조곰 들드나만 몃달 몃칠 긔ᄒᆞᆫ잇나
긔ᄒᆞᆫ 읍ᄂᆞᆫ 이 바다의 몃달 몃칠 살 슈 잇나
밤인지 낫진지 정신 읍시 긔ᄒᆞᆫ 읍시 써나간다
풍낭소릐 벽역되고 물사품이[360] 운ᄋᆡ되ᄂᆡ[361]

---

354) 해남 관머리: 해남 관머리도(館頭梁). 관머리독, 관머리도는 館頭梁의 차자표기로 전라남도 해남 화산면 관동의 관두산 아래쪽에 있는 지명이다. 이곳은 고려시대 제주도와 중국을 왕래하던 무역항이다. 이형상, 『남환박물』, 푸른역사, 2009. 참고. 박혜숙(2011: 66)의 '해남관 머리'로 '해남관 언저리'로 해석한은 오류이다.

355) 지망없이: 지망(至望)없이. 정처없이.

356) 더위잡아: 끌어 잡아.

357) 가삼의다가: 가슴에다가. '가ᄉᆞᆷ〉가슴'. 19세기에는 '·'로 나타나던 두 번째 음절의 '·'가 'ㅏ'로 혼용되는 예가 나타나서, '가삼' 형이 나타난다.

358) 절덤이: 물결 더미. 곧 파도를 말함.

359) ᄂᆞ리다: 내리다. 'ᄂᆞ리다(降)〉내리다' 개재자음이 'ㄹ'인 경우 움라우트는 일반적으로 동사 어간에서만 나타난다.

물귀신의 우름 소ᄅᆡ 웅열웅열 귀 ᄆᆡᆨ킨다[362]
어는 ᄯᅢ나 되어던지 풍낭 소ᄅᆡ 읍셔지고
만경창파 잠乙 자고 가마귀 소ᄅᆡ 들이거ᄂᆞᆯ
눈乙 드러 살펴보니 ᄇᆡᆨ사장의 뵈ᄂᆞᆫ고나
두발노 박차며 손으로 혀여 ᄇᆡᆨ사장 가의 단ᄂᆞᆫ고나[363]
엉금엉금 긔여나와 정신 읍시 누어다가
마음乙 단단니 고쳐 먹고 다시 이러나 살펴보니
나무도 풀도 들도 읍고 다만 ᄒᆡ당화 ᄲᆞᆯ거잇ᄂᆡ[364]
면날 면칠 굴며시니 빈들 아니 곱풀손가
엉금셜셜 긔여가셔 ᄒᆡ당화 ᄭᅩᆺ乙 ᄯᅡ먹은니
정신이 점점 도라나셔 ᄯᅩ 그엽흘 살펴보니
졀노 죽은 고기 하나 커다난 게 게 잇고나[365]
불이 잇셔 굴 슈[366] 잇나 ᄉᆡᆼ으로 실컨 먹고 나니
오르는 물결 더미 손으로 헤고 내리는 물결 더미에 가만히 있으니
힘은 조금 덜 들지만 몇 달 며칠 기한 있나
기한 없는 이 바다에 몇 달 며칠 살 수 있나
밤인지 낮인지 정신없이 기한 없이 떠나간다
풍랑 소리 벽력 되고 물거품이 운애 되네
물귀신의 울음소리에 웅얼웅얼 기막힌다
어느 때나 되었던지 풍랑 소리 없어지고
만경창파[367] 잠을 자고 까마귀 소리 들리거늘
눈을 들어 살펴보니 백사장이 뵈는구나

---

360) 물사품이: 물거품이.
361) 운ᄋᆡ되ᄂᆡ: 운애(雲靉). 구름이나 안개가 끼어 흐릿한 공기.
362) 귀 ᄆᆡᆨ킨다: 기가 막히는 것 같다. 어처구니가 없다.
363) 단ᄂᆞᆫ고나: 닿는구나.
364) ᄲᆞᆯ거잇ᄂᆡ: 붉어있네.
365) 커다난 게 게 잇고나: 커다란 것이 거기에 있구나.
366) 굴 슈: 구울 수.
367) 만경창파: 만경창파(萬頃蒼波). 만 이랑이나 되는 푸른 물결. 끝없이 넓고 푸른 바다.

두 발로 박차며 손으로 헤쳐 백사장 가에 닿는구나
엉금엉금 기어나와 정신없이 누웠다가
마음을 단단히 고쳐먹고 다시 일어나 살펴보니
나무도 풀도 돌도 없고 다만 해당화 붉어있네
몇 날 며칠 굶었으니 밴들 아니 고플손가
엉금설설 기어가서 해당화 꽃을 따 먹으니
정신이 점점 돌아나서 또 그 옆을 살펴보니
절로 죽은 고기 하나 커다란 게 거게 있구나
불이 있어 구울 수 있나 생으로 실컷 먹고 나니
본 정신니 도라와셔 눈물 우름도 인졔 나ᄂᆡ
무人졀도[368] ᄇᆡᆨ사장의 혼자 안자 우노라니
난ᄃᆡ읍ᄂᆞᆫ 어부더리 ᄇᆡ乙 타고 지ᄂᆡ다가
우ᄂᆞᆫ 걸 보고 괴인 여겨 ᄇᆡ乙 ᄃᆡ이고[369] 나와셔로
날乙 흔들며 ᄒᆞᄂᆞᆫ 마리 ᄋᆞᆺ진[370] 사람이 혼자 우나
우름 근치고 말乙 ᄒᆡ라 그졔야 자셰 도라보니
六七人이 안자ᄂᆞᆫ[371] ᄃᆡ 모도 다 어ᄇᆡᆯ너라[372]
그ᄃᆡ덜른 어ᄃᆡ 살며 이 슴 즁은[373] 어ᄃᆡ잇가
이 슴은 게쥬 한라슴이요[374] 우리ᄂᆞᆫ ᄃᆡ정의[375] 잇노라
고기 자부로 지ᄂᆡ다가 우름 소ᄅᆡ ᄯᅡ라왔다
어느 곳ᄃᆡ 사람으로 무삼일노 에와[376] 우나
ᄂᆞᄂᆞᆫ 본ᄃᆡ 울산 사더니 장사길노 셔울 가다가

---

368) 무人졀도: 무인절도(無人絶島). 사람이 살지 않는 외로운 섬.
369) ᄃᆡ이고: 대고. '닿-+-이-+-고'의 구성.
370) ᄋᆞᆺ진: 어떤. 어찌한.
371) 안자ᄂᆞᆫ: 앉은.
372) 어어ᄇᆡᆯ너라: 어부(漁夫)일러라.
373) 슴 즁은: 섬(島) 안은.
374) 게쥬 한라슴이요: 제주도 한라섬이요. 게쥬〉제주. 역구개음화 표기.
375) ᄃᆡ정의: 대정에. 제주도 남제주군 대정읍.
376) 에와: 여기와서.

풍파만나 파션ᄒᆞ고 물결의 밀여 ᄂᆡ쳐노니
죽어다가 ᄭᅵᄂᆞᆫ 사람 어ᄂᆡ 곳진 쥴 아오릿가
졔쥬도 우리 죠션이라 가ᄂᆞᆫ 질乙[377] 인도ᄒᆞ오
ᄒᆞᆫ 사람ᄋᆡ 이려셔며[378] 손乙 드러 가라치되
졔쥬 읍ᄂᆡᄂᆞᆫ 져리가고 ᄃᆡ졍 졍의ᄂᆞᆫ 이리 가지
졔쥬 읍ᄂᆡ로 가오릿가 ᄃᆡ졍 졍의로 가오릿가
본정신이 돌아와서 눈물 울음도 이제 나네
무인절도 백사장에 혼자 앉아 우노라니
난데없는 어부들이 배를 타고 지내다가
우는 걸 보고 괴히 여겨[379] 배를 대이고 나와서
나를 흔들며 하는 말이 "어쩐 사람이 혼자 우나"
"울음 그치고 말을 해라" 그제야 자세히 돌아보니
육칠 인이 앉았는 데 모두[380] 다 어부일러라[381]
"그대들은 어디에 살며 이 섬은 어디인가"
"이 섬은 제주 한라섬이요 우리는 다 정의에 있노라"
"고기 잡으러 지나가다가 울음 소리[382] 따라 왔다"
"어느 곳에 사람으로 무슨 일로 예기 와 우나"
"나는 본디 울산 살았는데 장사길로 서울 가다가
풍파 만나 파선하고 물결에 밀려 내쳐오니
죽었다가 깬 사람 어느 곳인 줄 아오리까"
"제주도 우리 조선이라 가는 길을 인도하오"

---

377) 질乙: 길을. ㄱ-구개음화형. '길(道)'은 '지형'의 뜻에서 '여정, 경로'나 '수단, 방법' 등의 의미를 갖고 있다.

378) 이려셔며: 일어서면서.

379) 괴인 여겨: 괴상하고 이상하게 여겨.

380) 모도: 모두. '모도〉모두' 모두'는 비어두음절에서 일어난 'ㅗ〉ㅜ' 변화 결과.'몯會-+-오-(부사파생접사)'의 구성.

381) 어부일러라: 어부일 것 같더라. '-ㄹ 러라'가 '-일 것 같더라'의 축약.

382) 소ᄅᆡ: 소리. '소ᄅᆡ'(월인석보 1:33), '소릐'(소학언해 6:91), '솔의'(소학언해 4:21), '솔이'(예수셩교젼셔, 요한복음 10:4). '소ᄅᆡ〉소릐〉소리'의 변화.

한 사람이 일어서며 손을 들어 가라키되
"제주 읍내는 저리 가고 대정 정의는 이리 가지"
"제주 읍내로 가오리까가 대정 정의로 가오리까"
밥과 고기 마니 쥬며 자셔니[383] 일너 ᄒᆞᄂᆞᆫ 마리
이곳ᄃᆡ셔 졔쥬 읍ᄂᆡ 가자ᄒᆞ면 사십니가 넝넉ᄒᆞ다[384]
졔쥬 본관 차자 드러 본 사정乙 발괄ᄒᆞ면
우션 호구ᄒᆞᆯ[385] 거시요 고향 가기 쉬우리라
신신이 당부ᄒᆞ고 ᄇᆡ乙 타고 ᄯᅥ나간다
가로치든[386] 그 고ᄃᆡ로[387] 졔쥬 본관 차자 가니
본관 삿도 듯르시고 불상ᄒᆞ게 ᄉᆡᆼ각ᄒᆞ사
돈 오십 양 쳐급ᄒᆞ고[388] 졀영[389] ᄒᆞᆫ 장 ᄂᆡ 쥬시며
네 이곳ᄃᆡ 잇다가셔 왕ᄂᆡ션이[390] 잇거덜랑
사공 불러 졀영 쥬면 션가 읍시[391] 잘가거라
그렁져렁 삼 삭만ᄂᆡ 왕ᄂᆡ션의 근너와셔
고향이라 도라오니 돈 두양이 나마고나
사긔졈의[392] 차자가셔 두 양아치[393] 사긔지고
촌촌가가 도부하며 밥乙낭은 빌어먹고
삼사 삭乙 하고 나니 돈 열닷 양이 나마고나

---

383) 자셔니: 자세히.
384) 넝넉ᄒᆞ다: 넉넉하다, 충분하다.
385) 호구ᄒᆞᆯ: 호구(戶口)할. 먹고 사는 일.
386) 가로치든: 가르치던. 'ᄀᆞᄅᆞ치다', 'ᄀᆞᆯᄋᆞ치다'. 'ᄀᆞᄅᆞ치다' '育'(양육하다)의 뜻으로 곧 '말하여 치다'(말로써 양육하다)는 뜻이다. 영남방언에서는 '가르치다'는 '가르치다'와 '가리키다'의 의미로 쓰이고 있다.
387) 가그 고ᄃᆡ로: 그 그대로.
388) 쳐급ᄒᆞ고: 지급하고(處給).
389) 졀영: 전령(傳令)증. 조선조 상급 기관에서 하급기관에 내리는 명령서.
390) 왕ᄂᆡ션이: 왕래선(往來船)이.
391) 배션가 읍시: 배를 타는 삯 없이.
392) 사긔졈의: 사기그릇을 파는 점포.
393) 두 양아치: 두 양어치. '-아치'는 여진어로 장사군 또는 장인을 나타내는 접미사이다.

삼십 너무 노총각이 장ᄀᆡ 미천 가망읍ᄂᆡ
ᄋᆡ고 답답 ᄂᆡ 팔자야 언제 버러 장ᄀᆡ 갈고
머셤 사라 사오ᄇᆡᆨ 양 창ᄒᆡ일속 부쳐두고
밥과 고기 많이 주며 자세히 일러 하는 말이
이곳에서 제주 읍내 가자하면 사십 리가 넉넉하다
제주 본관 찾아들어 본 사정을 발괄[394]하면
우선 호구糊口할 것이요 고향 가기 쉬우리라
신신히 당부하고 배를 타고 떠나간다
가르키던 그 그대로 제주 본관 찾아 가니
본관 사또 들으시고 불쌍하게 생각하사
돈 오십 냥 처급하고 전령 한 장 내 주시며
"너 이곳에 있다가 왕래선이 있거들랑
사공 불러 전령 주면 뱃삯 없이 잘 가거라"
그렁저렁 삼 삭만에[395] 왕래선이 건너와서
고향이라 돌아오니 돈 두 냥이 남았구나
사기점에 찾아가서 두 냥어치 사기 지고
촌촌가가 도부하여[396] 밥을랑은[397] 빌어먹고
삼사 삭을 하고 나니 돈 열닷 냥이 남았구나
삼십 넘은 노총각이 장가 밑천 가망 없네
애고 답답 내 팔자야 언제 벌어 장가 갈꼬

---

394) 발괄: 관청에 억울함을 호소함. 이두로 '白活'은 '사뢰다'의 의미를 가진 문서 명칭이다. 문서 명칭에서도 알 수 있듯이 아랫사람이 윗사람에게 원억을 호소하는 소지 문서이다. 문서의 하단 좌우에 사또가 처결할 내용을 한문 초서로 쓰고 처결 관인은 비스듬하게 찍는 '빗김(題音)' 방식을 취하고 있다. 우측의 제사와 좌측의 제사의 초서체가 차이를 보이고 있다. 우측의 제사는 이 공문을 처리하는 주무 형리의 문서 처리 날짜를 쓴 것이고 좌측 제사는 결송관인 사또가 처결한다. 문서 발급자의 신분에 따라 노비인 경우 '案前主', 양인은 '官主', 양반은 '성주', 관부사람은 '수령의 공식 직함'을 사용한다. 이상규, 『한글고문서연구』, 경진출판사, 2012. 참조.

395) 삭: 삭(朔). 음력으로 1일에 해당. 삭을 2~3일 지나면 초승달 모양이 나타난다.

396) 도부하여: 도부(到付)하여. 집집마다 어깨에 짊어지고 장사를 하는 것.

397) 밥을랑은: 밥은. '-을랑은'은 한정적 주격조사.

머슴살이 사오백 냥 창해일속[398] 부쳐두고
두 양 밋쳔 다시 번 들 언제 버러 장ᄀᆡ갈가
그런 날도 살야ᄂᆞᆫᄃᆡ[399] 스러마오 우지 마오
마노라도 슬다ᄒᆞ되 ᄂᆡ 스럼만 못ᄒᆞ오리
여보시요 말습 듯소 우리 사정乙 논지컨ᄃᆡᆫ[400]
三十 너문 노총각과 三十 너무 홀과부라[401]
총각의 신셰도 가련하고 마노라 신셰도 가련ᄒᆞ니
가련ᄒᆞᆫ 사람 셔로 만나 갓치 늘금녀[402] 웃터ᄒᆞ오
가만이 솜솜 ᄉᆡᆼ각ᄒᆞ니 먼져 으든 두 낭군은
홍문 ᄋᆞᆫ의[403] 사ᄃᆡ부요 큰 부자의 셰간사리[404]
ᄑᆡ가망신[405] ᄒᆞ여시니 홍진비ᄅᆡ[406] 그러ᄒᆞᆫ가
져 총각의 말 드로니 육ᄃᆡ 독자 나려오다가
쥭은 목슘 사라시니 고진감ᄂᆡ홀가 부다
마지 못ᄒᆡ 허락ᄒᆞ고 손 잡고셔 이ᄂᆡ[407] 마리
우리 셔로 불상이 여겨 허물 읍시 사라보셔
영감은 사긔 ᄒᆞᆫ 짐 지고 골목의셔 크게 위고[408]
나ᄂᆞᆫ 사긔 광우리 이고 가가호호이 도부ᄒᆞᆫ다
조셕이면[409] 밥乙 비러 ᄒᆞᆫ 그릇셰 둘이 먹고

---

398) 창ᄒᆡ일속: 창해일속(滄海一粟). 바다 속의 한 알의 좁쌀같이 보잘 것 없다. 미미한 존재 또는 매우 작음을 나타낸 말이다. '묘창해해지일속'은 소식의 〈적벽부〉의 한 구절.
399) 살야ᄂᆞᆫᄃᆡ: 살아 왔는데.
400) 논지컨ᄃᆡᆫ: 논하여 가르치건대.
401) 너무 홀과부라: 넘은 홀로사는 과부라.
402) 늘금녀: 늙으며 가는 것이.
403) 홍문 ᄋᆞᆫ의: 홍문(紅門) 안의. 충신·열녀·효자들을 표창하려고 그 집 앞에 세우던 붉은 문 내에 있는. 곧 사대부 가문임을 나타냄.
404) 셰간사리: 세간. 살림살이.
405) ᄑᆡ가망신: 패가망신(敗家亡身), 집이 망하고 신세도 버림.
406) 홍진비ᄅᆡ: 홍진비래(興盡悲來). 흥함이 지나가고 슬픔이 다가온다.
407) 이ᄂᆡ: 나의.
408) 크게 위고: 크게 외치고.

남촌 북촌의 다니면서 부즈러니 됴부ᄒᆞ니
두 냥 밑천 다시 번들 언제 벌어 장가갈까
"그런 날도 살았는데 서러워 마오 울지 마오"
"마누라도 서러워하되 내 서러움만 못 하오리"
여보시요 말씀 듣소 우리 사정을 논지컨대
"삼십 넘은 노총각과 삼십 넘은 홀과부라
총각의 신세도 가련하고 마누라 신세도 가련하니
가련한 사람 서로 만나 같이 늙으면 어떠하오"
가만이 곰곰 생각하니 먼저 얻은 두 낭군은
홍문 안의 사대부요[410] 큰 부자의 세간살이
폐가망신 하였으니 홍진비래興盡悲來 그러한가
저 총각의 말 들으니 육대 독자 내려오다가
죽은 목숨 살았으니 고진감내[411] 할까 보다
마지못해 허락하고 손 잡고서 이 내 말이
"우리 서로 불쌍히 여겨 허물없이 살아보세"
영감은 사기 한 짐 지고 골목에서 크게 외고
나는 사기 광주리 이고 가가호호에 도부한다[412]
조석이면 밥을 빌어 한 그릇에 둘이 먹고
남촌 북촌에 다니면서 부지런히 도부하니
돈빅이나 될만 ᄒᆞ면[413] 둘중의 하나 병이 난다
병구려[414] 약시세[415] ᄒᆞ다보면 남의 신셰乙 지고나고

409) 조셕이면: 조석(朝夕)이면. 아침 저녁이면.
410) 사대부: 사대부는 중국 고대 주(周)나라 시대에 천자나 제후에게 벼슬한 대부(大夫)와 사(士)에서 비롯된 말이다. 조선에서도 문관 관료로서 4품 이상을 대부, 5품 이하를 사(士)라고 하였다. 그러나 사대부는 때로는 문관 관료뿐 아니라 문무 양반관료 전체를 포괄하는 양반이라는 뜻을 갖는다.
411) 고진감래: 고진감래(苦盡甘來). 고생 끝에 낙이 온다는 말.
412) 가가호호에 도부한다: 가가호호(家家戶戶) 도부장수를 한다. 등짐이나 머리에 이고 집집마다 찾아다니면 장사함.
413) 돈빅이나 될만 ᄒᆞ면: 돈 백원쯤 벌만 하면.
414) 병구려: 병 구로(劬勞). 병 수발을 함.

다시 다니며 근사[416] 모와 쏘 돈 뵉이 될만 ᄒᆞ면
쏘 ᄒᆞ나이 탈이 나셔 한 푼 읍시 다 씨고 마닉[417]
도부장사 ᄒᆞᆫ 십연ᄒᆞ니 장바군의[418] 털이 읍고
모가지 자릐목 되고[419] 발가락이 부러젼닉
산 밋틔 쥬막의 쥬人ᄒᆞ고 구진비[420] 실실 오난 ᄂᆞᆯ의
건넌 동닉 도부가셔 ᄒᆞᆫ 집 건너 두 집가니
쳔동소릐 복가치며[421] 소낙이 비가 쏘다진다
쥬막 뒷산니 무너지며 주막터乙 쎼가지고[422]
동희슈로 다라나니 사라나리 뉘길고넌[423]
건너다가 바라보니 망망ᄃᆡ희 뿐이로다
망칙ᄒᆞ고 긔막킨다[424] 이른 팔자 쏘 잇는가
남희슈의 쥭乙 목슘 동희슈의 쥭는고나
그 쥬막의나 잇셰여면 갓치 싸라가 쥭을 거슬
먼져 괴질의 쥭어더면[425] 이른 일을 아니 복결
고딕[426] 쥭乙 걸 모로고셔 쳔연만연 사자 ᄒᆞ고
도부가 다 무어신가 도부 광우릐 무여박고
돈백이나 될 만하면 둘 중에 하나 병이 난다
병구로 약시세하다 보면 남의 신세를 지고나고

---

415) 약시세: 약을 대령하여 먹이는 일.
416) 근사: 부지런히 애써.
417) 씨고나닉: 쓰고나네. 써 버리네.
418) 장바군의: 정수리. 머리 위에 숫구멍이 있는 자리. 뇌천(腦天). 짱바구, 짱배기, 장바구니. 영남방언.
419) 자릐목 되고: 자라목 되고.
420) 구진비 실실 오난 ᄂᆞᆯ의: 궂은 비가 부슬부슬 오는 날에.
421) 복가치며: 볶아치다, 연발하다.
422) 쎼가지고: 빼서. 휩쓸려서.
423) 뉘길고넌: 살아 날 사람이 누구일꼬.
424) 긔막킨다: 기가 막히다, 어이가 없다.
425) 쥭어더면: 죽었을 것 같으면. '-더면'은 '~할 것 같으면'의 뜻으로 사용되는 영남도 방언의 어미.
426) 고딕: 곧장, 이내.

다시 다니며 근사 모와[427] 또 돈 백이 될만하면
또 하나가 탈이 나서 한 푼 없이 다 쓰고 마네
도붓장수 한 십년 하니 정수리에[428] 털 없고
모가지 자라목 되고 발가락이 부러졌네
산 밑 주막에 주인하고(묵으며) 궂은 비 슬슬 오는 날에
건너 동네 도부 가서 한 집 건너 두 집 가니
천둥소리 볶아치며 소나기[429] 비가 쏟아진다
주막 뒷산이 무너지며 주막 터를 휩쓸어서
동해수로 달아나니 살아날 이 누구일고
건너다 바라보니 망망대해뿐이로다
망측하고 기막힌다 이런 팔자 또 있는가
남해수에 죽을 목숨 동해수에 죽는구나
그 주막에나 (함께) 있었더면 같이 따라 죽을 것을
먼저 괴질에 죽었더라면 이런 일을 아니 볼 걸
곧 죽을 걸 모르고서 천년만년 살자 하고
도부가 다 무엇인가 도부 광주리 무어박고[430]
희암[431] 읍시 안자시니 억장이 무너져 긔막큰다[432]
죽어시면 졸너구만[433] 싱흔 목숩이 못 죽乙네라[434]
아니 먹고 굴머 죽으랴 ᄒᆞ니 그 집덕니가 강권ᄒᆞ너[435]

---

427) 근사 모와: 근면히 일해 모아.

428) 정수리에: 박혜숙(2011;79)은 '장딴지'로 풀이하고 있는데 여성에게 장딴지에 털이 날 수 없다. '짱박이, 짱배기, 장바구니'는 영남방언에서 '정수리'를 뜻하는 방언이다. 머리에 무거운 물건을 오래 인 때문에 정수리에 머리숱이 다 빠졌음을 말한다.

429) 소나기: 소나기. '쇠나기'는 '쇠(몹시)+나(出)-+-기'의 구성. 쇠나기〉소나기. 하향 이중모음이었던 'ㅚ'가 상향 이중모음으로 바뀌는 과정에서 활음 'ㅣ'가 탈락한 결과로 보인다.

430) 무어박고: 쳐박고.

431) 희암: 헤임, 생각.

432) 긔막큰다: 기각 막힌다.

433) 졸너구만: 좋을른구만. 좋겠구마는.

434) 못 죽乙네라: 못 죽을러라. 못 죽겠더구나.

435) 강권ᄒᆞ닉: 억지로 권하니.

쥭지 말고 밥乙 먹게 쥭은덜사 시원ᄒᆞᆯ가
쥭으면 ᄡᆞᆯᄃᆡ 잇나 살기마ᄂᆞᆫ 못ᄒᆞ니라
져승乙 뉘가 가반난가[436] 이승마ᄂᆞᆫ 못ᄒᆞ리라
고싱이라도 살고 보지 쥭어지면 말이 읍ᄂᆡ
훌젹이며 ᄒᆞ난 말이 ᄂᆡ 팔자乙 셰 번 곳쳐
이런 ᄋᆡᆨ운이 ᄯᅩ 닥쳐셔 신체도[437] ᄒᆞᆫ 번 못 만지고
동ᄒᆡ슈의 영결종천[438]ᄒᆞ여시니 ᄋᆡ고 ᄋᆡ고 웃지 사라볼고
主人ᄃᆡᆨ이 ᄒᆞ난 마리 팔자 ᄒᆞᆫ 번 ᄯᅩ 곤치게
셰 번 곤쳐 곤ᄒᆞᆫ[439] 팔자 네 번 곤쳐 잘 살넌지
셰상일은 모로나니 그런ᄃᆡ로 사다보게
다른 말 ᄒᆞᆯ 것 읍시 져 ᄭᅩᆺ나무 두고 보지
二三月의 츈풍 불면 ᄭᅩᆺ봉오리 고운 빗틀
버리ᄂᆞᆫ 잉잉 노ᄅᆡᄒᆞ며 나부ᄂᆞᆫ 펼펼 츔乙 츄고
유ᄀᆡᆨ은[440] 왕왕 노다가고 산조ᄂᆞᆫ[441] 영영 홍낙이라[442]
오유月 더운 날의 ᄭᅩᆺ천 지고 입만 나니
헴 없이[443] 앉았으니 억장이 무너져 기막힌다
죽었으면 좋을런구만 생한 목숨이 못 죽을레라
아니 먹고 굶어 죽으려 하니 그 집댁네가 강권하네
"죽지 말고 밥을 먹게 죽은들 시원할까
죽으면 쓸데 있나 살기만 못 하니라
저승을 누가 가 보았는가 이승만 못 하리라"
"고생이라도 살고 보지 죽어지면 말이 없네"

---

436) 가반난가: 가 보았는가.
437) 신체도: 죽은 시신(屍身).
438) 영결종천: 영결종천(永訣終天). 죽어서 영원토록 이별함.
439) 곤ᄒᆞᆫ: 곤(困)한. 괴로운.
440) 유ᄀᆡᆨ은: 노는 손님(遊客).
441) 산조ᄂᆞᆫ: 산새는.
442) 영영 홍낙이라: 영원히 흥겹게 즐거워함이라.
443) 헴 없이: 헤아림 없이. 아무 생각없이.

훌쩍이며 하는 말이 "내 팔자를 세 번 고쳐
이런 액운이 또 닥쳐서 신체도 한 번 못 만지고
동해수에 영결종천하였으니 애고 애고 어찌 살아 볼꼬"
주인댁이 하는 말이 "팔자 한 번 또 고치게"
세 번 고쳐 곤한 팔자 네 번 고쳐 잘 살는지
세상일은 모르나니 그런대로 살아 보게"
"다른 말 할 것 없이 저 꽃나무 두고 보지
이삼월의 춘풍 불면 꽃봉오리 고운 빛을
벌은 앵앵 노래하며 나비는 펄펄 춤을 추고
유객은 왕왕 놀다가고 산새는 영영 홍락이라
오뉴월 더운 날에 꽃은 지고 잎만 나니
녹음이 만지ᄒᆞ여[444] 조흔 경이 별노 읍다
八九月의 츄풍 부러 입싸귀조차 써러진다
동지 슷달 셜ᄒᆞᆫ풍의[445] 찬 긔운乙 못 견더다가
다시 츈풍 드리 불면 부귀春花 우후紅乙
자너 신셰 싱각ᄒᆞ면 셜ᄒᆞᆫ풍乙 만나미라
홍진비릐 ᄒᆞ온 후의 고진감너 ᄒᆞᆯ 거시니
팔자 ᄒᆞᆫ 번 다시 곤쳐 조흔 바람乙 지다리게[446]
쏫나무 갓치 츈풍 만나 가지가지 만발ᄒᆞᆯ 졔
향긔 나고 빗치 난다 쏫 써러지자 열미 여러
그 열미가 종자 되여 千만연乙 젼ᄒᆞ나니
귀동자 하나 하나 아시면 슈부귀다자손[447] ᄒᆞ오리라
여보시요 그 말마오 이 十三十의 못 둔 자식
四十五十의 아들 나아 뉘[448] 본단 말 못 드런너

444) 녹음이 만지ᄒᆞ여: 목음이 자욱 우거져.
445) 셜ᄒᆞᆫ풍의: 설한풍(雪寒風)에. 눈섞인 찬바람에.
446) 지다리게: 기다리게. 기다리다〉지다리다 ㄱ-구개음화.
447) 슈부귀다자손: 수부귀자손(壽富貴子孫). 장수하고 부유하며 자식을 많이 가짐.
448) 뉘: '뒤'의 오자. '후손'을 본다는 뜻임.

아들의 뒤乙449) 볼 터니면 二十三十의 아들 나아
四十五十의 뉘 보지만 ᄂᆡ 팔자ᄂᆞᆫ 그 ᄲᅮᆫ이요
이 사ᄅᆞᆷ아 그 말 말고 이ᄂᆡ 말乙 자셰 듯게
셜ᄒᆞᆫ풍의도 ᄭᅩᆺ 피던가 츈풍이 부러야 ᄭᅩᆺ치 피지450)
ᄯᅢ 아인 젼의451) ᄭᅩᆺ피던가 ᄯᅢ乙 만나야 ᄭᅩᆺ치 피ᄂᆡ
녹음이 만지하여452) 좋은 경이 별로 없다
팔구월에 추풍 불어 잎사귀조차 떨어진다
동지섣달 설한풍에 찬 기운을 못 견디다가
다시 춘풍 들이불면 부귀춘화 우후홍을453)
자네454) 신세 생각하면 설한풍을 만남이라
홍진비래 하온 후에 고진감래 할 것이니
팔자 한 번 다시 고쳐 좋은 바람을 기다리게
꽃나무같이 춘풍 만나 가지가지 만발할 제
향기 나고 빛이 난다 꽃 떨어지자 열매 열어
그 열매가 종자 되어 천만년을 전하나니
귀동자 하나 낳았으면 수부귀 다자손 하오리라
“여보시요 그 말 마오 이십 삼십에 못 둔 자식
사십 오십에 아들 낳아 뒤(후손을) 본단 말 못 들었네”
“아들의 뒤를 볼 터이면 이십 삼십에 아들 낳아
사십 오십에 뒤 보지만 내 팔자는 그 뿐이요”
“이 사람아 그 말 말고 이내 말을 자세 듣게”

---

449) 뒤乙: 뒤를. 후손을 본다는 뜻.
450) 셜ᄒᆞᆫ풍의도 ᄭᅩᆺ 피던가 츈풍이 부러야 ᄭᅩᆺ치 피지: 눈이 내리는 추운 바람에 어찌 꽃이 피던가 봄바람 춘붕이 불어야 꽃이 피지. 은유적 표현으로 남자를 만나야 아이를 가질 수 있음을 말한다.
451) ᄯᅢ 아인 젼의: 때가 아닌 때에. 때가 이르기 전에.
452) 녹음이 만지하여: 녹음(綠陰)이 만지(滿枝)하여. 녹음이 우거져서.
453) 부귀(春花) 우후(紅乙): 부귀춘화우후홍을(富貴春花雨後紅乙). 부귀한 봄꽃이 비 온 뒤에 붉게 피는 꽃. 봄비 내리고 온갖 꽃이 새롭게 핀다.
454) 자네: 자네. ‘자내, 자네, 자ᄂᆡ’ 등의 이형태가 있다. 현대어에서 ‘자네’는 ‘너’의 높임말로 쓰이고 있으나, 중세 국어에서는 ‘몸소, 자신(自身)’의 뜻으로 쓰였다.

"설한풍에도 꽃 피던가 춘풍이 불어야 꽃이 피지
때 아닌 전에 꽃 피던가 때를 만나야 꽃이 피네"
ᄭᅩᆺ 필 ᄯᅢ라야 ᄭᅩᆺ치 피지 ᄭᅩᆺ 아니 필 ᄯᅢ ᄭᅩᆺ 피던가
봄바람만 드리불면 뉘가 씨겨서455) ᄭᅩᆺ피던가
졔가 졀노 ᄭᅩᆺ치 필 ᄯᅢ 뉘가 마가셔 못 필넌가
고은 ᄭᅩᆺ치 피고보면 귀ᄒᆞᆫ 열ᄆᆡ ᄯᅩ 여나니
이 뒷집의 죠 셔방이 다먼456) ᄂᆡ외 잇다가셔
먼져 달의457) 상쳐ᄒᆞ고 지금 혼자 살임ᄒᆞ니
져 먹기ᄂᆞᆫ ᄐᆡ평이나 그도 ᄯᅩᄒᆞᆫ 가련ᄒᆞᄃᆡ
자ᄂᆡ 팔자 ᄯᅩ 고쳐셔 ᄂᆡ 말ᄃᆡ로 사다보게
이왕사乙458) ᄉᆡᆼ각ᄒᆞ고 갈가말가 망상이다459)
마지 못ᄒᆡ 허락ᄒᆞ니 그 집으로 인도ᄒᆞᄂᆡ460)
그 집으로 드리달나 우션 영감乙 자셰 보니
나은 비록 마느나마 긔상이 든든 슌휴ᄒᆞ다461)
영감 ᄉᆡᆼᄋᆡ462) 무어시오 ᄂᆡ ᄉᆡᆼᄋᆡᄂᆞᆫ 엿장사라
마로라ᄂᆞᆫ 웃지ᄒᆞ여 이 지경의 이르런나
ᄂᆡ 팔자가 무상ᄒᆞ여 만고풍ᄉᆡᆼ 다 젹거소463)
그날붓텀 양쥬되여 영감ᄒᆞᆯ미 살임ᄒᆞᆫ다
나ᄂᆞᆫ 집의셔 살임하고 영감은 다니며 엿장사라
호두 약엿 잣박산의 참ᄭᆡ박산 ᄏᆞᆼ박산의
"꽃 필 때라야 꽃이 피지 꽃 아니 필 때 꽃 피던가

---

455) 씨겨서: 시켜서.
456) 다먼: 다만.
457) 먼져 달의: 먼저 달에. 지난달에.
458) 이왕사(已往事)를: 이전에 있었던 일을.
459) 망상이다: 망설이다가.
460) 인도ᄒᆞᄂᆡ: 인도(引導)하니. 이끄니.
461) 슌휴ᄒᆞ다: 순후(淳厚)하다. 순수하고 덕이 많아 보임.
462) ᄉᆡᆼᄋᆡ: 생업(生業)이.
463) 젹거소: 겪었소. ㄱ-구개음화.

봄바람만 들이불면 뉘가 시켜서 꽃 피던가
제가 절로 꽃이 필 때 누가 막아서 못 필런가
고운 꽃이 피고 보면 귀한 열매 또 여나니"
"이 뒷집에 조 서방이 다만 내외 있다가
먼저 달에 상처하고 지금 혼자 살림하니"
"저 먹기는 태평이나 그도 또한 가련하되"
"자네 팔자 또 고쳐서 내 말대로 살아 보게"
이왕사를 생각하고 갈까 말까 망설이다
마지 못 해 허락하니 그 집으로 인도하네
그 집으로 들이 달아 우선 영감을 자세 보니
나는 비록 많으나마 기상이 든든 순후하다
"영감 생애 무엇이오" "내 생애는 엿장수라"
"마누라는 어찌하여 이 지경에 이르렀나"
"내 팔자가 무상하여 만고풍상 다 겪었소"
그 날부터 양주되어 영감 할미 살림한다
나는 집에서 살림하고 영감은 다니며 엿장수라
호두약엿 잣박산464)에 참깨박산 콩박산에
산자 과질 빈 사과乙 갖초갖초 하여쥬면
상자 고리예 다마 지고465) 장마다 다니며 ᄆᆡᄆᆡᄒᆞᆫ다
의셩장 안동장 풍산쟝과 노로골 ᄂᆡ셩장 풍긔장의
ᄒᆞᆫ 달 육장466) ᄆᆡ장467) 보니 엿장사 죠 쳡지 별호되니
ᄒᆞᆫ 달 두 달 잇ᄐᆡ468) 삼연 사노라니 웃지 ᄒᆞ다가 ᄐᆡ긔 잇셔469)
열달 ᄇᆡ숣너470) ᄒᆡ복ᄒᆞ니471) 참말로 일ᄀᆡ 옥동자라

464) 잣박산: 잣으로 만든 튀밥에다가 물엿을 넣어 만든 유밀과의 일종.
465) 다마 지고: 담아서 지고.
466) 육장: 육일장. 육일만에 서는 장.
467) ᄆᆡ장: 매일장, 상설장.
468) 잇ᄐᆡ: 이 년.
469) ᄐᆡ긔 잇셔: 임신(姙娠)을 한 기운이 있어.
470) ᄇᆡ숣너: 배에서 키워. '배불러'가 아니다. '배슬리다'는 아이 임신하여 뱃속에서 키우

영감도 오십의 ᄎᆞᆺ아덜보고 나도 오십의 ᄎᆞᆺ아의라
영감 ᄒᆞᆯ미 마음 조와 어리장고리장[472] 사랑ᄒᆞ다
절머셔 웃지 아니 나고 늘거셔 웃지 ᄉᆡᆼ견ᄂᆞᆫ고[473]
홍진비ᄂᆡ 젹근[474] 나도 고진감ᄂᆡ ᄒᆞᆯ나ᄂᆞᆫ가
희한ᄒᆞ고 이상ᄒᆞ다 둥긔둥둥 이리로다
둥긔둥긔 둥긔야 아가 둥긔둥둥긔야
금자동아 옥자동아 셤마둥긔 둥둥긔야
부자동아 귀자동아 노라노라 둥긔 동동긔야
안자라 둥긔 둥둥긔야 셔거라 둥긔둥둥긔야
궁덩이 툭툭 쳐도보고 입도 쏙쏙 마쳐보고
그 자식이 잘도 난ᄂᆡ 인ᄌᆡ야[475] 한변 사라보지
ᄒᆞᆫ창[476] 이리 놀리다가 웃던 친구 오더니만
산자 과질[477] 빈사과[478]를 가지가지 하여주면
상자 고리에 담아지고 장마다 다니며 매매한다
의성장 안동장 풍산장[479]과 노루골 내성장[480] 풍기장[481]에

는 과정을 말한다.
471) ᄒᆡ복ᄒᆞ니: 해산(解産)하니.
472) 어리장고리장: 어린아이를 귀여워하는 모양.
473) ᄉᆡᆼ견ᄂᆞᆫ고: 생겨났는고.
474) 젹근: 겪은, ㄱ-구개음화형.
475) 인ᄌᆡ야: 이재야. ㄴ-첨가.
476) ᄒᆞᆫ창: 한참.
477) 산자: 산자(馓(糤)子). 찹쌀가루 반죽을 납작하게 말려 기름에 튀긴 다음에 튀긴 밥알이나 깨를 꿀과 함께 묻힌 음식.
478) 빈사과: '빙사과'. '병사강정'.
479) 풍산장: 경북 안동군 풍산면에 개장되는 장. 1830년대에는 신당장, 2일과 7일에 개시되는 부내장과 풍산장과 5 · 10일의 영항장, 산하리장, 1 · 6일의 예안 읍내장, 3 · 9일의 옹천장, 6 · 10일의 구미장 그 외 도동장 · 우천장 등의 5일장이 있었다. 이들 시장에서는 주로 곡물 · 채소 · 안동포 · 소 등이 주로 거래되었다.
480) 내성장: 경북 봉화군에 내성에 있는 장터. 1830년대에는 소천장(韶川場, 2 · 7장) · 재산장(才山場, 5 · 10장)이 열렸으며, 내성장(乃城場) · 창평장(昌坪場)은 10일장이었다. 1909년에는 내성장이 크게 성장하여 약초 · 대추 · 소 · 농산물 등이 거래되는 큰 장이 되었다.

한 달 육장 매장 보니 엿장사 조 첨지 별호되네[482]
한 달 두 달 이태 삼년 사노라니 어찌 하다가 태기 있어
열 달 배술러 해산하니 참말로 일개 옥동자라
영감도 오십에 첫아들 보고 나도 오십에 첫아이라
영감 할미 마음 좋아 어리장고리장 사랑한다
젊어서 어찌 아니 나고 늙어서 어찌 생겼는고
홍진비래 겪은 나도 고진감래 하려는가
희한하고 이상하다 둥기둥둥 일이로다
"둥기둥기 둥기야 아가 둥기 둥둥기야
금자동아 옥자동아 섬마둥기[483] 둥둥기야
부자동아 귀자동아 놀아놀아 둥기 동동기야
앉아라 둥기 둥둥기야 서거라 둥기 둥둥기야"
궁둥이 툭툭 쳐 보고 입도 쪽쪽 맞춰 보고
그 자식이 잘도 났네 이제야 한번 살아보지
한창 이리 놀리다가 어떤 친구 오더니만
슈동별신 큰별신乙[484] 아무날부텀 시작ᄒᆞ니
밋쳔이 즉거덜낭아[485] 뒷돈은 ᄂᆡ ᄃᆡ 줍셰
호두약엿 마니 곡고[486] 가진[487] 박산 마니 ᄒᆞ게
이번의는 슈가 나리[488] 영감임이 올케 듯고[489]
찹살 사고 지름 사고 호두 사고 츄자[490] 사고

---

481) 풍기장: 경상북도 영주 풍기에 있는 전통 장터.
482) 별호되네: 본 이름이 아닌 딴 이름이 되네. 곧 별명(別名). 또는 호(號)가 되네.
483) 섬마둥기: 아이를 어르는 말. 발자취를 뗄 무렵 '섬마섬마', '따로따로', '아장아장'이라고 말하고 아이를 안고 아래 위로 흔들면서 '부랴부랴'라고 한다. 이상규, 『경북방언사전』, 태학사 2002. 참고.
484) 슈동별신 큰별신乙: 수동 지역의 별신굿의 하나로 마을에서 공동으로 여는 큰 별신굿.
485) 밋쳔이 즉거덜낭아: 밑천이 적거든. 모자라거든.
486) 곡고: 꼬고.
487) 가진: 골고루 갖춘. 여러 가지.
488) 슈가 나리: 수가 날 것이니. 돈을 한꺼번에 많이 벌 수 있는 기회.
489) 올케 듯고: 옳게 알아 듣고.

참씨 사고 밤도 사고 七八十냥 미천이라
닷동의 드리[491] 큰 숫텨다 三四日乙 ᄭᅩᆷ노라니[492]
한밤 즁의 바람 이자[493] 굴둑으로 불이 는녀
온 지반의 불 붓터셔 화광이 츙천ᄒᆞ니[494]
인사불성 정신 읍셔 그 엿물乙[495] 다 펴언고[496]
안방으로 드리달나 아달 안고 나오다가
불더미의 업더져셔 구불면서 나와보니
영감은 간곳 읍고 불만 작고[497] 타는고나
이웃사람 하는 마리 아 살이로 드러가더니
상가써지 ᄋᆞᆫ 나오니 이졔 ᄒᆞ마 쥭어고나
ᄒᆞᆫ마로씩 ᄯᅥ러지며 지동조차 다 타ᄭᅩᆺ나
일촌 사ᄅᆞᆷ 달여 드려 부헛치고 차자 보니
포슈놈의 불고기 ᄒᆞ듯 아조 ᄒᆞᆷ박 ᄊᆞ어고나
수동별신 큰별신을 "아무 날부터 시작하니
밑천이 적거들랑 뒷돈은[498] 내 대줌세
호두약엿 많이 고고 갖은 박산 많이 하게"
이번에는 수가 나리 영감님이 옳게 듣고
찹쌀[499] 사고 기름 사고 호두 사고 호두(치자) 사고
참깨 사고 밤도 사고 칠팔십 냥 밑천이라
닷 동들이 큰 솥에다 삼사일을 고노라니

---

490) 츄자: 호두.
491) 닷동의 드리: 다섯 동이의 물이 들어가는.
492) ᄭᅩᆷ노라니: 꼬노라니.
493) 이자: 일자. ㄹ 불규칙.
494) 츙천ᄒᆞ니 :충천(衝天)하니. 하늘에 솟아오르니.
495) 엿물乙: 엿 고던 물.
496) 펴언고: 퍼 얹고.
497) 작고: 자꾸. '자꾸'는 어떤 행위나 상태가 여러 번 반복하거나 계속되는 모습을 나타내는 부사이다. '작구〉자ᄭᅮ〉자꾸'
498) 뒷돈: 부족한 돈. 일을 하는데 필요한 돈.
499) 찹살: 찹쌀. '출ᄡᆞᆯ, 출ᄊᆞᆯ, 챱쌀, 찹쌀'.

한밤중에 바람 일자 굴뚝으로 불이 났네
온 집안이 불붙어서 불길이 충천하니
인사불성 정신없어 그 엿물을 다 퍼 엎고
안방으로 들이달라 아들[500] 안고 나오다가
불더미의 엎어져서 뒹굴면서 나와 보니
영감은 간 곳 없고 불만 자꾸 타는구나
이웃사람 하는 말이 아이 살리러 들어가더니
상가까지[501] 안 나오니 이제 하마 죽었구나
한마룻대[502] 떨어지며 기둥조차 다 탔구나
일촌 사람[503] 달려들어 부헛치고[504] 찾아보니
포수놈의 불고기하듯 아주 함빽 구웠구나
요련 망ᄒᆞᆫ 일 ᄯᅩ 잇ᄂᆞᆫ가 나도 갓치 쥬그라고
불덤이로[505] 달려드니 동ᄂᆡ ㅅ롬ㅏ이 붓드러셔
아모리[506] 몸부림하나 아조 쥭지도 못 ᄒᆞ고서
온몸이 ᄭᅩᆼ과질[507] 되야고나 요련 연의[508] 팔ᄌᆞ 잇나
감짝식이예 염감 쥭어 삼혼구ᄇᆡᆨ이 불ᄭᅩᆺ되야
불틔와가치 동힝ᄒᆞ여 아조 펄펄 나라가고
귀ᄒᆞᆫ 아덜도 불의 듸셔[509] 쥭ᄂᆞᆫ다고 소릐치ᄂᆡ
엉아엉아 우ᄂᆞᆫ 소릐 니ᄂᆡ[510] 창자가 ᄭᅳ너진다

---

500) 아들: '아ᄃᆞᆯ>아들'. 〈계림유사(鷄林類事)〉에서는 "男兒曰了姐 亦曰同婆記"라 하여 15세기 이전의 '아들'의 옛 형태를 보여 준다.
501) 상가ᄭᅥ지: 계속. 상구(常久)〉. 지금까지.
502) ᄒᆞᆫ마로ᄯᅴ: 한마룻대.
503) 한일촌 사람: 한 마을一村 사람.
504) 부흗이고: 헤졌고. 이리 저리 헤집고.
505) 불덤이로: 불 구덩이로. 듬은 높이 솟아 있음을 말한다.
506) 아모리: 아무리. '아ᄆᆞ리'는 '아ᄆᆞ(아모)(대명사)-+-리(접사)'의 구성.
507) ᄭᅩᆼ과질: 콩과즐.
508) 요런 연의: 요런 년의.
509) 듸셔: 불에 데어서.
510) 니ᄂᆡ: 이네.

세상사가 귀차너여511) 이웃집의 가 누어시니
된동이乙 안고와셔 가심乙 헤치고 졋 물이며
지셩으로512) ᄒᆞᄂᆞᆫ 마리 어린 아히 졋머기게
이 사롬아 졍신 차려 어린 아기 졋 머기게
우ᄂᆞᆫ 거동 못 보깃너 이러나셔 졋 머기게
나도 아조 쥭乙나너 그 어린 거시 살긴ᄂᆞᆫ가
그 거동乙 웃지 보나 아죠 쥭어 모를나너
된다군덜513) 다 쥭ᄂᆞᆫ가 불의 듸니514) 허다ᄒᆞ지
그 어미라야 살여너지 다르니ᄂᆞᆫ515) 못 살이너
자너 한번 쥭어지면 살긔라도 아니쥭나
요런 망할 일 또 있는가 나도 같이 죽으려고
불더미로 달려드니 동내 사람이 붙들어서
아무리 몸부림하나 아주 죽지도 못 하고서
온몸이 콩과즐 되었구나 요런 년의 팔자 있나
깜작 사이에 영감 죽어 삼혼구백516)이 불꽃되어
불티와 같이 동행하여 아주 펄펄 날아가고
귀한 아들도 불에 데어서 죽는다고 소리치네
엉아엉아 우는 소리 이내 창자가 끊어진다
세상사가 귀찮아서 이웃집에 가 누웠으니
덴동이를 안고 와서 가슴을 헤치고 젖 물리며
지성으로 하는 말이 "어린 아이 젖 먹이게"
"이 사람아 정신 차려 어린 아기 젖 먹이게"
"우는 거동 못 보겠네 일어나서 젖 먹이게"

---

511) 귀차ᄂᆡ여: 귀찮아서.
512) 지셩으로: 지성(至性)으로. 정성을 다하여.
513) 된다군덜: 데었다한들.
514) 듸니: 덴 이. 불에 덴 사람이.
515) 다르니ᄂᆞᆫ: 다른 사람은.
516) 삼혼구빅: 삼혼구백(三魂九魄). 무속에서 삼혼칠백(三魂七魄)과 삼혼구백(三魂九魄)을 받아 칠백인 남자는 7장, 구백인 여자는 9장으로 상징화한 것으로 해석된다.

" 나도 아주 죽을나네 그 어린 것이 살겠는가"
"그 거동을 어찌 보나 아주 죽어 모르려네"
"데인다 한들 다 죽는가 불에 덴 이 허다하지"
"그 어미라야 살려내지 다른 이는 못 살리네"
"자네 한 번 죽어지면 살기라도 아니 죽나"
자ᄂᆡ 쥭고 아517) 쥭으면 조 쳠지ᄂᆞᆫ 아조 쥭ᄂᆡ
사라날 거시 쥭고 보면 그도 ᄯᅩᄒᆞᆫ ᄒᆞᆯ 일인가
조 쳠지乙 ᄉᆡᆼ각거든 이러나셔 아 살이게518)
어린 건만 살고 보면 조 쳠지사 못 안 쥭어네519)
그ᄃᆡᆨᄂᆡ 말乙 올케 듯고 마지 못ᄒᆡ 이러 안자
약시세 ᄒᆞ며 젓 먹이니 삼사삭마ᄂᆡ520) 나아시나
사라다고521) ᄒᆞᆯ 것 읍ᄂᆡ 가진 병신이 되여고나
ᄒᆞᆫ 작 손은 오그러져셔 조막손니 되여잇고
ᄒᆞᆫ 작 다리 ᄲᅢ드러져셔 장치다리 되여시니
셩ᄒᆞ니도 어렵거든522) 가진 병신 웃지 살고
슈족 읍ᄂᆞᆫ 아덜 ᄒᆞ나 병신 뉘乙 볼 슈 잇나
뒨 자식乙523) 졋 물이고 가르더 안고524) ᄉᆡᆼ각ᄒᆞ니
지난 일도 긔막히고 이 압일도 가련ᄒᆞ다
건널소록 물도 깁고 너물소록525) 산도 놉다
엇진 연의 고ᄉᆡᆼ팔자 一平生乙 고ᄉᆡᆼ인고

---

517) 아: 아이. '아ᄒᆡ(兒孩)〉'아이'. 영남방언에서 '아'가 '아'아' 『a'a』로 첫음절이 고조이다. 아이의 변화는 '아ᄒᆡ〉아희〉아히〉아이'이지만 영남방언에서는 '아ᄒᆡ〉아ᄋᆡ〉아아'로 변화하였다.
518) 아 살이게: 아이를 살리게.
519) 못 안 쥭어네: 못내 죽지 않았네.
520) 삼사삭마ᄂᆡ: 3-4삭만에 두 석달만에.
521) 사라다고: 살았다고.
522) 셩ᄒᆞ니도 어렵거든: 온전하게 성한 이도 (살기) 어려운데.
523) 뒨 자식乙: (불에) 데인 자식을.
524) 가르더 안고: 가로 들쳐 안고.
525) 너물소록: 넘을수록.

이ᄂᆡ 나이 육십이라 늘거지니 더욱 슬의
자식이나 셩ᄒᆡ시면 졔나 밋고 사지마난
나은 졈졈 마나가니 몸은 졈졈 늘거가ᄂᆡ
"자네 죽고 아이 죽으면 조 쳠지는 아주 죽네"
"살아날 것이 죽고 보면 그도 또한 할 일인가
조 쳠지를 생각거든 일어나서 아이 살리게"
"어린 것만 살고 보면 조 쳠지 사뭇[526] 안 죽었네"
그 댁내 말을 옳게 듣고 마지 못 해 일어 앉아
약시세하며 젖 먹이니 삼사 삭만에 나았으나
살았다고 할 것 없네 갖은 병신이 되었구나
한 쪽 손은 오그라져서 조막손이 되어있고
한 쪽 다리 빼드러져서[527] 장채다리[528] 되었으니
성한 이도 어렵거든 갖은 병신 어찌 살꼬
수족 없는 아들 하나 병신 뒤를 볼 수 있나
데인 자식을 젖 물리고 가로 안고 생각하니
지난 일도 기막히고 이 앞일도 가련하다
건널수록 물도 깊고 넘을수록 산도 높다
어쩐 년의 고생 팔자 일평생을 고생인고
이내 나이 육십이라 늙어지니 더욱 설워
자식이나 성했으면 저나 믿고 살지마는[529]
나이는 점점 많아가니 몸은 점점 늙어가네
이러ᄏᆡ도 ᄒᆞᆯ 슈 읍고 져러ᄏᆡ도 ᄒᆞᆯ 슈읍다
된동이을 뒷더업고[530] 본고향乙 도라오니
이젼 강산 의구ᄒᆞ나[531] 인졍 물졍 다 변ᄒᆞᆫᄂᆡ

---

526) 사뭇: 계속.
527) 빼드러져서: 곧지 않고 앞뒤로 뒤틀려져서.
528) 장체다리: 다리가 곧지 않고 안팍으로 뒤틀린 다리.
529) 성했으면 제나 믿고 살지마는: (몸이) 온전하게 성하면 저나 믿고 살지만.
530) 뒷더업고: 들쳐 업고.

우리 집은 터만 나마 슉ᄃᆡ밧치532) 되야고나
아나니ᄂᆞᆫ533) 하나 읍고 모로나니 ᄲᅮᆫ이로다
그늘 믯던 은힝나무 불ᄀᆡ청음ᄃᆡ아귀라534)
난ᄃᆡ 읍ᄂᆞᆫ 두견ᄉᆡ가 머리 우의 둥둥 ᄯᅥ셔
불여귀 불여귀 슬피우니 셔방임 쥭은 넉시로다
ᄉᆡ야 ᄉᆡ야 두견ᄉᆡ야 ᄂᆡ가 웃지 알고 올 쥴
여기 와셔 슬피 우러 ᄂᆡ 스럼을535) 불너ᄂᆞ나
반가와셔 우러던가 셔러워셔 우러던가
셔방님의 넉시거든 ᄂᆡ 압푸로536) 나라오고
임의 넉시 아니거던 아조 멀이 나라 가게
뒤견ᄉᆡ가 펼젹 나라 ᄂᆡ 억기의537) 안자 우ᄂᆡ
임의 넉시 분명ᄒᆞ다 ᄋᆡ고 탐탐 반가워라
나ᄂᆞᆫ 사라 육신이 완ᄂᆡ538) 넉시라도 반가워라
건 오십연 이곳잇셔539) 날 오기乙 지다려나540)
어이홀고 어이홀고 후회 막급 어이홀고
이렇게도 할 수 없고 저렇게도 할 수 없다
덴동이를 들쳐 업고 본 고향을 돌아오니
이전 강산 의구하나 인정 물정 다 변했네
우리 집은 터만 남아 쑥대밭이 되였구나

---

531) 의구ᄒᆞ나: 의구(依舊)하나. 옛날과 같으나.
532) 슉ᄃᆡ밧치: 쑥대밭이.
533) 아나니ᄂᆞᆫ: 아는 이는. 아는 사람은.
534) 불ᄀᆡ청음ᄃᆡ아귀라: 불개청음대아귀(不改淸蔭待我歸), 변함없이 시원한 나무 그늘을 간직하고 내가 돌아오기를 기다림. 옛 모습 그대로 나를 기다렸네.
535) 스럼을: 설움을.
536) 압푸로: 앞으로. 원순모음화.
537) 억기의: 어깨에. '엇게'(月印千江之曲 上:25), '억게'(가례언해 6:6), '엇개'(륜음언해 82) '억게'의 제2음절 모음 'ㅔ'가 'ㅐ'로 변하여 '억개'가 된 다음 '어깨'로 표기됨.
538) 나ᄂᆞᆫ 사라 육신이 완ᄂᆡ: 나는 살아 육신(肉身)이 왔네.
539) 이곳잇셔: 이곳에서.
540) 지다려나: 기다리려나. ㄱ-구개음화.

아는 이는 하나 없고 모르는 이뿐이로다
그늘 밑에 은행나무 불개청음대아귀라
난데 없는 두견새가 머리 위에 둥둥 떠서
불여귀 불여귀 슬피 우니 서방님 죽은 넋이로다
새애 새야 두견새야 내가 올 줄 어찌 알고
여기 와서 슬피 울어 내 설움을 불러내나
반가워서 울었던가 서러워서 울었던가
서방님의 넋이거든 내 앞으로 날아오고
임의 넋이 아니거든 아주 멀리 날아가게
두견새가 펄쩍 날아 내 어깨에 앉아 우네
임의 넋이 분명하다 애고 탐탐 반가워라
나는 살아 육신이 왔네 넋이라도 반가워라
근 오십년 이곳에서 날 오기를 기다렸나
어이할꼬 어이할꼬 후회막급 어이할꼬
ᄉᆡ야ᄉᆡ야 우지 마라 ᄉᆡ보기도 북구려웨[541]
ᄂᆡ 팔자乙 셔겨더면[542] ᄉᆡ 보기도 북그렵잔치
청의당초의[543] 친정와셔 셔방임과 함ᄀᆡ 쥬겨[544]
져 ᄉᆡ와 갓치 자웅되야 천만연이나 사라볼 결
ᄂᆡ 팔자乙 ᄂᆡ가 소가[545] ᄀᆡ여이 ᄒᆞᆫ 번 사라볼나고[546]
첫ᄌᆡ 낭군은 츄천의 쥭고 둘ᄌᆡ 낭군은 괴질의[547] 쥭고
셋ᄌᆡ 낭군은 물의 쥭고 넷ᄌᆡ 낭군은 불의 쥭어
이ᄂᆡ ᄒᆞᆫ 번 못 잘살고[548] ᄂᆡ 신명이 그만일세

---

541) 북구려웨: 부끄러워.
542) 셔겨더면: 새겨서 들으면.
543) 청의당초의: 청의(青衣)를 입었던 그 처음에. 곧 시집 가자말자 그때에. 애시당초에
544) 함ᄀᆡ 쥬겨: 함께 죽어.
545) ᄂᆡ 팔자乙 ᄂᆡ가 소가: 내 팔자에 내(스스로)가 속아서.
546) 사라볼나고: 살아보려고.
547) 괴질의: 괴질병에.
548) 못 잘살고: 제대로 잘 살지 못하고.

쳣지 낭군 죽乙 씌예 나도 ᄒᆞᆫ가지[549] 죽어거나
사더ᄅᆡ도 슈졀ᄒᆞ고[550] 다시 가지나 마라더면
산乙 보아도 부ᄭᅳ렴잔코[551] 져 ᄉᆡ 보아도 무렴잔치[552]
사라 ᄉᆡᆼ젼의 못된 사람 죽어셔 귀신도 악귀로다
나도 슈졀만 ᄒᆞ여더면 열여각은 못 세워도
남이라도 층찬ᄒᆞ고 불상ᄒᆞ게ᄂᆞ ᄉᆡᆼ각ᄒᆞᆯ 걸
남이라도 욕ᄒᆞᆯ 게요 친척 일가들 반가ᄒᆞᆯ가
잔씌 밧테 둘게 안자[553] ᄒᆞᆫ바탕 실컨 우다 가니
모로ᄂᆞᆫ ᄋᆞᆫ노人 나오면서 웃진[554] 사ᄅᆞᆷ이 슬이우나
우름 근치고 마를 ᄒᆞ계 사졍이나 드러보셰
새야 새야 울지 마라 새 보기도 부끄러워
내 팔자를 (마음에 새겼더라면)새겨들으면 새 보기도 부끄럽잖지
청의당초에[555] 친정 와서 서방님과 함께 죽어
저 새와 같이 자웅되어 천만년이나 살아볼 걸
내 팔자에 내가 속아 기어이 한번 살아나 보려고
첫째 낭군은 추천에 죽고 둘째 낭군은 괴질에 죽고
셋째 낭군은 물에 죽고 넷째 낭군은 불에 죽어
이내 한 번 잘 못 살고 내 신명이 그만일세
첫째 낭군 죽을 때에 나도 한 가지 죽었거나
살더라도 수절하고 다시 가지나 말았다면
산을 보아도 부끄럽잖고 저 새 보아도 무렴찮지[556]

---

549) ᄒᆞᆫ가지: 한가지로, 같이.
550) 사더ᄅᆡ도 슈졀ᄒᆞ고: 살더래도 수절(守節)하고. 개가(改嫁)하지 않고 수절을 하고.
551) 부ᄭᅳ렴잔코: 부끄럽지 않고.
552) 져 ᄉᆡ 보아도 무렴잔치: 저 새가 보아도 염치가 없지 않지.
553) 잔씌 밧테 둘게 안자: 잔디밭에 둘러 앉아. '둘게'는 '포개다'의 뜻이 잇다.
554) 웃진: 어떤.
555) 청의 당초에: 청의를 입은 당초에. 시집을 온 그 당초에. "첨에 당초"(박희숙, 2011: 110)으로 해석하면 '처음'과 '당초'처럼 동일한 말이 중복된다.
556) 무렴찮지: 무안하지 않지.

살아생전에 못 된 사람 죽어서도 귀신도 악귀로다
나도 수절만 하였다면 열녀각은[557] 못 세워도
남이라도 칭찬하고 불쌍하게나 생각할 걸
남이라도 욕할 게요 친척 일가들 반가워할까
잔디밭에 퍼져 앉아 한바탕 실컷 우노라니
모르는 안노인[558] 나오면서 "어쩐 사람이 슬피 우나"
"울음 그치고 말을 하게 사정이나 들어보세"
닉 슬럼乙[559] 못 이겨셔 이 곳딕 와셔 우나니다
무신 스렴인지 모로거니와 웃지 그리 스뤄ᄒᆞ나[560]
노인얼낭 드러가오 닉 스럼 아라 쓸딕읍소
일분인사乙[561] 못 차리고 짱乙 허비며 작고 우니[562]
그 노人이 민망ᄒᆞ여 겻터 안자 ᄒᆞ는 말리
간곳마다 그러ᄒᆞᆫ가[563] 이곳 와셔 더 스런가
간곳마다 그러릿가 이곳딕 오니 더 스럽소
져 터의 사던 임상찰리 지금의 웃지 사나잇가
그 집이 벌셔 결단나고[564] 지금 아무도 읍나니라
더구다나 통곡하니 그 집乙 웃지 아라던가
져 터의 사던 임상찰이 우리 집과 오촌이라
자사이 본덜 알 슈인나 아무 형임이 아니신가
달여드러 두 손 잡고 통곡ᄒᆞ며 스러하니
그 노人도 아지 못히 형임이란 말이 원 말인고

557) 열녀각: 열녀각(烈女閣), 수절을 지킨 여성을 기리는 홍살문(紅箭門)과 더불어 세운 비각.
558) 안노인: 늙은 여인네.
559) 슬럼乙: 설움을. '섧-+-음'의 구성. '셜옴', '셜음', '셔름', '셔룸', '셔롬', '설움'은 제1음절 모음의 단모음화(ㅕ> ㅓ), 제2음절 모음 교체(ㅗ/ㅜ/ㅡ), 표기법에서의 차이.
560) 스뤄ᄒᆞ나: 스러워하나.
561) 일분인사乙: 한 분 한분 인사를.
562) 허비며 작고 우니: 손으로 헤비며(긁으면서) 자꾸 우니.
563) 간곳마다 그러ᄒᆞᆫ가: 가는 곳마다 그러한가.
564) 결단나고: 다 망하고(決斷). 역구개음화형.

그러나 져러나 드러가세 손목 잡고 드러가니
청삽사리 정정 지져 난 모론다고 소ᄅᆡ치고
큰 ᄃᆡ문 안의 계우 ᄒᆞᆫ ᄊᆞᆼ[565] 게욱게욱 다라드ᄂᆡ[566]
안방으로 드러가니 늘그나 졀무나 알 슈인나
"내 설움을 못 이겨서 이곳에 와서 우나이다"
"무슨 설음인지 모르거니와 어찌 그리 설워하나"
"노인일랑 들어가오 내 설움 알아 쓸데 없소"
일분 인사을 못 차리고 땅을 허비며 자꾸 우니
그 노인이 민망하여 곁에 앉아 하는 말이
"간 곳마다 그리하는가 이곳 와서 더 서러운가"
"간 곳마다 그러릿가 이곳에 오니 더 서럽소"
"저 터에 살던 임상찰이 지금에 어찌 사나이까"
"그 집이 벌써 결단나고 지금 아무도 없느니라"
더군다나 통곡하니 "그 집을 어찌 알았던가"
"저 터에 살던 임상찰이 우리 집과 오촌이라"
자세히 본들 알 수 있나 "아무 형임이 아니신가"
달려들어 두 손 잡고 통곡하며 서러워하니
그 노인도 알지 못해 "형님이란 말이 웬 말인고"
"그러나 저러나 들어가세" 손목 잡고 들어가니
청삽사리[567] 정정 짖어 난 모른다고 소리 치고
큰 대문 안에 거위 한 쌍 게욱게욱 달라드네
안방으로 들어가니 늙으나 젊으나 알 수 있나
북그려워[568] 안자다가 그 노인과 ᄒᆞᆫ ᄃᆡ 자며
이젼 이ᄋᆡ기 ᄃᆡ강하고 신명타령 다 못ᄒᆞᆯᄂᆡ
명송이[569] 밤송이 다 쪄보고[570] 셰상의 별고싱 다 ᄒᆡ반ᄂᆡ

---

565) 계우 ᄒᆞᆫ ᄊᆞᆼ: 거위 한 쌍.
566) 다라드ᄂᆡ: 달려드네.
567) 청삽살이: 푸른 털을 한 삽살개.
568) 북그려워: 부끄러이. 부끄럽게.

살기도 억지로 못 ᄒᆞ깃고 ᄌᆡ물도 억지로 못 ᄒᆞ깃네
고약ᄒᆞᆫ 신명도 못 곤치고 고ᄉᆡᆼᄒᆞᆯ 팔자ᄂᆞᆫ 못 곤칠ᄂᆡ
고약ᄒᆞᆫ 신명은 고약ᄒᆞ고 고ᄉᆡᆼᄒᆞᆯ 팔자ᄂᆞᆫ 고ᄉᆡᆼᄒᆞ지
고ᄉᆡᆼᄃᆡ로 ᄒᆞᆯ 지경ᄋᆡᆫ 그른[571] 사ᄅᆞᆷ이나 되지 마지
그른 사람될 지경의ᄂᆞᆫ 오른 사람이나 되지 그려
오른 사람 되어 잇셔 남의게나 칭찬 듯지
청츈과부 갈나 하면 양식 싸고 말일나ᄂᆡ[572]
고ᄉᆡᆼ팔자 타고 나면 열변 가도 고ᄉᆡᆼ일ᄂᆡ
이팔청츈 청ᄉᆡᆼ더라 ᄂᆡ 말 듯고 가지 말게
아모 동ᄂᆡ 화령ᄃᆡᆨ은 시물ᄒᆞ나의 혼자되야
단양으로 갓다더니 겨우 다섯달 사다가셔
졔가 몬져 쥭어시니 그건 오이려 낫지마ᄂᆞᆫ
아무 동ᄂᆡ 장 임ᄃᆡᆨ은 갓시물의[573] 청상되여
졔가 츈광乙 못이겨셔 영츈으로 가더니만
못 실[574] 병이 달여 드러 안질빙이 되야다ᄂᆡ
부끄러워 앉았다가 그 노인과 한데 자며
이전 이야기 대강하고 신명타령 다 못 할네라
목화 송이 밤 송이 다 쳐 보고 세상에 별 고생 다 해봤네
살기도 억지로 못 하겠고 재물도 억지로 못 하겠네
고약한 신명은 못 고치고 고생할 팔자는 고생하지
고약한 신명은 고약하고 고생팔자는 고생이지
고생대로 할 지경엔 그른 사람이나 되지 말지
그른 사람될 지경에는 옳은 사람이나 되지 그려

---

569) 명송이: 무명송이. 목화송이.
570) 쎠보고: 베어보고. '쎠-'는 "콩, 삼, 싸리 등을 낫으로 벤다"는 뜻으로 영남방언형이다.
571) 그른: '그르다'는 옳지 않다는 영남방언형이다.
572) 청츈과부 갈나 하면 양식 싸고 말일나ᄂᆡ: 청상과부가 개가를 하려고하면 양식을 싸서 따라다니면서 말린다는 뜻.
573) 갓시물의: 갓 스물에.
574) 못실: 몹쓸.

옳은 사람 되어 있으면 남에게나 칭찬 듣지
청춘과부 (시집) 가려 하면 양식 싸 갖고 말리려네
고생 팔자 타고 나면 열 번 가도 고생일레
이팔청춘 청상들아 내 말 듣고 가지 말게
아무 동내 화령댁은 스물 하나에 혼자되어
단양으로 갔다더니 겨우 다섯 달 살다가
제가 먼저 죽었으니 그건 오히려 낫지마는
아무 동네 장 임댁은 갓 스물에 청상되어
제가 춘광을 못 이겨서[575] 영춘으로[576] 가더니만
몹쓸 병이 달려들러 앉은뱅이 되었다네
아못[577] 마실에[578] 안동ᄃᆡᆨ도 열아홉에 상부ᄒᆞ고[579]
제가 공연히 발광나서[580] ᄂᆡ셩으로[581] 간다더니
셔방놈의계 매乙 맞아 골병이 드러셔 쥭어다ᄂᆡ
아모 집의 월동ᄃᆡᆨ도 시물둘의[582] 과부되여
졔집 소실乙 모함ᄒᆞ고 예쳔으로 가더니만
젼쳐 자식乙 몹시하다가[583] 셔방의게 쪽겨나고
아무 곳ᄃᆡ 단양이ᄂᆡ[584] 갓시물의 가장 쥭고
남의 쳡으로 가더니만 큰어미가 사무라워
삼시사시[585] 싸우다가 비상乙[586] 먹고 쥭어다ᄂᆡ

---

575) 춘광을 못 이겨서: 봄 기운을 못 이겨서. 곧 바람이 났음을 의미한다.
576) 영춘: 경북 영주의 옛지명.
577) 아못: 아무. 모모.
578) 마실에: 마을. 'ᄆᆞᅀᆞᆶ>ᄆᆞᅀᆞᆯ>ᄆᆞᄋᆞᆯ>ᄆᆞ을>마을' 영남방언에서는 'ᄆᆞᅀᆞᆶ>마슬>마실'로 잔류했으며 '마실게', '마실글'에서 'ᄆᆞᅀᆞᆶ'을 재구할 수 있다.
579) 상부ᄒᆞ고: 상부(喪夫)하고. 남편을 잃고.
580) 발광나서: 발광(發狂)나서. 바람이 나서.
581) ᄂᆡ셩으로: 경상북도 봉화군 내성(乃城).
582) 시물둘의: 스물 둘에. 스물>시물. 전부모음화.
583) 몹시하다가: 몹쓰게 하다가.
584) 아무 곳ᄃᆡ 단양이ᄂᆡ: 모처에 단양댁이.
585) 삼시사시: 삼시사시(三時四時). 시도 때도 없이.

이 사람ᄂᆡ 이리된 쥴 온 셰상이 아ᄂᆞᆫ ᄇᆡ라
그 사람ᄂᆡ ᄀᆡ가ᄒᆞᆯ 졔 잘 되자고 갓지마난
팔자ᄂᆞᆫ 곤쳐시나587) 고ᄉᆡᆼ은 못 곤치ᄃᆡ
고ᄉᆡᆼ乙 못 곤칠졔 그 사람도 후회나리
후회난 들 엇지ᄒᆞᆯ고 쥭乙 고ᄉᆡᆼ 아니ᄒᆞᄂᆡ
큰고ᄉᆡᆼ乙 안 ᄒᆞᆯ 사ᄅᆞᆷ 상부벗틈 아니ᄒᆞ지
상부벗틈 ᄒᆞᄂᆞᆫ 사람 큰 고ᄉᆡᆼ乙 ᄒᆞ나니라
ᄂᆡ고ᄉᆡᆼ乙 남 못 쥬고 ᄂᆞᆷ의 고ᄉᆡᆼ 안 ᄒᆞ나니
제 고ᄉᆡᆼ乙 제가 ᄒᆞ지 ᄂᆡ 고ᄉᆡᆼ을 뉘乙 쥴고
아무 마을에 안동댁도 열아홉에 상부하고
제가 공연히 발광나서 내성으로 갔다더니
서방놈에게588) 매를 맞아 골병이 들어서 죽었다네
아무 집의 월동댁도 스물둘에 과부되어
제 집 소실을(식구를) 모함하고 예천으로 가더니만
전처 자식을 몹시 하다가 서방에게 쫓겨나고
아무 곳의 단양이네 갓 스물에 가장589) 죽고
남의 첩으로 가더니만 큰어미가 사나워서
삼시사시 싸우다가 비상을 먹고 죽었다네
이 사람네 이리 된 줄 온 세상이 아는 바라
그 사람네 개가할 제 잘되자고 갔지마는
팔자는 고쳤으나 고생은 못 고치데
고생을 못 고칠 제 그 사람도 후회 나리
후회 난들 어찌할고 죽을 고생 많이 하네
큰 고생을 안 할 사람 상부부터 아니 하지

586) 비상乙: 독약. 비상.
587) 곤쳐시나: 고쳤으나.
588) 셔방놈의계: 서방놈에게. '셔방'은 이미 16세기부터 성 뒤에 붙어 비칭을 나타내거나, '셔방맞다'와 같이 관용적 용법에 쓰이거나, 호칭에서 '님'과 함께 사용되었다.
589) 가장: 가장(家長). 남편.

상부부터 하는 사람 큰 고생을 하나니라
내 고생을 남 못 주고 남의 고생 안 하나니
제 고생을 제가 하지 내 고생을 누구를 줄고
역역가지[590] ᄉᆡᆼ각ᄒᆞ되 ᄀᆡ가 ᄒᆡ셔 잘 되나니ᄂᆞᆫ[591]
ᄇᆡᆨᄋᆡ 하나 아니 되ᄂᆡ 부ᄃᆡ 부ᄃᆡ 가지말게
ᄀᆡ가 가서 고ᄉᆡᆼ보다 수절고ᄉᆡᆼ 호강이니
슈졀 고ᄉᆡᆼᄒᆞ난[592] 사람 남이라도 귀이 보고[593]
ᄀᆡ가 고ᄉᆡᆼᄒᆞᄂᆞᆫ 사람 남이라도 그르다ᄂᆡ[594]
고ᄉᆡᆼ 팔자 고ᄉᆡᆼ이리 슈지장단[595] 상관읍지
쥭乙 고ᄉᆡᆼᄒᆞᄂᆞᆫ 사람 칠팔십도 사라 잇고
부귀 호강ᄒᆞᄂᆞᆫ 사람 이팔쳥츈 요사ᄒᆞ니[596]
고ᄉᆡᆼ 사람 들 사잔ᄏᆞ[597] 호강 사람 더 사잔ᄂᆡ
고ᄉᆡᆼ이라도 ᄒᆞᆫ이 잇고 호강이라도 ᄒᆞᆫ이 잇셔
호강사리 졔 팔자요 고ᄉᆡᆼ사리 졔 팔자라
남의 고ᄉᆡᆼ 쉬다ᄒᆞ나 ᄒᆞᆫ탄ᄒᆞᆫ덜 무엿ᄒᆞᆯ고
ᄂᆡ 팔자가 사ᄂᆞᆫ ᄃᆡ로 ᄂᆡ 고ᄉᆡᆼ이 닷난 ᄃᆡ로[598]
죠흔 일도 그 쑨이요 그른 일도[599] 그 쑨이라
츈삼월 호시절의 화젼노름 와거걸랑[600]
ᄭᅩᆺ 빗철ᄂᆞᆼ 곱게 보고 ᄉᆡ 노ᄅᆡᄂᆞᆫ 좃케 듯고
발근 달은 여사 보며[601] 말근 발람 시원ᄒᆞ다

590) 역역가지: 역역(歷歷)가지. 여러 가지.
591) 되나니ᄂᆞᆫ: 되는 이는. 되는 사람은.
592) 슈졀 고ᄉᆡᆼᄒᆞ난: 수절(守節) 고생(苦生)하는. 정조를 지키며 고생하는.
593) 귀이 보고: 귀하게 보고.
594) 그르다ᄂᆡ: 그르다고 하네. 잘못되었다고 하네.
595) 슈지장단: 수지장단(壽之長短). 명이 길고 짧음.
596) 요사ᄒᆞ니: 요사(夭死)하니. 일찍 죽으니.
597) 고ᄉᆡᆼ 사람 들 사잔ᄏᆞ: 고생하는 사람이라고 덜 살지 않고.
598) 닷난 ᄃᆡ로: 닫는 대로. 닥치는 대로. '닷난'은 'ᄃᆞᆮ(到)-+-ᄂᆞᆫ'의 구성.
599) 그른 일도: 그른 일도. 나쁜 일도.
600) 와거걸랑: 왔거들랑.

조흔 동무 존 노름602)의 셔로 웃고 노다 보소
역력가지 생각하되 개가해서 잘 되는 이는
백에 하나 아니 되네 부디부디603) 가지 말게
개가 가서 고생보다 수절 고생 호강이네
수절 고생하는 사람 남이라도 귀히 보고
개가 고생하는 사람 남이라도 그르다네
고생 팔자 고생이라 수지장단 상관없지
죽을 고생하는 사람 칠팔십도 살아 있고
부귀호강 하는 사람 이팔청춘 요사하니
고생 사람 덜 살지 않고 호강 사람 더 사지 않네
고생이라도 한이 있고 호강이라도 한이 있어
호강살이 제 팔자요 고생살이 제 팔자라
남의 고생 꿔다하나 한탄한들 무엇할꼬
내 팔자가 사는 대로 내 고생이 닫는 대로604)
좋은 일도 그 뿐이요 그른 일도 그 뿐이라
춘삼월 호시절에 화전놀음 왔거들랑
꽃빛일랑 곱게 보고 새 노래는 좋게 듣고
밝은 달은 예사 보면 맑은 바람 시원하다
좋은 동무 좋은 놀음에 서로 웃고 놀아 보소
사람들의 눈이 이샹ᄒᆞ여 제ᄃᆡ로 보면 관계찬타
고은 ᄭᅩᆺ도 ᄉᆡᆨ여605) 보면 눈이 캉캄 안 보이고
귀도 ᄯᅩᄒᆞᆫ 별일이니 그ᄃᆡ로 드르면 관찬은 걸606)

---

601) 여사 보며: 예사로 보며. 보통으로 보며.
602) 존 노름: 좋은 놀음.
603) 부ᄃᆡ부ᄃᆡ: 부디 부디. 아무쪼록. 16세기에는 '브ᄃᆡ'로 나타나며 17세기 이후에는 '브ᄃᆡ'의 제2음절 'ᄃᆡ'가 '듸'로 변화하여 '부듸'로도 나타난다. '브듸', '브ᄃᆡ'가 원순모음화되어 '부듸, 부ᄃᆡ'로 변한다음 단모음화되어 '부디'가 된 것이다.
604) 닫는대로: 내닫는 대로.
605) ᄉᆡᆨ여: 새겨서.
606) 관찬은 걸: 괜찮을 것을.

ᄉᆡ소ᄅᆡ도 곳쳐 듯고[607] 실푸 마암 절노 나ᄂᆡ
맘심자가 졔일이라[608] 단단ᄒᆞ게 맘 자부면
쏫천 절노 피ᄂᆞᆫ 거요 ᄉᆡ난 여사[609] 우ᄂᆞᆫ 거요
달은 ᄆᆡ양[610] 발근 거요 바람은 일상 부ᄂᆞᆫ 거라
마음만 여사 ᄐᆡ평ᄒᆞ면 여사로 보고 여사로 듯지
보고 듯고 여사 하면 고ᄉᆡᆼ될 일 별노 읍소
안자 우든 청춘과부 황연ᄃᆡ각 ᄭᆡ달나셔
덴동어미 말 드르니 말슴마다 ᄀᆡᄀᆡ 오ᄅᆡ[611]
이ᄂᆡ 슈심 풀러ᄂᆡ여 이리져리 부쳐 보셔
이팔청춘 이ᄂᆡ 마음 봄 춘짜로 부쳐 두고
화용월ᄐᆡ 이ᄂᆡ 얼골 쏫 화짜로 부쳐 두고
슐슐 나ᄂᆞᆫ 진 ᄒᆞᆫ슘은[612] 셰우춘풍 부쳐 두고
밤이나 낫지나 숫ᄒᆞᆫ[613] 슈심 우ᄂᆞᆫ ᄉᆡ가 가져가ᄀᆡ
일촌간장 싸인 근심 도화유슈로 씨여볼가
천만첩이나 씨인 스름 우슘 씃터 ᄒᆞ나 읍ᄂᆡ
사람들의 눈이 이상하여 제대로 보면 관계찮고
고운 꽃도 새겨보면 눈이 캄캄 안 보이고
귀도 또한 별일이지 그대로 들으면 괜찮은 걸
새소리도 고쳐 듣고 슬픈 마음 절로 나네
마음 심자가 제일이라 단단하게 맘잡으면
꽃은 절로 피는 거요 새는 여사 우는 거요

---

607) 곳쳐 듯고: 고쳐 듣고. 달리 생각하여 듣고.
608) 졔일이라: 제일이라.
609) 여사: 예사.
610) ᄆᆡ양: 매양. 늘. 'ᄆᆡ샹>ᄆᆡ양>매양'의 변화. 'ᄆᆡ샹'은 중국어 '매상(每常)'에서 온 차용어이다. 20세기 이후에는 '매양'이 일반적으로 쓰인다. 그런데 현대국어에서는 '매양'과 함께 '매상'도 쓰고 있다. 이는 '매상(每常)'을 한국식 한자음으로 읽은 것이다.
611) ᄀᆡᄀᆡ 오ᄅᆡ: 하나하나 옳아.
612) 진 ᄒᆞᆫ슘은: 긴 한숨은.
613) 숫ᄒᆞᆫ: 숱한. 많은.

달은 매양 밝은 거요 바람은 일상 부는 거라
마음만 예사 태평하면 예사로 보고 예사로 듣지
보고 듣고 여사 하면 고생될 일 별로 없소
앉아 울던 청춘과부 황연대각[614] 깨달아서
덴동어미 말 들으니 말씀마다 개개 옳아[615]
이내 수심 풀어내어 이리저리 부쳐 보세
이팔청춘 이내 마음 봄 춘자로 부쳐 두고
화용월태[616] 이내 얼굴 꽃 화자로 부쳐 두고
술술 나는 긴 한숨은 세우춘풍[617] 부쳐 두고
밤이나 낮이나 숱한 수심 우는 새가 가져가게
일촌간장[618] 쌓인 근심 도화유수[619]로 씻어볼까
천만 첩이나 쌓인 설움 웃음 끝에 하나 없네
구곡간장 깁푼 스럼 그 말 ᄭᅳᆺ티 실실 풀여
三冬셜ᄒᆞᆫ 싸인 눈니 봄 츈자 만나 실실 녹ᄂᆡ
자ᄂᆡ 말은 봄 츈자요 ᄂᆡ ᄉᆡᆼ각은 꼿화자라
봄 츈자 만난 ᄭᅩᆺ화자요 ᄭᅩᆺ화자 만난 봄 츈자라
얼시고나 조을시고 조을시고 봄 츈자
화젼노롬 봄 츈자 봄 츈자 노ᄅᆡ 드러보소
가련ᄒᆞ다 二八 쳥츈 ᄂᆡ게 당ᄒᆞᆫ 봄 츈자
노련의 ᄀᆡᆼ환 고원츈[620] 덴동어미 봄 츈자
장ᄉᆡᆼ화발 만연츈[621] 우리 부모임 봄 츈자
桂지ᄂᆞᆫ엽 一가츈[622] 우리 자손의 봄 츈자

---

614) 황연대각: 황연대각(晃然大覺). 환하고 밝게 모두 크게 깨달음.
615) 개개 옳아: 한 가지 한 가지 다 옳아.
616) 화용월태: 화용월태(花容月態). 아름다운 여자의 고운 용태를 가리킴.
617) 세우춘풍: 세우춘풍(細雨春風). 봄 바람에 가는 비가 오고
618) 일촌간장: 일촌간장(一寸肝腸). 일 촌밖에 되지 않는 간장. 보잘것없는 속마음.
619) 도화유수: 도화유수(桃花流水). 도화원에 도화꽃이 물에 떠서 흐르는 신선의 세계.
620) 노년 갱환 고원춘: 노령(老齡)에 갱환고원춘(更換故園春). 노년에 돌아온 고향의 봄.
621) 장생화발 만년춘: 장생화발 만년춘(長生花發 萬年春). 꽃 만발하여 오래 피는 만년의 봄.

금지옥엽 九즁츈623) 우리 군쥬임 봄 츈자
조은모우 양딕츈 列王묘의 봄 츈자
八仙大兮 九운츈624) 이자仙의 봄 츈자
봉구황곡 각來츈625) 鄭경파의 봄 츈자
연작비릭 보희츈 이소和의 봄 츈자
三五星희 正在츈626) 진치봉의 봄 츈자
爲귀爲仙 보보츈627) 가츈 雲의 봄 츈자
今代文장 自有츈 계셩月628)의 봄 츈자
천명 河北 츈 젹션홍의 봄 츈자
구곡간장 깊은 설움 그 말끝에 술술 풀려
삼동설한三冬雪寒 쌓인 눈이 봄 춘자 만나 슬슬 녹네
자네 말은 봄 춘자요 내 생각은 꽃 화자라
봄 춘자 만난 꽃 화자요 꽃 화자 만난 봄 춘자라
얼시고나 좋을시고 좋을시고 봄 춘자
화전놀음 봄 춘자 봄 춘자 노래 들어보소
가련하다 이팔청춘 내게 당한 봄 춘자
노년에 돌아온 고원춘 덴동어미 봄 춘자

---

622) 계지난엽 일가춘: 계수나무의 잎같은 온 집안에 봄.

623) 금지옥엽 구운춘: 금지옥엽(金枝玉葉) 같은 구중궁궐의 봄. 금지옥엽은 임금의 자손이나 집안 또는 귀여운 자손을 소중하게 일컫는 말.

624) 팔선대혜 구운춘: 팔선녀 구운몽의 봄 춘자. 〈구운몽〉에 나오는 팔선(八仙)은 중국, 민간 전설 중 8명의 선인, 여동빈, 이철괴, 한종리, 장과로, 남채화, 조국구, 한상자, 하선고를 말함.

625) 봉구황곡 각來춘: 봉구황곡(鳳求凰曲). 봉황곡. 부부간의 금실을 노래한 것. 중국 사마상여가 탁문군의 마음을 끌기 위해 연주했던 음악. 구운몽에서 양소유가 정경패의 마음을 사로잡기 위해 연주하였다.

626) 삼오성희: 동녘 별 드문드문한 봄.

627) 위귀위선 보보춘: 귀신인지 선녀인지 발걸음마다 가득한 봄. 구운몽에서 가춘운이 양소유를 희롱하기 위해 유혹하는 일화.

628) 今代文장 自有츈 계셩月: 〈구운몽〉에 등장하는 팔선녀 가운데 한 사람. 月中丹桂誰先折 今代文章自有眞 달 가운데 붉은 월계화 누가 먼저 꺾으려나 지금 문장에 저절로 진실함이 있도다. 양소유가 계섬월에게 지은 시.

장생화발 만년춘 우리 부모님 봄 춘자
계지난엽 일가춘 우리 자손의 봄 춘자
금지옥엽 구운춘 우리 임금님 봄 춘자
구름 되고 비 되어 만나는 봄 서왕모의 봄 춘자
팔선대혜 구운춘 이자선의 봄 춘자
봉구황곡 각래춘 정경파[629]의 봄 춘자
연작비래 보회춘[630] 이소화[631]의 봄 춘자
삼오성희 정재춘[632] 진채봉의[633] 봄 춘자
위귀위선 보보춘 가춘운[634]의 봄 춘자
금대문장 자유춘[635] 계섬월의 봄 춘자
천명 하북춘[636] 적경홍[637]의 봄 춘자
옥門관외 의회츈[638] 심조연의 봄 츈자
淸水ᄃᆡ의 음곡츈[639] 白수파의 봄 츈자

---

629) 정경파: 〈구운몽〉에 등장인물. 정경패(鄭瓊貝)는 세습무(世襲巫)이자 조선 권번 출신의 옥당(玉堂) 정경파(鄭慶波).

630) 연작비래: 연작비래(燕作飛來). 재비가 날아옴. 까치가 희소식을 알리는 봄. 구운몽에서 이소화가 지은 시 구절.

631) 이소화: 이소화(李蕭和). 〈구운몽〉에 등장인물. 전신은 선녀. 난양공주(蘭陽公主)로 태어나 양소유와 퉁소도 화답함이 인연되어 약혼, 정경패(鄭瓊貝)와 함께 소유의 부인이 되었다.

632) 삼오성희 정재춘: '삼오성희정재동(三五星稀正在東)' 보름달이 밝아 희미한 별은 동쪽에 떴네. 진채봉이 지은 칠보사의 한 구절.

633) 진채봉: 진채봉. 〈구운몽〉의 팔선녀 가운데서 이름난 기생 이름, 가춘운, 계월성, 적경홍(狄驚鴻). 양소유와 양류사에서 인연을 맺는다.

634) 가춘운: 爲主忠心 步步相隨不暫捨 주인 위한 충성스러운 마음을 뒷따르면 잠시도 버리지 않음. 양소유를 유혹하는 가춘운의 시.

635) 금대문장 자유춘: 당대 최고의 문장가의 봄.

636) 절색천명 하북춘: 중국 화북 땅에 절세미인의 몸.

637) 중국 하북의 명기로 연왕을 항복시키고 돌아오던 양소유를 만나 첩이 된다.

638) 옥문관외 의회춘: 옥문관 밖의 아른아른한 봄. 옥문관(玉門關). 고대 중국의 서쪽 요지였던 감숙성(甘肅省) 돈황현(敦煌縣) 부근에 있던 관문.

639) 淸水ᄃᆡ의 음곡츈: 그윽한 골짜기 맑은 못에 봄. 청수대의 운곡천(雲谷川). 경상북도 봉화군 춘양면 서벽리, 애당리에서 시작하여 법전면 소천리를 거쳐 명호면 도천리에

三十六宮 도서츈[640] 졔一 조흔 봄 츈자

도中의 송모츈은[641] 마上客의 봄 츈자

츈닉의 불사츈은[642] 王昭君의 봄 츈자

송군겸 송츈은[643] 이별ᄒᆞ는 봄 츈자

낙日萬 가츈은 千里원긱 봄 츈자

등누말의 고원츈 강상긱의 봄 츈자

早知五 柳츈은 도연명의 봄 츈자

황사白草 本無츈 관山 萬里 봄 츈자

화光은 불減沃陽츈 고국乙 싱각ᄒᆞᆫ 봄 츈자

낭吟비과 동庭츈[644] 呂東빈의 봄 츈자

五湖片쥬 만載츈 月셔시의 봄 츈자

回두一笑 六宮츈 양구비의 봄 츈자

龍안一解 四힉츈[645] 太平天下 봄 츈자

쥬진도名 三十츈 이쳥영의 봄 츈자

어舟쵹水 익山츈[646] 불변 仙원 봄 츈자

양자江 두 양유 츈)[647] 汶양 귀기 봄 츈자

서 낙동강과 합류하는 낙동강의 제1지류이다.

640) 삼십육궁 도시춘은: 36궁 곧 온 세상 모두가 봄.

641) 도中의 송모츈은: 길 위에서 만나는 늦은 봄. 〈화수석춘가(和酬惜春歌)〉에도 "馬上逢寒食 途中送暮春"라는 구절이 있음.

642) 츈닉의 불사츈은: 춘래불사춘(春來不似春). 봄은 왔으나 봄 같지 않은 봄. 동방규(東方叫)의 〈소군원(昭君怨)〉에 보이는 '春來不似春' 구절이 있다.

643) 송군겸 송봄츈은: 그대를 보내며 봄도 함께 보내는 봄. 최노(崔魯)의 〈삼월회일송객(三月晦日送客)〉에 送君兼送春이라는 구절이 있음.

644) 낭吟비과 동庭츈: 동정춘 동정호의 봄.

645) 龍안一解 四힉츈: 용안일안사해춘(龍顔一顔四海春). 임금의 얼굴이 한 번 풀어지니 온 세상이 봄기운이다. 이백의 〈증종제남평태수지요(贈從弟南平太守之遙)〉의 한 구절.

646) 어舟축水 익山츈: 고기잡이 배는 물길 따라가며 봄 산을 즐김. 왕유의 〈도원행〉의 한 구절. 〈유산가(遊山歌)〉에도 "편편금이요 화관접무는 분분설이라/삼천가경이 좋을씨요/도화만발은 점점 홍이요 어주축수 애산춘이라" 있음.

647) 양자江 두 양유 츈: 楊柳江頭楊柳春: 양자강 강가 버드나무의 봄. 버드나무 서 있는 강나루의 봄.

옥문관외 의회춘 심조연의[648] 봄 춘자
청수대의 음곡춘 백능파의[649] 봄 춘자
삼십육궁 도시춘은 제일 좋은 봄 춘자
도중에 송모춘은 마상객의 봄 춘자
춘래에 불사춘은 왕소군의 봄 춘자
송군겸 송춘은 이별하는 봄 춘자
낙일만 가춘은[650] 천리원객 봄 춘자
등루만리 고원춘[651] 강상객의 봄 춘자
부지오 류춘은[652] 도연명의 봄 춘자
황사백초 본무춘은[653] 관산 만리[654] 봄 춘자
화광은 불감옥양춘[655] 고국을 생각한 봄 춘자
낭음비과 동정춘[656] 여동빈[657]의 봄 춘자
오호편주 만재춘[658] 월서시의 봄 춘자
회두일소 육궁춘[659] 양귀비의 봄 춘자
용안일선 사해춘[660] 태평천하 봄 춘자
주진도명 삼십춘[661] 이청영의 봄 춘자

---

648) 심조연(沈嬝烟)의: 토번의 난을 평정하고 돌아오는 양소유를 영중에서 만나 결연한다.

649) 白수파: 백능파. 〈구운몽〉에 등장하는 동정 용왕의 딸 백능파(白凌波). 양소유가 백능파를 만나 양춘 들어오는 것 같다고 말함.

650) 낙일만 가춘: 낙일만 가춘(落日滿 家春). 석양의 모든 집에 봄빛 가득한 봄. 李端의 〈送人下題〉의 한 구절.

651) 등루만리 고원춘: 등두만리(登樓萬里) 누각에 올라 고향 그리는 봄.

652) 부지오 류춘은: 집 앞 버들에 봄 온 줄 모르는 봄.

653) 황사백초 본무춘은: 사막의 풀에는 오지 않는 봄.

654) 관산 만리: 만리 변방.

655) 불감옥양춘: 악양의 봄.

656) 낭음비과 동정춘: 동정호를 날아서 지나 가는 봄.

657) 여동빈 ; 여동빈(呂洞賓). 〈구운몽〉에 출연하는 중국에 전해 오는 8명의 선인(仙人) 종이권, 장과로, 한상자, 이철괴, 조국구, 여동빈, 남채화, 하선고 가운데 한 사람.

658) 오호 편주: 오호편주(五湖片舟). 오호 조각배에 가득 실은 봄. 오월 싸움에서 월나라 왕 구천을 도와 오의 왕 부차를 쳐서 승리한 범려가 은둔 한 호수.

659) 회두일소 육궁춘: 한 번 짓는 미소에 온 궁궐에 오는 봄.

660) 용안일선 사해춘: 용안이 고우시니 온 세상의 봄.

어주축수 애산춘[662] 불변선원 봄 춘자
양자강두 양류춘 문양객[663]의 봄 춘자
동원도李 片時츈 창가 소부 봄 츈자
天下의 太平츈은 강구煙月 봄 츈자[664]
風동슈화전 수궐츈은[665] 故소ᄃᆡ 下 봄 츈자
화긔 渾如 百화츈[666] 兩과 千봉 봄 츈자[667]
만里江山 무ᄒᆞᆫ츈[668] 유산ᄀᆡᆨ의 봄 츈자
山下山中 紅자츈[669] 홍정골ᄃᆡᆨ 봄 츈자
一川明月 몽화츈[670] 골ᄂᆡᄃᆡᆨ ᄂᆡ 봄 츈자
명사十里 ᄒᆡ당츈[671] ᄉᆡᄂᆡᄃᆡᆨᄂᆡ 봄 츈자
的的도화 萬정츈[672] 도화동ᄃᆡᆨ 봄 츈자
목동이요 거향화츈[673] 힝정ᄃᆡᆨᄂᆡ 봄 츈자
슈양동구 만연츈[674] 오양골ᄃᆡᆨ 봄 츈자
홍교우제 경화츈[675] 홈다리ᄃᆡᆨ 봄 츈자
연화동이요 앵화츈[676] 힝정ᄃᆡᆨᄂᆡ 봄 츈자

---

661) 주진도명 삼십춘: 주사장명삼십춘(酒肆藏名三十春). 술이 취해 지나 간 서른 번의 봄. 술집에 이름 숨겨온 지 30년인데. 이백의 〈答湖州迦葉司馬問白是何人〉의 한 구절.
662) 어주축수 애산춘: 어주축수애산춘(漁舟逐水愛山春). 계곡물 오르면 경치 즐기는 봄. 고기잡이배는 물으 따라 봄의 산을 사랑하고. 왕유의 〈도원행〉의 한 구절.
663) 문양귀객: 문양의 돌아가는 손님. 왕유의 〈寒食汜上作〉의 한 구절.
664) 강구煙月 봄 츈자: 강구연월의 봄 춘. 백성이 편안한 봄.
665) 風동슈화전 수궐츈은: 바람에 연꽃 흔들리는 봄.
666) 화긔 渾如 百화츈: 온갖 꽃이 만발한 봄.
667) 兩과 千봉 봄 츈자: 천만 봉우리의 봄 춘자.
668) 만里江山 무ᄒᆞᆫ츈: 만리 강산에 끝없는 봄.
669) 山下山中 紅자츈: 온 산천에 울긋불긋한 봄.
670) 一川明月 몽화츈: 냇물에 밝은 달이 비치는 봄.
671) 명사十里 ᄒᆡ당츈: 명사십리 해당화 핀 봄.
672) 的的도화 萬정츈: 도화꽃 만발한 봄.
673) 목동이요 거향화츈: 저 멀리 행화촌의 봄.
674) 슈양동구 만연츈: 집집마다 홍도화 핀 봄.
675) 홍교우제 경화츈: 비가 개자 무지개 뜬 봄.
676) 연화동이요 앵화츈: 온 골짜기 이화 만발한 봄.

슈양동구 만사츈[677] 오양골뎍 봄 츈자
홍교우졔 경화츈[678] 홍다리뎍 봄 츈자
융융화기 수가츈[679] 안동뎍네 봄 츈자
제명저저 성곡츈[680] 소리실뎍 봄 츈자
치련가출 옥계츈[681] 놋졈뎍네 봄 츈자
동원도리 편시춘[682] 창가소부 봄 춘자[683]
천하의 태평춘[684]은 강구연월 봄 춘자
풍동하화 수전춘은 고소대하[685] 봄 춘자
화기혼여 백화춘[686] 양과천봉 봄 춘자
만리강산 무한춘 유산객의 봄 춘자
산중산하 홍자춘 홍정골댁 봄 춘자
일천명월 몽화춘[687] 골내댁네 봄 춘자
명사십리 해당춘 새내댁네 봄 춘자

---

677) 슈양동구 만사츈: 수양버들 늘어진 봄
678) 홍교우졔 경화츈: 비가 개자 무지개 뜬 봄.
679) 융융화기 수가츈: 화사로운 기운 가득한 융융한 봄.
680) 제명저저 성곡츈: 온갖 새들 노래하는 봄.
681) 치련가출 옥계츈: 아름다운 연꽃 피는 봄.
682) 동원도리 편시춘: 동원도리편시춘(東園桃梨片時春). 도리화 잠깐의 봄. 동쪽 정원의 복숭아꽃 배꽃이 피는 잠깐 사이의 봄. 왕바르이 〈임고대〉의 한 구절. 동쪽 정원의 복숭아꽃 배꽃이 피는 잠깐 사이의 봄. 왕발의 〈臨高臺〉의 한 구절. 편시춘『片時春』 판소리의 단가(短歌). 세상사는 허무하고 인생은 마치 춘몽과 같으니 술로나 즐겨보자는 내용의 남도의 소리곡조로, 중모리장단에 33각(刻)이다. 그 첫머리는 "아서라 세상사 가소롭다. 군불견(君不見) 동원도리편시춘(東園桃李片時春), 창가소부(娼歌少婦)야 웃들 마라…"로 시작된다.
683) 창가소부 봄 춘자: 술집 가녀의 봄.
684) 태평춘: 여민락(與民樂)의 한 갈래로 영(令) 또는 여민락령(與民樂令)인데 아명으로는 태평춘지곡(太平春之曲)이라고도 한다.
685) 고소대하: 고소대 위에서 오왕을 즐겁게 하니 바람 불어 연꽃 향기 전각으로 날아오네. 이백의 〈口號吳王美人半醉〉 '姑蘇臺上宴吳王 風動荷花水殿香'의 구절. 중국 강소성 소주 고소산에 있는 이름난 누각.
686) 백화춘: 백화춘(百花春), 찹쌀로 담그어 봄에 빚어 마시는 좋은 술.
687) 일천명월 몽화춘: 몽화춘(夢花春). 꿈 속의 봄.

작작도화 만점춘 도화동댁 봄 춘자
목동이요지 행화춘[688] 행정댁네 봄 춘자
홍도화발 가가춘 도지미댁네 봄 춘자
이화만발 백동춘 희여골댁네 봄 춘자
수양동구 만사춘 오양골댁 봄 춘자
홍교우제 갱화춘 흠다리댁 봄 춘자
융융화기 영가춘 안동댁네 봄 춘자
제조영영 성곡춘 소리실댁 봄 춘자
채련가출 옥계춘 놋점댁네 봄 춘자
졔月교 금셩츈[689] 청다리덕 봄 츈자
江之南천 치련츈[690] 남동덕니 봄 츈자
영산홍어 회연츈[691] 영츈덕니 봄 츈자
만화방창 丹山츈[692] 질막덕니 봄 츈자
江天막막 셰雨츈[693] 우슈골덕 봄 츈자
十里長임 華려츈[694] 丹양덕니 봄 츈자
말금 바람 솰솰 부러 청풍덕니 봄 츈자
兩로덕의 쏫치 핀다 덕고기덕의 봄츈자
바람 쏫티 봄이 온다 풍긔덕니 봄 츈자

---

688) 목동요지행화: 목동은 멀리 살구꽃을 가리키네. "借問酒家何處在 牧童遙指杏花"(두목의 〈청명〉 시의 한 구절.
689) 졔月교 금셩츈: 금성대군의 봄. 금성대군은 세조의 동생으로 세종 15년(1433) 금성대군으로 봉해졌는데 수양대군에 의해 모반혐의로 삭녕(朔寧)에 유배되었다가 다시 순흥(順興)에서 순흥부사 이보흠(李甫欽)과 함께 단종의 복위를 꾀하려고 하였으나 거사하기 전 관노의 고변으로 사사(賜死) 되었다. 당시 참형으로 흘린 피가 이 다리까지 흘러내려 청다리라고 하며 피끝(피가 마지막 멈춘 곳)이라고도 한다.
690) 江之南천 치련츈: 강남에서 연꽃 따는 봄. 강의 남쪽에서 연꽃을 따는 시절의 봄. 綠水芙蓉採蓮女(푸른 연못에 떠 있는 부용화를 따는 여인)〈춘향전〉
691) 영산홍어 회연츈: 영산홍 영춘화 피는 봄.
692) 만화방창 丹山츈: 만화방창 단산의 봄.
693) 江天막막 셰雨츈: 아득한 강가에 가랑비 내리는 봄.
694) 十里長임 華려츈: 십리 긴 숲에 화려한 봄.

비봉山의 봄 츈자 화젼놀롬 홍의 나ᄂᆡ
봄츈자로 노ᄅᆡ ᄒᆞ니 조乙시고 봄 츈자
봄츈자가 못 가게로 실버들노 꼭 잠ᄆᆡ게
츈여 과ᄀᆡᆨ 지나간다 ᄋᆡᆼ무ᄉᆡ야 말유ᄒᆡ라
바람아 부덜마라 만경됴화 써러진다
어여쁠사 小娘子가 의복 단장 올케 ᄒᆞ고
방슷 웃고 썩나셔며 조타조타 시고 조타
잘도 하ᄂᆡ 잘도 하ᄂᆡ 봄츈자 노ᄅᆡ 잘도ᄒᆞᄂᆡ
봄츈자 노ᄅᆡ 다 ᄒᆡᄂᆞᆫ가 쏫화자 타령 ᄂᆡ가 ᄒᆞᆷ셔
제월교편 금성춘[695] 청다리댁 봄 춘자
강지남천 채련춘 남동댁네 봄 춘자
영산홍어 화영춘 영출댁네 봄 춘자
만화방창 단산춘 질막댁네 봄 춘자
강천 막막 세우춘 우수골댁 봄 춘자
십리 긴 숲 화려춘 단양댁네 봄 춘자
맑은 바람 솰솰 불어 청풍댁네 봄 춘자
우로[696] 덕에 꽃이 핀다 덕고개댁네 봄 춘자
바람 끝에 봄이 온다 풍기댁네 봄 춘자
비봉산의 봄 춘자 화전놀음 흥이 나네
봄 춘자로 노래하니 좋을시고 봄 춘자
봄 춘자가 못 가거로[697] 실버들로 꼭 잠매게[698]
춘여과객[699] 지나간다 앵무새야 만류해라

---

695) 제월교: 소수서원에서 부석사로 건너는 다리. 숙종 36년(1710)에 축조한 제월교. 이 곳 비석에는 "康熙庚寅五月霽月橋"라는 기록이 있다. 일명 청다리라고 한다. 이 다리에 얽힌 설화로는 아이가 울면 "뚝 다리 밑에서 주어온 아이"라고 하면 울음을 그친다고 한다. 제월교에 샛별 뜬 봄.

696) 우로: 비와 이슬(雨露).

697) 못가거로: 가게. '-게'가 영남방언에서는 '-그로(거로)'가 사용된다.

698) 잠매게: 잡아매게.

699) 춘여과객: 봄과 같이 빨리 지나가는 손님.

바람아 부덜마라700) 만정도화701) 떨어진다
어여뿔사 소낭자가 의복단장 옳게 하고
방끗 웃고 썩 나서며 좋다 좋다 얼씨구 좋다
잘도 하네 잘도 하네 봄 춘자 노래 잘도 하네
봄 춘자 노래 다 했는가 꽃 화자 타령 내가 함세
낙화水 동유 흐른 물의 만면슈심 셰슈ᄒᆞ고
ᄭᅩᆺ 화자 얼골 단장ᄒᆞ고 반만 웃고 도라셔니
ᄒᆡ당시레702) 웃난 모양 ᄒᆡ당화가 한가지요
오리볼실703) 잉도 볼은 홍도화가 빗치 곱다
압푸로 보나 뒤으로 보나 온 젼신이 ᄭᅩᆺ화자라
ᄭᅩᆺ화자 가튼 이 사람이 ᄭᅩᆺ화자 타령ᄒᆞ여 보ᄉᆡ
조乙시고 조乙시고 곳화자가 조을시고
화신 풍이 다시 부러 만화방창 ᄭᅩᆺ화자라
당상 쳔연 장싱화ᄂᆞᆫ 우리 부모임 ᄭᅩᆺ화자요
실ᄒᆞ 만셰 무궁화ᄂᆞᆫ 우리 자손의 ᄭᅩᆺ화자요
요지연의 벽도화ᄂᆞᆫ704) 세왕모의 ᄭᅩᆺ화자요
쳔연일ᄀᆡ 쳘슈화ᄂᆞᆫ705) 광한젼의 ᄭᅩᆺ화자요
극락젼의 션비화ᄂᆞᆫ706) 셔가여ᄅᆡ ᄭᅩᆺ화자요
쳔ᄐᆡ산의 노고화ᄂᆞᆫ707) 마고션여 ᄭᅩᆺ화자요
츈당ᄃᆡ의 션니화ᄂᆞᆫ708) 우리 금쥬임 ᄭᅩᆺ화자요

---

700) 부덜마라: 불지를 마라.

701) 만정도화: 만정도화(滿庭桃花). 정원에 가득한 도리꽃과 이화꽃.

702) 해당시레: 실없이 활짝.

703) 오리볼실: 오랫동안 보실.

704) 요지연 벽도화: 벽도화(碧桃花). 복숭아 나무의 한 가지. 벽도나무. 선경에 있다는 전설상의 복숭아.

705) 천년일개 천수화는: 천년에 한 번 피는 천수화.

706) 극락전의 선비화는: 극락전의 선비화. 영주 부석사 조사당 앞에 있는 낙엽관목인 골담초를 선비화라고도 말함. 선비화는 신선(神仙)이 된 꽃으로 '늙어서도 병이나 탈이 없이 곱게 죽음'을 일컫는 말.

707) 천태산의 노고화는: 천태산에 피는 노고화. 노고화는 할미꽃을 말함.

부귀춘화 우후홍은 우리집의 꼿화자요
욕망난망 상사화는 우리 낭군 꼿화자요
千리타향 一슈화는 소인 적긱 꼿화자요
낙화유수 흐르는 물에 만면 수심[709] 세수하고
꽃 화자 얼굴 단장하고 반만 웃고 돌아서니
허당시레 웃는 모양 해당화와 한 가지요
오리 볼수록 앵도볼은 홍도화가 빛이 곱다
앞으로 보나 뒤로 보나 온 전신이 꽃 화자라
꽃 화자 같은 이 사람이 꽃 화자타령 하여보세
좋을시고 좋을시고 꽃 화자가 좋을시고
화신풍이 다시 불어 만화방창 꽃 화자라
당상천년堂上千年 장생화는[710] 우리 부모님 꽃 화자요
슬하만년膝下萬歲 무궁화는 우리 자손의 꽃 화자요
요지연의 벽도화는 서왕모의 꽃 화자요[711]
천년일개 천수화는 광한전의 꽃 화자요
극락전의 선비화는 석가여래 꽃 화자요
천태산의 노고화는 마고선녀[712] 꽃 화자요
춘당대의 선리화는 우리 금주님 꽃 화자요
부귀춘화 우후홍雨後紅은[713] 우리 집의 꽃 화자요
욕망난망 상사화는[714] 우리 낭군 꽃 화자요

---

708) 춘당대의 선리화: 춘당대의 선이화(仙梨花). 오얏꽃.
709) 만면수심: 얼굴에 가득찬 수심.
710) 장생화: 수심을 털어내는데 효과가 있다는 약초 이름.
711) 서왕모의 꽃 화자요: 서왕모의 꽃 화자. 울릉 민요와 무가인 〈태평요〉에도 "만조백화 성과로다 억조정신 보이로다, 서왕지모 이천연에 요지연에 배설하고"라는 대목이 있다.
712) 마고선녀: 마고(麻姑)는 '마고할미', '마고선녀' 또는 '지모신(地母神)'이라고도 부르는 할머니로 혹은 '마고할망이'라고도 한다. 주로 무속신앙에서 받들어지며, 전설에 나오는 신선 할머니이다.
713) 부귀춘화 우후홍(雨後紅)은: 부귀한 봄꽃이 비온 뒤에 붉음은.
714) 욕망난망 상사화는: 죽어도 못 잊는 상사화는.

천리타향 일수화ᄂᆞᆫ[715] 소인적객 꽃 화자요
月中月中 단계화ᄂᆞᆫ[716] 月궁항아 ᄭᅩᆺ화자요
황금옥의 금은화ᄂᆞᆫ[717] 셕가랑의 ᄭᅩᆺ화자요
향일ᄒᆞᄂᆞᆫ 촉규화ᄂᆞᆫ[718] 등장군의 ᄭᅩᆺ화자요
귀촉도 귀촉도 두견화ᄂᆞᆫ 초회왕의 ᄭᅩᆺ화자요
명사십니 ᄒᆡ당화ᄂᆞᆫ ᄒᆡ상션인 ᄭᅩᆺ화자요
셕교 다리 봉仙화ᄂᆞᆫ 이 자션의 ᄭᅩᆺ화자요
슝화산의 이ᄇᆡᆨ화ᄂᆞᆫ[719] 이 젹션의 ᄭᅩᆺ화자요
용산낙모 황국화ᄂᆞᆫ[720] 도연명의 ᄭᅩᆺ화자요
ᄇᆡᆨ룡퇴의 청총화ᄂᆞᆫ[721] 왕소군의 ᄭᅩ화자요
마의역의 귀비화ᄂᆞᆫ[722] 담 명왕의 ᄭᅩᆺ화자요
만첩산즁 철쭉화ᄂᆞᆫ 팔십노승의 ᄭᅩᆺ화자요
울긋불긋 질여화ᄂᆞᆫ 족ᄒᆞᆫ ᄯᆞᆯ니 ᄭᅩᆺ화자요
동원도리편 시화ᄂᆞᆫ 창가소부 ᄭᅩᆺ화자요
목동이 요지 살구ᄭᅩᆺ흔[723] 차문쥬가 ᄭᅩᆺ화자요
강지남의 홍연화ᄂᆞᆫ 권당지상의 ᄭᅩᆺ화자요
화즁왕의 목단화ᄂᆞᆫ ᄭᅩᆺ즁의도 으런이요
긔창지션 옥ᄆᆡ환ᄂᆞᆫ ᄭᅩᆺ화자 즁의 미인이요
화게산의 ᄒᆞᆷ박ᄭᅩᆺ흔 ᄭᅩᆺ화자 즁의 흠션하다
월중월중 단계화는 월궁항아[724] 꽃 화자요

715) 천리타향 일수화는: 천리 타향의 한 그루 꽃은.
716) 月中月中 단계화ᄂᆞᆫ: 월중에 있는 단계화는.
717) 황금옥의 금은화ᄂᆞᆫ: 황금옥 빛깔의 금은화는. 금은화는 인동초의 별칭.
718) 향일ᄒᆞᄂᆞᆫ 촉규화ᄂᆞᆫ: 해를 향한 촉규화. 곧 해바라기.
719) 슝화산의 이ᄇᆡᆨ화ᄂᆞᆫ: 중구의 숭산과 화산. 이백화는 오얏꽃.
720) 용산낙모 황국화ᄂᆞᆫ: 석양 무렵 지는. 龍山落帽는 진서(晉書) 〈맹가전〉에 나온다.
721) ᄇᆡᆨ룡퇴의 청총화ᄂᆞᆫ: 白龍堆의 青塚花. 중국 신강성의 사막에 잇는 왕소군의 무텀에 핀 꽃.
722) 마의역의 귀비화ᄂᆞᆫ: 마외역(馬嵬驛)은 당나라 현종이 군사들의 요구로 양귀비를 죽이고 헤어졌던 곳. 곧 마의역의 양귀비화는.
723) 목동이 요지 살구ᄭᅩᆺ흔: 저 멀리 살구화는.

황금옥의 금은화는 석가랑의[725] 꽃 화자요
향일하는 촉규화는 등장군의[726] 꽃 화자요
귀촉도 귀촉도 두견화는 초 회왕[727]의 꽃 화자요
명사십리[728] 해당화는 해상 선인 꽃 화자요
석교다리 봉선화는 이자선의 꽃 화자요
숭화산의 이백화는 이적선의 꽃 화자요
용산낙모 황국화는 도연명의 꽃 화자요
백룡퇴의 청총화는 왕소군[729]의 꽃 화자요
마외역의 귀비화는 당 명왕의 꽃 화자요[730]
만첩산중 철쭉화는 팔십 노승의 꽃 화자요
울긋불긋 찔레화는 조카딸네 꽃 화자요
동원도리 편시화는 창가소부 꽃 화자요
목동이요지 살구꽃은 차문주가 꽃 화자요[731]
강남의 홍련화는 전당의 호수에[732] 꽃 화자요
화중왕의 목단화는 꽃 중에도 어른이요
기창지전 옥매화는[733] 꽃 화자 중의 미인이요

---

724) 항아: 항아(姮娥). 중국 신화에 나오는 여성으로 달에 사는 상아(嫦娥)라고도 한다. 남편인 예(羿)가 서왕모(西王母)로부터 얻은 불사의 약을 훔쳐 달 속에 뛰어 들었다고 전해진다. 달 속의 두꺼비의 신앙과 결합되는데, 뜻이 바뀌어 달의 이명(異名)으로 쓰이고 있다.

725) 석가랑의: 석가모니.

726) 등장군의: 후한 광무제의 충신.

727) 초 회왕: 중국 초(楚) 나라의 항우(項羽)가 초나라 의제(義帝)를 죽여 폐위시킨 고사. 초나라 왕 회왕은 진나라에 억류되었다가 비운에 죽음.

728) 명사십리: 명사십리(明沙十里). 함남 원산시 갈마반도(葛麻半島)의 남동쪽 바닷가에 있는 백사장.

729) 왕소군: 王昭君. 전한 때 흉노로 보낸 후궁.

730) 당 명왕의 꽃 화자요: 당 현종의 꽃 화자요. 역발산 초패왕이 우미인을 만난 사랑 당나라 당명왕이 양귀비를 만난 사랑 명사십리 해당화같이 연연히 고운 사랑 네가 모두 사랑이로구나 어화 둥둥 내 사랑아 어화 내 간간 내 사랑이로구나. 〈춘향전〉

731) 차문주가 꽃 화자요: 술집 찾는 꽃 화자요.

732) 전당(錢塘): 중국 절강성 항주에 있는 호수.

화계 상의 함박꽃은734) 꽃 화자 중에 흠선하다
허다마는 ᄭᅩᆺ화자가 조코조흔 ᄭᅩᆺ화자나
화젼하ᄂᆞᆫ ᄭᅩᆺ화자ᄂᆞᆫ 참ᄭᅩᆺ화자 졔일이라
다른 ᄭᅩᆺ화자 그만두고 참곳화자 화젼ᄒᆞ세
ᄊᆞᆼ져협ᄂᆡ 함만구ᄒᆞ니735) 일연 ᄭᅩᆺ화자 복즁젼乙736)
향긔러운 ᄭᅩᆺ화자 젼乙 우리만 먹어 되깃ᄂᆞᆫ가
ᄭᅩᆺ화자 화젼 부쳐 ᄭᅩᆺ가지 썩거 만니 ᄊᆞ다가
장싱화 갓튼 우리 부모 ᄭᅩᆺ화자로 봉친하셔
ᄭᅩᆺ다울사 우리 아들 ᄭᅩᆺ화자로 먹여보셰
ᄭᅩᆺ과 갓튼 우리 아기 ᄭᅩᆺ화자로 달ᄂᆡ보셰
ᄭᅩᆺ화자 타령 잘도 하니 노릐속의 향긔ᄂᆞᆫ다
나부 펄펄 나라드니 ᄭᅩᆺ화자을 차자오고
ᄭᅩᆺ화자 타령 드르랴고 난봉공작이 나라오고
벅궁식 ᄭᅬ고리 나라와셔 ᄭᅩᆺ화자 노릐 화답하고
ᄭᅩᆺ바람은 실실 부러 쇄욨셩을 가져가고
청산유슈 물소릐ᄂᆞᆫ ᄭᅩᆺ노릐을 어우르고
불근 나오 리려나며 ᄭᅩᆺ노릐을 어리여고
옥식운이 니러나며 머리 우의 둥둥 ᄯᅳ니
쳔상 션관니 나려 와셔 ᄭᅩᆺ노릐을 듯넌가베
허다 많은 꽃 화자가 좋고 좋은 꽃 화자나
화전하는 꽃 화자는 참꽃 화자 제일이라
다른 꽃 화자 그만두고 참꽃 화자 화전하세
쌍저 협래향 만구하니 일년 꽃화자 복중전을737)

---

733) 기창지전 옥매화는: 비단 창문의 옥매화는.
734) 화계 상의 함박꽃은: 섬돌 위의 함박꽃은.
735) ᄊᆞᆼ져협ᄂᆡ 함만구ᄒᆞ니: 젓가락으로 집어 입어 넣으니.
736) 복즁젼乙: 임제의 시 〈전화회〉 가운데 "雙著俠來香滿口 一年春色服中傳(젓가락에 묻어온 향기 한 입 가득하니 한해의 고운 봄 빛 뱃속에 가득하네.)"의 구절.
737) 복중전을: 배 속에 가득.

향기로운 꽃 화자전을 우리만 먹어 되겠는가
꽃 화자전을 많이 부쳐 꽃가지 꺾어 많이 싸다가
장생화[738] 같은 우리 부모 꽃 화자로 봉친하세
꽃다울사 우리 아들 꽃 화자로 먹여보세
꽃과 같은 우리 아기 꽃 화자로 달래보세
꽃 화자 타령[739] 잘도 하네 노래 속에 향기난다
나비 펄펄 날아들어 꽃 화자를 찾아오고
꽃 화자 타령 들으려고 난봉공작[740]이 날아오고
뻐꾹새 꾀꼬리 날아와서 꽃 화자 노래 화답하고
꽃바람은 솔솔 불어 쇄옥성을[741] 가져가고
청산유수 물소리는 꽃노래를 어우르고
붉은 나오리 일어나며 꽃노래를 어리여고
오색운이 일어나며 머리 우에 둥둥 뜨니
천상 선관이[742] 내려와서 꽃노래를 듣는가봐
여러 부人이 층찬ᄒᆞ여 쏫노릭도 잘도하닉
덴동어미 노래ᄒᆞ니 우리 마음 더욱 좋으이
관자우관 노릭ᄒᆞ니[743] 우리 마암 더욱 조의
화전놀음 이 좌셕의 쏫노릭가 조흘시고
쏫노릭도 ᄒᆞ도ᄒᆞ니 우리 다시 ᄒᆞᆯ 길읍닉

---

738) 장생화: 불노장생화(不老長生花). 늙지 않고 영원히 지지 않는 꽃.
739) 꽃 화자 타령: 꽃타령(—打令). 신민요(新民謠). 자진모리 장단의 빠르고 흥겨운 노래로, 봄철 아낙네들이 동산에 올라 봄놀이를 하며 부르기도 하고, 시집간 딸이 친정 어버이의 생신을 맞아 친정에 들러 경축하면서 부르기도 하였다 한다. 여러 꽃이름을 들며 그 꽃의 빛깔 ·향기 ·모양 등을 그린 노래로서 가사는 "꽃 사시오, 꽃을 사시오, 꽃을 사. 사랑 사랑 사랑 사랑 사랑 사랑의 꽃이로구나. 꽃바구니 둘러메고 꽃 팔러 나왔소. 붉은꽃, 푸른꽃, 노리고도 하얀꽃, 남색 자색의 연분홍 울긋불긋 빛난 꽃, 아롱다롱 고운 꽃…"이라는 흥겨운 가락으로 일관되어 있다.
740) 난봉공작: 봉황과 공작. 능라(綾羅)와 비단에 난봉(鸞鳳)과 공작(孔雀)을 수.
741) 쇄옥성: 쇄옥성(碎玉聲). 옥을 깨뜨리는 소리라는 뜻으로, 아름다운 목소리를 이르는 말.
742) 천상선관이: 천상의 신선.
743) 노래: '놀애'는 '놀(遊)-+-개(접사)'의 구성. '놀기>놀이>노래'.

구진 맘이[744] 읍셔지고 착ᄒᆞᆫ 맘이 도라오고
걱정근심 읍셔지고 홍체 잇게 노라시니
신션 노름 눼가 반나 심션 노름[745] ᄒᆞᆫ 듯ᄒᆞ니
신션 노름 다른 손가[746] 신션노름 이와갓지
화전 홍이 미진하여 ᄒᆡ가 하마[747] 셕양일졔
사월 ᄒᆡ가 길더라도 오날 ᄒᆡᄂᆞᆫ 져르도다
하나임이 감동하사 사흘만 겸ᄒᆡ쥬소
사乙 ᄒᆡ乙 겸ᄒᆡ여도 하로 ᄒᆡᄂᆞᆫ 맛창이지
ᄒᆡ도 ᄒᆡ도 질고 보면 실컨놀고 가지만은
ᄒᆡ도 ᄒᆡ도 자를시고 이내[748] 그만 ᄒᆡ가 가ᄂᆡ
산그늘은 물 건너고 가막갓치[749] 자라든ᄂᆡ
각귀 귀가하리로다 언졔 다시 노라볼ᄭᅩ
ᄭᅩᆺ 읍시는 ᄌᆡ미 읍ᄂᆡ 밍년[750] 삼울 노라보셔
여러 부인이 칭찬하니 꽃노래도 잘도 하네
덴동어미 노래하니 우리 마음 더욱 좋네
온갖 우환 노래하니 우리 마음 더욱 좋네
화전놀음 이 좌석에 꽃노래가 좋을시고
꽃노래도 하도 하니 우리 다시 할 길 없네
궂은 맘이 없어지고 착한 맘이 돌아오고
걱정 근심 없어지고 홍취 있게 놀았으니
신선놀음 뉘가 봤나 신선놀음 한 듯하네
신선놀음 다를손가 신선놀음 이와 같지

---

744) 구진 맘이: 궂은 마음.
745) 놀이: '놀(遊)-+-이(명사접사)'와 '놀(遊)-+-음'의 두 가지가 경쟁관계에 있다가 '놀음'은 '노름'으로 '놀이'는 '遊'로 각각 의미가 분화되었다.
746) 다른 손가: 다를 손가. 다를 것인가.
747) 하마: 벌써. 부사로 영남방언에서는 '하마'가 널리 사용된다.
748) 이내: 곧.
749) 가막갓치: 까막까치. 까마귀와 까치를 아울러 이르는 말. 오작(烏鵲).
750) 밍년: 명년(明年). 내년. '명년'이 영남 방언에서는 '맹년'으로 실현된다.

화전 홍이 미진하여[751] 해가 하마 석양일제
삼월 해가 길다더니 오늘 해는 짧기만 하네
하느님이 감동하사 사흘 해만 겸해 주소[752]
사흘 해를 겸하여도 하루 해는 마찬가지지
해도 해도 길고 보면 실컷 놀고 가지마는
해도 해도 짧을시고[753] 이내 그만 해가 가니
산그늘은 물 건너고 까막까치 자려 드네
각기 귀가 하리로다 언제 다시 놀아 볼꼬
꽃 없이는 재미없어 명년 삼월 놀아보세

751) 미진하여: 부족하고 모자라고.
752) 사흘 해만 겸해 주소: 사흘 동안의 낮으로 길게 해주오.
753) 자를시고: 짧을시고.

시절가

이 가사는 권두서명이 『창선가』인 한 권의 전적에 〈심셩화류가(心性和流歌)〉, 〈잠심가(潛心歌)〉, 〈탄도유심급가(嘆道儒心急歌)〉, 〈건도문(健道文)〉과 함께 실려 있는 국한문혼용 동학가사(東學歌辭)이다. 자료 형태는 20×29.8㎝ 규격의 전적이며, 각 장 단 · 행 · 음보 구분 없이 10행으로 필사되어 있으며 4 · 4조를 주조로 하고 있다. 창작 연대 및 원작자, 필사자 및 필사 시기는 알 수 없으며, 이정옥 소장가사이다. 필사본 원문은 목판본으로 1929년 경상북도 상주의 동학 본부에서 국한문 혼용본과 국문본 2종으로 간행되었으며, 『용담유사 (龍潭遺詞)』 권22에 수록되어 있다.

내용은 중국 상고시대의 복희씨부터 백성들을 제도하고 덕을 밝히던 일들을 열거하고, 미물이라 하더라도 때를 알고 또한, 때를 알려주어서 사람들이 때를 놓치지 않도록 해서 열매를 맺도록 해주는 그러한 마음 곧 인선지심(仁善之心)을 모두가 잘 살펴 때를 놓치지 않도록 권유하고 있다. 세상 사람들로 하여금 수심정기(修心正氣)하여 시운(時運)을 살피고, 지금 당장에는 궁을(弓乙) 공부를 바삐 하고 '원형이정(元亨利貞) 도덕으로 인의예지(仁義禮智)를 모아 중생을 건지자'고 하였다.

시절가

御化世上 這사람덜[1] 분〃天下 차세상에
텬지시운 모로고셔 약간혹시 아는결노
각언각지[2] ᄒᆞ들말고 우미ᄒᆞᆫ 이ᄂᆡ사롬
천견박식[3] 업시나마 시절가를 지엇시니[4]
웃지말고 자셰보와 기연비연[5] 살피셔라
텬ᄀᆡ디벽 시판후[6]에 사정四유4)[7] 마련ᄒᆞ여
동셔남북 뎡히노니 츈ᄒᆞ추동 사시되고
각항저방 둘너노니 二十사방 〃위되야
二十사절 뎡ᄒᆞᆫ[8]후에 □□□□ □□□[9]□
□싱상극[10] 운수분별[11] 추수동장[12] 자연되야

---

1) 這사람덜: 저 사람들.
2) 각언각지: 각언각지(各言各知). 각자 아는 대로 말하다.
3) 천견박식: 천견박식(淺見薄識). 얕은 견문과 좁은 지식을 아울러 이르는 말.
4) 지엇시니: 지었으니. -엇시-는 중철 표기 형태이고, 이 중 '-시-'는 치찰음 'ㅅ'아래 'ㅡ'를 'ㅣ'로 전설고모음화하여 표기한 형태이다.
5) 기연비연: 기연비연(其然非然). 그러함과 그렇지 않은 것.
6) 텬ᄀᆡ디벽: 천개지벽(天開地闢). 천지개벽(天地開闢). 원래 하나의 혼돈체였던 하늘과 땅이 서로 나뉘면서 이 세상이 시작되었다는 중국 고대의 사상에서 나온 말로, 천지가 처음으로 열림을 이르는 말. '텬'과 '디'는 구개음화 이전의 표기 형태이다.
7) 사정四유: 사정사유(四正四維). '사정'은 자(子)·묘(卯)·오(午)·유(酉)의 방(方)을 말하고, '사유'는 건(乾)(서북)·곤(坤)(서남)·간(艮)(동북)·손(巽)(동남)을 말한다. 그러므로 사정과 사유는 역의 이치가 된다. 천지의 변화의 틀을 짠 것이다. 팔방(八方)을 말한다.
8) 뎡ᄒᆞᆫ: 정(定)한. 구개음화 이전 표기 형태이다.
9) □□□□ □□□□: 종이가 파손되어 글자가 보이지 않는 부분이다. 김주희(金周熙, 1860~1944)의 시절가에는 '사시성쇠(四時盛衰) 절후(節候)따라'라는 구절이 있다.
10) □싱상극: '상생상극(相生相克)'으로 추정된다. 오행인 '수화목금토(水火木金土)'가 서로 생(生)하고 생하면서 또 극(克)하고 극하면서 또 상호조화를 이루는 일과 서로 충돌하는 일. 즉 수생목(水生木) 물은 나무를 낳고, 목생화(木生火)나무는 불을 낳고, 화생토(火生土) 불은 흙을 낳고, 토생금(土生金) 흙은 금을 낳고, 금생수(金生水) 금은 물을 낳는 것을 '상생(相生)'이라 하고, 수극화(水克火), 화극금(火克金), 금극목(金克木), 목극토(木克土), 토극수(土克水)를 '상극(相克)'이라 한다. 이는 일체의 만물을 낳게 하는 원소로서의

틔극톄[13])로 되는운수 무궁〃〃 난언이나

텬일싱수[14]) 먼져되야 북방수긔[15]) 먼져되니

의긔용밍 자랑ᄒᆞ와 금수지운 먼져되고

木덕이왕[16]) 졔차[17])되네

동방갑을 쳥용목[18])은 인션지심[19]) 주장키로

텬ᄒᆞ만물 인션지심 제차되야 텬[修]리순환[20]) 도라가네

순수[21])짜라 가는운수 살피ᄌᆞ니 밧부도다[22])

어화셰상 져사롬들 틔고텬황[23]) 그시절에 불착의복[24])

오행을 우주조화·순환의 면에서 해석하여, 인사(人事)에 이를 응용한 것이다.

11) 운수불변: 운수불변(運數分別).

12) 추수동장: 추수동장(秋收冬藏). 가을에 곡식(穀食)을 거두고 겨울이 오면 그것을 저장(貯藏)함.

13) 틔극톄: 태극체(太極體). 음양의 조화로 이루어지는 법칙.

14) 텬일싱수: 천일생수(天一生水). 하늘이 먼저 물을 낳으니. 동학경전에 "물이라는 것은 만물의 근원이라"고 하였고, "한울과 땅이 나누어지기 전은 북극태음 한 물일뿐이라"고 한 것처럼, 오행의 첫머리를 물[水]이 차지하고, 동학에서도 만물의 근원을 물[水]로 보았다. '텬일'은 '천일'의 구개음화 이전의 표기 형태이다.

15) 북방수긔: 북방수기(北方水氣)

16) 木덕이왕: 목덕이왕(木德以旺). 봄기운이 왕성함. 즉 동학의 이상향인 지상천국이 될 수 있는 운수가 왕성함.

17) 졔차: 재차(第次). 차례(次例). 순서 있게 구분하여 벌여 나가는 관계.

18) 쳥용목: 청용목(靑龍目).

19) 인션지심: 인선지심(仁善之心). 어질고 착한 마음.

20) 텬리순환: 천리순환(天理循環). '텬'은 구개음화 이전의 표기 형태이다.

21) 순수: 순수(順數). 차례로 셈.

22) 밧부도다: 바쁘도다. 바쁘다. 모음 간 경음 'ㅃ'의 'ㅅㅂ' 표기 형태이다. '바쁘다'의 15세기 형태는 '밧ᄫᆞ다'이다. '밧ᄫᆞ다'는 동사 '밫다'의 어간에 '-ᄫᆞ-(형용사 파생 접미사)'가 결합하여 만들어진 단어이다. '밫다'는 "바빠하다"의 의미로 근대국어 이후로 소멸되는데, 16세기까지만 해도 쓰였던 것으로 보인다. '바쁘다'의 15세기 형태는 '밧ᄫᆞ다'이다. '밧ᄫᆞ다'는 동사 '밫다'의 어간에 '-ᄫᆞ-(형용사 파생 접미사)'가 결합하여 만들어진 단어이다. 15세기에는 '밧ᄫᆞ다, 밧브다' 두 형태가 있었다. '밧브다'의 제2음절에서 원순모음화를 겪은 것이 '밧부다'이고, 제1음절의 어말음이 제2음절의 첫소리로 내려가 된소리를 형성한 것이 '바ᄲᅢ다', '바쁘다'이다. '바ᄲᅳ다'는 20세기에 '바쁘다'로 표기되어 현대국어에 이른다.

23) 틔고텬황: 태고천황(太古天皇). 중국의 전설에 나오는 맨처음 천자의 이름. 복희씨(伏羲

져사룸들 짓드릴[25]곳 뎡쳐[26]업셔 금수갓치[27]

지나드니 유소시[28] 어진마음 구목위쇼[29]

ᄒᆞ여니여 [修]이교후인[30] 느져간다

식목실[31] 져사룸들 되는ᄃᆡ로 충양[32]트니

슈인시[33] 어진마옴 촘아보지 못ᄒᆞ여셔

시싱어화[34] ᄒᆞ여니여 니화숙식[35] 마련히셔

니법교인[36] 느져간다

신농시[37] 어진마음 상백초[38] 맛슬[39]보와

氏)를 말한다. '뎐황'의 '뎐'은 구개음화 이전 표기 형태이다.

24) 불착의복: 불착의복(不着衣服). 옷을 입지 않음.

25) 짓드릴: 깃드릴. 원래 '깃들이다'를 '짓들이다'에서 온 말로 생각하여 과도 교정하여 표기한 형태이다. '깃들다'는 '깃들이다'가 변화하여 이루어진 동사로 생각된다. 이는 '깃들다'가 '깃 + 들-'로 이루어진 어형이 '깃+들이-'로 이루어진 동사보다 훨씬 나중에 나타날 뿐더러 '깃들이다'와 분포상 겹치는 점이 있기 때문이다. '깃들다'가 가장 먼저 보이는 것은 낙선재본 필사본 고소설에서이다. 이 문헌들은 필사 시기가 분명히 밝혀지지 않은 것들이 대부분이나 이르게는 18세기에 이루어진 것으로 본다. 따라서 '깃들다'가 가장 먼저 나타나는 것은 18세기까지 거슬러 올라갈 수 있다. 국어사 자료에 나타나는 '깃들다'는 18세기와 19세기의 예가 나타날 뿐이다. 그러나 현대국어에서는 '깃들이다'보다 사용 영역을 더 넓게 유지하는 것으로 보인다.

26) 뎡쳐: 정처(定處). 'ㄷ' 구개음화 이전 표기 형태이다.

27) 갓치: 같이. 모음 간 유기음 'ㅌ'의 'ㅅㅊ' 표기 형태이다.

28) 유소시: 유소씨(有巢氏). 고대 중국의 전설상 임금으로, 삼황(三皇) 중의 하나인 인황씨(人皇氏)의 뒤를 이어 세상을 다스렸다. 동굴 속이나 땅을 파고 그 속에서 살던 사람들에게 나무 위에 집 짓고 사는 법을 알려 주었다고 한다.

29) 구목위쇼: 구목위소(構木爲巢). 나무를 휘어서 둥지를 틀다. 간단히 짓는 집. 나무를 얽어서 몸 둘 곳을 만들다. 기도를 드리기 위해 임시로 거처를 마련함.

30) 이교후인: 이교후인(以敎後人). 후대 사람을 가르침.

31) 식목실: 식목실(食木實). 과일을 먹음.

32) 충양: 충량(充量).

33) 슈인시: 수인씨(燧人氏). 중국 고대의 복희(伏羲) · 신농(神農)의 삼황(三皇) 중, 첫째 인물. 복희(伏羲) 이전에 불을 발명하여 식물(食物)의 조리법을 가르쳤다고 한다.

34) 시싱어화: 시생어화(如生於火).

35) 니화숙식: 이화숙식(以火熟食). 불로써 음식을 익힘. 어두 'ㄴ' 탈락 이전 표기 형태이다.

36) 니법교인: 이법교인(以法敎人). 법으로써 사람을 가르침.

37) 신농시: 신농씨(神農氏).

의약졔됴[40] 마련ᄒᆞ여 박시뎨즁[41] 느져간다
헌원씨[42] 어진마음 치우之난[43] 당ᄒᆡ씨니[44]
간[修]과수십[45] 밧비[46]ᄒᆞ여 억강부약[47]
하여너여 이뎨창생[48] 느져간다
극명준덕[49] □□□□ □□□[50]월 광명지심[51]

---

38) 상백초: 상백초(嘗百草). 신농상백초(神農嘗百草). 太古(태고) 때 神農氏(신농씨)가 가지가지의 풀을 씹어 맛을 보고 의약(醫藥)의 처방을 생각해 냈다는 것.

39) 맛슬: 맛[味]을 보아. 중철 표기 형태이다.

40) 의약졔됴: 의약제조(醫藥制度). '됴'는 'ㄷ' 구개음화 이전 표기 형태이다.

41) 박시뎨즁: 박시제중(博施濟中). 백성들에게 널리 베풀고 많은 사람들을 구제함. 군주나 정치인들이 정사를 잘 돌보거나, 의료인들이 인술(仁術)을 펼칠 때 흔히 쓴다. 『논어(論語)』 〈옹야(雍也)〉편에 나온다.

42) 헌원시: 헌원씨(軒轅氏). 성은 공손(公孫) 또는 희성(姬姓). 헌원의 언덕에서 낳았으므로 헌원씨라고 하고, 유웅에 국도를 정한 까닭으로 유웅씨라 일컬음. 배와 수레를 창조하여 교통을 편리하게 하였음. 당시 지남차(指南車)를 만들어 탁록의 벌판에서 포학작란(暴虐作亂)하던 치우(蚩尤)를 쳐서 평정하니, 제후가 천자로 받들어 신농씨(神農氏)의 뒤를 잇게 되었음. 또한 도덕(土德)의 서기(瑞氣)가 있다고 하여 황제(黃帝)로 일컬음.: 성은 공손(公孫) 또는 희성(姬姓). 헌원의 언덕에서 낳았으므로 헌원씨라고 하고, 유웅에 국도를 정한 까닭으로 유웅씨라 일컬음. 배와 수레를 창조하여 교통을 편리하게 하였음. 당시 지남차(指南車)를 만들어 탁록의 벌판에서 포학작란(暴虐作亂)하던 치우(蚩尤)를 쳐서 평정하니, 제후가 천자로 받들어 신농씨(神農氏)의 뒤를 잇게 되었음. 또한 도덕(土德)의 서기(瑞氣)가 있다고 하여 황제(黃帝)로 일컬음.

43) 치우之난: 치우지난(蚩尤之亂). '치우(蚩尤)'는 염제의 부하로, 동으로 된 뇌(腦), 철로 된 이마, 야수 같은 몸으로 사람의 말을 했다. 그러나 곡식은 먹지 않고 오로지 모래와 돌만을 먹었다 한다. 칼과 창, 활 등은 모두 치우가 발명한 것들로 원시신화에서 '전쟁 상인', '죽음의 상인'으로 불렸다. 치우는 풍백(風伯)과 운사(雲師)를 거느린다. 황제와의 싸움에서 풍백(風伯)과 운사(雲師)로 하여금 황제를 치려했으나 황제가 한발(旱魃)의 여신으로 대항하자 위력을 잃고 패하고 말았다.

44) 당ᄒᆡ씨니: 당했으니. '-ᄒᆡ씨-'는 연철 표기 및 전설고모음화 표기 형태이다.

45) 간과수십: 간과수습(干戈收拾). 간과는 창과 방패, 곧 전쟁. 전쟁을 마무리함.

46) 밧비: 바삐.

47) 억강부약: 억강부약(抑强扶弱). 강한 자를 억누르고 약한 자를 도와줌.

48) 이뎨창생: 이제창생(以濟蒼生). '뎨'는 '제'의 구개음화 이전 표기 형태이다.

49) 극명준덕: 극명준덕(克明峻德). 능히 큰 덕을 밝히다. 높은 덕을 자세히 밝히다. 서경(書經)에 나오는 말이다.

50) □□□□ □□□: 종이가 파손되어 글자가 보이지 않는 부분이다. 김주희(金周熙,

훈화지긔52) 푸러닉여 만물장양53) 느져간다
역산54)의 밧슬55)갈고 광야에 독을굽든
순님금 어진마음 요님금 차져가셔
유일집중56) 바더닉여 안민안도57) 느져간다
하우시58) 어진마음 九年홍수 그시절에
기산부59) 드라미고 용문산60)을 쓰러닐때
三過기문 불닙61)ᄒᆞ사 기쳔치기 느져간다
주문王62)의 어진마음 상주시절63) 당히씨니

1860~1944)의 시절가에는 '당요성군(唐堯聖君) 천지일월(天地日月)'라는 구절이 있다.
51) 廣明之心
52) 훈화지긔: 훈화지기(薰和之氣).
53) 만물장양: 만물장양(萬物長養)
54) 역산: 역산(歷山).
55) 밧슬: 밭[田]을 갈고. 밭[田]+을. '밭'의 종성이 'ㅅ'으로 중화되어 표기되었고 여기에 조사 '을'이 연결될 때 '밧슬'로 중철 표기되었다.
56) 유일집중: 유일집중(惟一執中). 오직 한결같이 해서 중을 잡으라. 『중용』에 근거해서 인용한 말이다. 『중용』 서문(序文)에 보면, "윤집궐중자 요지소이수순야 인심유위 도심유미 유정유일 윤집궐중자 순지소이수우야(允執厥中者 堯之所以授舜也 人心惟危 道心惟微 惟精惟一 允執厥中者 舜之所以授禹也) '진실로 그 중을 잡으라'는 것은 요(堯)임금이 순(舜)임금에게 전수하여 주신 것이요, '인심은 더욱 위태롭고 도심은 더욱 은미하니, 정히 하고 한결같이 하여야 진실로 그 중을 잡을 수 있다'는 것은 순임금이 우임금에게 전수하여 주신 것이니"라고 적고 있다. 오직 한결같이 해서 중을 잡으라는 말이니, 이 중은 바로 '편벽되지 않음을 중이라 한 불편지위중(不偏之謂中)' 것이다.
57) 안민안도: 안민안도(安民安道).
58) 하우시: 하우씨(夏禹氏). 중국 고대 전설 속의 왕인 우(禹)임금을 말한다. 아버지 곤(鯀)이 황하의 홍수를 막다가 실패하여 처형된 뒤 그 뒤를 이어 치수(治水)에 성공했다고 한다. 이 공으로 그는 인망(人望)을 얻어 순(舜)임금으로부터 천자의 지위를 선양(禪讓)받았고, 순임금이 죽자 왕위를 물려받아 나라 이름을 하(夏)라고 하였다.
59) 기산부: 개산부(開山斧).
60) 용문산: 용문산(龍門山).
61) 三過기문 불입: 삼과기문불입(三過其門不入). 맡은 바 직무에 열중함. 중국 하(夏)나라의 우왕(禹王)이 치수(治水)하느라 동분서주(東奔西走)할 때, 세 번이나 자기 집 앞을 지나면서도 들르지 않았다는 옛일에서 온 말. 출전 맹자(孟子).
62) 주문王: 주문왕(周文王).
63) 상주시절: 상주시절(商紂時節). 폭군인 걸왕이 나라를 다스리던 시절.

위수변64)에 밧분거름 태공찻기 느져간다
사상에 정장으로65) 아방궁 역졸되야
려산66)에 역사67)가든 져유랑68) 셔촉도69)
험흔길에 故도출70)이 느져간다
계명산71) 추야月에 장자방72) 옥동쇼73) 실푼74)곡조
서초픽왕 팔천졔자 흣쏘치기 느져간다
뎌명텬자 주원장은 사히예 두로거러
[修]걸린75)모기 느져간다 기불탁속76) 봉황77)시는

64) 위수변: 위수변(渭水邊).
65) 사상에 정장으로: 사상(泗上)에 정장(亭長)으로. 한나라 고조 유방(劉邦)이 사상 정장(泗上亭長)으로 있을 때, 현관(縣官)의 명을 받아 진시황(秦始皇)의 장지인 여산(驪山)으로 역도(役徒)를 인솔하여 간 일이 있는데, 그 때 가는 도중에 일꾼인 장정(壯丁)들 중에 도망치는 자가 많았으나, 역도들 중에서 장사(壯士) 10 여인이 고조를 따르겠다 원했다. 이것이 유방이 부하를 얻는 시초가 되었으며, 또 이들 10 여인은 유방이 한(漢)나라를 세우는데 공을 세웠다.
66) 려산: 여산(驪山). 중국 장시성[江西省] 북부 무푸[幕阜]산맥의 동단부를 이루는 명산.
67) 역사: 역사(役事). 토목이나 건축 따위의 공사.
68) 유랑: 유랑(劉郞). 난봉꾼. 허랑방탕한 짓을 일삼는 사람.
69) 서촉도: 서촉도(西蜀道).
70) 故도출: 고도출(故道出).
71) 계명산: 계명산(鷄鳴山).
72) 장자방: 장자방(張子房) 한나라 고조 유방의 공신. 진승 · 오광의 난이 일어났을 때 유방의 진영에 속하였으며, 후일 항우와 유방이 만난 '홍문의 회'에서는 유방의 위기를 구하였다. 선견지명이 있는 책사로서 한나라의 서울을 진나라의 고지인 관중으로 정하고자 한 유경의 주장을 지지하였다.
73) 옥동쇼: 옥동소(玉洞簫). 옥으로 만든 퉁소.
74) 실푼: 슬픈. 치찰음 'ㅅ' 아래 'ㅡ'가 'ㅣ'로 전설모음화된 표기한 형태인다.
75) 걸린: 걸인(乞人).
76) 飢不탁粟: 기불탁속. 봉황(鳳凰)은 비록 굶주려 배가 고파도 땅에 떨어진 낟 곡식을 쪼아 먹지는 않는다. 고매한 품격(品格)을 가진 사람을 비유할 때 쓰임.
77) 봉황: 봉황(鳳凰). 중국의 황제시대(黃帝時代)에 봉황이 동원(東園)의 오동나무에 모여와서 대나무 열매를 먹으면서 죽을 때까지 떠나지 않았다는 전설에서, 동죽봉황은 왕이 되는 것을 축복하는 서조가목(瑞鳥嘉木)으로 보았다. 성인(聖人)의 탄생에 맞추어 세상에 나타나는 새로 알려져 있다. 수컷은 봉(鳳), 암컷은 황(凰)이라고 하는데, 사이좋게 오동나무에 살면서 예천(醴川:甘泉)을 마시고 대나무 열매를 먹는다.

벽상오동 집픈[78]고딕[79] 깃드리기[80] 느져간다
힝불답초[81] 기린[82]짐싱 닌션지심[83] 나타너여
만물효측[84] 느져간다 오색 치운[85] 집픈 고딕
노학생자 포天하[86] 비거비닉[87] 느져간다[88]
산수정결 청림처[89]에 도사찻기 느져간다
어화셰상 져람사덜[90]
이너션싱 묘셔너여 포덕ᄒᆞ기 느져간다
말니히운[91] 요〃처[92]에 소식왕닉 느져간다
녹수청강[93] 집픈물에 흔젹업시 잠긴용은
운힝우시[94] 밧비ᄒᆞ여 만물장양[95] 느져간다

---

78) 집픈: 깊은. '집픈'은 원래 형태인 '깊[深]다'를 '짚다'에서 온 말로 생각하여 과도 교정하여 표기한 형태이다.
79) 고딕: 곳[處]에. 종성 'ㅅ'을 'ㄷ'으로 표기하여 연철 표기한 형태이다.
80) 깃드리기: 깃들이기. 원래 형태인 '깃들이다'를 '깃들이다'에서 온 말로 생각하여 과도 교정하여 표기한 형태이다.
81) 힝불답초: 행불답초(行不踏草).
82) 기린: 기린(麒麟).
83) 닌션지심: 인선지심(仁善之心). 어질고 착한 마음.
84) 만물효측: 만물효측(萬物效則).
85) 오색치운: 오색채운(五色彩雲). 오색의 서운(瑞雲). 여러 가지 빛깔의 상서로운 구름.
86) 노학생자 포天하: 노학생자(老鶴生子) 포천하(布天下). 늙은 학이 새끼를 치는 이치. 『동경대전』「화결시」에 "노학생자포천하(老鶴生子布天下) 비거비래모앙극(飛去飛來慕仰極)"이라 하였으니, 늙은 학 한 마리가 새끼를 쳐서 온 세상에 퍼뜨리는 것과 같이 동학의 도는 수운으로부터 시작하여 온 세상에 퍼져 나가게 되는 것이며, 많은 새끼들이 날아가고 날아오는 것 즉 동학의 도가 퍼져 많은 사람들이 따라 행하는 것을 보는 기쁨에 대해서 말하는 것이다.
87) 비거비닉: 비거비래(飛去飛來). 날아가고 날아옴.
88) 늦져간다: 늦[晩]어간다. 연철 표기 형태이다.
89) 청림처: 청림처(靑林處).
90) 져람사덜: '저 사람들'의 오기인 듯하다.
91) 말니히운: 만리해운(萬里海雲).
92) 요〃처: 요요처(遙遙處). 멀고 먼 곳.
93) 녹수청강: 녹수청강(綠水淸江). 맑은 물과 강.
94) 운힝우시: 운행우시(雲行雨施). 구름이 움직여 비를 오게한다.
95) 만물장양: 만물장양(萬物長養). 세상에 있는 모든 것을 길러 양성함.

공산야月 져두견은 불여귀가 느져간다
지시포곡 져짐싱96)은 춘경97)ᄒᆞ기 느져간다
三月三日 져연자98)은 주인찻기 느져간다
춘풍三月 양유99)중에 황금갓튼 꾀ᄭᅩ리는
양유ᄡᅥ기 느져간다 구십춘광 호시절에
만화방창 픠는ᄭᅩᆺ 열믹밋기 느져간다
만물초목 져가지 춘긔타셔 믹진열믹
풍우디작 ᄯᅩ잇시니 완실자100)가 몃〃친고
ᄭᅩᆨ지ᄯᅩᄒᆞᆫ 완실ᄒᆞ면101) 별노실수 업지마는
그는역시 그러ᄒᆞ나 三八木 조흔나무
天地우로 조화중102)에 근저103)ᄯᅩᄒᆞᆫ 완실ᄒᆞ여
가지가지 무셩하나 부셩ᄎᆞ는 져가지는
ᄯᅩ한역시 쇠운104)이니 셩실ᄒᆞ기 난구로다
어화세상 져사람덜 수심뎡기105) 다시ᄒᆞ여
天의성쇠 안연후에 심화긔화106) 나타너여

96) 지시포곡 져짐싱: 지시포곡(知時布穀) 저 짐승. 때를 아는 뻐꾸기. '포곡(布穀)'은 뻐꾸기를 말하는데. 두견과에 속한 철새 '뻐꾸기'를 말하는데 다른 새의 둥지에 알을 낳아 기르는 습성을 가지고 있고 뻐꾹뻐꾹하고 운다. 속담에 "뻐꾸기도 한철이라"는 말이 있다. 이 말은 한창 활동할 수 있는 시기를 놓치지 말라는 뜻으로 때를 잘 아는 뻐꾸기의 특성을 표현한 것으로 보인다.
97) 춘경ᄒᆞ기: 춘경(春耕)하기. 봄갈이하기. 봄철에 논밭을 갈기.
98) 연자: 연자(燕子). 제비.
99) 양유: 양유(楊柳). 버드나무.
100) 완실자: 완실자(完實者). 완전하고 확실한 자(者).
101) 완실ᄒᆞ면: 완실(完實)하면. 완전하고 확실하면.
102) 天地우로 조화중: 천지우로(天地雨露) 조화중(造化中). 하늘이 끝없이 만물을 창조하고 비와 이슬로 은택(恩澤)을 베푸니 이 같은 조화 중에 만물이 성장할 수 있는 것이다.
103) 근저: 근저(根抵). 사물의 뿌리나 밑바탕이 되는 기초.
104) 쇠운: 쇠운(衰運). 점점 줄어서 약해진 운수.
105) 수심뎡기: 수심정기(修心正氣).
106) 심화긔화: 심화기화(心和氣和). 마음과 기운이 조화되다. 『동경대전』「제서(題書)」에 나온 말. "득난구난(得難求難) 실시비난(實是非難) 심화기화(心和氣和) 이대춘화(以待春和) 얻기도 어렵고 구하기도 어려우나 실은 이것이 어려운 것이 아니니라. 마음이

시운ᄯᅡ라 살피다가 秋월춘풍 엽낙시107)에

황국단풍 도로거든 셩실二자 이뤄보셰

이ᄂᆞᆫ역시 오는운수 그러ᄒᆞ니

오는ᄃᆡ로 하련이와 차시시변 둘너보니

밧부도다108) 밧부도다 목전지사109) 밧부도다

天地ᄐᆡ극 조화ᄯᅡ라 시운시변 시중차니

궁을110)공부 밧부도다 원형이뎡111) 도덕으로

닌의예지112) ᄇᆡ를모와 선유발달113) 밧부도다

만경창파 너른물에 大東션114)을 노피ᄯᅴ워

화하고 기운이 화하여 봄같이 화하기를 기다려라."

107) 엽낙시: 엽낙시(葉樂時). 나뭇잎이 떨어질 때.

108) 밧부도다: 바ᄲᅳ[忙]도다. 바ᄲᅳ[忙]다. 모음 간 경음 'ㅃ'의 'ㅄ' 표기 형태이다. '바쁘다'의 15세기 형태는 '밧ᄇᆞ다'이다. '밧ᄇᆞ다'는 동사 '빛다'의 어간에 '-ᄇᆞ-(형용사 파생 접미사)'가 결합하여 만들어진 단어이다. '빛다'는 "바빠하다"의 의미로 근대국어 이후로 소멸되는데, 16세기까지만 해도 쓰였던 것으로 보인다. '바쁘다'의 15세기 형태는 '밧ᄇᆞ다'이다. '밧ᄇᆞ다'는 동사 '빛다'의 어간에 '-ᄇᆞ-(형용사 파생 접미사)'가 결합하여 만들어진 단어이다. 15세기에는 '밧ᄇᆞ다, 밧브다' 두 형태가 있었다. '밧브다'의 제2음절에서 원순모음화를 겪은 것이 '밧부다'이고, 제1음절의 어말음이 제2음절의 첫소리로 내려가 된소리를 형성한 것이 '바ᄲᆞ다', '바ᄲᅳ다'이다. '바ᄲᅳ다'는 20세기에 '바쁘다'로 표기되어 현대국어에 이른다.

109) 목전지사: 목전지사(目前之事).

110) 궁을: 궁을(弓乙). 궁을은 태극의 상하의 두 극점을 중심으로 하여 '싸을(乙)'자 또는 '활궁(弓)'자의 형태로 한 획을 그려 표현하는데, 처음과 끝이 분명하고 하나로 말미암에 음양이 좌우로 형성이 되는 모습이다. 이것은 '일생이'의 이치로 즉 태극이 양의[음양]을 낳음을 나타낸 것이다. '태'자는 '콩태'라고 하여 하나의 열매 속에서 영생불멸의 생명체를 형상화 한 것이라고도 한다. 역에서도 태자 속에서 만물이 형성되는 생생(生生)의 이치가 들어있다고 보아 태극으로 쓰인다.

111) 원형이뎡: 원형이정(元亨利貞). '뎡'은 '정'의 구개음화 및 단모음화 이전 표기 형태이다. 하늘이 갖추고 있는 네 가지 덕. 세상의 모든 것이 생겨나서 자라고 이루어지고 거두어짐을 뜻한다. 사물의 근본이 되는 원리.

112) 닌의예지: 인의예지(仁義禮智).

113) 선유발달: 선유발달(仙遊發達).

114) 大東션: 대동선(大東船). '대동(大東)'은 '대동(大同)'으로 볼 수 있다. 주역의 근본정신은 대동(大同)으로 귀결된다. 우리나라의 전통사상인 홍익인간(弘益人間)의 바탕도 태극정신(太極精神)이며, 태극정신은 곧 '대동세계'의 구현을 목표로 한다. 그러므로 '대동

사회예 닷슬[115]쥬고 그물벼리[116] 둘너ᄌᆞ바
허다만은 져고기 건져너기 밧부도다
어화세상 사람더라 비러보셰 비러보셰
하날님젼 비러보셰 늘근사름 쥭지안코
졀문사람 늘지안케 하날님젼 비러보셰
하날님젼 동남풍을 비러다가 우주에
ᄊᆞ인광풍 허다진애[117] 一時예 소졔하고
日月光明 비러보셰 이보시요 셰상사름
이노러를 ᄌᆞ로살펴 인션지심 아라써든
시ᄃᆡ를 놋치[118]말고 시졀ᄯᆞ라 잘살펴여
후회업기 ᄒᆞ여보셰

선'은 작은 의미로 우리나라로 볼 수도 있지만, 동학의 근본 정신인 '인내천과 대동사회가 구현된 우리나라'라는 근원적인 의미의 '대동(大同)'으로 볼 수 있다. 공자가 예기에서 말한 이상적인 세계. 후천세계. 대동세계는 모든 것이 평등하고 네 것, 내 것이 없는 복된 세상을 말한다. 대동사회를 이루는 주체는 대인(大人)의 그릇을 갖춘 사람들인 것이다.

115) 닷슬: 닻을. 모음 간 유기음 'ㅊ'을 'ㅅㅅ'으로 중철 표기하였다.

116) 벼리: 벼리[紀/綱]. 그물의 위쪽 코를 꿰어 놓은 줄. 잡아당겨 그물을 오므렸다 폈다 한다. 그물 줄. 일이나 글의 뼈대가 되는 줄거리. '벼리[紀/綱]'의 자의(字意)는 모든 인간이 필수적으로 지켜야 할 기본적인 도덕과 규범이란 뜻으로서, 그물이 벼리를 이탈 할 수 없듯이 인간은 사회질서를 유지를 위한 기본적인 도덕과 규범은 이탈할 수 없다는 뜻을 가지고 있다.

117) 진애: 진애(塵埃). 티끌과 먼지를 통틀어 이르는 말. 세상의 속된 것을 비유적으로 이르는 말.

118) 놋치: 놓지. 중앞 음절의 종성 'ㅎ'과 뒷 음절의 초성 'ㅈ'이 축약되면서 중철 표기된 형태이다.

사향가라

하나의 전적에 〈화류가〉와 함께 전편이 수록된 국문 가사이다. 자료 형태는 20×29.8cm 규격의 전적이며, 단과 행, 음보 구분 없는 줄글 형태의 필사본이다. 원작자, 그리고 필사자 및 필사 시기는 알 수 없다. 이정옥 소장 가사이다.

창작 연대는 '삼쳘니 져강산이 타국압졔 되어셔라'와 '신히연 츈경월이'라는 말로 미루어 1911년 전후로 추정되며, 이 전적의 서두 필사기에 '이 책은 하회 딸내들이 친정 와서 지은 것이라 하더라.'는 기록으로 보아 하회에서 출가한 아녀자가 고향에 와서 지은 작품임을 알 수 있다. 또한 본문 서두에 '癸巳年[左添]1951 □卄五歲時 本人崔炳英寫'라는 기록으로 보아 1951년에 필사되었으며 필사자는 최병영(崔炳英)임을 알 수 있다.

고향을 떠나 먼 곳으로 시집간 여인이 친정의 부모님과 가족들을 몹시 그리워하지만 여자의 몸이기에 고향을 찾아 가지 못 하는 신세를 한탄하며 부모님의 만수무강을 축원하는 내용의 가사이다. 나라를 잃은 애통함도 함께 표현하였다.

사향가라

어와 반가울ᄉᆞ 션간음신[1] 반가울ᄉᆞ
신긔ᄒᆞ고 황홀ᄒᆞ니 우리왕모[2] 하출[3]이야
쳔강이냐 지츌이냐 진몽이냐 취몽이야
장쥬호협[4] 황홀ᄒᆞ니 어난꿈이 정꿈인고
한단침상[5] 빈꿈인가 낭양초여 진몽이야
남희상의 쳥조시냐 부희상의 안찰이냐
썅슈의 놉히바다 ᄋᆡ음유채[6] ᄒᆞ여셔라
ᄎᆞ신ᄋᆡ ᄉᆡᆼ츌시로 부모존당 사랑ᄌᆞᄋᆡ
장즁의 보옥으로 ᄋᆡ지즁지 은이친지정
멧히런고 세속이 슈딘하여 얼포심뉵연[7]
츈당되어셔라 말이역ᄋᆡ 쳔ᄋᆡᄅᆞᆯ 창망ᄒᆞ여
오산의 넘술살오 초츈ᄋᆡ 눈물을 보티여
어안이 돈무ᄒᆞ고 가신이 모망ᄒᆞ다
요지연이 머러시니[8] 천조소식 의외로다
ᄇᆡᆨ회교집ᄒᆞ고 만감이 시롱을 자아너니
여ᄌᆞ양댱 이너심회 쳔ᄉᆞ만상 이너회포
브지ᄒᆞ기 어렵도다

---

1) 음신: 음신(音信). 먼 곳에서 전하는 소식이나 편지.
2) 왕모: 왕모(王母). 편지 따위의 글에서, 다른 사람에게 자신의 할머니를 높여 이르는 말.
3) 하출: 하찰(下札). 하서(下書). 주로 편지글에서, 웃어른이 주신 글월을 높여 이르는 말.
4) 장쥬호협: 장주호협(壯周蝴蝶). 장주가 호접[나비]이 되다. 장주지몽(莊周之夢), 호접지몽(胡蝶之夢)과 관련된 말로, 여기에서는 매우 기쁜 마음을 비유적으로 표현한 것이다.
5) 한단침상: 한단침상(邯鄲寢牀). 한단지몽(邯鄲之夢). 인생과 영화의 덧없음을 이르는 말. 서기 731년에 노생(盧生)이 한단이란 곳에서 여옹(呂翁)의 베개를 빌려 잠을 잤는데, 꿈속에서 80년 동안 부귀영화를 다 누렸으나 깨어 보니 메조로 밥을 짓는 동안이었다는 데에서 유래한다. 심기제(沈旣濟)의 『침중기(枕中記)』에서 나온 말이다.
6) ᄋᆡ음유채: 애읍유체(哀泣流涕). 슬피 욺. 눈물을 흘림.
7) 심뉵연: 십육 년(十六) 년. '심뉵'은 자음동화가 반영된 표기 형태이다.
8) 머러시니: 멀[遠]었으니. 머니. '머러-'는 연철 표기 형태이다.

오홉다 ᄎᆞ시월은 쳔운이 진ᄒᆡ미냐
국운이 단ᄒᆞ미냐 흔망[9]이 뉴수ᄒᆞ니
인역[10]으로 엇디ᄒᆞ라[11] 국파군망[12]이 왼일고
신미의 알미지롱 일월이 무광ᄒᆞ다
츄로동방 군ᄌᆞ국이 호즁천디 되난말가
오천만연 우리나라 션ᄌᆞ선손 어진임군
계〃승〃 나실젹의 금지옥엽 오약ᄭᅩᆺ티[13]
엇만세지 장츈으로 요천일월 슌세건도
여일지승 여월지항 강능ᄀᆞ치 츅슈ᄒᆞ여
송ᄇᆡᆨ가치 무셩ᄒᆞ기 퇴갓티 미더니
외관문물 네의지풍 슈상부평 되여잇고
삼철니[14] 져강산이 타국압졔 되여셔라
ᄎᆞ회ᄂᆞ여 경향갑족 우리면문 고졀천십
우리왕부 학ᄒᆡᆼ도덕 겸젼ᄒᆞᄉᆞ 위국셩심 업술손가
긔유연동 십월의 남미지ᄋᆡᆨ 당ᄒᆞ오셔
뉴옥곳조 지나시고 되장부의 츙분으로
강ᄀᆡ지심 참을것가 듯기슬허[15] 보기슬타[16]
월국결심 돈졍ᄒᆞ다[17] 니친척긴 부모의
감구디회[18] 난감ᄒᆞ다

---

9) 흔망: 흥망(興亡).
10) 인역: 인력(人力).
11) 엇디ᄒᆞ라: 어찌하랴. '엇디-'는 '엇+이〉엇디'로 'ㅅ' 내파음과 모음 사이에 'ㄷ'이 가중 조음된 경우이며, '-디-'는 '-지-'의 구개음화 이전 표기이다.
12) 국파군망: 국파군망(國破君亡). 나라가 파멸(破滅)하고 임금이 없어지다.
13) 오약ᄭᅩᆺ티: 오얏꽃이. 'ᄭᅩᆺ티'는 어중 유기음 'ㅊ'을 재음소화여 'ㅅㅌ' 표기한 것으로 구개음화 이전 표기 형태이다.
14) 삼철니: 삼천리(三千里). '철니'는 모음 간 'ㄴㄹ'의 'ㄹㄴ' 표기이다.
15) 듯기슬허: 듣기 싫어.
16) 보기슬타: 보기 싫다.
17) 돈졍ᄒᆞ다: 돈정(敦定)하다. 자리를 잡아서 확실하게 정하다.
18) 감구디회: 감구지회(感舊之懷). 지난 일을 떠올리며 느끼는 회포. '디회'의 '디'는 구개음

전좀미옥 구든마음 파의ᄒᆞ기 쉬울손가
누빅연 졀ᄂᆡ졔획 임ᄌᆞ업시 덧치고
고향ᄉᆞ쳔 하직ᄒᆞ니 속졀업손 이별이야
산쳔도 감읍ᄒᆞ고 원학도 슬푸도다
여취여광[19] 이ᄂᆡ심회 눈물이 한슈되여
쳥쳔빅일 발근날ᄂᆡ 졍벽역 나리는ᄃᆺ
만슈산 원함졍은 별시가 아니련가
화ᄉᆞ남ᄉᆞ 허리안기 송별한우 머금음ᄃᆺ
쳥임의 믹ᄌᆞ이술 ᄂᆡ눈물 ᄲᅳ리는ᄃᆺ
회ᄉᆞ여약 조상은익 하히여되 부모은덕
날을두고 엇디가오
이이별이 윈이별고 져힝ᄎᆞ가 무순길고
동남동여 아이시니 방ᄉᆞ신여 ᄎᆞᄌᆞ시오
동정효 발근달의 아양누[20]라 오르시오
소상강 구즌비애[21] 상군도상 가시ᄂᆞ냐
아니로다 이힝ᄎᆞᄂᆞᆫ 소허부의 긔ᄉᆞ영슈
슈약산의 칔미가[22]를 우리부모 호측ᄒᆞ여
삼각산아 다시보ᄌᆞ 망궐ᄉᆞ빅[23] 통곡ᄒᆞ니
일월ᄒᆞ여 슈운이 만쳡ᄒᆞ다 슬푸다
ᄎᆞ신이야 속졀업시 물너안ᄌᆞ 고원을
창망ᄒᆞ여 셕술츄럼ᄒᆞ니 회포가 만단이라

화 이전 표기 형태이다.

19) 여취여광: 여취여광(如醉如狂). 여광여취. 너무 기쁘거나 감격하여 미친 듯도 하고 취한 듯도 하다는 뜻으로, 이성을 잃은 상태를 비유적으로 이르는 말.

20) 아양누: 악양루(岳陽樓). 중국 후난성 동정호구 악주부(岳州府)에 있는 부성(府城)의 서쪽 문 누각. 동정호의 동안에 위치하여 호수를 한눈에 전망할 수 있고 풍광이 아름다운 것으로 널리 알려짐.

21) 구즌비애: 궂은 비에. '구즌'은 연철 표기 형태이다.

22) 칔미가: 채미가(采薇歌). 고사리 캐는 노래라는 뜻으로, 절의지사(節義之士)의 노래를 이르는 말.

23) 망궐ᄉᆞ빅: 망궐사은(望闕謝恩). 중국 황제의 대궐쪽을 향하여 배례하는 것을 말함.

우리왕부24) 고졀쳥힝 되졀을 견쥬ᄒᆞ니
ᄉᆞ정을 ᄉᆡᆼ각ᄒᆞ라 이졍니 참상ᄒᆞ니
아신예 크던일이 역〃히 ᄉᆡᆼ각히ᄂᆡ
ᄋᆡ지즁지 부모ᄌᆞᄋᆡ 은ᄉᆞ근ᄉᆞ ᄒᆞ오시고
고아복ᄋᆞ 기르오셔 삼오니팔 되듯만듯
명문지가 퇵취ᄒᆞ여 군ᄌᆞ효ᄌᆡ 쏙을지워
만복지원 보ᄂᆡ시니 예필종부 삼종되졀
셩현유훈 엄명예법 이ᄂᆡ엇지 면할손고
친구거ᄅᆡ 왕ᄂᆡᄒᆞ여 훤초향기 밧즙기ᄅᆞᆯ
연으로 긔약다가 신ᄒᆡ연25) 츈경월ᄋᆡ
남되엄ᄉᆞᆫ 이이별이 ᄉᆡᆼ니ᄉᆞ별 될듯ᄒᆞ다
여류광음의 츈긔츄ᄅᆡ26) 경물마다 이향니ᄒᆡ 증가ᄒᆞ니
보고져라 우리부모 보고져라 가고져라
조상좌젼 가고져라 나ᄅᆡ도친27) 학이되여
나라가셔 보고지고 말니장쳔 명월되여
비쳐가셔 보고디고28) 낙〃장송 바ᄅᆞᆷ되여
부쳐가셔 보고디고 한강슈 압녹강ᄋᆡ
망〃즁뉴 창파되여 흘너가셔 보고지고
츈월츈풍 몃술졀의 슈유불니 부모좌측
언재ᄒᆞᆫ번 다시가셔 무한〃 즐겨볼고
만슈천산 멀고먼되 소식조차 돈졀하다
쳔산은 몃쳡이며 녹슈ᄂᆞᆫ 몃구뷔냐
철셕간장 아니오니 그리온물29) 견될소냐

---

24) 왕부: 왕부(王父). 편지 따위의 글에서, 다른 사람에게 자기의 할아버지를 높여 이르는 말.
25) 신ᄒᆡ연: 신해년(辛亥年). 1911년으로 추정된다.
26) 츈긔츄ᄅᆡ: 춘기(春期) 추래(秋來). 봄철과 가을철.
27) 나ᄅᆡ도친: 나래[飛] 돋친. 날개가 생긴.
28) 보고디고: 보고지고. '-디고'는 구개음화 이전 표기 형태이다.
29) 그리온물: 그리움을. 연철 표기 형태이다.

풍운이 흐터져도 모힐되가[30] 잇ᄂᆞ니라
눈물노 훤당 우슈으로 밧기고져
종일ᄎᆞ야 슈희ᄒᆞ냐 외형이 여구ᄒᆞ니
모질고 단〃ᄒᆞ기 우슈간의 뉘이실고
심〃산츤 빅악회돌 모딜기가 날갓흐며
남순반셕 바히돌도 다〃ᄒᆞ기 날갓흘가
마음을 다시자바 부덕을 착염ᄒᆞᄉᆞ
우리부모 문명ᄒᆞᄉᆞ 츄로지향 화벌즁의
세뫽교목[31] 셩덕가의 원ᄌᆞ손세 널니고젹
혼미잔약 불초여롤 외람ᄒᆞ게 탁신ᄒᆞ여
영화길창 복을비러 사문쳥믹 용급엄기
디원혈츅 깁흔졍게 귀의잇고 놉흔칙명
와연ᄒᆞ니 사친디회 멸니ᄒᆞ고 효봉구고
착심양덕 슈복ᄒᆞ오리라
안심ᄒᆞ여 지닉더니 잇쬐가 어나쬐야
삼동이 다진ᄒᆞ고[32] 신츈이 도라와셔
녹음방초 승화시라 화계상의 목단화왕
츈풍을 못이긔여 가지〃〃 츔을츄고
슓이〃〃 나븟길젹[33] 우리슉질 부모안젼
은셕ᄒᆞ여 줄겨더니 츄경이 은〃ᄒᆞ여
낙엽이 분츤홀재[34] 아심ᄌᆞ연 둘더업다
쳔의랄 창망ᄒᆞ니 어아니[35] 돈졀ᄒᆞ다[36]

---

30) 모힐되가: 모일[集] 때가.
31) 세뫽교목: 교목세가(喬木世家). 여러 대에 걸쳐 중요한 벼슬을 지내 나라와 운명을 같이 하는 집안.
32) 진ᄒᆞ고: 지나고.
33) 나븟길젹: 나부낄 적. 나봇기다〉〉나붓기다〉나부끼다. '나븟긔-'는 분철 표기 형태이다.
34) 분츤홀재: 분찬(奔竄)할 때. 재빨리 달아날 때. 흩어질 때.
35) 어아니: 어안(魚雁)이. '어안'은 물고기와 기러기라는 뜻으로, 편지나 통신을 이르는 말. 잉어나 기러기가 편지를 날랐다는 데서 유래한다. 연철 표기 형태이다.

그리워라 부모조상 보고져라 우리슉모
인봉명쥬 네암미〃 음용이 의희ᄒᆞ다
하일하시예 긔력의 쥴을이너 쳑영이
노름이 썅〃ᄒᆞ여 훤초37)향기 밧ᄌᆞ올고
쳔슈만한 이너회포 승혼의나 가고져라
부모슬하 가고져라 ᄌᆞ손지명 다가면셔
나난엇지 못가난고 영아 쳔당 다가면셔 나난엇지 못가ᄂᆞᆫ고
너모양 너우람을 우리부모 보이젹
오쉭단쳥 짓계38)그려 일폭화도 만드려셔
부모좌젼 보너고져 이싱쳥지 만물즁의
친ᄒᆞ고 가족ᄒᆞ니39) 모여밧긔40) ᄯᅩ인노냐
뉴한졍〃41) 우리ᄌᆞ당 봉친지도 골물ᄒᆞ여
다ᄉᆞ무가 ᄒᆞ온즁의 불초여롬 긔령ᄒᆞᄉᆞ
몃변니ᄂᆞ 늣기신고 여즁요슌 우리왕모
삼총ᄉᆞ덕 견젼ᄒᆞ셔 쳔셩ᄌᆞ익 뉴명ᄒᆞᄉᆞ
쳔눈니42) ᄌᆞ별지익 강슉모 귀령마다
소손을 싱각ᄒᆞᄉᆞ 비회병츌병 멧번이나 늣기신고
광음이 유수ᄒᆞ여 다ᄉᆞᆺ43)가을 되여셔라
어와 즐겁고 반가와라 지작연44)
동디월의 우리 엄친 향ᄉᆞ귀국 ᄒᆞ엿고야

---

36) 돈졀ᄒᆞ다: 돈절(頓絶)하다. 편지나 소식 따위가 딱 끊어지다.
37) 훤초: 훤초(萱草). 원추리. 백합과의 여러해살이풀.
38) 짓계: 짙(濃)게.
39) 가족ᄒᆞ니: 가까운 사람. '가작하다'는 경상도 방언형 표기이다.
40) 모여밧긔: 모녀(母女)밖에. '모여'의 제2음절의 초성 'ㄴ'이 탈락된 표기이다. '밧긔'는 중철 표기 형태이다.
41) 뉴한졍〃: 유한정정(幽閑靜貞). 부녀의 태도나 마음씨가 얌전하고 정조가 바름. 어두 'ㄴ' 탈락 이전 표기 형태이다.
42) 쳔눈니: 천륜(天倫)이. '눈니'는 중철 표기 형태이다.
43) 다ᄉᆞᆺ가을: 다섯(五) 가을. 다섯 해[年].
44) 지작연: 재작년(再昨年).

황홀ᄒᆞ고 신기ᄒᆞ다 하날인가 ᄯᅡ히온가[45]
산고히심 ᄌᆞᄋᆡ바다 오륙연 니친[46]하정[47] ᄒᆞᆫ말숨
엿ᄌᆞᆸ디못 ᄉᆞ오삭[48]희즁의 날가ᄂᆞᆫ쥴 몰낫더니
가노라 쥴잇그라 만날ᄯᅬ가 잇ᄂᆞᆫ니라
브되〃〃 조심안낙 사군봉ᄉᆞ 쳠연ᄒᆞ다
두어말숨 브니로다[49]
하뉵월 역칠일 부여앙별 ᄉᆡ로와라
아심ᄋᆡ 쵀절ᄒᆞ여 흔불이체 되여시나
월국정츈 우리야〃 지ᄉᆞ되절 놉호시니[50]
시절형뎐 무칙ᄒᆞ고[51] 향ᄉᆞᆫ고국 ᄉᆞᆯ여보아
ᄉᆡ로이 슈참ᄒᆞ여[52] 쳑연감상 존안이야
술푸다[53] 술푸도다 속졀업시 물너안ᄌᆞ
ᄒᆡ음업ᄉᆞᆫ 통곡이야 불고ᄒᆞ엿더니
우리존구 되쳥도 취졸을 용ᄉᆞᄒᆞ셔
놉고깁히 경계ᄒᆞᄉᆞ 우디말고 밥먹어라
오냐〃〃 나도간다 네아모리 연유ᄒᆞ여
ᄉᆞ체브디 ᄒᆞ련만ᄂᆞᆫ 되강해여 ᄉᆡᆼ각ᄒᆞ라
일월정츙 우리션조 문즁공의 후애로셔
세〃상젼 국녹지신 되엿다가

---

45) ᄯᅡ히온가: 땅[地]인가. ᄯᅡᇂ[地]+인가. 'ᄯᅡᇂ' 뒤에 모음이 연결될 때 종성 'ㅎ'이 연철 표기된 형태이다.
46) 니친: 이친(二親). 양친(兩親). 부친과 모친.
47) 하정: 하정(賀正). 새해를 축하함.
48) ᄉᆞ오삭: 사오(四五) 개월.
49) 브니로다: 뿐이로다.
50) 놉호시니: 높[高]으니. 모음간 유기음 'ㅍ'을 재음소화하여 'ㅂㅎ'으로 중철 표기한 형태이다.
51) 무칙ᄒᆞ고: 무책(無策)하고. 방법이나 꾀가 없고.
52) 슈참ᄒᆞ여: 수참(愁慘)하여. 을씨년스럽고 구슬퍼. 몹시 비참하여.
53) 술푸다: 슬프[哀]다. 순자음 'ㅍ' 앞과 뒤에서 'ㅡ'가 각각 원순모음화여 표기된 형태이다.

통곡셰월 이세상의 연무지턱 업셔시니
보국안민 가망업고 보고듯믄 측경마다
졀티브심54) 되여셔라
조〃의 삼십륙계 본을바다 삼연종제
탈상후ᄂᆞᆫ 간다〃〃 나도간다
피난길노 가는셔라 하교면〃 귀ᄋᆡ잇고
우리양츈 해턱슬하 의어라만 져긔한의
념〃ᄒᆞᄉᆞ 포복ᄒᆞ게 먹이시고 훈싱계
입히시면 군ᄌᆞᄋᆡ 음신지풍 존젼취졸
염여ᄒᆞ여 틈〃이 권유ᄒᆞ고 안항금
광의지극 셩우ᄒᆞ여 긔공우익 겸ᄒᆞ엿고
슉젼당뇌 되속턱이 심은셩턱 듸리오셔
부모원별 니가지졍 각말연축 ᄒᆞ오시니
일신이 반셕이오 친구가 젹덕여경
이미신의 다븐ᄒᆞ여 쳔송인ᄋᆞ ᄒᆞ오시니
셰간만사 무흠이요 쥬루화당 의금ᄋᆡ
옥식이 족ᄒᆞ여 미진쳐가 업건마ᄂᆞᆫ
효셩창월 다졸물의 북광훤초ᄅᆞᆯ ᄉᆞ렴ᄒᆞ여
늣기ᄂᆞᆫ 회픠절물 마다ᄇᆡ 승ᄒᆞ여라
국연갑인 츈이월초 뉵일은 우리왕모
갑일이싀55) 줄거온즁 의둘도다 종죽달야
젼〃불ᄆᆡ 나〃엇지 못가난고
소산되로 농ᄉᆞᄒᆞ여 셔속갈고 감ᄌᆞ심쥐
남ᄉᆞᆫ갓치 썩을ᄒᆞ고 한강쳐로56) 슐을비져
삼각산을 긔와노코 우리야〃 남ᄆᆡ븐
두썅으로 헌작57)홀젹 노리ᄌᆞ58)ᄋᆡ 아롱오셔

54) 졀티브심: 절치부심(切齒腐心).
55) 갑일이싀: 갑일(甲日)일세. 환갑날일세.
56) 한강쳐로: 한강(漢江)처럼.

츈풍의[59] 나브기여[60] 남손ᄋᆡ 슈롤빌고
셔강ᄋᆡ 복을빌러 만당열좌 제ᄋᆞ들은
호긔발월 츔츄는가 여롱여호 ᄂᆡ의남제
손을곱아[61] 나흘혜니[62] 국도이 구세로다
즁상ᄒᆞᆫ풍 용당결특 ᄒᆞᆫ작인이 그립ᄃᆞ
보고져라 산두긔되 제긔잇ᄂᆡ 경윤되지
기리픔어 국가회복 셜븐ᄒᆞ여 사직동양
브되ᄒᆞ여[63] 축당입상 화형인각 ᄒᆞ여셔라
조견을 현약ᄒᆞ고 지정화열 친쳑여ᄆᆡᄋᆡ
곳조월을 볌연히 듯디말고 경심계지
ᄒᆞ여셔라

---

57) 헌ᄌᆞᆨ: 헌작(獻爵). 제사 때에, 술잔을 올림.
58) 노ᄅᆡᄌᆞ: 노래자(老萊子). 중국 춘추 시대 초나라의 은사(隱士). 70세에 어린아이 옷을 입고 어린애 장난을 하여 늙은 부모를 위안하였다고 한다.
59) 츈풍의: 춘풍(春風)의.
60) 나브기여: 나부끼어.
61) 곱아: 꼽아. 날짜를 세려고 손가락을 하나씩 헤아려.
62) 혜니: 세[算]니.
63) 브되ᄒᆞ여: 부디 하여.

심성화류가

이 가사는 권두서명이 『창선가』인 한 권의 전적에 〈시절가(時節歌)〉, 〈잠심가(潛心歌)〉, 〈탄도유심급가(嘆道儒心急歌)〉, 〈건도문(健道文)〉과 함께 실려 있는 국한문혼용 동학가사(東學歌辭)이다. 자료 형태는 20×29.8cm 규격의 전적이며, 각 장 단 · 행 · 음보 구분 없이 10행으로 필사되어 있으며 4 · 4조를 주조로 하고 있다. 창작연대 및 원작자, 필사자 및 필사 시기는 알 수 없으며, 현소장자는 이상규이다.

필사본 원문은 목판본으로 1929년 경상북도 상주의 동학 본부에서 국한문 혼용본과 국문본 2종으로 간행되었으며, 『용담유사 (龍潭遺詞)』 권22에 수록되어 있다.

내용은 심성을 닦아 수심정기(守心正氣)하여야만 천리(天理)를 순수(順隨)할 수 있다는 것이다. 인간이 금수와 달리 최령(最靈)한 까닭은 하느님으로부터 받은 심성이 있기 때문이며 이 심성이 모든 윤리와 수도의 근본임을 말하고 있다. 그 다음 이 세상에는 운세에 따라 선악이 반복되어 나타나는데, 지금은 선성(善性)을 회복할 때라고 하고 이러한 심성의 수련에 힘쓰기를 훈계하고 있다. 이는 곧 인간의 지극한 근본이 오로지 심학(心學)에 있음을 강조한 것으로, 동학의 교리를 부연해 읊은 작품이다.

심셩화류가

어화세상 사ᄅᆞᆷ더라 닌ᄂᆡ노ᄅᆡ 드러보쇼
天디음양 시판후1)에 百千만물 화ᄒᆡ나되
三직지덕2) 합하여셔 금목수화토 五ᄒᆡᆼ뎡긔
상ᄉᆡᆼ상극 ᄒᆞ여ᄂᆡ여 一기즁에 화ᄒᆡ여셔
다갓치3) 낫건마는 지우자4) 禽獸요
최영자5) 사람이라 일너시니6) 웃지7) ᄒᆞ여

---

1) 天디음양 시판후에: 천지음양(天地陰陽) 시판후(始判後)에. 천지에 음과 양이 처음으로 나누어진 후에. 태극에서 음양이 나누어진 후에. 우주가 처음 열린 후에.
2) 三직지덕: 삼재지덕(三才之德). 천지인(天地人) 곧 하늘·땅·사람의 덕. 위로는 하늘이 바탕이 되고, 아래로는 땅이 바탕이 되어 사람이 그 가운데에 자리를 잡게 되니, 음양(陰陽)이 있는 곳에는 반드시 삼재(三才)가 있게 되는 것이다. 이것이 삼재의 덕이다. 이러한 천지인 삼재에서 맨 먼저 하늘과 땅이 나오고 그 후에 사람이 나왔지만 이 셋의 관계는 서로 영향을 주고받는 순환·발전의 관계이다. 그러므로 '원형이정'도 이와 관계하고 있는 것이다.
3) 갓치: 같[同]이. 모음 간 유기음 'ㅌ'를 'ㅅㅊ' 재음소화하여 중철 표기한 형태이다.
4) 지우자: 지우자(至遇者).
5) 최영자: 최영자(最靈者).
6) 일너시니: 일[謂]렀으니. '일너시-'는 '일렀으-'의 모음 간 'ㄹㄴ' 표기 및 연철 표기 형태이다.
7) 웃지: 어찌[何]. 어떻게[何]. 분철 표기 및 경상도 방언형 표기 형태이다. '어찌'의 15세기 형태는 '엇더, 엇뎌, 엇뎨, 엇디'로 나눌 수 있다. 먼저 '엇더'와 '엇디'는 어근 '엇[何]'에 '-어-'나 '-이-'가 접미한 형태로 보는 설이 있다. 이에 따르면, 이 경우 'ㅅ' 내파음과 모음 사이에는 'ㄷ'이 가중 조음되는 음운 현상에 의해 '엇+어〉엇더, 엇+이〉엇디'로 나타난다. 다음으로 '엇뎌'와 '엇뎨'는 '엇디+어'와 '엇뎌+이'의 형성이다. 요컨대 어근 '엇'에서부터의 부사 형성은 다음과 같다. 1 엇 - 엇더 2 엇 - 엇디 - 엇뎌 - 엇뎨 '업뎨, 엇데, 어ᄃᆡ, 어뎨'는 '엇뎨'에서 변이한 표기이다. '엇데, 어ᄃᆡ, 어뎨'는 16세기 이후에 표기법이 혼란을 겪으면서 생긴 표기인 듯하다. 18세기에 보이는 '엇ᄯᅥ'는 '엇더'에서 변이한 표기로, 선행음의 종성 'ㅅ'이 내파하면서 '엇더'의 'ㄷ'이 된소리로 소리 나는 것을 반영한 것이다. '엇ᄯᅵ, 엇찌, 어찌'는 '엇디'에서 변이한 표기로, '엇ᄯᅵ'는 선행음의 종성 'ㅅ'이 내파하면서 '엇디'의 'ㄷ'이 된소리로 소리 나는 것을 반영하고 있다. '엇찌'는 '이'나 'j' 앞의 'ㄷ, ㅌ, ㄸ'을 'ㅈ, ㅊ, ㅉ'으로 변동시키는 구개음화를 적용한 것이며, '어찌'는 '엇지〈엇디'를 소리 나는 대로 적은 것이다.

지우자며 웃지ᄒᆞ여 최영잔8)고
그리치9)를 말하ᄌᆞ면 호〃난측10) 난언일세
禽獸라 ᄒᆞ는거슨 웃지ᄒᆞ여 금슈라고 일너는고
어화세상 져사롬덜 台[右添]니ᄂᆡ죠분11) 쇼견으로
자셰알지 못ᄒᆞ나마 불연기연12) 그려ᄂᆡ여
ᄃᆡ강조ᄇᆡᆨ13) 전히쥬니 이글보고 웃지말고
기연비연14) 살피셔라 禽獸라 ᄒᆞ는거슨
天地음양 그가운ᄃᆡ 조화즁에 싱겨씨되
아는거시 다른거슨 바이업고 아는바
음양교접 상ᄉᆡᆼ지리15) ᄉᆡᆨ식16)외예 다시업네
그러키로 금슈라 하는거슨 용심처사17)
행실업셔 上下분별 존비업고 노쇼분간
차셔업고 음양분별 염치업고 져의부모
혈륙타셔 출세ᄒᆞᆫ후 기도날도 못할때는
天地日月 우노18)중에 져의부모 은덕입어

---

8) 최영잔고: 최영자(崔靈者)인가. 최영자(崔靈者)+-ㄴ고.
9) 리치: 이치(理致). 어두 'ㄹ'이 탈락하기 전의 표기 형태이다.
10) 호〃난측: 호호난측(浩浩難測). 한없이 넓고 커 헤아리기 어려움.
11) 죠분: 좁[狹]은. 연철 표기 형태이다.
12) 불연기연: 불연기연(不然其然). 불연과 기연, 그렇지 아니함과 그러함. 즉, '불연(不然)'이 사물의 겉으로 드러나는 현상적인 것을 말한다면, '기연(其然)'은 사물이 생겨나게 된 원리와 근원적인 이치를 말한다.
13) ᄃᆡ강조ᄇᆡᆨ: 대강조백(大綱皂白). 조백은 흑색과 백색, 검은 것과 흰 것을 말하는데, 전(轉)하여 옳고 그른 것, 선악, 정사를 뜻하기도 한다. 여기서는 진리와 방편으로 볼 수 있다.
14) 기연비연: 기연비연(其然非然). 그러함과 그렇지 아니함.
15) 상ᄉᆡᆼ지리: 상생지리(相生之理). 오행설에서 목(木)에서 화(火)가, 화에서 토(土)가, 토에서 금(金)이 금에서 수(水)가, 수에서 목(木)이 생(生)하는 이치.
16) ᄉᆡᆨ식: 식색(食色).
17) 용심처사: 용심처사(用心處事). 일에 따라서 마음을 쓰는 것. '시중'을 행하는 것을 말하는 것임.
18) 우노: 우로(雨露).

차〃〃〃 자라나셔 날기도 날만ᄒᆞ고
기기도 길만ᄒᆞ면 졔맘ᄃᆡ로 ᄒᆡᆼ히가되
텬디음양 그 가운ᄃᆡ 부모은덕 지중컨만
은덕은 고사ᄒᆞ고 부모자숀 분별업고
형뎨친척 마련업셔 셔루셔루 自[右添]자主궐리
졔심ᄃᆡ로 주장ᄒᆞ여 졔一身만 젼여알고
리욕二자 못이기여 ᄉᆡᆨ욕에 탐심나셔
셔루셔루 음히지심 쥬장ᄒᆞ니 상구지도
잇실숀가 금수지ᄒᆡᆼ 기연고로 자고이ᄅᆡ
이르기럴 지우자 금수라 이르나니
그는ᄯᅩᄒᆞᆫ 그러ᄒᆞ나 최령자 사람이라
일너시니 최령지인 마음살펴 용심쳐사
ᄒᆡᆼ실보소 텬디신령 ᄉᆡᆼ물지심 하날님젼
바든마ᄋᆞᆷ 일치안코 굿게직켜 근본좃쳐[19]
시ᄒᆡᆼ할졔 ᄐᆡ고텬디 시판이후 사시셩쇠
불쳔불역 그이치와 춘츄질ᄃᆡ 죠화지리
일월졍긔 광명지덕[20] 셰셰명찰 ᄒᆞ여ᄂᆡ셔
불실시즁[21] 시ᄒᆡᆼ하여 어천만물 어거하되
ᄉᆡᆼ물지심 직켜두고 호ᄉᆡᆼ지심[22] 나타ᄂᆡ여
졔졔창ᄉᆡᆼ[23] ᄒᆞ여가니 ᄃᆡ덕돈화[24] 그다운ᄃᆡ
물지쥬인[25] 사람일셰 이러무로 예로좃쳐
만물쥬인 사람되야 최령자라 이럼[26]하고

19) 좃쵸: 좇아.
20) 일월졍긔 광명지덕: 일월정기(日月精氣) 광명지덕(光明至德). 일월이 합하여 명(明)이 되는 지극한 덕. 수학적인 더하기가 아니라 일체가 됨을 말한다.
21) 불실지즁: 부실시중(不失時中).
22) 호ᄉᆡᆼ지심: 호생지심(好生之心). 자애심이 많아 살생하기를 꺼리는 마음.
23) 제제창생: 제제창생(濟濟蒼生).
24) ᄃᆡ덕돈화: 대덕돈화(大德敦化).
25) 물지쥬인: 물지주인(物之主人).

셔루〃〃 효유27)하니 나는후싱 본을바다
次次次次 遺傳하여 次次次次 나료드니
오뎨28)이후 글이나셔 이리월셩신 그리치와
텬디도수29) 무궁지덕 셰셰셩츌30) 문권하사31)
이교후인32) 젼ᄒᆡ씨되33) 명명하기34) 거울갓터
고금지리35) 일반일셰 그런고로 최령자
사람이라 자고유來[添]리36) 전힛나니 어화셰上
사람더라37) 최령ᄒᆞᆫ 사람으로 웃지ᄒᆡ야
최령지본38) ᄶᅵ다라셔 사람힝실 힝ᄒᆡ볼고
자세생각 비ᄒᆡ39)보쇼 최령이자40) 발켜녀여
사람힝실 힝차ᄒᆞ니 山上유수41) 그리치42)로
자고셩신43) 조흔44)예법 거울갓치 마음비워
四시셩쇠45) ᄣᅢ를알고 日月뎡긔46) 죠화ᄯᅡ라

---

26) 이럼: 이름[名].
27) 효유: 효유(曉諭). 깨달아 알아듣도록 타이름.
28) 오뎨: 오제(五帝). 천상(天上)에 있어서, 동 · 남 · 중 · 서 · 북의 오방(五方)을 주재(主宰)하는 신(神), 곧 청제(青帝) · 적제(赤帝) · 황제(黃帝) · 백제(白帝) · 흑제(黑帝)를 지칭하는 말.
29) 텬디도수: 천지도수(天地度數).
30) 셰셰셩츌: 세세성출(細細成出).
31) 문권ᄒᆞ사: 문권(文卷)하여.
32) 이교후인: 이교후인(以教後人).
33) 젼ᄒᆡ씨되: 전(傳)했으되. 전(傳)하였으되.
34) 명명하기: 명명(明明)하기.
35) 고금지리: 고금지리(古今之理).
36) 자고유ᄅᆡ: 자고유래(自古由來).
37) 사람더라: 사람들아. 연철 표기 형태이다.
38) 최령지본: 최령지본(最靈之本).
39) 비ᄒᆡ: 비(比)해. 비(比)하여.
40) 최령이자: 최령(最靈) 이자(二字). 최령(最靈) 글자 두 자.
41) 山上유수: 산상유수(山上流水).
42) 리치: 이치(理致). 어두 'ㄹ' 탈락 이전의 표기 형태이다.
43) 자고셩신: 자고성신(自古聖神).
44) 조흔: 좋[好]은. 연철 표기 형태이다.
45) 四시셩쇠: 사시성쇠(四時盛衰).

一一시힝[47] 위기[48]말며 텬디人[49] 三지미뤄

삼강[50]을 발켜[51]두고 金木슈火土[52] 상싱지리[53]

〃치따라 五륜지례[54] 차셔[55]알고 東西南北

리치 미뤄 춘ᄒᆞ추동 四시아러[56] 닌의예지[57]

나타닉셔 예의염치 지어두고 텬죤디비[58]

그리치로 남녀부부 뎡ᄒᆞᆫ후에 부화부슌[59]

법을알고 싱니육지[60] 부자지은[61] 부자ᄌᆞ효[62]

발켜두고 동긔연지[63] 형뎨지은[64] 一身갓치

힝히가되 장유유셔 차셔알고 경장지도[65]

---

46) 일월뎡긔: 일월정기(日月精氣). '뎡긔'는 '정기'의 구개음화 및 단모음화 이전 표기 형태이다.

47) 一一시힝: 일일시힝(一一施行).

48) 위기: 위기(違棄).

49) 텬디人: 천지인(天地人).

50) 삼강: 삼강(三綱). 유교의 도덕에서 기본이 되는 세 가지 강령. 임금과 신하, 부모와 자식, 남편과 아내 사이에 마땅히 지켜야 할 도리로 군위신강, 부위자강, 부위부강을 이른다.

51) 발켜: 밝혀. 연철 표기 형태이다.

52) 金木슈火土: 금목수화토(金木水火土).

53) 상싱지리: 상생지리(相生之理).

54) 五륜지례: 오륜지례(五倫之禮). 오륜(五倫)은 유학에서, 사람이 지켜야 할 다섯 가지 도리. 부자유친, 군신유의, 부부유별, 장유유서, 붕우유신을 이른다.

55) 차셔: 차서(次序). 차례(次例). 순서 있게 구분하여 벌여 나가는 관계.

56) 아러: 알[識]아. 연철 표기 형태이다.

57) 닌의예지: 인의예지(仁義禮智). '닌'은 '인(仁)'의 어두 'ㄴ' 탈락 이전 표기 형태이다.

58) 텬죤디비: 천존지비(天尊地卑). '텬'과 '디'는 각각 '천'과 '지'의 구개음화 이전 표기이다.

59) 부화부슌: 부화부순(夫和婦順). 부부 사이가 화목함.

60) 싱니육지: 생이육지(生以育之).

61) 부자지은: 부자지은(父子之恩).

62) 부자ᄌᆞ효: 부자자효(父慈自孝). 부모(父母)는 자녀(子女)에게 자애(慈愛)로워야 하고, 자녀(子女)는 부모(父母)에게 효성(孝誠)스러워야 함을 이르는 말

63) 동긔연지: 동기연지(同氣連枝). '연지'는 '한 뿌리에서 이어진 가지'라는 뜻으로 '형제자매'를 비유하는 말.

64) 형뎨지은: 형제지은(兄弟之恩).

65) 경장지도: 경장지도(敬長之道).

실슈업시 시ᄒᆡᆼᄒᆞ며 남녀유별 극진ᄒᆞ여
예의염치66) 그가운ᄃᆡ 원형니정67) 리치ᄯᅡ라
리리二字68) 안일코셔 닌의도德 닥거ᄂᆡ여
日日시〃 시ᄒᆡᆼᄒᆞ면 최령ᄒᆞᆫᄌᆡ69) 그안인가
고금리치 그러컨만70) 지금셰상 살펴보니
ᄯᅩᄒᆞᆫ역시 가관일셰 웃지ᄒᆞ여 그러ᄒᆞᆫ고
텬유셩쇠71) 리치잇고 디유후박72) ᄯᅢ가잇셔
슌환지73)리 그가운ᄃᆡ 人유션악74) 자연지리75)
운슈ᄯᅡ라 되는고로 그러ᄒᆞᆫ가 텬디반복
다시되야 북방현무 난동하니76)
혈긔지용77) 긔셰ᄯᅡ라 세상ᄉᆞᄅᆞᆷ ᄒᆞ는거동
근어금수78) 거의로다 그도역시 시운니나
그운슈가 ᄆᆡ양일가 수ᄉᆡᆼ木운 리치잇셔
木덕니왕 차차되니 다시ᄉᆡᆼ각 ᄭᆡ다러셔
마ᄋᆞᆷ심자 슈련ᄒᆞ여 人륜지덕 ᄒᆡᆼᄒᆡ보세

---

66) 예의염치: 예의염치(禮義廉恥). 예절과 의리와 청렴 및 부끄러워하는 태도.
67) 원형니정: 원형이정(元亨利貞). 만물(萬物)이 처음 생겨나서 자라고 삶을 이루고 완성된다는 뜻으로, '하늘이 갖추고 있는 네 가지 덕'을 이르는 말. 혹은 사물(事物)의 근본되는 도리(道理). 원(元)은 만물의 시(始)로 춘(春)에 속하고 인(仁)이며, 형(亨)은 만물의 장(長)으로 하(夏)에 속하고 예(禮)이며, 이(利)는 만물의 수(遂)로 추(秋)에 속하고 의(義)이며, 정(貞)은 만물의 성(成)으로 동(冬)에 속하며 지(智)가 된다.
68) 리리二字: 리리이자(二字). '의리이자(義理二字)'의 잘못된 표기로 보인다.
69) ᄌᆡ: 자(者)가. 사람이. 자(者)+이주격 조사
70) 그러컨만: 그렇건만. 연철 표기 형태이다.
71) 텬유셩쇠: 천유성쇠(天有盛衰). 과거세에 계(戒), 정(定), 십선(十善) 따위를 수행한 공덕으로 현세에 받게 되는 천상(天上)의 즐거움이 성하고 쇠퇴함.
72) 디유후박: 지유후박(地有厚薄).
73) 슌환지리: 순환지리(循環之理).
74) 人유션악: 인유선악(人有善惡).
75) 자연지리: 자연지리(自然之理).
76) 난동하니: 난동(亂動)하니. 질서를 어지럽히며 마구 행동하니.
77) 혈긔지용: 혈기지용(血氣之勇). 혈기에 찬 기운으로 불끈 뽐내는 한 때의 용맹.
78) 근어금슈: 근어금수(近於禽獸). 금수(禽獸)에 가까워짐.

人륜之도 明明기덕[79] 실슈안코 行하오면
어진사ᄅᆞᆷ 분明ᄒᆞ니 최령之人 그안인가
나도ᄯᅩᄒᆞᆫ 이世上에 그런리치 모르고셔
世上사ᄅᆞᆷ 한틔[80]셕겨[81] 최령자 무어신지
리치분별 바이업셔 ᄭᅮᆷ결갓치 지ᄂᆡ드니
만고업는 무극大도[82] 이世上에 창건차로
텬디五힝 뎡긔모와 셩人버텀[83] ᄂᆡ옵실졔
무왕불복[84] 그운슈를 우리션ᄉᆡᆼ
슈명우天[85] 먼져ᄒᆞ사 교법교도[86] ᄒᆞᄂᆞᆫ故로
어리셕은 니ᄂᆡ사ᄅᆞᆷ 죠흔 운슈 회복신가[87]
셩운셩덕[88] 다시온가 스승문[89]을 차자들어
젼슈심법[90] 바더ᄂᆡ여 심셩슈련[91] 공부타가
이졔와서 ᄭᆡ달으니 최령이字 지중ᄒᆞ다
텬디도슈[92] 영허之리[93] 明明기덕 거울ᄒᆞ여

---

79) 明明기덕: 명명기덕(明明其德).
80) 한틔: 한데. 한군데.
81) 셕겨: 섞[混]여. 연철 표기 형태이다.
82) 무극大도: 무극대도(无極大道). 무한한 진리. 곧 한울님으로부터 받은 무극의 끝이 없는 큰 도를 이룸.
83) 셩人버텀: 성인(聖人)부터. '버텀'은 '부터어떤 일이나 상태 따위에 관련된 범위의 시작임을 나타내는 보조사'의 경북 · 전남 방언이다.
84) 무왕불복: 무왕불복(無往不復).
85) 슈명우天: 수명우천(受命于天). 수명어천(受命御天). 천명을 받아 왕위에 오름.
86) 교법교도: 교법교도(敎法敎道).
87) 회복신가: 회복(回復)시(時)인가. 회복(回復)+시(時)+-ㄴ가.
88) 셩운셩덕: 성운성덕(聖運聖德). 천도교에서, 번영하는 운수를 타고난 성스러운 도덕이라는 뜻으로 '동학(東學)'을 이르는 말.
89) 스승문: 스승문(門). 승문(僧門). 승려의 신분.
90) 젼슈심법: 전수심법(傳授心法). 마음을 쓰는 법을 전하여 받음. '심법(心法)'은 오위(五位)의 하나. 우주 만유(宇宙萬有)를 물질적 존재와 마음의 이원(二元)으로 나눌 때에, 물질적 대상에 대하여 인식 작용을 하는 것이다.
91) 심셩슈련: 심성수련(心性修煉).
92) 텬디도슈: 천지도수(天地度數).

흉회[94]예 품어두고 닌의도덕 낫타ᄂᆡ여

여千만물[95] 어거하되 [修]수시明찰[96] 시ᄒᆡᆼ차니[97]

ᄯᅩ한역시 밧부도다

텬디人 三ᄌᆡ중에 사ᄅᆞᆷ근본 미뤄보니

무궁할사 사람일세 웃지ᄒᆞ여 그러ᄒᆞᆫ고

五ᄒᆡᆼ슈긔[98] 사ᄅᆞᆷ닐ᄯᅢ 무극[99]中에 긔운모와

天디ᄐᆡ극 응ᄒᆡ[100]여셔 음양양의[101] 화합하니

사상리치[102] 벼리[103]되야 八八六十 사효[104]中에

三百八十 四효붓쳐 一萬八千셰 응ᄒᆡ셔

부모혈륙 바다ᄂᆡ여 궁을ᄐᆡ극[105] 젼체[106]되니

---

93) 영허之리: 영허지리(盈虛之理). 달이 차고 기우는 이치.

94) 흉회: 흉회(胸悔). 가슴속에 품은 회포.

95) 여千만물: '어천만물(於千萬物)'의 잘못된 표기로 보인다.

96) 수시明찰: 수시명찰(隨時明察).

97) 시ᄒᆡᆼ차니: 시행(施行)하자니. '-차-'는 '-하자-'의 자음 축약 표기이다.

98) 五ᄒᆡᆼ슈긔: 오행수기(五行秀氣). 오행(五行)에서, 수기(水氣)가 왕성한 계절. 겨울을 이른다.

99) 무극: 무극(无極). 우주의 본체인 태극의 맨 처음 상태를 이르는 말.

100) 응ᄒᆡ여서: 응(應)하여서.

101) 음양양의: 음양양의(陰陽兩儀).

102) 사상리치: 사상이치(四象理致).

103) 벼리: 별[星]이. 연철 표기 형태이다.

104) 八八六十 四효: 팔팔(八八) 육십사효(六十四爻). 팔팔(八八) 육십사괘(六十四卦). 팔괘(八卦)의 각 괘를 둘씩, 겹쳐 만든 64개의 괘. 역경의 괘. 복희(伏羲)가 처음으로 8괘를 만들고, 그 뒷사람이 그 중 2괘씩을 겹쳐 중괘(重卦) 64개를 만들었다고 한다. 중괘가 이루어짐으로써 6효(爻)가 비로소 성립되었다.

『주역(周易)』 상경(上經)에 30괘, 하경(下經)에 34괘를 싣고, 괘마다 괘상(卦象)을 설명한 괘사(卦辭)와 효를 풀이한 효사(爻辭)가 있어서, 점을 쳐서 괘를 얻으면 누구나 다 일의 길흉화복을 판단하게 된다. 64괘를 만든 인물에 대해서는 신농(神農)을 말하는 이도 있고, 하(夏)의 우왕(禹王)을 말하는 이도 있고, 주(周)의 문왕(文王)을 말하는 이도 있어서 확실한 것을 알 수 없다.

105) 궁을ᄐᆡ극: 궁을태극(弓乙太極). '궁을'은 태극의 상하의 두 극점을 중심으로 하여 '싹을 乙'자 또는 '활궁(弓)'자의 형태로 한 획을 그려 표현하는데, 처음과 끝이 분명하고 하나로 말미암아 음양이 좌우로 형성이 되는 모습이다. 이것은 '일생이'의 이치로 즉 태극이 양의[음양]을 낳음을 나타낸 것이다. '태'자는 '콩태'라고 하여 하나의 열매 속에서 영생불멸의 생명체를 형상화 한 것이라고도 한다. 역에서도 태자 속에서 만

九궁八괘107) 완연ᄒᆞ다 一身구비108) 자련109)되야
출世人간 ᄒᆞ온몸니 五힝뎡긔110) 五장111)되야
군신좌사112) 버려113)노코 六부114)八근115) 졔차116)차려
방위좃쳐 셰워두고 용심쳐사117) 힝ᄒᆞ는법
五셩평균118) 화히여셔119) 닌션之심120) 주人일셰

물이 형성되는 생생(生生)의 이치가 들어있다고 보아 태극으로 쓰인다.

106) 젼톄: 전체(全體).

107) 구宮팔卦: 구궁팔괘(九宮八卦). '구궁(九宮)'은 아홉 방위의 자리로 낙서(洛書)에 응한 구성(九星)에 중궁(中宮)과 팔괘(八卦)를 팔문(八門)에 배합한 것이다. '팔괘(八卦)'는 〈주역〉에서 세상의 모든 현상을 음양을 겹치어 여덟 가지의 상으로 나타낸 [건(乾)], [태(兌)], [이(離)], [진(震)], [손(巽)], [감(坎)], [간(艮)], [곤(坤)]을 이른다.

108) 一身구비: 일신구비(一身具備).

109) 자련: 자연(自然). 자연(自然)히. 저절로.

110) 五힝뎡긔: 오행정기(五行精氣).

111) 五장: 오장(五腸).

112) 군신좌사: 군신좌사(君臣佐使). 방제(方劑)를 구성하는 기본원칙. 정치제도에 견주어 약을 처방한 데서 비롯된 한의학상의 처방법. 한의학에서 다수의 약물을 배합하여 하나의 처방을 구성할 때에는 일반적으로 군신좌사의 원칙에 의한다. 여기서 '군'은 '군약(君藥)'을 뜻하는데, 처방에서 가장 주된 작용을 하는 약물로 대표적인 증상에 적합한 것이다. '신약(臣藥)'은 주主 작용 약물인 군약(君藥)의 효력을 보조해 주고 강화시키는 약물이다. '좌약(佐藥)'은 군약이 유독(有毒)한 경우 그 독성을 완화해줄 때, 혹은 주된 증상에 수반되는 증상들을 해소할 목적으로 사용하는 약이다. '사약(使藥)'은 처방의 작용 부위를 질병 부위로 인도하는 작용과 여러 약들을 중화하는 역할을 한다.

113) 버려: 벌[羅]려. 벌[羅]리어. 분철 표기 이전 형태이다. '벌이다'는 '벌여 있다' 혹은 '늘어서다'의 뜻을 가진 동사 '벌[羅]-'과 접사 '-이'가 결합한 동사이다. 15세기 한글 자료에서 '버리다'의 형태로 처음 나타난다.

114) 六부: 육부(六腑)육부. '육부(六腑)':담, 소장, 위장, 대장, 방광, 삼초는 오장(五臟):간, 심, 비, 폐, 신과 짝을 이뤄 인체에 있어 음양의 조화를 만들고 인체기능을 주관한다. 간과 담, 심과 소장, 비와 위, 폐와 대장, 신과 방광이 각각 짝을 이룬다. 오장은 음(陰)의 장기로서 사람 몸에 필요한 정기를 만들어 저장하고 활용하면서 생명을 유지시킨다. 육부는 양(陽)의 장기로서 음식물로부터 영양분을 흡수하고 배설물을 내보내는 작용을 한다.

115) 八근: 팔근(八筋).

116) 졔차: 제차(第次).

117) 용심쳐사: 용심처사(用心處事). 마음을 써 알뜰히 일을 처리함.

주닌121)공을 ᄭᆡ다르니 千변만화 궁을죠화
만법귀一 죠을시구 이일져일 거울ᄒᆞ여
화ᄉᆡᆼ之본 ᄭᆡ다르니 사ᄅᆞᆷᄒᆡᆼ실 밧부도다
사ᄅᆞᆷᄒᆡᆼ실 ᄒᆞᄌᆞ하니
불망之은122) 텬디은덕 부모갓치 ᄉᆡᆼ각나고
ᄉᆡᆼ니륙之123) 부모은덕 日月갓치 ᄉᆡᆼ각나고
상구之도124) 형뎨之은 ᄒᆞᄒᆡ갓치 ᄉᆡᆼ각나고
ᄋᆡ니교之125) 스승은덕 의ᄉᆡᆨ126)갓치 ᄉᆡᆼ각나고
니법교人127) 군주之은 티산갓치 ᄉᆡᆼ각나고
붕우척션 권구之은 유슈갓치 ᄉᆡᆼ각ᄒᆞ여
경외之심 직켜두고 닌션之심 주장ᄒᆞ여
이일져일 둘너보니 장유〃셔
뎨차128)중에 남녀유별 염치잇셔
부화부순129) ᄯᅩ익구나130)
텬존디비131) 리치ᄯᅡ라 부화부슌 ᄒᆞ련이와

---

118) 五셩평균: 오성평균(五性平均).
119) 화ᄒᆡ여서: 화(化)하여서. 변화(變化)여서.
120) 닌션之심: 인선지심(仁善之心).
121) 주닌: 주인(主人). 'ㄴ'이 첨가된 표기 형태이다.
122) 불망之은: 불망지은(不忘之恩). 은혜를 잊지 않는다.
123) ᄉᆡᆼ니륙之: 생이육지(生而育之).
124) 상구之도: 상구지도(相救之道). 서로 어려움에서 구하여 주는 도리.
125) ᄋᆡ니교之: 애이교지(愛而敎之).
126) 의ᄉᆡᆨ: 의식(衣食).
127) 니법교人: 이법교인(以法敎人).
128) 뎨차: 제차(第次). 구개음화 이전의 표기 형태로 이 작품에서는 '졔차'와 혼기 되고 있다.
129) 부화부순: 부화부순(夫和婦順). 부부 사이가 화목함.
130) ᄯᅩ익구나: 또 있구나. 'ᄯᅩ잇구나'의 잘못된 표기로 보인다.
131) 텬존디비: 천존지비(天尊地卑). 『주역』「계사상전」 1장에 "천존지비 건곤정의 비고이진 귀천위의(天尊地卑 乾坤定矣 卑高以陳 貴賤位矣) 하늘이 높고 땅은 낮으니 건과 곤이 정해지고, 낮고 높음이 벌려지니 귀하고 천한 것이 자리한다."라 하였다. 위로 하늘이라는 실체와 아래로 땅이라는 실체가 정해지고 난 이후에 이것으로 건괘와 곤괘를

니ᄂᆡ一身 둘너보니 명명ᄒᆞ기 다시업다
오ᄒᆡᆼ뎡긔 심셩되야 日日시시 ᄒᆡᆼᄒᆞ는쥴
이제와서 졍영132)이 ᄭᆡ닷고셔 世上사를
둘너보니 世上사도 자고급금133) 一반일셰
고금之人 출ᄉᆡᆼ之本 사람마도 다갓트니134)
世上산들135) 다를손가
고금리치 그런故로 自고셩人 이어나ᄉᆞ
텬디오ᄒᆡᆼ 군신좌사 리치알고
닌션之심 주장ᄒᆞ여 사람사람 가르쳐서 만물졔단136) 하옵실졔
사뎨之분137) 예절뎡코 오륜三강 법을뎡ᄒᆡ
뎨차之별 뎡ᄒᆡ노니 上下기즉138) 존비잇고
귀쳔之슈139) 차등잇고 노쇼관동140) 차뎨잇고
남녀유별 염치잇고 ᄋᆡ친경장141)
조흔예법 완연ᄒᆞ게 발켜두고 명명기덕142)
ᄒᆡᆼᄒᆡ가니 텬리절문 분명ᄒᆞ다
텬리절문 분명ᄒᆞ나 만코만은 世上사람

정했으니, 이것을 만물에 적용하여 낮고 높음이 정해지니, 위에 있는 것은 귀하게 되고 아래에 있는 것은 천하다 하여 비로소 귀천이 정해진 것이다.

132) 졍영: 정영(丁寧).

133) 자고급금: 자고급금(自古及今). 예로부터 지금에 이르기까지.

134) 갓트니: 같[同]으니. 모음 간 유기음 'ㅌ'이 'ㅅㅌ'으로 재음소화하여 중철 표기된 형태이다.

135) 世上산들: 세상사(世上事)인들. 세상사(世上事)+-ㄴ들. '산들'은 '사(事)인들'의 모음 축약 표기 형태이다.

136) 만물졔단: 만물제단(萬物制斷).

137) 사뎨之분: 사제지분(師弟之分).

138) 上下기즉: 상하기직(上下其職).

139) 귀쳔之殊: 귀천지수(貴賤之殊).

140) 노쇼관등: 노소관등(老少冠童). 늙은이와 젊은이, 관례를 한 사람과 관례를 하지 않은 사람이라는 뜻으로, 남자 어른과 남자아이를 아울러 이르는 말.

141) ᄋᆡ친경장: 애친경장(愛親敬長). 어버이를 사랑하고 어른을 공경함.

142) 명명기덕: 명명기덕(明明其德). 천도교에서, 그 큰 덕을 밝히는 일.

사람마도 비지안코 시힝할가 이럼으로
자고셩人 이어나셔 스승스승 이럼ᄒᆞ고
텬리절문 효칙하여 예의五윤 뎡히두고
글을지며 말을ᄒᆞ여 심학법[143]을 발켜두고
사룸사룸 효유[144]히셔 슌슈텬리[145] ᄒᆞ게ᄒᆞ니
사문셩덕[146] 그안인가 사문셩덕 그러키로
스승교훈 발켜너여 지셩심학 ᄒᆞ는사람
사람마도 군자되야 도셩닙덕 다되느니
리치二자 이러무로 사사문셩덕[147] 조타ᄒᆞ고
자고유릭 世上사람 셔루셔루[148] 권구ᄒᆞ[修]여[149]
학니시십 날로ᄒᆞ야 明明도덕 힝ᄒᆞ나니
明明도덕 힝훈사람 텬디닌윤[150] 예법알고

---

143) 심학법: 심학법(心學法). 마음을 공부하는 법, 곧 마음의 본체를 밝히고, 그 밝혀진 마음의 실체에 따라 실천하는 일에 힘쓰는 법. 「수덕문」에 "도성입덕 재성재인(道成入德 在誠在人) 도가 이루어지고 덕이 서는 것은 지극한 정성에 있고 바르게 믿는 사람에 있는 것이다."이라는 말은 바로 지극한 정성을 드리는 것에도 법과 절차를 바르게 알고 행하는 사람에게 있다고 한 말이다. 「교훈가」에 "도성입덕 하는 법은 한 가지는 정성이요 한가지는 사람이라"고 이 구절을 인용한 것도 바로 이와 같은 뜻인 것이다.

144) 효유: 효유(曉諭).

145) 슌슈텬리: 순수천리(順隨天理).

146) 사문셩덕: 사문성덕(師門聖德).

147) 사사문셩덕: '사문성덕(師門聖德)'의 잘못된 표기로 보인다.

148) 셔루셔루: 서로서로[相互]. '서로[相互]'라는 단어는 15세기에 '서르, 서르'의 형태로 처음 나타난다. '서르〉 서르'는 2음절에서의 'ㆍ〉 ㅡ' 변화를 반영한 과도 표기이다. '서르〉 서로'는 유추에 말미암은 것으로 보인다. 중세국어 시기에는 '용언 어간 + -오/우(부사 파생 접미사)'의 파생부사화 규칙이 생산적이었다.(좇 + -오 → 자조, 넘 + -우 → 너무, 비릇 + -오 → 비르소 등) 그런데 '바ᄅᆞ다'라는 형용사는 '바ᄅᆞ'가 그대로 부사로도 쓰였는데, 17세기에는 부사 파생 접미사 '오/우'의 형에 유추되어 '바로'라는 형태로 변하였다. 이처럼 '서르〉 서로'도 부사 파생 접미사 '오/우'의 형에 유추한 것으로 볼 수 있다. '서라'는 '서ᄅᆞ'로부터 'ㆍ〉ㅏ' 과정을 거친 것으로, '셔르/셔로/셔루/샤우' 등은 치찰음 'ㅅ' 다음의 'ㅑ, ㅕ, ㅛ, ㅠ'의 'ㅏ, ㅓ, ㅗ, ㅜ' 변화 과정에서 일어난 과도 표기이다.

149) 권구ᄒᆞ여: 권고(勸告)하여.

150) 텬디닌윤: 천지인륜(天地人倫).

불실시중 슌텬ᄒᆞ니[151] 도로 셩人 아니신가
도로聖人 되여씨니 남의스승 되엿구나
남의스승 되온후에 一一궁구 ᄭᅵ다러셔
그근본을 싱각ᄒᆞ니 明明ᄒᆞᆫ 니ᄂᆡ운슈
유여셩덕[152] 분명ᄒᆞ다 고금역시 一반리치
사람힝실 그런게니 자셰싱각 ᄭᅵ달어셔
스승교훈 위기[153]말고 도之근본 발켜ᄂᆡ여
사람힝실 힝히보셰 그는ᄯᅩ한 그러ᄒᆞ나
만물之즁 최령ᄒᆞᆫ자 사람이라 예로좃쳐
젼힛ᄂᆞᆫᄃᆡ 사람이라 이럼[154]ᄒᆞ고 외유역여[155]
니목구비[156] 다갓트나 ᄂᆡ유 신령[157] 힝뎡긔
마음심자 슈연[158]업셔 사문셩덕 무어신지
텬리절문 모로고셔 예의염치 다바리고
자힝자지[159] 하ᄂᆞᆫ사람 亂法亂道[160] 그안인가

---

151) 슌텬ᄒᆞ니: 순천(順天)하니. 하늘의 뜻에 따르니.
152) 유여셩덕: 유어성덕(由於聖德).
153) 위기: 위기(違棄).
154) 이럼: 이름[名].
155) 외유역여: 외유역여(畏有亦如).
156) 니목구비: 이목구비(耳目口鼻). 어두 'ㄴ'이 탈락하지 않은 표기 형태이다.
157) ᄂᆡ유신령: 내유신령(內有神靈). 『동경대전』「논학문」에 "시자 내유신령 외유기화(侍者內有神靈 外有氣化)"라 하였는데, 동학에 있어서 중요한 사상. 한울님을 모시고 있다는 '시(侍)'자를 설명한 것이다. '시'라는 것은 신령한 기운한울님의 기운, 우주의 기운과 접하게 되는 것으로, 안으로 신령이 있고, 밖으로 기운의 조화로움이 있다고 하여 신앙의 대상이 밖에서 있는 것이 아니라 자신의 몸 속에서 찾을 수 있음이 동학에서의 신앙의 방법이다. 이는 동학만의 독특한 신앙의 방법으로 하느님과 사람을 별개로 독립시켜 놓은 천주교나 다른 종교와 구별되는 특징 중의 하나이다. 그런데 선천이 지나고 후천이 개벽이 되어 후천의 이치와 기운이 작용하니 후천의 이기에 의해 한울님의 영의 기운이 사람의 몸 안에서까지 영력(靈力)을 나타내는 것이다. 이 영의 작용을 '내유신령'이라고 한다.
158) 슈연: 수련(修鍊).
159) 자힝자지: 자행자지(自行自止). 스스로 행하고 스스로 그친다는 뜻으로, 자기 마음대로 했다 말았다 함을 이르는 말.

난법난도 ᄒᆞ는사람 형체비록 사람니나
사람ᄒᆡᆼ실 못ᄒᆡᆼᄒᆞ고 져와갓치 불사ᄒᆞ니
도로여 금슈만도 못할시라
리치리자[161] 그러ᄒᆞ니 유덕ᄒᆞᆫ 졔군자[162]는
아모ᄶᅩ록 ᄉᆡᆼ각ᄒᆞ여 이일져일 ᄭᆡ닷고셔
스승교훈 잇지말고 오ᄒᆡᆼ뎡긔 마음ᄇᆡ워
자고셩人 明明도덕 거울갓치 발켜ᄂᆡ여 사람ᄒᆡᆼ실 ᄒᆡᆼᄒᆡ보세
사람ᄒᆡᆼ실 당〃졍리[163] 그러ᄒᆞ니
만코만안[164] 져사람덜 스승문을 차자들어
마ᄋᆞᆷᄇᆡ고 ᄒᆡᆼ실곤쳐[165] 닌자무젹[166] 죠흔도덕
실수업시 ᄒᆡᆼᄒᆡ볼가 아모리 이世上도
텬디반복[167] 다시되야 북방슈긔 그가운ᄃᆡ
금슈之운[168] 잇다ᄒᆞ되 슈ᄉᆡᆼ목운[169] 리치잇셔
목덕니王[170] 하실랴고 明天이 감응ᄒᆞ사
궁ᄋᆞᆯ기리[171] 죠화로셔 슈출셩人[172] ᄒᆞ셔씨니

---

160) 난법난도: 난법난도(亂法亂道). 법과 도를 문란하게 함. 또는 문란한 법과 도.
161) 리치리자: 이치이자(理致理字).
162) 졔군자: 제군자(諸君者).
163) 당〃졍리: 당당정리(當當正理). 사리에 맞는 옳은 이치
164) 만안: 많[多]은. 연철 표기 형태이다.
165) 곤쳐: 고쳐.
166) 닌자무젹: 인자무적(仁者無敵).
167) 이世上도 텬디반복: 이 세상(世上)도 천지반복(天地反覆)천지반복. 천지가 반복되는 이 세상. 복희씨 때의 선천운이 수운에 이르러 돌아옴. '텬디'는 '천지'의 구개음화 이전의 표기 형태이다.
168) 금슈之운: 금수지운(禽獸之運).
169) 슈ᄉᆡᆼ목운: 수생목운(水生木運).
170) 목덕니王: '목덕이왕(木德以旺)'의 잘못된 표기로 보인다.
171) 궁을기리: 궁을기리(弓乙其理). 『동경대전』「포덕문」에서 경신년에 수운이 한울님으로부터 영부를 받을 때의 상황을 적고 있는데, "오유영부 기명선약 기형태극 우형궁궁 수아차부 제인질병 수아주문 교인위아칙 여역장생 포덕천하의(吾有靈符 其名仙藥 其形太極 又形弓弓 受我此符 濟人疾病 受我呪文 教人爲我則 汝亦長生 布德天下矣) 나에게 영부가 있으니 그 이름은 선약(仙藥)이요, 그 형상은 태극(太極)이요, 또 형상은 궁궁(弓弓)

셩人교훈 다시ᄇᆡ워 현人군자 되야보셰
ᄯᆡ운슈 그러컨만 그런운슈 모르고셔
어리셕은 져사ᄅᆞᆷ덜 닌의도덕 다바리고
심슈긔화173) 업셔씨니 슌슈텬리 웃지할고
슌슈텬리 못ᄒᆞ오면 불고텬명174) 그안인가
불고텬명 져사람덜 十二졔국 괴질운슈175)
다시ᄀᆡ벽176) 도라오니 웃지ᄒᆞ여 면희볼고
ᄋᆡ달ᄒᆞ다 ᄋᆡ달ᄒᆞ다 너의사람 ᄋᆡ달하다
ᄭᅮᆷ결갓치 가다가셔 셕화177)갓치 씨러지니
그안이 ᄋᆡ달ᄒᆞᆫ가 시운시변178) ᄯᅢ를ᄯᅡ라
슈심뎡긔179) 못ᄒᆞᆫ사람 오는겁운180) 그러ᄒᆞ니

이니,… 덕을 천하에 펴리라" 하여 궁을의 유래와 효험을 말하고 있다. 아울러 동학의 교기도 궁을에 기인하여 만들었는데, 궁을기(弓乙旗)의 철학적 의미를 풀이한 글을 보면, "태극은 음양을 상징한 것이니, 우선 붉은 색과 흰색이 음양합덕을 표시한 것이며,… 궁을은 또한 마음심자(心)를 파자(破字)한 것이기도 하며, 천심과 인심을 좌우로 합일하되 흰바탕은 한울님 마음을 상징하고, 붉은 바탕은 사람의 마음을 상징한 것이다. 즉 음양합덕(陰陽合德), 오심즉여심(吾心則汝心), 천인합일(天人合一), 여합부절(如合符節)을 상징하여 인내천요체를 그대로 시현(示現)한 것이다."하여 궁을의 의미를 함께 풀이하고 있다.

172) 슈츌셩人: 수출성인(首出聖人).

173) 심슈긔화: 심수기화(心修氣和).

174) 불고텬명: 불고천명(不顧天命).

175) 十二졔국 괴질운슈: 십이제국(十二諸國) 괴질운슈(怪疾運數). 우리나라가 쇠(衰)할 운수. 『한단고기』에 파나류산 밑에 한님의 나라가 있으니 천해 동쪽의 땅이다. 파나류(波奈留)의 나라라고 하는데, 그 땅이 넓어서 남북이 5만리요, 동서가 2만리니 통틀어 말하면 한국(桓國)이요, 나누어서 말하면 비리국(卑離國)·양운국(養雲國)·구막한국(寇莫汗國)·구다천국(句茶川國)·일군국(一群國)·우루국(虞婁國);또는 畢那國·객현한국(客賢汗國)·구모액국(句牟額國)·매구여국(賣句餘國); 또는 稗白多國·사납아국(斯納阿國)·선비국(鮮稗國); 또는 豕韋國·수밀이국(須密爾國)이니 합해서 12국이다. '괴질운수(怪疾運數)'는 괴이한 질병여기서는 콜레라이 가득한 운수.

176) ᄀᆡ벽: 개벽(開闢).

177) 셕화: 석화(石火). 돌이 서로 맞부딪치거나 돌과 쇠가 맞부딪칠 때 순간적으로 일어나는 불. 몹시 빠른 것을 비유적으로 이르는 말.

178) 시운시변: 시운시변(時運世變). 시대나 그때의 운수. 시세의 변화. 또는 그때의 변고.

약간웃지 아는걸노 각언각지[181] ᄒᆞ들말고

나의 교훈 시힝히셔 안심 뎡긔[182] 슈신[183] ᄒᆞ여

오는악질[184] 다면ᄒᆞ고 어진군자 되어보셰

나도ᄯᅩᄒᆞᆫ 이世上에 오는운슈 ᄯᅢ를알고

젼후사젹[185] 업는말을 기연불연[186] 그려니여

니와갓치 젼히쥬니 자셰보고 마옴비워

잇지안코 시힝할가

---

179) 슈심뎡긔: 수심정기(守心正氣). 한울님 마음을 회복하여 지키고 또 기운을 바르게 하여 바르게 실천하는 동학의 수행법. 인의예지를 행하려면 먼저 수심정기를 하지 않으면 행하기 어려우므로 먼저 수심정기를 이루어야 함.

180) 겁운: 겁운(劫運). 재앙이 낀 운수.

181) 각언각지: 각언각지(各言各知).

182) 안심뎡긔: 안심정기(安心正氣). 마음을 편안히 하고 기운을 바르게 함. 한울님의 가르침을 마음에 새겨서 자신의 마음을 편안히 하여 자신의 올바른 마음을 바른 행동으로 실천할 수 있도록 함. 즉 안심은 수행의 측면이 강하고, 정기는 실천의 측면이 강함.

183) 슈신: 수신(修身).

184) 악질: 악질(惡疾).

185) 젼후사젹: 전후사적(前後事積).

186) 기연불연: 기연불연(其然不然). 불연(不然)과 기연(其然), 그렇지 아니함과 그러함. 즉, '불연(不然)'이 사물의 겉으로 드러나는 현상적인 것을 말한다면, '기연(其然)'은 사물이 생겨나게 된 원리와 근원적인 이치를 말한다.

한양비가

하나의 두루마리에 전편이 수록된 국문가사이다. 515.5×37.2cm 규격의 두루마리이며, 단 · 행 · 음보 구분 없는 줄글 형태의 필사본이다. 분철 표기가 이루어져 있어, 대체로 현대어에 가까운 표기로 기록되어 있다. 작품의 마지막 부분에 "경진 팔월 순이일 권 첨지 서"라고 기록되어 있고 1900년대로 추정된다. 이정옥 소장 가사이다. 〈한양비가〉라는 제목에서 보듯이, 조선 개국부터 조선 말까지의 역사적 기록과 함께 조선의 비운에 대해 안타까워하는 심정을 담고 있는 작품이다.

한양비가

일락서산[1] 옛성터를 죽장[2]지분 돌아보며
높이 솟은 북악산과 얕게 솟은 남산이라
한강수은 동쪽애서 굽이치며 흘어오고
서쪽애는 인왕산이 이씨 고궁 굽어보네
남한산성 북한산성 굳게 쌓은 이태조가
고려왕실 둘어치고 이씨 왕국 건설하사
정도전을 앞새우고 한양으로 천도할제
백대권근 살고지고[3] 터울 닦은 대궐이며
애단척첩 날 떠민다 옴겨 안진 벽궁자리
호로[4]인생 떠난 후에 권설[5]만이 남아있어
권족만데 이 땅에서 사는 백성 교훈이라
이씨 조선 오백년사 들처 보면 비극이라
국초부터 골육상쟁 위의치사 잘못인가
태조대왕 많은 왕자 두 왕비의 소생이라
한씨 소생 방과 방원 개국공로 뚜렷함을
강씨 소생 사랑하야 세자책봉 결정할 재
방원의 난 일으켜서 정도전을 학살하고
방번 방식 두 왕자를 용상 앞에 박살헷네
이 소동을 보신대왕 기가 막혀 은퇴하사
함훙으로 피해가서 적막하게 계실떠라
방과등극 먼저 시켜 정종대왕 그 분이오

---

1) 일락서산: 일락서산(日落西山). 해가 서산으로 떨어짐.
2) 죽장: '늘, 줄곧'의 방언형이다.
3) 살고지고: '지다'는 '-고 지다'의 구성으로 쓰여 앞말이 나타내는 동작을 소망함을 이르는 말이다. 예스러운 표현으로 자주 쓰인다.
4) 호로: 북방의 소수 민족을 이르는 말이다.
5) 권설: 권설(勸說). 타일러서 권하는 말.

방원 등극 나종되니 태종대왕 그분이라
용산 앞에 피 비린내 정종대왕 싫어하사
개경으로 옮기신 후 동생에게 선위햇네
태종대왕 즉의하사 하양으로 다시 옮겨
용상위에 안았으나 무리 하개 얻은 왕의
절차마다 문안하고 함홍차사 보내면은
태조대왕 화가나서 가는 차사 다 죽이메
함홍차사 불여지는 신하까지 불행사요
대궐 안에 여려 살님 싸움 그칠 날없었내
삼천궁녀 편을 갈아 모락중상 궁리통에
태종대왕 왕자들은 갓별조심 하는지라
슬피하는 유림들이 집현전에 모여앉자
새상 만사 탄식하며 발명하신 훈민정음
국민에게 선포하신 세종대왕 큰 공덕을
우리백성 하나같이 영세불망[6] 하고지고
집집마다 언문 공덕 가갸거겨 배우는데
야극할사 신명이여 세조대왕 승하로다
문종깨서 직의하사 이역 별서 웬일이며
어린 단종 등극할 새 수양대군 황장햇네
어린 단종 자리 뺏은 세종대왕 그분이라
역대춘신 잡아다가 주리 틀고 악형할재
옳은 말은 듣기 싫고 고룡포[7]만 탐이나서
단종에사 살신은 세조대왕 저지른 죄
못 할노릇 하신 세조 승하 형재 요사[8]마다
단종 모후 꿈애 뵈고 자신 병도 고질이라

6) 영세불망: 영세불망(永世不忘). 영원히 잊지 아니함.
7) 고룡포: 곤룡포(袞龍袍). 임금이 입던 정복. 누런빛이나 붉은빛의 비단으로 지었으며, 가슴과 등과 어깨에 용의 무늬를 수놓았다.
8) 요사: 요사(夭死). 요절.

세조대왕 노래에든 자기 잘못 후회하사
한양부군 고활찾아 불공 중에 별새헷내
성종임금 죽한 후 단종 신주 모시적어
자리불은 새조 신주 손자호령 들엇다내
참혹하계 객사하고[9] 어린 단종 추모하여
사륙신의 사당 세워 죄 벗기고 분향이라
성종대왕 어지신일 조신들이 추앙할제
곤전[10]마마 별세하사 후궁 중에 선택받은
윤비 마마 투기심을 왕이 알고 사양햇네
연산군을 낳아놓고 투기 죄로 사양 받은
윤비 마마 슬픈 사연 알려주는 금삼[11]의피
연산군이 어릴 때라 모르고서 등극할 새
훈구파와 사림파의 감정폭발 무오사와[12]
김종직의 조이제문[13] 왕의머리 자극하여
연산군의 복수정취 가자사화[14] 또 빗었네
어릴 때은 영특하신 연산군이 미친듯이
성균관은 놀이터로 원각사는 기악 장소
왕의비행 투서하면 굴아는 이 투옥하고

---

9) 객사하고: 객사(客死)하고. 객지에서 죽고.

10) 곤전: 곤전(坤殿). 중궁전. 왕비를 높여 이르는 말이다.

11) 금삼: 금삼(錦衫). 비단으로 만든 적삼.

12) 무오사와: 무오사화(戊午士禍). 조선 연산군 4년(1498)에 유자광 중심의 훈구파가 김종직 중심의 사림파에 대해서 일으킨 사화. 4대 사화 가운데 첫 번째 사화로, ≪성종실록≫에 실린 사초 〈조의제문〉을 트집 잡아 이미 죽은 김종직의 관을 파헤쳐 그 목을 베고, 김일손을 비롯한 많은 선비들을 죽이고 귀양 보냈다.

13) 조이제문: 조이제문(弔義帝文). 조선 성종 때 김종직이 세조의 왕위 찬탈을 빗대어 지은 글. 항우가 초나라 회왕인 의제를 죽인 고사를 비유한 것인데, 무오사화의 빌미가 되었다.

14) 가자사화: 갑자사화(甲子士禍). 조선 연산군 10년(1504)에 폐비 윤씨와 관련하여 많은 선비들이 죽임을 당한 사건. 연산군의 생모 윤씨가 폐위되어 사약을 받고 죽은 일에 관계한 신하들과 윤씨의 복위를 반대한 사람들이 임금의 노여움을 사게 되어 화를 입었다.

국문서적 압수하여 불살이고 버렸다네
이런 폭정 십년이라 조신들이 싫어하여
연산군을 쫓아 내고 중종반정 혁명거사
중종대왕 등극하사 혁신정치 하시려고
도학파로 이름 높은 조광조를 등용햇네
조광조는 대사헌에 성현으로 이름날 재
소인들니 시기하여 귀양 가게 환훈조가
역모 한다는 뜻 왕이 믿게 하는라고
주초의왕 글자대로 벌래먹은 풀잎 따서
궁녀들이 해명할 재 대왕게서 크게 올라
성현군자 조정 암을 투옥하여 극형하며
한양성은 안팎으로 유림들이 통곡이며
인산인해 이룬중애 자진투옥 칠십여명
형틀 위애 같이 올라 자진화를 당한시실
기모사와[15] 그 원인은 간신들의 악행이라
꿀물어서 쓴 글자에 벌래먹은
풀잎사귀 어리석은 대왕 앞에 위협드린
비극이요 중상모략 일은 삼는 왕비천성
새도판애 중종대왕 승하하사 인종대왕
즉위로다 계모대신 윤대비는 인종해찰
계교로서 친정사람 불어들여 별별수단
계획 중에 자기소생 상감되라 절을 짓고
불공터니 인종대왕 요사할새 병종대왕
올려놓고 대비마마 섭정이라 대윤그윤
싸움이요 을사사화[16] 빗은 참극 윤씨들의

---

15) 기모사와: 기묘사화(己卯士禍). 조선 중종 14년(1519)에 일어난 사화. 남곤, 심정, 홍경주 등의 훈구파가 성리학에 바탕을 둔 이상 정치를 주장하던 조광조, 김정 등의 신진파를 죽이거나 귀양 보냈다.
16) 을사사화: 을사사화(乙巳士禍). 조선 명종 즉위년(1545)에 일어난 사화. 인종이 죽자 새

추태로다 인종외숙 윤파는 대윤으로
쫓겨나고 병종외숙 윤형은 소윤으로
들어서서 섭정세도 난장판애 명종임금
승한로다 선조대왕 입양등극 복이할수
없던가 형숙하신 왕비 몸에 왕자 일찍
못 두시고 서자 중에 광해군이 총애받고
자랐다내 임진외란 저을 때도 한양성을
포기하고 피란 가서 선위할 제 광해군이
계승했내 가악 으린 외놈들은 금수[우]강산
침략하여 평양까지 올라가니 간곳마다
바다요 국가 존셔 위기어서 광해군이
한약사수 피랑17)못간 백성들을 위로했는
그 공인듯 상궁들이 동정하니 선조대왕
승하하고 초상중애 등극하니 깁어비의
적이로다 상궁덕에 등극하신 광해군이
심약해서 상궁말만 신용타가 나라정사
그르첫다 영창대군 살해하고 대비마마
욕을보여 폐륜행위 오심하기 금수 다름
없는지라 조신들이 통곡하며 인조반정18)
결심하야 대궐뒷문 깨트리고 상감침실
들여가니 발가벗은 궁녀들이 한방모여
장난이라 대들어서 붙잡을 때 큰 힘들지
아니한 듯 강화도로 귀양가서 광해군이

로 즉위한 명종의 외숙인 소윤(小尹)의 거두 윤원형이 인종의 외숙인 대윤(大尹)의 거두 윤임 일파를 몰아내는 과정에서 대윤파에 가담했던 사림(士林)이 크게 화를 입었다.

17) 피랑: 피난.

18) 인조반정: 인조반정(仁祖反正). 조선 광해군 15년(1623)에 이귀・김유 등 서인(西人) 일파가, 광해군 및 집권파인 대북파(大北派)를 몰아내고 능양군(綾陽君)인 인조를 즉위시킨 정변.

아사햇네 인조 반정 그 행사도 우리나라
혁명거사 내랑 외첩 잦은 탓에 병자호란
비극이며 적군침략 올 때마다 한양비운
수 없어라 호수만복 추치든 어디 가니
호조할꼬[19] 약소민족 우리겨래 대국사이
끼인 설음 외우내환 그 속에도 옳은사람
못 배기네 효종대왕 인질되어 호적[20]땅에
계시다가 수 년만에 도라와서 눈물속에
신양[21]으로 요사할 새[22] 허드지둥 대를이어
숙종 대왕 즉의 후라 곤전마마 패의하고
장희빈에 혹해다가 희빈조차 싫증나서
다시 민비 입절할 새[23] 투심많은 장희빈이
사약밧고 발악이라 자기 소생 경종 임금
병신으로 만들었내 요악수력 그 성품에
궁녀들도 많이 죽고 대왕 앞에 소곤거리
곤전 마마 쫓아낸 뒤 군신 간에 논의타가
노론남인 당쟁이면 서로암살 일삼아서
한양 땅에 피 뿌릴제 희빈 소생 경종왕은
즉위하사 곧 별세라 영조대왕 등극하사
다비다남 팔십 향수 탕평책[24]을 써가면서
국민단결 힘써오니 사도세자 죽일 려고
옹주들의 말을 듣고 두지 안에 세자 넣어

---

19) 호조할꼬: 호조(互助)할꼬. '호조하다'는 서로 돕다라는 뜻으로 '상조하다'와 같은 말이다.
20) 호적: 호적(胡狄). 오랑캐.
21) 신양: 신양(身恙). 신병. 몸에 생긴 병.
22) 요사할새: 요사(夭死)할 새. '요사하다'는 '요절하다'라는 뜻이다.
23) 입절할새: 입절(立節)할 새. '입절하다'는 한평생 절개를 굽히지 않는다는 뜻이다.
24) 탕평책: 탕평책(蕩平策). 조선 영조 때에, 당쟁의 폐단을 없애기 위하여 각 당파에서 고르게 인재를 등용하던 정책.

떠워 죽인 그 즉시로 세자비도 폐비하당
부당하신 분부이매 조옥천이 반대하는
상소문을 올렸다가 명조대왕 대로하사[25]
옥천승지 투옥할 새 필히 귀양 가는가마
옥천태위 전별이요 귀양길에 상소문을
또 보내고 병사했네 영조대왕 다음위에
정조대왕 등극하사 부친원수 갚으려고
되[우]사리든 그 당시라 눈치 헤린 전의들이
마음 써서 편해한 일[26] 아는 이도 있거니와
모르는 이 더 많도다 궁중비화 알고 보면
위태한 것 왕위건만 사람마다 그 자리를
좋다고만 하는 세상 그 후에도 여려 임금
나이어려 등극하사 외척들이 섭정하고
서로죽인 한양이라 슬푸도다 한양 땅아
이씨조선 오백년아 올은 사람 죽이기를
계저도살 같이햇네 한양도읍 그동안에
외첩내란 연달앗고 위기봉착 종묘사직
몃번이나 양자격어 고종 황재 어린제왕
소의생부 섭정토록 조대비가 수렴친정
비밀결사 성공이라 득햇던 안동김씨
일조일석 몰락이요 쇠국주의 대원국이
복수정친 노골화[27]라 그중에도 대궐중수
핑계하고 듣거들재 한양근처 사는 백성
모두고통 받았다네 영남출신 최익현씨
발른 말로 간언할 재 위정자가 듣지 않고

25) 대로하사: 크게 노하시어.
26) 편해한일: 편애한 일.
27) 노골화: 노골화(露骨化). 숨김없이 모두를 있는 그대로 드러냄. 또는 숨김없이 모두가 있는 그대로 드러남.

도로 봉변 시킨 때라 민중전도 구부 간에
의산충들 심하드니 청국배를 오라해서
대원을 타게한 후 부지거쵀 출항으로
청국까지 싣고 간일 대원군이 돌아[위]온 후
이를 갈고 있을 적에 민비 파가 들어서서
수구파를 몰아내고 로국사람 불러들여
석제건물 지은 일리 일본병정 불러들여
청국 병정 막으려다 청일 정장 부발되니
민중전의 책임이라 대원군의 구부 싸음
남인노론 상극되고 왜놈들이 앞장서서
대원군을 이용하여 민중전이 무참하게
왜놈 손에 피살됨을 한양 성중 경북궁에
경희가 보았거니 밍중전의 불탄 궁장
집어넣은 연못이내 한심해라 우리나라
긴 역사을 들쵸 보면 왕조마다 바꾸일 때
무혈 점령 당햇지만 한양도읍 한후로는
악당요녀 난판이요 민중전의 하나 소생
병신 되여 자락용을 일본놈이 새운 임금
융희 황재 그 분이내 이름만이 독립국이
독립문도 새웠으나 일본놈의 보호조약
한성에서 체결되고 애고애고 큰일낫내
어이하면 좋단 말고 사천여년 긴 역사가
아조 끝날 되단말가 팔도강산 유림들니
통곡하며 모여들고 매국노매 이완용을
죽일려고 미행할 때 의병들이 도처에서
외놈촌에 다 죽은 일 가엽서라 백의용사
유림들은 말하노니 항일토쟁 고혼들은
누가 알아 준단 말가 왜놈들은 대대손손

대륙침략 계획으로 동해주변 영덕 땅에
배를 대고 상륙이라 쇠국주의 대원군의
죽마지우 초남주장 의병들을 거느리고
삼십여년 공방전[28]에 물심양면 기울여서
가산탕지 하엿것만 국가으녹 쇠잔하니[29]
일생공적 수포됐다 매국도배 이완용은
일본놈과 결탁하야 일본 헌병 불러들어
패장 병을 소탕할 새 장군들이 낙심하여
집단으로 자살한일 외놈들의 세상이리
소문조차 금할 적에 이십칠때 고종황재
막동왕자 인절이요 일본으로 건너간 후
돌아올길 묘연터니 고종 황재 별안간에
별세하신 인산이라 외놈들이 시관시켜
독살햇단 소문으로 배일 감정 최고조에
우리 겨래 단결할 새 삼일운동 독리만세
유혈참극 빚었으나 일본 헌병 총부리에
백의민족 안굴햇네 무차별로 쏘는 총에
애국열사 쓰러지며 독립선언 하는 글을
만민 앞에 낭독한일 탑골공원 목석들도
같이울며 외우난 듯 춘풍추우 긋은 날에
피냄새도 풍기난 듯 삼십삼인 애국열사
나라 위해 서명한 글 품에 품고 빠저나간
이준열사 용감하다 만국평화 회담석에
약소 민족 비애로써 할복하신 그 정신을
우리 어찌 잊을소냐 가엾어라 윤희 황제
허수아비 같은 존재 창덕궁에 감금되어

28) 공방전: 공방전(攻防戰). 서로 공격하고 방어하는 싸움.
29) 쇠잔하니: 쇠잔(衰殘)하니. 쇠하여 힘이나 세력이 점점 약해지니.

둘어싸고 한국군대 해산시켜 보병학교
세우더니 총알업은 헛총매고 꼼작 말고
있은할 제 유럽 대포 조대간은 일본시찰
하고와서 좋은 기회 놓칠새라 입절하야
부복하고 금상패화[30] 어찌하와 아무분부
없나이까 오월상장 그때에도 와신상담
유명한일 언제든지 유림들을 부르시면
일나리라 틈을 타서 알외온 말 황제 대답
듣기 전에 이완용이 가로막고 물어서라
호령이라 조대간을 끌어내란 추상같은
호령후로 철통같은 경비태새 어마어마
하엿건만 이동박분 수양딸이 배모 양반
들락날락 외놈들과 열락하여 갓은 작난
다 하는대 말 한마디 못해보고 용상위에
앉은 대왕 부부지락 조차 몰라 궁녀나인
탈시 중에 별새로다 융희 황제 이조 말왕
그분이라 이씨 왕국 오백년에 이십팔왕
사십왕비 한양 근처 양손처 자리잡은
능라제궁 많을시고 대궐 안애 혼자 남은
윤비마마 가엽서라 병든 남편 만난탓에
소생하나 없시 늙어 딸 팔아서 사는 친정
원망하며 한탄할 제 막즉 인산 유월이라
육십만시 그날에도 외병들이 학생들을
강재해산 시켰도다 소방차로 물을 쏘고
사람들을 잡아 갓내 광주학생 망세사건
전속으로 번질 때도 외징취하 항일투장
한양천지 뒤집헛다 외놈들도 학생들을

30) 금상패화: 금상폐화(今上陛下). 현재 집정하고 있는 황제를 높여 이르는 말.

무시할 수 없는지라 음속잡아 전부석방
시킨 후에 두고두고 잡아들여 배일사상
시킨 후에 뿌리 빼며 신간회[31]를 해산시켜
간사들을 검거하고 한글회를 해산시켜
간부들 검속하여 홍원까지 끌고가서
갖은 악형 다할 때라 서부인을 매수하여
천도교로 분열공작 그중에도 최린씨가
병심한일 듯밖이라 조선팔도 유지들은
일본감투 쓰라할 재 총독부의 소속으로
중추원[32]의 참의원들 황국신민 맹세하고
순회강연 하더니만 창씨가지[33] 권유하여
왜성같은 변성명은 참고볼 수 없는지라
유리들은 통곡할 재 창씨안한 사람에겐
요시찰의 딱지붙고 밤낮으로 미행하여
삼족[34]가문 괴롭히면 처녀 공출 해와서는
일본군의 위안부로 젊은 사람 증발여서
일본군대 보병으로 외놈들의 압잡이가
껑청대던 그 시대라 인륜평등 이 세상에
무슨 운명 이러할꼬 애고애고 원통해라
일본제국 침략행위 대륙까지 빼앗으려
만극출병 시작한 후 십년넘은 대전이라
초근목피 우리약식 어린자식 불상토다

31) 신간회: 신간회(新幹會). 1927년에 민족주의와 사회주의 운동의 대립을 막고 항일 투쟁에서 민족 단일 전선을 펼 목적으로 조직한 민족 운동 단체. 이상재를 회장으로 추대하여 결성하였는데, 항일 투쟁에 많은 활약을 하였지만 내부 분열로 1931년에 해산하였다.

32) 중추원: 중추원(中樞院). 1. 대한 제국 때에, 의정부(議政府)에 속한 내각의 자문 기관. 2. 일제 강점기에 둔, 조선 총독부의 자문 기관.

33) 창씨가지: 창씨까지. 창씨개명까지.

34) 삼족: 삼족(三族). 부계(父系), 모계(母系), 처계(妻系)를 통틀어 이르는 말.

이래저래 비운속에 외놈들이 항복할새
금수강산 삼철 리가 해방인가 햇더니만
삼팔선의 철의장막[35] 조선반도 두쪽낫네
슬푸도다 우리나라 약속민족 이비애라
세계대전 종식날에 미소가의 얄타협정
북한에는 쏘군이요 남한에는 미군정에
외놈들이 때을 지어 야간도주 햇는지라
촌독부도 우리 손에 방속도 우리 손에
해방천지 한양 땅에 태극기가 날일때라
심팔선을 원망하며 망명객들 돌아오나
우익 명사 승진우씨 괴한애게 암살당코
좌익 사람 여운형도 또 암살을 당햇으면
한민당의 장덕수씨 괴한에게 암살당해
청년들이 통곡하면 장지까지 매고 가니
국장보다 애통스런 장씨 장래 그날이요
남북으로 갈린서름 모두 갓치 울었난이
한양 땅에 흘린 눈물 한강수도 불는듯고
모자년에 종서겨을 대한민국 수립할 새
간접선거 대통령에 이승만씨 당선이라
창덕궁에 윤비 마마 아뢰 통령 황대하야
비원 속에 차린 잔치 가시님이 돌아온듯
오려만에 조국광복 우리나라 경사러니
김구성생 암살사근 의혹중에 의혹이며
우방나라 원조받아 번창해진 한양이나
하강상류 올아간이 한탄강이 탄식하내
찬여울에 흘린 피는 육이오를 알렷건만
우리나라 이원구는 미련하개 방송키를

35) 철의장막: 철의장막(鐵-帳幕).

모든 직장 잘지키라 미군들이 곧온다고
백성들을 속여놓코 혼자만이 피랑이요
육군참모 책임자가 한강교를 끊어놓니
성군[36]시민 이백만이 독안에든 쥐와같아
인민군이 내려와서 다들잡아 가려다가
요행으로 남은 청년 오늘날의 국군이라
슬푸도다 이한양아 비참한일 몇차랜고
병자호랑 그해에도 희생당한 어린이며
육이오에 남북인사 언제 놓여 오려는고
부모처자 고대함을 짐작이야 하련마는
찰이장막 삼팔선에 가로막혀 못오는덧
보고지라 납치 인사 언제다시 만나볼꼬
남북인사 생각하면 원망스런 이원수라
그 이팔에 입성한 후 남으시면 모이며는
이원수의 음성조차 듣기 싫어 하 는말이
일사후태 부산에서 무리하게 당선이요
수복에서 삼선출마 또 당선이 될 적에도
해공선생 급사하야 젊은이들 실망햇네
야당출마 신익희새 시체운반 그날이라
경무대 앞 큰길에서 경관들과 대중들에
삼백여명 젊은이가 검거되고 소환햇내
사선에도 출마하신 이대통령 명령인가
오심선거 땡겨갖고 삼이오에 한다할재
한양조씨 유식선생 또급사을 당하시와
전래없는 군만창은 또한양의 매국이요
조객들이 모여드어 인산같은 그날이라
기리기리 경계망을 삼엄하게 늘여놓아

36) 성군: 성군(成群). 무리를 이룸.

그날만은 모사하게[37] 국민장을 치렀것만
땡겨하는 총서거가 처음부터 화근이라
삼일오의 부정선거 마산에서 폭도될새
경하욕지 젊은학도 결사부대 편성하야
시일구의 학생의 경부대로 향하더니
아까와라 젊은학도 천여명의 살상이요
무찰별로 쏘는총은 경찰관의 만행이네
늙은 원수 살이리고 젊은 학도 막죽일 때
이기붕집 일가족은 담을 넘어 피신이라
며칠두고 하는 데모 철야농성 항거터니
각부장관 사임하고 장부통령 사임했네
이기붕도 모든 공직 물어선다 맹새하고
이 대통령 하야[38]성명 사이륙의 정변이라
그사를날 이원수가 관저 떠날 준비할 재
이기붕집 일가족이 경무대서 자결햇네
십이년간 이씨 정권 한양에서 끝이 나고
여당행세 자유당은 심판대에 올랐도다
위대한손 피의 댓가 고루고루 시정할때
과도정부 내각에는 허정씨가 스방이요
악이심판 바른 무리 형무소가 만원될재
밀리낫든 윤비마마 고궁차자 온다하내
육십필새 짱근 모습 부족해서 섰는 왕비
새삼스리 구한국의 왕족이며 부산에서
환도하사 창덕궁도 뺏온 지라 동막제궁
귀양살이 윤비신서 죄량터니 이대통령
물어날새 이내환궁 하심이라 구한비극

37) 모사하계: '무사하게'로 추정된다.
38) 하야: 하야(下野). 시골로 내려간다는 뜻으로, 관직이나 정계에서 물러남을 이르는 말.

남은 자최 다시 무고 이여닫는 비원연당
물고기도 다시 주인 연접하니 고진감래
홍진비래 이를 보고 말함인 듯 일수없다
사람일생 백년고락 임타을 윤비보고
우리 여자 동정하고 탄식할 재 양녀마마
내외분은 이화장에 계신다니 츈몽같은
부귀영화 돌아보면 허무하리 어화우리
동지들아 불가항력 새상사라 대대손손
전해가며 순리되로 살고지고 가죽 밑에
든 복마은 끌 갖고도 못 판다니 사람마다
각각분복 관분하개 원치말 것 서울근처
산새보라 독살맛기 한이 없내 천지개벽
타시런가 신한구한 비극이라 우리나라
착한민족 십여년간 돌아보면 우방나라
원조밧다 극사극치[39] 타락생활 적[우]이음도
모루고서 춤만 추든 육이오라 잊으려도
못 잇갰네 총소리가 날 때마다 서울시민
놀안간장 한양성을 돌아볼 제 동북쪽의
수락산[40]은 비수같은 산이로다 백악천봉
늘러서서 항성노려 질색이라 무서워라
무서워라 산새조차 인심조차 한양비극
잦은 탓을 누구보고 탓하리요 서북쪽을
두른 산은 벌개벗고 업드린양 식모해서
안되는 산 한양밖에 없는지라 악한마음
갖은 사람 어육내고 망신한곳 한국역사
들처보면 부정 못할 사실이매 슬푸도다

39) 극사극치: 극사극치(極奢極侈). 더할 수 없이 매우 사치함.
40) 수락산: 수락산(水落山). 서울특별시 노원구, 경기도 의정부시 사이에 있는 산. 도봉산과 함께 서울의 북쪽 경계를 이룬다.

이한양아 또 비극을 빚으련가 학생의거
위령재에 시민들은 통곡한다 글
경진 팔월 순이일 권첨지[41] 서

41) 첨지: 첨지(僉知). 나이 많은 남자를 낮잡아 이르는 말.

[내방가사 낭송대본]
희열가

여기 계신 여러분들 여성 내력 들어보소
영남대학 교육원에 한국 유일 여성문학
내방가사 개강하니 반갑고도 유관해라
득달같이 달려가서 수강 신청 하고나니
옛추억이 그리웁고 지난 생각 절로 나네
내 어릴적 외조모님 시름 많아 읊으시고
공부삼아 가르치고 노래 삼아 홍얼이신
내방가사 배운다니 그립기도 그리우신
외조모님 뵈옵듯이 천상음성 듣는 듯이
늙으나 늙은 몸이 학생되어 배우리라
저녁이면 외척들이 서로 마주 모여앉아
각양각색 가사외기 밤을 새기 여사였네
시근없고 어린내가 슬퍼 울면 하하호호
나를 놀려 외손 대접 한다면서 다락에서
빈사강정 내 앞에 내밀면서 달래시니
전라도에 방아고야 부대부대 잘자라서
너의 외가 잊지 마라 당부하신 외조모님
어린 나를 앉혀놓고 여자행실 가르칠 때
눈 속에서 죽순구한 맹씨의 효도이며
규방행실 침선음식 여자행실 가르치심
옥음같이 들리는듯 어제같이 선연한데
외조모님 하세한지 어언듯 사십여년
무꾸하나 있으면은 열두가지 반찬일궈
정성이 제일이고 접빈이 제일이라
수도없이 이르시던 그 말삼이 선연하여

이날토록 그리운데 돌아보니 나도백날
계미구월 더운날에 내방가사 개강이라
한복단장 곱게 하고 대문앞을 나서는데
승용차가 막아서네 깜짝놀라 비켜서니
사랑손님 세분이서 멀리서 방문했네
반가이 맞이하고 수인사를 나누었네
우리 산에 흐드러진 밤 주우러 오셨다며
나설차림 날 보시고 미안하심 역력하네
늙어서나 젊어서나 아녀자의 몸으로써
공부하러 나간다고 말할 수 없는터라
차를 곱게 우려내어 사랑으로 모셔놓고
점심준비 분주하여 이러저러 하다보니
때가 넘어 내려오셔 소년처럼 즐기시네
점심상 차려내고 다반상 채려내니
어느덧 저녁이라 석양하늘 홍화꽃물
내방가사 참석 못해 애석하고 아쉬우나
접빈객 여성소임 마음만은 가벼워라
그 다음주 목요일을 학수고대 하던 차에
내방가사 강의실에 머뭇멈칫 들어가니
내방가사 보존회의 이선자 회장님과
위덕대학 이정옥 교수님이 반기신다
이교수님 강의듣고 이회장님 가사듣고
안동가사 읊게 되니 내 어릴적 기억새록
내가 늙어 무슨 복에 외조모님 은덕일까
이리 좋은 선생님들 만나 뵙고 공부하니
구름위에 올랐는지 천상위를 비상는지
구별조차 못할레라 나날이 새날같다
일면식도 없는 분들 천년지기 만난듯이

흔흔이 즐거운데 우리교수 유창강의
상고시대 공후인에 구지가에 제망매가
처용가에 충담사의 안민가에 기파랑가
주옥같은 신라향가 처음듣고 아는기쁨
말만듣던 송강정철 사미인곡 속미인곡
속속들이 배울적에 흔감키도 흔감하다
또 하루는 내방가사 보존회장 친정모친
팔순어른 모시어서 은사가를 들었다네
전쟁에 인연있어 오늘에야 만났구나
가지가지 억색하여 마음속에 희열가득
혼자안고 즐기었네 회원이라 단둘이나
수백명 운집한듯 강의는 열강이라
이솔희 회원님은 시인이라 잘도 아네
나는 늙고 기억흐려 방금 배워 금방잊어
이 세월을 어이할꼬 어릴적 들은풍월
헛것은 아닐진대 하다보면 잘되는날
있을 것을 믿었었네 죽자사자 하는중에
어느덧 종강이라 종강발표 하는날에
우리학과 대표 뽑혀 처음 아득 가슴떨려
사양하고 손저어도 격려받고 욕심 생겨
외우고 또 외우며 열심으로 지성으로
발표날만 기다렸네 학과마다 발표내용
가지가지 즐거워라 내 차례가 다가왔네
잘하거나 못하거나 은사가를 읊고나니
박수소리 진동하여 정신이 번쩍 들어
사면을 둘러보니 사돈내외 오시어서
촌닭같은 내 모습을 들키고야 말았구나
이 우사를 어이할꼬 그러저러 하고나서

내방가사 책도 팔고 보존회에 힘을 보태
이 회장님 즐겨하네 외조모님 두루마리
흔적없이 사라진 것 애통하고 절통하나
찾을 길이 막연하다 전쟁통에 불에 타고
이사 중에 분실되고 아깝고도 아까울사
외조모님 두루마리 찾지 못해 어이할꼬
세월은 유수하여 외손녀가 학발되어
외조모님 모습으로 가사를 읊어내니
천상의 외조모님 즐거웁다 하시는듯
옥면을 뵈옵는듯 굽이굽이 사연마다
계녀가에 사친가에 시골색시 설운가에
두루두루 많고많다 종강 후에 현장학습
경주행로 들어가니 곳곳안내 현장수업
고맙기도 고마울사 때마침 동짓날에
흥륜사 절에 들러 팥죽을 공양하고
민망하나 재미 나네 이차돈 순교시에
목에서 흰 피솟고 하늘에서 꽃비오고
목에서 흰 피솟고 하늘에서 꽃비오고
천지는 암흑이라 그 후로 신라 땅이
부처나라 되었다네 혁거세왕 오신내력
여섯부의 촌장모여 하늘정한 임금을
세우자고 의논한즉 양산아래 나정곁에
현현한 기운 있어 가까이 살펴보니
백마한필 꿇어앉아 절하는 모습보여
사람이 다가가자 하늘로 승천했네
백마있던 자리 보니 붉은 알이 있었다네
그 알에서 나온 아이 단정하고 기품있네
동천에다 목욕시켜 몸에서는 광채나니

날짐승과 들짐승이 춤을추고 천지진동
해와 달이 청명하여 사람들이 하는 말이
천자가 하늘에서 내려오니 배필 찾아
짝지울 생각든차 아리영정 우무라에
계룡이라 느골에서 여자아이 나왔다네
목욕을 시켰더니 입에부리 떨어지고
아리따운 자태로서 오봉원년 갑자년에
사내아이 왕이 되고 아리영은 왕후되니
빛난 나라 신라됐네 혁거세가 나라 세워
육십일년 되던 해에 승천하여 칠일 후에
몸뚱이만 떨어졌네 왕후역시 열흘만에
세상 떠나 천생연분 합장하려 하였으나
하늘님의 조화인가 구렁이의 방해받아
머리와 사지각각 다섯무덤 장사지내
오능이 되었다네 남해왕비 운제부인
운제산의 신모일세 비를빌면 비를내려
지금까지 치성일세 슬기로운 사람들은
치아가 많다하네 떡을 물어 잇금세어
유리왕이 즉위했네 우국충신 박재상은
왕의형제 구해냈고 신라국의 개돼지가
될지언정 왜국신하 절대거절 모진고문
화형으로 참수했네 치술부인 애통절통
모래위에 드러누워 울부짖어 불렀으나
낭군모습 멀어지고 통곡하다 죽었으니
치술령의 신모되네 치술사정 그 사당에
지금도 흔적 있네 무진년에 소지왕이
천정전에 거둥했네 까마귀와 쥐가 와서
울며불며 싸움이라 쥐란 놈이 사람처럼

말하면서 아뢰기를 까마귀가 가는곳을
살피시라 하였드라 백발노인 물에 나와
글을 올려 받들었네 왕이 보니 뜯어보면
두 사람이 죽을 것고 뜯어보지 않으면은
한사람이 죽는다네 일관이 하는 말이
두 사람은 백성이요 한사람은 임금이라
뜯어보라 일러주네 사금갑 단적자라
거문고갑 쏘라했네 궁으로 돌아와서
거문고갑 명중하니 내전에서 분향수도
중과왕후 불륜이라 두사람을 주살하니
임금도운 까마귀라 노인나와 글 올린못
이름하여 서출지라 신라천년 고도경주
설화신화 많고많다 우범의 점심식사
이 또한 일품이라 사백년 고옥에다
마당복판 신라우물 그 자리에 그대로
천년을 있었으니 세월은 흘렀으나
천년 전의 그 신라를 여기서 볼 줄이야
신기하고 감개하다 발에 채는 신라얘기
후에 다시 보고지고 북장면에 입암리라
교수님이 외숙모신 미역골댁 찾아가서
내방가사 음미했네 추풍에 감별곡과
회재선생 모친 제문 여러 가지 읊으시고
정감어린 작별인사 후일다시 기약하고
날이 저문 저녁이라 아쉽게 석별하고
돌아와서 생각하니 신기한 경주기행
재미난 설화여행 어찌하여 경주는
여인설화 만당인가 선도신모 운제신모
치술신모 세분여신 우연인지 필연인지

선덕 진덕 진성여왕 생각건대 이 지역은
음양의 곤괘로서 대지의 여신이요
어머니의 땅이로다 위덕대한 재숙총장
보기 드문 여성총장 강석경 소설가에
김해자 누비장에 종이마당 최옥자
선생님에 그 외에도 모모여성 경주살기
소원이라 효불효 다리는 말 못할
사정이고 오늘하루 동짓날에 현장학습
즐거웠네 이선자 회장모친 감환 조심
하시옵고 부디부디 오래오래 건강하게
계시어서 많은 가사 남기시어 후손에게
전하소서
甲甲年 동짓날

낭송자 :

류복혜(하회댁)

[내방가사 낭송대본]

도산별가

태백산 나린 용이 영지산 높았어라
황지로 솟은 물이 낙천이 맑아서라
퇴계수 돌아들어 온계촌 올라가니
노송정 높은 집에 대현이 나시셨다
공맹의 도덕이요 정주의 연원이라
문정공로 날이 달라 그 곁이 명승지라
오홉다 우리 선생 이 땅에 장수하사
당년의 장구지요 후세에 조두세라
연말 후학 인읍에 생장하니 문전은 못미치나
강산은 지척이라 유서를 송독하고
고풍을 상상하야 백리 연하 지점하야 올랐더니
임자년 춘삼월에 예관이 명을 받아
묘하에 치제하고 다사를 함께 모아
별과를 보이시니 어화어화 성은이야 가도록 망극하다
교남 칠십 뉘 아니 홍귀하리
서책을 옆에 끼고 장보의 뒤를 따라
향례를 참례하고 대향을 마친 후에
시장에 들어가서 무사히 성편하고
월야에 퇴좌하야 신세를 생각하니
공명이 염에 없어 물색이나 구경하자
농운정사 바로 올라 앞 서현 들어가니
문전에 살평상은 장석이 의의하고
궤 중에 청여장은 수택이 반반하다
갱장을 뵈옵는 듯 경치를 듣잡는 듯
심신이 숙연하고 비린이 절로 난다

완락재 시습재와 관난헌 지숙요와 정우당 절우사를
차차로 다본 후에 몽천수 떠나시고 유정문 다시나와
녹구암 가던 길로 운영대 올라앉아
원근산천 일안에 굽어보니
동취병 서취병은 봉만도 기수하고
탁염담 반타석은 수석도 명려하다
금사옥역 곳곳이 벌려있고 벽도홍행 처처에 잦았으니
용문팔절 보든 못하였으나
무이구곡 이에서 더할손가 서대를 다본 후에
동대에 올라앉아 상사를 살펴보니 이름 좋다 천연대야
운간에 저 소라기 너는 어찌 날았으며
강중에 저 고기야 너는 어찌 뛰노는고
우리성왕 수고하사 작인하신 연회로다
형용 찬란 활발지는 비은장이 여기로다
창강에 달이 뜨니 야색이 더욱 좋다
상류에 매인 배를 하류에 띄워놓고
사공은 노를 젓고 동자는 술을 부어
이경에 먹은 술이 삼경에 대취하니
주홍은 도도하고 창파는 호호하다
그제야 고쳐 앉아 요금을 빗겨 안고
영영한 옛곡조를 줄줄이 골라내야
청량산 육육가를 어부사로 화답하니
이리 좋은 무한 홍을 도화백구 너왔더냐
춘춘추우 언제련고 추월한수 비치었다
십팔수 칠언시와 이십육수 오언시를 장장이 뽑아내야
차차로 외운 후에 강산을 하직하고
편주로 돌아설 제 백구를 다시 불러 정녕히 언약하고
구추단풍 또 한번 놀잤더니 인간의 일이 많고 조물이 시기하야

우연히 얻은 병이 거연히 십년이라 공산에 혼자 누워
왕사를 생각하니 청춘에 못다 놀아 백수에 여한이라
이 뜻을 이여가며 시시로 풍영하니 백년광음
일편에 부치나니
아마도 수이 죽어 구천에 내려가서
선생을 뵈온 후에 이 말씀 사르리라.

낭송자 :

안동내방가사보존회 회원
김후주

[내방가사 낭송대본]
퇴계선생 시곡

차신이 무용하여 성상이 바리시니 부귀를 하직하고
빈천에 락을 삼아 수간모옥 산수 간에 지어두고
삼순구식 먹거나 못 먹거나 분별이 없었으니 실음인들 있을소냐
만사를 다 잊으니 일신이 한가하다
청송정하 포한을 읊으니 호중천지 석양이 거에로다
춘흥을 못 이겨서 죽삼을 높이 걸고 사방을 둘러보니
지세도 좋거니와 풍경이 더욱 좋다
화묵은 재비하고 수천은 일색이라
남북촌 둘러보니 모현이 작계수라
무심출수 저 구름은 너는 어찌 떠왔으며
전빈지환 저 새들은 너는 어찌 날았으며
심산이 어딜는고 무릉도원 여기로다
주나라 여생인은 위수에 고기 낚고
한나라 재갈양은 남양에 밭을 갈고
비극아닌 그 땅이며 내 아닌 그 몸인가 땅이고
사람이야 고금이 다를소냐 아침에 캐온채를 점심에 다 먹으니
내생의 담박하여 어느 벗이 찾아오리
락락장송 뉘 슬피 화춘에 곽욕을 박잔에 가득부어
청풍에 만취하여 북창하에 누웠으니
문휘씨적 백성인가 갈천씨적 백성인가
누우면 잠이 오고 깨이면 일어앉아
화전전 손에 들고 자진곡 노래하며
사호는 다섯이요 상산은 너희로다
죽장 막혜 짚고 청산 만수 간에 오며가며
융통함이 있으면 죽이 되고

없으면 굶을망정 값없는 강산과 임자없는 풍월이라 함께 놀자 하노라.

지은이 및 낭송자:

조남이

(전국내방가사보존회 이선자 회장의 모친)

초한가

원문에 원록하니 수운이 적막하다 초팽왕은 초를장차
일탄말가 역발사도 쓸데없고 기계세도 할일없다 칼집고
일어나니 사면이 초가로다 후회후회 내약하오 낸들너를
어이하리 삼보에 주저하고 오보에 채읍하니 삼군이
흩어지고 마음이 산란하다 평생에 원하기를 금고를
울리면서 감동으로 가자더니 불의에 패망하니 어찌다시
낯을들고 부모님을 다시보며 강동사람 어이보나 백대영웅
호걸들아 초한성부 들어보소 철패지용 부질없고 순인심이
으뜸이라 한패공에 백만대병 진을하고 패왕잡제 백마장군
도원수는 걸식포모 한식이라 대장단에 높이앉아 천하제자
호령할제 평생도 오백리에 거리거리 복병이요 골골마다
매복이라 복에많은 이자권은 초패왕을 인도하고 수잘놓는
장자방은 계명산 추야월에 옥통소 슬피불어 팔천제자
흩을적에 그노래에 하였으데 구월구추 깊은밤에 하늘높고
닭밝은데 청천에 울고가는 저기러기 괴괴수심 돋으는고
벽반객이 사지중에 전별하는 저군사야 너의패왕 쇠곤하니
전쟁하면 죽으리라 철갑을 구진입고 날랜칼 빼어들고
천금같이 중한몸이 전쟁검혼 되리로다 너의처자 소년들은
한산낙엽 찬바람에 합옷지어 넣어두고 오날이라 소식올까
내일이나 소식올까 옥같이 고운얼굴 이마위에 장찬밭은
어느장부 갈아주며 태호정에 좋은술은 눌로하여 맛을보리
어린자식 아비불러 어미간장 다녹인다 우리낭군 떠날적에
죽문에서 손길잡고 눈물짓고 하는말이 청춘홍안 두고가니
명년구월 돌아오마 금석같이 맺은언약 방초간에 깊이쌓여
잊지마라 하였건만 원앙금침 묻치어서 전전반측 생각일세
부모같이 중한이는 천지간에 없건만은 낭군그려 서른마음

차마진정 못하겠네 초진중에 장졸들아 너희들의 좋은정을
팔년풍진 저대토록 잃었느냐 천명귀여 한황이라 가련하다
초패왕

낭송자 :
금복기

참고문헌

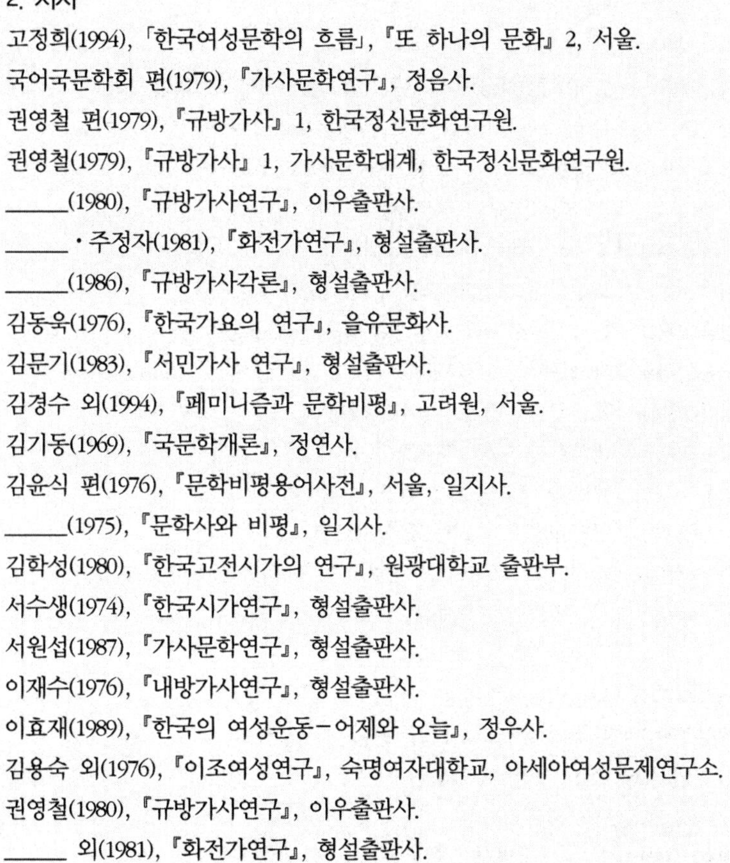

1. 자료

『규방가사집』(1988), 영천시.

〈두루마리〉 필사본, 필자소장본.

2. 저서

고정희(1994), 「한국여성문학의 흐름」, 『또 하나의 문화』 2, 서울.

국어국문학회 편(1979), 『가사문학연구』, 정음사.

권영철 편(1979), 『규방가사』 1, 한국정신문화연구원.

권영철(1979), 『규방가사』 1, 가사문학대계, 한국정신문화연구원.

_____(1980), 『규방가사연구』, 이우출판사.

_____ · 주정자(1981), 『화전가연구』, 형설출판사.

_____(1986), 『규방가사각론』, 형설출판사.

김동욱(1976), 『한국가요의 연구』, 을유문화사.

김문기(1983), 『서민가사 연구』, 형설출판사.

김경수 외(1994), 『페미니즘과 문학비평』, 고려원, 서울.

김기동(1969), 『국문학개론』, 정연사.

김윤식 편(1976), 『문학비평용어사전』, 서울, 일지사.

_____(1975), 『문학사와 비평』, 일지사.

김학성(1980), 『한국고전시가의 연구』, 원광대학교 출판부.

서수생(1974), 『한국시가연구』, 형설출판사.

서원섭(1987), 『가사문학연구』, 형설출판사.

이재수(1976), 『내방가사연구』, 형설출판사.

이효재(1989), 『한국의 여성운동-어제와 오늘』, 정우사.

김용숙 외(1976), 『이조여성연구』, 숙명여자대학교, 아세아여성문제연구소.

권영철(1980), 『규방가사연구』, 이우출판사.

_____ 외(1981), 『화전가연구』, 형설출판사.

김동욱(1978), 『한국가요의 연구』, 이우출판사.
김문기(1983), 『서민가사연구』, 형설출판사.
_____ 외(1992), 『한국문학개론』, 새문사.
김사엽(1956), 『이조시대가요연구』, 대양출판사.
김영수(1989), 『조선초기시가론연구』, 일지사.
김용숙(1976), 『이조여성연구』, 아세아여성문제연구소, 숙명여대.
김윤식(1975), 『문학사와 비평』, 일지사.
김준오 옮김·폴 헤르나디 저(1983), 『장르론』, 문장사.
_____(1982), 『시론』, 문장사.
김치수 편(1980), 『구조주의와 문학비평』, 홍성사.
김택규 외(1991), 『촌락실태조사소편람』, 한국향토사연구전국협의회.
김학성(1980), 『한국 고전 시가의 연구』, 원광대학교 출판국.
백낙청 편(1984), 『서구리얼리즘소설연구』, 창작과 비평사.
서원섭(1978), 『가사문학연구』, 형설출판사.
성기옥(1986), 『한국시가율격의 이론』, 새문사.
손직수(1980), 『조선시대 여성교육연구』, 성균관대학교출판부.
신정숙(1984), 『한국전통사회의 여성생활 문화』, 대광출판사.
이능우(1974), 『가사문학론』, 일지사.
이상규(2014), 『한글고문서연구』, 경진출판사.
이재수(1976), 『내방가사연구』, 형설출판사.
이정옥(1999), 『내방가사의 향유자 연구』, 박이정.
_____(2003), 『영남내방가사 1-5』, 국학자료원.
이춘길 편역·G. 루카치 외(1985), 『리얼리즘미학의 기초이론』, 한길사.
조동일(1979), 『서사민요연구(증보판)』, 계명대학교출판부.
_____(1983), 『한국문학통사』 3, 지식산업사.
조애영(1971), 『회갑기념은촌내방가사집』, 금강출판사.
조혜정(1990), 『한국의 여성과 남성』, 문학과 지성사.
_____ 외 좌담(1993), 「페미니즘과 여성운동」, 『여성해방의 문학』, 또하나의 문화 3호, 서울.
최태호(1980), 『교주 내방가사』, 어문총서 025, 형설출판사.

한국사연구회편(1981), 『한국사연구입문』, 지식산업사.
한국사회과학연구회(1980), 『한국사회론』, 민음사.
한국사회사연구회(1988), 『일제하 한국의 사회계급과 사회변동』, 문학과지성사.
한국여성사편찬위원회(1972), 『한국여성사』 1, 2, 이화여대 출판부.
Nancy Chodorow(1978), "The Reproduction of Mothering", Berkeley.
Erik Erikson(1959), "Identity & the Life Cycle", New York.
Norman N. Holland(Spring 1978), "Human Identity", 『Critical Inquiry』 4.
Heinz Lichtenstein(1977), "The Dilemma of Human Identity", New York.

3. 논문

가와시마(1978), 「이조 중기에 있어서 향안의 구조와 역할」, 『한국학연구논문집』, 한국정신문화연구원.
강숙자(1989), 「한국여성 근대화의 보편성과 특수성」, 『인문과학연구』 9집, 성신여대 인문과학연구소.
강전섭(1967), 「홍씨 부인 계녀사에 대하여」, 『어문연구』 5, 어문연구회.
______(1970), 「강청계의 장가 2편에 대하여」, 『어문학』 22, 한국어문학회
______(1973), 「원부사에 대하여」, 『한국언어문학』 11, 한국언어문학회.
______(1978), 「금강별곡(병진본)에 대하여」, 『한국학보』 10, 일지사.
______(1982), 「금강별곡(병진본)에 작자에 대하여」, 『국어국문학』 87, 국어국문학회
______(1983), 「전곽사전의 오륜가에 대하여」, 『동양학』 13, 단국대.
국어국문학회(1959), 「도덕가(자료)」, 『국어국문학』 20.
권영철(1972), 「쌍벽가연구」, 『상산이재수박사화갑기념논집』.
______(1973), 「부여노정기연구」, 『국문학연구』 4, 효성여자대학교.
______(1980), 「규범선영에 대하여」, 『여성문제』 7집, 효성여자대학 여성문제연구소.
______(1981), 「규방가사에 나타난 신변탄식류의 연구」, 『여성문제』 10, 효성여자대학교 여성문제연구소.
______(1982), 「규방가사에 있어서 풍류소영류 연구」, 『여성문제연구』 11, 효성여자대학교 여성문제연구소.
권태을(1986), 「규방가사를 통해 본 사별인식고－숙명론에 선 과부가를 중심으로－」, 『영남어문학』 13.

금기창(1981), 「가사문학의 형성발전에 대하여」, 『어문연구』 11, 충남대.
김경현 외 4인(1988), 「가사문학에 나타난 여성 의식」, 『향란어문』 17, 성신여대.
김광조(1988), 「조선전기 가사의 장르적 성격 연구」, 서울대 석사논문.
김기탁(1978), 「내방가사의 실천윤리관-계녀서를 중심으로-」, 『논문집』 18, 상주농잠전문대학.
김대행(1979), 「가사의 표현방식과 휴머니즘-규범류 가사를 중심으로-」, 『서의필선생회갑기념논문집』.
김동규(1979), 「제문가사연구」, 『여성문제연구』 8, 효성여대.
______(1979), 「제문가사 연구-규방가사장르에 있어서-」, 효성여대 석사논문.
김동욱(1964), 「고공가 · 고공답주인가」, 『문학춘추』 1-1, 문학춘추사.
______(1964), 「고공가 · 고공답주인가에 대하여-자료 소개를 중심으로」, 『조윤제박사회갑논문집』.
김명순(1984), 「내방가사의 문학성」, 『어문논집』 1, 경남대.
김명희(1979), 「내방가사의 현대적 고찰」, 『새국어교육』 29-30, 한국국어교육학회.
______(1987), 「허난설헌 시문학 연구」, 동국대 박사논문.
김문기(1982), 「서민가사 연구(1)」, 『동양문화연구』 제9집, 경북대 동양문화연구소.
김문환(1985), 「조선후기 가사 연구」, 충북대교육대학원 석사논문.
김선자(1979), 「조선시대 여류시가에 나타난 애정관」, 원광대 석사논문.
김선풍(1975), 「강릉화전가고」, 『어문론집』 16, 고려대.
______(1977), 「규방가사전파고」, 『성봉김성배박사회갑기념논문집』, 동간행위원회.
______(1977), 「태장봉 화전가」, 『새국어교육』 25-26.
김성례(1994), 「여성의 자기 진술의 양식과 문체의 발견을 위하여」, 『페미니즘과 문학비평』.
김순래(1981), 「조선조 여인 한의 원인 분석」, 『어문학보』 5, 강원대.
김영수(1980), 「허난설헌 연구-작품에 나타난 심상분석을 중심으로-」, 단국대 석사논문.
김영수(1985), 「여류문학연구의 몇가지 검토」, 『국문학논집』 12, 단국대.
______(1982), 「내방가사 화전가 연구」, 중앙대교육대학원석사논문.
김용덕(1976), 「부녀수절고」, 『이조여성연구』, 숙명여대 아세아여성문제연구소.
김용섭(1985), 「조선후기 양반층의 농업생산-자작경영의 사례를 중심으로-」,

『동방학지』 64집.
김용숙(1958), 「허난설헌의 꿈과 눈물」, 『숙대학보』 2, 숙명여대.
______(1975), 「이조여류문학의 특질」, 『아세아여성연구』 14, 숙명여대.
김용옥(1974), 「가사문학에 나타난 여성의 규범 및 계율」, 『한양어문』 1, 한양대.
김용천(1961), 「노처녀가고」, 『국문학』 5, 고려대.
김인구(1980), 「세덕가계 가사에 관한 고찰」, 『국어국문학』 84, 국어국문학회.
김운태(1971), 「조선후기사회의 해체과정과 정치・행정문화의 변천」, 『민족문화연구』 5호, 고려대 민족문화연구소.
김정화(1994), 「여자초학과 계녀가의 비교 연구」, 경북대 교육대학원 석사논문.
김종철(1984), 「어려운 시절의 민중성」, 『서구리얼리즘소설연구』, 창작과 비평사.
김종택(1981), 「규방가사를 통해 본 영남의 여인상」, 『복현문화』 15, 경북대.
김주곤(1993), 「「존설인과곡」 연구」, 『영남어문학』 제24집.
______(1993), 「「회심곡」 연구」, 『대구한의과대학 논문집』 제4집.
김주희(1983), 「한국 전통사회에 있어서의 이차 집단의 성격」, 『한국문화인류학』 15집.
김준영(1968), 「강규권장가」, 『한국언어문학』 제5집.
김지용(1975), 「규원의식과 규원가」, 『군자어문학』 2, 수도여사대
______(1976), 「내훈에 비춰진 이조여인의 생활상」, 『이조여성연구』, 숙대 아세아 여성문제연구소.
김태용(1986), 「셰덕가 소고」, 『홍익어문』 5, 홍익대.
김학성(1983), 「가사의 장르성격 재론」, 『한국시가문학연구』, 신구문화사.
김현룡(1964), 「제문에 관한 연구－내방가사의 한 갈래로서－」, 『문호』 3, 건국대.
김홍종(1978), 「규방가사에 투영된 이조여인상연구」, 연세대교육대학원석사논문.
노태조(1983), 「금행일기에 대하여」, 『어문연구』 12, 어문연구회.
류연석(1990), 「가사문학의 내용적 분류」, 『어학연구』 2집, 순천대학 어학연구소.
류해춘(1989), 「〈고공가〉와 〈고공답주가〉의 작품구조와 현실인식」, 『문학과언어』 9, 문학과언어연구회.
박노덕(1981), 「내방가사에 나타난 문학성의 특질－현실성과 초월성을 중심으로－」, 『비사논집』 4집, 계명대.
박영례(1985), 「성차별의 정당화 장치로서의 종교제의에 관한 연구－우리나라 제

의를 중심으로-」, 『종교학연구』 5집, 서울대 종교학연구회.
박영주(1987), 「가사의 갈래규정과 체계화 방안」, 『성대문학』 25, 성균관대.
박요순(1970), 「호남지방여류가사연구」, 『국어국문학 48』, 국어국문학회.
_____(1977), 「가사 신가전고」, 『숭전어문학』 6, 숭전대학교.
박용옥(1985), 「한국에 있어서의 전통적 여성관」, 『이화사학연구』 16집, 이화사학연구소.
박은경(1998), 「여성가사의 갈등해소와 그 의미」, 경북대 석사논문.
박종화(1950), ,"여류시인 허난설헌고」, 『성균』 3, 성균관대.
박혜숙(1992), 「여성의 시각에서 본 덴동어미 화전가」, 『인제논총』 8, 인제대학교.
사재동(1963), 「김대비훈민가연구」, 충남대 석사논문.
_____(1964), 「내방가사연구서설」, 『한국언어문학』 2, 한국언어문학회.
서영근(1975), 「고전문학에 나타난 효의 연구」, 경희대교육대학원 석사논문.
_____(1985), 「개화기 규방가사의 한 연구 〈싀골색시 설은 타령〉을 중심으로」, 『어문연구』 14, 어문연구회.
서영숙(1985), 「개화기 규방가사의 한 연구」, 『어문연구』 14, 어문연구회.
_____(1996), 「한국여성가사연구」, 국학 자료원.
서재남(1984), 「허난설헌과 그의 시연구」, 숭전대 석사논문.
서정혜(1980), 「허난설헌 연구」, 동국대교육대학원 석사논문.
성병희(1986), 「내간문학 연구」, 효성여대 박사논문.
소진률(1980), 「노처녀가 연구」, 연세대교육대원.
손대현(1999), 「화전가의 구조와 유형」, 경북대 석사논문.
손봉창(1971), 「내방가사연구」, 건국대 석사논문.
송정숙(1980), 「12가사 연구」, 부산대 석사논문.
_____(1983), 「치가사고」, 『국어국문학』 21집, 부산대 국어국문학과.
송준호(1980), 「한국에 있어서의 가계 기록의 역사와 그 해석」, 『역사학보』 87.
신은경(1991), 「조선조 여성텍스트에 대한 페미니즘적 조명 시고(1)-내방가사를 중심으로」, 『석정 이승욱 선생 화갑기념논총』, 원일사.
신정숙(1984), 「안동김씨 내훈계녀서」, 경북대 교육대학원.
신동흔(1994), 「삶, 구비문학, 구비문학 연구」, 『구비문학연구』 제1집, 서울.
_____(1996), 「현대구비문학과 전파매체」, 『구비문학연구』 제3집, 서울.

신태수(1985), 「조선후기 개가긍정문학의 대두와 화전가」, 『영남어문학』 16집, 영남어문학회.
양재인(1985), 「조선조 양반의 사회적 지위와 정치참여」, 『현암신국주박사화갑기념 한국학논총』, 동간행위원회 동국대출판부.
양지혜(1998), 「계녀가류 규방가사의 형성에 관한 연구」, 이화여대 석사논문.
어영하(1975), 「동족부락의 통혼권에 관한 연구－경북 월성군 강동면 양동리를 중심으로－」, 『인류학논집』 5.
______(1978), 「한국 농촌의 지역적 통혼권」, 『신라가야문화』 9, 10집.
______(1980), 「취락구조와 신분구조」, 『한국의 사회와 문화』 9.
엄은영(1998), 「강원지역 가사의 연구－작품배경과 작자의식을 중심으로－」, 『동국대 석사논문
오세출(1980), 「조선시대 혼속고」, 『논문집』 3집, 안양공업전문대학.
유재두(1997), 『이내말쌈들어보소』, 유인본, 대구.
유재영(1985), 「금릉세덕돈목가」, 『일산김준영선생화갑기념논총』
유탁일(1988), 「화전가 덴동어미의 비극적 일생」, 『석하권영철박사화갑기념논집』.
유해춘(1990), 「화전가 경북대본의 구조와 의미」, 『어문학』 51, 한국어문학회.
______(1993), 「창편서사가사의 서술방식과 작가의식 연구」, 경북대 박사논문.
윤석산(1989), 「평민가사연구－작가층을 중심으로－」, 『한국학논집』 16, 한양대 한국학연구소.
윤석창(1983), 「가사의 장르 시론」, 『비교문학』 8집, 한국비교문학회.
______(1985), 「가사의 장르적 복합성 연구」, 경희대 박사논문.
윤영옥(1985), 「상사계 가사연구 상사별곡」, 『어문학』 46, 한국어문학회.
이경우 역 · 단 벤아모스(1981), 「구비문학의 분석범주와 토착 장르」, 『구비문학』 6, 한국정신문화연구원, 어문연구실.
이광규(1980), 「전통적 가족 구조와 변화」, 『한국사회론』, 민음사.
이규춘(1997), 「명상공 회방가(回榜歌)에 대하여」, 『어문연구』 29, 어문연구회.
이대복(1965), 「강창문학으로 본 회심곡」, 『사대학보』 7-1, 서울대 사대.
이동영(1973), 「규방가사전이에 대하여－안동지방의 그 일례－」, 『논문집』 10, 영남공전.
______(1978), 「도덕가에 대하여」, 『도남학보』 1, 도남학회.

_____(1984), 「조선조 영남시가의 연구」, 성균관대 박사논문.
_____(1985), 「가사의 장르규정」, 『어문학』 46, 한국어문학회.
이명보(1970), 「명도자탄소고」, 『명지어문학』 8, 명지대학교.
이상보(1975), 「권학가에 대하여(자료)」, 『명지어문학』 7, 명지대.
이상택(1979), 「개화기 서사가사의 시고 〈생조감구가〉를 중심으로」, 『가사문학연구』, 국어국문학회편.
이선애(1982), 「복선화음가 연구」, 『여성문제연구』 11, 효성여대.
이성구(1981), 「가사문학에 나타난 효」, 『우리문학연구』 4, 우리문학연구회.
이성임(1983), 「조선시대의 혼속에 관한 일고」, 『인하인문』 2집, 인하대 문과대학.
이수건(1982), 「남명조식과 남명학파」, 『민족문화논집』 2, 3집.
_____(1982), 「퇴계이황가문의 재산유래와 그 소유형태」, 『역사교육논집』 13, 14합집, 역사교육학회.
이수재(1973), 「조선조 여류문학에 나타난 생활상」, 『국어국문학논문집』 13.
이숙희(1987), 「허난설헌의 시연구」, 고려대 박사논문.
이옥경(1985), 「조선시대 정절이데올로기의 형성기반과 정착방식에 관한 연구-이데올로기 비판론의 재구성을 중심으로-」, 이화여대석사논문.
이원주(1970), 「반됴화전가」, 『한국학논집』 7, 계명대학교.
_____(1978), 「가사의 독자-경북 북부 지역을 중심으로-」, 『조선후기의 언어와 문화』, 한국어문학회, 형설출판사.
이윤갑(1986), 「18, 19세기 경북지방의 농업변동」, 『한국사연구』, 한국사연구회.
이재빈(1977), 「우리나라 속담에 나타난 여성고」, 『난파문학』 7집, 성신여사대.
이재수(1972), 「계녀가 연구」, 『학술원논문집』 11, 학술원.
_____(1975), 「여자자탄가 연구」, 『동양문화연구』 2, 경북대 동양문화연구소.
이정옥(1981), 「내방가사에 나타난 미의식」, 『문학과언어』 제 2집, 문학과 언어연구회.
_____(1981), 「내방가사에 대한 미학적 연구」, 경북대석사논문.
_____(1985), 「내방가사의 탄의 표출양상」, 『문학과언어』 6, 문학과 언어연구회.
_____(1985), 「내방가사의 작가의식과 그 표출 양상」, 『문학과언어』 6, 문학과언어연구회.
_____(1990), 「계녀가에 나타난 조선시대 여성연구관」, 『여성문제연구』 제 18집,

효성여자대학교 여성문제연구소.
_____(1993), 「내방가사의 전승과정과 향유층의 의식 연구」, 계명대 박사논문.
_____(1996), 『「내방교훈」 해제』, 유인본, 대구.
_____(1997), 「내방가사의 언술구조와 향유층 의식의 표출양상」, 『어문학』 제60집, 한국어문학회.
_____(1997), 「내방가사에 나타난 여성적 삶의 원리와 체득 방식」, 『경주사학』 제16집, 경주사학회.
_____(1997), 「내방가사의 위상에 대한 새로운 조명」, 『인문과학』 제14집, 경북대 인문과학연구소.
_____(1998), 「동학가사와 내방가사 및 진각교전의 여성의식의 비교」, 『동학연구』 제3집, 한국동학학회.
이종숙(1971), 「내방가사연구」, 『이화여대논총』 15집.
이종일(1985), 「조선후기 사회계층고-지배적 신분층을 중심으로」, 『현암 신국주박사 회갑기념 한국학논총』, 동간행위원회, 동국대출판부.
이종환(1975), 「우리 민족의 상례와 제사에 관한 연구」, 『논문집』 9집 제 2부, 국민대학.
이준구(1986), 「조선후기 양반신분 이동에 관한 연구(상)－단성장적을 중심으로－」, 『역사학보』 13집, 동국대.
이태극(1968), 「재롱가고」, 『논총』 12, 이화여대 한국학연구원.
이해순(1983), 「규원가, 봉선화가의 작가고」, 『한국시가문학연구』, 신구문화사.
이해웅(1986), 「가사문학에 나타난 민중의식고」, 『우리말교육』 1, 부산교대 국어과.
이현숙(1986), 「조선조 계녀서에 나타난 여인상에 대하여」, 『국어교육』 6, 부산대.
이혜정(1983), 「규원가, 봉선화가의 작자고」, 『한국시가문학구』, 정병욱박사화갑논집, 신구문화사.
이효재(1979), 「한국여성과 종교」, 『서의필선생 회갑기념논문집』.
임선묵(1970), 「원흔별곡고」, 『교양학보』 2, 단국대.
임재해(1983), 「민족학 쪽에서 본 한국인의 의식구조」, 『한매최정여박사송수기념 민속어문논총』, 계명대학교출판부.
임헌도(1968), 「노처녀가에 관한 연구」, 『이숭녕박사송수기녀논집』.
장덕순(1953), 「계녀가사 시론」, 『국어국문학』 3, 국어국문학회.

장성진(1993), 「개화가사의 서술구조와 현실인식」, 경북대 박사논문.
장정수(1989), 「서사가사 특성 연구」, 고려대 석사논문.
장 진(1980), 「허난설헌론」, 동국대석사논문.
정연주(1974). "봉선화가 연구」, 『한국어문학연구』 14, 이화여대.
정요섭(1976), 「이조시대에 있어서의 여성의 사회적 위치」, 『이조여성연구』, 숙대 아세아여성문제연구.
정익섭(1976), 「가사개념의 수삼문제」, 『호남문화연구』 8집.
정재호(1971), 「권학가고」, 『교양』 8, 고려대.
______(1977), 「우부가고」, 『월암 박성의박사송수기념논총』.
______(1980), 「가사문학에 나타난 현실비판고」, 『한국사상』 17.
______(1983), 「가사문학에 나타난 근대적 성격」, 『정신문화연구』 겨울호, 한국정신문화연구원.
______(1992), 「상사화답가류 가사고」, 『낙은강전섭선생화갑기념논고』, 창학사.
정주동(1964), 「금보가」, 『어문론총』 2, 경북대.
정홍모(1987), 「〈덴동어미 화전가〉의 세계인식과 조선후기 몰락하층민의 한 양상」, 『어문론집』 30, 고려대.
조강희(1988), 「영남지방의 혼반 연구」, 『민족과 문화』 2, 정음사.
조동일(1969), 「가사의 장르규정」, 『어문학』 21호, 한국어문학회.
조윤식(1981), 「이조여류시가에 나타난 한의 연구」, 중앙대석사논문.
조혜정(1981), 「전통적 경험세계와 여성」, 『아세아여성연구』 20집, 아세아 여성문제연구소, 숙명여대.
지두환(1984), 「조선전기의 종법제도 이해과정」, 『태동고전연구』 1.
진경환(1987), 「「거창가」와 「정읍군민란시려항청요」의 관계」, 『어문논집』 27, 고려대.
진동혁(1984), 「공인 남원윤씨의 명도자탄사 연구」, 『국어국문학』 91, 국어국문학회
______(1985), 「공인 남원윤씨의 명도자탄사 연구」, 『논문집』 10, 단국대.
천혜숙(1997), 「한국 구비문학의 흐름: 구비문학사 이해의 몇 가지 문제」, 『제31회, 한국어문학회 전국발표대회 발표요지』, 대구.
최강현(1975), 「답사향곡」, 『시문학』 45, 시문학회.
______(1975), 「사향곡」, 『시문학』 42, 시문학사.

______(1982), 「경신신유노정기」, 『홍익어문』 1, 홍익대.
최광현(1976), 「권학가」, 『시문학』 54(6-1), 시문학회.
______(1979), 「환유가사 소고」, 『홍대논총』 11, 홍익대.
최길성(1985), 「한국 전통적 여성상과 한」, 『선청어문』 16, 17집, 서울대 사대 국어교육과.
최미정(1983), 「별곡에 나타난 병행체에 대하여」, 『한국시가문학연구』, 신구문화사.
최승란(1985), 「내방가사에 나타난 여인의 한」, 『배재어문학』 3, 배재대.
______(1979), 「조선시대의 족보와 동족의식」, 『역사학보』 81집, 역사학회.
최원식(1982), 「가사의 소설화 경향과 봉건주의 해체」, 『민족문학의 이론』, 창작과 비평사.
최재석(1983), 「조선시대의 문중의 형성」, 『한국학보』 32집, 일지사.
최정락(1989), 「영.호남 문학의 특성 고찰」, 『어문학』 50, 한국어문학회.
최종자(1964), 「내방가사연구 시론－부요와의 관계를 주로 하여－」, 『국어국문학연구 논문집』 15집, 효성여대.
최태호(1968), 「내방가사 연구」, 경북대 석사논문.
______(1977), 「경부록고」, 『국어교육연구』 9, 경북대사대.
최한선(1987), 「내방가사 연구(1)」, 『목원어문학』 6, 목원대.
하동호(1974), 「가정경계록」, 『시문학』 32(4-3), 시문학사.
허미자(1989), 「한국 시가에 나타난 여성의식」, 『인문과학연구』 9집, 성신여대 인문과학연구소.
홍재휴(1972), 「영남가사문학연구(일)」, 『논문집』 8, 대구교대.
______(1973), 「전의 이씨 유문고」, 『국어교육논지』 1, 대구교육대학교.
______(1979), 「가사형식고(1)」, 『국어교육론지』 4.5, 대구교대.
______(1979), 「가사형식고(2)」, 『국어교육론지』 4.7, 대구교대.
______(1984), 「가사문학론」, 『국문학연구』 8, 효성여대 국문과.
황영심(1990), 「합천 화양동 파평윤씨가 규방가사」, 『국어과교육』 10, 부산교대 국어교육연구회.
황재군(1980), 「한국 여류시가 문학의 창작 심리상의 두 경향」, 『국어국문학』 88집.
______(1982), 「규방가사의 사상적 배경 연구」, 『국어교육』 41.

찾아보기

저자 이정옥

경북대학교 문리대 국어국문학과 및 동 대학원 문학석사, 계명대학교 대학원 문학박사. 위덕대학교 자율전공학부 교수. 중국해양대학 객좌교수, 미국 브리검영대학교 방문교수.

저서: 내방가사의 향유자 연구(박이정), 영남내방가사1~5(국학자료원), 이야기로 만나는 경북여성사(경북여성정책개발원, 공저), 구술생애사로 본 경북여성의 삶(경북여성정책개발원, 공저), 경북의 민속문화(국립민속박물관, 공저), 경북 내방가사1~3(북코리아, 공저)

영남 내방가사와 여성 이야기

초판인쇄 2017년 11월 27일
초판발행 2017년 12월 11일

저　　자 이정옥
책임편집 이신
발 행 인 윤석현
등록번호 제7-220호
발 행 처 박문사
서울시 도봉구 우이천로 353 성주빌딩 3F
Tel: (02) 992-3253(대)　　Fax: (02) 991-1285
Email: bakmunsa@daum.net
Web : http://jnc.jncbms.co.kr

ⓒ 이정옥 2017 Printed in KOREA.

ISBN 979-11-87425-57-1 93810　　정가 49,000원

* 저자 및 출판사의 허락 없이 이 책의 일부 또는 전부를 무단복제 · 전재 · 발췌할 수 없습니다.
* 잘못된 책은 교환해 드립니다.